KB036486

달빛조각사

달빛 조각사 2

ⓒ 남희성, 2007

발행일 2023년 3월 1일 | 발행인 김명국 | 발행처 주식회사 인타임 출판 등록 107-88-06434 (2013년 11월 11일) 주소 서울시 구로구 디지털로31길 38-21 이앤씨벤처드림타워 3차 405호 전화 070-7732-2790 팩스 02-855-4572 이메일 in-time@nate.com | ISBN 979-11-03-32688-3 (04810) 979-11-03-32686-9 (세트) | 이 책은 주식회사 인타임이 저작권자와의 계약에 따라 발행한 것이므로 내용의 전부 또는 일부를 사용하려면 반드시 양측의 동의를 받으셔야 합니다. 잘못된 책은 구매처에서 바꿔 드립니다.

달빛조각사 2

남희성 게임 판타지 소설

The Legendary Moonlight Sculptor

INTIME

contents

돌아온 성물 그리고……

이현이 올려놓은 데스 나이트의 아이템들은 10~15만 원 정도의 가격에 낙찰됐다.

"생각만큼은 값이 많이 안 오르는군. 아니, 이것도 대단하다고 해야 하나……."

레벨 200대의 무기.

로열 로드에서 무기나 방어구들은 귀하기 짝이 없다. 몬스터를 잡으면 잡템들이나 실버들은 많이 나오지만 병장기는 극히 귀했던 것이다.

이건 다른 게임들에서도 마찬가지다.

레벨이 높은 몬스터가, 다 자신들이 쓸 만한 무기들을 떨어뜨린다면 아이템의 현금 거래 시세는 폭락하고 만다. 아이템들이 잘 나오지 않는다는 점은 이현에게 유리하게 작용하기도 했다. 유니크나 레어 아이템이 아닌 매직 아이템들이었으니, 이만하면 제값을 받았다고 할 수 있다.

퀘스트용 잡템들은 뜻밖에 비싼 가격에 팔려, 3만 원에서 5만 원 사이였다. 아무래도 몬스터도 유저들의 취향을 타기 때문인 것 같았다.

로열 로드에서는 몬스터들의 생김새가 굉장히 사실적이고 구체적이다. 냄새도 그대로 난다. 시체 썩은 냄새를 맡으면서 사냥을 할 사람이 몇이나 될까.

언데드 몬스터!

그중에서도 최고의 기피 대상이었다. 그들이 내놓는 퀘스트 아이템들은 희소가치가 큰 편이었고 그 덕분에 좀 더 비싼 값을 받은 것이다.

"다 합쳐서 296만 원이라……."

그런데 무시하고 넘길 수 없는 별도의 메일이 와 있었다.

다크 게이머들의 초대장!

내용을 읽어 보니 소위 선택된 이들에게만 보낸다는 초대장이다. 이현에게 자신들의 모임에 가입을 하라는 권유의 내용이었다.

해골이 들고 있는 돈.

그 그림이 배경으로 그려져 있었다.

"이건……."

다크 게이머들의 연합.

이름은 소문났지만 실체가 불분명한 조직이었다.

"사실이 아닐 테지. 그리고 나와는 관련이 없는……."

이현은 사이트에서 낙찰을 확인했음을 클릭했다. 그리고 구매자들에게 메일을 보냈다. 거래 장소에 거의 다 도착했으니 하루 뒤에 거래를 하자는 내용이다.

  소므렌 자유도시.

  자유도시라는 특성에 맞게 영주가 없는 곳으로, 그에 따른 관세와 세금도 존재하지 않았다.

  그 덕분에 많은 상인 유저들이 이곳을 찾았다. 무기와 병장기를 맞추려는 일반 유저들도 많은 편이다. 다른 곳에서는 상점에서 세금을 포함한 가격으로 구매를 해야 했지만, 자유도시에서는 세금이 없으니 가격이 훨씬 쌌다.

  상인들에게는 그야말로 낙원과도 같은 도시.

  위드와 마판은 정확히 예정된 날짜에 이곳에 도착했다.

  "그러면 저는 교역을 하러 가 보겠습니다."

  마판이 물품들을 거래하기 위해 먼저 거래소로 떠났다.

  바르크 산맥의 몬스터 숫자는 엄청났다. 1달간 모은 아이템이 마차 안에 가득 찰 정도였으니까. 그렇지만 역시 상인의 묘미는 교역에 있었다. 물가가 저렴한 곳의 물건들을 사서, 물가가 비싼 곳에 대량으로 판매하는 쾌감!

  마판은 교역의 맛을 깨닫고 있었던 것이다.

  위드는 이제 와서는 거의 호위 무사 정도로 취급받았다. 요리에서부터 못 하는 것이 없는 잡부!

  '뭐, 이것도 나쁘지는 않겠지. 아무튼 소므렌 자유도시에 왔으니까.'

  위드는 배낭 안에 들어 있는 헤레인의 잔을 다시 한 번 확인했다. 라비아스에서 이곳까지 온 목적이 바로 이번 퀘스트의 달성이었다.

프레야 교단에 성물을 돌려주는 의뢰.

하지만 그보다 먼저 할 일이 있었다.

위드는 중앙 분수대 근처에 가서 주위를 둘러봤다.

엄청나게 발달한 자유도시는 상인들로 붐볐다. 좌판을 열고 판매하는 물건들, 그리고 그토록 찾기 힘들었던 제조직 캐릭터들도 보였다.

"뭐든지 수리해 드립니다! 손상된 아이템을 최대 내구력까지 올려 드립니다."

"포만감 회복용 음식 팔아요."

"실크로 천 만들어 드립니다. 전기 마법 저항 +15짜리 옷 직접 주문 제작합니다."

"제가 직접 만든 각종 무기들, 방어구들 구경하고 가세요."

"각종 속성 보석 가져오시면 1골드만 받고 인챈트해 드립니다."

분수대의 한 자리를 차지하고, 제조 캐릭터들이 물건을 팔고 있는 것이었다.

"얼마죠?"

"어제 주문한 옷 받으러 왔어요."

"빵 100개 주세요."

제조 캐릭터라고 해서 다 같은 취급을 받는 건 아니다. 분수대 근처에서 영업을 하는 이들은 레벨과 스킬도 높고 상당히 인정을 받는 사람들이었다. 낚시꾼이나 광부, 약초꾼, 혹은 그 외의 잡다한 생산 계열의 직업들은 구석에서 조용히 장사를 하고 있다.

'재미있군. 사람들이 이렇게 몰려 있는 것도…….'

대장장이나 인챈터들끼리는 손님들을 상대로 치열한 경쟁을 벌인다.

위드에게는 아주 생소하기 그지없는 광경이었다. 조각품을 판매하는 일을 하면서 경쟁을 한 적은 없었으니까.

광장에서 동쪽, 붉은 이층집 아래의 나무.

위드는 약속 장소로 향했다. 그곳에서는 10명이 넘는 이들이 가만히 앉아서 기다리고 있었다.

"제가 물건을 팔기로 한 사람입니다."

위드의 말에 반응하는 이들. 역시나 아이템 거래 사이트에서 물건을 구매하기로 한 사람들이었다.

이름과 거래 번호를 말하고, 1명씩 아이템을 받아 갔다.

"한참 기다렸습니다. 퀘스트가 어찌나 힘들던지……. 언데드 몬스터는 잘 잡지 않는 건데 용케 구하셨네요."

"팔아 주셔서 고맙습니다. 좋은 물건 구해서 많이 파세요."

사람들은 덕담 한마디씩을 하면서 떠났다.

위드의 배낭 속에 들어 있던 데스 나이트들의 무기가 한 종류만 빼놓고 전부 팔렸다. 퀘스트용 잡템들도 모두 동이 나서 배낭이 가벼워졌다.

'이것으로 로열 로드의 첫 수입을 올린 건가.'

위드는 편안한 마음으로 프레야의 교단으로 향할 수 있었다.

하얀 대리석으로 지어진 프레야 여신의 교단은 아름다움과 번영을 상징한다. 그 때문인지 도시의 중심부에 지어져 있어,

찾기가 쉬웠다.

소므렌 자유도시를 관통하는 소므렌 강.

아치형의 다리 근처에 지어진 백색 건물이 프레야의 교단인 것이다. 신전 주변은 각종 성수와 포션류를 구입하려는 유저들로 붐비고 있었다.

신전으로 들락날락거리는 성직자와 팔라딘들.

그들은 레벨을 올릴 때마다 새 기술을 익히고, 자격을 증명받기 위해서 교단에 오는 것이었다.

위드가 교단 안으로 들어가자, 입구에서부터 여신도들이 작은 함 같은 것을 내밀었다. 함에는 선명한 글자로 이렇게 쓰여 있다.

헌금함
최소한 10실버 이상 내야 함

위드는 발길을 돌려서 나가고 싶었지만, 어쩔 수 없이 돈을 냈다.

"프레야 여신님의 은총이 그대에게 있기를."

헌금을 바치자 사제들이 나타나서 축복을 걸어 주었다.

교단의 축복이라고 불리는 이것은 일정 시간 동안 성직자의 성령 방어와 같은 효과를 낸다. 그 외에도 휴식을 취할 때 생명력 회복을 5% 상승시켜 준다.

교단의 주 수입원 중의 하나였다.

"받았으면 빨리 비켜요!"

"뒷사람 생각도 좀 합시다."

위드가 잠시 머뭇거리자, 뒤에서 기다리던 유저들의 불평이 쏟아진다. 교단의 축복은 사제들이 직접 걸어야 하니 차례를 지켜야만 하는 것이다.

위드는 자리를 비켜 주는 대신에 사제를 향해 헤레인의 잔을 내밀었다. 뒤에서 불만이 터지거나 말거나, 이곳까지 온 용무는 달성해야 했기에.

"이것을 돌려 드리려고 왔습니다."

"예?"

사제는 눈을 끔벅이며 헤레인의 잔을 보았다. 그러더니 갑자기 놀란 표정을 지으며 큰 소리로 외치는 것이다.

"오오, 여신의 성물이 다시 돌아오다니! 이런 기적과도 같은 일이! 이럴 게 아니라 안으로 드시지요. 대신관님을 만나 뵙게 해 드리겠습니다."

사제들이 위드를 둘러싸고 신전 안으로 데려갔다. 교단의 축복을 받기 위해 모여든 유저들은 졸지에 멍한 얼굴이 되었다.

사제들이 전부 떠나 버렸으니 도대체 누구에게 축복을 받아야 하는가.

"뭐야, 대체⋯⋯."

"지금 무슨 일이 일어난 거지?"

⁂

교단의 내부.

대신관의 방.

신을 상징하는 벽화들과 조각상으로, 엄숙하며 고결한 분위기가 흐르는 장소였다.

이곳에 이르러서야 위드는 헤레인의 잔을 바칠 수 있었다.

그는 중세의 기사들이 하는 것처럼 조용히 한쪽 무릎을 꿇고 말했다.

"여기, 시굴 님을 대신해서 헤레인의 잔을 가져왔습니다."

"오오, 장하도다! 이렇게 기쁜 일이!"

얼굴에 주름이 가득한 대신관은 격앙된 얼굴로 헤레인의 잔을 받아 든다.

띠링!

헤레인의 잔 운송 의뢰 완료
빼앗겼던 헤레인의 잔이 프레야 교단으로 돌아왔다. 과거 바르칸 데모프가 이끌던 불사의 군단과의 전쟁은 전 대륙을 피폐하게 만들었다. 번영과 아름다움을 가꾸던 프레야 교단은 그 전쟁의 피해를 미처 복구하지 못하였다. 그러나 이제 헤레인의 잔을 통해 성세를 드높이고, 끝나지 않았던 전쟁을 재개할 수 있으리라.

명성이 400 올랐습니다.

프레야 교단과의 우호도가 15가 되었습니다.

프레야 교단의 공적치가 1200 상승했습니다. 교단의 공적치는 종교 상태창을 통해 확인할 수 있습니다.

> 프레야 교단의 공적치: 1490
> 종교 단체의 공적치는 마물을 퇴치하는 것과, 관련된 퀘스트를 완수하는 것으로 상승한다.

> 레벨이 올랐습니다.

> 레벨이 올랐습니다.

> 레벨이 올랐습니다.

> 레벨이 올랐습니다.

> 레벨이 올랐습니다.

위드는 한쪽 무릎을 꿇은 채로 생각했다.

'엄청나다.'

교단의 3대 성물 중의 하나를 돌려주는 의뢰였기에 보상이 만만치 않을 것임은 짐작하고 있었다.

하지만 이 정도일 줄이야.

그러나 그걸로 끝나는 것이 아니었다. 대신관은 장하다는 듯이 앉아 있는 위드의 어깨를 두들겨 주었다. 그리고 성기사들에게 명했다.

"이 위대한 용사에게 보상을 해 주어야지. 성기사들은 아가사의 검과 장비를 가져오라."

"옛, 대신관님."

성기사들이 잠시 나갔다가, 붉은 천 위에 방어구와 검을 들고 들어왔다.

"이것을 받도록 하게."

성기사들은 붉은 천 위의 물건을 통째로 위드 앞에 내려놓았다.

그러자 대신관은 직접 자신의 손에서 반지를 하나 뽑아서 천 위에 올려놓았다.

> 의뢰에 대한 보상으로 아이템을 획득하였습니다.

위드는 왠지 눈물이 나올 것 같았다.

이토록 행복한 순간이 또 찾아올 수 있는가. 하지만 이런 때일수록 평정심을 유지해야 한다.

'내가 이렇게 운이 좋았던 적이 로열 로드를 하면서 한 번이라도 있었나? 없었다. 그러니 벌써부터 기뻐해서는 안 돼!'

위드는 아이템을 확인하는 일을 구태여 뒤로 미루지 않기로 했다.

오늘 할 일을 내일로 미루지 말라는 말처럼, 곧바로 확인 작업에 들어갔다.

우선은 검집에 고풍스러운 문양이 새겨져 있는 검부터.

'감정.'

> **아가사의 거룩한 검**
> 프레야의 교단에서 드워프 대장장이 로반에게 의뢰하여 만든 검. 다섯 번 이상 재련한 강철과 미스릴을 섞은 것으로, 뛰어난 강도를 자랑한다. 다만 교단의 품

위를 지키기 위하여 재질에 비해 공격력은 약한 편이다. 대신관의 하사품.

내구력: 130/130

공격력: 55~60

제한: 레벨 130

옵션: 힘 +30. 민첩 +20. 신앙 +100. 언데드에 대한 200% 데미지. 부상 상태에서 체력 회복 속도가 200% 증가한다. 하루에 다섯 번 성스러운 가호를 사용할 수 있다. 단, 한 번 사용 시 2시간의 여유를 두어야 함.

대신관이나 성기사들이 놀라지 않도록 위드는 조용히 찬탄했다.

'데스 나이트의 검보다 훨씬 더 좋구나.'

자고로 아이템이란 높은 능력치도 중요하지만, 쓸 수 있는 자격이 낮은 게 어떨 때에는 더 요긴할 수 있다.

예컨대 클레이 소드의 경우에 그냥 판매할 때에는 큰돈을 벌기 힘들다. 하지만 아무런 자격이 없어서 레벨 1의 무직도 그 검을 쓸 수 있다면 고가에 팔릴 수 있을 것이다. 레벨 1에게는 신검이나 다름없을 테니 말이다. 클레이 소드도 토끼나 너구리에게는 절대적인 무기가 될 수 있다.

'감정.'

장미 무늬가 새겨진 장갑

프레야 성당 기사단의 공식 장갑. 팔목까지 덮고 있어서 매우 불편해 보이지만, 실제로는 손가락까지 움직일 수 있도록 만들어진 물건.

내구력: 90/90

방어력: 20

제한: 레벨 200

옵션: 신앙 +50. 힘 +20. 민첩 +5. 흑마법에 대한 피해를 50% 감소.

대신관의 반지

작은 다이아가 중앙에 박혀 있는 반지! 조악한 디자인이지만 시중에서 쉽게 구할 수 있는 것은 아니다.

내구력: 100/100

제한: 흑마법사, 어쌔신, 도적 사용 불가능. 살인자 상태에서 사용 불가능.

옵션: 하루에 한 번, 대신관의 축복 사용 가능. 명성 +150. 신앙 +200.

위드는 호흡을 가누기 힘들었다.

'이런 횡재 같은 아이템들이…….'

피로 물든 낡은 장갑을 아끼고 아껴서 지금까지 사용해 왔다. 그런데 이제 더 이상 그 낡은 장갑은 필요하지 않을 듯하다.

레벨이 200이 되는 순간, 미리 챙겨 두었던 헬멧에서부터 모든 것을 바꾸리라.

'이곳까지 온 보람이 있다.'

위드는 무릎을 펴고 자리에서 일어났다. 그러고는 한쪽 손을 가슴에 대고 가볍게 허리를 숙였다.

"그러면 저의 소임은 다했으니 이만 물러가 보겠습니다."

한시바삐 아이템 거래 사이트에 가서 정확한 시세를 알아볼 참이었다. 아가사의 검은 우선 필요한 만큼 쓰더라도, 나중에 더 좋은 검을 구하게 되면 팔게 될 테니 말이다.

그런데 대신관이 허공을 올려다보았다. 그의 노안에서 맑은 눈물들이 흘러내린다.

"용사여, 그대는 가슴의 들끓는 용기와 정의의 호소에 따라, 바르칸의 사악한 수하를 물리치고 헤레인의 잔을 구할 수 있었을 것이네."

"……?"

갑자기 너무도 빤한 이야기를 하는 대신관이었다. 바르칸의 수하를 물리쳤으니 프레야 교단의 성물을 가져온 것이 아니겠는가.

하지만 위드가 가만히 지체하고 있자, 주변에 있던 성기사들과 사제들의 눈초리가 매서워졌다. 이대로라면 성물을 가져다준 것으로 올라간 친밀도가 조금이라도 떨어질지 모른다.

위드는 서둘러서 다시 한쪽 무릎을 꿇고 대답했다.

"그렇습니다."

"그러면 혹시 알고 있는가? 우리 교단에 잃어버린 성물이 하나 더 있는 것을?"

"예?"

위드는 잠시 당황했다.

헤레인의 잔을 구했을 때, 로열 로드의 사이트를 통해 나름대로 정보를 수집했던 적이 있다. 프레야 교단의 세 가지 성물은 성수가 흘러내리는 잔과, 번영을 상징하는 파고의 왕관 그리고 신검 가르고였다.

'그런데…….'

위드는 대신관을 보고, 그가 장미목이 그려진 흰 모자를 쓰고 있는 것을 알아차렸다. 성물 중의 하나인 파고의 왕관을 쓰고 있지 않은 것이다.

"무엄한 무리들이 혼돈의 시기에 파고의 왕관을 훔쳐 갔다네. 언데드로서 죽지 못해서 사는 자, 죽음이 두려워서 죽지도 못하는 자, 신의 뜻을 거스르는 자들이 말이네."

대신관이 격노하여서 말한다.

　위드는 본능적으로 이에 맞장구쳤다.

　"지당하신 말씀입니다."

　"잘 알고 있군, 자네! 언데드들이 얼마나 이 땅의 평화를 위태롭게 하는지 말일세."

　"저는 부족하나마 대륙의 평화와 발전을 위해 노력을 하고 있었습니다."

　언제나 친해질 수 있는 최고의 비법!

　함께 욕해 주기, 같이 비난하기.

　이만큼 유용한 기술은 찾지 못하였다. 아마도 원만한 인간관계를 위해서 영구히 사라지지 않을 스킬이 되리라.

　"베르사 대륙을 위해서 언데드들과 몬스터들은 사라져야 마땅하네. 프레야 여신의 은총이 이 대륙을 뒤덮고 있기에, 번영과 발전의 시대를 위해서는 언데드들을 물리쳐야 해."

　"예, 그렇지요. 저도 동감입니다."

　위드는 그러면서 바란 마을의 일화를 간추려서 말해 주었다.

　바란 마을을 침공한 리자드맨.

　그리고 자신이 프레야 여신상을 조각하라는 의뢰를 받았고, 이는 신이 내려 준 사명이라고 여기고 최선을 다해서 조각했음을 말이다.

　그 결과 리자드맨들이 다시는 바란 마을에 범접하지 않았고, 마을은 발전했다는 이야기들을 해 주었다.

　"오오, 그런 일이 있었다는 이야기는 들었네! 그 조각사가 바로 자네였군!"

프레야 여신상을 조각했다는 이야기에 대신관은 더 깊은 감명을 받았다.

"다행히 파고의 왕관을 훔쳐 간 녀석들의 정체와 은신처는 파악할 수 있었네. 그러나 무려 3개의 성기사단을 파견하였지만 모두 실패하고 말았어. 자네가 이 일을 맡아 주면 좋겠네."

파고의 왕관을 찾아서

프레야 교단은 성물을 회수하기 위한 노력을 아끼지 않았다. 그 결과 모라타 지방의 진혈의 뱀파이어 일족이 파고의 왕관을 가지고 있다는 정보를 입수하였다. 왕관을 회수하기 위해 대신관과 교단에서는 3개의 성기사단과 100명의 사제를 파견하였다. 하지만 모두 실패하고 돌아오지 않았다. 성기사단과 사제들은 저주에 의해 돌로 변했다고 한다. 이들을 구원하고 파고의 왕관을 되찾으라.

난이도: B

보상: 알 수 없음.

제한: 실패 시 프레야 교단의 공적치 0으로 변함. 명성 -1000. 수여한 아이템 몰수.

연계 퀘스트의 보상은 어마어마한 편이었다. 특히 이러한 퀘스트들은 일종의 시나리오를 밟아 나가는 형태라서, 얼마나 막대한 보상을 받을지 알 수 없는 것이다.

기분 좋게 승낙하려던 위드는 퀘스트의 내용을 자세히 읽어 보고 나서 얼굴빛이 파리하게 변했다.

바르칸 데모프의 부하들.

전 왕국과 교단들을 상대로 전쟁을 벌일 정도로 그들의 군대는 막강했다. 그중에서도 진혈의 뱀파이어 일족은 일기당천이라고 할 수 있을 정도다.

최하 레벨 270 이상의 뱀파이어들이 무려 1천이 넘는다. 일족의 수장인 토리도는 레벨 400이 넘는 극강의 보스 몬스터로 알려져 있다. 아직까지 레벨 400의 근처에도 가 본 사람이 없으니 얼마나 강한지는 아무도 알 수 없다.

'진혈의 뱀파이어 족과 싸워서 파고의 왕관을 되찾아 오라고? 그런 터무니없는…….'

그리고 위드의 시선은 난이도를 가리키는 곳에서 멈추었다.

'난이도가 B이다! 성기사단 3개를 파견해도 실패했다는 의뢰… 도저히 이건 안 되겠다.'

난이도가 이쯤 되면 현재 최고 수준의 랭커들이 팀을 결성해서 달려들어도 겨우 해결이 될까 말까 할 정도였다.

아무리 보상이 큰 퀘스트라고 해도 할 수 있는 일과 없는 일이 있는 법이다.

위드는 고개를 저었다.

"죄송합니다. 저의 부족한 능력으로는 이 의뢰를 받아들이기 힘들겠습니다."

그라고 해서 아쉽지 않겠는가마는, 거절하는 것 외에는 다른 수가 없어 보였다.

그런데 대신관이 부드럽게 미소를 짓는 것이었다.

"자네는 너무 겸손하군. 그럴 필요 없네. 이미 이번 의뢰는 자네에게 맡기기로 하였으니 말이야."

"아닙니다. 저는 이 의뢰를 받아들일 수 없습니다."

"겸손도 지나치면 화가 되는 법! 자네처럼 유명한 모험가가 우리의 청을 받아 주지 않는다면 파고의 왕관은 영영 찾지 못하게 될 것이네."

대신관의 말에 위드는 울고 싶었다. 겸손이 지나쳐서 화가 되는 것이 아니라, 오해가 지나쳐서 사람을 죽음의 구렁텅이로 밀어 넣는 것이 아닌가.

'무턱대고 올려놓은 친밀도. 그 높은 신뢰도 때문에 이 대신관이 정신을 못 차리는구나.'

설상가상으로 대신관은 거절의 여지를 주지 않았다.

"우리 교단에 내려오는 전설이 이야기하고 있다! 교단의 명예가 땅에 떨어졌을 때, 그리고 큰 전쟁이 다가오기 전에 1명의 영웅이 나타나서 우리 교단의 보물을 회수해 올 것이라고. 자네가 그 영웅이 틀림없네!"

엉뚱한 전설이 사람 잡는 경우를 바로 이것이리라.

대신관이 말이 떨어지고 나서, 위드의 귓가에는 익숙한 소리가 들렸다.

띠링!

> 퀘스트를 받으셨습니다.

위드가 서둘러서 확인해 보니 정말이었다. 난이도 B급의 의뢰가 떡하니 퀘스트 창에 떠 있는 것이다.

'헤레인의 잔을 구해 온 사람에게 강제적으로 부여되는 퀘스트인가? 거절도 하지 못하니 어쩔 수 없군. 일단은 내버려 두자. 나중에 기회가 생기면 그때 하면 되겠지.'

약삭빠르지만 현실적인 판단이었다. 어쨌든 살고는 봐야 하니까.

    그런데 대신관의 이어진 말은 그를 절망에 빠뜨렸다. 도망칠 여지도 남겨 주지 않는 것이다.

    "20년 전에 마지막으로 성기사단과 사제들을 파견했을 때, 모라타 지방으로 가는 텔레포트 게이트를 만들어 두었다네. 멀리 길을 떠날 필요 없이 텔레포트 게이트를 이용하면 한순간에 이동이 가능하지."

    "그, 그 말씀은……."

    위드의 입가가 파르르 떨렸다.

    "한시가 급한 일이니 내일 이 시간에 출발하는 것으로 하겠네. 우리 측에서는 1명의 사제가 자네를 돕기 위해서 동행할 것이야. 그러면 뱀파이어로 변한 우리들의 형제와 자녀들을 구원할 수 있을 것이네. 물론 자네의 역할이 중요하겠지만."

지독한 감기

단 하루.

준비의 시간은 그만큼밖에 없었다.

"방어구와 무기류, 1골드 이하짜리들 삽니다. 잘 듣는 약초들 무제한으로 사고, 좋은 음식 재료들도 구입 원합니다. 저렴하게 팔아 주세요."

위드는 열심히 아이템들을 사 모았다.

마판과도 이야기를 충분히 나누었다. 그가 알아들을 수 있게 말이다.

"퀘스트 때문에 텔레포트 게이트를 통해 먼 곳으로 사냥을 다녀와야겠습니다."

"축하드립니다! 그런데 저도 같이 갈 수는 없을까요?"

"그게, 저 혼자만 가능해서……."

"아쉽네요. 어디든 위드 님과 같이 다니고 싶었는데……."

"난이도가 B급이라……."

"…잘 다녀오세요."

마판은 그날로 교역 전문으로 나서겠다고 했다. 위드가 실패하고 돌아올 때까지 말이다. 교역 스킬을 착실하게 올려놓은 마판이었던 만큼 나쁜 선택은 아니리라.

그렇게 하루를 보내고, 억지로 떨어지지 않는 발걸음을 떼어 위드는 프레야의 교단으로 향했다. 헌금을 하고 교단 내부로 들어가자 대신관과 성기사들이 집합해 있었다.

"어서 오게. 혹시 오지 않으면 찾아가려고 했는데, 다행이군."

대신관의 말에 위드는 치를 떨었다.

어떻게 이런 경우가 다 있단 말인가? 대신관이라고 해서 자비로운 인물일 줄 알았는데 오산이었다. 철두철미하고 치밀한 데다, 빠져나갈 구석을 조금도 주지 않는다.

위드는 최악의 경우에 퀘스트를 포기하기 위하여 돌아오지 않을 작정까지 했었다.

그런데, 어제 대신관이 이렇게 말했던 것이다.

"이 일은 매우 중요하네. 그러나 인간의 삶이란 예측할 수가 없어, 어떤 급박한 사정이 생길지 모르지. 예컨대 내일 오지 못할 수도 있는 사정 말일세."

위드는 고개를 끄덕이고 싶었다.

개인적인 사정!

이 얼마나 좋은 말인가. 교단으로 돌아올 수 없는 아주 시급한 개인적인 사정이 발생할 수도 있는 것이다.

그러나 대신관은 자신의 말에 쐐기를 박았다.

"자네는 프레야 교단에 큰 공을 세웠네. 그리고 전설이 지명한 당사자이니만큼, 우리 교단에서 최대한 편의를 봐주어야 하지 않겠는가."

"그 말씀은?"

"내일 이 시간까지 돌아오지 않으면 교단 내의 모든 성기사들과 사제들에게 자네를 찾도록 지시하지. 자네가 꼭 돌아올 수 있도록 말이네. 자네에게 현상금을 걸어서라도 돕도록 할 테니 아무런 염려 하지 말고 편안하게 내일 다시 보세."

"……."

그런 말까지 들은 판이니 도망을 칠 수 없었다.

소므렌 자유도시는, 자유를 잃어버렸다! 창살 없는 감옥이 이와 같을 것인가.

프레야 교단에서는 파고의 왕관마저 탈취당한 사실을 외부에 알릴 수 없다면서 위드에게 다른 동료들도 구하지 못하게 했다. 오직 위드 혼자만이 대신관이 소개해 주는 사람과 함께 의뢰를 처리해야 했다.

"그러면 자네와 함께 성기사들을 구출하러 갈 사람을 소개하지."

대신관의 옆에는 키 작은 꼬마 사제가 있었다. 흰 모자를 쓰고, 흰 로브를 입은 사제다.

"여기 알베론은 우리 교단의 차기 교황 후보네. 알베론과 함께 수고해 주게."

"반갑습니다, 위드 님."

알베론은 유저가 아닌 NPC였다.

위드와 알베론은 교단의 깊은 곳으로 향했다. 그 자리에는 몇몇 왕국들의 수도에 존재한다는, 복잡한 룬어가 새겨진 텔레포트 게이트가 완성되어 있다.

꼴깍!

위드는 침을 삼켰다.

저 텔레포트 게이트를 타기만 하면 모라타 지방으로 순간 이동된다. 사실 진혈의 뱀파이어들이 너무나도 무섭고 악명이 높아서 잊고 있었을 뿐, 모라타 지방의 몬스터들도 강력하기로 유명했다.

베르사 대륙은 아직 완전한 유저들의 영역이 되지 않았다. 대륙 북부의 몇몇 모험가들이 발견은 하였지만, 몬스터들이 너무나도 강해서 유저들이 접근도 하지 못한 곳이다. 저기에 올라서면 바로 그곳으로 떨어지는 것이다.

"그럼 꼭 우리 기사들을 구해 오길 빌겠네."

대신관과 사제들은 막대한 마나를 모아 텔레포트 게이트를 작동시켰다.

게이트에서 나온 빛이 위드와 알베론을 감싸고, 곧 둘은 프레야의 교단에서 사라졌다.

❄️

150년 전 존재했던 북부의 제국 니플하임은 몬스터에 의해 몰락하였다. 기사단과 군대는 전멸하였고, 귀족들은 달아나느라 바빴다. 그 후에 니플하임의 영토는 몬스터들의 땅이 되었다.

이곳을 다스리는 법칙은 단 하나.

약육강식.

강한 자가 모든 것을 갖는다.

"이곳이 모라타 지방이로군."

산등성이의 동굴에서 위드가 나타났다.

프레야 교단과 이어진 텔레포트 게이트는 동굴 깊숙한 곳에
연결되어 있었던 것이다.

"으으, 추워!"

위드는 도착하자마자 동굴 밖으로 나왔다가 심한 한기를 느
꼈다.

대륙은 위치에 따라 지형이나 기후가 엄청나게 다르다. 모라
타 지방이 있는 북부는 추운 지방에 속했다. 사시사철 내린 눈
이 녹지 않아 얼음 지대라고도 불렸다.

"이렇게 추울 줄이야……."

위드의 온몸이 덜덜덜 떨려 왔다. 옷깃 사이로 불어 닥치는
바람 때문에 몸이 위축되었다.

> 추위를 느끼고 있습니다. 몸이 굳음으로 인해 신체 능력이 5% 저하됩니다. 포
> 만감이 줄어드는 속도가 25% 빨라집니다. 추위를 극복하기 위해서는 두꺼운
> 옷을 입거나 불을 피우시길 권합니다. 심한 추위를 오랫동안 지속적으로 느끼
> 실 경우 동사하실 수도 있습니다.

오들오들.

살벌한 메시지 내용에 몸이 더욱 떨려 왔다. 그렇지만 할 일
을 안 할 수도 없는 노릇! 우선은 주위를 둘러보면서 정찰을 해
야 했다.

눈으로 뒤덮인 산등성이에서 주변을 살폈다.

멀리 폐허로 변한 도시.

인적이 사라진 도시가 있었다.

중앙을 가로지르는 대로와, 2층, 3층의 집들. 귀족들의 저택.

지붕에는 눈 덩이들이 묵직하게 쌓여 있고, 무너진 천장들도 보인다. 내부가 그대로 보이기도 했는데, 그 안에는 아무 가치 없어 보이는 잡다한 가구들이 있었다. 집들은 오랫동안 보수하지 않아서 금이 가고, 허름하게 변해 있었다.

'여기가 모라타 마을이겠군.'

위드의 시선은 마을 너머로 향했다.

흑색 거성.

높은 담과 빛이 들어오지 않도록 폐쇄된 창문들.

첨탑 위에 날아다니는 까마귀들.

모라타 성.

검은 벽돌로 지어진 성에 흰 눈이 덮여 있다. 이 기괴한 조화가 묘한 감흥을 불러일으켰다.

아울러서 눈이 내리는 모라타 성 주변을 날아다니는 새까만 까마귀들도.

보통의 새들이라면 얼어 죽기 십상이지만 저 까마귀들은 잘 죽지 않는다. 뱀파이어가 변신한 까마귀. 혹은 뱀파이어의 수족으로 움직이는, 죽지 않는 까마귀들이기 때문이다.

"저곳이 진혈의 뱀파이어들이 있는 장소겠지. 정말로 쉽지 않을 거야."

위드는 정찰을 마치고, 다시 동굴 안으로 들어갔다.

체온이 조금 상승합니다.

텔레포트 게이트가 있는 동굴 안은 그나마 조금 따뜻했다. 찬
바람이 불지 않고 눈을 맞지 않아도 된다는 점이 다행이었다.

"모라타 지방이라……."

모라타 지방은 당시 왕비인 후네타의 숙부, 모라타 대공이
다스리던 영토이다. 뛰어난 품질의 가죽과 천들이 나와 한때는
꽤 번영했던 곳으로 알려져 있지만, 지금은 그저 황폐한 마을
이었다.

인적이라고는 찾아볼 수 없는, 폐허로 변한 마을!

니플하임 제국의 수도였던 모드레드에 살던 사람들은 남김
없이 죽임을 당했다고 한다.

'이 마을과 성에 있는 진혈의 뱀파이어들을 처치하고, 성기
사들을 구하고, 파고의 왕관만 찾으면 되는군. 그래, 그러면 끝
나. 너무 쉽군. 너무 간단해서 허탈할 지경이야.'

실상 그렇다고 위드가 좌절을 하지는 않았다.

그는 전설의 달빛 조각사였다. 무언가 대단한 직업을 가질
것이라는 기대를 품고 생고생을 한 끝에 레벨 68에 전직을 했
다. 땅을 치고 후회할 만한 경험은 이미 한차례 해 봤다.

"이제 어떻게 하지요?"

위드가 동굴의 아지트로 돌아가니 알베론이 물어 온다. 다행
스럽게도 NPC인 알베론은 위드의 말에 절대적으로 따르게 되
어 있었다.

알베론이 잔뜩 기대를 담고 물어 오건 말건, 위드는 철퍼덕
자리에 주저앉았다.

"우선 내가 할 일부터 하고. 너는 편히 쉬면서 기다려라. 참,

우리 소개나 하지. 내 이름은 위드라고 한다. 내가 나이가 많으니 반말을 써도 되겠지?"

"예."

위드는 이미 반말을 하면서도 천연덕스럽게 물었다.

사실 알베론의 외모는 아주 곱상한 어린 소년처럼 생겨서, 존대를 하려고 해도 너무 어색해서 도저히 할 수가 없을 지경이다.

'어린애라······.'

위드는 추후의 일을 편하게 하기 위하여 기를 죽여 놓기로 했다.

"이번 일은 아주 어려우니 내 명령을 잘 들어야 할 것이다. 네 레벨이 몇인지 모르겠지만······."

"320입니다."

"······."

차기 교황 후보답게 엄청난 레벨이다.

위드가 지금까지 알아온 어떤 NPC보다도 높다고 할 수 있다. 물론 그렇다고 해도 사제이기 때문에 전투 능력이 뛰어난 건 아니겠지만.

레벨로 안 되니 이번엔 명성이었다. 위드는 퀘스트를 완료하면서 명성이 2천을 넘게 됐다.

"제법 레벨은 높구나. 그러나 사람은 이름값을 하며 사는 것이지. 네 명성이 얼마지?"

"어디 보자, 15만이네요."

"······."

NPC에게 잘난 척을 하려다가 할 말이 없게 된 위드였다.

　알베론이 너무 만만하게 보여 차기 교황 후보라는 사실을 잠시 망각한 대가였다.

　"왜 그러세요?"

　"아니다. 편히 쉬어라."

　알베론은 말 잘 듣는 아이처럼 구석에 가서 앉았다. 흰 사제복에 엄청 잘 어울리는, 기도를 올리는 듯한 경건한 자세로 말이다.

　"그럼 슬슬 작업을 시작해 볼까."

　위드는 일단 모포를 바닥에 깔았다. 한기가 올라오지 않게 하는 효과가 있었기에, 실상 모포는 여행자들에게는 필수적인 아이템이라고 할 수 있다.

　'겨울옷은 미처 준비하지 못했어.'

　로자임 왕국이나 소므렌 자유도시는 모두 따뜻한 지방에 속해 있어서 별도의 옷을 가지고 다닐 필요가 없다. 기본적인 여행복으로도 얼마든지 돌아다닐 수 있는 장소였기에, 겨울옷이라고는 생각지도 못한 것이다.

　위드는 부들부들 몸을 떨면서 배낭을 열고 아이템을 뒤적였다. 인벤토리 창을 불러내서 꺼내는 방법도 있었지만, 어차피 그런 명령을 내리면 손이 제멋대로 움직여서 배낭에서 물건을 찾아낸다.

　그럴 바에야 직접 배낭을 여는 편이 자연스럽고 좋다.

　배낭 안에는 1골드짜리 무기와 방어구들이 가득 차 있었다. 자유도시에서 사 모은 물건들.

　쫘지직!

위드는 흉갑을 주먹으로 힘껏 두들겼다. 몇 차례 내려치지 않아서 흉갑은 여기저기 깨지고 흉물스럽게 변했다. 방어력과 내구력이 약한 싸구려 아이템이라, 깨지는 것도 금방이었다.

"이제 된 건가."

위드는 내구력이 극도로 떨어진 흉갑을 보며 대장간의 망치를 꺼냈다. 대장장이와 관련된 스킬의 위력을 10% 향상시켜 주는 아이템!

소므렌 자유도시에서 구입한 물건이다.

"수리!"

방금 전에 부쉈던 흉갑. 내구력이 떨어져 있던 흉갑을 열심히 고친다. 몇 번 망치를 두들기고, 철판들이 이어져 있던 곳이 파손된 것이 깨끗하게 수리된다.

위드는 알베론은 내버려 두고, 열심히 방어구를 부수고 고치는 일을 반복했다.

약 10분가량이 지나자 메시지 창이 떴다.

> 수리 스킬의 숙련도가 1 향상되었습니다.

> 빠르고 반복적인 파손으로 인하여 흉갑의 방어력이 2 영구적으로 하락했습니다.

> 잦은 파괴로 인해 아이템이 소실되었습니다.

흉갑은 마침내 위드의 손에서 갈기갈기 찢어져서 파괴되어 버렸다.

수리 스킬은 뭐든 부서진 장비가 있으면 올릴 수 있었으나,

인위적으로 잦은 충격을 주었을 경우에 완전히 못 쓰게 되어 버리는 경우도 있는 것이다. 조잡한 잡철로 만든 흉갑이었기에 미련도 없다.

위드는 다음에는 다리 보호대를 꺼내서 부수고 고치는 것을 반복했다. 그것이 깨진 다음에는 헬멧을 꺼냈다.

장장 8시간 동안!

위드는 수리 스킬의 숙련도를 10% 올릴 수 있었다.

그 대가로 100골드 정도의 아이템을 허공에 그대로 날렸다. 수북하게 쌓인 잔해들.

> 수리: 9(89%)

이제 11%만 더 채우면 중급 수리술이 된다. 그러면 장비의 내구력을 최대치까지 올릴 수 있다.

"에취!"

열심히 수리 스킬을 연마하는 와중에 위드는 쉴 새 없이 기침을 했다. 콧물이 질질 흐르고, 목이 아파 왔다.

> 감기에 걸렸습니다. 신체 능력이 20% 저하됩니다. 스킬의 효과가 30% 감소 합니다. 감기는 다른 합병증을 유발할 수 있습니다. 생명력과 마나의 최대치가 감소합니다. 조각술 스킬을 사용할 시, 감기로 인해서 조각품이 망가질 가능성 이 있습니다.

"……."

위드는 할 말을 잃고 말았다.

추위를 조금 오래 느낀다 싶었더니 어김없이 감기에 걸린 것이다. 그것도 한자리에 오래 앉아 있었던 만큼 곧바로 찾아온 감기였다.

"젠장!"

자고로 혼자 있을 때에는 세 가지가 가장 서럽다고 할 수 있었다.

배고프고, 춥고, 아프고!

보리 빵으로 굶주림에 허덕거리다가, 이제는 추운 지방에 와서 생고생을 한다. 추위를 느끼면서 스킬 연마를 위해 몸을 움직여야 했으니 말이다. 이걸로도 충분히 서러운데 감기까지 걸리고 말았다.

'이젠 별게 다 걸리는군.'

위드는 한숨을 쉬었다.

게임 인생이 이렇게 힘들 줄이야. 원치 않던 직업으로 전직하고, 온갖 고생을 하는 걸로 모자라 감기까지 걸린다.

그래도 위드는 혼자가 아니라는 사실에 조금의 위안을 가졌다.

'알베론도 같이 있으니까.'

알베론이 있는 곳을 바라보자, 그는 흰 사제복을 입고 그림처럼 앉아 있다.

'저놈이 나보단 더 춥겠지. 사제복 한 벌뿐이니까.'

위드는 약간의 만족감을 가졌다. 사촌이 땅을 사면 배가 아프고, 그 땅값이 폭락하면 기분이 좋은 이치다.

하지만 사실 알베론의 사제복에는 추위를 막아 주는 특수 옵션이 달려 있었다.

캡슐을 빠져나온 이현은 대대적인 집 청소를 시작했다. 창문들을 활짝 연 다음 구석구석 쓸고 닦고, 싱크대와 욕실도 광이 나도록 닦았다.

오늘은 대청소의 날이다.

"할머니가 집에 안 계시니 너무 지저분해졌군."

이현은 마룻바닥을 걸레로 닦으며 중얼거렸다.

할머니는 병원에 입원하셨다. 뭐, 그다지 큰 병은 아니라고 할 수 있었다.

퇴행성 관절염.

젊어서 너무 많은 일을 한 탓에 관절에 무리가 간 것이다.

병원의 의사는 조금도 걱정하지 말라고 했다.

"현대 의학은 이 정도의 관절 손상은 아무렇지도 않게 고칠 수 있습니다. 아무 염려도 하지 마십시오."

이현은 병원비를 아끼지 않고 지불했다. 관절 재생에 필요한 비싼 약들도 신청했다.

그러나 관절의 손상 정도로만 알고 있던 할머니의 병은 상상 외로 심각했다. 건강검진 한 번 받아 보지 않고 아파도 참고 살았기에 병을 몸속에서 크게 키운 것이다. 검사 결과 암세포가 몸에 퍼져 있었다.

현대에는 더 이상 암으로 죽는 사람은 없다. 수술과 몇 개월의 입원이 필요할 뿐이다.

'돈은 꼭 쓸 곳에 쓰기 위해서 모으는 것이지, 쌓아 두기 위해서 모아 두는 게 아니야.'

축제의 상금도 있었지만, 로열 로드를 통해서 상당한 돈을 벌고 있다. 그 과정이 애초 계획보다 더욱 단축되었다. 로열 로드의 대흥행과, 라비아스의 사냥 덕분이라고 할 수 있었다.

이현이 집 청소를 마쳤을 때, 여동생이 수업을 마치고 집에 왔다.

"이야, 오늘따라 집이 깨끗해 보이는걸. 혼자서 다 청소한 거야?"

"쓸데없는 소리 말고, 어서 가자. 할머니가 기다리고 계시겠다."

이현은 여동생을 데리고 할머니가 있는 병원으로 갔다.

"어서 오너라."

"할머니, 많이 심심하셨죠!"

이현이 캡슐에서 게임을 하는 동안에는 여동생이 학교를 마치고 와서 말벗이 되어 주고 있었다. 간병인을 고용하려고 했지만 할머니가, 오히려 대하기 불편하다고 거부하셨기 때문이다.

이현은 병실을 정리하고, 기타 쓰레기들을 말끔히 치웠다. 모든 일을 마치고 병상에 가까이 가니 할머니가 손을 꼭 잡아주었다.

"미안하다, 애야. 너를 보면 자꾸 아비가 떠오르는구나."

"……."

"염치도 없지만 이 못난 할미가 부탁이 하나 있는데 들어주겠느냐?"

"예, 뭐든 말씀하세요."

"배우는 것은 아무리 시간이 지나도 늦었다는 말을 할 수 없단다. 나는 네가 고등학교는 정상적으로 나왔으면 했는데… 지금이라도 검정고시를 보지 않겠느냐?"

할머니가 무슨 말을 하려는지 알 수 있었다.

이현이 고등학교를 그만두었을 때, 여동생은 울었다. 자신도 학교를 그만두겠다면서 말이다. 그리고 할머니는 아무 말도 하지 않았다.

사채업자들에게 괴롭힘을 당하고, 학교에서까지 수모를 당하며 받는 교육은 정상적인 교육이 아닐 테니까. 하지만 배울 수 있을 때 배우지 못한 것을 언제나 아쉬워하셨다.

이현은 대답했다.

"검정고시를 보겠습니다."

여동생을 병원에 남겨 두고, 이현은 혼자서 집으로 향했다. 여동생은 다음 날이 휴일이라서 함께 병실에 있겠다고 했다.

이현도 마음 편하게 쉴 수 있다면 쉬는 쪽을 택했으리라. 그러나 그는 일을 해야 했다.

'검정고시라… 무슨 공부부터 해야 하지?'

학교에 다닐 때에 그렇게 성적이 나쁜 편은 아니었다.

'참고서와 문제집을 서점에서… 아니, 중고 책방에서 사야겠군.'

시내로 나가는 길에 헌책방이 하나 있던 것이 기억났다. 전에 검술 도장을 가기 위해 늘 지나다니던 길이었다.

검술 도장은 여전히 그곳에 있었다.

"이야합!"

"타핫!"

호쾌한 기합 소리.

이현의 발걸음이 뭔가에 끌리듯 저절로 도장으로 향했다.

"휴우, 정말로 인재가 없구나."

본국검법의 계승자 안현도는 오늘도 푸념 중이었다.

"이래서야 나의 대에서 검술이 끊어지는 건 아닐지……."

안현도는 상심에 잠겨 있을 수밖에 없었다. 아무리 주위를 살펴보아도 검의 정신을 이어 갈 마음가짐이 되어 있지 않았다.

'검이라… 이제 더 이상 나와 검으로 이야기를 할 사람이 사라진 것인가.'

안현도가 벽에 걸린 검을 보며 상심에 빠져 있을 때, 문이 벌컥 열렸다.

벌써 10년째 그 대신 도장에서 아이들을 가르쳐 온 정일훈 사범이었다.

"스승님!"

"무슨 일이더냐. 네가 이렇게 소란을 피우다니 별일이로구나."

"그 녀석이 왔습니다!"

"그 녀석이라면……."

갑작스럽게 그 녀석이라고 말을 하니 누군지 알아듣기가 난해할 수밖에 없다. 그러나 그 순간, 안현도의 머릿속에 스쳐 가는 인물이 있었다.

'그 독한 녀석! 내 제자로 삼으려고 했던 그놈!'

이현이다.

이현이 왔으리라.

그가 도장에 나오지 않은 이후로 한순간도 아쉽지 않았던 적이 없다.

안현도는 자리에서 용수철이 튕겨 나듯이 일어났다.

"지금 도장에 왔느냐?"

"예, 그렇습니다."

"어서 나가 보자꾸나!"

안현도는 다시 기대를 가져 보았다. 이번에야말로 진정한 후계자가 생길 수도 있을 것이라는 기대!

"그런데 문제가 있습니다."

"무엇이냐?"

"그가 대련을 청하였습니다."

"대련이라면 적당히 아무나하고 맞추어 주면 되었을 게 아니냐? 어디 보자, 못 본 사이에 어찌 변했을지 알아보기도 할 겸 환일이 녀석과 시켜 주었다면 적당했겠군."

"예, 저도 같은 판단을 내렸습니다. 그래서 환일이와 대련을 시켰는데, 이현의 일방적인 승리였습니다."

"호오!"

박환일.

도장에 나온 지 3년이 넘는 수련자다. 다닌 기간은 짧지만 성취마저 낮다고는 볼 수 없는 실력을 갖췄다. 그래서 웬만한 대련은 박환일이 상대를 했다.

　초보자들과의 대련에서는 다치지 않도록 배려를 하는 것이 중요한데, 박환일은 노련하게 힘을 조절할 줄 알았던 것이다.

　"그런 환일이가 패배를 했다니……."

　"예. 2분도 걸리지 않았습니다."

　"환일이에게는 미안하지만 이건 쾌거라고 할 수 있는 일이구나. 그런데 그것이 무슨 문제가 되느냐?"

　정일훈 사범도 안현도가 이현을 어찌 여기고 있는지 알고 있는 상태였다.

　"환일이가 패배한 다음에, 이현이 다른 사람에게 또 대련을 신청했습니다."

　"그 녀석, 오랜만에 와서 검에 굶주려 있는 상태였나 보군. 그래서 이번에는 누구와……?"

　"창국이입니다."

　"걔는 좀 무리이지 않느냐? 6년도 넘게 검술을 익힌 녀석인데 환일이와의 대련에 지친 녀석에게 붙이다니 경솔했다."

　"조금 쓴맛도 보라고 일부러 붙여 보았습니다. 그런데……."

　"많이 다쳤느냐?"

　"아닙니다. 이번에도 그 녀석이 이겼습니다."

　"오오!"

　안현도는 자신의 눈이 틀리지 않았음을 확인하였다.

　'놈에게는 숨길 수 없는 투쟁심이 있지. 자신보다 강한 놈을 밟

고 올라서려는… 더 강해지기 위해서는 필요한 마음가짐이다!'

창국이와 싸워서 이겼다면 자질이 있는 것이다.

"그런데 진정한 문제는, 창국이가 지고도 다른 이에게 대련을 신청했다는 겁니다."

"또?"

"예. 벌써 6명째입니다."

"6명과 연속으로 싸우고 있다는 말이냐?"

"말렸지만 본인의 의지가 너무 완강해서 소용이 없었습니다."

"어서 나가 보자!"

도장에서는 사범들과 수련생들이 모여서 대련을 구경하고 있었다. 정확히는 한 사람을 보고 있는 중이다.

"놀라운 체력이군."

"벌써 9명째야."

"슬슬 힘에 부칠 때가 되었는데… 아무리 체력이 강하다고 해도 9명과 연속으로 겨루는 건 쉽지 않잖아."

"피차 지려는 마음 따위는 없으니까 당연히 어렵지. 우리 수련생들도 호락호락하진 않고."

"그런데 어떻게 저렇게 이길 수 있지?"

"힘과 기술, 그 중간에서 타협점을 찾은 것 같군. 불필요한 동작을 최대한 줄이고, 하체가 아주 안정감이 있어. 예전에 훈련을 할 때에도 지독하게 하체를 단련하더니 저런 성과를 내었나 보군."

"그런데 도무지 이해가 안 가. 무엇이 그를 저렇게 싸우게 만드는 것일까.”

수련생들이 이야기를 나누고 있을 때, 관장 안현도와 정일훈도 도장에 이르렀다.

안현도는 이현을 살피더니 고개를 끄덕였다.

“나는 그가 왜 싸우고 싶어 하는지 알 것 같다.”

“왜입니까, 관장님?”

“마음이 아플 때면 뭐든 한번 붙어 보고 싶은 법이지.”

안현도의 말에 수련생들은 감히 어이없다는 표정을 지었다.

“그러면 단지 스트레스 해소를 위해서 저렇게 싸운다는 말씀이십니까?”

“너희들은 검을 처음 쥐었을 때의 기분이 어땠느냐. 검을 휘두른다는 것, 상대와 부딪쳐 본다는 것이 좋지 않았느냐?”

“그야 그랬습니다만…….”

“나도 가끔은 그러고 싶을 때가 있다. 육체를 단련하는 이유가 무엇이냐. 자신이 바뀌었음을, 강해졌음을 알고 싶어 하는 사내들의 원초적인 본능이 아니더냐. 요즘 시대라고 해서 검을 벽에 걸어 두고 보기만 할 필요는 없겠지. 적어도 무인의 본능을 가진, 투쟁심을 가진 맹수라면 말이야. 저놈에게는 어쩔 수 없는 맹수의 기질이 있다.”

콰직!

그때 이현의 앞에서 1명의 수련생이 무릎을 꿇었다. 이현의 몰아쳐 오는 검력에 목검이 부서져 버린 것이다.

“그, 그만! 그만 해. 내가 졌다.”

이현의 검은 수련생의 이마 앞에서 딱 멈추었다.

그 상태로 주위를 돌아보는 이현!

"다음은?"

이미 이현의 숨은 턱 끝까지 차올라 있는 상태였다. 가슴이 크게 들썩이고, 도복은 땀으로 흠뻑 젖었다. 쥐고 있는 목검에서 흐른 땀이 한 방울씩 나무 바닥에 떨어진다.

볼 것도 없이 지친 상태다. 그런데도 투지로 눈길이 이글이글 불타오른다.

사람을 잡아먹을 듯한 눈빛!

고독한 늑대가 자신의 지위를 위협하는 경쟁자들을 쓰러뜨리고, 혼자 소리 없는 포효를 하고 있는 것만 같다.

도장 안에 있는 100여 명의 수련생들의 가슴이 뜨거워졌다.

"제가 나서고 싶습니다."

"저를 내보내 주십시오, 사범님!"

수련생의 열띤 도전에, 정일훈은 고개를 저었다.

"너희들은… 안 된다."

"사범님!"

"1명에게 10명이나 졌다는 소문이 퍼지기라도 하면 되겠느냐? 더 이상은 우리 도장의 명예를 떨어뜨릴 수 없지. 내가 직접 나서겠다."

정일훈이 직접 목검을 든다. 세계검술대회에서 두 번 연속 은상을 탄 스페셜리스트가 말이다.

수련생들은 정일훈이 교육의 목적을 제외하고 진지하게 누군가와 검을 겨루는 것을 본 적이 없었다.

'하지만 상대가 사범님이다.'

'과연 싸우려고 들까?'

수련생들은 걱정스럽게 이현을 보았다. 그가 포기라도 한다면 이 승부가 성립될 수가 없었으므로.

그러나 기우였다.

정일훈이 나선다는 말에도 이현은 검을 거두지 않았다. 정일훈을 향해 더욱 꼿꼿하게 세우고 싸울 준비를 갖추었다.

막 정일훈이 목검을 들고 나서려고 할 때, 안현도가 버럭 소리를 질렀다.

"그만!"

"관장님, 관장님께서 이 녀석을 아끼시는 것은 알지만 도장의 자존심이……."

"알고 있다. 그러나 무려 9명이나 쓰러뜨린 녀석이 아니더냐. 그리고 놈 또한 우리 도장의 출신이니, 이것은 우리의 자존심이 상할 일도 아니다."

"하오나……."

"지친 상대에게 네가 나선다면, 네 명성에 수치가 되겠지."

안현도는 도장 내에서 절대적인 존재. 검도를 가는 모든 이의 스승과도 같은 사람이다. 안현도가 이렇게까지 말하자, 정일훈은 물러서야 했다. 그런데 정작 안현도가 빙긋 웃으며 말하는 것이었다.

"저렇게 지친 상대에게는 나 같은 허약한 늙은이가 나서야 공평하다는 소리를 들을 수 있지 않겠느냐."

"스승님!"

"관장님께서……!"

도장 안은 또 다른 흥분으로 달아올랐다.

안현도의 나이 때문에 그가 약하다고 생각하는 사람은 아무도 없다.

세계 검술 대회 연속 4회 우승에 빛나는 주인공.

본국검법과 한국 고대 검술의 전인으로, 막대기 하나만 있으면 대적할 자가 없다는 사람.

안현도가 도장의 중심부로 걸어갈 때에, 주변은 고요함 그 자체였다.

'관장님의 검을 볼 수 있다니……'

'일생에 한 번 올까 말까한 기회로구나!'

수련생들은 바닥에 정좌한 채로, 두 사람의 대결을 기다렸다. 안현도의 검을 볼 수 있다니 이보다 더 영광스러운 자리가 없다. 그렇지만 각 사범들은 꽤나 곤혹스러웠다.

'아무리 눈독을 들이고 있는 녀석이라고 해도, 관장님께서 직접 나서서 사정을 봐주실 참인가?'

'이러다가 개나 소나 도전을 해 오면 귀찮아질 텐데……'

대한민국의 검도를 이끌어 간다는 자부심 때문에라도, 사범들은 이번의 처사가 그렇게 마음에 들진 않았다.

이현이 9명을 쓰러뜨렸다고는 해도 그들은 전부 수련생들. 수련생들과 사범들의 격차는 크다. 그리고 도장에서 안현도에게 직접 검술을 배우고 있는 수제자들과의 격차는 이루 말할수 없을 정도였다. 수제자들이나, 사범들이 1명만 나섰더라면 무모한 도전은 금세 끝이 났으리라.

아무리 이현이 수련생들을 패퇴시켰더라도 사범들은 그리 동요하고 있지 않았던 것이다. 단지 체력이 다 소진된 상태에서도 움직이는 놀라운 투지와 투쟁심에, 몸이 뜨거워졌을 뿐이다. 검술 자체에 대한 감탄과는 다른 문제였다.

한편 정일훈은 다른 생각을 하고 있었다.

관장 안현도.

그는 매우 괴짜이다.

'혹시 져 주시는 건 아니겠지?'

정일훈은 고개를 절레절레 저었다. 그는 일주일에 한 번 정도씩 아직도 안현도와 직접 검을 겨루어 오고 있었다.

막막함.

절망.

그리고 경외감.

안현도의 검은 더 높은 경지에 다다랐다. 저 멀고 높은 경지에서 아래에 있는 사람들을 관조하는 것만 같다. 정일훈조차도 옷깃도 건드리지 못할 수준이었던 것이다. 그 정도의 실력자가 일부러 패배를 해 줄 거란 생각은 들지 않는다.

'설마 그러시기야 하겠어. 아끼는 녀석이니 적당히 알아서 물러나게 하시겠지. 운이 좋았군, 이현.'

정일훈의 눈이 차가운 한기를 내뿜는다.

이현의 체력은 이미 한계에 달해 있었다. 근육을 쥐어짜서 내는 힘으로 버텨 오고 있었을 뿐. 누가 나서더라도 곧 무너져 버리고 말 것이다.

정일훈이 나선 이유도 그런 문제 때문이었다.

이미 체력이 사라진 상대에게, 흥분한 상태의 수련생을 붙여 놓는다면 어찌 되겠는가.

수련생들은 이현을 꺾기 위해 전심전력을 다할 것이다. 그것이 어떤 결과를 초래할지조차 모르는 채! 상대에 대한 배려가 없이 휘두르는 검은 이현의 몸을 크게 상하게 만들 수도 있다. 아무리 수련생이라고 해도 연속으로 9명과 싸웠던 만큼, 이현의 육체는 완전히 극한의 상황에 다다라 있었으니까.

정일훈이 나섰던 것도 압도적인 실력으로 가볍게 끝내 주기 위해서였던 것이다.

'관장님도 대충 녀석을 기절시키는 정도로 제압하시겠지.'

그러나 정일훈의 생각은 철저한 오판이었다.

흐뭇한 시선으로 이현을 보고 있던 안현도가 이렇게 말했던 것이다.

"목검이 마음에 드느냐? 나는 아직도 목검이 손에 익지 않더구나. 그래서 말인데, 진검으로 싸워 보지 않겠느냐?"

무식한 초보자들

"말도 안 됩니다!"

정일훈이 버럭 소리를 질렀다.

한 번도 안현도의 명령을 거슬러 본 적이 없지만, 이번만큼은 정말로 아니다.

"상대는 초보자입니다. 검을 제대로 쓸 줄도 모르는 초보자와 진검으로 겨루어 보신다니요!"

"어허, 일훈아! 너에게 묻지 않았다. 지금 나와 상대할 당사자에게 묻고 있지 않더냐! 너는 나의 결투를 방해할 셈이냐!"

안현도의 음성이 도장 내에 쩌렁쩌렁 울린다.

이럴 때의 안현도는 누구도 말릴 수가 없었다. 혹시 말리더라도 그 후의 처참한 보복! 그것을 감당할 수가 없었던 것.

사범들은 전부 침묵한 채, 이현에게 어서 거부하라는 눈짓을 보낸다. 필요하다면 도망이라도 치는 게 좋다.

진검 승부.

말 그대로 진검으로 싸우는 것은, 아무리 숙련된 사람이라도 겁이 벌컥 나기 때문이다.

　그러나 이현은 그 자리에 그대로 서 있었다.

　안현도가 박수를 친다.

　"좋구나. 물러설 마음이 없어. 사내라면 응당 그래야지. 일훈아, 내 방에 가서 벽에 걸린 검을 두 자루 가져오도록 해라. 뭘 말하는 건지는 알고 있지?"

　"관장님……."

　설상가상이었다.

　무쇠도 자르는 명검.

　그것을 대련에 쓰자고 하다니 정일훈은 기가 차서 말이 안 나올 지경이다.

⁂

　'진검.'

　이현은 검을 잡고 그대로 서 있었다.

　혼란에 사로잡혀 있었던 정신이 맑게 깨어나는 느낌이었다.

　'내가 왜 이곳에 있지?'

　이현은 병원을 나와서 헌책방에 가려고 했다. 그러다가 도장에 찾아왔다.

　싸움을 하기 위해서가 아니었다. 그저 답답해진 마음을 조금이라도 풀기 위해서였다. 땀을 흘리면서 훈련을 하면 개운해지리라는 기대에.

그런데 도장에 오니 사람들이 도전을 해 왔다.

한번 검을 겨루어 보자고 한다.

이현은 거부하지 않았다.

목검 대 목검.

승부는 공정하다.

피할 까닭이 없었다.

첫 번째 상대는 조금 약했다.

기교는 있지만 힘이 약하다는 것을 느낄 수 있었다. 훈련을 한다고 힘이 반드시 강해지리란 법은 없다. 근육에 잠재된 힘을 제대로 이끌어 내야 한다. 호흡과 몸의 탄력, 중심을 제대로 활용했을 때에 힘이 나온다.

첫 번째 상대는 그런 면에서 부족했다.

첫 상대가 쓰러진 다음에는 또 다른 도전자가 나타났다.

이번에는 여러모로 완숙함에 이르렀다. 노련하게 이현의 검에서 허점을 찾으려고 든다.

방어 위주의 검술.

그러나 완벽하지는 않았다.

아주 찰나지간에 빈틈을 찾을 수 있었다. 자신의 능력을 완전히 파악했을 때에만 사지로 찔러 넣을 수 있는 허점들이 보였다. 상대의 검의 움직임과, 이현의 속도를 감안한다면 손가락 하나 차이로 아슬아슬하게 공격할 수 있는 허점들.

'로열 로드가 도움이 되었겠지. 나는 수만 번도 넘게 싸웠으니까.'

가상현실 게임.

로열 로드를 한다고 해서 다들 검의 달인이 된다면 이 세상은 강한 사람들로 가득 찼으리라. 게임과 현실의 육체가 다르고, 일반적으로는 스킬에 의존해서 싸우기 마련이다. 이현처럼 본격적으로 검술을 익히고, 게임에서 발전시켜 나가는 경우는 그다지 찾아보기 힘들다.

두 번째 수련자도 그렇게 쓰러뜨렸다.

하지만 도전자들은 계속 나타난다.

'왜 나를 이기고 싶어 하지? 왜 나를 꺾고 싶어 하는 것이냐.'

화가 났다.

사실은 그의 눈빛이 굶주린 늑대와도 같아서 다른 이들을 도발하고 있다는 것도 모르는 채.

거친 맹수처럼!

마지막 힘까지 짜내서 상대를 오히려 몰아붙였다.

그리고 진검을 쥐었다.

'차갑다.'

이현은 진검을 들면서부터 정신을 차렸다.

진검을 받아 들고 나서도 안일하게 있을 수는 없다. 손에 쥐는 바로 그 순간, 세포가 하나하나 곤두서는 느낌이었다.

지금까지 느껴 왔던 감각이 20%라면, 지금은 5배 정도 예민해졌다. 극한에 이른 육체가 주위의 모든 것을 민감하게 받아들인다. 긴장감과 흥분된 마음까지도.

이현은 차분하게 숨을 골랐다.

진검을 쥐었다는 것만으로도 정신이 맑게 깨이는 기분이다.

안현도에게 바로 달려들지 않았다. 그 덕분에 한계에 다다른 육체가 잠시 쉬어 줄 수 있었다.

아주 짧은 여유.

근육과 혈관들은 휴식을 취했다. 심장이 내뿜는 산소들이 육체 전체로 퍼진다. 손에 쥔 검과 세상은 차갑기만 한데, 가슴으로부터 몸이 뜨겁게 달아오르는 기분이었다.

'이것이 진검을 쥔 기분인가.'

아무리 생각해 봐도 자신이 왜 이곳에 와 있는지 알 수 없었다. 그저 땀을 한번 흘려 보고자 했을 따름인데 일이 이 지경이 되다니.

'항복을……'

가치가 없다. 별것도 아닌 일에, 자칫 큰 부상을 당할 수도 있는 진검을 쥐고 싸울 필요가 없다. 사과를 하고, 패배를 인정한 다음에 진검을 내려놓아야 했다.

그때 이현의 눈빛을 살피고 있던 안현도가 말했다.

"겁이 나느냐? 덤벼들 용기가 없느냐? 그것도 좋겠지. 저 황야를 달리는 맹수라는 놈들도 자신보다 더 강한 녀석을 만나면 꼬리부터 내리는 법이거든."

이현은 울컥했다. 그리고 아차 싶었다.

가슴에 격동이 찾아오는 순간은, 이미 진검을 휘두른 다음이었다.

아홉 번에 걸친 대련을 통해서, 감정에 따라 자신도 모르게 검을 휘두르게 되어 버린 것이었다.

채애앵.

검이 맞부딪는 소리.

쇠붙이와 쇠붙이가 부딪쳤다고는 믿을 수 없을 만큼 맑은 소리가 난다.

안현도는 가볍게 검을 부딪고 한 발자국 물러났다.

"휘둘러 보지도 못할 검이라면 내려놓는 것이 낫다. 그러나 이미 한 번 휘두른 다음이라면 두 번째가 그렇게 어렵지도 않겠지. 어떠냐, 한 번 더 해보겠느냐?"

대답 대신 이현은 정면으로 검을 휘둘렀다. 하지만 본래의 속도가 아니라 60% 정도의, 간단히 막을 수 있는 정직한 공격이다.

쨍강.

검이 부딪치고, 손끝에 미세한 진동이 흘렀다.

이현은 귓가로 들리는 청명한 검의 소리가 좋았고, 손에 쥐고 있는 느낌이 좋았다.

'명검이구나.'

어떤 검인지 듣지 않았어도, 완벽하게 한 몸처럼 느껴지는 검이다. 예리함이 어느 정도일지는 몰라도 이런 검이 명검이 아니라면 어떤 검이 명검이겠는가.

이현은 안현도가 너무나도 가볍게 자신의 검을 막아 버리자, 조금씩 공격의 속도를 올렸다. 그러나 여전히 상대를 해칠 수도 있다는 우려 탓에, 얼마든지 막을 수 있는 정직한 공격이었다. 정면을 향해 날리는 검들은 내버려 두더라도 가슴 앞을 충분한 여유를 두고 스치고 지나갈 정도였다.

안현도는 폭군처럼 이현의 검들을 중간에 쳐 버린다. 모조리 튕겨 내고 막아 버리는 검! 맹수처럼 가득 살기를 뿜어내며 이현을 죽이기 위해 덤벼드는 것이었다.

안현도의 검이 이현의 심장을 찔러 왔다.

진검으로!

'죽고 싶지 않다.'

이현은 혼신의 힘을 다해서 안현도의 검을 쳐 냈다. 여유나 상대를 향한 배려 따위는 사라졌다. 어마어마한 살기에 맞서서 몸부림이라도 쳐야 했다.

명쾌한 바람 소리.

진검이 번뜩이면서 공간을 가를 때마다 가슴이 철렁한다.

둘 사이의 공격이 치열해지면서 수련생들의 입이 벌어졌다.

"사, 사범님! 이거 말려야 되지 않을까요?"

수련생들이 못내 불안했던지 물어 온다.

그러지 않아도 정일훈은 왠지 돌아가는 사태가 심상치 않다고 생각했다.

진검으로 이현을 상처 없이 제압하기란 굉장히 어렵다. 그렇지만 안현도는 그게 가능할 정도의 실력자다.

검등으로 손목을 칠 수도 있고, 검자루로 혹은 미간 등의 급소를 눌러서 일시적으로 육체를 통제 불가능한 상태로 몰아넣는 것도 그에게는 간단한 일이다. 하지만 안현도는 조금도 그런 의사가 없이 이현을 공격하고 있는 것이다.

주변에서 보기에도 피부에 소름이 돋을 정도의 살기인데, 감당하는 본인은 어떻겠는가.

'관장님께도 생각이 있으시겠지. 설마 아무 생각도 없이 하는 일은… 아닐 거야. 근데 왜 이렇게 불안하지?'

혹시 모를 사태가 일어날까 두려워, 정일훈도 얼른 진검을 가져와서 대비했다. 위험한 상황이 전개되면 뛰쳐나가서 막을 참이었다.

그러나 곧 그는 편안히 구경만 할 수 있게 되었다. 검과, 검이 변화하고 있었다.

상대가 강하게 밀어붙여 오자, 살기 위해서 이현은 자신의 힘을 이끌어 내야 했다.

좀 더 격렬하게, 힘껏. 그리고 빠르게.

불가능하다고 여겼던 것들이 조금씩 깨어진다.

이현은 자신의 육체를 완전히 제어하고 있었다. 그런데 이 육체가 반란을 일으켰다.

이현의 검이 보다 더 강해지고 있었다.

정일훈이 꿰뚫어 보기에 이현이 가지고 있는 역량 이상으로 검이 능동적으로, 살아 있는 것처럼 변하는 것이었다.

고수의 눈에만 보이는 움직임이지만, 수련생들도 무언가 이상함을 느끼기 시작했다.

"어?"

"조금 달라졌어."

"그런데 뭐가 달라진 거지?"

안현도의 검은 조금씩 막기 힘든 경로로 공격해 들어왔다.

사선으로 베는 검.

도저히 막을 수 없는 검을 피하기 위해서 이현은 몸을 낮추며 동시에 검을 찔렀다. 생각하고 움직이는 것이 아니라, 본능에 의한 것이었다.

안현도의 광폭한 검에 맞서 싸우는 몸부림이 이현이 가지고 있던 머뭇거림을 지웠다.

'왜 즐겁지? 이렇게 위험한 순간인데…….'

이현의 입가에 절로 미소가 떠올랐다.

스스로도 이유는 알 수 없었지만, 그는 결투에만 집중하기로 했다.

검을 휘두르는 일. 누군가와 싸우고 쟁취한다는 일이 즐거웠기 때문이다. 싸움 자체가 좋았다.

'나는 그동안 너무 많은 생각을 하고 있었어. 싸울 때만큼은 그런 생각을 할 필요가 없는데…….'

검을 휘두르는 것이 너무나도 좋아서, 아무리 애써도 넘볼 수 없는 안현도를 향해 덤벼드는 이현이었다.

억지스럽게 휘두르는 검이 사라지고, 몸과 맞춰서 놀기 시작한다.

✦✦✦

검을 한차례 나눈 이후로 이현은 기진맥진했다. 근육은 지독한 통증에 휩싸이고, 다리는 휘청거려서 제대로 걷지도 못했다.

"이것을 마시게. 그러면 몸이 좀 풀어질 거야."

안현도는 그를 관장실로 안내해서 깊고 그윽한 향이 나는 차를 대접해 주었다.

"좋은 차군요."

"그럼. 백두산에서 나온 산삼을 달여서 만든 차라네."

"가격이 비쌀 텐데……."

"돈이 많이 든다고 해도 몸보다 소중한 건 없지. 그렇지 않나?"

"예, 그렇습니다."

이현은 차를 남김없이 마셨다. 생수를 섞어서 한 방울도 빠짐없이!

몸에 좋은 건 일단 먹고 보는 것이었다.

"잘 마셔서 좋군. 더 들게."

"감사합니다. 갈증이 좀 나는군요."

이현은 연거푸 다섯 잔을 마셨다.

그러면서 안현도와는 자연스럽게 대화의 시간을 가졌다.

"흠흠, 그보다도 궁금한 게 있어. 자네는 검을 쥐어 본 것이 이번이 처음이지?"

"예."

"별로 당황하지 않더군. 그리고 아주 많이 싸워 본 사람의 관록도 보였다. 무식하게 상대만을 제압하려고 한다면 9명을 이길 수는 없지. 도장을 나가고 난 이후로, 다른 곳에서 검을 배웠나?"

"그렇지 않습니다. 제가 검을 익힌 건……."

로열 로드의 이야기가 나왔다.

허수아비를 때리고, 몬스터들을 사냥하면서 검술을 익혔다는 이야기를 해 주었다.

이현은 타인을 쉽게 믿지 않는다.

지금까지 당하면서 살아온 기억 때문에 더더욱 마음을 열지 않았다. 하지만 안현도는 왠지 믿을 수 있을 것 같았다.

검은 때때로, 자신을 숨기지 못하고 모두 드러내 보인다. 안현도와 나누었던 검은, 그를 믿을 수 있는 사람이라고 여기게 해 주었다. 백 마디 말보다, 대련 한 번이 사람을 아는 데에는 더 효과적일 때가 있다.

"그랬군. 싸우면서 검술을 발전시키기란 생각보다 어려웠을 텐데……."

"여기서 쌓은 기본기 덕분에 어느 정도 가능했습니다."

"그런데 몬스터라는 놈들이 정말 있단 말이지? 진짜 살아있는 것처럼 움직이고, 그놈들을 잡으면 아이템과 돈이 떨어지고… 경험치도 오른다는 말이지? 드래곤도 있고?"

"예? 예, 그렇습니다."

"오늘은 피곤할 테니 들어가서 쉬게. 나중에라도 또 도장에 찾아와서 검을 나누어 보았으면 좋겠군."

"안녕히 계십시오."

휴식을 취하며 몸을 추스른 이현이 도장을 나갔다. 그러자 정일훈은 깜짝 놀랐다.

"스승님, 그를 잡지 않으십니까? 수제자로 삼고 싶다고 하셨는데, 혹 마음이 바뀌신 건 아닌지요."

"아니야. 놈은 마음에 쏙 들어."

"그러면 왜 그냥 보내셨습니까?"

"밥에도 뜸을 들여야지. 그래야 맛있게 익기 마련이야. 스스로 길을 찾아서 가고 있을 때에는 당분간 지켜봐 주는 것도 좋겠지. 그런데 로열 로드라……."

안현도가 어릴 때에는 판타지 소설이 크게 유행을 했다. 차원을 이동한 현대인이 그곳을 개척하며 왕국을 세우는 이야기! 혹은 재능 있는 소년이 왕국의 기사를 만난다. 그의 종자가 되어 검술을 익히고, 세상에 나가서 기사도를 실천한다.

"그리고 몬스터라… 와이번이나 드래곤! 그래, 드래곤도 있단 말이지?"

"예? 예, 그렇다고 들었습니다. 아직까지 잡은 사람은 1명도 없지만요."

정일훈은 떨떠름하게 대답했다. 대체 안현도가 무슨 생각을 하고 있는지를 알 수 없었다.

"판타지 세상으로 가서 드래곤 슬레이어가 된다. 혹은 오크들을 무찌르고 인간들의 영웅이 된다. 황제? 황제도 될 수 있고… 흐음!"

안현도의 가슴이 벅차올랐다.

검을 익히고 어느새 최고의 자리에 올랐다. 하지만 그 검을 실제로 얼마나 유용하게 써 왔는지는 의문이다. 부와 명예는 얻었지만 검에 대한 욕망은 충족시키지 못했다.

"몬스터와 싸운다. 인간들을 위협하는 몬스터와… 일훈아!"

"예, 스승님."

"그걸 하기 위해서는 캡슐이 필요하다지?"

"그렇습니다."

"주문해라!"

"옛!"

보통 캡슐의 주문과 설치까지는 이틀에서 사흘 정도의 시간이 걸린다. 하지만 정일훈은 엄청나게 독촉 전화를 해 대어 당일 설치를 가능하게 만들었다. 캡슐 설치 기사들의 항의를 받으면서 말이다.

그런데 주문한 캡슐은 1개가 아닌 5개였다.

"이게 웬일이지?"

묻는 안현도의 날카로운 시선에, 정일훈은 사실대로 털어놓았다.

"스승님이 어딜 가시든 따르는 것이 제자의 의무 아니겠습니까?"

"너와 다른 녀석들도 로열 로드를 하겠단 말이냐?"

"예."

사범들이 씩씩하게 대답을 한다.

"도장은 어떻게 하고?"

"보조 사범들이 있지 않습니까? 저희들이 어디 외국으로 멀리 떠나는 것도 아닌데요."

안현도는 호탕하게 껄껄 웃었다.

"그것 좋구나. 그런데 그 게임이란 걸 하려면 이름을 정해야 한다지?"

"스승님께서 저희들 것을 정해 주시죠!"

"나는 검치로 할 것이다. 그러니 일훈이 너는 검둘치로 해라."

"알겠습니다."

"그리고 종범이 너는 검셋치. 아니, 검셋치는 좀 이상한가? 그러면 검삼치로 하자."

"예."

대한민국에서 검술로 다섯 손가락 안에 든다는 최종범의 닉네임은 검삼치가 됐다.

"큭큭."

"검삼치라니……."

마상범과 이인도는 터져 나오는 웃음을 감추지 못했지만, 그들도 운명을 피해 갈 순 없었다.

"그다음은 검사치, 검오치."

"…이름을 정해 주셔서 감사합니다, 스승님!"

"검오치, 스승님께 인사 올립니다!"

마상범과 이인도는 허리를 숙이며 감사하다고 말했다. 그러나 그들의 등줄기에서는 식은땀이 흘렀다.

'이런 유치한 이름을…….'

'어디 가서 창피해 말도 못 하겠다!'

캡슐에 들어가 로열 로드에 접속한 안현도는 계정과 캐릭터를 설정했다. 이름은 제자들에게 말했던 대로 검치라고 정하고, 시작하는 국가는 로자임 왕국을 선택했다.

안현도의 캐릭터는 세라보그 성의 시작점에 나타났다.

"오오, 놀랍구나."

검치는 접속해 보고 나서 한동안 멍하니 그 자리에만 서 있었다.

"이런 감각을 구현할 수 있단 말인가."

모든 것이 느껴졌다. 눈으로 보이는 세상은 완전한 중세풍의 도시였고, 귀로는 사람들의 웃고 떠드는 소리가 들린다.

"같이 레벨 업할 사람 구해요."

"강철 도끼 저렴하게 팝니다!"

"같이 남부 마을로 떠나실 분! 남부 마을에서 함께 교역하실 상인 분 구합니다."

킁킁.

검치는 코를 벌름거렸다. 어디선가 맛있는 향기가 난다.

고개를 돌려 보니 누군가 음식을 만들고 있다.

"여기 맛있는 전을 팝니다. 초급 요리 스킬 7로 만든, 맛있는 녹두전!"

검치는 침을 꿀꺽 삼켰다. 먹고 싶었지만 가진 돈이 얼마 없다.

그때에 다른 이들도 접속했다.

검둘치, 검삼치, 검사치, 검오치!

"스승님, 먼저 접속하셨습니까!"

"오, 그래! 너희들이 왔구나."

검치는 제자들과 함께 즐거움을 나눴다.

늘 보던 얼굴들이지만 로열 로드를 통해서 만나니 색다른 느낌이 난다.

그런데 검사치가 호주머니를 뒤져 보더니 깜짝 놀라는 것이었다.

"앗, 스승님!"

"무어냐?"

"주머니에 빵 10개와 수통이 하나 있습니다. 손을 집어넣으니 꺼낼 수도 있는데요!"

"그래? 정말 신기하군. 그러면 이곳의 빵은 맛이 어떤가 한

번 볼까?"

검치와 검둘치 들은 주머니에서 빵을 꺼내서 한입 베어 물었다. 너무 굳어 돌을 씹은 듯 딱딱했다.

"퉤, 퉤! 그렇게 맛있지는 않군. 다들 이런 음식을 먹으면서 사냥을 하나?"

"제가 인터넷으로 좀 찾아봤는데, 음식도 가짓수가 굉장히 많다고 합니다. 이건 최하급 음식이고, 고급 음식들은 입에서 살살 녹는다는군요. 천하일미라고 합니다."

"종범이, 아니 여기서는 닉네임을 불러야지. 검삼치! 너 제법 똑똑하구나."

"헤헤, 제가 좀 하는 편입니다."

스승의 칭찬에 검삼치는 이를 드러내며 씨익 웃었다.

도장에서는 사범이라며 수련생들로부터 추앙을 받고 있는 존재다. 다소 무뚝뚝하고 맡은 일에 열심인 편이었다. 그런데 로열 로드에 접속하고 나니, 스승과 함께 여행을 다니는 기분이 났다.

즐겁고 가벼운 마음에, 평소답지 않게 자주 웃는 것이었다.

"그래도 계속 씹으니 나름대로 먹을 만한데요? 딱딱한 것이, 꼭 건빵을 씹어 먹는 것 같습니다."

"이거 재료가 보리 같군. 그러면 보리 빵인가?"

검치와 검둘치 들은 이야기를 나누면서 수통의 물을 마시고 8개씩의 빵을 해치워 버렸다.

"이제 슬슬 움직여 볼까?"

"수련관으로 가는 것이 어떻겠습니까?"

"이현, 아니 위드가 그랬는데 4주 동안은 밖에 나가지 못한다고 했습니다."

"그래. 우리에게는 역시 수련관이 제격이지. 일단 가 보자꾸나!"

검치와 4명의 사범들은 일단 수련관을 찾았다. 세라보그 성은 엄청나게 넓어서, 몇 번을 헤매고 사람들에게 물어서야 수련관을 찾았다.

넓은 장소에 천 개의 허수아비들이 세워져 있다.

소수의 유저들이 허수아비를 두들기며 익힌 스킬을 실험 중이었다.

"오오! 이런 식으로 구현되어 있구나."

"우리 도장보다 훨씬 낙후된 구조로군요. 체력 측정기나 체계적인 트레이닝 시스템도 갖춰져 있지 않구요."

"검둘치야. 시설이 중요하겠느냐? 검을 든 사람의 마음이 중요한 것이지."

검치와 검둘치 등은 목검으로 허수아비를 때리기 시작하였다. 위드에게 들었던 이야기대로 시작을 하려는 것이다.

"이야합!"

"얍!"

검둘치, 검삼치 들은 오랜만에 옛날로 돌아온 듯한 느낌을 받았다. 고정되어 있는 물체를 때리면서 검력을 키우는 이 과정은 십 년도 전에 다 졸업을 했으니 말이다.

"어허! 기합 소리가 작다! 더 크게!"

"옛! 백만 스물 하나! 백만 스물 둘!"

검치들은 열심히 허수아비를 두들겨 팼다.

> 힘이 1 상승하였습니다.

가끔씩 기분 좋은 메시지를 보면서!

어떤 의미에서는 검에 미친 이들만 모였으니, 이들은 쉬지도 않았다.

검을 쓰는 일이 즐거웠다.

그리고 나중에 몬스터를 호쾌하게 검으로 때려잡는다.

이때를 기약하며 힘과 능력을 기르는 것이었다.

'로열 로드의 몬스터들은 내 검을 받아야 할 것이다.'

검치의 눈이 유난히 반짝였다.

"그나저나 몸을 움직이니 배가 좀 고프군."

"빵이 2개 남아 있습니다, 스승님!"

"나도 있다. 그러면 먹고 할까?"

"옛."

검치들은 가지고 있는 빵을 전부 먹어 치워 버렸다. 그래 봐야 남아 있는 빵 2개였다.

"빵을 먹으니 포만감이 차는군요!"

"오, 그래! 검삼치, 네가 제법 능숙해 보이는구나."

"포만감이 떨어지면 허기를 느끼는 것 같습니다, 스승님!"

"검사치, 너도 제법이다."

"그런데 스승님, 그리고 얘들아. 우리 이제 빵을 다 먹어 버렸는데 앞으로 포만감이 떨어지면 어떻게 하죠?"

"……."

검오치의 말에 정적이 흘렀다.

누구도 함부로 말을 내뱉을 수 없는 분위기였다.

검치가 제자들을 보며 물었다.

"심각한 사태다. 무슨 의견을 가지고 있는 사람이 없느냐?"

"제가 말해 보겠습니다."

"검둘치, 말해 봐라."

"예. 사냥을 하면 되지 않을까요? 사냥을 해서 돈을 벌고 아이템을 줍는 겁니다. 그러면 보리 빵이 아니라 더 맛있는 것도 먹을 수 있을 것입니다."

"오, 그런 방법이……."

검치가 활짝 웃을 때, 검삼치가 고개를 절레절레 저었다.

"안 됩니다, 사형. 우리들은 4주 동안 성 밖으로 나갈 수 없잖습니까."

"……."

검치들이 고개를 숙였다. 이 무시무시한 사태를 해결할 방도가 떠오르지 않는다.

보통 게임 경험이 많은 이들이라면 퀘스트를 할 생각을 했을 것이다. 그렇지만 이들은 NPC의 심부름을 한다는 건 상상조차 못 했다. 오직 사냥만이 해결법인데, 성 밖으로 나가지 못한다니 아득할 뿐이다.

한참 만에 검치가 목검을 들고 외쳤다.

"우리는 검사다. 우리는 검만 휘둘러도 배가 부르다!"

"그렇습니다, 스승님! 우리는 검만 있으면 됩니다."

"우와아! 역시 스승님이십니다."

검둘치, 검삼치, 검사치, 검오치가 박수를 쳤다.

그때부터 다섯은 열심히, 주구장창 허수아비를 목검으로 두들겨 팼다. 배가 고프면 더더욱 손아귀에 힘을 주어서.

"헛허허!"

수련관의 교관은 흐뭇한 미소를 지었다.

교관으로서는 오랜만에 수련관에 찾아온 수련생들이 이토록 열의를 보이니 기쁠 수밖에 없다.

"어이, 자네들. 나와 밥이나 한 끼 같이하겠는가?"

교관이 도시락을 싸 와서 나누어 주려고 했다. 그러나 검치들은 침을 꼴깍 삼키면서도 나서지 못했다.

"안 된다! 체면과 자존심이 있지, 어떻게 NPC에게 빌붙는단 말이냐?"

"여, 역시 그렇겠죠, 스승님?"

"그, 그렇다! 우리는 검만 있으면 된다."

꼬르륵.

검치들은 배에서 나는 소리를 무시한 채로 열심히 허수아비만 두들겼다.

이내 이들은 세라보그 성의 명물이 됐다.

"저 사람들 좀 봐! 밥도 안 먹고 허수아비만 친대."

"몇 시간 동안 살펴본 사람이 있었는데, 진짜 안 먹는다던데."

"허수아비만 쳐도 배가 부른가 봐."

말도 안 되는 소리였다.

배가 고팠지만 가지고 있던 보리 빵들이 다 떨어지자 억지로 참고 있을 뿐이었다.

포만감은 3% 미만! 체력이 다 떨어져서 몸을 움직이기 힘들 정도가 되어서도 허수아비만 때리는 것이었다.

> 굶어서 사망하셨습니다. 24시간 동안 로그인이 불가능합니다. 단 초보 상태이기 때문에, 아이템이나 레벨 하락은 없습니다.

개도 안 죽는다는 허기로 인한 죽음.

4주 동안 성 밖으로 나가지 못하는 초보들 중에 죽는 경우는 극히 드물었는데, 자존심 강한 검치들이 그러한 죽음을 당한 것이다.

그것도 수많은 유저들이 보는 앞에서의 굴욕적인 죽음이었다.

⁕⁘⁕

안현도와 정일훈 등은 도장 회의를 열었다.

"로열 로드라… 우리가 그동안 문명의 이기에 대해서 너무 무관심했다는 생각이 들지 않느냐, 일훈아."

"그렇습니다."

"도장의 수련생들에게 로열 로드를 시키면 어떨까? 그곳에서는 더 많은 시간 동안 수련을 시킬 수 있고 몬스터들과 싸울 수도 있으니 나름대로 의욕도 고취시키고 말이다."

"그것 참 괜찮은 생각, 아니 아주 훌륭하신 생각입니다. 몬스터들과 싸우면서 자신의 실력을 검증한다면 나태해지지도 않을 겁니다."

안현도와 정일훈은 죽이 척척 맞았다. 다른 사범들도 다를 바 없었다.

"직접 실전을 보이면서 검의 위력을 깨닫게 해 줄 좋은 기회가 되겠군요!"

"우리들이 먼저 나서서 보여 준다면, 제자들도 검에 대한 깨달음을 얻기가 한층 쉬울 것입니다."

"검이란 세상 밖의 물건이 아니라, 세상과 하나로 어울리는 것, 세상과 나를 이어 주는 것입니다. 그 검을 벗 삼아 함께 미지의 대륙을 여행한다! 참으로 좋은 의견이십니다, 관장님."

그런데 그 자리에는 유일한 여성이자 비서이며, 안현도의 조카도 1명 있었다. 그녀는 양손을 허리에 갖다 대고 씩씩거리며 말했다.

"작은아버지! 검은 마음을 닦는 수행의 도구이며, 반드시 상대가 필요한 것은 아니다, 적과 싸우기 위해서 배우는 검은 잔기술에 불과하다! 평소에 하시던 말씀이잖아요!"

"어허! 네가 나와 대련이라도 하고 싶은 게냐? 오랜만에 한판 붙어 볼까? 봐주기 없기다?"

"그런……!"

"자, 그럼 구체적인 계획을 세워 보자. 숙식을 함께하는 우리 도장의 정식 수련생들이 총 몇 명이지?"

"500명입니다."

"그러면 캡슐을 500개 추가 주문하고… 단체 가입이니 할인 되겠지?"

"될 겁니다. 늦어도 내일까지 바로 설치할 수 있도록 손을 써 보겠습니다."

정일훈이 자신 있게 대답했다.

제자들로부터 받는 입관비로 캡슐 500개를 산다는 건 무리이리라. 하지만 안현도의 도장의 명성은 대한민국만이 아니라 전 세계에 퍼져 있다. 세계검도연맹으로부터의 지원금과 체육협회의 지원금 그리고 수련을 받고 퍼져 나간 제자들을 통해서 막대한 금액이 들어오고 있었다. 입관비는 그중의 일부일 따름이다.

검삼치인 최종범이 조용히 미소를 지으며 중얼거렸다.

"보리 빵이 5천 개나 늘어나겠군요."

"……."

"……."

"크흠!"

진혈의 뱀파이어

위드가 다시 접속했을 때, 알베론은 조용히 자리에 앉아서 수도를 하고 있었다. NPC들이라고 해도 레벨과 스킬을 향상시키기 위해서는 일정한 행동을 해야 했다.

'별일은 없었군.'

사실 텔레포트 게이트가 있는 이 동굴은 시작점으로 설정된 만큼, 안전한 곳이다. 몬스터의 침입으로부터 완전히 보호받는 것이다.

위드가 동굴 밖으로 나가려고 하자, 알베론이 슬그머니 일어나서 따라 나온다.

차기 교황 후보답게 조신한 움직임.

"어디 가십니까?"

"정찰이다. 너는 그대로 대기하고 있어."

"예, 이곳에서 기다리고 있겠습니다."

알베론은 다시 자리에 앉아 수도를 한다.

위드는 혼자서 동굴 밖으로 나왔다.

알베론이 있을 때만 해도 동굴 밖을 향해 걸어가던 당당한 발걸음은, 밖으로 나오면서 살얼음판을 걷는 듯 새 걸음으로 변했다.

'몬스터는⋯⋯.'

일단 동굴의 주변을 충분히 살핀다.

흑색 거성과, 인적이 사라진 마을.

지금은 대낮이라서 훤히 내려다보인다.

눈 덮인 마을과 산에는 몬스터들은 보이지 않았고 안전했다.

'이 근처는 그다지 몬스터들이 없는 편이군. 하지만 나타나는 몬스터들은 모두 강하겠지.'

위드는 조심조심 산을 내려갔다. 중간중간 혈광을 뿜어내고 있는 늑대들이 나타나면 멀리 돌아가기도 했다.

'너희들과 싸울 때는 아직 아니야.'

살금살금 기어서, 때로는 한참 동안이나 바위 뒤에 숨어 가며, 마침내 마을에 도착했다.

마을에는 상점들과, 흉가로 변한 집들이 있었다. 상점들에는 주인도 없고 물건도 없다. 버려지고 부서진 마을.

'보급도 불가능하다고 봐야겠군.'

모라타 지방으로 온다고 했을 때부터 기초적인 대비는 했다. 음식 재료와 약초를 최대한 사서 시작점에 남겨 두었다. 실로 엄청난 양이었으니 한동안 떨어질 걱정은 하지 않아도 되리라.

위드는 마을을 한차례 둘러보고 싶었지만 그럴 여유가 별로 없었다.

보온에 있어서는 별다른 효과가 없는 방어구들.

추위를 물리치기 위해서는 불이라도 피워야 했지만, 이곳에서 불을 피운다는 건 자살 행위나 다름이 없는 일이었다.

조금만 더 시간이 지나면 감기에 걸리게 되기 때문에 위드는 조심스럽게 주변만을 정찰했다.

몇 마리의 뱀파이어들이 지나간다.

진혈의 뱀파이어족.

그들을 그대로 지나쳐 보낸 후에 한참의 시간이 지나자, 마침내 무리에서 떨어져서 혼자서 돌아다니는 뱀파이어가 나타났다.

몸에 착 달라붙는 시커먼 망토에, 창백한 얼굴.

손에는 보석 반지들을 끼고 있었다.

"축복."

위드가 조용히 뇌까리자, 착용하고 있는 대신관의 반지에서 빛이 뿜어져 나와 몸을 덮었다.

정보창을 확인해 보니 그 결과는 놀라울 정도였다. 힘과 민첩, 체력, 지구력, 인내력 등의 스탯들이 무려 150%로 늘어 있었다. 생명력과 마나의 최대치도 30%씩 상승해서, 생명력은 7천이 넘고, 마나는 6천이 넘는다.

위드는 레벨을 올릴 때마다 받는 스탯을 거의 대부분 민첩과 힘에 투자했다. 지식이나 체력은 거의 올리지 않았다. 낮은 체력만큼 그 대신에 전투를 통해 인내 스탯을 올려 보완했던 것이다.

그런 만큼 7천이 넘는 생명력은 엄청난 것이다. 마나의 양도 늘어난 만큼, 스킬을 보다 여러 번 사용할 수 있게 되었다.

'대단하군.'

20분의 제약이 있었지만, 이 정도라면 환상적인 아이템이라고 할 수 있다.

"붕대 감기!"

다만 일단은 생명력과 마나의 최대치가 상승했을 뿐이었다.

현재의 생명력까지 동반해서 늘어나진 않았기에 열심히 붕대질을 하며 생명력을 최상으로 끌어올렸다.

이미 중급을 넘어서 고급을 넘보고 있는 붕대 감기 스킬.

현재 가장 높은 스킬이었기에 엄청난 속도로 붕대질을 하며 생명력을 보충할 수 있었다.

마나도 회복 속도를 10% 늘려 주는 패로트의 링 7개의 효과로 인해서 제법 차올랐다.

하지만 만반의 준비를 갖추기 위해서는 아직도 조금 부족한 면이 없지 않아 있었다.

'드디어 먹게 되는군.'

위드는 눈을 질끈 감고 음식도 먹었다.

웰빙 로열 버드 더 데이!

조인족의 알을 가지고 만든 음식.

생명력과 마나가 추가로 500 상승했다.

전투 준비는 여기서 그치는 것이 아니다. 위드는 이어서 들고 있는 검이 발휘할 수 있는 스킬도 활성화했다.

"성스러운 가호."

성직자들이 사용하는 성령 방어.

그다음 등급의 스킬!

위드의 몸에 은은한 빛이 어렸다.

방어력을 40 정도나 올려 주는데, 미안한 말이지만 이리엔이 써 주는 스킬보다도 훨씬 더 좋았다.

이때에는 이미 뱀파이어가 저 멀리 떠나가고 있었다. 하지만 무슨 생각에서인지, 위드가 숨어 있는 집의 담벼락을 향해 다시 돌아오는 뱀파이어였다.

"여기서 불쾌한 느낌이 있었는데……."

뱀파이어의 말로 보아서는 성스러운 가호에 이끌려서 돌아온 것 같았다.

"조각 검술!"

준비를 마친 위드는 근처까지 다가온 뱀파이어를 기습했다.

숨어 있던 집에서 뛰쳐나와서 스킬을 펼치며 달려들었다.

"적! 인간인가!"

뱀파이어는 단단한 팔뚝으로 위드의 검을 막았다. 하지만 조각 검술의 특징은 무시무시한 공격력에 있었다.

상대방의 방어력을 송두리째 무시해 버리는 공격!

적의 레벨이 낮을 때에는 별로 상관이 없었다. 토끼 따위에게는 조각 검술을 쓰나 안 쓰나 거의 차이가 없는 것이다. 하지만 뱀파이어처럼 강력한 방어력을 가진 몬스터들에게는 거의 그대로의 데미지가 들어갔다.

"캬아아!"

공격당한 뱀파이어의 생명력이 하락한다.

하지만 높은 레벨답게 한 번의 공격으로는 꿈쩍도 안 했다. 모기에라도 물린 것처럼 멀쩡한 것이다.

"인간! 피를 빨아 주마!"

뱀파이어가 두 손을 앞으로 쭉 내밀며 덤벼든다.

단순하고 무식한 공격이었지만 잡히는 날에는 목덜미에 2개의 구멍이 뚫려야 했다. 그러고는 불쾌한 경험을 해야 할 테지.

위드는 머리를 숙인 채로 뱀파이어의 가슴을 길게 베면서 옆으로 빠져나왔다. 눈 덮인 땅에 구르면서 뱀파이어를 보니, 이번의 타격도 제대로 들어간 것 같다.

'좋아. 데미지가 꽤 큰 편이군. 하지만 이제부터는 다 잊겠다.'

데스 나이트들과 싸울 때와는 다르다. 스킬과 스탯의 향상을 위해서 일부러 맞아 주는 전투는 할 수 없다.

위드는 자신의 생명력을 보여 주는 창을 꺼 버렸다. 마나를 보여 주는 창도 닫았다. 눈으로 상대를 살피고, 몸으로 상대를 느낀다.

적에 더욱 집중하였다.

마법의 대륙을 할 때의 그는 지금보다 훨씬 단순했다. 게임에 대해서도 별로 잘 알지 못했다. 지도도 찾지 못할 정도였고, 지명들도 다 외우지 못했다. 단순히 스트레스를 풀기 위하여, 몬스터를 잡을 때마다 강해지는 캐릭터가 좋았기 때문에 싸웠다.

도전하는 게 즐거워서 조금씩 더 강한 적을 찾았다.

남의 말을 듣기보다는 하나씩 직접 겪어 보면서 해결을 해야했다.

시행착오도 있었고, 좌절도 겪었다.

죽기도 다른 이들보다 훨씬 자주 죽었다.

그럼에도 위드가 최고가 될 수 있었던 것! 그건 끊임없는 도전 속에서 자신만의 노하우를 하나씩 만들어 간 덕분이다.

남들이 찾아가지 않는 길을 걸었고, 남들이 지겨워할 때 위드는 사냥을 했다.

지금보다 훨씬 단순하게 전투를 즐겼다. 마우스 클릭과 키보드로만 하는 전투였는데도 즐겁기 짝이 없었다. 그런데 직업이 되면서 부담감에 시달리게 되었음을 부인하지 못한다.

더 많이 가질수록, 스킬이 올라갈수록 잃는 것들이 많아진다. 도전을 하고, 죽을 때마다 스킬의 숙련도와 레벨이 떨어지는 것에 초조해하고 두려워한다.

몬스터와 싸울 때에, 스탯의 상승을 위하여 잡다한 생각을 품고 있는 것도 문제다. 전투 그 자체를 별로 즐기지 못하고 있었던 것이다.

더 강한 놈과 싸우고, 퀘스트를 정복해 나가는 것이야말로 게임의 재미였는데 위드는 직업이라는 생각에 진심으로 즐기지 못하였다.

"쿠와와악!"

뱀파이어의 얼굴이 흉하게 변했다.

그때부터 더욱 빠르고 강하게 돌격한다.

"칠성보!"

위드는 적절한 시기에 스킬을 발휘했다.

미리 머리로 생각하는 것이 아니라, 가슴 속에서 저절로 터져 나오는 것 같은 스킬!

'잡히지만 않으면 승산은 있다.'

뱀파이어의 주변을 빙빙 돌면서 조각 검술을 펼쳤다.

"박쥐 소환!"

이리저리 피하는 위드가 마음에 들지 않았던지, 뱀파이어가 두 팔을 활짝 폈다.

그러자 그 사이에 검은 원이 형성되더니 흡혈박쥐들이 우르르 소환되었다.

"놈을 죽여라!"

소환된 흡혈박쥐들은 날갯짓을 하며 허공을 날아다녔다. 그러다가 위드의 머리와 등에 내려앉아 피를 빨아 먹으려고 했다.

몬스터들의 귀족, 뱀파이어!

이들은 마법까지 쓸 수 있었던 것이다.

"쉴드. 스트랭스. 큐어."

뱀파이어는 자기 자신의 능력치를 강화시키고, 부상당한 생명력을 자체 회복했다.

애써 공격한 것이 허무할 정도로 뱀파이어의 생명력들이 다시 가득 찼다. 상처가 난 팔뚝도 원상태로 복원이 되었다.

"젠장."

위드는 박쥐들을 칼로 베면서 뱀파이어를 공격했다.

흡혈박쥐들이 등에 달라붙어서 피를 쪽쪽 빨아 먹기에, 땅을 구르면서 싸워야 했다.

호각! 혹은 그 이상으로 뱀파이어를 움직임에서도 압도하는 위드였다.

그러나 엄청난 마나를 소모하는 스킬들을 계속 써 가며 오래 전투를 지속할 수도 없다.

위드는 마나가 이어지지 않자 직접 검을 들고 싸웠지만, 뱀 파이어에게 치명적인 공격은 주지 못하였다. 웬만한 공격들은 마법으로 치유를 해 버리니 역부족이었다. 그러다가 뱀파이어 가 더 이상 치료 마법을 쓰지 않기 시작했다.

'됐다! 놈의 마나도 떨어졌구나.'

드디어 조금씩 피를 흘리는 뱀파이어.

창백한 얼굴은 더더욱 창백해졌고, 극심한 피로로 움직임이 조금씩 느려진다.

그러나 위드에게 하나의 메시지가 떴다.

> 축복의 효과가 사라졌습니다.

급속도로 약해지는 힘.

들고 있는 검이 무거워지고, 발걸음이 느려졌다.

> 성스러운 가호의 효과가 사라졌습니다.

> 감기에 걸렸습니다. 신체 능력이 20% 저하됩니다. 스킬의 효과가 30% 감소 합니다. 감기는 다른 합병증을 유발할 수 있습니다. 생명력과 마나의 최대치가 감소합니다.

방어력까지 줄어든 이후에는 흡혈박쥐의 공격에도 생명력이 쭉쭉 줄어든다. 출혈이 심해지고, 생명력이 급감하면서 위드의 움직임도 점점 느려졌다.

"인간!"

마침내 뱀파이어가 위드를 붙잡았다. 그러나 그때에는 뱀파이어의 생명력도 10% 이하로 떨어진 상태였다.

뱀파이어가 막 피를 빨아 먹으려고 할 때, 위드는 힘차게 박치기를 했다.

"아직 끝난 게 아니다!"

떨어져 나간 뱀파이어를 보면서 위드가 씨익 웃는다.

뱀파이어도 거의 생명력이 남아 있지 않았다. 마나는 다 고갈된 후다.

그렇지만 위드가 훨씬 심각한 상태였다. 부상 부위에서 쏟아져 나오는 출혈을 이기지 못하고 조용히 눈을 감았다.

죽음!

그리고 로그아웃.

이현은 캡슐 밖으로 나와서 주먹을 불끈 쥐었다.

뱀파이어와 싸워 봤다. 레벨 270의 몬스터? 강하다. 확실히 강하다.

검을 바꾸고, 성스러운 가호와 축복까지 쓰고도 패배했다. 싸구려 무기와 장비들로 사냥했던 데스 나이트들과는 천양지차였다.

본격적인 고레벨 몬스터의 위용을 보여 주는 것.

그렇지만 절대로 이길 수 없는 몬스터라는 느낌은 들지 않았다.

이현은 주먹을 불끈 쥔 채로 소리 질렀다.

"진혈의 뱀파이어족들! 다 죽었어!"

페일과 이리엔, 로뮤나, 수르카 들은 세라보그 성내에서 부모님들과 게임을 하고 있었다. 부모님들을 놔두고 원정을 떠나지는 못해도, 주변의 마굴들에서 사냥을 했다.

　그러다가 위드의 연락을 받게 되었다.

　"위드 님이 아는 분들이 게임에 접속하셨다니 인사라도 할 겸 좀 가 보도록 하죠."

　"그럴까요? 말 나온 김에 지금 가 봐요."

　"그런데 참 위드 님과 아는 사이답네요."

　"예. 벌써 2주째 수련관에서 목검을 휘두르고 있다니 대단하군요."

　페일과 수르카 들은 살포시 미소를 지었다. 몬스터만 보면 미치도록 싸우던 위드의 강한 모습을 떠올리는 것이었다.

　조각사이지만, 검술도 누구에게도 지지 않을 것처럼 강했다. 도저히 잡을 수 없을 거라 믿은 몬스터들도 뛰어난 검술과 임기응변으로 해치우는 것을 볼 때마다 얼마나 놀랐던가.

　위드의 지인이라고 하니 기대가 됐다.

　"지금은 시작한 지 얼마 안 되어서 초보들이지만, 게임에 대한 이해도는 뛰어나겠죠."

　"위드 님과 친한 분들이니까요."

　그들이 수련관에 갔을 때에는 많은 인파가 몰려 있었다.

　"뭡니까? 안에 무슨 일이라도 벌어졌습니까?"

　"직접 보십쇼. 그리고 보고 놀라지 마십쇼."

페일과 동료들이 힘겹게 구경꾼들을 헤치고 앞으로 갔을 때, 그들의 눈이 동그랗게 떠졌다. 무려 500명의 수련생들이 허수아비를 향해 목검을 휘두르고 있다.

"하나, 둘, 셋!"

구령과 기합에 맞춰서.

500명이 정확한 타이밍에 동시에 허수아비를 목검으로 내려친다. 동일한 동작, 같은 속도로 모두가 한 몸처럼 움직이고 있었다.

하지만 페일 들을 더욱 놀라게 만든 건 그들의 눈빛이었다.

'독기가 어려 있어.'

비장함이 감도는 눈매.

웬만한 이라면 심장이 떨려 올 정도의 압박감.

1~2명도 아니고 500명이 동시에 그러자 공포감이 물씬 풍겨 왔다.

'왜 사람들이 이렇게 모여 있는지를 알 것 같군.'

저런 이들이 수련관에 있으니 자연히 구경거리가 되었으리라.

"어, 어쩌죠?"

심약한 이리엔은 벌써 걱정으로 울 듯한 기색이었다. 위드의 지인들이 저런 두려운 무리와 섞여 있는 것이다.

"괜찮습니다. 그래 봐야 레벨은 높지 않아 보여요. 그러니 우리를 어쩐진 못할 겁니다. 제가 알아서 하겠습니다."

페일은 용기를 가지고 외쳤다.

"여기 위드 님과 아시는 분이 계십니까?"

그랬더니 500명이 한꺼번에 고개를 돌린다.

덜컹!

페일의 가슴이 공포로 까마득히 내려앉는 것만 같다. 하지만 곧 그들은 다시 허수아비를 보며 목검을 휘두른다.

"괜찮습니다. 저희들은 돕기 위해서 왔습니다. 무슨 사연이 있는지는 몰라도 뭐든 도와 드릴 테니 걱정 마시고 이쪽으로 오세요."

턱.

허수아비를 가격하던 목검이 멈추었다. 그리고 거의 동시에 일사분란하게 500명이 뛰어왔다. 그러더니 페일에게 매달리며 외쳤다.

"제, 제발 보리 빵을……."

"밥 좀 먹여 주세요."

현실 시간으로 하루가 지난 뒤에 다시 접속했을 때, 위드는 텔레포트 게이트 앞에 서 있었다.

'숙련도는… 좀 떨어졌군.'

각종 숙련도가 5~7%정도씩 떨어졌다.

조각술이 7%. 요리는 6%.

기타 스킬들과 검술, 손재주, 수리들이 5% 정도씩 하락했다.

가슴이 아팠지만 다행히도 드랍한 아이템들은 별 볼일 없는 1골드짜리 무기 몇 개였다.

'진혈의 뱀파이어는 아직 무리였어.'

위드는 다시 열심히 병장기를 부수고 고쳤다.

"수리!"

배낭에 있던 모든 병장기들을 박살 낸 끝에 원하던 목표를 달성할 수 있었다.

> 수리 스킬의 레벨이 10이 되어 중급 수리 스킬로 변화됩니다. 스킬 레벨에 따라 수리 능력이 향상됩니다. 파손 부위의 완전한 수리가 가능해져서 떨어진 최대 내구력을 원상태로 복구할 수 있습니다. 마을에서 대장장이 스킬을 배울 수 있습니다.

"됐다."

위드는 이제 자신의 장비들을 수리했다.

기존에 가지고 있던, 내구력이 극한까지 떨어져서 모양마저 형편없게 변했던 장비들이 새것처럼 말끔히 고쳐진다.

망토에 윤기가 좌르르 흐르고, 찌그러진 갑옷들이 평평하게 펴졌다. 금이 가고 녹슬었던 검은 무쇠라도 자를 듯이 예기를 뿜어낸다.

"좋아. 이제부터 시작이지."

위드가 동굴 밖으로 나가려고 하자, 알베론이 자리에서 일어났다.

"뱀파이어와 싸우는 일을 저도 돕겠습니다."

"아니야. 아직은 준비 단계이니 더 기다리도록 해."

"예."

위드는 혼자서 돌아다니며 모라타 지방을 정탐했다. 몬스터들이 멀찌감치 보이면 숨어서 지나가기를 기다리면서 동태만 살피는 정탐이다.

그 결과 많은 것들을 알 수 있었다.

우선 모라타 지방에는 잡을 만한 몬스터들이 꽤 있는 편이다.

마을과 흑색 거성의 반대편으로 가면 악에 물든 늑대나, 이리들을 볼 수 있었다. 놈들의 레벨은 170 정도였지만 대신 여러 마리가 한꺼번에 돌아다니는 편이다. 심한 경우에는 100마리가 넘는 악에 물든 늑대들도 있다.

위험한 순간에는 검에 부여된 스킬인 성스러운 가호를 사용했고, 대신관의 축복까지 써서 늑대들을 소탕할 수 있었다.

위드는 놈들을 잡으며 잃어버린 경험치를 복구하고, 레벨을 182까지 올렸다.

"여기도 괜찮은 사냥터군."

사냥이라는 것은 대체로 마을의 주변이나 대도시의 인근에서 이루어지기 마련이다. 보급이 원활하고, 또 다른 동료들을 구하기 쉽다는 점이 그 이유가 된다.

하지만 위드처럼 혼자 돌아다니는 처지에서는 어디든 몬스터가 많은 곳이 사냥터다.

지형과 몬스터들의 이동 경로, 레벨 등을 분석한 이후부터 위드는 알베론을 데리고 다녔다.

"날 치료해 줘."

"예."

신성력에 위드의 상처가 씻은 듯이 낫는다.

따로 붕대질을 할 필요가 없을 정도.

차기 교황 후보답게 알베론의 레벨은 무려 320이 넘는다고 했다. 다만 이렇게 이름을 가진 NPC의 경우에는, 한 번 죽으면 다시 살아나지 못했다. 즉, 알베론은 죽으면 끝장이라는 이야기다.

그가 죽으면 이 퀘스트에 실패하고, 차기 교황 후보를 죽였다는 이유로 프레야 교단과의 우호도가 엄청나게 떨어질 것이다. 그걸 생각하면 쉽게 아무 데나 데리고 다닐 수가 없다. 하지만……

"보호 마법."

"예. 악의 무리로부터 그를 해하는 힘이 약하게 하라. 성스러운 가호."

"내 힘도 키워 줘."

"사악한 악에 맞서 싸우는 그의 힘이 최고조로 이르도록 해 주십시오. 블레스!"

알베론은 지금까지 위드가 만나 본 NPC 중 최고였다. 레벨이 높다는 뜻이 아니라, 성격이 좋았다.

왜 NPC들은 유저들에게 유익한 이야기를 해 주고, 퀘스트들을 내주어야 하는가? 이 전제 자체에 심각한 의문을 던지고, 유저들을 농락하던 현자 로드리아스!

하지만 알베론은 시키는 일은 척척 알아서 하고, 별달리 반항도 하지 않았다. 데리고 다니기에는 최고였다.

순진하고 선량한 NPC.

위드는 알베론을 이리저리 끌고 다니면서 모라타 지방에서 사냥에 열중했다. 본래의 목적이 뒤바뀐 것처럼 말이다.

> 레벨이 올랐습니다.

혼을 잃어버린 오크!

알베론의 지원을 받아 가며 놈을 잡는 순간 마침내 위드는 레벨 200을 달성했다.

'드디어!'

로열 로드에서 레벨 200은 하나의 기준점의 되어 있는 상태였다.

서버가 열린 지도 1년 4개월 이상 지났다. 이젠 레벨 100은 넘어야 초보를 벗어났다고 말할 수 있는 편이다.

상인이나 혹은 생산 계열의 직업들은 일반적인 레벨 제도를 따르지는 않았지만, 보통 레벨 100 이하는 초보들로 분류가 됐다.

하지만 여전히 로열 로드에서 압도적인 숫자를 차지하는 이들은 초보들이다. 그만큼 전 세계적으로 많은 유저들이 새롭게 유입되고 있기 때문이다.

각 성이나 마을마다 어마어마하게 많은 초보들이 모험가의 꿈을 키워 나가는 중이었다.

이 과정을 넘어서 레벨 130정도가 되면 비로소 어느 정도 인정을 받는다. 길드에 가입하고, 게임을 시작한 성과 마을을 떠나 여행을 다니기도 했다.

음유시인이나 바드들은 레벨 50도 되기 전에 세상을 유랑하였지만, 보통은 이 정도 레벨은 되어야 필드의 몬스터들과 싸우며 다른 마을에도 안전하게 갈 수 있었다.

레벨 150이 넘으면 사람들에게 제법 이름이 알려진다.

그리고 레벨 200이 넘으면 중수의 반열에 오르는 것이었다.

2차 전직 가능!

검사의 경우에는 기사가 될 수 있고, 궁수는 취향에 따라 저격수나 석궁병 등으로 직업을 바꿀 수 있다.

마법사의 경우에는 한 가지 종류로 특화하는 것이 가능했고, 성직자나 워리어, 도둑, 상인과 같은 클래스들 역시 전직을 할 수 있다.

그리고 검기의 사용 가능!

공격 스킬의 범위가 대폭 넓어지고, 그에 따라서 스킬들이 저절로 변환된다.

이렇기 때문에 레벨 200부터 중수라고 불리는 것이었다.

로열 로드를 하는 사람들이 많다고는 해도, 중수 이상으로 불릴 만한 이들은 전체의 20%도 되지 않는다.

물론 위드의 경우에는 레벨로는 따지기 힘든 특수한 생산직 캐릭터인 데다 사기적인 강함마저 자랑하고 있기에, 일반적인 비교는 곤란하다 할 수 있다.

2차 전직 또한, 특별한 직업을 가지고 있는 위드의 경우에는 어찌 될지 몰랐다.

아무튼 위드의 레벨이 오르고 나서 옷차림이 한 번 전체적으로 바뀌었다. 머리에는 반 호크의 마법 헬름을 착용하고, 손에는 장미 무늬가 새겨진 장갑도 착용했다. 갑옷들도 데스 나이트의 물건들로 차려입었다.

이제 위드의 차림새는 암흑의 기사! 그렇지만 장갑과 검은 새하얀 기사였다.

외관상 조합이 좋다고는 할 수 없는 차림새였으나, 남들의 시선보다는 능력치가 더욱 중요했다.

"알베론, 천천히 따라와."

"예."

위드는 알베론과 함께 흑색 거성의 앞마을로 향했다. 뱀파이어에게 죽었던 바로 그곳으로.

숨어드는 것 자체는 그리 어렵지 않았다.

마을 내에는 약 300여 마리 정도의 뱀파이어들만이 돌아다니고 있었기에 그들의 눈만 피한다면 쉽게 들어갈 수 있었다.

위드는 그곳에서 외따로 떨어져서 돌아다니는 뱀파이어를 기다렸다. 그리고 놈이 나타나는 순간 공격을 개시했다.

"조각 검술!"

위드의 검이 희뿌연 빛을 뿜으며 뱀파이어를 공격했다. 그런데 놀랍게도 그 뱀파이어는 팔뚝으로 쉽게 검을 막았다.

그러더니 위드를 향해 송곳니를 드러내며 말했다.

"또 너냐?"

공교롭게도 저번에 위드를 죽인 바로 그 뱀파이어!

같은 장소에서 매복을 하고 기다리고 있었으니 같은 놈을 만난 것이었다.

"잘됐다!"

위드는 조각 검술을 펼치며 공격했다. 현란한 검이 뱀파이어의 몸을 이리저리 가른다.

"그때 죽고 나서 아직도 정신을 못 차렸나 보군. 캬아앗!"

뱀파이어는 자신의 몸을 치유하면서 공격했다.

위드는 전투를 장기전으로 이끌었다. 한두 번에 적을 죽이기에는 공격력이 모자란 이상, 부득이한 선택이었다.

엄청난 마나를 소모하는 스킬들이 있었지만, 놈의 레벨은

270대!

뱀파이어족의 특성으로는 흑마법과 소환술, 변신, 여자 유저들을 상대로만 사용할 수 있는 매혹 그리고 동급 최강의 생명력이 있었다. 생명력 자체만 놓고 본다면 다른 비슷한 레벨의 몬스터들과 비할 바가 아닌 것이다.

진혈의 뱀파이어족 자체가 특수한 종족이었던 만큼, 일반적인 뱀파이어들보다도 훨씬 더 강하다.

이윽고 축복과 성스러운 가호가 사라지고, 마나마저 고갈됐다. 뱀파이어도 비슷한 상황이었기에 킬킬거리며 웃는다.

"이번에도 내게 죽겠구나! 멍청한 녀석!"

그러자 위드는 벽을 향해 말했다.

"치료, 보호 마법, 버핑!"

"옛, 알겠습니다."

숨어 있던 알베론이 일어나서 위드의 체력을 채워 주고, 각종 보호 마법을 부여해 주었다.

이제는 상황이 역전되었다.

당혹함으로 일그러진 뱀파이어의 얼굴을 앞에 두고, 위드는 미소를 지었다. 자신을 한 번 죽인 몬스터는 잊지 않는다.

"다음에 두고 보자! 안개화!"

뱀파이어는 자신이 불리함을 깨닫고 스킬을 시전했다.

안개로 모습을 변환하여 도망치는 기술!

벽이나 물체도 그대로 지나갈 수 있고, 잡을 수도 없는 뱀파이어 고유의 스킬이었다.

뱀파이어의 몸이 뿌연 연기로 변했다. 다른 곳으로 흩어지지는 않고 한군데에 몰려 있는 연기!

그 연기가 꿈틀거리며 도주를 하려고 한다.

하지만 위드가 그대로 보고만 있을 리가 없었다.

"조각 검술!"

조각 검술은 눈에 보이지 않는 그 존재 자체에 직접 타격을 하는 기술.

"크아아악!"

안개로 변한 뱀파이어는 조각 검술에 의해 최후를 맞이했다.

위드는 알베론을 끌고 가서 통쾌한 복수를 마무리 지을 수 있었다.

꿈틀거리며

그날 이후로 위드는 밤에는 산과 평원 지역에서 사냥을 하고, 낮에는 마을로 옮겨왔다.

밤에는 달빛 조각사라는 직업적인 특성 덕분에 30%의 능력치가 향상된다. 힘과 민첩, 전투에 관한 스탯들 외에도 조각술과 관련된 예술 스탯도 좋아진다. 남들은 잘 때 열심히 일하고 사냥하라는 뜻이 아니고 무엇이겠는가!

그러나 위드만 강해지는 게 아니라, 달이 떠오르는 밤에 음기를 받은 몬스터들은 더욱 강해진다. 무려 1.5배나 세졌던 것이다. 물론 그만큼 아이템을 드랍할 확률이나 경험치 또한 상승한다.

본래 군집 생활을 하는 늑대를 비롯한 몇몇 몬스터들을 제외하고는 개별적으로 다니는 경우가 많다. 그러니 몬스터들이 강해진 밤에도 사냥을 할 수 있었다.

하지만 이제는 레벨도 오르고, 알베론의 도움 덕분에 제법 여유 있게 뱀파이어 1마리를 처치할 수 있다고 해도, 밤에는 아무래도 부담스러웠다.

안전을 보장할 수 없는 이상, 위드는 최대한 조심스럽게 가기로 했다.

"콜 데스 나이트!"

데스 나이트 반 호크.

그를 소환해서 싸울 때에 동참시킨다.

수백 차례 위드에 의해 죽임을 당한 데스 나이트는 자존심이고 뭐고 없이, 명령을 제대로 따랐다. 이것도 나름대로 친밀도가 높아진 하나의 방식이리라.

일대일의 공정한 승부.

그런 거 없다.

위드는 반 호크와 함께 뱀파이어나 악에 물든 늑대들을 때려잡으며 레벨을 올렸다.

위험하면 알베론의 지원도 받으면서 말이다.

"주인님, 제 레벨이 올랐습니다."

간간이 반 호크가 공손하게 소식을 알려왔다.

위드에게 종속된 반 호크는 새로운 운명을 갖게 되었다. 그는 사냥을 통해 성장하고 있었다.

"그래."

위드는 까칠한 얼굴로 반 호크를 째려봤다.

데스 나이트는 자신이 전투를 하는 몫만큼 경험치를 가져갔다. 하지만 위드 혼자서 사냥을 하더라도 20%의 경험치는 꼬박꼬박 반 호크에게로 흘러 들어간다. 종속의 계약을 하였으니, 계약을 해지하기 전까지는 이는 계속된다.

'기생충 같은 놈.'

하지만 전투에 큰 도움이 되는 것도 부인할 수 없었다.

반 호크 덕분에 뱀파이어를 상대하기가 훨씬 쉬워졌다. 일대 일과, 일 대 이는 실제 전투에서 큰 차이가 있었으니 말이다.

공격력은 2배가 되고, 방어도 2배만큼 강해진 셈이다.

위드가 위험할 때에는 데스 나이트를 앞으로 내세울 수 있었던 만큼 훨씬 안전해졌다. 뱀파이어를 잡는 시간이 절반으로 줄어들고, 피해는 사분의 일 정도밖에 입지 않게 되었다.

마을에서 돌아다니는 뱀파이어들은 약 300여 마리.

진혈의 뱀파이어족은 총 1천 마리다. 나머지들은 흑색 거성에 있을 것이다.

위드는 개별적으로 돌아다니는 뱀파이어들을 처리했다.

그 숫자가 정확히 49마리.

그다음부터는 최소한 둘씩 짝을 지어서 움직이고 있었다.

이미 한 번씩 죽은 진혈의 뱀파이어들은 레벨 250 정도의 일반 뱀파이어로 다시 태어났다.

검술 스킬의 레벨이 10이 되어 중급 검술 스킬로 변화됩니다. 검을 이용한 공격력이 50% 상승합니다. 중급 검술에서는 스킬이 1 올라갈 때마다 7%의 공격력이 추가로 상승합니다. 마나를 이용한 공격 스킬의 마나 소비량이 절반으로 줄어듭니다. 전 스탯에 +2의 추가 포인트가 주어집니다.

조각사의 서러움!

검술은 직업 스킬이 아니었기에 검사에 비해서 스킬의 효과가 낮고 성장도 더딘 편이었다. 그러나 조각사로서 검술 스킬을 중급으로 만들었다.

그야말로 눈물이 없이는 이루어지지 않을 노가다의 결과!

그리고 며칠 뒤.

나머지 스킬까지 하나 더 중급에 올랐다.

> 조각 검술 스킬의 레벨이 10이 되어 중급 조각 검술 스킬로 변화됩니다. 검기의 형상이 푸르게 변합니다. 조각 검술을 이용하여 거대한 조각상을 완성할 수 있습니다. 상대방의 방어력 무시!

위대한 조각품

뱀파이어들은 일정한 간격을 두고 배치되어 있었다. 그나마 다행이라고 할 수 있다.

위드는 석상 근처에서 휴식을 취하던 2마리를 급습했다.

메인 너트 온 더 버드.

조인족의 알과 천상의 열매를 먹고 말이다.

위드 혼자서도 뱀파이어 1마리는 상대할 수 있었고, 데스 나이트가 다른 1마리를 맡았다.

"캬아오!"

"배신자, 반 호크!"

"나는 주인님의 명령에 따를 뿐이다."

치열한 전투 끝에, 몇 번의 위기를 넘기고 나서야 위드는 뱀파이어 2마리를 처치했다.

위드는 바닥에 주저앉아 말했다.

"저주 풀어."

알베론은 임무를 받고, 뱀파이어들이 지키는 석상에 다가가서 주문을 외웠다.

"신성한 빛이여, 여기 왜곡되고 변형된, 자유를 구속한 힘을 해제해 주십시오."

하늘에서 빛이 내려와서 석상을 덮었다. 시커먼 석상의 표면은 먹물이 흐르듯이 아래로 씻겨 내려가고, 그 안에서는 프레야 교단의 문양을 달고 있는 성기사가 나타났다.

"배, 뱀파이어들!"

성기사들은 검을 휘두르려다가 알베론을 보고 반가운 빛을 띤다.

"당신에게는 악한 기운이 조금도 느껴지지 않는군요. 혹시 교단에서 나오셨습니까?"

"오오, 성기사님들! 여러분들을 구출하기 위해 저희들이 왔습니다. 이제 여러분들의 고생은 끝입니다."

알베론과 성기사들의 일장 신파극이 벌어졌다.

와구와구!

동굴로 돌아온 성기사들은 걸신들린 듯이 음식을 먹었다. 하기야 배가 고프기도 하였을 것이다.

위드는 처음에는 작은 그릇에 음식을 담아 주었다. 그것을 다 먹고 난 이후에 성기사들은 미안한 얼굴로 그릇을 내밀었다.

"잘 먹었습니다."

"대신관님의 부탁을 받고 저희들을 구해 주러 오신 분인데, 여러모로 신세를 지는군요."

"아닙니다. 여기 음식이 또 있으니 조금 더 드시지요."

위드는 그릇을 성기사들에게 내밀었다.

자신의 몫으로 퍼 놓은 그릇. 그것을 성기사들에게 내주는 것이었다.

성기사들은 침을 꿀꺽 삼켰다. 허기는 그 어떤 조미료보다도 입맛을 돋운다. 그런데 위드가 해 준 음식은 그들이 먹어 본 어떠한 음식보다도 맛이 있었다.

중급 요리 스킬에 중급 손재주!

미각과 후각을 은은하게 자극하는 유혹이다.

"저희들이 이걸 먹으면 위드 님께서는 굶게 되시지 않습니까? 그럴 수는 없습니다."

"음식이란 맛있게 먹어 주면 되는 것입니다. 마침 저는 배가 불러서 먹고 싶지 않으니 기사님들이 드시지요."

위드는 전혀 거짓말을 하지 않았다. 실제로 방금 전에 식사를 해서 포만감 수치가 최고에 가까웠다. 그런데 음식을 자신의 몫까지 만들어서, 일부러 작은 그릇으로 나누어 준 것이다.

이 치사하고 야비한 행동의 의미를 상상조차 못 한 성기사들은 감사한 마음으로 그릇을 받아 들었다. 하지만 그릇을 잡는 순간 와구와구 입 안으로 퍼 넣으면서 먹는다.

알베론은 명상에 잠겨 있었고, 위드는 조각칼을 꺼냈다.

사각사각.

조각품을 깎는 소리.

성기사들이 배를 채우고 보았을 때, 위드의 손에서는 아름다운 조각품이 완성되고 있었다.

그것도 마물과 싸우는 성기사의 형상이다.

"대단한 재능입니다. 아주 아름답군요."

"제 취미 생활입니다."

프레야 여신은 풍요와 아름다움을 주관한다. 교단의 성기사들도 그러한 이유로 위드와의 친밀도가 처음부터 아주 높은 상태였다.

조각사! 아름다움과 예술을 사랑하는 직업.

요리사! 맛있는 음식들은 곧 풍요로움을 상징한다.

위드는 다른 사람들의 인정은 받지 못하였지만, 교단 성기사들의 열렬한 추앙을 받을 수 있었다.

"그러면 다들 기도합시다."

위드는 사냥을 하고 음식을 먹기 전후로, 고개를 숙여서 프레야 여신을 향해 기도했다.

"이렇게 풍성한 음식과 생명을 주어서 고맙습니다. 사악함으로부터 대륙의 평화를 지키고……."

알베론과 함께하면서부터 생겨난 버릇이다. 사제와 성기사들의 친밀도를 상승시키기 위하여 하는 기도였다.

로자임 왕국의 병사들을 데리고 다녔던 것처럼 성기사들을 끌고 다니기 위한 사전 포석!

마을 안에서 돌로 변한 성기사들은 159명, 사제들은 38명이다. 하지만 돌로 변한 성기사들이 있는 곳에는 어김없이 뱀파이어들이 지키고 있다.

"우선은 우리들의 힘을 더욱 키울 필요가 있습니다."

위드는 그러한 논리로 성기사들을 설득하며 사냥을 했다.

늑대나 여러 마물들이 넘쳐 나는 모라타 지방. 잡을 만한 몬스터들은 넘쳐 났다.

하지만 구출한 성기사들은 때때로 반항을 했다.

"지금 우리가 이럴 때가 아닙니다! 동료들이 고통받고 있거늘, 그들을 구하지 않고 이게 무슨 행동입니까!"

성기사들은 검을 꼬나 쥐고 마을로 돌격하려 했다. 성직에 있는 기사답게 조금도 마물을 무서워하지 않는 태도였다.

진혈의 뱀파이어족!

성기사들과는 그야말로 원수나 다름없는 사이다.

그러나 위드는 그들을 결사적으로 막았다. 다 된 밥에 코를 빠뜨려도 유분수이지, 어떻게 구한 이들인데 다시 뱀파이어의 희생양이 되려고 한단 말인가.

"우리가 건재해야 그들도 구할 수 있습니다. 희망이 남아 있는 한 우리는 패배한 것이 아닙니다. 그러나 우리들까지 실패한다면, 여러분들의 동료는 영원히 뱀파이어들의 놀림거리가 되어서 고통받게 될 것입니다. 여러분들은 그러한 결과를 진정으로 바라십니까?"

성기사들을 어르고 달래서, 위드는 사냥을 했다.

하지만 초조한 것은 성기사들보다는 위드 쪽이었다.

그는 돈이 필요했다. 로열 로드에서 사용하는 골드가 아닌

현실에서 쓰는 현금 말이다.

좋은 장비를 구해서 판매하려고 해도, 모라타 지방에서는 팔 사람이 없다. 여기서 아이템 거래를 하자고 한다면 아무도 입찰조차 하지 않으리라. 이곳까지 오는 것이 더 힘든데, 누가 그런 아이템을 구입하겠는가?

혼자서는 언제 퀘스트를 완수할 수 있을지 미지수다.

그래서 내린 결론이 성기사들과 같이 힘을 키우는 것이었다. 그러면서 조각술을 펼치는 것도 잊지 않았다.

"나무로는 안 돼. 바위에 조각술을 펼쳐야 스킬이 잘 오르지."

위드는 산에서 큼지막한 바위를 찾으려고 했다. 그렇지만 눈 덮인 산에서 적당한 바위를 찾는 건 쉽지 않은 일이다.

더군다나 조금만 활동을 해도 찬바람이 씽씽 불어와서 감기에 걸리거나 했으니, 더더욱 바위에 조각술을 펼치기에는 무리다. 바위를 깎는 데에는 많은 시간이 필요했던 것이다.

"바위는 무리. 그러면 조각술은 이대로 봉인해 두어야 하나?"

위드의 공격력은 조각술과 깊은 연관이 있었다.

"바위에는 안 된다. 다른 단단한 물체가 있으면 좋을 텐데……."

위드의 눈길이 마을과 산을 쓱 훑고 지나갔다.

눈 덮인 세상.

얼음 덩어리가 천지에 널려 있었다.

"얼음! 얼음에 조각을 하는 것이다!"

얼음이라면 조각술을 펼치기에 최고의 재료가 될 수 있었다. 간단히 깎을 수 있고 쉽게 구할 수 있다. 추운 북부에서는 녹지도 않을 테니 그야말로 안성맞춤이었다.

그때부터 성기사들이 휴식을 취할 때면 위드는 얼음을 깎았다. 조각칼을 가지고 큰 얼음 덩어리를 슥슥 깎아 내면, 금방 하나의 조각품이 만들어졌다.

뱀파이어와 싸우는 용감한 성기사들과 위드.

그들의 형상이 모라타 지방에 새겨진다.

그리고 위드는 기억을 더듬어서 사람의 조각상도 만들었다. 물론 모델은 여전히 서윤이었다. 그녀보다 예쁜 사람을 본 적이 없었기에 위드에게는 다른 선택이 없었다.

예술 스탯이 올라가고 조각술 스킬이 깊어지면서 어떤 사물을 조각하느냐에 따라서 성과도 다르다는 점을 알게 되었다.

일반적으로 마을이나 성, 큰 물체를 조각하는 것보다는 여인을 조각하는 편이 보상이 더 컸다. 세상에 존재하는 숱한 명작들이 여인을 대상으로 했던 것처럼, 여인을 조각하는 일은 가장 힘들고 아름다운 일이었다.

바란 마을에 만든 여신상이 은은한 미소를 짓고 있었다면, 모라타 지방에 만든 여인상은 묘하게 분위기가 다르다.

차갑고 오연한 모습.

얼음으로 이루어진 형체처럼 차가운 외면을 가지고 있다. 위드가 보았던 서윤의 얼굴 그대로였다.

복제품을 만들 수는 없었기에 원래의 모습을 그냥 조각하기로 마음을 먹었다.

하지만 완성해 가면서 묘하게 다른 느낌을 받았다.

'재료 탓인가?'

얼음으로 만들어지기 때문인지는 몰라도, 어딘가 상처받기 쉽고 여린 느낌이 난다.

'이러면 제대로 된 작품이 안 나올 텐데…….'

위드는 실패작이라는 생각이 강하게 들었다.

실패작!

조각사의 실패란 고통스럽기 짝이 없다. 올려놓은 명성이 하락하면서 평판마저 줄어드는 것이다.

모든 작품에 열정을 가지고 만들어야 했기에 조각사라는 직업은 더더욱 힘들었다.

'차라리 포기할까?'

하지만 지금 포기하더라도 약간의 명성 손해는 감수해야만 했다.

중도 포기란 잊을 수 없는 일.

위드는 혼신의 힘을 다해서 그가 본 서윤의 모습을 그대로 조각하기 위해서 애썼다.

'더 차갑고 강한 느낌으로… 살인자! 그래. 다른 사람들을 불신하고 미워하는 눈빛까지 그대로 살려 보자.'

기억을 더듬고 더듬었다.

그러면서 위드는 아예 옷차림도 바꾸어서 갑옷을 입고 있는 서윤을 조각했다.

풀 플레이트 아머!

전신을 철판이 뒤덮고 있는 강렬한 모습으로 조각을 하는 것이었다. 갑옷에 대해서는 성기사들이 있었던 만큼 그들이 모델이 되어 주었다.

혹시 어색하지 않을까 걱정도 했지만, 갑옷을 입고 있는 서윤은 너무나도 잘 어울렸다.

마지막으로 눈을 조각하면서 위드는 최대한 차가운 이미지를 살리려고 애썼다.

'눈은 마음의 창이라고 하지. 눈만 잘 완성하면 실패작이 나올 일은 없을 거야.'

오연함과 냉정함.

혹은 살인자다운 잔인함까지.

위드는 그녀에 대한 느낌을 한껏 살려서 눈을 조각했다.

그러나 만들어진 조각상의 눈은 그 자체로 아름답기만 했다. 사슴의 눈처럼 맑고 순진무구하기만 한 것이다.

'재료야. 재료 때문에 이런 일이 벌어진 거야. 멍청한 위드야! 얼음으로 만드니까 이렇게 되어 버리지.'

위드는 탄식했다.

조각상이 완성된 것은 정오가 지날 무렵이었다. 태양광을 반사해서 환하게 빛이 났다.

미녀상의 전신에서 흐르는 맑은 빛깔들.

수많은 색으로 빛나는 광채 속에 미녀상이 있었다. 그 빛들이 사람들을 감싸 주는 것만 같았다.

따스함이 조각상을 변화시키는 것이었다.

걸작! 얼음 미녀상을 완성하셨습니다!
춥고 황량한 북부의 대지. 인간의 정이라곤 찾아보기 힘든 땅에 미녀의 상이 탄생하였다. 고난과 시름에 빠진 여행자들에게는 사막의 오아시스를 방문한 것처럼 행운이 아닐 수 없다. 이곳에서 여행자들에게 험난한 여정을 지속할 수 있도록 달콤한 휴식을 줄 것이다. 놀라울 정도의 완성도와 아름다움! 얼음으로 만들어져 신비한 분위기를 가진 미녀상은 예술가의 찬사를 받을 만한 작품이다.

예술적 가치: 750.

옵션: 얼음 미녀상을 바라본 이들은 생명력과 마나 회복 속도가 하루 동안 17% 증가한다. 추위에 대한 내성 40% 상승. 빙계 마법에 대한 특별 저항력. 적의 공격을 3% 확률로 반사한다. 매력 스탯 +30. 다른 조각품과 중복 적용되지 않음.

지금까지 완성한 걸작의 숫자: 3

중급 조각술 스킬의 레벨이 5로 상승했습니다. 조각술이 한층 더 섬세하고 세밀해집니다.

중급 손재주 스킬의 레벨이 7이 되었습니다. 도구나 손을 이용하는 능력이 추가로 5% 증가하며, 다양한 분야에 걸쳐서 영향을 주게 됩니다.

명성이 320 올랐습니다.

예술 스탯이 45 상승하였습니다.

인내가 4 상승하였습니다.

지구력이 3 상승하였습니다.

행운이 40 상승하였습니다.

와들와들.

추위를 타는 성기사들.

그리고 위드!

황량한 대지에 낙오된 것만 같은 그들은, 밤에도 동굴 안에서 몸을 떨어 댔다. 모라타 지방에 빙설의 폭풍이 찾아온 것이다.

극점에 가깝게 낮아진 온도와 강풍.

짙은 눈보라와 얼음 조각들이 떨어진다는 빙설 폭풍.

수많은 얼음 조각들이 땅을 향해 내꽂히는 그 광경은, 하늘에서 보자면 아름답기 짝이 없었다. 이 베르사 대륙의 신비로운 부분 중 손꼽히는 하나일 것이다.

로열 로드의 환상적인 대자연이라는 이름의 동영상이 올라와서 수많은 사람들을 설레게 만들었던 적이 있었다.

한없이 펼쳐진 북부의 눈 덮인 대지.

그 위로 몰아치는 빙설의 폭풍.

그러나 그것은 어디까지나 구경하는 사람들의 몫!

그 빙설 폭풍의 한가운데에 있는 사람은 죽을 맛이다. 엄청난 추위에 손발이 꽁꽁 얼어붙고, 얼음 조각들이 사정없이 몸으로 파고드는 것이다.

제아무리 위드가 고통을 즐기면서 인내 수치를 향상시키길 좋아한다고 해도, 이건 정말 사람이 할 짓이 아니었다. 금방 몸이 얼어 버리고, 그다음에는 얼음 조각에 난자당하여 처참하게 죽는 것이다. 북부 대지에는 1년에 서른 번씩 찾아온다는 그 빙설 폭풍이었다.

위드는 이것을 신의 저주라고 부르고 싶었다.

살갗을 저미는 추위와 감기!

밤이면 더욱 기온이 낮아지고, 추워진다. 동굴 밖에는 눈발이 거세게 날린다. 얼음도 떨어지니 위험하기 짝이 없어서, 밤의 사냥은 당분간 중단할 수밖에 없게 됐다.

기껏 구해 낸 성기사들은 독감까지 앓았다.

"으으, 이럴 줄 알았으면 재봉을 배워 둘 것을……."

동굴 안에서 위드는 추위에 몸을 떨면서 몇 번이나 후회했다.

주변에는 잡템들이 수도 없이 많이 쌓여 있었다. 이 근방에서 사냥을 하며 모아 둔 것이었다. 그중에는 늑대 가죽들도 있었으니, 제봉 스킬이 있으면 두꺼운 옷을 만들어 입어서 추위를 물리칠 수 있을 것이다. 하지만 위드에게는 그런 스킬이 없었고, 결국에는 추위와 싸우는 수밖에 없었다.

타닥타닥.

모닥불을 피웠다.

낮에 산에서 미리 주워 온 나무로 밤새도록 불을 피워야 한다. 그렇지만 그래도 동굴 입구에서 차가운 공기가 유입되어 그다지 훈훈해지진 않았다. 그저 간신히 얼어 죽지 않을 정도였다.

"에춰!"

이제는 위드조차도 감기를 달고 살았다.

그나마 도움이 되는 건 요리 스킬이었다. 뜨거운 스튜를 만들어 먹으면 몸이 따뜻해지고 추위에 대한 내성이 길러졌다.

그렇게 빙설 폭풍이 지나가고 위드와 성기사들은 다시금 동굴 밖으로 나섰다.

폭풍이 지나간 다음에도 미녀상은 건재했다.

거친 눈보라와 싸워서 이겨 낸 조각상.

상처투성이였지만 완전히 부서지지는 않았다.

> 얼음 미녀상의 효과가 발동합니다.

⁂

덕분에 추위를 조금 더 이겨 낼 수 있었다. 그런데 훼손이 되어서인지, 추위에 대한 내성이 20%밖에 상승하지 않았다.

위드는 조각칼을 가지고 얼음 미녀상에 다가갔다.

"혹시 이것도 가능할까? 수리!"

박힌 얼음 조각을 빼내고, 자잘한 얼음 조각들을 그 안에 채워 넣었다. 그리고 부서진 곳에는 새 얼음 조각들을 붙였다. 그러자 거짓말처럼 곧 본래의 모습으로 돌아오는 것이 아닌가.

"조각상도 수리가 가능하구나."

위드는 새로운 사실을 하나 더 알게 되었다. 웹사이트에 공개되지 않은, 직업 스스로 개척하고 알아내야 하는 생생한 정보였다.

그때 위드의 머릿속을 스치고 지나가는 생각이 있었다.

"혹시… 어쩌면 이곳이니까 그것도 가능할지도 모른다!"

위드는 그대로 로그아웃을 했다.

이현은 웹사이트들을 돌아다녔다. 주로 북극의 전설에 대한 자료들, 혹은 추운 지방에 사는 몬스터들에 대한 자료를 찾으면서.

이들을 조각하면 숙련도가 잘 오르리라.

몬스터 조각은 그대로 복제를 하는 수준이었기 때문에 그리 어렵지 않았다. 대신에 성취도 높지 않은 편이었지만.

'아냐. 언제까지 일반적인 몬스터나 복제하고 살 수는 없어. 별로 가치 없는 것들은 이제 스킬 숙련도를 2%도 올려 주지 않아.'

조각술이나 손재주 스킬들은 레벨이 1단계 오를 때마다, 대략 20%씩 더 많은 추가 숙련도를 요구하였다. 그러므로 실제 스킬의 레벨 업 자체가 굉장히 힘들어진다.

초급 과정을 넘어가는 건 노가다로 어느 정도 가능하였지만, 중급 과정에서는 영감이 필요했다. 웬만한 조각품들을 만들어서는 숙련도 상승이 엄두가 안 날 정도였다.

중급에서 고급 과정에 올라갈 때부터는 추가적으로 50%의 더 많은 숙련도가 필요하다고 하니, 생산 스킬이라고 얕잡아 봐서는 안 되었다. 전투 계열 직업들 이상으로, 생산직은 더 험난한 길을 가야 했다.

'예술적인 가치가 큰 무언가를 만들어야 한다. 한 번에 스킬을 상승시켜 줄 수 있는 만한 물건으로…….'

그러다가 이현은 곧 마법의 대륙과 관련된 사이트에 접속했다.

판타지 대륙의 최강으로 분류되는 몬스터가 드래곤이다. 이현은 마법의 대륙을 하면서 혼자서도 몇 마리의 드래곤을 잡았던 적이 있다.

광범위하고, 다채로운 마법 공격.

어마어마한 방어력과 브레스 공격.

마법의 대륙의 최고 레벨에 올랐지만, 몇 가지 꼼수를 부리고 아이템을 과감히 써 버리지 않았다면 절대로 혼자서 잡을 수 없는 몬스터가 드래곤이다.

그중에서도 빙룡 카이데스!

몸집이 150미터가 넘고, 얼음의 브레스를 내뿜는 드래곤이었다.

무척이나 고전을 하면서 잡았던 기억이 있다.

"꼬리는… 그래. 머리는 나중에 붙여야겠군. 우선 발에서부터 시작해서 몸통으로 올라가면서 해야겠어."

다시 접속한 위드는 얼음 덩어리들을 모으기 시작했다.

빙설의 폭풍이 지나간 직후였기 때문에 주변에 얼음은 얼마든지 널려 있었다. 웬만한 집보다 큰 얼음 덩어리들이 땅에 깊이 박혀 있어, 가슴이 철렁 내려앉을 정도였다.

"숨을 곳이 없는 곳에서 빙설의 폭풍을 만나면 영락없이 죽겠군!"

추위로 얼어 죽든지, 얼음 덩어리에 맞아 죽든지! 어쨌거나 둘 중의 하나로 인해서 죽을 것만 같다.

북부의 도시나 마을들은 큰 산의 인근에만 있었다. 빙설의 폭풍을 막아 줄 수 있는 산이 없다면 도시나 마을도 존재하지 못한다.

그만큼 무서운 동네가 북부였다.

"과거에는 북부 왕국의 군사력이 가장 강했다고 하지. 이런 환경에서 살아야 한다면 강해질 수밖에 없을 거야."

위드는 주변의 얼음 덩어리들을 이용해서 조각을 개시했다. 처음에는 윤곽만 만들어 놓고, 다른 얼음 덩어리들을 구해 와서 그 위에 쌓아 올렸다.

얼음 덩어리 위에 층층이 쌓인 얼음 덩어리.

"이대로 시간이 조금 지나면……."

위드는 성기사들과 한차례 주변의 늑대들을 사냥하고 돌아왔다.

쌓아 두었던 얼음 덩어리들이 단단하게 굳어 있었다. 따로 재료도 필요 없이, 추위가 얼음 덩어리들을 연결해 준 것이다.

위드는 성기사들을 조종해서 거대한 얼음의 산을 만들었다. 얼음 덩어리들로 가득 채운 산!

콜로세움처럼 큰 얼음 덩어리들을 모아, 몇 층 건물의 높이를 넘도록 계속해서 쌓아 올렸다.

휘이이잉 쿠르르릉!

빙설의 폭풍들이 또다시 찾아왔다.

둥글게 쌓아 놓은 얼음 덩어리들은, 빙설의 폭풍을 통해 더욱 몸집을 불렸다.

두 번의 빙설의 폭풍이 지나가자, 그때에는 위드도 한참이나 고개를 쳐들어 바라봐야 할 정도로 거대한 얼음의 산이 만들어졌다.

인간의 노가다와, 대자연의 힘!

이 두 가지가 합쳐지니 불가능은 없었다.

"이제부터 나의 일이 시작이군."

위드는 자하브의 조각칼을 꺼냈다.

얼음 조각술.

미녀상을 만들 때에 한 번은 겪어 봤기에 손놀림은 가차 없었다.

어차피 아주 세밀한 조각은 포기했다. 규모가 커도 너무컸기 때문이다. 세세한 조각을 펼치자면 1년을 투자해도 모자랄 정도이다.

위드는 과감하게 잘라 내고, 때로는 얼음들을 이어서 덧붙여 가며 작업을 계속했다.

조각술은 이제 자유자재로 펼쳐졌다.

마음먹은 대로 조각을 하는 것이 가능했다.

조각술의 성취가 아직 중급이라서 원하는 만큼의 특수 효과들은 붙지 않았지만 말이다.

위드가 더욱 신경을 쓰는 부분은 얼음의 산에서 떨어지지 않는 것이었다. 얼음 덩어리들을 조각하기 위해서는 꼭대기에서부터 밧줄로 몸을 연결해 매달려야 했다. 암벽을 등산하는 사람처럼.

탁탁탁!

정으로, 혹은 조각칼로 얼음덩이를 부술 때마다 얼음 조각들이 아래로 떨어진다. 아래로 떨어진 얼음 조각들이 산산조각이 나서 부서진다.

높은 곳에서 조각술을 펼치는 위드가 밑을 내려다보면 까마득할 정도였다.

"으으……."

떨어지면 죽는다.

그 공포심 정도는 조각술 작업을 위한 마음으로 억누를 수 있다. 그러나 높은 곳에서 매달려서 하는 작업이기에 추위가 장난이 아니다. 바람도 강하게 불어서, 밧줄째로 대롱대롱 매달려서 꼼짝도 못 하는 경우가 많다.

위드는 우선 목표로 한 얼음산의 몸통 조각을 마쳤다. 산의 중앙부 대부분을 차지할 정도로 큰 몸통이었다.

둘레만 따져도 100미터가 훨씬 넘을 정도로 거대한 몸통.

그다음은 꼬리와 다리의 차례였다.

다리는 상당히 기형적으로 작게 조각을 했다. 하지만 얼음산의 하중을 이길 수 있도록 충분히 두꺼워야 했다.

작지만 굵은 다리.

꼬리는 몸통에서부터 쭉 이어져 나와 길게 늘어져 있다. 꼬리의 길이만 또 수십 미터에 이르렀다.

마지막은 머리였다. 역시 몸통에서부터 이어진 굵은 목과 길쭉하고 좌우로 크게 벌려진 입.

악어를 닮은 광폭한 입.

가닥가닥 나 있는 긴 수염.

그리고 사납고 힘으로 넘치는 눈매.

위드가 조각술을 마치는 순간, 주위는 빛으로 휩싸였다.

명작! 빙룡 조각상을 완성하셨습니다
열정 어린 예술은 사람을 감동시키지만, 때로는 사람들을 경악시키기도 한다. 대자연의 힘을 빌려서 만든 업적! 북부의 균형자. 악을 미워하고, 순수한 마음을 가진 드래곤. 질서가 사라진 땅을 지키는 수호신이 될 것이다.

예술적 가치: 2500
옵션: 빙룡상을 본 이들은 생명력과 마나 회복 속도가 하루 동안 30% 증가한다.
　　　추위에 대한 내성 70% 상승. 마법 저항력 40% 상승. 생명력 최대치
　　　35% 상승. 전 스탯 12 상승. 드래곤의 가호 발동. 빙룡상이 보이는 영역
　　　에서 모든 공중 몬스터들의 능력치 저하. 빙룡상 인근에는 몬스터들이 접
　　　근할 수 없음. 다른 조각품과 중복 적용되지 않음.
지금까지 완성한 명작의 숫자: 1

중급 조각술 스킬의 레벨이 6으로 상승했습니다. 조각술이 한층 더 섬세하고 세
밀해집니다.

중급 손재주 스킬의 레벨이 8이 되었습니다. 도구나 손을 이용하는 능력이 추
가로 5% 증가하며, 다양한 분야에 걸쳐서 영향을 주게 됩니다.

명성이 850 올랐습니다.

예술 스탯이 64 상승하였습니다.

인내가 49 상승하였습니다.

지구력이 16 상승하였습니다.

북부의 불가사의에 빙룡 조각상이 포함됩니다. 빙룡 조각상의 소유권은 위드
님에게 있습니다. 향후 빙룡 조각상에 생명을 부여할 수 있다면, 그는 위드 님
에게 충성을 바치게 될 것입니다. 명작 조각품을 만든 대가로 전 스탯이 1씩 추
가로 상승합니다.

얼음 덩어리들을 이용하여 상상도 할 수 없는 괴물을 만들어 냈다.

빙룡 조각상.

실제 빙룡의 크기에, 빙룡의 모습을 완벽하게 재현한.

얼음이라는 재료를 통해 가장 빙룡에 걸맞은 조각품을 만들어 낸 것이다.

웬만한 조각품들 따위는 감히 견줄 수도 없는 구조물! 혹은 예술품이라고 해도 좋았다.

생명력과 마나 회복 속도의 30% 증가.

이것은 사냥 속도를 30% 더 늘려 주는 효과가 있다.

추위에 대한 내성이 상승하니, 북부의 가장 큰 장애 거리가 줄어든 셈이다.

마법 저항력과 생명력 최대치.

전 스탯 상승.

이것은 전투 능력과 더불어서 생존 확률을 크게 상승시킨다. 한 번 죽으면 끝인 알베론과 성기사들을 지휘하는 위드에게는 든든한 후원자였다.

위드는 성기사들을 구출하여 함께 평원을 떠돌면서 사냥을 했다. 데스 나이트 반 호크도 함께.

"하지만 이놈만은 뭐라 말씀하셔도 마음에 들지 않습니다!"

성기사들은 데스 나이트에 대해 노골적인 불만을 드러냈다. 바르칸의 수하였던 반 호크를 동료로 받아들이기에는 너무 큰 진통이 따르는 것이다.

위드는 이럴 때 데스 나이트의 편을 들어 주는 것이 무의미함을 알았다.

"이 데스 나이트요? 이런 용도로 쓰는 것입니다."

위드는 힘껏 데스 나이트를 패 버렸다. 다른 성기사들이 보기에 불쌍할 정도로, 수시로 소환을 해서 갈궜다. 데스 나이트는 죽더라도, 붉은 생명의 목걸이가 다시 진홍빛으로 변하면 소환이 가능하니까.

"블러드 하운드군요."

"저희들이 해결하겠습니다."

몬스터가 나타나면 성기사들이 우르르 달려들어서 순식간에 몬스터를 초죽음으로 만든다.

'과연 강하군.'

위드는 고개를 끄덕였다.

로자임 왕국의 신병들을 데리고 사냥을 했을 때에는 활을 쏘고, 검을 휘두르고, 때로는 함정까지 팠다. 고블린들을 상대로는 그 정도도 잘 먹혔다.

하지만 성기사들의 합공은 무시무시할 정도였다. 신성력을 기반으로 한 공격에, 몬스터들은 뼈도 추리지 못했다. 위드도 언데드들에게 치명적인 공격을 선사하는 아가사의 검을 휘두르면서 경험치를 모았다. 20% 정도는 데스 나이트에게 넘겨주고서도 라비아스에서 했던 사냥만큼이나 경험치를 습득할 수 있었다.

알베론의 조력이 있었기 때문에 더욱 안전하고 지속적인 사냥이 가능했다.

　1달 정도가 지나고 위드의 레벨이 220이 됐다.

　성기사들의 레벨은 270이 되어 진혈의 뱀파이어들과 동등해졌다. 눈물 어린 성과였다.

　빙룡 조각상이 없었더라면 더 많은 시간이 걸렸을 것이다. 어쩌면 성기사들 중에 한둘은 죽었을지도 모른다.

　"이제 다른 동료들도 조금씩 구해 보죠."

⁕⁕⁕

　검치들과 500명의 도장 수련생들.

　수련생들 역시 비슷한 부류들만 모였다. 육체를 단련하고, 검을 익히느라 게임은 처음이었다. 미숙하기 짝이 없다.

　"신기하네. 빵을 먹으니 포만감이 차고 말이야."

　"물을 마시면 갈증도 해소가 돼."

　"정보창이라고 외치면 창도 뜬다니까!"

　그렇게 헤맸던 수련생들!

　그들도 검치들과 다를 바 없이 시작과 동시에 빵들을 먹어 버리고 굶주림에 헤매었다.

　검치와, 검둘치는 이들을 보며 얼굴을 굳혔다.

　"어떻게 이 많은 녀석들 중에 게임을 해 본 놈이 하나도 없을 수가 있냐!"

　"이걸 보고 기적이라고 해야 하나요?"

　"……"

검치들은 수련생들로부터 몇 개씩의 보리 빵을 상납받아서 더 이상 굶주림으로 고생을 하진 않아도 됐다. 수련생들만 굶주리면서 죽으나 사나 허수아비를 때려야 했다.

그러다가 페일 들이 찾아왔다.

"빵 좀 사 주세요."

"부탁드립니다."

검치들은 수련생들의 구걸을 눈 딱 감고 용납했다.

"타인에게 구걸하는 짓은 사내답지 못한 일이다. 그러나 위드라면 앞으로 나의 수제자가 될 녀석이고, 그 녀석에게 신세를 진 사람들이 와서 도움을 주겠다는데 어찌 말릴 수 있겠는가?"

하지만 페일과 수르카 들에게 있어 그 일은 완전히 다른 의미로 받아들여졌다.

500명의 건장한 사내들.

기골이 장대하고, 굶주려 눈빛이 살벌한 그들이 몰려들어서 빵을 사 달라고 하자 겁에 질릴 수밖에 없다.

페일 들은 괜히 찾아와서 보리 빵 5만 개만 뜯기고 갔다.

5만 개라고 해도, 보리 빵 1개의 가격이 3쿠퍼였다. 1실버에 33개의 보리 빵을 살 수 있었고, 1골드면 3,300개나 살 수 있다.

금액으로 치자면 그렇게 많은 돈은 아니지만, 500명의 사내에게 둘러싸인 경험이란 수르카와 이리엔, 로뮤나에게는 다시는 겪어 보기 힘든 일이다.

아무튼 그러한 시행착오를 겪으며, 검치와 수련생들은 수련관에서 허수아비를 때렸다.

4주 동안!

인간으로서 4주 동안, 잠도 최소한으로 자고 허수아비만 때리는 건 정말 못 할 짓이었다.

위드나 가능하던 일을, 여기서는 505명이 함께한다.

'으으, 지겨워!'

솔직히 혼자였더라면 절대로 하지 못하였으리라.

검치나, 검둘치 등 사범들이야 했겠지만 수련생들 중에는 지긋지긋해서 때려치우고 싶었던 이도 있다. 하지만 모두가 여길 통과하기 전까지는 수련관을 나가지 않는다는 검치의 선언이 있었다. 만약에 혼자만 통과하지 못한다면, 자신 때문에 504명이 기다리는 것이다.

'그런 끔찍한 일은⋯⋯.'

양심의 가책은 둘째 치고! 후환이 두려워서 쉬고 싶어도 쉴 수 없다.

악바리처럼 허수아비를 때리는 수련생들.

"백육십구만 칠천이백삼십구!"

"백육십구만 칠천이백사십!"

"백육십구만 칠천이백사십일!"

먼저 수련관의 훈련을 마친 검치와, 검둘치 들이 1명의 수련생을 보고 있었다. 검치와 4명의 사범들을 제외하고, 499명의 수련생들도 말이다.

민첩이 1 상승하였습니다.

마침내 마지막 한 사람까지 수련관의 수행을 마쳤다.

"제 수련이 끝났습니다, 관장님."

"수고 많았다."

"고생했다."

검치들과 수련생들은, 숫자는 많아도 한마음으로 뭉쳤다. 마지막 1명이 수련관을 통과할 때까지 기다려 준 것이다.

교관이 흐뭇한 얼굴로 다가왔다. 그러고는 검 한 자루를 내밀었다.

"기초 수련을 마친 자에게 주는 검이네. 이것을 자네가 쓰도록 하게."

"알고 있소. 고맙소."

검사오구치라는 이름을 가진 수련생은 교관이 내미는 검을 받았다.

그들의 닉네임은 단 하나의 기준으로 정해졌다.

단순 무식하게 도장에 입문한 순서!

검치에서부터 순서대로 쭉쭉 나간 닉네임이다.

교관은 흐뭇한 미소를 지었다.

"혹시 궁금한 게 없는가? 참고로 말하자면 여긴 기초 수련관이고 자네는 여길 522번째로……."

"없소. 설명은 됐소. 어서 가시오!"

무려 504번이나 이미 교관은 수련생들에게 다가와 똑같은 말을 읊어 댔다. 그 때문에 교관이 하는 이야기가 귀에 못이 박힐 정도였다.

검치나 검둘치, 검삼치 등, 검오공오치까지 모두가 자신을 기다리고 있었으니 빨리 끝내 주기만을 바랄 뿐이다.

그런데 교관도 이번에는 조금 다른 이야기를 한다.

"이렇게 자네들이 수련관을 대거 통과해 주어, 나는 왕국에 큰 공을 세우게 되었군. 내게도 공적이 쌓여서 앞으로 다시 기사가 되어 볼 참이네."

"그러거나 말거나. 내 알 바 아니오. 그럼 수고하시오."

검치들은 이제 수련관을 나섰다.

게임에는 초보였지만 지금까지 보고 들은 것이 있다.

"그럼 직업을 가져야지. 우리 검사 길드로 가자."

"스승님, 우리들 모두 검사가 되는 것입니까?"

"암! 그래야 하지 않겠느냐?"

"스승님의 이름에 잘 어울리실 겁니다."

"저희들이 검사가 되다니 정말 흥분됩니다. 스승님."

검치들 505명이 대로를 활보한다.

일제히 초보용 복장을 하고서는 말이다.

"저 사람들 대체 누구야?"

"무슨 쇼라도 하는 건가?"

"저것 봐. 들고 있는 검까지 똑같아."

"와, 수련관의 그들이다!"

"그들?"

"왜 있잖아, 그 이상한 사람들……."

이미 명물이 되어 있었던 검치들은 주변의 시선은 아랑곳하지 않았다. 처음 게임을 한다는 흥분, 그리고 전직을 한다는 기쁨에 휩싸여서 검사 길드로 들어갔다.

잠시 후에 들어갔던 검치들은 1명씩 웃으며 길드 밖으로 나왔다.

"여우를 잡으라고?"

"여우 300마리라……"

"겨우 여우를 잡아서 가죽을 모아 오는 정도로 전직이 끝난
단 말이지."

"도장에 정식 수련생이 되기 위해서 2년이 넘도록 걸레질부
터 했는데, 이건 뭐야? 너무 쉽잖아."

"하하하, 여우들 따위!"

수련생들은 큰 소리로 웃었다.

검치들은 더욱 크게 웃었다.

"껄껄껄! 이거 우릴 너무 무시하는군."

"스승님께서 나설 필요도 없을 것 같습니다. 저희들끼리 알
아서 해결하고 가죽을 모아 오죠."

"아니다, 검오치야. 여기서는 사냥을 하면서 경험치를 쌓아
야 레벨이 오른다는구나. 그리고 첫 번째 퀘스트인데 나도 구
경만 할 수는 없지 않겠느냐?"

"과연 그렇습니다. 그럼 어서 여우를 잡으러 가시지요."

"허허허! 내가 여우 따위를 향해 검을 빼 들게 될 줄은 몰랐
구나!"

"여우에게 영광일 것입니다."

검치들과 수련생들의 대화를 듣고 있던 사람들은 어처구니
가 없었다. 완전히 다른 세계에서 들어온 이들 같았다.

"대체 저들이 여우가 얼마나 센지 알고나 있을까?"

"막 직업을 가진 초보자들로 보이는데……"

"너구리도 제대로 못 잡을걸."

특히 레벨이 낮은 이들은 더욱 더 수련생들을 무시하고 있었다. 자신들도 여우를 무시했었다. 그러나 현실은 어떠했던가! 너구리나 토끼도 잡기 힘들다.

"저러다가 한번 죽어 봐야 정신을 차리지."

"보나마나 검사 길드의 기본 퀘스트를 하나도 진행 안 한 것 같아. 전직 퀘스트로 여우 가죽을 모아 오라는 조금 힘든 의뢰가 뜬 걸 보니까 말이야."

"성 앞에 시체들이 쌓이겠구나."

하지만 그런 와중에 소란이 벌어지자 구경을 나온 페일과 수르카 들이 멀리서 보고 있었다.

"불쌍하네요."

"정말이에요."

"여우가……."

"……."

위드에 대해서 잘 알고 있고, 수련생들에 대해서도 모르지는 않았던 페일과 그녀들로서는, 앞으로 일어날 일이 머릿속에 훤히 그려진다.

시체가 쌓일 것이다. 여기까지는 다른 유저들의 짐작과 같았다. 그러나 그 시체는 수련생들의 것이 아니라…….

"앗! 저들이 성을 나가려고 한다."

"따라가서 구경해 보자."

검치와 수련생들이 동쪽 성문 밖으로 나갔다.

성문 밖에는 여우나 토끼, 너구리, 고슴도치 등 기본적인 동

물들이 뛰어놀고 있었다. 열심히 뛰어다니면서 사냥을 하는 초
보 유저들도.

그리고 여우 1마리가 놀고 있는 것이 그들의 눈에 띄었다.

"우와아아!"

"우리가 간다!"

우르르 달려가는 검치와 수련생들!

여우는 털을 세우고, 꼬리를 바짝 들며 할퀴려 했다. 하지만
불행히도 상대는 검치였다. 여우와 싸워 본 건 처음이었지만,
진검을 들고 세계의 수많은 무사들과 생사결을 나눴던 검치!

그는 물이 흐르는 듯한 움직임으로 공격을 피하고, 여우의
텅 빈 복부를 향해 가볍게 검을 찔러 넣었다.

> 치명적인 일격이 터졌습니다!

여우는 회색빛으로 변하고 말았다.

"뭐야, 왜 이렇게 쉬워?"

검치가 허탈함에 중얼거렸다. 그것은 가슴을 졸이며 지켜보
던 관중들도 마찬가지다.

"누가 잡던 여우인가?"

"상처 입은 여우였을 거야. 그러니 저런 눈먼 검에 죽었겠지."

"곧 죽을 것처럼 비실거리지는 않던데. 멀쩡해 보였어."

"그럴 리가! 네가 잘못 본 걸 테지."

"역시 그렇겠지?"

그러나 다른 여우들도 마찬가지였다.

물론 나름대로 반항을 하긴 했지만, 수련생들은 우습다는 듯

이 쉽사리 그 공격을 피하고 검을 휘둘렀다.

퍼버벅!

거의 한두 방!

검사로 전직하며 검의 공격력이 50%나 강화된 그들이었기에 소위 하는 말로 검에 사정이 없었다.

"오오, 이거 재밌는데!"

"그러게. 그런데 여우는 왜 이렇게 약한 거야?"

수련생들은 무지막지하게 여우를 때려잡았다.

여우뿐만이 아니라 다람쥐에서부터 토끼, 너구리 가리지 않았다. 종국에는 늑대까지 건드린다.

크르릉!

날카롭게 튀어나온 이빨로 살기를 드러내는 거친 늑대.

수련생들은 세라보그 성의 앞마당을 완전히 장악한 채로 몹들을 휩쓸어 버렸다.

관중들은 턱이 빠져라 입을 벌리고 그들을 보고 있을 뿐이다.

"믿을 수 없어!"

"어떻게 저런 일이……!"

오로지 페일 등만이 당연한 결과라는 듯이 고개를 끄덕이고 있었다.

"역시……."

"과연 그렇군요."

"그런데 좀 무서워요."

"이리엔 님, 뭐가요?"

"위드 님 같은 분이 500명이 넘게……."

"……."

늑대나 토끼 할 것 없이 몹들의 수난 시대였다.

수련생들은 평소에 휘두르던 검을, 직접 움직이는 몬스터를 향해 마음껏 휘두를 수 있다는 데에 도취되어 마구 사냥을 했다. 그러다 보니 아주 드물게 모습을 드러내는 대장 늑대까지 나타났다.

아우우우!

은빛 늑대가 포효한다.

바람에 부드럽게 물결치듯이 움직이는 은빛 털.

우아하게 뻗은 다리와, 튼실한 허벅지.

그리고 검치와 검둘치 들은 견적을 뽑았다.

"저놈 잡으면 꽤 나오겠는걸."

"스승님, 여기서는 잡는다고 해도 다 구워 먹진 못합니다."

"그래? 그러면 괜찮은 아이템이라도 주겠지?"

"그럼요!"

검치가 달려들었다.

캐애앵!

한 방에 비명횡사해 버린 늑대!

검치와 수련생들은 세라보그 성 앞에서 광란의 살육을 벌였다.

검을 익힌 보람!

경험치!

아이템!

수련생들은 몇 년씩이나 검 하나만을 바라보면서 정진해 왔다. 답답한 마음이 어찌 없었겠는가. 그 검을 여기서는 마음껏 펼쳐 보일 수가 있었다.

몬스터를 잡으면 경험치를 먹고, 레벨이 오르면서 좀 더 강해진다.

수련생들은 강해지는 것이 좋았다.

이유는 간단했다.

'폼 나잖아!'

약한 것이 싫은 그들!

열심히 몹을 잡아야만 했다.

그리고 아이템. 더불어 돈.

보리 빵이 없어 굶었던 그들에게 늑대나 토끼들이 드랍하는 쿠퍼들은 그야말로 환상적이다. 도저히 멈출 수 없을 만큼!

"크하하하하!"

"다 죽여 버리겠다!"

그들의 살풀이 광경을 보며, 처음에는 흥미진진하게 이를 구경하던 관중들은 언제부턴가 몸이 떨려 오는 것을 느꼈다.

⁂

레벨이 올라간 2명의 성기사와 알베론의 조합 덕분에 뱀파이어들 4~5마리를 상대하는 데에는 무리가 없었다.

석상을 지키는 뱀파이어들.

낮에 힘이 약화되었을 때만 야금야금 공격했다.

그런 식으로 구출한 성기사들이 30여 명으로 늘었을 때에는, 그들이 먹는 음식의 양도 이만저만이 아니다. 요리 스킬을 올릴 수 있기에 음식을 하는 자체는 환영이었지만 문제는 요리 재료!

사냥을 하는 외에도 먹을 수 있는 음식들을 구해야 했다. 수십 명의 음식 재료를 구하고, 설거지를 한다. 성기사들의 갑옷도 수리해 주고, 좋은 사냥터로 안내하는 역할도 맡았다.

할 일이 크게 늘어난 탓에 정작 자신의 사냥에는 소홀해지게 되었다. 조각사에, 여러 잡종 기술들까지 익혔기 때문에 벌어진 일이다.

본신의 전투 능력이 뛰어난 편이지만, 남들만큼 강해지기 위해서는 시간을 들여 손재주를 높여야 했다.

조각술과 각종 스킬들도 최대한 상승시켰다. 그래서 전투 능력이 뛰어나지만, 정작 위드의 숨은 장점은 후방 지원에 있었다.

각종 못 하는 일이 없다 보니 성기사들의 전투를 옆에서 지원해 주는 건 최고였던 것.

'그나마 다행이군. 시간제한이 없다는 점 하나만은…….'

파고의 왕관을 되찾고, 석상이 되어 버린 성기사들을 구출하는 의뢰였기에 딱히 제한된 시간은 없다. 그러나 아마도 다른 이들이 같은 퀘스트를 받았더라면 사냥을 할 시간이 없었을 것이다.

식량 때문이었다.

수십이 넘는 성기사들을 언제까지 먹여 살릴 수도 없는 노릇. 음식이 떨어지기 전에는 승부를 봐야 한다.

그러니 어쩔 수 없이 싸우는 길을 택해야겠지만, 위드의 경우에는 늘 가지고 다니는 조미료와 요리 스킬이 있었다.

요리 스킬이 중급에 오른 이후부터는 숲에서, 산에서 보이는 모든 것들이 음식이 됐다. 길을 가다가 뽑는 풀들은 좋은 스프의 재료가 되었고, 짐승들의 고기나 나무 열매는 말할 것도 없다. 심지어는 약초들까지 캐내면서 보급의 역할을 톡톡히 맡았다.

완전한 잡캐!

이것저것 배워 놓은 스킬들이 이럴 때 위력을 발휘하는 것이다.

성기사들의 숫자가 계속 늘어나면서 동굴은 사람들로 붐볐다.

빙룡의 조각상도 갈수록 큰 효과를 발휘했다.

데리고 있던 성기사가 2명이었을 때보다, 성기사들 30명에게 고르게 능력치를 상승시켜 주니 숫자가 늘어나면 더 좋다.

위드는 성기사들이 최대한 많은 몬스터들을 잡을 수 있도록 지휘했다.

통솔력이 3 상승하였습니다.

카리스마가 2 상승하였습니다.

성기사들을 이끌고 다니면서 카리스마와 통솔력이 무시무시하게 늘어 가고 있었다.

레벨보다도 훨씬 빠르게 늘어나는 두 스탯 덕분에, 불만은 조금도 없었다. 원한다고 키울 수 있는 스탯들인 것도 아니니, 나름대로의 투자라고 보면 되었다.

요리 스킬도 성장이 매우 빠른 편이었다.

음식 재료들을 아끼기 위하여 이것저것 산과 숲에서 구한 잡다한 것들을 넣다 보니 가끔은 먹기 힘든 것도 나왔지만, 실험을 통해 새로운 요리들을 개발하며 숙련도가 상승하고 있었다.

새로운 레시피로 풀죽과 나무껍질 요리까지 개발할 정도였다. 물론 맛은 죽지 못해 먹을 정도로, 위드의 요리 솜씨에도 불구하고 최악이었다.

'그래도 성과는 있어.'

잡다한 재료들을 섞어서 만들어 본 요리들. 그러던 와중에 충격적인 일이 벌어졌다.

요리 스킬의 비밀!

위드는 그중의 하나를 해결한 것이다.

실상 알고 보면 무척이나 단순하여 비밀이라고 할 수도 없는 것이지만, 효과는 만점이었다.

친밀도를 상승시키기 위해 프레야 여신을 향해서 함께 기도하기도 하던 중⋯⋯.

> 스탯, 신앙이 생성되었습니다. 신을 향한 찬미와 헌신으로, 신은 그 대가로 특별한 능력을 부여합니다.

성직자나 성기사들에게나 생성되는 스탯이 위드에게도 생긴 것이다.

신앙은 신성 마법의 위력을 좌우하는 것으로 알려져 있다. 그렇다면 신성 마법 자체를 쓸 수 없는 위드에게는 아무짝에도 쓸모가 없는 스탯.

"스탯 창."

위드의 스탯들은 난잡하기 짝이 없었다.

사냥을 하면서, 경험치의 손실을 보더라도 의도적으로 스탯을 키우기 위해 애썼다. 그 때문에 같은 레벨보다 훨씬 다양하고 많은 스탯 포인트를 가지고 있다.

웬만큼 해서는 절대 오르지 않는다는, 정말 사람의 피를 말린다는 인내력과 투지가 300포인트를 넘는 것만 봐도 알 수 있었다.

그러나 거기서 그치는 것이 아니다.

이것저것 스킬이 중급에 오르면서 전체 스탯이 추가된 경우가 꽤 되고, 각종 장비들로 인해서 거기에 다시 한 번 변화가 생겼다. 힘과 민첩, 체력에 추가 포인트가 더 높은 건 그러한 이유에서였다.

신앙 스탯의 경우는 지금 막 생성됐다.

그러나 달빛 조각사의 직업과, 중급 검술, 요리술, 조각술들이 주는 추가 스탯! 장비하고 있는 아가사의 거룩한 검과, 장미 무늬가 새겨진 장갑, 대신관의 반지의 추가 스탯 효과. 그로 인해서 나오자마자 400에 가까운 스탯 포인트를 지니게 된 것이다.

이 정도의 스탯 포인트라면 웬만한 성기사들을 압도할 정도였다. 물론 대부분 아이템의 효과였지만 말이다.

스탯 자체가 존재하지 않을 때에는 아예 영향이 없었지만, 이제 스탯이 생성되었으므로 신앙 스탯에 따른 효과가 위드에게 부여되게 되었다.

'아무리 봐도 쓸데없는 스탯으로 보이는데. 하지만 이런 경우가 어디 하루 이틀 일도 아니고… 언젠가 써먹을 날이 있겠지.'

뜻밖에 신앙 스탯이 생성되고 난 이후부터는 사제들이나 성기사들이 위드를 보는 눈이 달라졌다. 지시한 명령을 곧바로 따르고, 가끔은 존경심마저 표현할 정도였다.

"조각사님, 처음에는 당신의 지휘에 대해 의문을 가졌지만 이제부터는 믿고 따르겠습니다."

"저희 동료들을 위하여 교단에서 보내 주신 분!"

"굳건한 신앙의 힘으로 저희들을 인도해 주소서."

성기사들보다도 위드의 신앙 스탯이 더욱 높으니 이런 일도 벌어진다.

NPC 성기사들도 레벨에 따라 5개씩의 스탯이 주어지는 건 마찬가지였다.

그들은 직업적으로 검을 다루는 기사였기 때문에 힘과 민첩, 체력에 많은 분배가 되었고 추가로 마법을 써야 하기 때문에 지혜와 지식에도 분배가 됐다. 그런 상태에서 신앙까지 올려야 했으니, 성기사들의 신앙 스탯은 많아야 200에서 300 사이다.

한데 위드의 신앙 스탯이 400을 육박하자 성기사들은 존경심을 표시한다.

　사제들 역시 조금 더 위드를 잘 따르게 된 것은 두말할 나위도 없는 일.

　그렇게 시간이 흘렀다.

　남들은 성기사들과 함께 사냥을 한다면 기연이라고 하겠지만, 그들의 뒤치다꺼리에 정작 조금도 쉴 틈이 없었다. 부서진 장비들을 수리하고 음식들을 챙기느라, 개인 사냥을 할 여유조차 없을 정도다.

　그야말로 지독한 노가다였다.

　그렇게 시간이 지나자, 흑색 거성의 앞마을은 위드와 성기사들의 영역이 됐다.

　마지막 뱀파이어들을 처치하고, 알베론은 성기사들의 저주를 풀었다.

　"신성한 빛이여, 여기 왜곡되고 변형된, 자유를 구속한 힘을 해제해 주십시오."

　빛이 내려와 석상의 저주를 푼다.

　"대신관님의 명령을 받고 저희들을 구하러 와 주신 분이로군요."

　이때부터는 성기사들이 바로 위드의 앞에 복명했다.

　"파고의 왕관을 되찾고, 평화를 위협하는 진혈의 뱀파이어족을 처치하기 위함입니다."

　"알겠습니다. 숭고한 뜻을 따르고 싶습니다. 저는 이제부터 대장님의 명령을 받듭니다."

부쩍 증가한 통솔력과 신앙 스탯 덕분에 성기사들은 바로 위드의 명령을 듣는다.

완전히 마을을 장악했을 때에는 무리의 규모가 부쩍 늘어나 있었다.

성기사 159명. 사제 38명.

위드와 알베론까지 합쳐 무려 199명의 대인원이었다.

흑색 거성에서는 엄청난 위압감이 느껴졌다.

음유한 마기를 흘려내는 폐쇄적인 성!

불길하게 우는 까마귀들과 음유한 마기에, 성기사들은 몸을 떨었다.

"총 5층인가."

위드는 거성을 올려다봤다.

짙은 커튼이 내려와 있고, 밖에는 나무로 막혀 있는 창문들로 어림짐작을 한 것이다.

"좋아. 도전해 주지."

위드는 성기사들과 사제들을 데리고 거성으로 성큼 발길을 내딛었다.

쿠르르릉!

문이 양쪽으로 밀려나며 저절로 열린다.

"……."

위드는 슬그머니 한 발자국 뒤로 갔다.

"모두들 진격하자! 진혈의 뱀파이어들을 해치우고 프레야 여신의 이름으로 모라타 지방을 해방하는 것이다!"

"우와아!"

위드와 성기사들이 그 안으로 들어가자, 문은 저절로 닫혔다. 아무 일도 없었던 것처럼.

흑색 거성의 전투

"살아 있는 인간들."

"성기사들!"

"마을에 돌상이 되어 있던 성기사들이 저주를 풀고 나왔구나!"

흑색 거성 안으로 들어가자마자 맞이하는 것은 50여 마리의 뱀파이어들이었다. 그들의 눈에서 혈광이 드러났다. 손톱을 길게 뽑아 들고 망토를 펄럭이며, 성 내부의 공간을 날아 성기사들과의 거리를 단축한다.

일부는 신체 변환 마법을 이용해 박쥐로 변하기도 했다. 몸집은 작아졌어도 공격력만큼은 그대로인 흡혈박쥐!

"빛이여, 어둠을 물리치소서! 홀리 라이트!"

알베론과 사제들이 거의 동시에 신성 마법을 썼다.

"크악!"

"너무 밝아!"

밝은 빛이 뿌려지자 뱀파이어들은 아우성을 치며 눈을 가렸다. 흡혈박쥐들도 허공에서 피를 토하며 나가떨어진다.

성직자들은 일반적으로 저주 마법을 쓰지 못하지만, 언데드나 어둠의 무리들의 능력을 약화시키는 마법은 쓸 수 있었다. 일반적인 치료 마법도 언데드나 뱀파이어들에게는 역으로 작용해서 강력한 공격 마법이 되는 것이다.

성직자들의 마법이 작렬한 틈을 타서 성기사들은 용감무쌍하게 달려들며 검을 휘둘렀다.

추카악!

여기저기에서 뱀파이어들이 피를 뿌렸다.

숫제 싸움이 되지 않고 있었다.

성기사들과 사제들은 지금까지 1명도 죽지 않았다. 숫자상으로 압도하고 있었으니 50마리의 뱀파이어들은 그리 까다로운 상대는 아니었다.

사제들의 마법 지원을 받으며 성기사들은 뱀파이어들을 공격했다. 조금이라도 위험에 빠진 성기사들이 있으면 사제들의 집중 치료와 저주 해제 마법이 뒤따랐다.

위드도 1마리의 뱀파이어를 맡았다.

"소드 댄스!"

황제무상검법의 제 4초식!

위드는 현란한 춤을 추며 검을 휘둘렀다.

실제로는 그저 평상시처럼 단조롭게 움직이며 적의 급소들을 노렸을 뿐이지만, 스킬이 만들어 낸 잔상들이 움직였다.

그 때문에 적은 그 환영들을 공격하며 자멸해 간다. 엉뚱한 곳을 공격하느라 빈틈을 노출시키고, 피한다면서 오히려 더욱 가까운 곳으로 다가왔다.

위드는 오랜만에 뱀파이어 1마리를 맡아서 싸움으로 레벨을 하나 올렸다.

레벨 업을 위해서는 경험치가 56%나 남아 있었는데, 226으로 오르고도 30%정도나 더 차올랐다.

'으으… 이렇게 아까운 것들을!'

지금까지 성기사들에게 양보했던 것을 떠올리니 억울할 정도다. 평원과 마을에서는 성기사들의 전력이 워낙에 강해서 빠른 이동을 위해 사냥을 하지 않았는데, 더 이상은 그럴 필요가 없어졌다.

그 때문에 위드도 사냥을 하는 것이다.

뱀파이어가 죽은 곳에는 약간의 아이템이 떨어졌다.

뱀파이어의 송곳니
상대의 육체를 꿰뚫고 피를 흡수할 수 있는 이빨이다. 특이한 종류의 물건을 만드는 재료로 쓰이거나, 아니면 연금술에 이용된다.
내구력: 50/50
제한: 레벨 300
옵션: 무기를 만들 경우 상대의 생명력을 흡수할 수 있음!

뱀파이어의 망토
어둠의 귀족들이 착용한 망토이다. 그들은 자신과 가장 적합한 생명체로 변신하여 하늘을 날 수 있다.
내구력: 80/80

그리고 3골드 29실버까지.

뱀파이어는 갑부 몬스터였다.

아이템들을 챙긴 위드는 주위를 둘러봤다. 어느덧 전투가 종료되어, 성기사들이 그를 기다리고 있었다. 성기사들의 레벨이 훨씬 더 높았으니 더욱 빨리 뱀파이어들을 잡은 것이다.

"그럼 1층을 돌아보자. 알베론, 너는 석상의 저주들을 해제해."

1층에는 성기사들의 석상이 총 50개 있었다.

알베론이 저주를 해제하는 사이에, 위드는 성기사들을 이끌고 수색을 실시했다.

"캬아악!"

뱀파이어들 몇몇이 방과 계단 근처에서 습격을 해 왔지만, 중무장한 성기사들에게는 역부족이었다. 그들의 산발적인 저항을 무시한 채로 1층의 탐색을 마쳤다.

1층의 각 방들!

그곳에도 수많은 석상들이 존재했다. 농민들과, 마을 주민들.

"알베론, 이들도 저주를 풀어 줘."

"예."

그들은 알베론의 신성 마법에 저주에서 풀려나자 바닥에 쓰러졌다. 그러고는 수염을 기른 노인 1명이 간신히 말한다.

"오오, 구원자님께서 오셨습니까?"

"구원자?"

"저희들은 모라타 지방의 주민들입니다. 어둠의 무리들의 대침공이 있기 전에 예언자가 찾아왔습니다. 움직이지 못하고, 생명이 있는지조차 의심스러울 것이나 견뎌라. 견디면 구원자가 찾아올 것이라고……."

"……."

"저희들은 오랜 시간동안 오늘만을 기다려 왔습니다. 여기 모라타 성에는 마을의 주민들이 전부 돌로 변해 있습니다. 저희에게는 가족들이고 형제들입니다. 구원자님, 제발 저희들을 불쌍히 여기시고 도와주세요. 드릴 수 있는 건 뭐든 드리겠습니다."

띠링.

모라타 지방의 저주
진혈의 뱀파이어들은 악취미를 가지고 있었다. 영토를 차지한 그들은 무고한 주민들을 돌로 만들어 장식했다. 주민들은 고통의 시간을 보내 왔다. 이들을 구원하라.
난이도: B
보상: 장인의 무지개 천.
제한: 2등급 신성 마법의 저주 해제 소유.

위드는 그다지 고민하지도 않았다.

이 퀘스트는 석상의 저주를 풀어 줄 수 있는 성직자가 있는 파티가 이 성안에 들어와야 발동이 가능할 것이다. 그렇지만 파고의 왕관을 찾아야 하는 위드가 알베론을 데려온 덕분에 퀘스트가 발동되었다.

난이도 B?

이미 기호지세였다. 어차피 흑색 거성의 뱀파이어들을 물리쳐야 하는 의뢰를 받고 있던 터였다.

"저의 의무로 받아들이겠습니다."

퀘스트를 수락하셨습니다.

⁕⁕⁕

위드와 성기사들은 2층으로 올라갔다.

150마리에 달하는 진혈의 뱀파이어들!

그들은 다른 뱀파이어 부하들까지 거느리고 있었다. 그 숫자가 100정도.

다 합치면 250마리나 되는 뱀파이어들이었다.

1층에서 성기사들을 구했으니 이제 숫자상으로는 거의 호각이다.

"공격해라."

"우와와!"

"악의 무리들을 척결하자!"

성기사들은 사제들의 축복과 보호 마법들을 받고 뱀파이어들을 습격했다. 선기는 성기사들에 있었으나, 곧 뱀파이어들도 조직적인 반항을 시작했다.

"다크 배리어!"

"다크 에로우!"

"치료의 손길!"

마법이 무섭게 교차된다.

흑마법이 작렬한 곳에는 사제들의 치료 마법들이 흰빛을 내뿜으며 퍼져 나갔다.

위드는 직접 전투에 끼어들지 않았다. 이렇게 대규모 혈전에서는 어떤 눈먼 공격에 죽게 될지 모르는 법이니.

"알베론, 게으름 피우지 말고 열심히 싸워라."

"예, 위드 님."

"모두들 힘을 내! 왼쪽을 좀 더 지원! 생명력이 줄어든 성기사들은 뒤로 빠져!"

위드는 후방에서 열심히 병력을 지휘했다. 뱀파이어들이 밀집한 곳에는 성기사들을 일렬로 보냈다. 그들은 특별히 사제들의 보호 마법을 겹겹이 걸어 둔 최고의 방어용 탱커들이었다. 레벨도 가장 높은 이들만 추려 놓고, 사제들에게 집중 치료를 하도록 지시했다.

그리고 나머지들은 외곽에서부터 뱀파이어들을 공격한다.

위드는 전선을 따로 분리했다. 적의 주력을 방어하는 쪽과 공격하는 쪽으로. 이와 같은 방식의 장점은 아무래도 사제들을 운용하는 데의 편리함에 있다.

집중적으로 사제들을 활용하면서 중복 치료를 막고, 소리 없이 소외당하여 죽는 성기사들이 생기는 것을 방지했다.

그러다가 방어 측이 위험에 빠지면 공격 측에 무모한 돌격을 지시하여 시간을 벌기도 하고, 여유가 생기면 사제들을 공격으로 전환하여 한 방을 터트릴 수도 있다.

전투에서 성기사들과 사제들이 연합해서 싸우는 연습을 숱하게 하면서 나름대로 최적의 전투법을 찾은 것이었다.

"공격하자!"

"대장님으로부터 공격 명령이 떨어졌다!"

전투는 쉽지 않았지만, 결국 성기사들이 승리를 거뒀다.

사냥을 통해 레벨을 높여 놔서 뱀파이어들보다 성기사들이 더 강했던 것이다. 더군다나 사제들의 지원과 축복까지 있었으니, 개개인이 진혈의 뱀파이어들을 압도할 정도였던 것이다.

2층에서는 성기사들 30명과 사제들 40명의 저주를 풀 수 있었다. 마을 주민들도 구출한 후, 위드는 잠시 휴식의 시간을 가졌다.

'슬슬 배가 고플 테니 뭐라도 먹여야지.'

위드는 솥단지를 꺼내 요리를 시작했다.

평상시라면 기대에 가득 찬 눈길을 보내오던 성기사들과 사제들이었지만, 지금만큼은 모두가 슬금슬금 뒤로 물러난다. 보고만 있어도 눈이 아파 왔던 것이다.

위드도 눈물을 줄줄 흘리며 스튜를 만들었다.

"꼭 그것을 먹어야만 합니까?"

"제발……."

"신앙의 힘으로 극복하십시오."

위드는 성기사들에게 각자 한 그릇씩 스튜를 퍼 주었다. 음식의 재료는 조인족의 알과, 천상의 열매!

퀘스트 해결을 위하여 상당한 출혈을 감수하기로 했다. 지력과 행운을 많이 늘려 주는 천상의 열매 같은 경우는 몬스터를 잡기 전에 먹으면 좋다. 높아진 행운 수치 덕에 몬스터들이 아이템이나 실버들을 드랍할 확률이 상승하기 때문.

그러니 지금은 요리 재료를 아낄 때가 아니었다. 천상의 열매와 조인족의 알을 팍팍 넣고 스튜를 만들었다. 그 외에 이 스튜에는 한 가지 재료가 추가로 더 들어가 있었으니, 그것은 바로 마늘이었다.

요리 스킬이 중급에 오르면서 요리 재료들의 특성이 음식에 배어나게 됐다.

마늘을 듬뿍 넣은 스튜는 뱀파이어들의 공격에 저항력을 형성하고, 덤으로 어느 정도 접근을 막아 주는 효과도 지닌다.

"우훅."

"누, 눈이 너무 매워."

성기사들은 눈물을 줄줄 흘리며 스튜를 먹었다.

그러나 힘든 전투를 앞두고 있는데 부실하게 스튜 한 그릇이 음식의 전부는 아니었다. 위드는 눈물을 머금고 마늘장아찌와, 마늘 샐러드, 마늘 샌드위치들을 연속으로 만들었다. 비교적 말 잘 듣고 온순한 사제들은, 눈물 콧물을 흘리며 한쪽에서 열심히 마늘을 까느라 여념이 없다.

흑색 거성의 3층에서는 진혈의 뱀파이어 200마리가 기다리고 있었다.

"깔깔깔! 세상의 낮은 곳을 돌보는 음차원의 마나여, 저 어리석은 자들에게 진정한 적을 알려 줘요. 현혹!"

"그대들 기사들아, 우리들에게 다가와요. 우리들의 종이 되어 함께 이 땅을 지배해 봐요. 매혹!"

뱀파이어 퀸들이 등장했다.

그녀들이 정신계 마법을 펼치자, 성기사들은 자중지란에 빠져 든다.

"가증스러운 놈! 너는 뱀파이어의 부하가 아니더냐!"

"너야말로!"

옆에 있는 성기사들을 공격하고, 심지어는 자신들을 치료해주는 사제들을 향해 칼부림을 하기도 한다. 사제들조차 정신계 마법에 빠져서 엉뚱하게 치료를 거부하는 사태까지 벌어졌다.

한 번 들어온 흑색 거성은 되돌아나가지 못하는 공간이었다.

빙룡 조각상을 본 성기사나 사제들은 평정심을 찾고 있었지만, 방금 구해 낸 성기사들은 자중지란을 일으켰다. 사제들도 마찬가지다.

"더러운 놈들! 야비한 놈들! 뱀파이어님들을 거역한 너희들은 그대로 죽는 것이 좋다."

"암! 이 세상을 어둠으로 물들여야 해!"

"프레야 여신이여, 당신의 뜻을 믿는 이들을 올바른 길로 이끌어 주소서. 정화!"

알베론이 제정신인 사제들과 함께 열심히 정신계 마법 해제를 펼쳤다.

위드는 냉철하게 상황을 분석했다.

'먼저 뱀파이어 퀸들을 죽여야 이 사태가 끝난다.'

하지만 뱀파이어 퀸들은 적들의 한가운데에서 보호받고 있었다. 저들을 죽이려다가는 위드가 먼저 죽임을 당하리라.

"알베론, 성기사들은 일단 내버려 두고 사제들을 먼저 치료해."

"옛. 알겠습니다."

알베론의 정화 마법들이 사제들을 향했다. 정신착란에 빠졌던 사제들은 그때야 비로소 제정신을 찾고 성기사들을 치유했다. 다른 멀쩡한 사제들도 움직였지만, 뱀파이어 퀸들이 지속적으로 방해를 했다.

본래 위드는 사제들과 성기사들을 재편하여 아무리 많은 숫자의 뱀파이어들이라고 해도 싸울 수 있도록 훈련시켜 놓았다. 진형만 잘 갖춘다면 사제들의 후방 지원이 있으므로 무너지지 않는다. 그러나 정작 내부에서 성기사들이 동료를 향해 검을 휘두르고 사제들이 치료를 거부하자 걷잡을 수 없이 무너질 기미가 보였다.

역한 마늘 냄새를 내는 성기사들 때문에 뱀파이어들의 공격이 어느 정도 억제되어 있을 뿐, 자중지란에 빠진 성기사들이 무너지는 건 시간문제로 보인다.

하지만 위급한 그때!

위드는 마나를 모아서 힘껏 발산했다.

"너! 희! 들! 의! 적! 뱀! 파! 이! 어! 들! 을! 공! 격! 하! 라!"

사자후 스킬을 사용하였습니다. 사자후 스킬의 영향 범위에 있는 모든 아군의 사기가 200% 상승합니다. 존재하는 모든 혼란 상태가 해제됩니다. 5분간 통솔력이 170% 추가 적용됩니다.

바르크 산맥을 넘으면서 목이 찢어져라 외쳐 대었던 그 사자후!

광량한 울부짖음이 터져 나왔다.

그 순간 모든 뱀파이어 퀸들의 조작은 무용지물이 됐다.

이미 위드의 통솔력은 성기사들과 사제들에게 명령을 내리기에는 충분한 상태였다. 만약 통솔력 스탯이 부족하면 명령을 거부당하거나, 일부의 성기사들과 사제들만 지휘를 할 수 있는 경우도 있었다. 아예 통솔력 자체가 없다면 레벨이 낮은 하급 병사들밖에 명령을 듣지 않는다.

그런데 더 높아진 통솔력의 영향을 받아, 성기사들은 위드의 명령을 절대적으로 따른다. 좀 더 기민하게 반응을 하고, 정확하게 명령을 수행했다.

아울러 사자후 스킬의 반경에 들어간 모든 뱀파이어들의 몸이 휘청거린다.

스킬이 고급에 오르면서 상대의 움직임을 일시 억제하는 부가 효과가 생성된 탓이었다.

"죽어라!"

성기사들의 매서운 검날이 뱀파이어들의 몸을 갈랐다. 뱀파이어 퀸들은 정신계 조작에 능하였지만 대신에 육체적인 능력은 별반 뛰어나지 않아, 다른 뱀파이어들과 운명을 함께했다.

그러나 위드도 사자후 스킬을 쓴 대가를 톡톡히 치러야 했다.

"캬아앗! 죽어라!"

모든 뱀파이어들이 위드를 향해 공격을 개시했기 때문!

사자후 스킬 한 번으로 엄청난 적대감을 갖게 된 뱀파이어들이 집중적으로 위드만을 노렸던 것이다. 땅바닥을 구르고, 성기사들 사이로 도망을 치는 천신만고 끝에 위드는 3층을 정리할 수 있었다.

그곳에서 남아 있는 성기사들 전원과, 사제들을 구출할 수 있었다.

성기사 300명.

사제들 100명!

프레야 교단이 파고의 왕관을 찾기 위해 파견한 인원 전부였다.

4층!

그곳에는 진혈의 뱀파이어족 중에 남아 있는 300여 마리들이 기다리고 있었다.

성기사와 사제의 조합! 그리고 위드의 혁혁한 공로로 인해 승리를 거머쥘 수가 있었다.

이제 흑색 거성의 진혈의 뱀파이어는 1마리를 제외하고 전부 다 잡았다.

뱀파이어 로드!

일족의 생사여탈권을 가지고 있으며 본신의 레벨이 400이라고 알려져 있는 토리도가 남은 것이다.

파고의 왕관은 그 자리에 있으리라.

"부탁드립니다. 반드시 구해 주시기를……."

하필이면 마을 주민의 딸 1명도 5층에 석상이 되어 있다고 한다.

이름은 프리나.

예쁜 얼굴을 가지고 있어서 소문이 자자했던 여아라는데, 뱀파이어 로드의 장식품이 된 듯싶었다.

"퀘스트 하나라도 먼저 깨는 편이 좋았을 텐데, 결국 로드를 잡느냐 못 잡느냐에 좌우되게 생겼군."

위드는 성기사들과 사제들을 둘러보았다.

든든했다. 300명의 성기사와 100명의 사제들이라면 누구나 그런 마음이 들 것이다.

'이들을 나의 부하로 삼을 수만 있다면……'

웬만한 성 하나를 점령하는 것도 어렵지 않으리라.

현재의 베르사 대륙에서 레벨 300 전후의 성기사들과 사제들이 이만큼 모인 전력은 흔치 않을 테니 말이다.

실제로 기사나 병사들과의 친밀도나 충성도가 최대치로 상승하면 부하로 받아들일 수도 있다.

하지만 이들은 프레야 교단의 성기사들. 아무리 친밀도 등이 높아진다고 해도 위드를 상관으로 따르지 않는다. 따라서 퀘스트가 해결될 때까지 일시적으로밖에 지휘할 수 없는 병력이지만, 어쨌든 든든하다.

전투를 할 때에도 그 사람의 성격이 많이 투영된다. 위드는 무가치한 희생이나 손실을 싫어했다. 전투는 최대한 효율적이어야 한다. 뱀파이어들을 이길 수 있을 때에만 싸우고, 이기지 못할 바에는 싸우지 않는다.

이기더라도 피해 없이 이기는 것이 중요했다.

위드는 시간을 들여서 성기사들과 사제들의 레벨을 충분히 올렸다. 사제와 성기사들의 조합에 따른 전투법도 완성시켰다. 전투가 벌어지기 전에 이길 수 있는 여건을 충분히 조성해 둔다. 이기고 있을 때에는 더더욱 신중해진다.

적이 궁지에 몰렸을 때 피해를 감수하며 몰아붙이는 대신 번갈아 휴식을 취하며, 시간은 좀 들어도 안전한 승리를 취했다.

이렇게 병력을 운용할 때에는 조심 그 자체지만, 정작 위드 혼자서 사냥을 할 때만큼은 무모하다고 해도 좋을 만큼 용감무쌍하다. 불가능해 보이던 퀘스트를 포기하지 않고 여기까지 온 것으로도 이미 알 수 있었다.

위드와 성기사들, 사제들은 5층에 올라갔다.

그곳에는 황금 의자에 앉아 있는 귀족 청년이 있었다.

뱀파이어 로드 토리도!

짙은 검은 머리에 곱상한 흰 피부.

호리호리한 몸은 딱 여자들이 좋아하게 생겼다. 머리에는 보석이 박힌 왕관까지 쓰고 있었다. 잘생긴 외모에서는 무언가 섬뜩함이 느껴진다. 창백하리만치 흰 얼굴과 검은 옷이 대비되어 더욱 그런 편이었다.

위드는 그의 머리에 쓰고 있는 왕관을 보며 생각했다.

'아마도 저것이 파고의 왕관이겠군.'

마지막 목표에 다다랐음을 느낀다. 그러나 언제나 끝마무리가 제일 어려운 일이다.

토리도는 어여쁜 여자 아이의 석상을 감상하던 중이었다.

"오. 아름다워라. 이렇게 아름다운 석상을 본 적이 있나."

"……."

성기사들은 토리도를 보는 순간 제자리에 멈췄다.

용감하게 돌격하는 것이 기사의 덕목이거늘, 막강한 기세를 흘리는 토리도에게 겁을 집어먹은 탓이다. 군대에는 보이지 않는 수치인 사기가 매우 중요하다. 사기가 낮아지면 실제로 전투력이 떨어지기도 했다.

"본 적이 있다."

기세에서 밀리지 않기 위해 위드가 한 발자국 앞으로 나서서 대꾸했다.

"이보다 더 아름다운 석상을 본 적이 있다고?"

"그렇다."

"어디지, 그곳이?"

토리도는 당장이라도 일어나서 그곳으로 달려갈 것처럼 물었다.

"로자임 왕국의 남부! 바란 마을."

"궁전도 아니고, 교단의 총본영도 아니로군. 그런 마을의 이름은 들어 보지 못했다. 그런 곳에 아름다운 석상이 있다는 말을 믿을 수 있겠는가?"

"믿거나 말거나. 그 석상은 내가 조각했으니까. 그리고 이 근처에도 하나 있지. 얼음 미녀상이라고, 이것도 내가 조각했다."

토리도는 미소를 머금었다.

"너의 직업은?"

"조각사다."

"예술! 삶을 풍요롭게 만들지. 풍요라는 단어가 좋다. 배불리 먹고, 즐길 수 있는 삶! 그래서 난 프레야 교단이 싫어. 인간들은 잘못 생각하고 있다. 풍요란 나의 것을 키워서 만드는 게 아니야. 남의 것을 빼앗는 거지! 영원한 생명과 아름다움. 그건 희생을 치렀기 때문에 가능한 것이다. 희생하지 않는 아름다움이란 존재할 수 없음을 인간들은 왜 모른단 말인가! 인간들은 예술을 즐기지 못한다. 예술이야말로 밤의 귀족 뱀파이어들에게 가장 잘 어울리는 것이다!"

의자에서 일어난 토리도는 서서히 본색을 드러냈다. 손톱이 길어지고, 송곳니가 입 밖으로 돌출됐다. 뱀파이어가 전투를 시작하는 전형적인 형태 변화였다.

"피! 샘솟는 혈액에 흠뻑 취해 보고 싶구나. 이것이야말로 뱀파이어의 풍요. 인간들이여, 나의 성에 찾아온 것을 환영하노라."

"성기사들은 앞으로 나서라!"

사제들이 급히 보호 마법과 축복을 걸어 주고, 성기사들은 포위망을 겹겹이 만들었다.

"캬아아!"

토리도는 그런 성기사들을 기분 나쁘다는 듯이 쓸어 본다.

쩌저적!

그러자 발목에서부터 석화가 진행되면서 올라오는 것이 아닌가.

토리도는 상대를 석상으로 만드는 저주를 가졌다. 3개의 성기사단과 100명의 사제들을 석상으로 만든 바로 그 스킬이다.

"알베론!"

위드의 외침에 알베론이 빠르게 저주 해제 마법을 외웠다.

그러는 사이에 본격적인 전투가 벌어진다.

토리도는 전광석화처럼 움직이며 성기사들을 공격했다. 손톱을 칼처럼 사용하여, 한 번 휘두를 때마다 성기사들의 피가 뿌려졌다. 그러나 사제들은 지금까지 해 왔던 것처럼 치료의 손길을 퍼부었다.

'됐다. 이길 수 있겠다.'

위드의 눈이 빛났다.

레벨이 400을 넘는 몬스터라고 해서 걱정을 많이 했다. 과연 성기사들을 몰아치며 날뛰는 공격은 일품이다. 그런데도 별다른 걱정은 되지 않는 것이, 성기사들은 사제의 집중적인 치료로 버틸 수가 있었고, 경미한 상처들은 스스로 치유할 수도 있기 때문이다.

성기사들과 사제들이 대규모로 몰려 있다 보니 아무리 심한 상처라도 금방 회복시켜 버린다.

1명의 적을 다수가 공격하는 형태이다 보니 이것은 상대의 힘을 빼는 차륜전의 형식을 띠게 되었다.

토리도의 마나와 생명력이 조금씩 떨어지는 순간!

성기사들은 쉽게 이길 수 있을 것 같았다.

하지만 어디에나 변수는 있는 법!

"블레이드 토네이도!"

토리도는 장난처럼 수인을 맺었다.

그러자 엄청난 폭풍들이 성기사들을 휩쓴다. 폭풍에 휘말린 이들의 체력이 거의 삼분의 일로 줄었다.

"치료의 손길!"

"힐!"

"리커버리!"

사제들의 치료들이 사정없이 작렬한다. 여기저기 흰빛들이 터지고, 토리도는 다시 한 번 마법을 발현했다.

"블레이드 토네이도!"

이번의 공격에 성기사들 20명 정도가 회색빛으로 변했다.

영원한 안식.

죽임을 당한 것이었다.

그러고도 토리도는 지치지 않고 움직였다. 그의 생명력과 마나는 어마어마했다. 칼처럼 길어진 토리도의 손톱이 성기사들을 베고 지나갔다.

"으아악!"

"프레야 여신이여!"

또다시 한 무리의 성기사들이 회색빛으로 변한다. 그러나 토리도도 서서히 힘이 빠졌는지 자리에 멈췄다.

위드는 이제 드디어 토리도를 잡는가 싶었다. 그런데 토리도가 갑자기 달려들어 근처의 성기사 1명의 목덜미를 물고 피를 빠는 것이었다.

"크아!"

성기사의 몸에서 빠르게 혈색이 사라진다.

대신에 토리도의 주변의 마나가 팽창했다. 흡혈을 통해 부상을 치유하고 생명력, 마나를 회복하여 싸우기 전보다 더욱 강해진 것이었다.

"나의 공격을 받아 보아라, 이 미개한 희생양들이여!"

토리도는 생명력과 마나를 채운 채로 다시 전투를 했다.

광역 마법을 퍼붓고, 생명력과 마나가 줄어들어 위험에 빠지면 뱀파이어 고유의 흡혈 스킬을 사용한다. 성기사들은 피하려고 했지만, 마수를 벗어나지 못했다. 토리도는 엄청난 속도로 움직이며 성기사들을 학살한다.

'저놈들을 어떻게 키웠는데⋯⋯.'

위드의 눈에서 피눈물이 날 만한 광경이었다.

먹여 주고, 장비 수리해 주고, 사냥터까지 골라 주면서 키워 놓았는데 토리도에게 속수무책으로 당하고 있는 것이다.

설상가상으로 흡혈을 당하고 쓰러졌던 성기사들이 자리에서 일어났다. 하지만 그때에는 이미 충실한 토리도의 종이 되어 있었다.

뱀파이어가 된 성기사들!

신성력은 사용하지 않았지만 검술은 그대로였다.

토리도의 세력이 더욱 늘어났다.

"커허헝!"

사자후도 피로 종속이 된 성기사들에게는 통하지 않는다. 정신 착란 마법이나 혼란 상태가 아닌 완전한 토리도의 종이 되어 버린 것이다.

"치료의 손길!"

"힐!"

그나마 다행이라면 사제들은 아직까지 건재하다는 점이었다. 그러나 한번 뱀파이어가 된 자들은 신성 마법으로도 되돌리지 못하였다.

이런 식의 전개라면 토리도가 쓰러지기 전에, 성기사들과 사제들이 먼저 지쳐 전멸하게 생겼다.

"크하하하하!"

광소를 터트리는 토리도.

사악하고 퇴폐적인 아름다움이 물씬 느껴졌다.

하지만 위드는 아직도 상황을 뒤집을 수단을 가지고 있었다.

"정말 쓰고 싶지 않았지만, 이런 상태가 되니 어쩔 수 없군! 사제들은 아군에 대한 치료를 중지하고 놈을 공격해라."

그때부터 상황이 다시금 반전되었다.

사제들은 성기사들의 생명력이 극도로 떨어져 있어도 토리도에게 치료의 손길을 사용했다.

뱀파이어를 신성력으로 치료하는 것은 곧, 그에게는 독!

사제들의 집중 공격이 토리도에게 퍼부어진다. 생명력이 위험한 수준까지 낮아진 성기사들은 괴로워하였지만, 알아서 자체 치료에 의존하는 수밖에 없었다.

"크아아!"

토리도는 몇 명의 성기사들을 더 죽였지만, 생명력이 빠져서 차츰 약해져 갔다. 사제들의 연속 공격에 무너지는 것이다.

토리도는 생명력이 낮아지자, 또다시 희생양을 찾았다. 눈에 보이는 성기사들 모두가 대상이 될 수 있다. 이윽고 토리도가 성기사를 잡아서 흡혈 스킬을 시전하는 순간이었다.

위드는 허점을 찾고 있었다. 아무리 강력한 몬스터라고 해도 취약 부분은 있다. 뱀파이어 로드 토리도에게는 흡혈 스킬을 사용하는 순간이 가장 큰 허점이었다.

무방비 상태로 드러나는 몸.

"조각 검술."

위드의 검에 맑은 푸른빛이 씌워졌다.

검기!

검사들의 검기는 붉은색이거나 아니면 검은색인 경우가 많다. 그러나 조각사인 위드의 검기는 푸른색이다. 본래는 희뿌연 빛이었지만 조각 검술이 중급에 오르면서 푸르게 바뀌었다.

"소드 카이저!"

위드의 몸이 검과 함께 두둥실 떠올랐다. 그리고 검과 함께 날아와서 성기사와 토리도를 한꺼번에 꿰뚫었다.

이미 흡혈을 당한 성기사!

다시 돌이킬 수 없던 성기사의 몸을 꿰뚫고 토리도의 심장 부위를 관통했다.

> 치명적인 일격이 터졌습니다!

> 토리도의 흡혈 능력을 파괴하였습니다.

뱀파이어들의 약점은 심장!

심장에 못을 박는 것처럼 검을 심장에 꽂았다.

아가사의 거룩한 검은 언데드들에게 2배의 데미지를 준다.

엄청난 타격을 입은 토리도!

소드 카이저는 최후의 초식이었다.

한 번 사용하면 모든 마나를 쓰고야 마는 기술. 마나가 부족하면 체력까지 빨아들이는 스킬!

위드의 마나를 전부 모아서 쓴 공격이었던 만큼 그 공격력은 엄청났다.

토리도가 큰 피해를 입고 휘청거린다. 그러나 과연 고위 몬스터답게 이 정도로 죽지는 않았다.

"네놈……."

이미 죽어 버린 성기사의 육체를 집어던지고, 위드를 두 손으로 붙잡았다.

"대신 너를 먹어 주마. 크아악!"

토리도가 입을 쩌억 벌린다. 날카롭게 빛나는 송곳니들이 막 목덜미에 박히려는 찰나였다. 위드가 토리도를 정면으로 쳐다봤다. 그리고 입을 크게 벌려 놈에게 입김을 불어 주었다.

"우와악! 이 썩은 마늘 냄새!"

"어때, 네가 좋아하는 예술이지?"

"죽여 버리겠다!"

토리도가 쫓아오자 위드는 곧바로 뒤돌아서서 달렸다.

웬만한 몬스터였다면 생명력을 크게 깎아 놓은 이상 한번 싸워 볼 만도 했으리라. 그러나 상대가 너무 강했다.

마나가 소진되어 조각 검술도 쓸 수도 없다. 상대에게 별반 피해를 주지 못하는 반면에, 토리도의 가장 간단한 공격도 위드에게는 치명타가 되었다.

"나를 치료해라! 성기사들은 놈을 죽여!"

위드는 알베론의 전담 치료를 받으며 그대로 도주했다. 도망치는 사이 체력과 생명력이 빠르게 차오른다.

대신 토리도는 사제들의 연속적인 치료의 손길에 서서히 죽어 간다.

레벨 400이 넘는 몬스터답게, 막아서는 성기사들을 몇 명이나 죽였다. 그러나 끝끝내 토리도는 집중된 공격을 견디지 못하고 바닥에 허물어졌다.

토리도가 죽자, 뱀파이어가 된 성기사들은 알아서 움직임을 멈춘다.

완전히 독립한 뱀파이어들은 로드가 죽을 때에 꼭 따라죽지 않아도 되지만, 그들은 막 뱀파이어가 되었기 때문에 토리도의 마력이 끊어지자 알아서 죽어 갔다.

사제들은 죽은 이들이 없었지만, 성기사들은 절반이 넘는 178명이나 목숨을 잃었다.

'아깝군.'

위드는 소모한 마나를 보충하며 아쉬워했다.

토리도의 최후를 그의 손으로 결정짓지 못했다. 그 때문에 막대한 경험치를 자신의 것으로 할 수 없었다. 레벨 400이 넘는 몬스터를 잡았으니 최소한 4~5레벨 정도는 올랐을 텐데, 아쉽기만 한 일이었다.

토리도가 죽은 자리에서는 왕관과 목걸이가 하나씩 떨어졌다.

위드는 두 물품들을 주웠다. 파고의 왕관에서는 묵직한 느낌이 들었다.

프레야 교단의 보물, 파고의 왕관을 습득하였습니다.

"감정!"

과연 프레야 교단의 성물이었다.

위드가 감탄하며 보고 있을 때, 메시지 창이 다시 한 번 울렸다.

파고의 왕관은 화려한 보석들로 장식되어 있다.

그 섬세한 세공과 우러나오는 기품.

아름답기 짝이 없는, 스스로 빛을 발하는 보석들. 그것들이
위드의 안목을 크게 틔워 준 것이다.

"그다음에 목걸이도… 감정!"

"후우."

위드는 한숨을 쉬었다.

옵션들은 나오지 않았지만 예감이 틀리지 않는다면 이것은 토리도를 소환할 수 있는 아이템일 것이다. 하지만 데스 나이트 반 호크와 같은 경우라면 토리도와 싸워 이겨야만 쓸 수 있는 아이템!

'이건 봉인해 두는 편이 낫겠군.'

위드는 검은 생명의 목걸이를 가방의 구석에 밀어 넣었다.

토리도가 죽은 이후로, 흑색 거성은 밝게 변화하기 시작했다.

막혀 있던 창문에서 빛줄기들이 새어 들어온다. 어둡고 침침했던 벽과 바닥의 색들이 옅어지고 화사하게 분위기가 바뀌었다. 과거 화려했던 시절을 되돌리는 것처럼.

"신성한 빛이여, 여기 왜곡되고 변형된, 자유를 구속한 힘을 해제해 주십시오."

석상으로 변해 있던 마을 소녀 프리나가 마지막으로 원래대로 돌아왔다.

모라타 마을 사람들이 다가와서 감사의 인사를 해 온다.

"고맙습니다, 고맙습니다! 이제 저희들도 살아갈 수 있게 되었습니다."

모라타 지방의 저주 의뢰 완료
돌이 되어 있던 주민들은 자유를 얻었다.
힘든 시간이었지만 희망을 잃지 않은 직물 장인들은 다시금 모라타 지방을 재건하면서 살아갈 것이다.

명성이 900 올랐습니다.

> 모라타 주민들과의 우호도가 25가 되었습니다.

> 레벨이 올랐습니다.

> 레벨이 올랐습니다.

> 레벨이 올랐습니다.

> 레벨이 올랐습니다.

> 레벨이 올랐습니다.

난이도 B급의 의뢰.

자그마치 8레벨이나 올라갔다.

그리고 마을 주민들은 보자기에 싸인 무언가를 하나씩 내밀었다.

"여기 이것은 미흡하나마 저희들의 보답입니다."

> 장인의 무지개 천을 100개 습득하였습니다.

> 최고급 사슴 가죽을 200개 습득하였습니다.

무지개 천은 재봉사들이 눈에 불을 켜고 찾는, 옷을 만드는 데에는 1등급 재료였다. 사슴 가죽 역시 옷을 만드는 훌륭한 재료였다.

"뭘 이런 것을 다… 저는 단지 마음에 우러나오는 행동을 했을 따름입니다."

그러면서도 위드는 배낭에 차곡차곡 무지개 천을 집어넣었다. 1개도 빠짐없이 말이다.

그것으로 모라타 지방에서의 일은 대충 마무리가 되었다.

위드가 텔레포트 게이트로 돌아가려 할 때, 성기사들이 말했다.

"대신관님께 말씀드려 주십시오. 이대로 우리가 떠나면 이들은 몬스터들을 막을 힘이 없을 것입니다. 그래서 저희들은 이 마을을 지키기 위하여 남기로 했습니다. 여기에 머무르며 바르칸의 어둠의 군대를 견제하도록 하겠습니다."

그래서 성기사들과 사제는 그대로 남기로 했다.

위드와 알베론이 텔레포트 게이트로 돌아오니, 교단에서 파견된 사제들이 동굴 안에 모여 있었다.

"구원자님의 일이 무사히 해결되었다는 신탁을 받고 왔습니다. 대신관님이 기다리고 계십니다. 어서 오르시지요."

"예."

위드와 알베론이 텔레포트 게이트에 올랐다. 그리고 그들은 곧 눈부신 빛과 함께 사라졌다.

어설픈 방송 출연

이현은 아이템 거래 사이트에 접속해서 소유한 물품들에 대한 정보들을 올렸다.

"이번에도 괜찮은 수입을 올려야 할 텐데……."

3달이 넘도록 모라타 지방에서 시간을 보냈다. 퀘스트의 난이도가 너무 높았던 탓에 그만한 시간을 투자하는 수밖에 없었다.

습득한 전리품은 뱀파이어의 망토 2개.

부츠와 장갑류 4개씩.

그 외에 필드에서 사냥을 하면서 주웠던 각종 아이템들.

3달간의 사냥치고는 개수가 다소 적었다.

라비아스에서 사냥을 할 때야 아이템을 독식할 수 있었지만, 성기사들과 함께 전투를 하며 아이템 습득이 분산되었다. 그리고 퀘스트의 진행 도중에 조인족의 알이나 천상의 열매도 전부 써 버렸으니, 가능한 좋은 값에 팔리길 바랄 뿐이다.

최소한 600만 원은 벌어 주어야 했다.

아이템을 팔아 600만 원이라면 큰돈이다. 그러나 3달이나 시간을 보낸 만큼 이 정도는 벌어야 수지가 맞았다.

'1달에 200만 원씩은 벌어야 한다. 그리고 앞으로 6개월 후에는 300만 원은 벌어야 해.'

할머니와 여동생 그리고 이현.

세 가족의 생활을 위해서는 200만 원씩의 고정 수입은 있어야 했다. 그래야 보험도 넣고 조금씩 저축도 할 수 있다.

하지만 1년이 지나면 여동생은 대학을 들어가게 된다. 1년 학비만 천만 원이 넘는다. 신입생 때에는 이것저것 내는 돈이 더 많았다.

이런저런 사정을 감안한다면 여동생이 대학을 다닐 때에는 매달 최소 350만 원씩은 벌어 주어야 했다.

남들이 한가롭게 친구를 사귀고 잡담을 하면서 보내는 시간 동안 사냥에 전념하고 각종 스킬들의 숙련도를 올려야 하는 이유가 이것이었다.

로열 로드!

이미 아이템 거래 사이트를 지배하다시피 하고 있다.

그로 인해서 돈을 벌기 위한 유저들도 많이 게임을 한다. 다들 웬만큼 독한 자들이다. 자본이 있는 이들은 길드를 결성해서 성을 먹고, 아니면 큰 사냥터를 독점했다. 그들과 경쟁을 하기 위해서 이현에게 남은 것은 노력뿐이었다.

'남들은 어떻든 상관없어. 나는 내 몫을 다할 뿐이다. 이번에 아이템이 잘 팔리면 되는 거야.'

이현은 이 부분에 대해서는 상당한 자신감을 가졌다.

트리플 다이아몬드의 환상적인 계급.

그 덕분에 이현이 올려놓은 거래 아이템들은 사이트에서 가장 잘 보이는 곳에, 팔릴 때까지 위치할 것이다.

"좋았어."

이현이 쾌재를 부르는 순간이었다.

방문이 덜컥 열리고 여동생이 들어왔다.

"오빠, 공부할 시간이야."

"……."

검정고시가 1달도 남지 않았다.

이현은 시험에 합격하기 위해 하루에 2시간씩 여동생에게 수업을 받아야 했다.

따르릉!

한참 공부를 하는 와중에 전화벨이 울린다.

이현은 혹시나 거래 사이트에서 연락이 온 것일지도 모른다고 생각하며 전화를 받았다.

— 안녕하세요. CTS미디어입니다.

씩씩하고 낭랑한 여인의 목소리.

이현은 이미 한 번 계정을 판매할 때 들어 본 바가 있었다.

'무슨 일이지. 이번에도 내 아이템을 구매했나?'

CTS미디어.

그곳에서는 부서 회의가 한창이었다.

"갈수록 방송 점유율이 떨어지고 있습니다. 현재는 게임 부문 방송 점유율이 7%도 안 되는 실정입니다."

"별로 관심이 없는 게임들을 너무 많이 방송했기 때문 아닙니까? 게임 회사들이 광고를 많이 준다고 해서 유저들로부터 외면을 받는 게임들을 너무 많이 편성해 놨습니다. 인기 높은 게임 위주로 해서 시청률을 높여야 여러 기업들로부터 광고 수익을 많이 거둘 수 있는데 우리들은 너무 상업적으로만 접근했어요."

"그런 이유도 있겠으나, 현재는 근본적인 대수술이 필요하다고 할 수 있겠습니다. 타 방송사들도 마찬가지리라 생각됩니다만 우리 방송사에서도 가장 인기가 높은 프로그램은 로열 로드와 관련된 프로그램이지 않습니까?"

한국 게이머의 90% 이상이 하는 게임.

로열 로드.

세계적인 기반까지 닦아 나가고 있는 이 가상현실 게임에 몰린 사람들의 시선은 대단하다고 할 수 있다. 케이블은 물론이고 일반 공중파에서도 정규 뉴스 시간에서 소개를 할 정도이고, 별도의 게임 프로그램까지 만들 정도이다.

최근에는 직장인들조차 휴가 시에 해외여행을 가지 않고 집에서 로열 로드에 푹 빠져 들곤 하는지라 사회문제가 될 정도였다.

"그런 로열 로드와 관련된 프로그램들조차 시청률이 잘 나오지 않고 있습니다. 전반적인 시청률 저하. 시청자들이 우리 방송을 외면하고 있는 겁니다."

"구체적인 원인이 무엇일까요? 국내외의 인지도 높은 연예인들과 개그맨들을 캐스터와 해설자로 모셨고, 심지어는 그들이 게임을 하는 것도 보여 주었는데요."

각 부서의 부장들은 매우 곤혹스러워했다.

한국의 유명한 연예인들.

소위 말하는 몸값 높은 A급 스타들을 영입했다.

그들이 프로그램을 출연해서 진행하는데 시청률이 낮은 사태를 이해하기 힘들었다.

"더 유명한 연예인들을 데려와 보는 건 어떻습니까?"

"좀 더 돈을 써서 말입니까? 지금까지 그런 임시 땜질식의 처방을 하였지만 그럴 때마다 시청률은 떨어지기만 했습니다."

"연예인들도 이제는 우리 방송사 자체를 기피한다고 합니다."

각 부장들은 한참 동안 이야기를 나누었으나 답이 나오지 않았다.

CTS미디어에서는 그날부터 자사의 프로그램 중에 인기가 높았던 방송들을 분석했다.

연예인들이 나왔을 때, 첫 방송의 인기는 높았다. 특히 오랫동안 모습을 비추지 않았던 연예인들일수록 시청률을 확 끌어올려 주었다. 평상시에는 저조하기 이를 데 없던 시청률들이 연예인들의 출현으로 인해서 급등했다.

그것이 바로 지금까지 연예인이라는 카드를 버릴 수 없었던 이유다. 하지만 회가 거듭되면서 본격적인 이야깃거리들이 전개되면 시청률은 대폭락을 했다.

연예인들이 게임을 한다. 이는 식상하기만 했던 것이다.

토끼 1마리를 잡으면서 불쌍하다고 애처로운 표정을 짓는 미소녀 연예인.

기본적인 퀘스트 룰조차 모르는 채로 NPC들에게 자꾸 헛소리를 해 대지 않나. 자신이 게임을 하는 왕국이나 도시의 지명도 모르는 경우가 허다했다.

그 외에 방송사에서 구해 준 좋은 장비와 아이템으로 도배를 하고 사냥을 하는 모습. 명성이 알려진 특권을 이용해 좋은 파티에 들어서 승승장구하는 것까지.

시청자들은 아예 짜증을 냈다.

로열 로드는 이름 그 자체로 가치를 가진다.

누구라도 황제가 될 수 있기에, 황제를 목표로 하는 야심가들이 도전을 하고 있다.

유저들은 그곳에서 꿈을 키우고 모험을 즐긴다. 각자 목적은 다르더라도 나름대로 삶의 일부분으로 소중히 여기고 있는 것이다.

즐거운 삶 그리고 모험과 도전.

로열 로드가 완성된 이후로 자살률도 극히 줄었다고 한다.

그런 가상현실 게임에서의 연예인들의 삽질이나 보면서 재미있어 하는 시청자들은 거의 없었던 것이다.

"근본적인 치유법이 나올 것 같군요. 우선은 로열 로드의 편성을 조금 늘릴 필요가 있습니다."

한 전무의 말에 부장들은 모두들 공감했다.

"당연한 말씀입니다."

"진작 그렇게 되었어야 합니다."

"그리고 앞으로 연예인들이 게임을 하는 기획은 전부 없애겠습니다."

"일시적으로 시청률은 줄어들겠지만 언젠가 해야 할 일이라고 봅니다."

"환영입니다."

기획부와 재정부에서는 쌍수를 들고 반가워했다.

"결정적으로 우리 방송사의 시청률을 끌어 올리기 위한 방안이 필요한데… 특별 프로그램을 편성하겠습니다."

"특별 프로그램요?"

"지금까지처럼 게임에 대해서 하나씩 알려 주고, 각 도시나 왕국의 뉴스들을 시청자들에게 소개해 주는 방식으로는 한계가 있습니다. 뉴스 데스크처럼 따분하지 않습니까. 그러므로 이제부터는 더욱 유저들에게 가까이 다가가 봅시다."

"다가간다면…….."

"총 8명의 유저들을 선정하여서 그들의 이야기들을 진행하는 겁니다. 여러분들도 아시다시피, 캡슐에는 자신의 플레이가 동영상으로 저장되게 되어 있습니다."

"예, 그렇죠."

유니콘 사에서 만든 가상현실을 즐기기 위한 캡슐.

천만 원이 넘는 가격답게 각종 편의 장치들을 자랑했다. 그중의 하나가 기록 매체였다. 별도의 지시를 내리지 않더라도 플레이 영상들은 기록 매체에 전부 저장이 된다.

"그들의 이야기를 방송하는 것입니다. 중간중간 로열 로드의 노하우들이나 그들만의 비법 같은 것도 소개해 주면 좋겠죠. 유저들이 제일 좋아하고 재미있어할 만한 구성은 역시 그들 자신의 이야기가 아니겠습니까?"

"진정한 유저들의 이야기가 되겠군요."

그때부터 CTS미디어에서는 방송을 위한 유저들 선정 작업에 착수했다. 일차적으로 로열 로드에서 명성을 떨치고 있는 상위 랭커들이 접촉의 대상이었다.

지금의 상위 랭커들이 어떤 과정을 거쳐서 성장하였는지, 어떤 퀘스트와 비법을 통해 이 자리에 왔는지를 방송해 준다면 시청률은 따 놓은 당상이었다. 물론 모든 비법들을 다 공개하진 않더라도, 그 일부만 빼내어도 유저들은 걷잡을 수 없이 몰려드리라.

무협지에서 강호인들은 재물에는 초연하였지만 신병이기나 신공절학에는 욕심을 내었다고 한다. 로열 로드의 유저들은 상위 랭커들의 비법에 열광하고 말 것이다.

그리고 각 길드와 세력을 이끄는 대장들을 1명씩 뽑았다. 영향력이 큰 인물들이고, 실질적으로 왕국이나 도시의 정세를 움직이는 사람들이기 때문에 특별히 기획부에서 선정했다.

그 외에 1명, 토르의 대장장이.

이 대장장이는 방송에서도 몇 번 지목이 되었다. 장비의 방어력을 향상시켜 주는 인물이었다. 열악한 생산계 직업들을 대변하여서 선출된 것이다.

그리고 마지막 1명이 남았다.

― 이현 님 되시죠?

"맞습니다."

― 안녕하세요. 오랜만이네요. 저는 CTS미디어 회장 비서실의 윤나희예요.

"예, 오랜만입니다."

― 지난번에 계정을 팔아 주신 것, 회사를 대표해서 감사드립니다. 저희 CTS미디어에서는 그 계정을 통해 마법의 대륙의 향수를 일으킬 수 있는 각 지역의 맵들을 돌아보고 몬스터들을 사냥하는 모습들을 특집 프로그램으로 방송하였는데, 보셨겠죠?

CTS미디어.

1년도 더 지난 일이지만 30억 9천만 원의 막대한 돈으로 그가 가지고 있던 계정을 구입한 회사가 아니던가. 그들 덕분에 빚을 청산하고 새로운 삶을 시작할 수 있었다.

'혹시 이번에도…….'

때마침 경매 물품들을 사이트에 올려놓은 참이었다.

하지만 용건을 듣자 탁 맥이 풀리고 말았다.

'겨우 안부 전화인 건가.'

이현은 퉁명스럽게 대답했다.

"안 봤습니다."

― 안… 보셨어요?

"좀 바빠서."

이현의 말은 사실이었다.

그때만 해도 한창 정신이 없던 시기다. 로열 로드를 위한 본격적인 준비와 미래 계획 때문에 한가롭게 게임 방송을 보고 있을 겨를이 없었다.

— 네, 그러셨군요.

윤나희는 한참 동안 말이 없었다. 그러다가 슬슬 용건을 꺼냈다.

— 실은 이번에 저희 방송사가 계획하고 있는 프로그램이 있는데, 이현 님을 초대하려고 합니다. 먼저 여쭤 보고 싶은 게 있습니다. 이현 님께서는 현재 로열 로드를 플레이하고 계신가요?

"예."

CTS미디어 측에서는 여러 방안들을 기획하였다.

로열 로드를 플레이하는 국내외 유명 인사를 선정하는 방법도 그중 하나였다. 하지만 그렇게 되면 굳이 연예인들을 배제시키는 의미가 없다. 진정 열광시킬 수 있는 프로그램을 만들기 위해서는 연예인들이나 현실의 유명 인사를 영입해서는 안 되었다. 그렇다고 게임 내에서 너무 유명한 사람을 끌어오는 것도 해가 된다.

이름만 들어도 알 만한 사람.

어떤 세력의 얼굴 마담.

상위 랭커.

그런 사람들로만 8명을 채운다면 긴장감이 없다. 1명 정도는 게임에서의 위치나 레벨 등이 그다지 알려지지 않은 사람. 그러나 흥미를 자아낼 만한 인물이 있었으면 했다.

좌충우돌하면서 시청자들을 확 끌어들일 수 있는 사람.

행동으로 전율을 일으킬 수 있는 주인공.

설정은 이러했지만 가상의 인물을 만들어 낼 수도 없는 노릇이고, 영입 계획은 난항에 빠지고 말았다.

여러 사람들을 놓고 고민하던 기획부.

그들은 과거 편성 프로그램들을 뒤져 보던 중에 마법의 대륙과 관련된 프로그램을 발견했다.

위드.

한 게임의 최고수의 자리에 오른 인물.

신비와 베일에 싸여 있던, 전설과도 같은 사람.

몬스터와 싸우는 걸 즐기며, 항거하지 못할 힘으로 어떤 적도 분쇄해 버렸던 사람.

마법의 대륙을 했던 사람들은 전부 위드를 알고 있었다.

만약 그가 로열 로드를 하고 있다면 어떨까. 한 게임의 지존에 이른 자가 다른 게임에서는 어떻게 할 것인가.

가정에 불과하지만 유저들은 기대를 가질 것이다.

기획부에서는 무릎을 쳤다.

"이런 사람이 필요했다!"

그때로부터 1년이 넘는 시간이 지났다.

물고기가 물을 떠나서 살 수 없듯이, 그들은 이현이 로열 로드를 하고 있으리라 짐작했다.

— 혹시 로열 로드의 지금 레벨이 몇인지 물어봐도 될까요?

윤나희가 매우 조심스러운 어조로 질문해 왔다. 친하지 않은 사람에게 레벨이나 가지고 있는 아이템의 정보를 묻는 건 실례였기 때문.

"219입니다."

— 219요? 와, 대단하시네요.

하지만 윤나희는 약간 실망한 상태였다.

마법의 대륙에서는 누구도 어쩌지 못할 지존의 자리에 오른 사람이다. 1년도 넘게 시간이 흐른 지금 219라는 레벨은 기대 이하였다. 낮은 축에 드는 건 아니지만, 그 정도 레벨을 가진 사람은 충분히 많았던 것이다.

하지만 그녀가 알고 있을까.

이현은 준비에만 1년을 투자했으며, 실제로 로열 로드를 플레이한 시간은 그리 길지 않다는 것을.

윤나희는 이현에게 상황을 설명하고 나서 말했다.

— 저희들이 이번에 프로그램을 하나 새롭게 편성하게 되었는데, 거기에 이현 님의 도움이 필요합니다.

"그러니까 저더러 방송에 출연하라는 겁니까?"

이현의 물음에 윤나희는 사근사근 대답했다.

— 아니에요. 본인의 플레이 영상과 함께 지금까지 게임을 한 이야기들을 써서 저희들에게 보내 주시면 그걸 바탕으로 방송하게 될 겁니다. 물론 원고료는 드릴 테고요.

"그러니까 제가 게임을 한 이야기를 적어서 보내 드리면 돈을 준다고요?"

— 간략하게만 보내 주시면 됩니다. 오늘은 무슨 퀘스트를 했다, 어디서 얼마나 레벨을 올렸다 그리고 그 외에 자신만의 비법들이 있으면 그때그때 함께 적어 주시면 되니, 부담은 갖지 마시고요.

"원고료는 얼마나 되죠?"

달빛 조각사

― 편당 50만 원 정도 생각하고 있습니다. 일주일에 2회 방송되고, 지금은 좀 적지만 20회 정도가 방영된 뒤에 시청률에 따라서 재계약을 하실 수 있어요.

나쁜 이야기가 아니었다. 알토란 같은 돈이 굴러 들어온다는 이야기에 이현은 그대로 제의를 받아들였다.

정식 계약서는 그날 곧바로 CTS미디어의 고문 변호사가 집까지 찾아와서 체결했다. 이현은 꼼꼼하게 계약을 확인했지만 불리한 조항은 없다.

최악의 경우에 시청률이 나오지 않아 방송 중단이 되거나 출연 캐릭터가 바뀌고 이현이 빠지게 되더라도 20회의 원고료는 받을 수가 있었다.

이현은 도장을 찍었고, 그날 밤에는 드물게 머리를 쥐어뜯어야 했다.

"대체 뭐라고 써야 하는 거야!"

계약을 했으니 원고를 써서 넘겨줘야 했다.

그러나 과연 어떻게 시작을 해야 할 것인가. 첫 문장에서부터 턱하니 막히고 말았던 것이다. 그제야 소설을 쓰는 작가의 심정을 조금이나마 이해할 수 있을 것 같았다.

'어려운 글이란 없다. 내가 무슨 진짜 작가도 아니고, 그저 플레이했던 이야기를 써서 보내 주면 되는 것 아닌가. 사실대로만 적자.'

그때부터 이현은 순식간에 원고를 작성했다.

CTS미디어의 방송 촬영 부서에서는 첫 회 촬영을 위한 일주일 분의 원고를 받아 보고 기겁하고 말았다.

　　몇몇 원고들은 각자 열심히 노력해서 성의껏 쓴 내용들이 보인다. 그래도 그들은 작가가 아니라 게이머였다. 친구들과 나눴던 사소한 잡담이나 별로 쓸모없는 이야기를 한정 없이 늘려 쓰는 경향이 있다.

　　방송으로 내기에는 부적합하고, 내레이션을 끝도 없이 삽입할 수도 없었던 만큼 대다수는 잘라 내야 했다.

　　하지만 이 원고는 대체 뭔가.

　　간략해도 이렇게 간략할 수는 없었다.

1일
로자임 왕국, 세라보그 성에서 시작.
수련관에 가서 하루 종일 허수아비를 때렸다.

2일
하루 종일 허수아비를 때렸다.

3일
하루 종일 허수아비를 때렸다.

4일
하루 종일 허수아비를 때렸다.

......

일주일 내내 이것밖에 없었던 것이다.

"지금 우리와 장난을 하자는 거야, 뭐야!"

PD 한영철은 발끈했다. 화가 나도 이만저만 난 게 아니다.

"또 폭발했군."

"이번에는 심각하겠는데."

스탭들은 공포에 떨었다.

이런 식으로 부서진 카메라가 몇 대던가.

한영철이 한참 씩씩거리더니 말했다.

"그래도 다행이지. 원고는 형편없지만 플레이 영상이 있어. 작가들은 이쪽으로 모이고, 그 플레이 영상을 보도록 하지. 그걸 바탕으로 방송할 부분을 짜기로 하자고."

방송 팀에서는 일단 영상을 보고 직접 원고를 완성하기로 했다. 이윽고 위드의 플레이 영상이 그들의 모니터 비춰졌다.

그리고 다들 기겁하고 말았다.

※ ❀ ※

〈8인의 영웅들〉.

CTS미디어에서 방송하기 시작한 프로그램이었다.

현재 로열 로드에서 맹위를 떨치는 유저들의 이야기였다.

이미 유명해진 유저들의 인터뷰들은 있었지만, 그들이 어떤 과정을 통해서 강해졌는지에 대해서는 알려져 있지 않다. 유저들의 성장 과정을 그대로 보여 주는 프로그램인 탓에, 첫 방송부터 엄청난 시청률을 보였다.

연예인들이 아니라, 그들이 플레이하는 로열 로드 속의 강자들! 연예인들보다 더 큰 관심을 받고 있었던 것이다.

7명의 유저들은 첫 회에서부터 지인들과 함께 길드를 결성하거나 혹은 열심히 퀘스트들을 했다. 그리고 한 사람은 죽어라 허수아비만 때리고 있었다.

첫 회 방송이 끝난 후에 인터넷은 난리가 났다.

—방송은 거저 하나?
—지금 시청자들 데리고 장난칩니까? 똑바로 좀 하세요.
—이런 것들도 월급은 받고 있을 테니… 쯧쯧.

방송사의 시청자 게시판이 폭주할 지경이었다.

1회, 2회, 3회.

각 고수들의 게임 노하우에 인터넷이 들썩인다.

하지만 일주일씩의 내용을 담는 스토리가 진행되면서 한 사람은 매번 허수아비만 때린다.

시청자들은 조금씩 허수아비를 때리는 사람에 대해서 묘한 기대감을 갖기 시작했다. 어떤 사람이기에 저렇게 플레이를 할까. 혹은 앞으로 무슨 일을 벌일까에 대한 기대감.

그러나 4회부터 허수아비를 때리는 사람은 더 이상 프로그램에 나오지 않게 되었다. 매번 같은 내용에, 방송사에서 출연 중단을 시켜 버렸기 때문이었다.

절망의 평원

"저 사람 이상해. 왜 저렇게 뛰고 있지?"

"정신이상자 같아."

"어서 가자."

소므렌 자유도시의 사람들이 기피하고 두려워하는 인물. 가까이 다가가면 무언가 안 좋은 일이 생길 것 같은 사람.

그는 바로 위드였다.

위드는 땅바닥에서 펄쩍펄쩍 뛰고 있었다.

"으아아아악!"

비명도 질렀다.

광기 어린 그의 행동에 모두들 멀리 피해 다녔다. 그나마 이곳이 프레야 교단의 신전이기에 망정이지 길거리 한복판에서 그랬더라면 동영상으로 갈무리되어 웹 사이트에 퍼진다고 해도 어쩔 수 없는 일이었다.

"으흐흐흑!"

위드는 끝내 울음마저 터트렸다.

'대박의 기회를 내가 걷어차다니!'

모라타 지방을 떠나 텔레포트 게이트를 통해 소므렌 자유도시로 돌아왔다.

막 게이트에서 나오는 순간, 머릿속에서 스쳐 지나가는 생각.

'빙룡 상과 얼음 미녀 상의 효과를 더 이상 볼 수 없겠군. 조금 아쉬운데.'

1달 넘게 걸려서 만든 조각상이다.

빙룡 상은 그 엄청난 크기와 압도적인 위용, 각종 옵션들도 경탄할 만큼 좋았다.

조각상에 붙은 옵션들 덕분에 사냥이 절반 이상 빨라졌으니 말이다.

'그런데 왜 내가 그걸 가져오지 않은 거지!'

빙룡 상은 너무 커서 가져올 수 없다 치자. 그러나 얼음 미녀 상만큼은 어떻게든 가져왔어야 했다.

생명력과 마나 회복 속도를 상승시켜 주는 그 미녀 상을 판다면 사려는 사람이 줄을 설 테니까.

재료가 얼음이라서 시간이 지나면 녹아 버릴 테지만, 지속적으로 빙계 속성의 마법을 걸어 준다면 그 모습 그대로 유지할 수도 있을 터였다.

조각상에 붙은 옵션은 별도의 추가 효과로 적용이 되므로 팔찌나 반지 등 다른 아이템에 붙은 효과에 가산된다.

그런 얼음 미녀 상을 팔면 얼마나 많은 돈을 받을 수 있을지 아무도 모르는 것이 아닌가.

'으으…… 나는 너무 착하고 순진하고 선량한 사람이라서 이런 식으로 손해를 보는구나.'

땅을 치고 펄쩍펄쩍 뛰면서 후회해 봤지만 이미 늦은 바.

착하고 선량한 사람.

위드는 곧 바보나 다름없다고 보았다.

악독하고 야비하고 치사하며 파렴치하지만 부자.

이런 삶이야말로 진정으로 지향할 가치가 있지 않던가.

'지금부터라도 늦지 않았어. 보다 독하게 사는 거다, 위드. 조각사가 된 것도 억울한데, 조각사의 이점을 전부 버리고 살 수는 없는 거야.'

위드는 인생의 목표를 다시금 설정했다.

함께 프레야 교단으로 돌아온 알베론을 비롯하여 사제들은 모두, 그때까지 위드의 광기 어린 행동을 지켜보고 있었다.

찌푸린 얼굴과 기겁한 표정.

그러면서 조금씩 주변에서 물러나는 것이 아닌가.

위드는 NPC들에게까지 기피당했다.

"흠흠."

위드는 곧 옷차림을 정돈하고 평상시처럼 악을 처단하고 의로운 일을 행하는 모험가의 모습으로 돌아왔다.

"그럼 대신관을 만나 뵈러 가죠."

곧바로 위드는 우선 사제들과 함께 대신관에게 갔다.

대신관은 그의 방문을 기다리고 있었다.

이번에는 지난번처럼 헌금을 하지 않아도 곧바로 대신관을 만날 수 있었다.

그 점 하나만큼은 마음에 든 위드였다.

버는 돈이 늘어난다고 해도 나가는 돈을 잘 관리하지 못한다면 절대로 부자가 되지 못한다.

위드는 품에서 흰 보석들이 박혀 있는 왕관을 꺼냈다.

"여기 파고의 왕관을 되찾아 왔습니다."

"오오! 진정으로 고맙네. 헤레인의 잔에 이어서 파고의 왕관까지 이렇게 우리들에게 돌려주다니, 자네는 우리 교단의 은인일세."

파고의 왕관 탈환 의뢰 완료

교단이 잃어버린 마지막 성물, 파고의 왕관은 모라타 지방의 뱀파이어들에게 있었다. 뱀파이어 로드 토리도가 이끄는 진혈의 뱀파이어족. 그들은 어둠의 주술사 바르칸 데모프가 이끄는 불사의 군대가 돌아오기를 기다리며 모라타 지방을 장악해 왔다. 진혈의 뱀파이어족이 사라진 것은 대륙을 악으로 물들이려는 바르칸에게도 큰 타격일 것이다. 파고의 왕관은 신전의 권위와 위엄을 상징하며, 교단의 성세를 위해서 반드시 되찾아야 할 물건이었다.

명성이 1,200 올랐습니다.

프레야 교단과의 우호도가 31이 되었습니다.

프레야 교단의 공적치가 2,200 상승했습니다. 교단의 공적치는 종교 상태창을 통해 확인할 수 있습니다.

레벨이 올랐습니다.

레벨이 올랐습니다.

레벨이 올랐습니다.

……

난이도 B급의 의뢰를 해결한 보상으로 9개의 레벨이 올랐다.

'괜찮은 편이군.'

지금 위드의 수준에서는 어떤 몬스터를 잡아도 이 정도의 레벨을 한 번에 올리기는 힘들다. 하지만 파고의 왕관을 찾기 위하여 몇 개월간 고생을 했으니 쉽게 얻은 결과물은 아니다.

대신관은 흰 액체와 붉은 액체가 담긴 포션을 30개씩 주었다.

"이것은 우리 교단이 자네에게 내리는 포상이네. 성수와 최고급 체력 회복 포션이지."

"뭘 이런 것을 다……."

"변변치 않지만 받아 주기 바라네. 위급할 때 사용하면 유용할 걸세."

"감사합니다."

위드는 포션들을 챙겼다.

포션은 값이 워낙 비싼 탓에, 위드는 아직까지 한 번도 사 본 적이 없었다.

뒤치기 4인조처럼 해적질이나 산적질을 일삼는 이들이 아니면 웬만해서는 포션을 쓰기 힘들었다.

레벨이 올라서 생명력이나 체력이 늘어나면, 그만큼 더 성능이 좋고 비싼 포션이 필요하기 때문이다.

포션으로 사냥을 하는 사람들은 극소수에 불과했다. 그러나 포션을 가지고 있다면 위급 상황에서 큰 도움이 되는 것도 사실이다. 그러한 이유로 다들 몇 개씩의 포션은 챙겨 두고 있었다.

"그리고 여기 용사에게 내리는 장비들이 있네."

위드는 아가사의 검을 비롯하여, 헤레인의 잔을 구했을 때 받은 물품들을 전부 한차례씩 다시 받았다.

'이건 잃어버린 성물을 되찾아 주면 주는 상품들이로군. 돈 좀 되겠어.'

"그리고 이것은 우리 교단의 보물 창고에 있던 물건인데 쓸 수 있는 사람이 없어 먼지만 쌓이던 참이었네. 마침 자네의 직업이 조각사라고 하니 받아 주면 좋겠군."

> 알 수 없는 가죽 벨트를 습득하였습니다.

모르는 아이템을 습득하면 첫 번째로 해야 할 일이, 물건을 확인하는 작업이다.

저주가 걸려 있거나 현재 소유하고 있는 아이템보다 성능이 좋지 않다면 아무 짝에도 쓸모가 없기 때문이다.

"감정."

위드는 잠시 침묵했다.

난이도 B의 의뢰를 해결하면서 특별한 아이템을 받을 것이
라고 기대는 했으나 데이크람의 벨트라니.

물론 아이템의 성능 자체는 그다지 좋지 않다.

이 정도 방어력과 스탯을 올려 주는 아이템이라면 구하지 못할
바도 아니다. 하지만 다른 사람이 아닌 데이크람의 벨트였다.

대륙에 존재했다는 5인의 조각술 마스터 중의 한 사람 데이
크람!

그의 벨트가 위드의 손에 들어온 것이다.

'90만 원 벌었군.'

데이크람의 장비 세트.

헬멧과 조각 도구들이 경매 사이트에 올라온 적이 있었다.

조각술 스킬을 향상시켜 주는 옵션은 일반인들에게 쓸모가 없다.

조각사라는 직업은 이미 전멸하다시피 했기에 거래가 안 되어야 정상이었으나, 헬멧은 80만 원, 조각 도구는 110만 원에 팔렸다.

희귀한 아이템들을 수집하는 이들이 사 간 것이다.

헤레인의 잔에 이어서 파고의 왕관까지 되찾아 주자 대신관이 내준 아이템들은 정말로 상상을 초월할 지경이었다.

"우리 교단은 용사에게 진심 어린 감사의 뜻을 전하는 바일세. 어디서든 프레야 여신님의 은총이 함께하기를. 상처를 입거나 저주에 걸리면 언제라도 찾아오게. 무료로 치료를 해 줄 테니. 그리고 본 교단의 텔레포트 게이트를 언제든지 이용할 수 있도록 조치해 주겠네."

"감사합니다."

대신관은 크게 한숨을 쉬었다.

심각한 고민거리가 있는 듯한 태도였다.

"교단의 성물 3개가 드디어 돌아왔네. 권위와 무력, 신성력을 회복하게 된 성기사들과 사제들은 본래의 힘을 발휘하게 될 테지. 바르칸 데모프가 이끌던 불사의 군단은 척박한 북부의 대지에 웅크린 채 세력을 늘려 나가고 있는데, 정찰을 위해 떠났던 성기사들이 마지막으로 보내온 소식에 의하면 그들에게 포섭된 몬스터 군단은 강력하기 이를 데 없다고 하네."

바르칸 데모프가 이끌던 불사의 군단의 무서움은 그들 개개인이 언데드라는 점에 있었다.

전투에서 죽은 이들은 적아를 가리지 않고 그의 부하로 되살아난다. 어둠의 마력을 발휘하는 성기사들, 악신의 축복을 사용하는 사제들.

불사의 군대는 싸울 때마다 세력이 늘어난다.

"바르칸 데모프가 부활했다는 소식이 들려오고 있는 이때에 악신을 신봉하는 네크로맨서들도 분주한 움직임을 보이고 있네. 마르지 않는 피와 증오 속에서 마법을 연구하는 네크로맨서들은 악의 씨앗이라고 할 수 있지. 절망의 평원에서 그들이 무슨 일인가를 꾸며 놓았다고 하더군."

띠링!

절망의 평원에 사는 유배자들

바르칸 데모프가 이끌던 네크로맨서들은 악신 벨제뷔트를 신봉한다. 마나의 원리를 집요하게 탐구하던 네크로맨서들이 어째서 벨제뷔트를 숭배하는 신전을 만들었는지는 알려지지 않았다. 절망의 평원에는 혼돈의 시대에 각 왕국에서 추방된 유민들과 다크 엘프들이 살고 있다. 신전에서 종사하는 네크로맨서의 일부가 절망의 평원으로 떠났다. 그들을 찾아내서 처치하라. 로자임 왕국의 신전으로 가면 그들에 대한 정보와 지원 부대를 얻을 수 있을 것이다.

난이도: B

보상: 알 수 없음.

제한: 실패 시 프레야 교단의 공적치 0으로 변함. 명성 -3,000.

위드는 한숨이 나올 것만 같았다. 이번에도 난이도가 B급이다.

'그나마 다행인 것은 시간제한이 없다는 것일까?'

절망의 평원은 로자임 왕국에서 동북쪽으로 한참이나 가야 하는 장소였다.

브렌트 왕국과 로자임 왕국의 접경에 위치한 곳으로, 위험한 몬스터들이 정신없이 튀어나오는 지역이다.

그렇지만 그곳은 단지 절망의 평원의 시작에 불과하였다.

언제 어디서 발견되었는지도 확실하지 않은 '베르사 대륙의 지도'에서는 중앙 대륙의 강국 아이데른 왕국보다 절망의 평원의 면적이 더욱 넓게 표시되어 있다.

"신의 섭리를 거스르는 네크로맨서들을 처치하겠습니다."

퀘스트를 받으셨습니다.

"고맙네, 용사여!"

대신관은 크게 기뻐하는 얼굴이었다. 그 이야기를 끝으로, 대신관은 더 이상 위드에게 반응을 보이지 않았다.

위드는 천천히 교단에서 물러나왔다.

⁂

마판은 인근 마을에서 교역을 마치고 소므렌 자유도시로 돌아오던 중이었다.

그의 귓가에, 오랫동안 접하지 못하던 사람의 목소리가 들려왔다.

―마판 님.
―예? 아, 위드 님! 죽은 줄로만 알았습니다. 지금 어디십니까?
―일이 잘되었습니다. 프레야 교단 앞으로 오세요.
―예, 바로 달려가지요.

마판은 정말로 바람처럼 달려왔다. 10분도 채 걸리지 않을 정도였다.

무려 난이도 B의 의뢰를 받고 떠났던 위드의 귀환!

거래소에서 교역품을 처분하지도 않고 곧바로 온 것이었다. 마판은 아리따운 여인도 1명 동반한 상태였다.

마판은 우선 위드의 일에 대해서 묻고 싶었지만, 예의가 아니라는 생각에 자신의 동료부터 소개했다.

"이쪽은 위드 님. 그리고 이쪽은 화령 님입니다."

"반갑습니다. 저는 위드라고 합니다."

"안녕하세요. 말씀은 많이 들었네요."

마판은 그동안 위드 없이 많은 고생을 했다고 한다. 그러던 차에 새로운 동료를 구해 같이 다니게 되었는데, 그녀의 직업이 무척이나 독특했다.

"위드 님, 놀라지 마십시오. 화령 님의 직업은 댄서입니다."

"댄서?"

화령이 활달하게 웃으며 말했다.

"바드와 비슷한 맥락의 직업이라고 보시면 돼요. 노래 대신에 춤으로 동료들의 능력을 올려 주기도 하고, 적들을 상대하기도 하죠."

"그렇군요. 힘드시겠습니다."

"아니에요! 얼마나 재미있는데요. 제가 나름대로 춤을 좋아하기도 하고요."

화령의 주특기는 적들을 현혹시키는 데에 있었다. 그녀가 춤을 추기 시작하면 몬스터들은 전의를 잃고 멍한 상태에 빠진다. 일종의 히든 클래스에 속한다고 봐도 되었다.

레벨 175인 그녀보다 훨씬 더 강한 몬스터들도 현혹시킬 수 있지만, 그럴 경우에는 마나 소비가 심해진다.

대량의 몬스터들을 한꺼번에 현혹시킬 때에도 마찬가지였다. 그리고 춤을 추다가도 그녀가 공격을 하면, 몬스터들이 정신을 차리는 것이었다.

손바닥만 한 소검을 쓰는 그녀는 방어력과 공격력이 빈약한 편이라 혼자서는 사냥을 하기에 무리가 있었다. 장점이 있는 반면에 단점도 큰 직업인 것이다.

아무튼 지금까지는 몬스터들이 나타나면 화령이 현혹시키고, 그사이 마판은 마차를 몰아서 빨리 도주했다고 한다.

'조각사에 상인에 댄서라…… 갈수록 태산이군.'

로열 로드에 전해 내려오는 전설!

그것은 생산직 직업들과 그 외의 직업을 아우르는 것이었다.

사람들이 외면하는 직업들!

그들이 함께 뭉쳐서 자신들의 장점을 발휘한다면 개개인의 능력이 극대화되는 최고의 파티가 탄생한다.

어떤 몬스터든 잡을 수 있고, 파티원이 전멸하기 전까지는 최대한의 실력을 발휘할 수 있다는 전설.

물론 이는 단지 로열 로드의 초창기에 떠돌던, 근원을 알 수 없는 전설이다.

'그저 헛소문에 불과하지.'

대부분의 사냥은 전투 계열 위주로 이루어진다.

일단 사람을 구하기 쉽고 조합을 구성하기가 편하다. 게다가 몬스터를 잡는 속도도 훨씬 빠르다. 그러니 전투 계열이 주도할 수밖에 없는 것이다. 사람들의 인식 자체가 그랬다.

생산직 계열들은 약하고 쓸모없으며 전투에 있어서 보살핌이 필요한 존재였다. 구태여 가입시킬 이유가 없는 것이다. 그래서 애초에 초대도 하지 않는다.

"휴우!"

마판이 돌연 큰 한숨을 내쉬었다. 그러고는 슬쩍 다가와서 위드에게 속삭이는 것이었다.

"저는 위드 님의 사자후를 겪어 본 이후로 정말 웬만한 사람의 전투 모습은 다 참고 넘길 수 있으리라 여겼습니다."

"그런데요?"

"화령 님이 몬스터에게 추는 춤이 뭔지 아십니까?"

"뭡니까?"

"부비부비……."

"컥."

위드의 숨이 막혔다.

오크나 오우거가 나타나면 가까이 다가가서 부비부비를 하는 댄서라니!

화령이 볼을 복숭아 빛으로 물들였다.

"한때 클럽이나 나이트를 자주 다니다 보니…… 이젠 그 춤이 너무 좋아서 끊을 수가 없더라고요."

"……."

"참!"

마판은 꼭 묻고 싶었던 것이 있었다.

"그런데 지난 3개월 동안에 어딜 다녀오셨습니까? 퀘스트는 성공하셨나요?"

위드는 빙긋 웃었다.

"곧 알게 되실 겁니다."

"네?"

⁂

시작은 소므렌 자유도시에서부터였다.

"자네, 위드라는 모험가를 알고 있는가? 그가 이번에 위대한 일을 해내고 말았어. 파고의 왕관! 프레야 교단에서 사라진 그 왕관을 되찾아 주었다지 뭔가."

"진혈의 뱀파이어족은 어둠의 주술사 바르칸의 중요한 세력이라고 할 수 있지. 신앙심과 예술성이 뛰어난 위드라는 용사가 그들을 물리쳤다고 해."

"저 유명한 위드에 대해서는 자네도 알고 있겠지?"

거래소와 마차 보관소, 여관이나 혹은 용병 길드에 머무는 모든 NPC들이 일제히 위드의 이야기를 시작한 것이다.

얼마 후에는 브리튼 연합 왕국의 NPC들도 이야기를 시작했다.

"소므렌 자유도시에서 큰일이 벌어졌다는군. 위드라는 모험가가 프레야 교단의 대단한 의뢰를 완료했다고 해."

"위드라는 사람이······."

"위드가······."

이어서 로자임 왕국!

"우리 왕국 출신인 위드를 알고 있나? 뭐야, 모르고 있다고? 그러면 잘 들어 보게."

토르나 하르판, 칼라모르국의 NPC들도 심심치 않게 위드의 이야기를 떠들어 댔다.

✦⋅⋆✦⋅⋆✦

캡슐에서 나온 이현은 아이템 거래 사이트에 접속했다.

접속하자마자 확인해 보니 오늘도 다크 게이머 연합으로부터 메일이 도착해 있다.

띠링!

당신을 다크 게이머 연합으로 초대합니다.

이 메일은 정보의 유출을 막기 위하여 소수의 선택된 사람들에게만 보내집니다.

자세한 것은 직접 만나 이야기하고 싶습니다.

베르사 대륙이나 현실, 어떤 곳이든 좋습니다. 저희 다크 게이머들은 어둠이 있는 곳이라면 어디든 존재하니까요.

> 부담이 가지 않는 곳에서 만나서 대화를 나누고 싶습니다. 일종의 면접이라고 해도 좋습니다. 그쪽은 우리 연합을, 우리 연합에서는 그쪽을 이해하는 무대가 되겠지요.
> 대화를 나누어 보고 서로가 상대를 필요로 한다면 좋은 파트너가 될 수 있을 것입니다.

이현은 메일을 무시하고 경매 글을 작성하기 시작했다.

습득한 아이템 중에서 현금으로 판매될 수 있는 아이템은 곧바로 팔아야 한다. 로열 로드의 시세라는 건 시간이 지날수록 조금씩 낮아지기 때문이다.

중수 이상의 유저들이 늘어남으로 인하여 공급이 점차 많아지다 보니 어쩔 수 없는 현상이었다. 하지만 수요도 그에 버금가게 늘어나고 있으니 크게 걱정할 문제는 아니었다.

모라타 지방에서 습득한 뱀파이어들의 장비들.

그것들도 아직 경매 기한 내에 있었다. 현재 10만 원에서 40만 원 사이의 가격대를 형성해 놓은 상태다.

"이 정도면 괜찮군. 낙찰될 때에는 목표를 달성할 수 있겠어."

이현은 그가 개설한 경매장으로 가서 추가로 판매할 아이템들을 등록하였다.

우선 프레야의 신전에서 받은 장비들 중 2개씩 가지고 있는 물건들이 그 대상이었다.

"아가사의 검이나 대신관의 반지는 꽤 높은 값을 받을 수 있을 기야."

일반적인 아이템에는 시세라는 게 존재한다. 하지만 구하기 힘든 이런 물건들은 어떤 이들이 사느냐에 따라 천차만별의 가격을 보인다.

정말 필요한 사람을 만나면 비싼 값에 팔리겠지만, 그런 사람을 만나지 못하면 제값을 받지 못할 수도 있다.

"잘 팔려 주면 좋겠는데……."

이현은 사이트에 경매 글들을 올려놓고 잠을 청했다.

밤사이에 경매 사이트에 커다란 소란이 생겨났다.

"그다! 그 사람이 글을 올렸다!"

"뭐야? 정말이구나!"

"트리플 다이아몬드 등급은 그 사람밖에 없잖아. 글을 올린 아이디도 동일해."

"위드다! 진짜 위드가 로열 로드의 아이템을 판매하는 거야."

"이건 빅뉴스다!"

마법의 대륙 계정을 판매할 당시에 이미 위드는 유명 인사가 되었다.

CTS미디어에서 위드의 계정을 통해 여러 번 마법의 대륙에 대한 방송을 하였다. 이제 게임에 관심이 있는 사람치고 위드를 모르는 이는 없었다.

이현이 가지고 있는 아이템 거래 사이트의 아이디.

그것 역시 유저들이 기억하고 있었다.

지금까지 이현은 한두 차례 거래를 하기는 했지만, 그 전까지만 해도 그렇게 좋은 아이템을 판매하지는 않았다.

데스 나이트의 장비는 그리 인기 품목이 아니었고, 뱀파이어의 망토나 부츠, 장갑들도 필요로 하는 사람들은 그다지 없었다. 그래서 주목을 받지 못한 것이다.

"아가사의 거룩한 검! 장미 무늬 장갑! 대신관의 반지! 이건 프레야 교단이다. 프레야 교단의 성기사들이 쓰는 장비야."

장미 무늬가 새겨진 장갑이야. 그 정도 되는 물건이 흔한 편이라 그리 시세가 높지 않다. 하지만 프레야 교단의 성기사단이 쓰는 아가사의 검은 최고의 인기 품목이다.

착용 제한이 낮고 공격력이 높다. 성스러운 가호까지 하루에 5번 쓸 수 있으니 검을 쓰는 이들이라면 직업을 망라하여 선호하는 인기 아이템인 것이다.

누군가 이현이 올려놓은 아이템들의 목록을 보고 조사를 해 본 다음에 글을 달았다.

그 글은 빠르게 인터넷 공간으로 퍼졌다.

마법의 대륙의 위드가 로열 로드를 플레이하고 있다!

위드가 프레야의 성기사 장비들을 거래 사이트에 올렸다!

수많은 사람들이 한꺼번에 경매 글에 접속했다.

> ㄴ설마 그 위드가 프레야 교단에 가입을 했다고요?
> ㄴ정식 성기사가 된 건가요?
> ㄴ교단 소속의 성기사가 된 사람은 대륙 전체를 통틀어서 아직 100명도 안 됩니다. 왕국 소속의 기사나 영주의 기사가 되기는 그래도 쉽지만, 교단의 성기사는 굉장히 까다로운 관문을 뚫어야 하는데…….
> ㄴ역시 위드 님이네요. 로열 로드에서도 상당한데요.

경매 글에 달린 댓글들은 그들끼리 이야기를 나누고 있었다. 위드가 그들과 함께 로열 로드를 한다는 사실에 기쁨과 놀라움을 보였다.

마법의 대륙 출신이나, 인터넷상에 떠들썩한 위드에 대한 이야기를 들은 이들이 대거 모여든 것이었다.

그렇지만 몇 명은 노골적인 실망을 드러내기도 했다.

> ㄴ마법의 대륙의 위드라면, 적어도 그 게임을 함께하던 우리들에게는 전설적인 존재였습니다.
>
> ㄴ맞습니다. 그에게는 불가능이 없는 것 같았죠. 어떤 위험한 사냥터도 정복하고 말았습니다. 위드가 휩쓸고 간 사냥터에는 몬스터가 1마리도 남지 않았죠. 그의 발자취를 기억하는 우리들에게는…….
>
> ㄴ언제나 혼자서, 그리고 그걸로 충분했던 사람입니다. 정복자인 그가 프레야 교단의 성기사가 되다니 기대 이하로군요.
>
> ㄴ고독과 절대적인 힘을 가지고 있던 그는 어떤 면에서는 추앙의 대상이었죠. 이제는 그에 대한 관심을 접도록 하겠습니다. 다른 게임에서 지존의 자리에 오른 사람이라고 해도, 역시 로열 로드에서는 조금 뛰어난 정도에 불과한 것일까요?
>
> ㄴ로열 로드가 생긴 지 1년 반이 지났습니다. 이제 시작에 불과합니다. 더 지켜보도록 하죠.
>
> ㄴ위드라는 이름이 반갑기도 하지만, 더 이상 우상처럼 여길 필요는 없겠군요.

댓글들은 분분한 의견들을 내놓았다.

위드라는, 게임계에서는 하나의 상징이 된 인물. 위드가 프레야 교단의 성기사가 된 것은 축하할 일이라는 사람들과, 조금 강한 축에 들긴 하지만 예전의 절대자는 아니어서 실망스럽다는 사람들로 양분되었다.

그러면서 자연히 경매 글에 대한 관심은 멀어지게 됐다. 그들이 외면하는 사이에 이현이 올려놓은 물품들은 아주 조금씩 가격이 오르고 있었다.

그러던 중 누군가 나타났다. 그는 급하게 글 한 줄을 올렸다.

> 저는 방금까지 로열 로드를 하다가 로그아웃했습니다.

이런 종류의 글은 으레 거센 반발을 불러오기 마련이었다.

> ㄴ누가 물어봤어요?
> ㄴ아무도 당신이 로그아웃한 걸 궁금해하지 않아요.

냉소적인 댓글들이 순식간에 줄지어 달렸다. 그러자 처음 글을 올렸던 사람이 상세한 글을 작성해서 다시 올렸다.

> 베르사 대륙 시간으로 약 5시간 전부터 로열 로드의 NPC들이 일제히 위드에 대한 이야기를 하기 시작했습니다.
> 어둠의 주술사 바르칸 데모프의 불사의 군단. 그 일익을 담당하는 진혈의 뱀파이어족을 물리치고 프레야 교단의 성물을 되찾아 온 그의 모험담을 전 대륙의 NPC들이 외쳐 대고 있다 이겁니다.
> 저도 마법의 대륙 유저였습니다.
> 위드 님이 성기사의 장비들을 올리셨다는 얘기를 듣고 혹시나 싶

어서 와 봤는데, 정말 위드 님이 하신 일이 맞군요. 감탄했습니다.

ㄴ 뭐라고요? 바르칸의 불사의 군단요?
ㄴ 그건 로열 로드 최강의 세력 중의 하나잖아요.
ㄴ 그것보다 진혈의 뱀파이어족이라면 개개의 레벨이 270이 넘는
집단이에요. 수장인 로드 토리도는 레벨 400이 넘는다는…….
ㄴ 말도 안 돼! 믿을 수 없군요.

사람들은 불신하고 그 글을 무시하려고 했다.

프레야 교단의 성물을 되찾고 진혈의 뱀파이어족을 퇴치하는 의뢰의 난이도가 높을 것은 자명한 사실.

그것을 한 사람이 해결했다고는 납득할 수 없는 것이다. 그런데 증거가 너무나도 명백하다.

프레야 교단의 성기사들이 사용하는 장비와 대신관의 반지!

특히 대신관의 반지로 말할 것 같으면, 교단에 아주 큰 공을 세운 이들에게만 주는 것으로 알려져 있다. 설령 성기사가 된다고 해도 받을 수 없는 아이템인 것이다.

더불어 절대로 부정할 수 없는 증거가 하나 더 있다.

이현이 지난번에 올려놓은 뱀파이어의 물건들이었다. 아직 경매장에 올라 있는 뱀파이어의 망토나 부츠들은 더 이상 의심의 여지를 남겨 두지 않았다.

이현이 4시간을 자고 눈을 뜬 것은 아직 해기 뜨기 전이었다.

그는 급히 옷을 챙겨 입고 아침 시장으로 향했다.

아침 식사와 여동생의 도시락에 쌀 반찬거리를 사기 위해서였다.

물론 학교에서 급식을 주긴 하지만 요즘에 그걸 먹는 사람은 많지 않은 편이다. 영양도 부실하고 재료도 어느 나라의 것인지 믿을 수가 없다. 만에 하나 식중독에라도 걸리면 큰일이 아닌가.

'한창 중요한 시기인데……'

수험 공부에 힘쓸 여동생을 위해서 좋은 음식을 해 주어야 했다. 혹 그렇지 않더라도 부모 없이 자라는 설움을 느끼지 않도록 정성이 담긴 음식을 먹이고 싶었다.

이현은 직접 시장을 돌면서 신선한 야채와 고기를 구입했다. 적당히 값을 깎는 것도 잊지 않았다. 낮에는 잘 깎아 주려 하지 않던 가게에서도 아침 일찍 인사하고 얼굴을 익혀 두니, 제법 저렴하게 구입하는 게 가능하다.

본래 집안일을 도맡아 하고 있었던 만큼 요리에는 어느 정도 자신이 있었다. 하지만 정작 그 요리 실력이 일취월장한 것은 로열 로드를 통해서였다.

이제 요리 하나만큼은 누구에게도 뒤지지 않을 자신이 있었다. 식당 주방에 취직해도 될 정도였다.

"아함! 오빠, 좋은 아침이야."

"이제 일어났니?"

장을 보고 돌아올 때쯤 여동생이 눈을 비비며 방에서 나왔다.

"어서 씻어. 학교 늦겠다."

"괜찮아. 아직 시간 넉넉하니깐."

"게으름 피우지 말고. 어차피 할 일이라면 빨리 빨리 해."

"쳇! 매일 잔소리만 느는 것 같아. 그보다도 검정고시 준비는 잘하고 있지?"

이현은 할머니와 약속을 한 적이 있었다.

고등학교를 정상적으로 졸업하지 못한 대신에 검정고시를 치르기로 말이다. 그런데 아직 책 한 번 들춰 보지 않았다.

지리 공부를 할 시간이 있으면 베르사 대륙의 지도를 한 번 더 찾아볼 것이다. 국사 공부 대신에 베르사 대륙의 역사서를 봐야 했다. 훌륭한 모험가라면 배경이 되는 역사 정도는 알고 있어야 하기 때문이다.

하지만 차마 그렇게 말할 수는 없었다.

"물론! 열심히 공부하고 있으니 걱정 마."

따지고 보면 거짓말도 아닌 것이, 이 공부나 그 공부나 공부 이긴 매한가지 아니겠는가.

"알았어. 믿을게."

동생이 씻는 사이에 이현은 아침을 준비했다.

겨울이 되어 날씨가 쌀쌀하니 칼칼한 생태 찌개와 오곡밥 그리고 담백한 밑반찬들로 상을 차렸다.

"잘 먹겠습니다."

여동생을 학교에 보낸 후에야 잠시의 자유 시간이 생겼다.

"어디, 어제 올려놓은 아이템들의 가격이 얼마나 올랐나 볼까?"

이현은 아이템 거래 사이트에 접속했다. 그런데 경매 글에 붙은 입찰자의 숫자가 자그마치 14만 명…….

"이건 무슨……."

분명 14만 명이나 입찰했는데, 아이템들의 가격은 고작 23만

원도 되지 않았다.

아가사의 거룩한 검은 아무리 헐값에 팔리더라도 200만원은 나갈 물건인데 말이다.

"대체 누가 23만원을 써 놓은 거야? 그리고 14만 명이나 참여했는데 이 가격이 말이 돼?"

이현은 어이가 없어서 경매 글을 클릭해 봤다.

> ㄴ 위드 님, 참 대단하시군요. 위드 님의 아이템을 한 번이라도 입어 보고 싶습니다! 하지만 전 돈이 없으니 이런 식으로라도 참여해 볼게요.

이런 글을 써 놓은 사람은 첫 번째로 500원의 경매가를 써냈다. 많은 이들이 경매에 참가하라고 10원에서부터 시작된 경매였으니 별 의미 없는 액수였다.

> ㄴ 프레야 교단의 퀘스트를 하신 것 축하드립니다. 마법의 대륙 유저의 자존심을 걸고 열심히 해 주세요!

두 번째로 글을 올린 사람은 501원의 경매가를 올려놨다.

그다음은 더 가관이었다.

> ㄴ위드 님, 파이팅! 502원.
> ㄴ 위드 님, 멋있어요! 503원.
> ㄴ 존경합니다. 열심히 하세요. 504원.
> ㄴ 앗! 이거 새로운 경매 놀이인가요? 505원.
> ㄴ하하! 재미있겠는데요. 저도 참여하고 싶습니다. 506원.

┗ 이런, 이런……. 601원.

┗ 순서 지키세요. 602원.

┗ ……

　나름대로 애정이 담긴 사람들의 장난이었다. 경매 가격을 조금씩 올리면서 하는 친근함의 표시다.

　워낙에 많은 입찰자들이 참여한 덕분에 대번에 사람들의 이목을 끌게 됐다.

　위드라는 캐릭터를 모르던 사람들까지도 인터넷에 퍼진 소문을 좇아 찾아왔다.

┗ 아! 이게 바로 그 소문의 위드라는 분이 파는 아이템이군요.

┗ 성지순례 왔습니다.

┗ 벌써 9만 명이 넘었네요. 경매 가격도 12만원이 넘었고요.

┗ 중복 입찰 제외해도 6만 명 이상이 참여했습니다. 경매 글로 대동단결!

┗ 앗! 방금 누가 비겁하게 20만원을…….

┗ 순서 똑바로 안 지키면 누군지 찾아내서 보복합니다. 조심하세요. 20만 1원부터 다시 시작.

┗ 우리 이거 백만 명까지 달려 봐요!

┗ ……

만물 기술자

　"로열 로드? 대학에 보내 놨더니 그런 게임이나 하고 앉았어?"
　"어서 복학 신청하지 못해?"
　"복학이 안 된다면 자격증 공부라도 해!"

　몰래 휴학을 한 사실이 들통 난 뒤에 부모님들의 끔찍한 잔소리를 들어야 했던 페일, 수르카, 이리엔, 로뮤나!
　그러나 그들은 부모님들까지 로열 로드로 끌어들이는 악랄한 마수를 성공적으로 진행시켰다.
　"흠! 페일아, 이번에 무기를 바꾸려고 하는데 어떤 게 좋겠니?"
　"아버지가 돈이 좀 부족해서 그러는데 4골드만 빌려 주면 안 될까? 이자까지 쳐서 갚을게!"
　부모님들은 대체로 사냥에는 미숙한 편이었다. 그러나 돈거래만큼은 철저했다.

실제 가게를 운영해 본 경험을 밑천으로 상점을 하나씩 차렸다. 중고 무기 거래점이나, 중고 방어구 상점, 스킬 북의 거래를 전문적으로 하기도 했다. 로뮤나와 수르카의 부모님들은 음식점을 겸한 여관까지 차렸다.

마법사의 스킬 북, 궁수의 활, 성직자의 신물.

부모님들의 든든한 후원을 받아 가면서 네 사람은 열심히 사냥을 하고 레벨을 올릴 수 있었다.

그들의 레벨도 이제는 180이 넘었다. 곧 200레벨을 바라볼 수준에까지 오른 것이었다.

그때 로자임 왕국의 NPC들이 이야기를 한다.

"위드라는 모험가를 알고 있는가? 진혈의 뱀파이어족이라는 사악한 무리들을 퇴치하고, 모라타 지방을 구해 준 사람이라네."

"프레야 교단의 은인이지. 그와 같은 영웅이 있기에 이 대륙이 조금씩 살 만한 곳이 되지 않겠는가? 듣고 보니 그는 로자임 왕국 출신이라더군. 국왕 폐하께서도 찾고 있다는 풍문일세."

무기점 주인이나, 약초점 주인들, 하다못해 길거리에서 꽃을 파는 여인들까지 위드의 이야기를 하는 것이었다.

페일과 수르카 들은 그 이야기를 듣는 순간 위드가 대단한 모험을 완수했다는 걸 깨달았다.

'축하드려요, 위드 님.'

'대단하시네요.'

'다음에 꼭 모험을 하신 이야기를 해 주세요.'

쿠워어!

"다 덤벼!"

"우와앗! 몬스터다!"

"이 귀여운 녀석들, 형들이 밤마다 사랑해 줄게."

우악스러운 검치들이 달려가자, 용맹스러운 듀라한이 주춤 주춤 뒤로 물러섰다!

듀라한이 제아무리 뛰어난 전사라고 하지만 검치들을 보면 기가 질릴 수밖에 없었다.

조금의 두려움도 없이, 무작정 무식하게 들이대고 보는 검치들!

전부 우락부락한 외모에 형편없는 차림새. 눈동자는 아이템 과 경험치에 대한 욕심으로 이글거린다.

"크하하하! 둘치야."

"옛. 검둘치 대기했습니다."

"공격하자!"

"예엡!"

검치들은 겁도 없이 듀라한에게 덤벼들었다.

간신히 나타난 몬스터를 누군가에게 빼앗길세라 일단 덮치 고 보는 것이었다.

게임이라고는 전혀 할 줄 모르는 그들. 레벨이 높은 몬스터 라고 해도 직접 부딪쳐 보기 전에는 인정하지 않았다.

"다 죽여 버려라!"

초보 사냥터는 바로 넘어가고, 인근의 쓸 만한 마굴이나 던전을 휩쓸고 다녔다.

그리고 마침내 검치들은 라비아스에 왔다.

지금까지 검치들은 강한 몬스터들을 찾아다니면서 전투를 치렀다. 그들의 레벨은 무서울 정도로 빠르게 올라갔다.

505명이 함께 다니고 있기에 별도의 그룹을 구할 필요도 없다. 합숙 생활을 하기에 접속 시간마저 늘 같았다. 전투를 수련의 일환으로 삼고 있으니 약한 사냥터에서 착실히 경험치를 모으기보다는 위험한 곳만 쫓아다녔다.

위드가 지나온 리트바르 마굴을 비롯하여서 많은 던전들을 정복했다. 적이 나타나면 혼신의 힘을 다해서 싸운다. 싸우고 굴복시킨다.

검치들은 전투가 제일 우선이었다. 귀찮다고 퀘스트를 거의 하지 않으니 장비나 아이템은 보잘것없다. 가난해서 매번 밥을 굶기 일쑤다.

검치가 뒷짐을 진 채로 너털웃음을 터트렸다.

"3쿠퍼? 허허허! 어렵게 잡은 몬스터가 겨우 저런 푼돈이나 주다니 우리들은 아직 약하구나. 얘들아."

"예, 스승님!"

"저 푼돈을 줍겠느냐?"

"아닙니다, 스승님!"

"그러면 더 강해져서 1골드를 주는 몬스터를 잡겠느냐?"

"스승님이 이끌어 주시는 곳이라면 어디든 가겠습니다."

검치의 훈시에, 다른 500여 명의 수련생들과 사범들은 눈물을 머금고 따르는 수밖에 없었다. 오죽하면 몬스터에게 죽은 횟수보다 굶어서 죽은 경우가 더 많을까!

　보리빵 한 쪽을 나누어 먹으며 동료의 우정을 키웠다.

　몬스터에게 맞거나 죽는 건 전혀 두렵지 않았다.

　"어차피 굶어 죽을 목숨!"

　검치들의 눈에는 광기마저 어려 있었다.

　싸우다 죽고, 싸우다 굶어 죽고……

　그렇게 사냥터를 전전하다 보니 레벨도 벌써 130이 넘어 버렸다.

　라비아스에서 무예인으로 전직도 마쳤다.

　무예인들에게는 퀘스트도 많이 주어진다. 어디의 유명한 몬스터를 상대로 싸워서 이기면 명성이 올라가고, 돈도 벌 수 있다는 식이다.

　힘과 민첩이 대폭 상승하고, 체력과 방어력까지 늘어난 전투 전문 직업!

　그렇지만 로열 로드에 무지한 검치들이 능력치의 변화나 퀘스트를 보고 직업을 선택할 리가 만무하였다.

　검치들은 본래 한국의 무예를 계승한다는 자긍심에 살고 죽는 인간들이다.

　무예인이 천성처럼 맞는다면서 505명 전원이 동시에 하나의 직업으로 전직하는 만행을 저지르고 말았다. 하기야 이미 한차례 전원 검사로 전직을 한 상태인 만큼 새삼스럽지도 않은 일이었다.

"자네, 위드라는 모험가에 대해 들어 보았는가?"
"위드가 이번에 대단한 일을 해냈어."

그들조차도 위드에 대한 소문을 NPC들을 통해 듣게 되었다.
검치들!
그들은 위드에 대한 소문을 듣자마자 환호성을 질렀다.
"우오오오!"
"위드가 해냈다! 우리도 한번 해보자!"
사나이로서 빠뜨릴 수 없는 감정.
공명심! 명예욕!
검치들은 불타올랐다.

⚜

"둘치야!"
"예, 스승님."
"센 놈 좀 알아봐라."
"분부에 따르겠습니다."
　검둘치는 즉시 페일에게 연락을 취했다. 열심히 고생을 해서
정보를 검색하는 것보다 페일에게 귓속말을 한 번 보내면 대부
분의 문제가 해결되었다.

> ─페일 님.
> ─예, 검둘치 님.

페일은 이리엔과 로뮤나 등과 사냥을 하던 중이었다.

이번에는 또 무슨 곤란한 부탁을 해 올까 두려움에 떨었다.

검치들은 무리한 부탁을 하지는 않았다. 나름대로 자존심과 긍지로 먹고사는 이들이기 때문에 보리빵을 사 준 은혜를 잊지 않고 페일에게 보답하려고 했다.

그렇지만 그들이 하는 부탁은 꼭 엉뚱한 것들이 많았다.

> ─여기서 제일 강한 놈이 누굽니까?
> ─네? 설마…….
> ─그냥 알려 주시기만 하면 됩니다. 나머지는 저희들이 다 알아서 할 테니까요.

페일은 머뭇거리다가 어쩔 수 없이 말해 주었다.

⁂

평화를 사랑하는 그린 드래곤 비아키스는 숲과 나무가 자라는 것을 지켜보는 낙으로 조용히 살고 있었다.

바엔 산 정상의 넓은 분지에서 본체 상태로 깊은 잠에 들었던 비아키스.

그는 인간의 기척을 느끼고는 커다란 눈을 떴다.

'침입자인가?'

가끔 모험가 파티가 그를 찾아오곤 했다. 베르사 대륙에서 가장 강한 자들이 뭉쳐서 감히 자신을 사냥하러 오는 것이다.

그럴 때마다 비아키스는 가차 없는 응징으로 보답해 주었다.

'이번에도 그냥 놔둘 수 없지.'

비아키스의 초록색 눈동자가 분노로 뒤덮였다. 그가 바라본 곳에는 수백의 인간들이 겁도 없이 다가오고 있었다.

1명씩 상대해 주기에는 숫자가 너무도 많았다. 그렇다고 해서 위협을 느낀 것은 물론 아니었다.

"우와아아!"

"우리가 왔다! 사악한 마룡은 모습을 드러내라!"

분노가 폭발했다. 아직까지 한 번도 비아키스의 부아를 이토록 돋우는 말을 한 모험가들은 없었던 것이다.

비아키스는 하품이라도 할 것처럼 커다란 입을 쩍 벌렸다. 그러고는 살짝 힘을 주었다.

후욱!

⚜

소므렌 자유도시는 상업적으로 발달한 도시였다. 물자가 모이고 상거래가 활발하게 이루어진다. 대장장이들과 여러 생산직 직업들의 길드도 이곳에 있었다.

위드는 마판을 통해서 그동안 모아 온 잡템들을 전부 처분하였다.

북부의 추운 대지.

그곳의 몬스터들은 별별 희한한 아이템들을 다 떨어뜨렸다.

'이제 5,600골드를 모았군.'

3개월 전에 비해서 2,000골드가량이 늘어난 액수였다. 이 정도라면 적은 금액은 아니다.

필요한 약초를 캐서 쓰는 등 경비 절감에 힘을 쓰지만, 대신에 획득한 무기나 방어구들은 돈을 벌기 위해 현금으로 판매한다.

　로열 로드에서 좋은 무기는 몇만 골드에 팔리기도 하기 때문에, 병장기를 팔지 않는 이상 골드가 큰 액수로 늘어나진 않았다. 대신에 딱히 무기나 방어구를 구입하지 않는다면 큰돈이 나갈 일도 없다.

　잡템들을 전부 처분한 위드는 홀가분한 기분으로 대장장이 길드로 향했다.

　각종 전투 계열 직업 길드들에는 사람들로 가득했지만, 대장장이 길드에는 불과 30여 명만이 모여 있을 뿐 비교적 한산했다. 베르사 대륙의 촌구석 마을도 아니고, 도시에서 이 정도의 숫자라면 무척 적은 편이다.

　사람들은 길드 내의 테이블에 둘러앉아 대화를 나누고 있었다.

　"검을 만들어 보고 싶어서 이 직업을 선택했는데 신통치 않아."

　"비슷한 시기에 같이 시작한 친구들은 벌써 코볼트까지 잡고 있는데 나는 매일 망치질이나 하고 있어야 하다니."

　"그것뿐이야? 난 지루해 죽겠다니까. 막연히 무언가를 만들면 재미있겠다고 생각했지만……."

　"정말이지 내가 왜 이런 생산직 직업을 선택했나 몰라. 재미없고 시시해. 지금이라도 바꾸고 싶어."

　"열흘 넘도록 무기만 만들었는데, 코볼트한테 나오는 무기보다도 보잘것없더라니까."

　유저들은 불평과 푸념을 하고 있었다.

　하지만 생산직 직업에도 장점은 있다. 어떤 직업이든 키워

가기에 따라서 다를 뿐.

"참, 토르의 대장장이 소식은 들었어?"

"그 사람이라면 알고 있지. 최초로 중급 대장장이가 되고, 지금은 중급 4레벨이라던가."

"아냐. 어제 중급 5레벨이 되었다는군."

"다른 길드에서 서로 데려가려고 난리래."

"방어구의 방어력을 획기적으로 강화할 수 있는 대장장이니까. 우리는 언제 그 정도까지 스킬을 올리지?"

"이제 중급 대장장이는 몇 명이 있긴 하지만……."

"에휴! 부럽다."

그들의 대화를 듣던 위드는 슬그머니 위층으로 향했다.

일반적으로 1층에서는 각종 물품들을 팔고, 2층에서는 길드 가입과 같은 일을 도맡아서 한다.

위드는 길드의 사무실에서 차례를 기다렸다.

"무슨 일로 왔는가?"

"무기를 만드는 법과 방어구를 제작하는 법을 배우고 싶습니다."

"오! 그것 말인가?"

사무장은 반가운 얼굴을 했다.

"대장장이가 되려는 건가?"

"아닙니다. 기술만 배우고 싶습니다."

"우리들의 기술은 아무에게나 알려 주지 않는데… 하지만 이 물건을 한 번에 고칠 수 있다면 고려해 보지."

사무장이 내놓은 건 다 깨진 방패였다.

보통 초급의 수리 스킬은 그 효과가 레벨에 따라 차이 난다.

레벨 1에서는 5의 내구력을 한 번에 수리할 수 있고, 레벨 2에서는 그 수치가 7로 늘어난다.

레벨 10에서는 23의 내구력을 수리할 수 있었다.

방패를 한 번에 수리하려면 중급의 수리 스킬을 필요로 했다.

'이 정도라면…….'

위드는 대장장이들이 쓰는 망치를 꺼낼 필요도 없이 가볍게 스킬을 시전했다.

"수리!"

방패가 빛에 휩싸이더니 완전히 깨끗한 모습으로 바뀌었다.

"자네에게는 자격이 있군. 그러면 우선 망치를 쓰는 법부터 배워야겠지. 망치는 이렇게 잡고 이렇게 두들기는 것일세."

대장장이 스킬을 익히셨습니다. 각 아이템의 착용 제한이 스킬 레벨에 따라 2%씩 하락합니다. 대장장이 스킬을 마스터하면 모든 직업과 레벨의 아이템을 마음대로 착용하실 수 있게 됩니다.

위드는 대장장이 길드에서 쓸 만한 아이템들 몇 개를 구입했다. 무기를 만들 때 사용할 수 있는 철괴들과 조금 더 좋은 망치, 숫돌 등이었다. 철을 녹여 주는 휴대용 소형 화로도 구입했다. 그리고 기본적인 형틀도 장만했다.

무기나 방어구를 제작하기 위해서는 일반적으로 대장간에 가야만 하지만, 이 작은 화로에 마나를 불어넣으면 철을 녹일 수 있었다. 그런 다음에 형틀에 부어서 굳히면 모양이 만들어진다. 그저 간단히! 형틀에 쇳물을 넣기만 하면 된다. 그런 후에는 망치로 열나게 두들기면 아이템이 완성된다.

이 사실을 알고 나자 위드는 억울함마저 들었다.

대장장이의 직업이 노가다라고는 해도 조각사에 비할 바는 아니다. 정신을 집중해서 조각술을 펼쳐야 하는 위드의 직업에 비하면 대장장이는 훨씬 쉬웠던 것이다.

"좋아."

위드는 일단 가까운 대장간에 들어가서 배낭을 열었다. 배낭의 깊은 곳에서는 지금까지 사냥하며 모은 광석들이 차곡차곡 들어 있었다.

"일단 녹이고……."

광석들을 녹여서 쇳물로 바꾸었다. 그런 다음에는 틀에 부어서 기초적인 검의 형태로 만들었다.

붉게 달구어진 검신.

치이이익!

망치로 두들기고 찬물에 식혀 가면서 담금질을 했다.

마침내 위드는 최초의 검을 만들었다.

길잡이의 수련검

잡철들로 만든 검. 훌륭한 장인의 기질을 가진 이에 의해 만들어진 검이다. 공격력은 낮지만 뛰어난 솜씨로 제작되어 웬만해서는 파괴되지 않는다.

내구력: 70/70

공격력: 4/6

제한: 없음

옵션: 힘 +5

대장장이 기술의 숙련도가 36% 상승하였습니다.

"오오! 이렇게 기쁠 수가!"

위드는 혼자 만들고 혼자 기뻐했다. 오랫동안 혼자 지낸 사람의 심각한 폐해. 혼잣말을 하게 된 것이다. 조각술을 펼치면서 매번 고독을 곱씹다 보니 말이라도 하지 않으면 안 되었다.

"괜찮은 물건이군."

물론 위드가 쓸 만한 무기는 아니었다. 하지만 이 정도 검은 상점에서 최소한 70실버에 팔린다. 공격력이 낮아도 내구력이 좋은 만큼 오랫동안 쓸 수 있고, 옵션으로 힘까지 붙어 있다.

최초의 시도에 이런 가치가 있는 무기를 만들어 내다니! 위드는 그만 감격하고 말았다.

"대장장이란 정말로 좋구나."

여우나 토끼 등의 조각품들은 기념품 외의 가치가 전무한 형편이다.

그것들을 몇 실버에 팔면서 근근이 살아온 위드인데, 대번에 레벨 15 이하의 초보자들이 쓸 만한 검을 만들어 낸 것이다.

"좋아. 이대로 계속하자!"

위드는 가지고 있던 광석 전부를 무기 제작에 쓰기로 했다.

초보 시절부터 버리지 않고 모아 온 자잘한 잡철들도 있지만, 모라타 지방의 뱀파이어들로부터 얻은 광석의 경우 상당히 좋은 물건을 만들 수 있었다.

화로에 녹이고 형태를 만든 다음에 두들기기!

대장간에 있는 NPC들을 곁눈질로 따라 하면서 스킬을 상승시켰다.

> 대장장이 스킬의 레벨이 2로 상승했습니다. 제작하는 무기의 공격력이 강화됩니다. 검 이외의 형태의 무기들을 만드실 수 있게 됩니다.

> 대장장이 스킬의 레벨이 3으로 상승했습니다. 제작하는 방어구의 방어력이 강화됩니다. 청동이나 구리로 만든 방어구에 추가적인 속성이 부여됩니다.

> 대장장이 스킬의 레벨이 4로 상승했습니다. 제작하는 무기의 공격력이 강화됩니다. 이미 완성된 검을 변형할 수 있게 됩니다. 내구력은 떨어지지만 공격력이 더 상승합니다.

> 대장장이 스킬의 레벨이 5로 상승했습니다. 제작하는 방어구들의 무게가 가벼워지고, 착용감이 우수해집니다. 부츠를 만드실 수 있습니다.

> 대장장이 스킬의 레벨이 6으로 상승했습니다. 만들어진 아이템들의 공격력과 방어력이 일정 수치만큼 증가합니다.

위드는 꼬박 열흘 동안 밤낮을 가리지 않고 가지고 있는 광석들을 전부 녹여서 대장장이 스킬을 올렸다.

단 열흘 만에 향상시킨 스킬 레벨은 경이로울 정도!

본래의 직업이 조각사이기 때문에 가능한 일이었다.

조각사는 현존하는 각 직업들 가운데에 최고의 손재주 성장을 자랑한다. 초급 손재주는 레벨이 오를 때마다 3%씩의 공격력을 강화시켜 주고, 중급 손재주는 5%씩 상승시킨다.

그러나 전투 부분을 제외한 생산 관련 부문에서는 더 많은 능력치의 향상이 있었다. 아무래도 손재주는 전투보다는 생산을 할 때 더 큰 영향을 끼치는 기술이니 말이다.

요리의 경우에는 초급이었을 때부터 스킬 레벨당 5%씩의 효과를 추가해 주었다. 중급에 오른 이후부터는 스킬 레벨이 오를 때마다 7%씩 늘어났다.

현재 위드의 손재주 스킬은 중급 8레벨. 만드는 요리들이 거의 2배의 효과를 가진 상태였다.

대장장이 스킬도 마찬가지로 손재주의 영향을 받았다. 같은 재료를 써도 2배나 내구력이 좋은 아이템들을 생산할 수 있다.

무기의 공격력이나 방어구의 방어력은 그보다 상승의 폭이 적었지만, 뛰어난 물건을 만들어 낸다는 것은 곧 빠른 숙련도 상승이 가능하다는 뜻이었다.

최초로 직업을 선택하고 대장장이를 할 때에 허덕이는 것과는 비할 바 없이 빨리 레벨을 올릴 수 있는 것이다.

물론 나중에 스킬 레벨이 많이 올라가면 차이가 줄어들지만, 초급 과정에서는 절대적으로 작용할 수밖에 없다.

위드는 가지고 있던 철광석을 전부 이용하여 대장장이 기술을 초급 6레벨까지 만들고 나서야 대장간을 나왔다.

그 후에 위드는 낚시 길드로 갔다.

"자네는 세월을 낚고 싶은 건가, 아니면 전설에 남을 만한 물고기를 건져 올리고 싶은 건가."

협회의 가입 절차는 간단했다.

찌와 낚싯대를 구입하고 낚시꾼이 묻는 말에 대답만 하면 되었다.

위드는 솔직하게 대답했다.

"배고파서, 먹기 위해서 낚시를 배우고 싶습니다."

"응?"

낚시꾼은 신기하다는 듯이 위드를 보았다.

직업으로 삼는 사람도 물론 존재하지만, 낚시는 기본적으로 다른 직업에 있는 이들도 얼마든지 배울 수 있는 스킬이었다. 넓은 베르사 대륙을 여행하다 보면 배를 탈 일도 있고, 그럴 때면 즐겁게 쓸 수 있는 기술이었기 때문.

하지만 위드와 같은 대답을 한 사람은 일찍이 없었다.

낚시꾼은 신기하다는 듯이 위드를 쳐다보더니 곧 껄껄거리며 웃었다.

"자네의 요리 솜씨가 무척 뛰어나군. 내 몰라보았네. 나중에 언제 한번 기회가 된다면 매운탕이라도 끓여 주면 좋겠군."

"좋은 고기만 있다면 얼마든지 끓여 드리겠습니다."

"특별히 자네가 이용할 만한 미끼를 주지."

낚시 스킬을 익혔습니다. 일정한 경지에 오르면 추가로 생존술을 배우실 수 있습니다. 어떤 극한의 상황이 오더라도 삶을 이어 나갈 수 있는 기술입니다. 강이나 바다에서 물과 음식을 구할 수 있습니다. 스킬의 레벨이 오를 때마다 추가로 생명력이 주어집니다.

낚시용 미끼, 크릴새우 30개를 획득하였습니다.

대장장이에게 낚시까지 배운 위드는 정말로 무지하게 고민을 했다.

'정말 이것도 배워야 하는 걸까?'

갈등과 번민.

'그냥 안 배워도 되지 않을까? 재봉만큼은 그냥 넘어가도 괜찮지 않을까? 생산 스킬 하나쯤… 그래, 배우고 싶지 않으면 배우지 않아도…….'

어릴 때에 재봉 공장에서 일하며 실밥을 따던 기억!

먼지로 가득하고 환풍기조차 제대로 작동하지 않는 곳에서 쥐꼬리만 한 월급으로 착취당했다. 그나마도 몸이 아파서 결근을 몇 번 한 탓에 마지막 달에 일한 월급은 받지도 못했다.

그 쓰라린 기억 때문에 재봉만큼은 죽기보다 배우기가 싫다.

그러나 한 가지를 남겨 놓고 배우지 않는 것도 성미에 차지 않는 일이다.

인챈터. 아이템에 마법을 부여할 수 있는 직업으로, 마법사의 상위 클래스만 선택이 가능했다.

인챈터의 직업을 택할 수 없는 위드는 나머지 생산 스킬들은 전부 다 배우고 싶었다.

결국 위드는 재봉사 길드로 향했다.

"예술적인 감성이 뛰어난 사람은 좋은 원단을 고를 수 있고, 제대로 된 옷을 만들기에 좋지. 예술이 담겨 있으면 서로 그 옷을 입으려고 할 거야. 옷 만드는 법을 배우고 싶나?"

"예, 배우고 싶습니다."

"단추를 다는 법 정도는 알겠지?"

"무, 물론입니다."

하필이면 단추 달기였다.

위드에게는 숟가락질만큼이나 익숙한 그것!

재봉사 길드에서 간단히 단추 몇 개를 달아 주고 나서, 재봉 스킬도 습득했다.

> 재봉 스킬을 익혔습니다.

⁘⁘⁘

'우선은 스킬의 상승이 최우선이다.'

위드는 가위와 천을 가져와서 자르기 시작했다. 대장간처럼 따로 옷을 만드는 공간이 없기에 거리의 구석에 앉아서 일을 시작했다.

소므렌 자유도시에는 바닥에 쪼그려 앉아 이야기를 나누는 사람에서부터 대낮의 일광욕을 즐기는 사람들까지 다양하였으므로, 특별히 위드가 옷을 만든다고 해서 이상하게 보일 것은 없다. 간단한 몇 장의 천들을 오리고 바느질을 해서 옷을 만들었다.

> 재봉 스킬의 레벨이 2로 상승했습니다. 부드러운 재질의 천을 이용하여 몸에 딱 맞는 디자인의 옷을 만들 수 있습니다.

역시 손재주 덕에 스킬 레벨 2까지 올리는 건 금방이었다. 재봉사 길드에서 판매하는 기본 천으로 옷 몇 벌만 만드니 스킬 레벨이 오른다.

바느질은 따로 고생을 할 것도 없이 완벽하게 익숙한 상태였다. 현실에서도 단추가 뜯어졌을 때나 옷의 일부가 찢어졌을 때 바느질을 해 본 일이 많았다.

사각사각!

착착착.

원단을 자르고, 바느질을 하고, 단추를 다는 것까지!

위드의 손은 거침이 없었다. 훌륭한 악사의 연주를 보는 것처럼 현란하게 움직이는 위드!

"이야, 대단한데!"

"저 사람 손 좀 봐!"

"최고다!"

사실 사람들은 위드가 옷감을 꺼낼 때부터 호기심 어린 눈으로 보고 있었다.

생산직 캐릭터들은 그만큼 구경하기 어려웠던 것!

주변에서 지켜보는 사람들의 입에서는 감탄밖에 나오지 않았다.

그만큼 위드는 믿기지 않는 속도로 옷을 제작하고 있었던 것이다.

"과연 저걸 입을 수는 있을까?"

"몰라. 아무튼 입을 수는 있겠지? 그래도 옷인데……."

"분명 별로 쓸모는 없는 옷일 거야. 저것 봐. 무늬도 없이 단순하잖아."

사람들이 수군거리는 소리를 위드도 듣고 있었다. 당연히 스킬 레벨 1이나 2에서 만들어진 옷인 만큼 초보자용으로도 별로 좋지 않다.

하지만 위드의 재봉 스킬이 워낙 낮은 것을 감안해 보면, 만들어진 옷들이 나쁘다고만 볼 수도 없는 노릇이었다.

그런 식으로 해서 스킬 레벨을 4까지 올렸다. 그러자 그의 배낭은 대장장이 기술로 만든 무기들과 재봉사 기술로 만든 옷들로 가득 차게 되었다.

'이제 슬슬……..'

위드는 배낭 구석에서 최고급 사슴 가죽을 꺼냈다. 석상으로 변한 모라타 마을 사람들을 구하고 받은 퀘스트 아이템이었다.

최고급 사슴 가죽
생산 스킬 재봉과 관련된 아이템. 가죽을 잘라서 옷이나 장비를 만들 수 있다. 스킬의 레벨에 따라 마법 저항이 부여되고, 순발력이 강화된다. 2등급 재봉 아이템.
내구력 5/5

일천한 스킬 레벨로 사용하기에는 아까운 물건임에 틀림없었다. 중급 재봉 스킬을 쓴다면 꽤나 괜찮은 옷을 지을 수 있기 때문이다.

하지만 위드는 과감하게 사슴 가죽을 쓰기로 했다. 시간이 곧 돈이다. 좋은 재료를 이용해서 스킬 레벨을 빨리 상승시킬 필요가 있었던 것이다.

사각사각!

위드는 매우 세심하게 옷을 만들어 냈다.

목마른 사슴 튜닉
물을 마시지 않고 죽은 사슴으로 만들어진 튜닉. 남성용. 몸 전체를 덮을 수 있는 옷. 허리 라인이 피팅되어서 두드러지게 몸매를 강조할 수 있다. 직업 몽크들이 입으면 더 어울릴 것 같다.
내구력: 40/40
방어력: 13
제한: 레벨 15
옵션: 직업 몽크 착용 시 민첩 2% 상승

재봉 스킬의 숙련도가 대폭 올랐습니다.

재봉 스킬의 레벨이 5로 상승했습니다. 향상된 바느질로 이음새가 잘 찢어지지 않아 만들어진 옷의 내구력이 추가 상승합니다.

튜닉은 최소한 사슴 가죽 4장을 써야 만들 수 있는 물건이었다.

"와! 저 옷은 꽤 좋아 보인다."

"그러게. 부드러워 보이고 재질도 괜찮은 것 같아."

사람들은 몇 시간 되지도 않아서 위드가 좋은 옷을 만들어 내자 신기해했다.

"재봉 스킬이란 게 원래 이렇게 빨리 늘어나는 거였나?"

"몰라. 내 친구는 맨 처음에 재봉사를 선택해서 하루 종일 실패작만 만들다가 파산한 다음에 캐릭터를 삭제해 버렸는데……."

"재봉사가 쉬울 리가 없잖아. 재봉사를 선택해서 눈물 흘린 사람이 한둘이 아니라고."

"그런데 저 사람은 어떻게 저렇게 빨리 좋은 옷들을 만들어 내는 거지?"

구경꾼들의 눈길을 의식한 위드는, 사슴 가죽 1장으로도 만들 수 있는 장갑이나 부츠 종류를 제작했다.

퀘스트를 완수하고 받은 사슴 가죽이 200장이나 되니 재료는 충분한 상태.

위드는 사슴 가죽을 이용해서 재봉 스킬을 9레벨까지 상승시킬 수 있었다.

중급 재봉까지는 불과 1레벨이 남았을 뿐이다.

사실 뛰어난 재료들을 이용해 중급 재봉까지 올릴 수 있어야 정상이었지만, 스킬의 레벨은 9에서 더 오르지 않았다.

중급에 오르기 위한 개수 제한 덕분이었다.

생산 스킬의 향상을 크게 좌우하는 것은 손재주와 재료였다.

좋은 재료를 습득해서 쉽게 생산 스킬을 올리는 것을 방지하기 위하여, 일정 개수 이상을 반드시 제작하여야만 했다.

무지개 옷 경매

소므렌 자유도시는 다른 왕국의 수도와 마찬가지로 초보들이 많이 선택하는 장소였다.

일단 장점이라면 물가가 싸고 사람들이 많다.

위드처럼 모험을 위하여 사람이 조금 적은 로자임 왕국을 일부러 택하는 부류도 있지만, 대다수의 유저들은 사람이 많은 곳에서 시작하길 원했다. 파티를 구하기도 쉽거니와 공개된 사냥터가 많아서 편하게 성장시킬 수 있기 때문이다.

성문 앞.

유저들로 바글거리는 곳에 어떤 남자가 나타났다.

그는 심상치 않아 보이는 헬멧과 목걸이, 망토를 쓰고 있었다. 대신에 장갑은 새하얘서 눈에 띤다.

"아이템 맡겨 주시면 무료로 수리해 드립니다. 오래 사용한 아이템의 떨어진 내구력을 최대치까지 올려 드릴 수 있습니다. 가죽이나 천을 구해 오시면 즉석에서 옷 만들어 드립니다. 철괴나 청동 조각 구해 오시면 방어구도 제작해 드려요. 그리고 고기류를 가져오시면 즉석 구이 요리를 만들어 드립니다. 참고로 말씀드리자면 제가 한 구이 요리를 먹으면 체력이 150 이상 오릅니다. 맛도 기가 막히죠!"

남자가 외친 말에 성문 주변에서 사냥하던 사람들이 우르르 몰려들었다. 초보자들이 입는 여행복 차림에, 기본적인 검을 든 입은 이들이었다.

"정말로 고기를 가져오면 체력을 올려 주나요?"

"들개 가죽이 몇 장 있는데, 이거 드리면 옷을 만들어 줄 수 있어요?"

하지만 다른 유저들은 혀를 끌끌 찰 뿐이었다.

"또 속는 사람이 나타났군."

"여러분, 속지 마세요. 저런 식으로 등쳐 먹으면서 아이템만 가지고 나르려는 수작입니다."

"사람이 많으니까 사기꾼들도 한둘이 아니라니까요."

"상식적으로 생각을 해 보세요. 옷을 만들고, 요리도 하고, 수리도 하고, 방어구나 검도 만드는 그런 사람이 어디에 있습니까? 저게 다 아이템 가지고 튀려는 사기죠."

"초보면 초보답게 사냥이나 할 것이지 다른 사람한테 사기치는 법부터 배우다니, 쯧쯧."

다른 유저들이 떠드는 말에, 모여들었던 사람들은 금세 비난을 퍼부었다.

"더러운 놈!"

"어디서 이런 수작이야!"

성문 앞에 나타난 남자는 위드였다.

무슨 생각에서인지 위드는 사람들이 떠드는 것을 가만히 듣고만 있었다. 기분은 조금 나쁘지만 사실이 그랬다. 상식적으로 수리 스킬 중급에 재봉, 대장장이, 요리 등을 다 익히는 사람이 어디에 있겠는가.

그것도 낚시와 조각술은 제외한 상태에서 말이다.

누구라도 믿지 않을 것이다.

재봉이나 대장일, 요리 등의 스킬은 그냥 길드에 가서 배울 수 있는 것도 아니다. 손재주 스킬이나 수리 스킬이 일정 경지에 올라야 했으므로, 이런 기술들을 다 배운 사람은 없을 것이다.

솔직히 위드조차도 초보 시절에 이런 일을 다 할 수 있다고 나서는 사람이 있다면 믿지 않았을 것이니 남을 원망할 수도 없는 노릇이었다.

그러나 이제 어느 정도 장사에는 도가 텄다.

처음에야 믿지 않는 이들을 보며 가슴을 쳤지만 이제는 다르다. 조각품을 판매할 때부터 경험을 쌓으며 철저한 계산과 잇속을 챙겼다.

어떻게 해야 좀 더 많은 돈을 뜯어낼 수 있는가! 별로 해 주는 것도 없이 참 인정 많은 장인이라는 이야기를 들을 수 있는 방법, 또 손님들은 어찌 구분하는가에 대해서 위드는 완벽한 분석을 마친 것이다.

장사란 좋은 물건을 만드는 일도 중요하지만, 손님들을 어떻게 요리하느냐가 더욱 중요했다.

'우선 간단하게⋯⋯.'

이들이 믿지 않는 이유는 위드가 사기꾼이라는 생각에서다. 근처에 더 뛰어난 경쟁자가 있는 것도 아니고, 그저 불신만 하는 것이다.

이럴 때의 대응 수단은 간단했다.

"어쩔 수 없군. 콜 데스 나이트!"

위드가 귀찮은 얼굴로 붉은 생명의 목걸이를 내밀고 중얼거리자, 검은 연기와 함께 데스 나이트가 나타났다.

"불렀는가, 주인."

"지금부터 여기 서 있어."

"알겠다, 주인."

데스 나이트는 붉은 생명의 목걸이로 소환할 수 있는 강력한 몬스터였다. 아무 일도 하지 않고 장식만 하기에는 다소 아까웠다.

하지만 위드는 서슴지 않고 기술을 사용했다. 그 효과는 즉각 나타났다.

"뭐야, 저 사람?"

"방금 데스 나이트를 소환했어."

"저게 데스 나이트라고? 음침하게 생기기는 했는데……."

"인터넷에서 본 데스 나이트의 모습이 맞아. 확실해."

"데스 나이트의 레벨은 200도 넘잖아. 말도 안 돼. 혹시 소환술사인가? 아니면 흑마법사?"

"흑마법사는 마법사의 2차 전직이잖아? 그것도 레벨 280에서부터 전직이 가능한 직업이야."

그러면서 유저들의 마음은 불신에서 호기심으로 바뀌었다.

"그런데 저렇게 레벨이 높은 사람이 초보들한테 사기나 칠까?"

"사기인지 아닌지는 아직 모르잖아."

"그러고 보니 정말일지도……."

사람들이 슬금슬금 모여들었다.

방금 전에 사기꾼이라고 비난하던 이들부터 먼저 다가오더니, 그중 제일 큰 목소리로 떠들던 남자가 혹시나 하는 마음인지 제일 싼 고기들을 내밀었다.

"이거 정말로 음식을 만들어 주시는 거죠?"

"예. 조금만 기다리세요. 수수료는 30쿠퍼입니다."

위드는 불을 피워 가볍게 고기를 구워, 소금과 약간의 조미료를 뿌린 다음에 돌려주었다.

"드셔 보십시오."

구운 고기에서 김이 모락모락 나면서 향긋한 냄새가 주변에 퍼진다.

사람들은 모두 고기를 들고 있는 남자를 보고 있었다. 남자는 냄새에 이끌려서 고기를 조심스럽게 한 입 베어 물었다.

와구와구!

그러고는 걸신들린 듯이 삽시간에 고기를 해치워 버렸다. 그러더니 배낭을 열어 가지고 있는 고기를 전부 꺼내 위드에게 주는 것이었다.

"체력이 160이나 늘었어요. 돈 드릴 테니 이것 전부 구워 주세요!"

"저도 구워 주세요."

"제 것도……."

그 남자를 시작으로, 엄청난 인파들이 모여들었다.

각종 고기들을 내밀면서 요리를 만들어 달라고 한다.

초보들에게 체력 160은 어마어마한 생명력 증가였던 것이다. 그 정도의 체력이 늘어나면 평소에는 잡을 수 없는 몬스터도 잡을 수 있었다.

"알겠습니다. 그러면 줄을 서서 기다리세요."

성문 앞에 기다란 줄이 형성되었다.

구운 고기는 제일 쉬운 요리이고 딱히 특별한 기술도 필요로 하지 않아서 금방 만들 수 있었다.

그렇게 요리를 마치자 사람들이 물었다.

"다음에 고기를 가져오면 또 구워 주실 거죠?"

"이름을 알아도 되나요? 다음에 또 부탁드리게요."

위드는 그럴 때마다 부드러운 미소와 함께 허락했다.

"제 이름은 위드입니다. 마음껏 찾아주세요."

"위드 님, 알겠어요. 다음에 또 올게요."

"위드 님이라고요? 설마…….."

로열 로드에서 이름이란 복잡한 의미를 가진다.

누군가 이미 위드라는 이름을 선택했다고 해도, 새로운 위드가 어디서든 만들어질 수 있었다.

로열 로드를 하는 유저들이 너무나도 많기 때문에, 동일한 이름을 등록하지 못하게 한다면 온갖 기괴한 이름들이 다 나올 것이기 때문이다.

하지만 이름이 같다고 해서 귓속말들을 보낼 때에 문제가 생기지는 않는다. 중복된 이름을 사용했을 때에도 이름의 내부에 고유 코드가 있어서 그와 아는 사람, 혹은 직접 보고 등록한 사람에게 귓속말이 전해지게 되어 있는 것이다.

"혹시 프레야 교단의 퀘스트를 수행하셨나요?"

"말씀 좀 해 주세요!"

유저들은 이미 위드라는 이름을 잘 알고 있었다.

한차례 모든 NPC들이 떠든 만큼, 모를 수가 없는 이름이다. 이 정도로 크게 떠들어 대는 경우는 로열 로드의 역사상 30번을 넘지 않았던 것이다.

"그 일은⋯⋯."

그런데 위드가 뭐라고 하기도 전에 그들끼리 알아서 이야기를 하고 납득했다.

"설마 그 유명한 마법의 대륙의 위드 님이겠어요?"

"위드라는 이름이 흔한 편이니 단지 이름이 같은 거겠죠."

"맞아요. 그런 이름 꽤 많잖아요."

"제 친구도 위드라는 이름을 쓰고 있어요."

마법의 대륙에서의 명성은 위드라는 이름을 로열 로드에 상당히 많이 퍼트렸다. 조각품을 팔 때에도 위드는 같은 이름을 가진 이들을 여섯 번이나 만날 정도였다.

페일이나 수르카 들 또한 위드가 마법의 대륙을 했던 진짜 위드라고는 생각지도 못했다.

"그래도 하필이면 소므렌 자유도시에 위드라는 사람이 있다니⋯⋯."

"지짓 봐요. 데스 나이트도 소환했잖아요. 소환사 중에서도 데스 나이트를 소환한 사람에 대해서는 들어 본 적이 없어요."

"바로 그게 아니라는 증거입니다. 위드라는 사람은 진혈의 뱀파이어족을 멸망시켰지 않습니까?"

"위드라는 유저는 신앙심이 높은 사람이라고 하는데, 저 사람은 요리사잖아요. 요리사가 신앙심이 높다니 말이 안 됩니다."

"역시 제조 생산 캐릭터가 퀘스트를 했다는 건 말도 안 되겠죠."

"저것 보세요. 위드 님도 아무 말씀이 없지 않습니까."

그렇게 서로 소란을 피우다가 알아서 납득을 하는 사람들이었다.

아무튼 그렇게 요리를 마치자 위드의 신뢰도는 최고로 상승했다.

사람들은 이제 철석같이 위드를 믿고 있었다.

데스 나이트를 끌고 다니고 엄청난 요리 솜씨를 발휘하는 사람.

사기꾼이라는 생각이 전혀 들지 않았다.

그때 위드는 조금 전에 외쳤던 말을 비슷하게 다시 반복했다.

"아이템 맡겨 주시면 무료로 수리해 드립니다. 오래 사용한 아이템의 떨어진 내구력을 최대치까지 올려 드릴 수 있습니다. 제가 수리하면 추가로 약간의 성능 향상도 있습니다. 가죽이나 천 구해 오시면 즉석에서 옷 만들어 드립니다. 철괴나 청동 조각 구해 오시면 방어구도 제작해 드려요. 그리고 고기류를 가져오시면 즉석 구이 요리를 만들어 드립니다. 참고로 말씀드리자면 제가 한 구이 요리를 먹으면 체력이 160 이상 오릅니다. 맛은 또 기가 막히죠!"

사람들은 이제 들고 있는 가죽을 내놨다.

"옷 만들어 주세요."

"저도요!"

"아직 초보자인데 방어구가 없어서……."

위드는 우선 가죽들을 받았다.

성 앞의 사냥터답게 늑대나 토끼 가죽들이 가장 많았다. 가끔 사슴 가죽들도 있었지만, 모라타 퀘스트를 완수하고 받은 것과는 비할 수도 없는 5급품이다.

"무슨 옷을 만들어 드릴까요?"

"바지를 만들어 주세요."

"편하고 스타일 좋은, 그러면서도 방어력도 괜찮은 장비를 만들어 드릴 테니 조금만 기다리세요."

위드가 품에서 바늘과 실, 그리고 가위를 꺼냈다. 그러고는 가죽들을 이어서 바지를 만들었다.

물론 평범하게 가죽들을 이은 것은 아니었다.

우선은 눈대중으로, 쓰려고 하는 남성 유저의 하체를 보았다.

'저 정도면…….'

대충 치수를 확인하고 가죽을 잘랐다.

그러고는 단순하면서도 감각적인 바느질로 가죽들을 이어서 멋진 바지를 만들어 냈다.

허벅지는 편하게, 포켓은 넉넉하게.

길이는 딱 부츠에 맞게 떨어져서 다리가 길어 보이도록 하는 것도 잊지 않았다.

가죽의 고급스러운 느낌을 한껏 살려서 완성된 바지.

'성공이군.'

위드는 회심의 미소를 머금었다.

방어력이 10밖에 안 되는 물건이 나왔다. 옵션도 없고 특별히 레벨 제한도 없다.

현재의 위드라면 잡템으로 분류할 정도의 하급품이었지만, 초보들에게는 최고의 방어구였다.

중급 8레벨의 손재주 덕분에 초급의 재봉 스킬에도 불구하고 상당히 쓸 만한 아이템이 나온 것이다. 하기야 초급 재봉 스킬이라고 해도, 아직까지 베르사 대륙 전체를 뒤져 보아도 중급 재봉 스킬을 가진 사람이 10명도 넘지 않음을 감안하면 엄청난 것이었다.

"이런 좋은 물건을……."

위드가 만들어 낸 옷을 보며 남자는 어쩔 줄 몰라 했다. 그가 가져온 토끼 가죽은 정말로 별것이 아니었다.

그런데 레벨 30은 되어야 입을 만한 바지를 만들어 준 것이었다.

"1실버입니다."

위드는 일정 액수의 수수료를 받으며 가죽이나 옷감을 받고 옷을 제작해 주었다.

모자나 상의, 장갑까지 가리지 않고 장비를 만드는 그의 손길은 과감했다. 재봉 공장에서 일하면서 비슷한 일을 수도 없이 해 봤다. 그런 만큼 조금의 머뭇거림도 없는 것이다.

다만 바느질을 하다 보면 환기도 안 되던 지하의 재봉 공장으로 여겨질 때도 있었다.

과거로 돌아간 것처럼 느껴져서 무언가 답답한 마음이 든다. 그렇지만 지금 위드가 있는 곳은 소므렌 자유도시의 성문 앞이었다.

선선한 바람이 불고 있었고, 앞에는 차례를 기다리는 유저들이 눈을 반짝이고 있다.

"와! 이렇게 훌륭한 옷을 만들어 주셔서 고맙습니다."

"잘 입을게요. 가죽을 가져오면 또 만들어 주실 거죠?"

초보 유저들은 대환영이었다. 위드 덕분에 몬스터들로부터 죽을 일이 줄어들었으니 말이다. 사냥이 더욱 활기를 띠고, 안전해졌다.

소문이 퍼지자 소므렌 자유도시의 초보 유저들은 줄을 서서 기다릴 정도가 됐다.

대부분의 사람들은 음식과 수리, 옷 제작들을 한꺼번에 의뢰했다. 그날 저녁이 되자 철광석을 내미는 사람들도 생겼다.

철광석 3개를 내민 유저가 긴장된 표정으로 위드를 보았다.

"정말 방어구를 만들어 주실 수 있는 거죠?"

"물론입니다. 어떤 방어구를 원하십니까? 참고로 체인 갑옷 정도를 만들려면 철광석 30개가 필요합니다. 이걸로는 옷감과 더해서 그럭저럭 부츠는 만들 수 있겠는데요."

"그러면 부츠를 만들어 주세요."

"3실버입니다."

"네."

위드는 소형 화로에 철광석을 녹였다. 그리고 쇳물을 형틀에 부어서 강철 부츠를 완성했다.

> **순도가 떨어지는 강철 부츠**
> 불순한 철이 섞여 있다. 강도는 비록 낮지만 오래 신고 다녀도 지장 없을 만큼 튼튼하다.
> 내구력: 35/35
> 방어력: 6
> 옵션: 민첩 2 상승

일반적으로 가죽으로 만든 제품들보다는 철이나 청동으로 만든 제품들이 훨씬 방어력이 좋다.

그리고 헬멧이나 몸을 가리는 장비들이 방어력이 더 좋고, 장갑이나 부츠는 방어력이 상대적으로 낮은 편이었다.

이 정도의 강철 부츠라면 레벨 60이 쓰기에 적당한 물건이었다.

결정적인 부분!

위드는 강철 부츠에 꼬리 9개 달린 여우를 조각했다. 완성품에 하는 조각이라서 대량 생산에는 조금 차질이 생기지만, 남들과 다른 자신만의 상품을 만든 것이었다.

띠링!

> 아이템의 속성이 변경되었습니다.

중급의 조각술은 아이템의 성능을 올려놓았다. 별것은 아니라고 해도 스탯이 2개나 더 추가로 늘어난 것이었다.

이제껏 순수한 조각품들만 만들다가 처음으로 다른 생산물에 조각술을 응용해 본 위드였다.

'조각술에 이런 효과가 있었군.'

미세하지만 능력치를 추가로 향상시켜 주는 효과.

갈수록 모든 생산 직업들은 하나로 통한다는 생각이 든다.

실상 이것은 현대에도 마찬가지다. 역사를 움직일 정도의 대단한 천재들은 미술과 수학뿐만이 아니라, 여러 방면에서 두각을 드러내었다.

그리고 그들이 한결같이 익힌 것은 조각술!

조각사는 일반적인 생산 직업에 속하지 않았다. 화가나 마찬가지로 예술가 쪽으로 분류되는 직업이다. 그렇기 때문에 조각사가 직접적으로 만들어 낸 아이템은 전투에 직접적으로 도움을 주지 않는다. 걸작이나 명작의 경우에는 여러 효과가 작용하지만, 보통의 조각품들은 큰 쓸모가 없는 것이다.

대장장이나 요리사보다 조각사가 100배는 키우기 어려운 점이 바로 이것이었다.

남들은 사냥을 하고 열심히 레벨을 올릴 때, 조각사는 만들어 낸 조각품들을 팔아 치우면서 연명해야 하니까.

천신만고 끝에 중급 조각술에 오른다고 해도, 걸작이나 명작을 펑펑 찍어 낼 수도 없는 노릇.

그야말로 조각사는 고난의 길을 걸어야 하는 직업이었다.

그러나 단지 어렵기만 한 직업은 없다. 어떤 직업도 나름대로의 가치를 가지고 있다.

조각사는 직업의 난이도가 높은 대신에 스킬이 좋다. 숨겨진 스킬들. 조각술 마스터 비전의 스킬들은 타 직업과 비할 바가 아니었다.

조각 검술이나 조각품에 생명 부여 등.

이런 것들은 일반적인 대장장이의 직업을 선택해서는 얻을 수 없는 것들이다.

그리고 조각사는 손재주 스킬이 가장 빨리 상승한다. 여타의 생산직 직업들과는 비할 바 없는 속도인 것이다. 그리고 그 높아진 손재주 스킬을 이용해서 다른 직업의 기술을 쉽게 익힐 수 있다.

다른 직업들은 자신의 전문 영역 외에 새로운 생산 스킬을 익히면, 맨땅에서부터 시작하는 것이나 다름이 없다. 그러나 조각사는 다르다. 높은 손재주 스킬로 훨씬 빠르게 그 직업을 이해하고, 스킬 레벨을 올리는 게 가능하다.

이건 분명 장점이라고 볼 수 있지만 아무에게나 해당되는 사항은 아니다.

어차피 대장장이나 요리사나 재봉사나, 한 분야에만 매진하기에도 벅찬 노가다의 길이다. 그런데 다른 분야까지 익히려고 한다는 건 끔찍할 정도로 힘든 일이었다.

위드처럼 무모하기 짝이 없는 사람이 아니라면 절대로 도전하지 못할 일이었다.

"여기 있습니다."

"고맙습니다."

철광석을 가져왔던 이는 몇 번이나 감사의 인사를 하고 무려 1골드나 주고 떠났다.

상점에서 이 정도 되는 아이템을 구입하려면 최소한 10골드는 주어야 한다. 그리고 그의 레벨이 30 정도인데, 60은 되어야 쓸 수 있는 좋은 부츠를 갖게 되었다. 이에 상당히 만족한 것이다.

그래서 그는 나중에 위드가 또다시 다른 아이템들을 만들어 줄 수도 있는 만큼 다소 후한 사례를 했다.

"만들어 주셔서 감사합니다."

"다음에도 또 올게요."

"여기 금속실 주운 게 있는데 드릴까요?"

위드가 만들어 낸 상품들은 지체 없이 불타나게 팔려 나간다. 물건을 꾸준히 만들고 있는데도 손님들의 줄은 줄어들지 않고 늘어나기만 했다.

그러면서 사람들은 진심으로 고마움을 표시했다.

철광석이나 가죽, 천이나 옷감은 사는 사람이 없어서 버리거나, 아니면 삽화점에서 헐값에 파는 흔한 재료들이다.

이런 물건들을 받고 그들이 쓰기에 적합한 좋은 아이템을 만들어 주는 위드가 고마울 수밖에 없었다.

부들부들!

위드는 감동으로 몸을 떨었다.

조각품을 팔 때에는 어떻게든 1쿠퍼라도 더 받아 보겠다고 손님과 신경전을 펼쳐야 했다.

비열한 꼼수나 수작도 부렸고, 밑지고 장사하지 않으려는 노력을 끊임없이 해야만 했던 것.

그러나 대장장이나 재봉사의 기술로 만들어 내는 아이템들은 대환영을 받고 있다. 정말로 필요한 물건들을 만들어 주니 사람들이 감사하며 사 가는 것이었다.

'역시 조각사라는 직업은 최악이야.'

달빛 조각사에 대한 예찬론이 금방 사라지고, 다시금 회의론이 고개를 들었다.

'지금이라도 전직을 할까? 본격적인 대장장이가 되어서 대장장이 스킬을 마스터하자. 그런 후에 가장 좋은 아이템을 만드는 거야. 그러면 돈은 무한대로 모일 수밖에 없어. 돈을 벌기 싫어도 돈이 벌리게 되는 거지.'

조각술은 까다로운 스킬이다. 그에 비하면 대장장이 스킬은 훨씬 편하다. 여러모로 이득도 볼 수 있다.

조각술처럼 예술적인 기술에 비한다면 실용적이고 쓸모가 많다. 그런데도 위드는 정작 완전한 대장장이로 전직을 하는 데에는 소극적이었다.

'으으…… 그래도 정작 전직을 하기는 싫으니 정말 미칠 노릇이군.'

위드는 일정한 수수료만 받고, 사람들이 가져오는 광석이나 가죽들로 가리지 않고 아이템을 만들었다. 어차피 스킬 레벨을 올리는 것이 주목적이니 최대한 많은 양을 만들기를 원했던 것이다.

대장장이들은 스킬이 높으면 높을수록 가급적 좋은 재료들만 쓰려고 한다. 사람들은 위드가 하찮은 재료들로도 군소리 없이 만들어 주는 것에 진심으로 감동했다.

"정말 좋은 분이셔."

"이렇게 착한 사람이 있다니……."

"좀 더 이득을 챙겨도 되실 텐데……."

"욕심이 없는 분이야."

⁂

자유도시의 성문 앞에 멋진 차림을 한 두 사람이 나타났다.

한 사람은 두 손으로 움켜쥐고 휘둘러야 할 것 같은 거검을 등에 메고 있었고, 다른 한 사람은 흔하지 않는 태양신 루의 사제였다.

성직자로서 루의 사제가 되려면 최소한 레벨이 250은 되어야 했다. 전투 계열 직업보다 레벨 업이 더딘 성직자로서는 거의 최고 수준의 유저였다.

그들은 위드를 훔쳐보며 중얼거렸다.

"굉장한 상인이군."

"그러게. 아주 양심적이고 훌륭해."

"무언가 특별한 정보를 가지고 캐릭터를 성장시키는 것 같다."

"일부러 로열 로드에서 사장된 직업이나 다름없는 생산직 캐릭터를 선택해서 시작하다니……."

"정보가 부족한 상황에서는 무난한 직업을 택하는 편이 안전하지."

"그래. 그런데 한두 가지의 생산 스킬만 익힌 것도 아닌 것 같고……."

제멋대로 판단하고 이야기하는 두 사람이었다. 그들은 위드가 달빛 조각사가 된 이후로 피눈물을 흘린 사실을 절대로 알 수 없었다.

위드가 만들어 준 물건들은 어마어마한 인기를 누렸다.

디자인!

예술 스탯의 영향으로 확실히 눈에 띄게 예쁜 아이템들이 나왔다. 예술 스탯은 직접적으로 아이템의 완성도에 기여하지는 않아도 디자인만큼은 끝내 주었다.

성능도 상점에서 파는 것들과는 비교할 수 없이 좋은 물건들이니 팔리지 않는 게 이상할 정도였다.

소므렌 자유도시에 위드의 이름이 퍼지는 것은 금방이었고, 곧 다른 도시의 손님들까지 일부러 찾아오기 시작했다.

뛰어난 대장장이를 찾기는 어렵다. 그러므로 대부분 아이템은 대장장이를 통해 구입하기보다는 사냥으로 획득하는 것에 의존하는 편이었다.

그러나 쉽게 구할 수 없는 광석들을 습득하면 아까워서라도 몇 개쯤은 보관해 두고 있었다. 미스릴이나 아다만티움처럼 보물 급의 광석은 아니더라도, 꽤 쓸 만한 철광석들을 가지고 사람들이 모여들었다.

위드는 그것들을 가지고 방어구나 검을 만들어 줬다. 그러면서 미리 만들어 둔 옷들을 판매하기도 했다.

고급 사슴 가죽으로 만든 옷들!

인파가 몰리자 그것을 경매에 붙여 버린 것이었다.

"자! 제가 만든 옷을 판매합니다. 이것은 성직자와 몽크용입니다. 최고급 사슴 가죽으로 만든 진품입니다. 수량이 한정되어 있으므로 제일 높은 금액을 제시하시는 분께 판매하도록 하겠습니다."

철로 된 방어구를 입지 못하는 사제나 몽크들. 그들은 천으로 된 옷을 원하고 있었다.

그러나 베르사 대륙에서 천으로 된 방어구를 떨어뜨리는 몬스터란 흔하지 않은 편.

"160골드에 삽니다."

"여기 200골드에 살게요!"

사슴 가죽으로 만든 옷들도 불티나게 팔렸다.

흔히 구할 수도 없는 위드만의 옷과 부츠 그리고 모자들.

초급 재봉 기술로 만들었지만 재료가 워낙에 뛰어난 탓에 레벨 100은 넘어야 입을 만한 옷들이 나왔다.

옷들은 200골드에서 300골드 사이에 팔리고, 부츠나 모자들은 50골드 이상을 받았다.

위드는 경매를 통해 1,000골드 정도를 손에 쥘 수 있었다.

나중에 더 많은 사람들이 찾아와서 최고급 사슴 가죽으로 만든 옷을 찾았지만, 이미 다 팔리고 난 후였다.

그리고 위드는 마침내 원하던 목표를 달성했다.

대장장이 스킬의 레벨이 10이 되어 중급 대장장이 스킬로 변화합니다. 부가 스킬 검 갈기와 방어구 닦기가 생성되었습니다. 전 스탯에 +5의 추가 포인트가 주어집니다.
검 갈기: 갈아 놓은 검의 광택이 사라질 때까지 공격력이 추가적으로 상승한다.
방어구 닦기: 번쩍번쩍 빛나는 방어구들은 적들의 공격을 흘려 준다.

명성이 50 올랐습니다.

예술 스탯이 3 상승하였습니다.

그리고 얼마 후에 재봉마저 중급에 오를 수 있었다. 스킬 상으로는 재봉이 더 빨리 오를 수 있었는데, 유저들 가운데 가장 많은 비중을 차지하는 검사들이 몰려와서 검을 만들어 달라고 조른 탓에 재봉이 조금 늦어지게 된 것이다.

재봉 스킬의 레벨이 10이 되어 중급 재봉 스킬로 변화합니다. 부가 스킬 다림질과 손빨래가 생성되었습니다. 전 스탯에 +5의 추가 포인트가 주어집니다.
다림질: 옷을 반듯하게 편다. 빳빳함이 사라질 때까지 방어력 상승!
손빨래: 물이 필요. 더러워진 옷을 손으로 주물러서 빤다. 옷의 방어력과 성질이 랜덤하게 변함. 찢어지거나 혹은 심하게 구겨져서 다시 빨아야 하는 경우가 생길 수도 있다. 1벌의 옷이나 장비에 대해 최대 3회 반복 가능.

그리고 재봉과 대장술이 중급에 오른 그날, 위드는 사람들에게 공표했다.

이미 주변의 도시들이나 왕국에서도 찾아와서 와글와글하게 모여든 인파를 향해 알린 것이었다.

"저의 개인적인 사정으로 인해 당분간 더 이상 옷을 만들거나 방어구를 제작해 드릴 수 없게 되어 안타깝군요. 그러므로 사흘 후! 마지막 경매 물품들을 여러분들께 선보이도록 하겠습니다. 제 재봉 스킬이 중급에 오르면서, 장인의 무지개 천을 이용하여 만든 옷들이니 많이 기대해 주세요."

그 말을 끝으로 위드는 조용히 영업을 접고 사라졌다.

"장인의 무지개 천?"

"그게 뭐야?"

웅성웅성.

사람들은 이런저런 추측들을 내놓다가 결국 호기심을 이기지 못하고 로그아웃을 했다. 그러고는 로열 로드와 관련된 웹 사이트를 돌아다니면서 정보를 습득하였다.

장인의 무지개 천
생산 스킬 재봉과 관련된 아이템. 궁극의 재봉 재료. 옷이나 장비를 만들기에는 최적의 물건이다. 제작물에 일곱 가지의 특성을 부여하며, 화살과 둔기류의 공

    장인의 무지개 천을 누군가 갖고 있다는 사실만 해도 대박인데, 그 천을 이용해서 옷을 만들어 준다고 한다.

    이 소문은 삽시간에 퍼져 나갔다. 그리고 사흘 후, 약속한 시간이 되자 소므렌 자유도시의 앞에는 유저들로 인산인해를 이루었다.

    전부 경매에 참여하기 위해서 온 이들이었다.

    멀리 떨어진 다른 왕국에서 밤을 새워 달려온 자들도 있었다.

    "반드시 구입해야지."ㅈ

    "후후, 전부 우리 길드에서 구입하게 될 거다."

    개인으로 온 이들도 있었지만, 길드에서 구매를 위해 파견한 자들도 많았다.

    그런 까닭으로 상당한 신경전이 벌어지기도 하였다.

    로열 로드의 중앙 대륙은 이미 패권을 다투는 길드들의 각축장이 되어 버린 지 오래다.

    절대 상종을 하지 않는 인물들이 이렇게 경매에 참여하기 위해 모인 것이다.

    그만큼 기대를 하고 있다는 뜻이다.

    장인의 무지개 천은 재료 아이템 중에서는 극상에 속하는 물건이었다.

"자, 경매를 시작하겠습니다."

위드는 마판을 통해서 경매를 진행하였다.

이미 얼굴이 다 팔린 후였지만, 그래도 이렇게까지 많은 사람들이 모이니 나서기가 꺼려졌다.

저들 가운데에는 틀림없이 이 광경을 동영상으로 갈무리해서 인터넷에 올리는 이들이 있으리라.

프린세스 나이트의 아픈 추억 때문에 쓸데없이 사람들의 관심을 모으고 싶지 않은 위드는 마판에게 자리를 넘겨주었고, 마판은 더듬거리면서도 경매를 잘 진행했다.

"그러면 첫 번째 물건을…… 아, 위드 님께서 만드신 물품들은 총 13벌입니다. 참고로 1벌은 유니크 아이템이고, 5벌은 레어 그리고 나머지는 일반 아이템입니다. 먼저 일반 아이템부터 경매를 시작하겠습니다."

"1,000골드!"

"1,500골드!"

"2,400골드!"

"4,000골드!"

일반 아이템임에도 불구하고 위드가 만들어 낸 옷은 엄청난 가격을 자랑하며 팔렸다.

경매에 나오는 물건은 당연히 중요하다. 그러나 경매의 장소와 모인 사람들의 면면은, 물건의 가격에 더욱 큰 영향을 미치는 요인이었다.

어느 산골의 마을에서 유저들이 몇 명 되지도 않는데 좋은 아이템으로 경매를 진행해 봤자 제값을 받긴 틀린 것이다.

물건을 살 수 있는 사람들을 모아 두고, 그들 사이의 미묘한 견제와 긴장 관계를 유지하는 것이야말로 경매를 주최하는 자의 묘미!

위드는 성대한 경매를 통해서 장인의 무지개 천으로 만든 아이템을 모두 팔아 치웠다.

경매가 끝난 다음 날에도 수많은 사람들이 몰려들었지만, 위드는 약속대로 이미 사라지고 난 후였다.

다론의 조각술

벤사 강.

브리튼 연합 왕국의 젖줄이며, 돌아가고 굽이치는 절경이 9개의 화려한 모습을 낳는다고 하여 유명한 강이었다.

로열 로드의 초창기에 유저들은 이 벤사 강에 너무도 매료되었다.

현실에서는 찾아보기 힘든 아름다움. 절정의 미!

여행자의 기분을 만끽하게 만들어 주는 장소인 것이다.

그러한 이유로 일부러 브리튼 연합 왕국에서 시작한 유저들까지 있을 정도였다.

벤사 강 근처에서 한가롭게 피크닉을 즐기던 유저들!

쌍쌍의 바퀴벌레처럼 노닥거리면서 이야기를 하던 유저들은 겁도 없이 우기에도 벤사 강을 떠나지 않았다.

"저것 봐. 정말 예쁘지?"

"강과 하늘이 맞닿은 것만 같아."

"저 빗물은 강으로, 그리고 바다로 나아가겠지. 우리의 사랑도 그렇게 크게 키우자."

"응. 사랑해."

"나도."

굵은 빗줄기가 벤사 강으로 떨어지면서 환상적인 정경을 만들어 냈다.

시커먼 하늘에서는 끊임없이 비를 쏟아 냈다. 아예 물을 거꾸로 퍼붓는 것처럼 말이다.

작렬하는 물방울들이 강물에 부딪쳤다. 안개가 피어올라서 하늘과 강이 서로 맞닿은 것만 같았다.

지독하게도 멋진 풍경이었다.

연인들은 근처의 나무 아래에서 그 광경을 보며 사랑을 약속했다. 자고로 절대 잊을 수 없는 광경을 보며 나눈 대화는 오래 기억에 남는 법이니까. 그들은 미리 준비해 둔 느끼한 사랑의 약속들을 서슴없이 나눴다.

그러나 세상은 언제나 연인들에게 냉혹한 법!

겁도 없이 가장 강물 가까운 곳에서 사랑을 나누던 연인들이 첫 번째 희생양이 되었다.

"와! 물이 많네."

"정말로 많네."

"진짜 이렇게 많은 물은……."

"조금 심하네."

"끔찍하게……."

"어? 물이 불어나고 있잖아?"

"기분 탓인지 아까보다 조금 가까워진 것 같은데."

"어, 어, 어?"

상류로부터 조금씩 수량을 늘려 오던 벤사 강은, 빗물에 그 기세를 더해 가면서 마침내 폭발적으로 물의 양이 늘어났다.

벤사 강이 마침내 범람을 시작한 것이다.

콰콰콰콰콰!

"으아아악!"

벤사 강의 황토 빛 물결은 그 겁 없던 커플을 그대로 삼켜 버렸다. 그건 단지 서막에 불과할 뿐이었다.

"와아악!"

"살려 줘!"

"도망칠래!"

"여긴 지옥이야!"

짙은 안개 속에서 벌어지는 아비규환!

벤사 강은 세상의 악의 씨앗인 커플들을 거침없이 지워 주었다. 그리고 멀리서 구경하고 있던 솔로들.

연인들의 때와 장소를 가리지 않는 애정 행각에 쫓겨난 그들!

고독을 곱씹으면서 살아가는 진정한 사나이들, 진정한 여걸들은 미소를 지었다.

"낄낄낄!"

"호호."

"아주 기막힌 광경이네."

연인들이 강물에 휩쓸려 가는 것은 돈 주고도 볼 수 없는 진풍경임에 틀림없었다.

모라타 지방에 내리는 빙설의 폭풍과 함께 베르사 대륙의 환상적인 대자연이 만들어 내는 절경 중의 하나였다.

맑은 강물이 도도하게 흐르는 벤사 강. 평화롭고 아늑한 물소리. 우기가 아닐 때 벤사 강의 모습이었다.

이런 곳에서 산다면 마음까지 풍요롭고 넉넉해지리라. 그러나 그렇지 않은 사람도 1명쯤은 있었다.

부릅!

날카로운 눈초리로 찌가 오르락내리락하는 것을 바라보는 인물.

위드였다.

'이번에야말로 큰 놈을 하나 낚아 보자!'

벤사 강에서 낚시를 시작한 지도 어언 일주일가량이 지났다. 그동안은 묵묵히 낚싯대를 드리우고, 조각술을 펼치느라 시간을 보냈다.

대장장이나 재봉은 좋은 재료와 높은 손재주 스킬로써 빠른 레벨 업이 가능하지만, 낚시는 다르다.

일단 물고기가 걸려들게 되면 낚싯대를 끌어올리는 과정에서 손재주 스킬이 조금 작용한다. 그러나 낚시를 하는 주목적은 어떤 물고기를 잡느냐에 달려 있다.

최고급 미끼를 쓰더라도 어떤 물고기가 낚일지는 아무도 모른다. 비싼 미끼를 쓴다고 해도 피라미가 낚일 수 있는 게 바로 낚시인 것이다. 그리고 좋은 미끼를 쓸수록 미끼만 먹고 달아나는 경우가 많아진다.

일주일간 죽어라 낚시를 했는데 위드의 낚시 스킬은 겨우 3!

'절대로 큰 놈, 무조건 비싼 놈이다!'

위드는 물의 흐름을 놓치지 않기 위해 신경을 곤두세웠다.

철저하게 찌의 움직임을 느끼면서, 맑은 강물 속에서 물고기들이 헤엄치는 것을 보았다.

'비싼 놈아, 물어라!'

CTS미디어의 방송 출연, 프레야 교단에서 보상으로 받은 아이템 판매 그리고 재봉을 통해서 상당한 돈을 벌지 않았더라면, 이렇게 낚시 스킬까지 올릴 여유는 없었을 것이다.

하지만, 여태까지 이런저런 돈이 생긴 덕분에 시간을 두고 낚시 스킬도 올리게 된 것이다.

무시무시한 적금 날짜!

여동생의 학비를 마련하기 위해서 매달 200만 원씩의 적금을 붓고 있었던 것.

매달 꼬박꼬박 내야 하는 적금은 그야말로 공포의 대상이 아닐 수 없다. 일정한 수입이 없는 사람에게 있어서 정해진 기일마다 나가는 돈은 무척이나 신경 쓰이는 것이기 때문이다.

대박 상호신용 저축은행!

이름에서부터 알 수 있듯이 지극히 신용이 안 가는 곳이었다.

'이런 곳에 주로 사기꾼들이 많지!'

금리도 다른 은행보다 2%나 높았다. 거의 환상적인 수준.

여기에 돈을 맡기기만 하면 보통 은행과는 비할 바가 없는 것이다. 법에 의해서 은행이 망하더라도 5,000만 원까지는 고객의 원금을 보장해 준다. 은행법에 의해서 정해져 있는 것이니 별로 두려워할 필요가 없었다.

그리고 사실상 이 대박 상호신용 저축은행의 배후에는 모 정치인이 있다고 한다.

한국의 정치판은 극도로 혼탁해진 비리의 온상이었다. 돈세탁을 위해서 만든 은행. 그러므로 남다른 수익을 준다고 해서 이상할 것도 없다.

매일 벤사 강에서 낚시를 하면서도 위드는 조각술에 대한 고민을 그치지 않았다.

전설의 달빛 조각사.

모라타 지방에서 만든 빙룡 조각상이나 얼음 미녀 상은 그에게 많은 영향을 주었다.

'바란 마을이나 라비아스에서도 그랬지. 조각상들은 그 주변의 환경과 어우러져야만 한다.'

뜬금없이 만들어 낸 조각상들이 명작이나 걸작이 되지는 않는다. 조각상들은 저마다 특색이 있었다.

'강물이 흐르는구나. 그리고 나는 물고기를 잡고 있구나. 물고기… 그래, 난 물고기를 잡고 있다!'

위드는 깨달음을 얻었다. 그리고 곧바로 마판에게 귓속말을 넣었다.

—마판 님!
—예! 위드 님.

장인의 무지개 천으로 만든 아이템 경매를 통해 크게 레벨을 올린 마판은 완전히 위드의 신도가 되어 있었다.

이기적이고 탐욕스러운 위드!

그를 따라다니면 어떤 식으로든 이득을 얻는다.

마판이 위드를 믿고 있는 교리 그 자체였다.

> ─돌이 필요합니다. 크기는 가능한 한 클수록 좋습니다. 재질은 아주 맑고 깨끗한, 그러면서 부식이 잘 안 되는 걸로 구해 주십시오.
> ─그런 돌이라면 특별히 구해 봐야겠네요. 이틀만 기다려 주세요.

위드는 마판을 기다리는 동안 초조하게 시간을 보냈다.

낚는 물고기마다 피라미들! 미끼만 날리고 놓치는 경우도 숱하게 많았다.

초조함을 이기지 못하고 좋은 미끼를 구입할수록 미끼만 날리는 역효과가 발생하는 것이다.

"이럴 수는 없는 거야."

위드는 좌절했다.

"뭔가 크게 잘못하고 있다."

그때부터 위드의 두뇌 회전 속도가 사정없이 빨라졌다.

위기에 봉착할수록 가차 없이 돌아가는 잔머리가 유감없이 작동을 개시한 것이었다.

⁂

조마조마! 두근두근!

낚싯대에 모든 신경을 곤두세우고 있는 위드!

그 옆에서는 한가로운 말소리가 들렸다.

"허허, 낚시란 말일세. 그러니까 나의 마음을 닦는 것이지. 물고기란 저 강물 속을 유영하고 있을 때라야 물고기요. 그래서 잡고 싶은 것이 아니겠는가. 잡고 나면 그건 고기일 뿐이지."

벤사 강에는 느긋하게 낚시를 즐기는 유저들이 있었다.

직업조차 정식 낚시꾼들.

본래 이들은 로열 로드를 좋아해서 모였다기보다는 낚시 자체를 즐기는 사람들이었다.

낚시 동호회 모임.

그런 그들에게도 로열 로드는 축복이나 다름없다. 지구에서는 찾기 힘든 절경 속에서 낚시를 한다. 잡은 물고기는 직접 매운탕도 끓일 수 있으며, 낚시를 하는 것만으로도 캐릭터가 강해진다.

로열 로드에서는 생산직 캐릭터라고 해서 줄곧 생산만 하는 경우는 없다. 그렇다면 생산 스킬 외의 레벨이나 스탯이 아무런 의미가 없는 것이다.

생산 활동을 통해서도 관련된 스탯이나 기술을 높일 수 있고, 그 특성을 살려서 전투 능력을 강화시켜 몬스터를 잡을 수도 있다.

조각술이 전투에 도움이 되듯이 낚시도 도움이 되었다.

인내력이나 지구력 스탯을 최고로 늘려 주는 기술인 것이다. 덤으로 순간 가속력까지 향상시켜 준다.

전투와 관련이 많은 만큼 위드에게는 꼭 마스터해야 할 스킬이라고 할 수 있었다.

'낚시를 배워야겠다. 스킬이 아니라 낚시 그 자체를 다시 배워야겠어.'

요리를 잘하기 위해서 무수히 많은 레시피들을 검색하고 새로운 요리법을 연구하였다. 그런데 낚시를 익히면서는 너무 안일하지 않았는가에 대한 반성이었다.

좋은 미끼와 손재주 스킬만을 믿고 있어서는 안 된다.

그가 어떤 식으로 달빛 조각사라는 직업을 얻게 되었던가. 믿을 건 오직 자신뿐이다. 돌다리도 두들겨 보고 건너야 하고, 하늘이 무너지는 것도 대비를 해야 한다.

위드는 그때부터 낚시 동호회 모임에 들어가서 낚시 기술들을 배웠다.

그들을 유혹하는 방법으로는 물고기를 이용한 특제 매운탕이 최고다. 얼큰하고 시원한 매운탕 한 그릇에 낚시 기술을 배울 수 있었다.

미끼를 끼우는 법에서부터 좋은 자리를 잡는 법까지, 익힐 것도 무척 많았다.

"자리에 따라서 낚는 물고기가 달라진다고요?"

"암, 그렇지. 당연한 소리 아니겠는가. 바다에서 민물고기를 낚기 힘들고, 강에서 고래를 잡기 힘든 것과 같은 이치라고 해야지."

"그건 저도 알고는 있습니다만, 같은 강에서도 자리에 따라 차이가 납니까?"

"쯧쯧."

낚시꾼들은 혀를 끌끌 찼다.

"강의 물이 어디 다 같은가. 수심이 깊은 곳이 있는가 하면 얕은 곳이 있지. 수초가 많은 곳이나 바위가 많은 곳, 맑은 물과 혼탁한 물, 먹이가 몰려 있는 장소, 물의 온도도 위치에 따라 다르다네. 찬물과 따뜻한 물이 합쳐지는 곳에는 특히 맛있는 놈들이 많은 편이지."

"아! 그렇군요."

위드는 자신이 완전히 잘못 알고 있었음을 깨달았다.

낚시꾼들이 몰려 있는 장소가 번잡하고 시끄러웠기 때문에 혼자서 외딴 곳에 자리를 잡았다.

그런데 위치에 따라서 낚을 수 있는 물고기의 질과 양이 달라진다는 것이었다.

위드는 염치 불구하고 가장 뛰어난 낚시꾼의 바로 옆에 자리를 잡았다.

"월척이다!"

그때부터 위드는 신바람이 났다.

낚시 기술을 제대로 배우고 난 이후로 올바른 미끼를 쓰면서 포획량이 급증했던 것. 잡는 물고기도 훨씬 크고 귀한 녀석들로 바뀌었다.

"여기 돌을 가져왔습니다."

그 무렵 마판이 큰 바위를 마차에 매달아서 운반해 왔다.

"고맙습니다, 마판 님."

"그런데 이 돌을 어떻게 하시려고……."

"보시면 압니다. 실패할지도 모르지만……."

위드는 자하브의 조각칼을 꺼내었다. 그러자 마판은 잔뜩 기대 어린 얼굴로 바싹 다가왔다.

"조각술을 펼치려는 것이군요."

마판은 위드의 손이 빚어내는 환상적인 조각품들을 몇 번이나 보았다. 그렇지만 바위로 조각품을 만드는 것은 처음이었다.

위드는 조각칼을 꺼낸 채로 바위를 한참이나 노려보았다.

지금까지 만들어 낸 조각상들은 결정적인 역할을 해 주었다.

이번에도 기대에 부응할 것으로 믿어 의심치 않았다. 그러나 일단 조각을 시작하면 물러서지 못한다.

초보 조각사야 닥치는 대로 만들면 되지만, 실패한 조각품은 곧 명성의 하락을 불러오기에 아무렇게나 하찮은 걸 만들 수는 없다.

마판은 초조하게 기다리고 있다가 물었다.

"그런데 뭘 만드시려고요?"

"그건……."

"혹시 아직 정하지 않으신 건가요?"

위드는 묵묵히 고개를 끄덕였다.

확실히 낚시에 도움이 될 만한 조각상을 만들어야 하는데, 구체적으로 무엇을 만들어야 할지에 대해서는 감이 잘 오지 않았다.

'떡밥이나 크게 만들어 볼까?'

하지만 거대 떡밥을 만들었다가는 주변에 있는 물고기들이 겁을 집어먹고 모두 도망칠지도 몰랐다.

"대체 뭘 만들어야 할까. 낚시에 도움이 될 만한 조각상은…

그래, 일단 여자를 만들자. 인어를 만드는 거야."

동화로 널리 알려진 인어 공주 이야기.

수중 궁전에서 사는 인어 공주는 15살이 되어서 처음으로 바다 위로 떠올랐다.

그때 보게 된 갑판 위에 서 있는 인간의 왕자.

인어 공주는 한눈에 사랑에 빠지고 말았다.

쿠르릉! 쾅쾅!

때마침 불어온 폭풍우.

배가 좌초되자 인어 공주는 왕자를 끌어안고 열심히 헤엄을 쳐서 그를 구해 주었다. 그러나 왕자가 깨어났을 때에는 그 자리에 이웃 나라 공주가 있었다.

왕자는 그 공주가 자신을 구해 준 줄 착각하고, 엉뚱한 사람과 결혼을 하게 된다.

한편 인간의 왕자를 사모하면서 마녀의 질투로 목소리를 잃어버린 인어 공주.

왕궁의 시녀로까지 들어가지만 끝내는 사랑을 이루지 못하고 물거품이 되어 버렸다.

인어 공주의 자매들과 바다의 정령들. 인어들, 물고기들이 그녀의 죽음을 슬퍼하였다고 한다.

"뭐, 꼭 인어 공주상은 아니더라도 뭔가 괜찮은 것이 나올 테지."

일단 물고기의 일종이라고도 볼 수 있는 인어를 만들면 무언가 좋은 일이 벌어질 것만 같았다.

위드는 열심히 조각칼을 움직였다.

서윤을 통해서 이제 여자를 조각하는 데에는 어느 정도 도가 텄다. 적당히 그녀를 떠올리면서 차이를 두면 되는 것이다.

　다만 인어를 만들어야 하니 약간의 차별화된 요소가 필요했다.

　'우선 하반신은 물고기로…… 눈은 좀 크고, 머리는 하늘하늘한 것이 좋겠지. 상체는 누드로 조각해야겠군.'

　멈칫.

　위드는 여기서 잠시 머뭇거렸다.

　얼굴은 어디까지나 서윤이 기본형이다. 그녀의 얼굴을 바탕으로 조금씩 바꾸어 가는 것인데, 상체를 나체로 조각하다니 미안한 일이 아닐 수 없었다.

　예의도 아닐뿐더러, 자칫 걸리는 날에는 뒷감당이 불가능한 사태가 벌어지기 십상이었다.

　'그러면 누구를…… 아! 연예인으로 해야겠다. 얼굴은 연예인들을 조금씩 따오고, 몸매는 유럽 쪽으로 쭉쭉 빵빵하게!'

　조각칼이 움직일 때마다 빠르게 바위의 형상이 바뀌어 간다.

　"어? 저게 뭐지?"

　"조각상이다. 저런 건 처음 보는데."

　"멋지다."

　근처의 낚시꾼들이 우르르 몰려들어서 구경을 했다.

　어차피 낚시 외에는 딱히 할 일도 없는 이들이다 보니 위드가 조각상을 만드는 건 좋은 구경거리가 되었다.

　위드는 머릿속에서 떠오르는 일부분씩을 따와서 조각상을 완성했다.

예쁘지만 슬픈 눈을 가진 소녀.

일부러 소녀의 얼굴을 한 것은 아무래도 인어 공주가 장성한 여인이라고는 생각되지 않아서였다.

몸매는 글래머인데, 얼굴은 소녀였다.

띠링!

물의 정령 나이아스상을 완성하셨습니다!
솜씨가 뛰어난 조각사의 작품. 특별한 능력이 깃들어 있다.
예술적 가치: 450
옵션: 물의 정령의 힘으로 벤사 강의 범람을 10년간 막아 준다. 다른 조각품과
　　　중복 적용되지 않음.

위드는 만들어 놓고 잠시 그대로 손을 멈췄다.

물고기를 대량으로 잡아 주는 목표와는 아무 상관없는, 완전히 엉뚱한 조각상을 만들어 버리고 만 것이다.

물의 정령 나이아스.

강의 신의 딸로서 귀여운 하체는 물고기의 몸을 하고 있다. 외모상으로는 인어나 나이아스나 별다른 차이가 없다.

나이아스와 인어상.

기묘하게 닮은 외모가 전혀 엉뚱한 물건을 만들어 내고야 만 것이다.

"자네……."

그리고 쏟아지는 낚시꾼들의 원망 어린 눈초리들.

고독한 그들에게 있어 느끼하고도 밉살맞은 연인들이 강물에 휩쓸려 가는 건 큰 위안거리였다. 그런데 위드가 강의 범람

다론의 조각술 265

을 막아 주는 조각품을 제작해 버렸다.

대번에 위드는 모든 낚시꾼들에게 공공의 적이 되어 버리고 만 것이다.

"이건 제 뜻이 아니었습니다."

위드가 서둘러 변명을 해 보았지만 분노한 낚시꾼들을 진정시킬 수는 없었다. 자칫하면 벤사 강에서 쫓겨날 판국이었다.

"휴! 할 수 없군."

위드는 어쩔 수 없이 완성한 조각상을 스스로의 손으로 파괴했다.

"조각 파괴술!"

쿠르릉!

나이아스의 상은 아래에서부터 순식간에 허물어졌다.

> 조각 파괴술을 사용하셨습니다. 조각상이 파괴된 아픔에 예술 스탯이 1 영구적
> 으로 사라집니다. 명성이 3 줄어듭니다. 예술 스탯이 1:2의 비율로 하루 동안
> 민첩으로 전환됩니다.

> 조각술의 숙련도가 0.2% 상승합니다.

조각 파괴술 역시 조각술의 일부분이었으니 발휘한 만큼 숙련도가 상승한다. 어떤 면에서 본다면 조각품을 만드는 것보다 상승이 빠른 편이다.

그렇지만 하루에 한 번밖에 사용하지 못하고, 예술 스탯이 소멸하는 만큼 자주 쓸 수 있는 기술은 아니었다.

위드는 900이 넘는 예술 스탯을, 낚시를 하면서 민첩으로 변

환했다.

낚싯대를 휘두르는 그의 손길은 거의 보이지도 않을 정도였다. 물론 낚시를 하는 데에는 아무런 쓸모도 없었지만.

검치들은 불끈 검을 쥐었다.

"오오오오!"

"드래곤만 빼고 다 잡자!"

검치들은 다시금 불타올랐다.

포기할 줄 모르는 사나이들.

불굴의 투지를 가진 강인한 전사들.

검오치는 서늘한 눈으로 주위를 쓸어 보았다. 그들이 있는 곳은 깊은 숲 속이었다.

검치가 짐짓 위엄 가득한 얼굴로 물었다.

"오치야, 뭐가 보이느냐?"

"아무것도 안 보입니다."

"삼치야, 너는?"

"저는 어린애를 발견했습니다."

"어린애! 그러면 이 근처에 마을이 있다는 말이겠지?"

검치가 벌떡 일어났다. 그러자 500명의 수련생들도 동시에 자리를 박차고 일어났다.

사실 그들은 폼을 잡고 모여 있었지만, 실제로는 길을 잃어 헤매고 있었다.

드래곤 비아키스에게 겁도 없이 덤비다 죽은 이후로, 그들은 로자임 왕국의 남부 밀림 속으로 내려갔다.

　이유는 단 하나.

　뭐든 발견해서 명성을 올려 보기 위함이었다.

　식량은 떨어진 지 오래. 산열매를 따먹거나 사냥을 해서 근근이 버티고 있었다. 하지만 500명이 넘는 무리이다 보니 멧돼지나 사슴 몇 마리로는 간에 기별도 안 간다.

　요리 스킬을 익힌 사람이 1명도 없기 때문에, 새카맣게 타 버린 고기를 먹고 복통에 시달리기도 했다.

　"어서 데려와 봐라."

　"옛."

　검삼치는 곧 어린애 하나를 데리고 왔다.

　수련생들은 아이를 보며 눈물을 글썽였다.

　"오오!"

　"이게 얼마 만에 보는 사람이야."

　"드디어 마을로 돌아갈 수 있겠구나."

　"보리빵이 그리워. 흐흑."

　검치가 무리를 대표해서 물었다.

　"이 근처에 마을이 있느냐?"

　아이는 불안한 듯이 여기저기를 두리번거렸다.

　"예. 그런데 아저씨들은 누구세요?"

　"아저씨라니!"

　사범들과 수련생들은 곧바로 발끈했다.

　"어딜 봐서 우리들이 아저씨야!"

"아직 결혼도 못 해 본 창창한 청춘이구만."

"난 아직 20대라고!"

검치들이 매우 민감하게 반응하였지만, 사실 산적이나 도둑 집단으로 오인하지 않은 것만 해도 다행이었다.

운동으로 건장한 몸을 가지고 있는 우락부락한 사내들만 모여서 다니는데, 아저씨라고 불리는 것도 어쩔 수 없었다.

가끔 검치들도 무언가 의문점을 느끼긴 했다.

"이상하네. 다른 사람들을 보면 모르는 사람들끼리 파티도 가입해서 사냥하고 그러던데…….."

"왜 우린 그런 게 없지?"

"우리들이 다가가기만 하면 모두 흩어져 버려."

"세라보그 성에서도 시장을 구경 갔을 때 다들 우리를 피하더라고."

"그러고 보니 한 번도 여자들과 사냥을 해 본 적이 없잖아."

이러다가 평생 혼자 살다 늙어 죽어야 될지도 모른다는 위기감!

검치들이 그렇게 가슴을 부여잡고 슬퍼할 때에, 어린애가 무릎을 꿇었다.

"도와주세요."

"응?"

"저희 부모님들이 자이언트 맨에게 끌려갔어요. 저는 부모님들을 구하기 위해서 마을을 나왔습니다. 이렇게 부탁드릴게요. 제발 저희 부모님들을 구해 주세요!"

띠링!

수련생들과 사범들은 조심스럽게 검치의 눈치만 살폈다.

퀘스트는 곧 심부름이라는 소신을 가지고 있는 검치들은 지금까지 모든 퀘스트들을 거절해 왔던 것.

그렇지만 검치는 부드럽게 웃으며 아이를 보았다.

"우리들이 부모님을 구해 주겠다."

"스승님! 보통 의뢰는 거절하는 것이 아니었습니까?"

검둘치가 의아해서 묻자, 검치는 단호하게 말했다.

"뭐, 물건을 가져다 달라거나, 모아 달라는 것이 아니지 않느냐. 우리들은 무인. 어려움에 처한 이들을 돕는 것은 당연한 사명이다!"

"그러면 저희들도……."

"모두 이 의뢰를 받아라. 자이언트 맨을 잡으러 가는 것이다."

검치의 말이 떨어지자마자 환호성이 터져 나왔다.

"우우와!"

"퀘스트다!"

"우리들이 의뢰를 받게 되다니……."

"이제야 정말 게임을 하는 맛이 나는구나."

위기에 처한 이를 도와서 마물을 퇴치하는 용사의 꿈!

검치들은 곧바로 자이언트 맨이 아이의 부모를 납치해서 끌고 갔다는 장소로 향했다.

중간중간 지면이 크게 움푹 파인 곳이 있었다. 자이언트 맨의 발자국이었다.

"오! 꽤 큰데."

"지름이 3미터가 넘겠어."

"발 크기가 이 정도면 몸집은 대체 얼마나 크다는 거야?"

퀘스트를 수행하기 전에 최대한 정보를 모으는 것이 일반적이었지만, 검치들은 자이언트 맨이라는 몬스터가 어찌 생겼는지도 알지 못했다.

검치들은 발자국을 따라서 큰 산 밑의 동굴로 향했다. 거의 드래곤의 레어라고 해도 좋을 정도로 거대한 동굴 속에서 자이언트 맨이 나타났다.

몸은 크지만 지능은 낮은 몬스터.

자이언트 맨은 자신의 은신처에 검치들이 나타난 사실에 무척이나 화가 난 듯했다.

쿠워어!

자이언트 맨이 거칠게 달려온다. 지면이 쿵쾅거리면서 지진이라도 난 듯이 흔들렸다.

"피해!"

검치들이 우수수 좌우로 갈라졌다.

쿠웅!

자이언트 맨의 넓은 발이, 검치들이 있던 장소를 깊이 파고 눌렀다.

　"이건 무슨⋯⋯."

　몸무게와 다리가 무기였다. 밟히기라도 하는 날에는 꼼짝없이 죽을 수밖에 없다.

　쿵쿵쿵!

　자이언트 맨은 흉성을 내보이며 날뛰었다. 검치들은 그 발을 피하면서 발가락과 발목을 베었다.

　"지금이다, 덮쳐!"

　검치와 검둘치, 검삼치가 다리를 타고 자이언트 맨의 몸으로 올라갔다. 날다람쥐와 같은 움직임이었다.

　거치적거리는 검치들 때문에 자이언트 맨은 화가 나서 미칠 지경이 되었다.

　크아오! 카오!

　날뛰는 자이언트 맨!

　두 팔을 연신 휘두르며 등과 머리 위에 귀찮게 달라붙어 있는 검치들을 떨어뜨리려고 했다.

　"어딜!"

　검치들은 몸을 바싹 웅크린 채로 버텼다. 머리카락과 어깨의 옷자락을 잡고 떨어지지 않았다.

　거대한 손바닥이 스쳐 지나갈 때마다 바람의 압력도 장난이 아니었다.

　다리에서 공격하고, 머리에서 난동을 피우는 검치들!

　큰 코끼리가 개미 떼에 의해서 무너지듯이 자이언트 맨의 거구가 흔들리더니 곧 지면으로 추락했다.

콰아앙!

"이겼다!"

"모두 스승님의 덕분입니다."

검치들이 승리를 나누고 있을 때, 멀리서 아이가 나타났다. 그리고 동굴 안에서 나오는 부모님들과 해후를 하는 것이었다.

검치들이 잠시 기다리고 있는데, 곧 소년이 부모님과 함께 와서 말했다.

"우리 엄마와 아빠를 구해 주셔서 고맙습니다, 아저씨들."

"뭘 이런 걸 가지고… 괜찮다."

"아니에요. 그리고 이것은 약속드린 보상입니다."

자이언트 맨이 잡아간 마을 사람들 완료
자이언트 맨은 울큰 산의 폭군이었다. 큰 몸집으로 동물들을 잡아먹고 마을 사람들을 괴롭혔다. 그가 사라진 이후로 이제 이 일대는 평온을 되찾을 수 있을 것이다.

명성이 26 올랐습니다.

울큰 산 주변 마을 사람들과의 친밀도가 상승합니다.

레벨이 올랐습니다.

레벨이 올랐습니다.

그러면서 아이는 힘들게 메고 있던 검을 풀어서 검치에게 주었다.

"이것도 받아 주세요."

"아이템 확인."

검치가 서둘러서 검을 살펴보니 지금까지 쓰던 것보다 훨씬 좋은 물건이었다.

"다른 분들의 검은 마을에 도착하면 드리도록 할게요. 그리고 우리 마을은 약초를 재배하기 때문에, 여러분들에 대한 감사의 표시를 약초로 하고 싶어요. 대도시로 나가서 팔면 돈으로 바꿀 수 있을 거예요."

보상을 떼먹지 않겠다는 아이의 말에 단순한 성격의 수련생들과 사범들은 모두 감동했다.

검으로써 어려운 처지에 놓인 이들을 돕고 명성을 날린다. 거기에 돈도 번다.

"이렇게 좋은 일이!"

"오오! 우리 이제 퀘스트만 하자!"

점점 로열 로드에 빠져 드는 검치들이었다.

위드는 다시금 노가다의 길에 접어들었다.

'낚시를 중급에 올리기 전까지는 생선만 먹겠다.'

매운탕을 끓여 먹으면서 독하게 마음을 다잡았다. 그나마 먹는 시간마저 아까워 조각칼로 회를 떠서 먹을 때도 많았다.

'휴우! 지독하군.'

이건 다른 종류의 인내.

위드의 주특기는 전투였다. 아무리 싸워도 질리지 않는다. 몬스터를 잡고 전리품을 획득하며 점점 강해진다.

이것은 몇날 며칠을 반복하더라도 지겹지 않았다. 그런데 그 전투를 하지 않는다. 몬스터를 잡지 않고 싸우지도 않았다.

평화롭게 낚시 스킬을 올리면서 시간을 보낸다.

재봉이나 대장일을 할 때에는 그나마 돈을 버는 맛이라도 있었다. 그런데 낚시는 별로 돈도 되지 않았다. 아주 대단한 물고기라고 해도, 대다수는 음식 재료로 헐값에 팔리고 있었다.

이제 그동안의 고난 덕분에 낚시 스킬 역시 9레벨에 올랐다. 숙련도도 97.6%!

잔챙이들 몇십 마리를 잡으면 숙련도가 올라가겠지만, 큰 놈 한 번에 해치울 수 있는 수준이기도 했다.

위드는 낚시 스킬을 올리면서 어시장이라는 곳이 존재한다는 사실을 처음 알게 되었다.

그리고 위드의 옆에 그림자처럼 바싹 붙어 있는 한 사람!

제피라는 이름을 가진 청년이었다.

훤칠하고 잘생긴 외모!

나중에 알게 된 사실이지만 제피는 로열 로드가 처음 열렸을 때부터 이 낚시터에 나타났다고 한다.

우수에 젖은 눈으로 벤사 강을 바라보며 바위 위에 걸터앉아 있던 제피. 과묵하고 분위기 있는 모습에 반한 여성들까지 있을 정도다.

예술가적인 기질! 고독한 사슴 같은 사나이!

하지만 위드가 그를 완전히 바꾸어 놓았다.

부릅!

제피도 뚫어져라 강가를 노려보고 있었다.

찌의 움직임에 따라서 눈동자가 움직인다.

처음에 위드가 이곳에 왔을 때 벤사 강 최고의 낚시꾼은 제피였다. 최소한 중급 스킬 이상을 가진 낚시꾼으로, 그에게서는 여유가 흘러나왔다.

가끔 잡은 물고기들을 그대로 풀어 주기도 했다.

그러나 위드가 옆자리에 끼어들었다. 제피가 앉아 있는 자리가 벤사 강 최고의 명당이었던 것!

위드는 제피의 근처에서 사정없이 물고기들을 낚았다. 처음에는 의식하지 않으려고 했지만, 제피도 위드의 행동이 조금씩 신경 쓰이기 시작했다. 언제부터인지 누가 더 많은 물고기를 잡았는지 비교하게 되었고, 마침내 제피의 승부욕을 자극하고 말았다.

강가를 노려보는 두 사람!

먼저 제피의 찌가 크게 수면 속으로 빨려 들어갔다.

"큰 놈이구나!"

제피가 보란 듯이 외치며 낚싯대를 건져 올렸다. 하지만 낡은 부츠가 나왔을 뿐이다.

"젠장!"

제피가 다시 바위에 주저앉는 사이에, 이번에는 위드의 찌가 수면 아래로 들어갔다. 그러나 금세 다시 쭉쭉 위로 올라온다.

위드는 가볍게 호흡을 고른 뒤에 낚싯대를 슬슬 잡아당겼다. 줄다리기를 하듯이. 낚싯줄을 통해 물고기와 겨루었다.

힘으로만 끌어당기려고 해서는 안 된다.

때론 풀어 주고, 때론 바싹 조여야 했다. 물고기들의 힘이 원체 강해서 무작정 당기기만 하면 낚싯줄이 끊어지고 만다.

한참의 신경전 끝에 위드는 붕어를 낚을 수 있었다.

45센티가 넘는 대물이었다.

벤사 강의 낚시 역사에서 열 손가락 안에 꼽힐 정도로 큰 놈을 잡은 것이다.

띠링!

낚시 스킬의 레벨이 100이 되어 중급 낚시 스킬로 변화합니다. 낚시 길드에서 낚싯대 공격술을 습득하실 수 있습니다. 물 속성 친화도가 25 상승합니다. 생명력의 최대치가 2,000 늘어납니다. 낚시 스킬의 영향을 받아서 소유하고 있는 스킬 중에서 요리가 변화합니다. 특선 생선 요리를 배우실 수 있습니다. 어류를 이용한 음식에 추가적으로 50%의 효과가 더해집니다. 전 스탯에 +3의 추가 포인트가 주어집니다.

명성이 50 올랐습니다.

인내력이 30 상승하였습니다.

지력이 30 상승하였습니다.

지혜가 30 상승하였습니다.

익히기 힘든 낚시 스킬!

그만큼 성과의 보상도 높은 편이었다.

위드는 주섬주섬 낚시 도구들을 챙겼다.

'당분간 이것으로 생산 스킬은 끝이다.'

모든 생산 스킬을 마스터하는 것이 목표이지만, 그러자면 몇 년이 걸릴지 아무도 모른다.

애초에 생산 스킬을 배운 목적. 영구적으로 올라간 스탯들로 위드는 만족했다.

"이제 가십니까?"

위드가 도구들을 챙겨서 자리에서 일어나자 제피가 머뭇머 뭇 물어 왔다. 무언가 아쉬운 기색이었다.

"네. 저는 갈 겁니다."

"그러고 보니 우리 서로 말도 나누어 본 적이 거의 없는데…….참, 저보다는 형님이시죠?"

"아마도 그럴 것 같군요. 그럼 다음에 인연이 되면 또 만나도 록 하죠."

벤사 강을 떠난 위드는 가까운 크로인 왕국 수도로 향했다. 낚시를 하며 근근이 시간을 내어 만들어 온 조각품들을 팔기 위해서였다.

딸랑!

위드가 조각 상점의 문을 열고 들어가자 문에 매달린 종이 영롱하게 울렸다. 상점 안에는 주인 혼자 있을 뿐이었다.

"무슨 일로 왔는가?"

"제가 만든 조각품을 팔기 위해서 왔습니다."

위드는 직접 제작한 조각품들을 보여 주었다.

기념으로 만든 뱀파이어 조각상, 늑대 조각상, 석상으로 변한 프리나와 파고의 왕관을 조각한 것도 있었다.

"호오!"

상점의 주인은 조각품을 살펴보더니 놀라움을 숨기지 않았다.

"대단하군! 이렇게 뛰어난 조각품은 정말 오랜만에 보네. 특히 여기에 깃든 예술성이란 짐작도 할 수 없을 정도야. 이렇게 깊이가 있고 철학이 담긴 조각품이라니… 혹시 이 늑대는 직접 보고 만든 건가?"

"예, 그렇습니다."

"혹시 굶주린 상태 아니었나?"

주인의 말에 위드는 적당히 맞장구를 쳐 주었다.

"한 사흘은 굶었던 것 같습니다."

"오! 과연 그랬군. 허기짐이 그대로 느껴져. 눈빛마저 살아 있는 것처럼 생생한 조각품이라니……."

"헤헤."

위드는 방긋방긋 웃었다. 그러면서 미리 준비해 온 생선구이를 내밀었다.

"참! 가격을 정하시기 전에, 여기 제가 만든 음식이나 잡숴 보세요. 음식을 드시면서 천천히 제가 만든 조각품들을 봐 주시지요."

"뭘 이런 걸 다……."

"앞으로 자주 찾아오게 될지도 모르니, 잘 좀 부탁드립니다. 아무래도 조각품을 볼 줄 아는 안목이 있는 어르신을 이렇게 만나 뵙기란 쉽지 않은 일 아닙니까?"

"그야 그렇지. 나도 한때는 조각술에 심취한 적이 있었다네. 보잘것없는 실력이라서 이렇게 가게를 내게 되었지."

"그저 조각술이라는 업종에 막 발을 내디딘, 실력은 부족하지만 열의만큼은 누구에게도 지지 않는 초보 조각사라고 생각해 주시고 많은 지도 편달 바랍니다."

"허허, 그러지!"

친절! 봉사! 헌신!

돈을 가진 자에게는 한없이 비굴하고 상냥해질 수 있었다.

위드는 음식을 제공하고 몇 마디의 말을 나누면서 지속된 칭찬으로 가게 주인과의 친밀도를 조금씩 올렸다.

자고로 칭찬을 싫어하는 사람은 없는 법!

끊이지 않는 칭찬, 그러나 맹목적이거나 엉뚱하지 않은 칭찬을 하는 게 중요했다.

예컨대 가게 주인은 심각한 숏다리였다.

다리 짧은 사람에게 키 크다고 칭찬을 하면 오히려 거부감이 들기 마련이다.

역효과를 방지하기 위해서는 감각적인 칭찬이 필요했다.

눈빛이 선해 보인다거나, 웃는 모습이 듬직해 보인다거나.

키가 작은 사람일수록 스스로 키는 작지만 속은 꽉 차 있다고 믿으니, 그 점을 적절히 공략하는 것이다.

혹은 비난을 해도 좋다. 키 큰 이들을 전부 싸잡아서 비난하는 것이다.

"키만 크면 뭐 하겠습니까. 눈이 나빠서 이렇게 훌륭한 조각품도 알아보지 못하는데요."

"암, 그렇지."

칭찬과 비난.

둘 사이를 교묘하게 오가면서 위드는 가게 주인과의 친밀도를 쌓았다. 만약 친밀도를 쌓는 대회가 있다면 1등은 따 놓은 당상이라고 할 수 있었다.

철저한 사전 작업 끝에 마침내 본론이 나왔다.

"값은 얼마나 쳐 주실 겁니까?"

위드에게 모든 가치는 돈! 예술성을 인정받는 것보다 돈을 많이 버는 게 더 중요했다.

"이런 조각품들이라면 개당 3골드씩 쳐 주도록 하지. 몇 개나 팔겠는가?"

"전부 다 팔겠습니다."

위드는 망설이지 않았다.

이제 사람들에게 조각품을 판매하지 않는 이유가 바로 이것이었다.

사람들이 사 가는 조각품의 가격은 한계가 있었다. 아무리 예술 스탯을 높여서 오랜 시간 공들여 조각을 한다고 한들, 1골드이상을 장식품에 지출하는 것은 사치라고 생각하는 것이다.

그러나 조각 상점에 팔면 2골드, 혹은 3골드도 받을 수가 있다. 그래 봐야 조각품을 만드는 데 투자한 시간을 감안한다면 인건비도 나오지 않을 지경이었지만 말이다.

직접 사냥을 해서 돈을 버는 쪽이 조각품을 만드는 것보다 훨씬 효율이 높았으니까.

레벨이 낮을 때라면 모르지만 이제는 확실히 사냥이 돈을 버는 데에는 훨씬 나았다.

위드는 조각품들을 판매한 대가로 245골드를 획득할 수 있었다.

'아직은 그럭저럭이군. 그렇지만 조각술이 고급에 오르면 더 큰돈을 벌 수 있을 거야.'

조각품들을 팔고 나서 막 가게를 나가려고 할 때였다.

"자네의 조각술에는 재능이 보이는군. 높은 예술성을 가지고 있으니 발전 가능성도 무궁무진할 거야."

이 정도는 평범한 칭찬으로 여기고 그대로 나가려고 했다. 하지만 이어진 조각 상점 주인의 말이 위드를 붙잡았다.

"조각사는 다양한 삶을 경험해 봐야 하지. 자네에게는 관록과 함께 여러 부류의 매우 뛰어난 인생 경험이 느껴지는군. 혹시 조각술 마스터 다론에 대해서 알고 있는가? 위드, 자네에게는 조각사로서의 자질이 있어. 본래는 쉽게 알려 주지 않지만, 내 자네라면 믿을 수 있겠네. 바로 그 다론이 이 레가스 성에서 살고 있다네."

조각술 마스터 다론에 대한 정보를 습득하였습니다.

조각 변신술

위드는 도시 외곽의 빈민촌으로 향했다.

언덕 위에 계단식으로 지어진 건물들. 레가스 성을 한눈에 내려다볼 수 있는 곳이다.

상점이나 별로 쓸 만한 건물도 없는 이곳까지 온 것은, 오직 조각술 마스터 다론 때문이다.

달빛 조각사로서 조각술의 비기를 찾는 것은 중대한 목표였다. 조각술 마스터들은 하나같이 어디에 있는지 알려져 있지 않다.

다론의 행적을 찾은 것은 큰 소득이었다.

'아무리 명성에 집착하지 않는다고 해도, 조각술 마스터가 겨우 이런 곳에서 살다니……'

새삼 조각술에 대한 회의가 드는 이 순간!

그렇지만 조각술 마스터를 만난다는 흥분으로 가슴이 떨려 왔다.

'조각술 마스터들은 각자 자신만의 기술을 하나씩 가지고 있다. 그 다섯 가지의 기술을 전부 모으면 조각술 최후의 비기를 찾을 수 있다. 조각술… 참 익히기도 힘들군.'

 돌이켜 보면 조각 검술을 익히고 달빛 조각사와의 첫 번째 인연을 맺은 것도 참 특이한 경우였다. 수련소의 교관과의 친밀도가 극도로 올라가서 얻은 의뢰에 전직의 의뢰가 있었다니.

 그 후에 현자에게 속아 레벨 60이 넘어서 하게 된 전설의 달빛 조각사.

 그런데 이번만큼 난이도가 높지는 않았다.

 조각사로서 여러 종류의 인생 경험.

 즉 여러 생산 직업 기술들을 습득해야만 새로운 길이 열리는 것이었다.

 위드는 어렵게 다론의 집을 찾았다.

 있으나 마나 한 담장은 군데군데 허물어져 있고, 안에는 한 장년인이 나뭇조각을 칼로 깎고 있었다.

 '저 사람이 다론이다.'

 조각칼을 놀리는 동작만 보아도 상대의 경지를 파악할 수 있게 되었다.

 위드는 다론이 조각품을 완성할 때까지 가만히 서서 기다렸다. 방해하지 않기 위해서이기도 했지만, 실상 그가 어떤 조각품을 만드는지에 대한 궁금증도 컸기 때문이다.

 다론은 여자를 조각하고 있었다.

 풍성한 치마를 입고 있는 중년 여인의 모습.

 다론은 때때로 피를 토해 가면서 조각품을 만들었다. 그리고 조각품이 완성되고 나서야 위드를 돌아보았다.

"오랫동안 기다려 주었군. 자네도 조각사인가?"

"그렇습니다."

"나를 찾아오다니…… 조각술은 스스로 깨치는 것. 마음을 바꾸면 조각술도 달라지는 법이지. 하지만 내가 가지고 있는 조각술의 비기에 대해서 배우고 싶은 모양이군."

조각술의 비기!

조각품에 생명 부여, 그리고 조각 검술!

조각 검술 하나만으로도 얼마나 유용하게 써먹고 있던가.

위드는 흥분에 젖어 들었다.

"배우고 싶습니다!"

"하지만 나의 비기는 아무에게나 전수해 줄 수 없다네. 자네가 내 조각술을 배울 수 있을지를 시험해 봐야겠군. 지금 바로 나가서 다섯 종류의 생명이 가진 마음을 깨닫고 오게."

띠링!

조각품을 보는 눈

다섯 종류의 생명체의 행동을 따라 하고, 그들이 가진 마음을 이해하라. 자신이 아닌 다른 이의 마음을 알기는 쉽지 않다. 진실 어린 애정의 눈만이 그들을 똑바로 이해할 수 있을 것이다.

난이도: 직업 비전 퀘스트.

보상: 다론의 인정.

제한: 중급 이상의 조각술을 익힌 이에게만 부여됨.

위드는 당혹스러웠다.

조각술의 비기들은 하나같이 상식과 어긋나 있었다. 조각 검술을 펼치는 것으로 모자라서 조각품에 생명을 부여한다. 그런데 이번에는 다섯 종류 생명체의 행동을 따라 하고 마음을 이해하라니, 전혀 감을 잡기 힘들었다.

'이게 조각술과 대체 무슨 관련이 있다고…….'

그때 다론이 말했다.

"내 비기를 배우지 않을 텐가?"

> 퀘스트를 거부하시겠습니까?

위드는 서둘러 대답했다.

"아닙니다. 꼭 배우고 싶습니다. 지금 곧바로 나가서 다섯 종류의 생명체의 행동을 따라 하고 오겠습니다. 그것이면 되겠지요?"

"충분하네. 그러나 자네가 할 수 있을지는……."

> 퀘스트를 받으셨습니다.

위드는 우선 성 밖으로 나갔다.

'다섯 종류의 생명체라…….'

생명을 가진 것은 무엇이든 된다는 얘기였다.

'그렇다면 구태여 복잡하고 힘든 생명체를 선택할 필요는 없지.'

위드는 성 주위를 둘러보았다.

토끼나 다람쥐, 노루 등이 뛰어놀다가 유저들에게 학살당하고 있었다.

위드는 즉시 행동에 착수했다.

목표는 흰 털을 가진 토끼!

다람쥐나 노루는 아무래도 너무 작거나 속도가 빨라서 쫓아 다니기가 힘드니 만만한 토끼로 정한 것이다.

토끼는 땅바닥에 웅크린 채로 풀을 뜯어 먹고 있었다.

"⋯⋯."

처참한 심정이었지만 위드는 불굴의 투지로 극복했다. 그냥 그대로 따라 했다.

"냠냠!"

엎드려서 풀을 뜯어 먹는 위드.

약초학을 배운 덕분에 숲이나 산에서 나는 작물들에 대한 지식이 있었다. 엎드려 풀을 뜯어 먹는 건 조금 추하지만 괜찮았다.

그렇지만 토끼는 위드의 시선을 느꼈는지 금세 깡충깡충 뛰어서 다른 곳으로 향했다. 위드는 뒷발로 깡충깡충 뛰면서 토끼를 따라갔다.

토끼는 지그재그로 뛰기도 하고, 짧은 거리를 전력 질주로 달리기도 했다. 그리고 숲 속에 들어가서는 물을 마시거나, 혹은 다람쥐들이 뛰어노는 것을 빨간 눈으로 쳐다봤다.

"헉헉! 무슨 놈의 토끼가 이렇게 빨라."

> 토끼의 행동을 따라 하고 있습니다. 진행률 0.6%

다행스럽게도 제대로 하는 것은 맞는데, 토끼의 행동을 따라 하는 것과 조각술이 무슨 연관이 있는지는 도무지 알 수 없었다.

어쨌든 그날 하루 종일 위드는 토끼의 행동을 따라서 했고, 35%의 진행을 마쳤다.

하지만 토끼를 끝내더라도 네 가지 종류의 생명체들이 더 남아 있었다.

토끼의 요상한 행동.

위드는 토끼를 따라다니면서 많은 것을 배웠다.

우선 토끼의 행동은, 인간의 생각과 많은 차이가 있었다.

턱을 문지르면서 영역을 표시하기도 하고, 때때로 팔자 뛰기로 유쾌한 기분도 드러낸다. 당연하지만, 철저하게 토끼 자신만의 기분에 따라서 판단하고 행동했다.

가끔씩 토끼는 자신을 따라다니는 위드에게 다가와 몸을 부비며 친근함을 표시하기도 했다.

작은 흰 털의 토끼가 애교를 떠는 것이지만, 위에서 내려다보는 위드의 시선은 잔혹하기 짝이 없었다.

'맛있겠군. 이걸 한입에 그냥…….'

군침을 꼴깍 삼키며 토끼를 보는 위드!

하지만 토끼를 사냥하지는 않았다.

토끼를 잡아 얻을 수 있는 경험치야 당연히 미미한 정도였고, 고기도 얼마 나오지 않았던 것이다.

베르사 대륙에서 가장 많이 잡히는 동물 중의 하나인 토끼는 그래서 위드의 손아귀에서 무사할 수 있었다.

토끼의 행동을 따라 하고 있습니다. 진행률 84.2%

진행률은 높아질수록 더욱 더디게 올라갔다.

닷새가 지나 진행률이 80%가 넘었을 때에는 토끼에게 간단한 명령을 내릴 수도 있게 되었다.

"앉아. 일어서. 굴러. 옆차기!"

명령에 잘 따르는 귀여운 토끼.

토끼는 땅바닥을 구르기도 하고 옆차기도 하면서 위드의 명령을 따랐다.

'토끼라… 알고 보니 제법 귀여운 구석도 있는 생물이군.'

진행률이 99.8%를 넘었을 때 토끼는 먼 하늘에 있는 달을 쳐다보았다. 그러고는 열심히 절구질을 하는 자세를 취했다.

쿵기덕쿵기덕!

> 토끼의 행동을 완전히 습득하였습니다.

토끼 다음은 사슴이었다.

위드는 비정상적이라고 할 만큼 힘과 민첩에만 스탯을 투자한 전투형 캐릭터이다.

조각사라는 직업 때문에 예술에도 스탯을 분배할 수 있을 테고, 보통은 그러는 것이 정상이었다.

하지만 예술에 분배하는 것은 너무나도 아까웠다. 일단 예술은 확연히 눈에 드러나 보이지 않는다.

예술 스탯이 높을수록 조각품의 가치가 올라가 걸작이나 명작을 만들 확률이 상승한다지만, 그보다는 당장 강해지는 쪽이 좋았던 것이다.

예술 스탯은 노가다로 조각품을 만들면서 하나씩 올리는 걸로 대체를 하고 있었다. 그렇다고 해도 달빛 조각사라는 직업과 각종 스킬들로 인해서 예술 스탯은 상당히 빠르게 오르고 있었다.

800이 넘는 예술 스탯에, 민첩도 이제 추가 포인트까지 합쳐서 505가 넘었다.

'사슴이라면 충분히 따라잡을 수 있지!'

나뭇가지에 붙은 이파리들을 뜯어 먹던 사슴이 갑자기 어디론가 열심히 달려가기 시작했다.

민첩성이 굉장히 높은 위드는 사슴을 쫓아 달려갈 수 있었다.

사슴의 행동을 따라 하고 있습니다. 진행률 0.2%

속도에는 일가견이 있는 위드!

토끼처럼 깡충깡충 뛰느니 차라리 사슴처럼 빠르게 달리는 쪽이 훨씬 우아해 보이리라 여긴 것이다.

하지만 여기에도 중대한 오산은 있었다.

'아뿔싸! 사슴은 네발 달린 짐승이었구나.'

땅을 치고 후회를 해 보아도 이미 소용이 없었다.

위드는 사슴의 행동을 따라 하기 위해서 네발로 열심히 달려야 했다.

⁂

마판과 화령은 교역을 하면서 자주 레가스 성을 방문하고 있었다.

"이번에도 꽤 짭짤한 수입을 거둘 것 같네요. 전부 화령 님 덕분입니다."

"아니에요, 마판 님."

마판과 화령은 마부석에 나란히 앉아 화기애애하게 대화를 나누었다. 교역이란 사 모은 물건을 판매하는 마지막 순간 외에는 지루한 여행이 되기 십상이었다.

이런저런 마을들을 방문하면서 새로운 NPC들과 친분을 나누고 교역품을 늘려 나가는 재미가 없다면 도저히 할 수 없는 직업.

상인 특유의 스킬인 마차 운행 등으로 인해 한 번에 몰 수 있는 마차의 수와 적재하는 교역품의 무게, 운행 속도 등이 향상되기는 하지만 그래도 도시와 도시 사이의 이동은 따분하기 짝이 없었다.

그런 그들이 곧잘 대화의 주제로 올리는 대상은 위드였다.

"위드 님이 구출한 성기사들과 뱀파이어 로드 토리도가 맞붙은 장면을 한번 봐 두었어야 했는데요."

"그래요. 난이도 B급의 의뢰를 완수하시다니 위드 님도 참 대단하세요. 게다가 북부 대륙에 세워진 빙룡 상이라니……."

화령의 눈이 유달리 반짝였다.

매끈한 외모와 어울리지 않게 동화나 환상적인 분위기를 좋아하는 그녀는 모라타 지방의 이야기를 들은 이후로 흠뻑 빠져들고 말았다.

프레야 교단의 교황 후보인 알베론과 함께 단둘이 도착한 폐허의 마을.

터무니 강한 몬스터들.

상대적으로 약한 위드와 알베론.

혹한의 추위를 견뎌 내면서 조금씩 세력을 불려 나가고, 함께 어려움을 이겨 내면서 저주로 갇혀 있던 성기사들을 구출!

중간에 거대한 조각품인 빙룡 상을 완성.

그 후로 계속 늘어나는 성기사들. 마침내 시작된 흑색 거성의 전투. 석상에서 깨어나는 모라타 지방의 주민들.

최후의 보스라고 할 수 있는 뱀파이어 토리도와의 결전!

화령의 머릿속에는 한 편의 드라마처럼 남아 있었다.

실제로는 감기 몸살에 시달리면서 극도의 노가다로 어렵게 쟁취해 낸 승리지만, 옆에서 듣기로는 짜릿한 모험만이 남아 있었던 것이다.

마판은 어깨를 으쓱했다.

"이제 와서 하는 말이지만, 저는 위드 님을 한눈에 알아보았죠. 바란 마을의 상공에서 추락하던 위드 님을……."

둘은 화목하게 잡담을 나누면서 레가스 성의 성문 근처로 접어들었다. 그런데 사람들이 한꺼번에 모여서 무언가를 바라보고 있었다.

성문까지는 마차를 타고도 아직 한두 시간은 걸릴 거리였다. 그런 평원에 수백 명의 사람들이 몰려 있는 건 정말로 흔치 않은 일이다.

마판과 화령은 눈을 마주쳤다.

호기심! 재미!

상인이면서도 이곳저곳을 돌아다니는 그들로서는 이러한 일에 빠져 본 적이 없었다.

"우리도 가 볼까요?"

"네, 무슨 일인지 궁금해요."

마판은 마차를 돌려 사람들이 몰려 있는 장소로 향했다. 그리고 둘은 충격적인 광경을 보고야 말았다.

1마리의 여우가 달리고 있었다.

부드러운 털에 귀여운 3개의 꼬리를 살랑살랑 흔드는 여우!

그런데 그 옆에서 누군가가 네발로 달리고 있는 게 아닌가.

여우가 점프를 할 때에는 따라서 뛰어오르고, 공중제비를 할 때에도 똑같이 행동했다.

처음에는 그저 단순한 구경거리로 돌릴 수 있지만, 그 행동들이 신기할 만큼 여우를 닮아 있었다.

여우의 행동을 미리 짐작하지 못한다면 불가능한 움직임들.

어떤 때에는 여우와 너무나도 흡사하여, 차이가 확연한 생김새만 아니라면 인간이 아니라 여우로 보일 지경이었다.

"와, 저게 누구죠? 특이하네요."

붙임성이 좋은 마판은 주변의 사람들에게 물어보았다. 둘이 있는 위치에서는 여우를 따라 달리는 사람의 얼굴이 잘 보이지 않았기 때문이다.

구경하고 있던 작은 소녀는 킥킥대며 대꾸했다.

"저 사람요? 저도 잘 모르겠어요. 처음에는 토끼를 흉내 내더니 그다음엔 사슴, 고블린… 뭐 이런 것들을 따라 하다가 이제는 여우의 행동까지 똑같이 따라 하더라고요."

"정말 이상한 사람이군요."

그때 열심히 여우를 따라 달리던 사람이 잠시 뒤를 돌아보았다.

그러자 마판과 화령은 그 사람의 얼굴을 확인할 수 있었다.

"헉!"

"이럴 수가!"

위드! 여우를 따라 달리는 사내는 위드였다.

화령과 마판은 조심스럽게 눈을 마주쳤다.

지금 이 주변에는 구경꾼들로 가득했다. 전부 위드의 기괴한 행동을 보기 위해 모인 사람들이다.

의리와 신의!

그렇지만 지나친 쪽팔림은 때때로 모든 걸 잊게 만들었다.

마판과 화령은 조용히 상황을 인지하고 그 자리에서 탈출했다.

위드를 깔끔하게 무시한 것이다.

* * *

토끼와 사슴, 고블린, 여우의 행동을 마스터한 위드는 그다음 동물을 찾았다.

'아무래도 몬스터는 시간이 너무 오래 걸려!'

어떤 일이든 최초는 시행착오를 겪을 수밖에 없었다.

토끼나 사슴, 고블린, 여우 등은 주로 사냥당하는 동물이기 때문에, 죽을 경우 다른 동물을 다시 찾아야만 했던 것이다.

본래 누군가 잡고 있는 몬스터를 공격해서 뺏어 먹는 행위는 스틸이라고 하여 굉장한 비난을 받았다.

하지만 위드의 경우에는 몬스터를 잡으려는 것도 아니고 그저 행동만을 따라 하고 있었으니, 딱히 소유권을 주장하기도 힘든 상황!

위드에게는 잘 사냥당하지 않는 동물이 필요했다. 그래서 선택한 마지막 짐승이 바로 말이었다.

레가스 성 외곽의 말 사육장.

사육장 안에서 열심히 말을 따라서 네발로 달렸다.

말은 본래 달리기 위해 태어난 짐승이라, 민첩성이 높은 위드로서도 쫓아가는 게 쉽지 않았다.

목책으로 사육장이 막혀 있지 않다면 놓쳐 버릴 수도 있었다.

필사적으로 말을 따라 달리는 위드!

'이번이 마지막이다. 이놈들의 행동만 마스터하면 조각술의 비기를 배울 수 있어.'

말의 행동을 따라 하고 있습니다. 진행률 12.1%

하루가 지나자 12% 정도의 진행률이 올랐다. 위드는 식사도 미리 준비해 온 채소들로 때우며 최대한 말과 비슷하게 행동하기 위해 노력했다.

'음식까지 가능한 한 비슷한 걸 먹자. 말에 대해서 완전히 이해하는 거야.'

말의 행동을 따라 하고 있습니다. 진행률 59.0%

말의 행동을 따라 하고 있습니다. 진행률 89.7%

말의 행동을 따라 하고 있습니다. 진행률 95.9%

이틀, 사흘, 나흘!

시간이 지날수록 진행률은 빠르게 채워졌다.

> 말의 행동을 완전히 습득하였습니다.

> 퀘스트의 조건을 달성하였습니다.

위드는 너무나도 기분이 좋았다. 그런데 뜻밖의 사태가 벌어졌다.

타닥! 타닥!

땅을 박차는 두 팔과 두 다리!

사슴 등을 흉내 내면서부터 시작된 네발 뛰기가 왠지 너무나도 익숙해진 것이다.

바람을 가르며 위드는 달렸다.

후와왁!

왠지 평상시에 두 발로 달리던 것보다 훨씬 빠르게 느껴졌다.

띠링!

> 특수 동작 스킬을 습득하였습니다.
> 네발 뛰기: 이동 계열 스킬. 체력과 마나를 소모하여, 두 발로 달리는 것보다 약 60%의 속도를 더 낼 수 있다. 바람과 정면에서 달릴 때 체력 소모가 30% 감소한다. 바람을 등지고 달릴 때에는 20%의 속도가 추가로 늘어난다. 험준한 산악 지형에서는 스킬의 사용이 불가능하며, 초원이나 평원에서는 추가로 80%의 이동 속도가 가산된다.

> 스킬의 습득에 따라 체력 5가 상승하였습니다.

"헉! 이럴 수가······."

짐승을 따라 행동한 것이 스킬로 만들어지다니!

네발 뛰기 스킬.

아무리 위드가 타인의 시선을 의식하지 않는다고 해도, 이것만큼은 부담이 심각했다.

'차마 사람들 앞에서는 쓰기 힘든 스킬이군.'

그러면서도 위드는 씨익 웃었다.

그가 짐승들을 따라서 행동한 것은 친분이 있는 사람에게는 비밀이었다.

'괜찮아. 절대로 모를 거야.'

다론의 의뢰를 완수한 위드는 레가스 성으로 돌아가기 위해 두 발로 서서 걸었다.

⚜

다론은 여전히 그 장소에서 1명의 여자를 조각하고 있었다.

중년 여인의 조각상.

위드는 그가 조각품을 완성할 때까지 조용히 기다렸다. 그러면서 이번에는 다론이 만드는 조각품을 세밀하게 살펴보았다.

'저번에 만든 그 조각상과 같군. 똑같은 조각상을 다시 한 번

만드는 것인가?'

위드는 고개를 갸웃했다.

조각사로서의 경지가 낮던 시절, 여우나 토끼의 조각품들을 복제하다시피 많이 만들어서 팔곤 했다.

하지만 이미 한 번 만들어 본 조각품들은 숙련도를 많이 늘려 주지 않았다.

'얼굴도…… 솔직히 예쁘지는 않다.'

조각술 마스터라면 적어도 일국의 공주나, 혹은 아름다운 귀족 가문의 여인을 조각하는 쪽이 어울리지 않을까.

그런데 다론은 너무나도 평범해 보이는 중년 여성을 조각하고 있었다.

그것도 잔뜩 애정 어린 얼굴로 말이다.

이윽고 다론은 조각품을 완성하였다. 그는 창백한 얼굴로 위드에게 물었다.

"내가 내준 의뢰는 완수하였나?"

"그렇습니다. 토끼, 사슴, 고블린, 여우, 말의 행동을 똑같이 따라 했습니다."

"상당히 일찍 끝냈군. 수고했네. 그러면 행동을 따라 한 생명체들을 조각할 수 있겠는가? 그것을 해내면 자네에게 내 조각술을 알려 주도록 하겠네."

"문제없습니다."

위드에게는 조각품을 만들어 본 풍부한 경험이 있었다. 일단 본인 스스로가 특별한 예술성을 가지고 있다고는 생각하지 않기 때문에 여러 종류를 닥치는 대로 만들어 보았던 것이다.

토끼나 사슴 등의 동물에서부터 각종 몬스터들까지, 위드는 어지간한 것들은 전부 한 번씩 만들어 본 경험을 가지고 있었다.

'특히 토끼나 여우는 한때 내 부업이었으니까.'

위드는 자신 있게 조각칼과 나뭇조각을 꺼내어 조각을 시작했다. 그런데 토끼를 조각할 때부터, 무언가 예전과는 달랐다.

'어라? 이 부분은……'

귀와 발, 심지어는 꼬리 부분을 조각할 때에도 전과는 미묘하게 다른 느낌이 있었다.

'내가 잘못하고 있는 건가?'

위드는 가슴이 덜컹 내려앉는 기분이었다. 만들고 있는 토끼의 조각품은 예전과는 차이가 많았다.

그런데 오히려 훨씬 더 귀엽고 종족의 특성을 잘 살린 것이었다.

왜냐하면 그 생명들의 행동을 직접 따라 해 봄으로써, 그들을 더 잘 알게 되었기 때문이다.

토끼의 귀가 길쭉한 이유가 무엇인지, 꼬리가 어떻게 생겼으며, 움직일 때에는 어떤 자세로 다니는지에 대해서 알게 되었다.

그러자 조각품에서 한결 더 생동감이 느껴졌다.

예전에는 재현하지 못하던 토끼의 살아 있는 표정들이 나왔다.

'이건……'

과거 토끼의 조각품을 만든다고 하면, 일단 그 형상을 그려 내는 데에만 급급했을 뿐이다. 하지만 지금은 토끼가 슬퍼할 때의 모습과 기뻐할 때의 모습을 구별하여 조각할 수 있다.

토끼가 풀을 뜯어 먹을 때의 눈빛, 혹은 적에게 쫓겨서 달아날 때의 긴박한 움직임마저도 조각할 수 있게 되었다.

고블린의 행동을 따라 할 때에는 약한 몬스터의 설움과 보물에 대한 집착들을 느꼈다. 위드는 고블린을 조각하면서 고블린의 마음을 떠올렸다.

평원을 거침없이 질주하는 상상을 불러일으키면서 말을 조각했다.

위드 본인조차도 놀랄 정도로 조각술이 편하고 즐거웠다. 언제나 간직할 수 있는 친구들을 만드는 기분이었다.

그리고 다섯 종류의 생명들을 완성하는 순간.

띠링!

걸작! 다섯 생명 조각상을 완성하셨습니다!
크고 복잡한 조각품. 까다로운 기법과 높은 예술성을 가진 조각품들만 가치가 있는 것은 아니다. 살아 있는 즐거움! 삶에 대한 환희를 가진 조각품들은 보는 이들의 마음을 즐겁게 할 것이다.
예술적 가치: 460
옵션: 생명 조각상을 바라본 이들은 생명력과 마나 회복 속도가 하루 동안 6% 증가한다. 해당 동물에 대한 친화력 상승. 화염 마법에 대한 내성 15% 상승(과도한 화기에 노출되었을 경우 귀를 통하여 열기를 방출할 수 있음). 함정이나 위험 지역에서의 관찰 능력 초급. 통솔력 25 상승. 지력 10 상승. 이동 속도 10% 상승. 다른 조각품과 중복 적용되지 않음.
지금까지 완성한 걸작의 숫자: 4

조각술 스킬의 숙련도가 향상되었습니다.

위드는 주먹을 불끈 쥐었다.

지금까지 걸작 조각품은 몇 번 만들어 보았다. 빙룡상처럼 명작을 만들어 본 경험도 있었다. 그렇지만 작은 나뭇조각을 가지고 걸작을 만든 건 처음이다.

'게다가 이런 옵션이라니……'

예술적 가치야 판매할 때에 주로 기준으로 삼는 가격이니 일단 제쳐 놓더라도 옵션들이 아주 다양하고 좋았다. 생명력과 마나 회복 속도 상승은 그만큼 사냥 속도를 빠르게 만들어 준다. 동물과의 친화력은 별로 쓸모는 없어 보이니 제쳐 두더라도, 나머지 옵션들은 상당히 괜찮은 것들이었다.

'토끼와 사슴, 고블린, 여우, 말. 이 생명들의 특성이 하나씩 옵션으로 부여되었구나.'

여태까지는 거대 조각상들만 가치를 가지고 있었다. 하지만 이제는 작은 조각품들에도 옵션을 넣을 수 있게 되었다.

조각사로서 어마어마한 발전이었다.

다론은 위드가 만들어 낸 조각품을 보며 고개를 끄덕였다.

"조각품에 대한 애정이 조각품을 더욱 생기 있게 만들 것이야. 그만하면 나의 시험은 훌륭하게 합격하였군."

조각품을 보는 눈 완료

눈으로 보고 만드는 조각품들은 겉모습만을 흡사하게 만들 뿐. 위대한 조각사는 그 내면까지도 담을 수 있어야 한다. 조각품에 대한 애정과 대상을 이해하려는 마음이야말로 조각사의 중요한 자질임에 틀림없다.

보상: 조각술의 비기! 다론에게 직접 배우십시오.

다론은 이어서 말했다.

"내 조각술은 특별한 것이 없다네. 그저 대상을 사랑하는 것이지. 기교나 형식 따위는 난 아직도 잘 몰라. 애정을 가진 조각사는 자신이 만든 조각품을 닮아 가기 마련이야. 그것을 세인들은 조각술의 비기라고 하더군."

"그러면?"

"조각 변신술. 이것이 내가 가진 비기이지. 그리고 자네에게 가르쳐 줄 것이 하나 더 있는데, 이건 조각품을 이해하는 법이라네. 쿨럭!"

다론은 피를 토하면서 기침을 했다.

"괜찮으십니까?"

"아무래도 이제 살날이 얼마 남지 않은 것 같군."

다론의 눈가에는 죽음의 그림자가 깊게 드리워 있었다.

"휴! 죽을 날도 머지않은데 아직 만들어야 할 조각품들이 300개나 되지. 최소한 지금까지 주문 받은 것들은 모두 만들어 주고 떠나고 싶네. 이곳에서 일주일 정도 나와 함께 조각품을 만들어 보겠는가? 내가 가진 조각술의 비기는 함께 일을 하면서 배울 수 있을 것이네."

다론의 주문

일주일 동안 레가스 성의 조각술 마스터 다론이 주문 받은 조각품들을 함께 제작하라. 다양한 종류의 조각품 제작은 조각사로서의 경험에 큰 도움이 될 것이다. 조각술의 비기를 익히기 위해서는 반드시 받아들여야 함.

난이도: 직업 퀘스트.

보상: 기간 내에 조각술 숙련도가 2배로 상승. 의뢰에 실패하더라도 조각술의 비기는 획득.

제한: 실패한 조각품은 사용할 수 없음. 기한을 맞추지 못할 시에는 명성이 하락하고 배상금을 물어 줘야 함.

위드는 그리 갈등하지 않고 선선히 의뢰를 수행하기로 했다. 조각술의 비기와 관련이 된 의뢰이니 당연히 포기할 수는 없었다.

게다가 부차적인 문제들도 있었다.

빙룡 조각상을 만든 이후로 조각술 스킬이 중급 6레벨에 올랐다. 그 후로 많은 사냥을 하면서 조각 검술을 사용했고, 이번에 걸작 조각품을 만들면서 조각술 숙련도가 늘었다.

이제는 조금만 더 하면 스킬을 중급 7레벨까지 올릴 수 있을 정도였다.

'조각술 스킬의 레벨을 올리는 것도 장난이 아니니까. 괜찮은 기회로군.'

같은 조각품을 만들고도 2배나 되는 조각술 숙련도를 얻을 수 있다.

그리고 주문 받은 물건을 만드는 것이기 때문에 무엇을 만들어야 할지 고민할 필요도 없었다.

"그러면 어떤 걸 만들고 싶은지 결정하게나."

의뢰를 받아들이자 다론은 위드에게 선택권을 주었다.

300개의 조각품.

이것 중에서 직접 만들 조각품들을 고르는 것이었다.

다론에게 주문된 조각품들 가운데에는 만들기 까다로운 물건들도 많았다.

퀘스트의 성공을 위해서라면 쉬운 물건들만 만들면 되지만, 위드는 욕심을 내기로 했다.

'너무 쉬운 일은 재미가 없지. 누구 하나 가르쳐 주는 사람 없

었는데 여기까지 왔다. 좀 무리를 해 보는 것도 괜찮을 거야.'

위드는 매일 30개씩 210개의 조각품을 만드는 데에 도전을 하기로 했다.

아침, 점심, 저녁. 쉬지 않고 만들면 어느 정도 가능할 것 같았다.

부른 상단의 선수상

멀고 먼 대양으로 돛을 펼치고 나아가야 하는 선단에는 그들을 수호해 주는 선수상이 반드시 필요하다. 부른 상단에서는 힘찬 돌고래를 닮은 선수상을 만들어 주기를 바라고 있다.

하나하나가 작은 의뢰들이나 다름이 없었고, 일을 성공적으로 수행하면 그에 따른 보상금이나 숙련도를 획득하는 게 가능했다.

의뢰에 맞는 정확한 물건을 만들어 주어야 하기 때문에 약간 곤란한 부분도 있었다. 지금까지는 마음 내키는 대로만 만들었기 때문이다.

구체적으로 어떤 물건들을 만들어 달라는 요구 사항 때문에 힘들기도 했지만, 곧 적응을 했다.

그러면서 첫날에는 15개밖에 만들지 못했지만, 둘째 날은 24개, 그다음 날은 35개를 만들었다.

그러는 한편으로 틈틈이 다론의 이야기를 들었다.

"나는 어릴 때에 한 여인을 만나서 사랑하였지. 재주라곤 조각술밖에 없어서 그녀를 조각하게 되었네."

"그러셨군요."

"하지만 그녀는 일찍 세상을 떠나고 말았지. 그 후로 내 기억 속에 남아 있는 그녀가 조금씩 성장해 가는 모습을 조각하고 있다네. 조각술은 단순한 기술이 아니야. 기술이 늘어날수록 좀 더 잘할 수는 있겠지만, 마음이 죽어 있다면 사람을 감동시키지는 못하지. 조각술과 그녀에 대한 사랑은 서로 다르지 않다는 걸 느끼고 있다네."

위드는 그와 이야기를 나누면서 조각품을 만들었다.

2배의 숙련도를 받는 덕분에 중간에 중급 7레벨까지 조각술 스킬을 올릴 수 있었다.

일주일이란 시간이 쏜살같이 흘렀다. 위드는 아슬아슬하게 의뢰를 완수할 수 있었다.

띠링!

다론의 주문 완료

다론은 평생을 한 여인을 조각해 왔다. 애정이 가득 담긴 조각술은, 조각품에 깊이를 더해 주고 있었다. 후배 조각사에게 많은 경험과 지식을 물려준 다론은 기쁘게 세상을 떠날 수 있을 것이다.

조각술 스킬의 숙련도가 향상되었습니다.

조각 변신술 스킬을 익히셨습니다.

패시브 스킬 조각품에 대한 이해가 생성됩니다.

위드는 곧바로 스킬들을 확인해 보았다.

"스킬 정보 창. 조각 변신술. 조각품에 대한 이해!"

조각 변신술
다론이 만든 조각사의 알려지지 않은 기술. 만들어 놓은 조각품으로 육체를 바꿀 수 있다.
제한: 조각품에 대한 이해를 깨달은 후에만 사용할 수 있음.
스킬 요구량: 마나 2,000. 예술 스탯 500 이상.
주의 사항: 다른 종족이나 생명체로 변신하더라도 그들의 외모와 육체적인 능력만 사용할 수 있을 뿐, 스탯과 레벨은 현재와 동일하게 유지됨. 거대한 육체를 가진 생물로 변신할 경우에는 그 몸집을 유지하기 위하여 힘과 체력이 더 많이 소모.

조각품에 대한 이해 1 (0%)
조각품을 알수록 더욱 뛰어난 작품을 만들 수 있다. 스킬 레벨이 오를수록 조각술과 조각 변신술에 추가적인 효과를 더함. 초급 과정을 모두 익히면 조각술에 10%의 효과를 더함. 육상의 생명체로 변신할 수 있음. 중급 과정을 모두 익히면 조각술에 20%의 효과를 더함. 비행 생명체로 변신할 수 있음. 단, 날갯짓부터 배워야 됨. 고급 과정을 모두 익히면 조각술에 30%의 효과를 더함. 대형 생명체로 변신할 수 있음.

위드는 그렇게 또 하나의 조각술의 비기를 배울 수 있었다.
'조각 변신술이라……'
레벨이나 스탯이 그대로 유지되기 때문에 무턱대고 강한 몬스터로 변한다고 해도 그다지 소용은 없다.
예를 들어 드래곤을 조각하고 변신을 하더라도 절대적인 힘을 발휘할 수 있는 게 아니었다. 둔한 몸집을 제대로 움직일 수 있을지도 의문일뿐더러, 익숙하지 않은 몸 때문에 잘 싸울 수도 없다.

걸음도 제대로 떼지 못해 2차 전직을 마친 검사에게 도륙을 당할 수도 있는 일이었다.

대신에 현재 위드가 토끼로 변한다면 무려 레벨 200이 넘는 괴물 토끼가 탄생하는 것이다.

그리고 비기 외에도 조각품에 대한 이해 역시 매우 유용한 패시브 스킬이었다.

"쿨럭!"

다론은 피를 토했다.

자신의 모든 걸 전수해 주고 이제는 심지가 다 타 버린 초처럼 죽어 가는 것이다.

"자네…… 개인적인 부탁이 있네."

"말씀하십시오."

"나를 좀 부축해 주겠나? 마지막 마무리를 지어야 할 조각품이 있어서……."

"그렇게 하겠습니다."

위드는 하루 정도 더 머물면서 다론을 돌봐 주었다.

다론이 끝까지 자리에 앉아 조각술을 펼치기를 원했기 때문이다.

다론의 기침은 점점 심해지더니, 나중에는 거의 쉬지 않고 피를 토했다. 그러면서 끝내 조각품을 완성하였다.

중년의 여인.

그가 사랑하던 여인의 조각품이었다.

일을 마치고 조각칼을 놓은 다론은 힘겹게 말했다.

"많이 사랑하게. 그리고 여러 직업들을 경험해 보게. 달빛 조각사라는 직업은 다양한 경험을 통해서만 성장할 수 있음이야."

"그렇게 하겠습니다."

"전설의 달빛 조각사에게 나의 기술을 가르쳐 줄 수 있어서 영광이었네. 그런데 자네가 전설의 달빛 조각사가 된 이유를 알고 있는가?"

"잘 모르겠습니다."

달빛 조각사와 전설의 달빛 조각사의 차이.

위드는 아직까지 전혀 알고 있지 못하였다.

"소수의 직업들은 전승이 되지. 한때 대륙 전체를 통일한 황제, 대륙 최고의 검을 가졌던 기사, 대륙 최고의 부를 소유했던 상인…… 이들에게만 전설이라는 수식어가 붙게 된다네."

"그러면 혹시… 아주 좋은 직업인 겁니까?"

사기당한 것처럼 얻게 된 직업.

지금 와서 직업을 바꿀 생각은 추호도 없지만, 그래도 늘 억울해하던 위드였다.

그런데 전설의 달빛 조각사라는 직업이 실제로는 아주 좋은 것일지도 모른다는 기대에 부풀었다.

딱 이 순간까지만.

"전설이 전설이지, 뭐 별게 있겠나."

"……"

"그래도 명예로운 직업이니……"

"……"

명예보다는 돈!

그리고 강함을 추구하는 위드에게 그것은 별 의미 없는 소리와도 같았다.

'역시 달빛 조각사나 전설의 달빛 조각사나 쓸모없기는 마찬가지였어.'

차라리 모르면 마음이라도 편할 것을!

그나마 한 줄기 희망과 기대라도 가졌을 것을.

달빛 조각사보다는 전설의 달빛 조각사가 그래도 뭔가 있어 보이는 직업이라는 생각으로 자위하며 살았는데, 그마저도 깨져 버린 지금이었다.

"아, 엘리엔……."

위드의 성질을 박박 긁어 놓은 다론은 마음속의 여인을 부르며 숨을 거두었다.

그가 숨을 거둔 장소에는 목조품이 하나 떨어져 있었다. 조각술 마스터만이 자신의 기술을 남기는 목조품!

'조각사라… 세상을 가장 사랑할 줄 아는 사람들이 조각사일 것이다.'

좋아하고 마음에 드는 것을 조각한다.

기술로만 접근해서는 절대로 높은 경지에 다다를 수 없는 것을 이제는 위드도 조금은 깨치고 있었다.

마음에 와닿는 그 무언가를, 그 감정을 살려서 조각해야만 한다.

작은 여우라고 해도 그들의 삶이 있었다.

이들의 모습을 남기는 게 조각사의 일.

위드는 다론의 형상을 조각하기 시작했다.

다론의 마지막 순간을 아는 것은 위드뿐이었다.

띠링!

명작! 다론 조각상을 완성하셨습니다!
조각술 마스터 다론. 그는 세상을 떠났지만 그의 마음은 이곳에 남아 있다. 비전을 이어받은 후인이 만든 조각품은 그가 가졌던 애정을 널리 퍼트리게 할 것이다.
예술적 가치: 2,300.
옵션: 다론 상을 본 이들은 생명력의 회복 속도가 하루 동안 50% 증가한다. 마법 저항력 40% 상승. 생명력 최대치 45% 상승. 전 스탯 10 상승. 다론 상이 보이는 영역에서는 전투 불가능. 다론 상이 위치한 성과 나라의 인구가 빠르게 늘어남. 다른 조각품과 중복 적용되지 않음.
지금까지 완성한 명작의 숫자: 2

중급 조각술 스킬의 레벨이 8로 상승했습니다. 조각술이 한층 더 섬세하고 세밀해집니다.

중급 손재주 스킬의 레벨이 9로 상승했습니다. 도구나 손을 이용하는 능력이 추가로 5% 증가하며, 다양한 분야에 걸쳐서 영향을 주게 됩니다.

조각품의 이해 스킬의 레벨이 초급 4레벨이 되었습니다. 조각품에 대한 애정과 지식이 늘어날수록 만든 조각품의 효과가 강해집니다.

명성이 1,350 올랐습니다.

예술 스탯이 79 상승하였습니다.

인내가 3 상승하였습니다.

지구력이 3 상승하였습니다.

통솔력이 5 상승하였습니다.

명작 조각품을 만든 대가로 전 스탯이 1씩 추가로 상승합니다.

오데인 성 공방전

레가스 성을 떠나는 위드는 흥분으로 몸이 달아올랐다.

'몬스터와 싸워 본 지도 오래간만이군.'

전투에 대한 감을 잃어버렸을지도 모른다는 생각이 들었다. 위험천만한 전투만을 해 온 위드지만, 몇 개월간 쉬었으니 감각이 예전만큼은 아니리라.

칼날 위를 걷는 것처럼 아슬아슬한 긴장감.

상대하기 힘들고 강한 몬스터가 있는 위험한 사냥터만을 다니던 위드에게 그 느낌이 어느덧 생소한 게 되어 버렸다.

'어쩌면 맥없이 죽을지도······.'

나약한 마음이 들었다.

두려움의 근원은 다른 이들이 앞서 갈 때에 정체되어 있다는 기분일지도 모른다.

프레야 교단의 싱물을 반환한 지도 몇 개월이 지났지만, 여전히 레벨은 228이었다. 219에서 퀘스트를 완수한 대가로 9개의 레벨이 오른 후 변화가 없는 것이다.

가끔 귓속말을 나누는 페일의 레벨도 이제 190 정도가 됐다. 수르카나 이리엔 등은 함께 사냥을 하므로 그녀들의 레벨도 대충 그 정도였다.

하다못해 마판의 레벨도 이제 160 정도가 되었고, 화령의 레벨도 210 정도다.

남들은 열심히 앞으로 나아가고 있는데 위드만 혼자서 그대로였다. 그러나 위드는 놀고 있던 게 아니었다.

힘을 기르면서 멀리 돌아왔을 뿐이다.

달빛 조각사라는 직업의 장점을 최대한 살리기 위하여!

레벨은 그대로지만 강화된 스탯과 연계된 기술의 변화는 위드를 완전히 바꾸어 놓았다.

"크크크."

"다 죽이겠다!"

검치들은 몬스터만 보이면 검을 뽑아 들고 돌격을 했다. 아무리 강한 몬스터라고 해도 일단 보이면 잡으려고 들었다.

공명심.

이름을 날리기 위해서 적을 가리지 않았다.

자이언트 맨을 잡은 기세를 살려서, 일단 어떤 몬스터들이든지 싸우고 봤다.

미친 검사들의 집단. 그러한 별명으로 더 유명해진 검치들이었다.

단연 독보적인 존재는 그들 중에서도 5명.

검치, 검둘치, 검삼치, 검사치, 검오치.

"그런데 스승님."

"왜 그러느냐, 검둘치."

"위드 말입니다."

위드와 검치들은 가끔 귓속말을 나누었다.

남자들끼리라 처음에는 서먹하기 이를 데 없었다. 그러나 검둘치나 검삼치가 열성적으로 위드에게 귓속말을 보내었다.

이유는 단 하나!

정보는 곧 힘.

하나라도 더 알면 그만큼 검치에게 아부를 할 수 있다.

어디의 음식이 맛있는지, 혹은 어떤 몬스터가 무엇을 떨어뜨리는지는 기본 중의 기본이다. 검치가 좋아할 만한 곳으로 안내를 하고, 일부러 요리 스킬을 배우기도 했다.

검둘치 등은 로열 로드에 와서야 그들의 스승이 어떤 존재인지에 대해서 다시금 뼈저리게 느꼈다.

늑대를 향해 휘두르는 일 검조차 평범하지 않다. 지극히 자연스러우면서도 절대로 피할 수 없는 일 검!

검치의 전투를 보면서 완전히 매료되어 버린 사범들이었다.

'본래 강한 분인 줄 알고는 있었지만…….'

'정말로 굉장한 검술이다.'

하나라도 더 배우고 익히기 위해서 아부와 아첨을 서슴지 않게 됐다.

검둘치는 조심스럽게 말문을 열었다.

"위드가 하고자 하는 일을 달성하고 사냥을 하러 간다는군요."

"음, 나도 어서 녀석이 싸우는 모습을 보고 싶구나. 강한 적과 맞서 싸울 줄 아는 남자야말로 매력이 철철 넘치는 것이지."

"그런데 최근에 그는 꽤 오랫동안 전투를 하지 않았지 않습니까."

"그랬지."

"시간이 많이 지난 만큼 실력이 녹슬지는 않았을까요?"

"허허……."

검치는 어이없다는 듯이 웃었다.

"웃고만 계실 때가 아닙니다. 오랫동안 싸우지 않았으니 감각을 잃어버려서……."

"둘치야."

"예, 스승님."

"맹수는 먹이를 잡는 법을 잊어버리지 않는다. 고양이인지 사자인지는 거기서 결정이 나는 법이지."

"맞습니다, 스승님."

말은 그렇게 하지만 검둘치는 스승의 말을 인정하지 못하였다. 아무리 뛰어난 운동선수라고 해도 실전을 오래 치르지 않으면 감각이 무디어지는 게 현실이다.

"그리고 검사라면 자신의 검을 한동안 떼어 놓을 줄도 알아야 한다."

"네?"

"검과 나를 따로 둘 수 있어야 한다. 나 자신이 있은 다음에 검이 있는 것이 아니겠느냐? 목적을 위하여, 더 높은 경지의 검만을 익히려고 스스로를 좁은 세상에 가둬 두면 아무것도 이루지 못한다. 검을 놓는다. 그러나 머릿속으로는 검을 끊임없이 떠올린다. 이 또한 수련 과정의 하나라고 할 수 있지. 어쩌면 녀석은 내가 가르쳐 주지 않음에도 불구하고 알아서 착착 과정을 밟아 나가고 있는지도 모르겠구나."

⁂

수많은 사람들이 요새 안에서 바쁘게 움직이고 있었다.

"보급품을 확인해!"

"이번에도 요새를 사수한다면 발칸 길드도 물러나게 될 거야."

"이번의 총공격을 막아야 한다."

오데인 요새를 차지한 동맹 길드.

제국의 번영 길드와 오아시스, 메이파의 날개가 주축이 된 동맹군은 곧 분열을 일으켰다.

오데인 요새의 어마어마한 가치. 그것을 제국의 번영 길드가 독식하려 했기 때문이다.

오아시스 길드와 메이파의 날개는 정당한 보상을 해 달라며 극렬하게 항의를 했지만 받아들여지지 않았다.

오데인 요새를 탈환했다는 것만으로 엄청난 숫자의 유저들이 제국의 번영 길드에 가입을 한 것이다. 그 힘을 기반으로 제국의 번영 길드는 중요한 공들을 독차지했다.

오아시스 길드는 본래 용병들이 모여서 만든 길드이다. 임무를 마치고 난 뒤 배신감과 함께 뿔뿔이 흩어졌지만, 메이파의 날개는 보복을 다짐하며 동맹에서 이탈했다.

본래 요새의 주인이던 발칸 길드에서도 칼을 갈고 있었다.

"우리의 것을 되찾아야 한다. 놈들에게 쓴맛을 보여 주자!"

길드 마스터 그레인 발칸은 그렇게 외치며 세력을 결집시켜 성의 탈환에 도전했지만, 몇 번의 패배를 겪었다. 하지만 지금까지 모아 놓은 자본과 인맥으로 다시금 세력을 일으켰다. 메이파의 날개도 과거의 악연을 접어 둔 채 발칸 길드에 합류했다.

그러자 세력 면에서는 요새를 차지하고 있는 제국의 번영 길드를 압도할 지경이었다.

브리튼 연합과 아이데른 왕국의 접경에 위치하여 엄청난 통관세를 거둘 수 있는 오데인 요새의 가치는 두말할 필요도 없는 일.

베르사 대륙의 모든 관심이 오데인 요새로 몰렸다.

오데인 요새의 막강한 수비력은 단지 숫자만 많다고 해서 뚫을 수 있는 건 아니기에, 어느 누구도 섣불리 승부를 점칠 수는 없었다.

공성전이 벌어지기 2시간 전.

발칸 길드가 선전포고를 한 이후, 평원에 사람들이 속속 모여들고 있었다.

오데인 요새 내부에서도 바쁘게 움직였다.

"1군단 도착했습니다."

"2군단 집결 끝. 성주님의 명령 기다립니다."

"3군단 전투태세 갖추었습니다. 인원 배치 완료하였습니다."

"4군단 보급 준비 다 마쳤습니다."

제국의 번영 길드는 각기 3,000명으로 나누어진 4개의 군단으로 개편했다.

1군단은 주력부대로 성벽 위에서 적과의 전투를 전담하고, 2군단은 성문이 부서질 때를 대비하여 그 뒤를 지킨다.

3군단은 궁수 부대와 마법사 부대였다. 이들은 후방 지원과 요충지에서의 공격을 맡았다.

4군단은 보급과 예비 병력들로 이루어져 있었다.

나머지 부족한 병력들은 용병을 모아서 충당하기로 했다.

오데인 요새를 지키는 NPC 병사들도 꽤 많은 편이니, 조금 불리하지만 해볼 만한 싸움이라는 의견이 많았다.

이번 전투에 오데인 요새를 사수하느냐 사수하지 못하느냐가 달려 있었다. 만약 패배한다면 제국의 번영 길드는 모든 것을 잃어버리고 만다. 그렇기 때문에 필사적일 수밖에 없다.

발칸 길드에서 내기로 한 것의 3배의 보상을 약속하며 용병들을 모집했다.

오데인 요새의 후원.

그곳에도 일단의 용병들이 모여 있었다.

"자, 그러면 우리들의 임무는 우선 이곳에서 대기하는 겁니다. 전투가 벌어진 직후에 상황이 급해지면 우리들이 투입될 겁니다. 더 궁금하신 게 있나요?"

제국의 번영 길드에서 나온 대장 브라인의 말에 용병들은 그냥 땅바닥에 주저앉았다. 그러고는 대충 무기를 손질하거나 멀리 성벽 위를 올려다보았다.

"평소에는 보기 힘든 기사들이 많은데."

"저것 봐. 마법사들이 날아다니고 있어."

"그만큼 이번 공성전이 치열하다는 소리지. 발칸 길드에서 칼을 갈고 있을 테니까."

"그러면 우리가 죽을 확률도 조금은 높아진 건가?"

용병들은 대화를 나누면서 공성전의 개시를 기다렸다.

용병들은 소속된 세력이 승리를 거두어야 의뢰금을 받을 수 있었다.

제국의 번영 길드에서 내건 의뢰금은 1인당 10골드씩! 상대를 죽이면 5골드를 더 받고, 끝까지 살아남으면 20골드를 추가로 받는다.

전쟁에 참여한다는 짜릿한 느낌 때문에, 보상이 아니더라도 일부러 찾아오는 이들도 많았다.

둥! 둥! 둥! 둥!

뿌우우우!

이윽고 발칸 길드에서 모든 준비를 마쳤는지, 북소리와 뿔피리 소리가 함께 들렸다.

"온다!"

성벽 위에서 마법사들과 궁수들이 소란을 피우며 전투를 준비하는 것이 아래에 있는 용병들에게도 보였다.

두두두두!

땅을 울리는 진동음.

"기사단이다. 발칸 길드의 철십자 기사단이야."

"기사단이 진격한다."

"전쟁이 시작됐다!"

용병들이 흥분을 주체하지 못하고 벌떡 자리에서 일어났다. 그리고 일제히 함성을 내질렀다.

"우와아아아아!"

"전쟁이다! 놈들을 깨부숴라."

"오데인 요새를 지키자. 침략자로부터 요새를 사수하라!"

용병들이 괴성을 지르고, 제국의 번영 길드에서도 열심히 북을 두들기고 뿔피리를 불었다.

모두가 고조되어 버린 이때에, 테오도르는 아직도 앉아 있는 이를 목격하고는 다가갔다.

"겁을 집어 먹은 모양이군. 괜찮네. 다 그렇게 시작하고는 하니까."

전투 경험이 많은 테오도르는 풋내기 용병을 안심시키며 다독여 주려고 했다. 전투가 벌어진다고 해도 그들이 속한 부대가 투입되려면 한동안 시간이 걸린다.

그때까지 풋내기 용병이나 상대하면서 자신의 뛰어남을 자랑하려는 것이 목적이었다.

"아, 전투가 이제 시작됐군요."

"그렇다네. 그러고 보니 자네는 뭔가를 만들고 있었군. 인형인가?"

테오도르는 풋내기 용병이 만드는 나무 조각품을 보았다. 그러고 보니 오데인 요새를 조각하고 있는 것이 아닌가.

달빛 조각사

철십자 기사단.

한때에는 침략자들에게 공포의 대상이었다.

지금은 상황이 바뀌어서 요새를 탈환해야 하는 입장이지만 여전히 단일 세력으로는 이 근방에서 최강이었다. 그런 그들이 별로 의미 없는 첫 번째 교전에 나설 리가 없었다.

철십자 기사단은 전운을 고조시키는 역할만을 맡고 조용히 후방으로 빠졌다.

본격적인 전투는 그때부터였다.

발칸 길드의 수장이 피를 토하듯이 외쳤다.

"진군하라, 병사들이여! 동료들이여! 우리의 것을 다시 되찾는 것이다!"

그의 명령에 따라 수만 명의 유저들이 해일처럼 오데인 요새를 향해 달려들었다.

엄청난 광경이었다. 성벽 위에 있는 이들은 다들 가슴이 떨려 왔다.

"파이어 월!"

"데미지 샷!"

성벽 위에서 준비하고 있던 마법사들과 궁수들이 공격을 개시했다. 마법과 화살 공격은 바다에 조약돌을 던진 듯 티도 나지 않았다.

정령과 골렘이 날뛰고, 어쌔신들이 잠입하여 마법사들의 목을 벤다.

마침내 오데인 요새 공방전이 개시된 것이었다.

사다리와 밧줄이 걸리고, 성벽을 오르려는 자들과 이를 막으려는 자들 사이에서 전투가 벌어졌다. 그리고 발리스타와 발석기가 쇠뇌와 거대한 돌을 뿜어냈다.

지금까지는 오데인 요새의 가공하다고밖에 표현되지 않을 방어력 때문에 모든 시도가 수포로 돌아갔다. 하지만 이번에 발칸 길드는 막대한 자금을 사용했다. 요새를 보유하는 동안 축적해 놓은 자금을 아끼지 않고 풀어서 공성 병기들을 구입했다.

쿠구궁! 콰쾅!

막으려는 자와 돌파하려는 자들의 싸움!

오데인 요새 전역에 걸쳐서 벌어지는 장대한 전투였다.

브라인이 이끄는 용병대가 투입된 것은 전투가 벌어지고 나서 약 4시간이 흐른 후였다.

성벽은 이미 발칸 길드의 수중에 떨어졌다. 그러나 발칸 길드는 성벽을 장악하는 대가로 막대한 희생을 치러야 했다.

NPC 궁수 부대와 마법사들의 공격으로 인하여 전체 전력의 삼분의 일 가까이가 희생되었다.

오데인 요새의 방어력. 그것이 유감없이 위력을 보인 것이다. 하지만 이제야말로 발칸 길드와 제국의 번영, 양 진영의 세력은 엇비슷해졌다고 할 수 있다.

공격대가 브라인 휘하의 용병대가 지키고 있는 연무장을 향해 뛰어왔다.

"모두들 반드시 자리를 지켜 주십시오."

브라인의 말이 아니더라도 요새 안에서 도망칠 곳은 없다.

용병들은 비장한 얼굴로 칼을 빼어 들었다. 어떤 이들은 도끼나 창을 뽑기도 했다. 사용하는 무기도 그 직업만큼이나 각양각색인 것이다.

다만 마법사나 정령사, 궁수의 직업을 가진 이들은 별도의 부대에 속해 있어서, 이곳에는 직접 전투를 하는 직업뿐이었다.

위드도 그들 틈에 섞여 있었다.

'역시 대단하군.'

오데인 요새 전투는 텔레비전을 통해서 본 적이 있다. 그러나 직접 참여해 보니 정말로 장관이었다.

귀로 들리는 무수한 소음들.

마법이 작렬하고 사람이 죽는 비명 소리들.

이것들이 실제처럼 박진감을 더해 준다.

등줄기가 짜릿했다. 마법의 대륙을 할 때도 공성전에 참여해 본 경험은 없다. 이번이 처음이었다.

전투에 대한 감각을 깨우기 위해서, 한 번도 겪어 보지 못한 전장에 참여한 것이다.

눈을 감아도 오데인 요새를 공격해 오는 적들의 존재를 선명하게 느낄 수 있을 정도였다.

브라인의 용병대와 공격대는 즉시 교전을 시작했다.

위드는 전투가 시작되는 순간 나뭇조각을 이용해서 만든 가면을 얼굴에 착용했다. 나비가 금세 날아오를 것 같은 가면!

"괴상한 놈이군. 나와 싸우는 것이 너의 불행이다. 우와합!
파워 어택!"

위드를 상대로 한 전사가 크게 검을 휘둘렀다.

채앵!

위드는 가볍게 그의 검을 막아 주었다. 전투를 치른 지 너무 오래되어서 걱정을 했는데, 그것이 기우라는 사실을 깨닫게 됐다.

어깨가 움직이는 것만 보고도 상대의 공격을 막기에는 충분했다.

"조각 검술!"

> 치명적인 일격이 터졌습니다!

허점을 노린 위드의 검은 크리티컬을 터트리면서 상대방을 회색빛으로 만들었다.

"이익! 알톤을 죽이다니!"

"복수다."

"제비베기!"

"천둥베기!"

"트리플 어택!"

3명의 적들이 저마다 기합을 외치며 동시에 덤벼들었다.

아마도 방금 해치운 이와 동료 사이인 것 같다. 하지만 검기를 이용한 스킬을 쓰지 않는 걸 보니 레벨이 200을 넘지는 않는 모양이었다.

위드는 혹시나 하는 생각에 검을 바닥에 늘어뜨렸다. 그리고 3명의 공격을 그대로 맞아 주었다.

퍼퍼펑!

스킬들이 위드의 몸에 작렬했다.

그런데 어딘가 미묘하게 빗나가는 느낌이었다. 빛과 화염이 위드의 방어구나 옷에 닿을 때 슬쩍 미끄러지는 것이 아닌가!

그라함의 가죽 갑옷!

광이 나도록 닦고 다려 놓은 갑옷이 적의 공격을 흘려 버린 것이었다.

"죽었겠지?"

"어서 아이템이나 줍자!"

위드를 죽인 줄 알고 화색이 되어 있던 그들!

그러나 스킬의 효과가 사라지고 나서 나타난 위드를 보고 얼굴빛이 파리하게 변하고 말았다.

죽지 않고 멀쩡했던 것이다. 하다못해 입가에 피를 흘린다거나 하는, 조금이라도 피해를 입은 티도 나지 않는다.

이들이 보기에 이 순간 위드는 대마왕이나 다를 바가 없었다.

어쩔 수 없는 것이, 현재 위드의 총 생명력은 9,000이 넘었다. 각 스킬들이 중급에 오르면서 늘어나게 된 보너스 스탯! 거기에 낚시 스킬은 총생명력을 늘려 주는 효과가 있었던 것이다.

그런데 적의 스킬들이 깎아 놓은 피해는 겨우 300도 되지 않았다.

'생각보다 약하군.'

위드는 적들에게 실망했다.

죽도록 노가다를 해서 얻은 다림질과 방어구 닦기가 주는 효과는 아무것도 아닌 것처럼 여기면서!

"조각 검술!"

위드는 상대를 거침없이 공격했다.

검광이 번뜩일 때마다 상대의 생명력이 쭉쭉 떨어졌다.

직접적인 레벨의 차이는 얼마 안 난다고 해도 위드의 스탯은 비정상적으로 높았다.

상대의 방어력을 무시하는 조각사만의 검술에, 검 갈기 스킬이 주는 공격력 강화 효과.

동료의 복수를 위해 나선 3명을 잡는 건 그야말로 순식간이었다. 미처 대응할 새도 없이 공격을 퍼부어서 회색빛으로 만들어 버린 것이다.

띠링!

> 현재까지 적을 죽인 횟수: 4
> 전쟁이 승리로 끝날 때에는 공적에 따라 의뢰 보상금을 받게 됩니다. 추가로 명성이나 작위가 부여될 수 있습니다.

위드는 세 사람이 죽은 자리로 몸을 날렸다. 그곳에서 땅바닥을 한 바퀴 구르고 일어나자 바닥에 떨어진 아이템은 단 하나도 남지 않았다.

쓱싹!

셋을 잡는 것도 빠르지만 떨어진 아이템을 줍는 동작이야말로 번갯불에 콩을 볶아 먹듯이 쾌속했다.

"이야합!"

위드는 쉴 틈도 없이 다른 적들과 싸웠다.

검광이 번뜩이고 스킬을 시전할 때마다 맥없이 죽어 나가는 적들!

위드가 강한 탓도 있지만 상대의 레벨이 170 정도밖에 되지 않으니 어쩔 수 없는 결과였다.

로열 로드의 최상위 랭커들!

그들은 공성전에 좀처럼 참여하지 않는다. 자칫 실수라도 해서 죽는 날에는 얻게 되는 페널티가 너무나도 컸던 것.

일반 용병들이나 병사들은 돈을 풀어서 얼마든지 모을 수 있지만 진정한 고수들은 철저하게 자기 길드의 전투에만 동원이 된다.

그렇기 때문에 모든 길드에선 레벨이 높은 이들을 영입하려 안간힘을 기울이고 있었던 것이다.

그래도 적들 중에는 레벨 250대의 중고수들도 다수 있었다. 숫자를 채워 주기 위한 병력이 아니라 실질적인 무력을 가지고 있는 자들!

공격대를 인솔하러 온 지휘관들이 그러했다.

위드가 열심히 살육전을 펼치자 마침내 그들이 나섰다.

"비켜라. 저놈은 내가 맡겠다."

그러나 위드의 시야는 타의 추종을 불허할 정도였다.

죽을 고비를 수도 없이 넘기면서 위험한 던전에서 전투를 치렀다. 그 덕분에 주변 상황을 살피는 눈치만큼은 최고였던 것.

"칠성보!"

1급 무술서에 수록된 보법을 도주에 사용하는 위드!

'남의 집 싸움에 목숨을 걸 필요는 없지.'

무서워서 피하는 건 결코 아니다.

레벨 250대의 중고수라고 해도 별로 두렵지는 않았다. 진혈의 뱀파이어 수백과 싸웠던 위드가 아니던가. 그러나 그들을 꺾으면 더 강한 자가 나타나기 마련.

위드는 아군을 최대한 이용했다.

강한 자가 다가오면 강한 아군 근처로 피한다. 그래서 둘을 싸움 붙이고 위드는 편안하게 다른 적들을 상대했다.

"조각 검술!"

치사하고 야비한 방법!

그러나 위드는 어떠한 양심의 가책도 느끼지 않았다.

적과 적 사이. 공간과 공간 사이.

위드는 난폭한 폭군이 되었다.

브라인 용병대장을 비롯해서 아군의 지휘관들이 자신과 걸맞은 상대와 피 튀기며 혈전을 벌이는 가운데, 약한 적들만 골라서 싸우며 최고의 전공을 올리는 것이다.

"이이익!"

"저놈부터 죽여!"

적들이 한꺼번에 위드에게 덤벼들었다. 그러나 위드보다 훨씬 약했다.

적들 다수가 위드에게 몰리자 팽팽하던 균형이 깨졌다. 방어를 하던 브라인의 용병대는 압도적인 우위를 차지할 수 있었다.

물론 그 와중에도 위드가 실속을 톡톡히 챙긴 사실은 말할 필요도 없다.

전투가 무서워.

전투를 해 본 지가 너무 오래되어서…….

혹시 감각을 잃어버리진 않았을까?

미리 했던 우려들이 무색할 지경이었다.

전투는 하루 종일 치열하게 전개됐다.

무수히 많은 피가 뿌려진 오데인 요새!

제국의 번영 길드에서는 이번에도 승리를 거머쥐고 오데인 요새를 사수할 수 있었다.

전력을 기울인 시도가 좌절된 발칸 길드에서는 당분간 힘을 비축할 수밖에 없게 되었다.

제국의 번영 길드가 승리한 데엔 오데인 요새의 두꺼운 성벽을 무시할 수 없겠지만, 결정적인 요인은 내성으로 향하는 길목이 끝까지 뚫리지 않았다는 것에 있었다.

그러한 과정에서 유저들 사이에 전설이 된 사람이 있었다.

나비 가면을 쓴 용병!

동료까지 거침없이 이용하는 야비함과 치사함!

그가 휩쓸고 간 자리에는 단돈 1쿠퍼도 남아나지 않았다고 한다.

검치들의 레벨이 드디어 170을 넘었다.

사냥터만 전전하는 굶주린 이리 떼들!

미친 듯 사냥만 하고 있었으니 레벨이 빨리 오를 수밖에 없었다.

위드의 레벨이 180 정도일 때 시작하였으니 매우 빠른 속도로 따라잡고 있는 것이다.

열심히 사냥에 열중하던 검치들!

그들은 로자임 왕국 남부의 이름 모를 계곡이나 산들을 돌아다니면서 전투를 치렀다.

　제대로 된 보급품도 없어 다들 거지꼴이지만 즐거웠다.

　사람들이 많이 개척하지 않은 곳을 다니면서 퀘스트를 수행하는 재미가 있었던 것이다.

　검치들은 서서히 유명 인사가 되었지만 그들의 행동을 고깝게 보는 이들도 있었다.

　"저것들 왠지 기분이 나쁘군."

　"유명하고 단체로 다니는 것들은 다 재수가 없단 말이야."

　"죽여 버릴까?"

　할마와 마르고가 중얼거렸다.

　옆에는 레위스와 그랜도 함께였다.

　"놈들을 죽이고 레벨이나 올리자."

　"아이템도 좀 뺏고. 나 그때 잃어버리고 나서 아직도 흉갑이 없다니까."

　"괜찮은 생각이야."

　뒤치기 4인조!

　다리 짧은 이의 무덤에서 위드와 마판을 함정에 빠뜨리려다가 역으로 죽음을 맞이했던 4인조는 클라우드 길드의 추적 때문에 어쩔 수 없이 로자임 왕국으로 넘어왔다.

　그 후로 몇 달이 지났지만 그들의 레벨은 여전히 그대로였다. 몬스터보다는 사람 사냥을 좋아하는 뒤치기 4인조.

　로자임 왕국에서는 그들이 죽일 만한 사람들이 많지 않았던 것이다. 스킬의 레벨도 오르지 않아 무료함을 느끼던 차에 검치들을 발견했다.

"재밌겠다. 어서 하자!"

언제나 그랬듯 나쁜 일에는 그랜이 가장 먼저 앞장을 섰다.

"킥킥킥."

"낄낄."

할마와 레위스도 웃으면서 따라붙었다.

4인조는 동료라고 해도 언제나 배신당할 수 있는 위험을 안고 있었다.

이미 한차례 배신을 겪지 않았던가! 그러나 그들은 되살아난 이후로 다시 모였다.

"혼자 사람 죽이는 건 재미가 없어."

"이야기라도 하면서 죽여야지."

"암, 역시 너희들과 함께 죽이는 게 최고야."

"언제든 배반해. 나도 배반할 테니까."

동료애 따위는 추호도 찾아볼 수 없다. 그저 단순한 재미를 위해 모인 이들!

뒤치기 4인조는 검치들이 이동하고 있는 길을 떡하니 가로막고 섰다. 500이 넘는 이들을 전부 상대하는 건 그들로서도 부담이 크다.

그렇기 때문에 딱 5명이 있는 파티를 목표로 삼고 나타난 것이었다.

그런데 하필이면 그게 검치와 검둘치, 검삼치, 검사치, 검오치로 구성된 파티였다.

"응?"

"뭐 하는 놈이지?"

검치들이 멀뚱멀뚱 서서 쳐다보자, 그랜은 빙긋 미소만 지었다. 그러고는 검을 들어 스킬을 시전했다.

"플레임 소드!"

그랜은 예고도 없이 가장 선두에 있던 검치를 공격했다.

뒷짐을 지고 느긋하게 걸어오던 검치를 향해, 활활 타오르는 검을 휘두르며 뛰어든 것이었다.

"스승님!"

"위험합니다!"

검둘치와 검삼치가 크게 입을 벌렸다.

검치는 산책이라도 하듯 여유로운 발걸음으로 한 발자국 물러남과 동시에 순식간에 검을 뽑아 들었다. 물 흐르듯이 가벼운 대응이었고, 막힘이 없었다.

'멍청한 놈.'

그랜은 눈을 빛냈다.

플레임 소드는 힘이 절정에 이르렀을 때에 화염이 폭발하는 검술이다.

검치가 피하기 위해서 물러났다면 이는 오산! 오히려 화염을 뒤집어쓰기에 좋은 것이다.

그런데 막 휘둘러지고 있는 검에 검치가 자신의 검을 내밀어서 마주 대었다.

'무슨 해괴한 짓이야?'

이때까지만 해도 그랜은 별 생각이 없었다. 막강한 자신의 힘을 막아 낼 리 없다고 믿었다.

'어라?'

그런데 미묘한 힘이 가해지면서 검을 그대로 들고 있기가 힘들어졌다. 아차, 하는 사이에 플레임 소드에서 뿜어진 막강한 힘이 엉뚱한 좌측 숲으로 날아가 버린 것이다.

그랜이 어찌 손 쓸 새도 없이 벌어진 일이었다.

콰과광!

엉뚱한 곳에서 폭발한 플레임 소드.

검둘치와 검삼치는 눈을 부릅떴다.

"사량발천근!"

넉 냥의 힘으로 천근의 무게를 옮기는 기술!

검사치와 검오치는 믿을 수 없다는 표정이었다.

그들은 무예인으로 전직을 하면서 몇몇 기술들을 새롭게 습득하였다. 그때 얻은 기술 중에서도 제일 쓸모없어 보이던 기술, 사량발천근. 마나 소비도 50밖에 안 되는 데다가 사용하기도 극히 까다로운 기술이었다.

우선 적 공격의 방향을 정확하게 파악하고, 그 힘의 흐름을 살짝 뒤틀어 주어야 한다. 스킬만 외친다고 되는 게 아니라 그 힘이 흐르는 맥을 스스로 인지하고 찾아내야만 했다. 스킬이 발동되는 것은 그 이후였다.

사량발천근을 사용하면 자신을 공격해 오는 힘의 경로를 미세하게 바꿀 수 있는 것이다.

전투 전문 직업 무예인!

그만큼 뛰어난 싸움 실력을 필요로 하는 것이다.

검치는 무려 다섯 차례나 연속으로 사량발천근을 사용하면서 플레임 소드의 공격 방향을 엉뚱한 곳으로 흘려보내 버렸다.

"이런……."

자신감 넘치던 기술이 완전히 수포로 돌아간 그랜의 몸이 얼어붙었다.

검치가 느긋하게 물었다.

"넌 뭐야? 인간형 몬스터냐? 데스 나이트보다 센데, 아이템은 괜찮은 거 주겠지?"

"그, 그건……."

그랜은 너무나도 놀라서 제대로 말도 나오지 않았다. 무언가 심각하게 잘못되었다는 판단.

어쨌든 본능적으로 검을 휘둘렀지만, 검치는 가볍게 이를 피하며 매타작을 시작했다.

퍼버버벅!

"어쭈? 안 죽네?"

"끄아아악!"

그랜은 높은 방어력과 생명력 덕에 잘 죽지 않았다.

검치는 교묘하게 아픈 급소들만을 공격하며 그랜을 두들겨 팼다.

레위스나 할마, 마르고도 별반 다르지 않았다.

"이놈들 몬스터야?"

"일부러 찾아가지 않아도 알아서 나타나네."

"심심하던 차에 잘 걸렸다."

"어디 한번 죽어 봐라!"

검둘치, 검삼치, 검사치, 검오치의 처절한 응징!

다른 이들이라면 살인자가 될 때 받는 페널티 때문에라도 웬만하면 그냥 지나치는 경우가 많다.

그런데 검치들에게는 그러한 개념 자체가 없었다. 숫제 사람을 몬스터로 취급하면서 패는 것이다. 어떤 면에서는 4인조보다도 훨씬 잔인한 감이 있었다.

4인조는 처참하게 두들겨 맞고 로그아웃을 당했다.

⁂

하루가 지난 후에 다시 모인 4인조.

"뭐가 어떻게 된 거지?"

"으으… 어제 일은 떠올리고 싶지도 않아."

"그러면 복수를 포기할까?"

4인조는 심각한 고민에 빠졌다.

역시 나쁜 일에는 가장 앞장서는 그랜이 나섰다.

"이대로는 억울해서 안 되겠다."

"그러면 복수를 할 거야?"

"해야지."

"우리들만으로는 무리인데…….."

레위스가 약한 모습을 보였다. 그만큼 어제의 기억은 다시 떠올리고 싶지도 않은 것!

"우리들에게는 이제 길드가 있잖아. 거기서 사람을 좀 데려오자."

로자임 왕국은 4인조의 천국이었다.

오데인 성 공방전 335

    치안이 제대로 확립되어 있지 않아 4인조 같은 수배범들이 돌아다니기에는 천혜의 환경이다.

    뒤치기 4인조는 이곳에서 다리우스의 이카 길드에 가입했다. 세력을 확대하려던 이카 길드는 뒤치기 4인조들의 악명을 알면서도 받아들였다.

    4인조는 곧 이카 길드에 있는 사람들을 불러 모았다.

    남부에 있는 이카 길드의 전투원들은 무려 300여 명이나 되었다. 4인조는 적당한 거짓말로 그들을 구슬렸고, 평소에 검치들을 고깝게 보던 이카 길드에서는 아예 전면적인 토벌전을 펼치기로 결정했다.

    "놈들을 죽여라!"

    "우와아!"

    뒤치기 4인조는 300여 명의 동료들과 함께 검치들을 불시에 습격했다.

    몸을 숨기고 있던 어쌔신이 기습을 가하고, 저격수가 쇠뇌를 쏘았다.

    "으아악!"

    "적이다."

    모여 있던 검치들 중 많은 수가 갑작스러운 기습에 목숨을 잃어야 했다. 평범한 필드에서 다른 유저들이 공격을 가해 올 줄은 꿈에도 몰랐던 것이다. 살아남은 검치들은 서로 등을 맞대고 항전하기 시작했다.

    "큭! 이놈들, 생각보다 강하다."

    "모두 거리를 벌려. 괜히 접근하지 마라!"

검치들을 우습게보고 다가가던 전사나 워리어, 권사들은 그들의 완강한 저항에 목숨을 잃고 말았다.

그래서 아예 원거리 공격 부대를 이용해서 검치들을 공격했다.

"아이스 스톰!"

"썬더 볼트!"

얼음 조각들이 날리고 천둥 벼락이 쳤다.

아직까지 마법사들을 상대해 본 적이 없는 검치들에게는 그야말로 마른하늘에 날벼락이 아닐 수 없었다.

연속적인 마법 공격과 화살 공격 앞에, 검치들의 생명력은 크게 떨어졌다.

"제기랄!"

검치들은 울분을 삼킬 수밖에 없었다. 가까이 다가오기라도 하면 통쾌하게 싸워 볼 텐데 원거리 공격만 퍼부으니 부아가 치밀었던 것이다.

방패도 제대로 들고 있지 않아 화살 공격에 더욱 피해가 컸다.

"개죽음당할 바에는 한 놈이라도 죽이겠다!"

몇 명의 수련생들이 억지로 다가가려다가 집중 공격을 당하여 회색빛으로 변했다.

"이럴 수가……."

"저놈들은 대체 누구기에 우릴 공격하는 거지?"

검치와 사범들의 얼굴에 처음으로 심각한 위기감이 떠올랐다. 보리빵이 없어서 굶어 죽은 적은 있지만, 적에게 몰려서 전멸 위기에 처한 건 처음이다.

검둘치가 외쳤다.

"스승님! 이대로라면 다 죽겠습니다."

"안 되겠다. 도망가자."

"어디로……."

"숲으로 가자. 그곳으로는 놈들도 쫓아오지 못할 것이다."

"알겠습니다."

"모두 나를 따르라."

검치가 검둘치 등과 함께 선두에서 포위망을 돌파했다.

검을 좌우로 휘저으며 돌격하는 검치들.

그 와중에도 쐐기형으로 진형을 이루고 달렸기에 쏟아지는 화살에도 그다지 피해를 입지 않을 수 있었다.

마법사들이 마법을 퍼부었지만 검치들은 전속력으로 질주, 공격권에서 벗어날 수 있었다.

"됐다."

"살아남은 인원은?"

"260명이 조금 넘는 것 같습니다, 스승님."

"거의 절반 가까이 죽었구나."

검치들은 겨우 한숨을 돌리며 붕대를 몸에 감았다. 가난한 그들은, 가지고 다니는 붕대도 그리 많지 않았다.

"놈들이 저기 있다!"

검치들이 휴식을 취하고 있는데 추적자들이 나타났다.

"어떻게 이곳까지……?"

"도둑이나 암살자들을 동원해 우리의 흔적을 찾아낸 것 같습니다."

검치들은 낭패감에 사로잡혔다. 직업이 무예인인 그들에게는 따로 자신들의 흔적을 지울 수 있는 방법이 없었다.

추적자들에 의해 끝까지 몰릴 수밖에 없게 된 것이다.

검치들은 부상을 안고 더욱 깊은 숲으로 들어갔다.

부상을 회복할 시간도 없이 적들의 추격과 공격이 계속 이어진다.

"검둘치, 검삼치! 그리고 너희들."

"예, 스승님."

"말씀하십시오."

"이대로 흩어져서 일부라도 살겠느냐, 아니면 끝까지 싸우겠느냐?"

검치의 물음에, 살아남은 이들은 생각해 볼 것도 없다는 듯이 주먹을 불끈 쥐었다.

"스승님, 우리는 사나이입니다."

"그래, 알겠다. 어디 한번 시원하게 싸워 보자."

검치들은 그때부터 숲을 이용하며 다가오는 적들과 본격적으로 맞서 싸우기 시작했다.

그렇지만 이미 부상이 크게 악화되어 있던 검치들에게 더 이상의 전투는 무리였다.

평소에 연마해 놓은 검술로 버티긴 하지만, 적들은 온갖 마법을 몸에 걸고 부상을 당하면 신관의 치료를 받으면서 그들을 압박해 왔다.

결국 무력이 약한 수련생들부터 속속 죽어 나갔고, 사범들도 밀려드는 적들에 의해 하나 둘씩 쓰러지기 시작했다.

"으윽, 스승님!"

"먼저 가서 죄송합니다!"

사범들은 생명력이 다 떨어져 가는 마지막 순간에 검치를 바라보았다.

혼자 남은 검치는 두 다리로 꼿꼿하게 서서 의연하게 버티고 있었다.

"……."

도장에는 침중한 기운이 흐르고 있었다.

수련생들과 사범들은 붉게 달아오른 얼굴로 정좌한 채 누군가가 나오기만을 기다렸다.

이윽고 안현도가 들어 있는 캡슐의 문이 위로 미끄러지듯이 열렸다.

"스승님!"

정일훈과 최종범, 마상범과 이인도는 숨 막힐 듯한 긴장감에 몸을 떨었다.

결국 안현도도 목숨을 잃고 로그아웃을 당한 것이었다.

하기야 적들의 숫자가 수백이었다.

아무리 검술이 뛰어나다고 해도 버티는 데에는 한계가 있으니 죽지 않는다면 그것이 더욱 이상하리라.

평소 안현도의 성격이라면 정말로 무슨 일이 벌어질지 모른다.

그것이 사범들을 움츠러들게 만든 이유였다.

안현도의 입이 아주 천천히 열렸다.

"나를 죽인 놈은……."

"……."

"그랜이라고 자신의 이름을 밝혔다. 그러고는 검으로 나의 목을 치더군."

검치의 최후는 그랜에게 목이 날아가는 것이었던 모양이다.

"그런……!"

수련생들과 사범들은 격분했다.

그들에게 있어서 안현도란 절대적인 존재였다. 가끔 엉뚱한 구석도 없진 않지만 최소한 검으로는 범접하지 못할 사람.

솔직히 가끔은 회의적인 생각이 들 때도 있지만, 안현도의 도장에 처음 발을 들여놓았을 때에는 얼마나 큰 희열을 맛보았던가.

안현도는 그들의 우상이었다.

그 우상이 적들에게 모욕을 당하고 죽었다는 데에 분노를 감출 수 없었다.

그러나 모두가 화내고 있는 이때에 안현도는 빙긋이 웃었다.

"한 30년쯤 된 것 같다."

"……?"

"내가 진 것이 말이다."

"적들이 너무 많았을 뿐입니다."

"아니다, 일훈아. 적의 숫자나 레벨은 변명이 될 수 없지. 그래서 더욱 로열 로드가 재미있어. 그렇게 생각하지 않느냐?"

"그렇습니다, 스승님!"

사범들과 수련생들은 분위기에 휩쓸려 저도 모르게 큰 소리로 대답했다.

안현도가 주먹을 높이 들었다.

"재밌었으니 됐다! 사나이답게 넓은 가슴으로 이해해야지. 그저 로열 로드이지 않느냐. 하하하!"

그제야 졸이던 가슴을 펴게 된 사범들과 수련생들이었다.

"오오! 재밌다."

"역시 화끈한 싸움이었어!"

"좀 더 레벨을 올려서 확실하게 갚아 줘야지!"

그렇지만 이어진 안현도의 행동에 모두들 그대로 얼어붙고 말았다.

그는 뚜벅뚜벅 벽으로 걸어가더니 칠판에 몇 개의 이름들을 적기 시작한 것이다.

그랜, 할마, 마르고, 레위스, 이카 길드

그리고 맨 앞에는 비아키스의 이름을 적었다.

안현도는 웃으며 말했다.

"절대 지우지 마라."

※

"이겼다!"

그랜과 뒤치기 4인조들은 승리의 기쁨을 나눴다.

이카 길드를 데리고 온 보람이 있었다. 검치들을 모조리 죽이는 데 성공한 것이다.

뒤치기 4인조는 전리품을 나누기 위해서 검치들이 죽은 자리를 살폈다.

사실 살인을 할 때에는 죽이는 맛도 있지만, 그 후에 얻는 전리품을 무시할 수 없었다.

몇날 며칠을 사냥해도 구하기 힘든 장비를 살인을 통해서 쉽게 얻을 수도 있었으니 말이다.

"어디 뭐가 있는지 볼까?"

탐욕스러운 할마와 마르고가 제일 먼저 살펴보았다. 하지만 그들의 얼굴은 곧 딱딱하게 경직되었다.

"어, 없다!"

"없다니, 그게 무슨 말이야?"

그랜은 영문을 알 수 없어 했다.

"아이템이 없다고!"

"그런 말도 안 되는…… 그럴 리가 없잖아. 잘 찾아봐!"

그랜과 레위스도 열심히 전리품을 찾아서 뒤적거려 보았다. 그런데 검치들이 떨어뜨린 것은 긴급하게 수리할 필요가 있는 검 몇 자루 그리고 망토 3장.

나머지는 전부 보리빵이었다.

던전 사냥

"그러면 지금부터 베르사 대륙에 대한 이야기를 시작해 볼까요? 로열 로드의 사건들을 소개해 드리는 시간. 오늘도 변함없이 오주완 씨를 모셨습니다. 안녕하세요!"

"혜민 씨의 미소가 오늘따라 더 향기로워 보이는군요."

"호호, 나오시자마자 제게 아부를 하시는 걸 보니 오늘은 별로 말씀해 주실 것이 없는 모양이죠?"

"그렇습니다. 아침에 삼겹살을 먹은 것으로 추측되는 혜민 씨의 식성을 제외한다면요."

"어머, 무슨 소리예요? 삼겹살은 아침에 먹어야 제 맛이란 말이에요. 그런데 정말 냄새가 나요?"

오주완과 신혜민.

게임 방송답게 젊은 두 사람의 진행자가 티격태격하며 프로그램을 진행해 나가고 있었다. 이현은 밥을 먹으며 그 프로그램을 보고 있었다.

'미안한 말이지만 CTS미디어의 방송들은 재미가 없으니까.'

시대의 흐름을 거슬러서는 돈을 벌기 어렵다. CTS미디어에서는 가장 예쁘고 유명한 연예인들을 섭외해서 프로그램을 진행하지만, 톡톡 튀는 신선한 맛이 모자랐다.

저마다 자신의 이미지를 강조하고, 또 스스로의 캐릭터 자랑에만 열을 올리다 보니, 프로그램 자체는 어디로 가는지 알 수가 없다.

그에 비하면 KMC미디어의 방송은 보는 사람을 편하게 만들어 주었다. 정보력도 뛰어난 편이라 베르사 대륙에서 일어난 일이라면 귀신같이 알아 와서 방송을 하곤 했다.

베르사 대륙이 워낙에 넓고 사용하는 사람의 숫자 또한 많다 보니 방송사들의 정보 수집 능력도 시청률을 판가름하는 중요한 요소 중 하나였다.

"오늘은 대단한 소식을 들고 왔습니다. 여러분, 주목해 주세요. 드디어 하벤 왕국의 바드레이라는 유저가 마의 벽으로 불리던 레벨 370을 돌파했습니다."

"와! 굉장하네요."

"흑기사라는 별명으로 더 유명한 바드레이는 현존 최고 수준의 랭커로 이름을 날리고 있었죠. 그런 그가 이번에 전사의 탑에서 레벨을 공인받았습니다. 드러난 그의 레벨은 무려 370. 현재 최고 레벨의 유저입니다. 그러면 잠시 화면을 보시죠."

전사의 탑.

대륙의 강한 자들이 모여 힘을 겨루고 증명하는 장소.

머리끝에서 발끝까지 검은색 장비로 무장한 기사가 바바리

안 워리어와 전투를 벌이고 있었다.

바바리안 워리어는 괴성을 지르며 흑기사를 몰아붙였다. 거검을 풍차처럼 돌리면서 압박하는 기세는 일품이었다. 하지만 흑기사는 특이한 스텝으로 이를 피하거나, 검에 기를 씌워서 받아쳤다.

검과 검.

최고 수준에 오른 이답게 현란한 스킬들이 눈을 어지럽힌다. 기술을 사용할 때마다 붉은 용이 춤을 추었다.

힘으로 상대를 가지고 노는 흑기사!

결국 승부는 흑기사의 승리로 끝이 났다.

"방금 보신 화면은 전사의 탑에서 바드레이라는 유저가 레벨을 공인받는 장면입니다. 전사의 탑 소속의 가드와 싸우면서 자신의 무력을 보여 주는 것인데요, 여기서 370이라는 경이로운 레벨이 나왔습니다. 덧붙여 말씀드리자면 이 전투에서 바드레이가 사용한 스킬은 아직까지 밝혀지지 않은 것입니다."

"정말 굉장하네요. 그런데 지금까지 숨겨 왔던 레벨을 공개한 데에는 그럴 만한 이유가 있을 것 같은데요?"

"네. 그가 소속된 헤르메스 길드에서는 이번에 하벤 왕국의 첫 번째 성인 일루인을 장악하고, 패도의 길을 걷겠다고 선포하였습니다."

"타 세력들에게 선전포고를 한 것이나 다름이 없는 일이네요?"

"그렇습니다. 아무래도 그만한 역량이 있다는 자신감의 발로일 것입니다."

"아무래도 바드레이가 있으니까요."

"실질적으로 길드 마스터가 존재하지만 아무래도 헤르메스 길드의 얼굴 마담은 바드레이라는 유저였죠. 전사의 탑에서 레벨을 공개한 것은 헤르메스 길드가 대대적인 세력 확충에 나서 겠다는 말과 같습니다."

그 후로 몇 가지 평범한 정보들.

멀리 떨어진 곳에서 어떤 마법사의 던전이 발굴되었다거나, 혹은 어디의 어떤 길드들이 전쟁을 선포했다는 소식들이 이어 졌다.

베르사 대륙에서는 정기적으로 도적 떼가 들끓기도 하고, 흉년, 모래 폭풍도 일어난다.

그렇기 때문에 잘 모르는 지역을 돌아다니다가는 큰 사건에 휘말리기 쉬웠다.

'370이라⋯⋯.'

이현의 머릿속에서는 바드레이의 레벨이 떠나지를 않았다.

마법의 대륙에서는 이현이 지존이었다. 그런데 지존에 오르기 전까지는 별로 그 의미를 알지 못했다.

사냥터에선 다른 이들과 대화도 나누지 않고 오직 사냥만 했다. 인벤토리에 아이템이 가득 차면 그걸 처분하기 위해서 가끔 마을을 방문하는 정도였다.

그렇기 때문에 지존의 자리라는 게 얼마나 대단한지 알지 못했다. 캐릭터를 처분할 때에야 비로소 그 가치를 알 정도였다.

'바드레이라는 캐릭터⋯ 팔면 꽤 비쌀 테지?'

마법의 대륙과는 사용자 숫자에서 비교도 할 수 없는 로열 로드.

지금 이 시간에도 수백만 명이 접속하고 있을 것이다. 전체 이용자 숫자로만 따지면 억 단위가 넘는다.

직장인들, 혹은 자영업을 하는 사람들이라고 할지라도 휴양을 목적으로 로열 로드를 하고 있을 정도니까.

낚시 스킬을 익히면서 알게 된 사실이었다.

가족 단위, 혹은 회사 단위로 베사 강에 놀러 오는 인물들이 꽤 되었다.

멋진 의상과 장비, 호화로운 음식들을 즐기는 그들의 레벨은 불과 50도 안 되었다.

현질.

현금으로 아이템과 돈을 사서 마음껏 즐기는 것이다.

진짜 휴양을 온 것처럼 베르사 대륙에서 피로를 풀고 간다. 따로 일주일씩 휴가를 내지 않더라도 주말에 캡슐만 있으면 접속을 해서 쉴 수 있으니 이보다 좋은 휴양지가 따로 없는 것이다.

몇 번 쓰지도 않을 아이템을 비싼 값에 구입해서 몬스터들과 싸워 보기도 하고, 혹은 애인 앞에서 멋을 부리기도 한다.

이현은 그들을 비난하고 싶지 않았다. 오히려 좋은 고객이라고 여겼다.

그들이 있기에 조금이라도 많은 돈을 벌 수 있었으니까.

말단 회사원이나 이사들, 기업체의 사장들까지도 로열 로드를 할 정도이니 최고의 레벨에 오른 캐릭터의 가치는 천문학적일 것이다.

그러나 바드레이는 절대로 자신의 캐릭터를 판매하지 않을 것이다. 가치를 안다면 당연한 선택이었다.

마법의 대륙의 경우에는 저무는 해였다. 한때 최고의 자리에 올랐던 추억의 게임이랄까.

반면에 로열 로드는 향후 10년간은 절대적인 위치를 유지할 것이다. 최고의 캐릭터를 소유함으로써 얻을 수 있는 부가가치가 어마어마한데 굳이 판매할 이유가 없다.

"네. 그러면 오주완 씨, 다른 소식들은 더 없나요? 오늘은 베르사 대륙 이야기 시간이 좀 짧은데요."

"그럴 리가 있겠습니까? 베르사 대륙에서 벌어지는 일을 다 이야기하려면 아마 24시간도 모자랄 것입니다. 지금도 어디선가 굉장한 모험들이 벌어지고 있을 테니까요."

"그러면 그렇게 뜸만 들이지 마시고 빨리 좀 말씀해 주세요."

"혜민 씨, 혹시 생산 스킬을 좋아하십니까?"

"음, 좋아해요."

"좀 더 진지하게 대답해 보세요."

"에…… 무언가 열정을 가지고 만들어 내는 사람이면 좋아해요."

"그러면 잘되었군요. 한 가지 놀라운 소식을 전해 드리겠습니다. 얼마 전에 재봉과 대장일, 요리를 모두 중급까지 올린 유저가 나타났습니다."

"와! 대단해요!"

이현은 고개를 갸웃했다.

'재봉, 대장일, 요리를 전부 중급까지 올린 사람이 있다고?'

본인이 직접 해 봤으니 그것이 얼마나 힘든지 잘 알고 있다. 그렇기 때문에 언뜻 잘 믿어지지가 않았다.

'요리의 경우는 정말 노가다지. 재봉이나 대장일은 재료가 좋다면 그런대로 빨리 올릴 수도 있지만⋯⋯. 아니, 내 경우는 손재주 스킬 덕분에 2배 이상 빨리 올린 거고, 다른 사람이라면 굉장히 힘들었을 텐데⋯⋯.'

재봉이나 대장장이나 초기에는 나오는 것 없이 돈만 들어가는 직업이다. 그러므로 이 세 가지 모두를 중급에 올린 사람이 있다고는 믿기 힘들었다.

신혜민이 귀엽게 안달하는 표정을 지으며 재촉했다.

"그러면 그 유저 분과 인터뷰를 해 보셨어요? 세 가지 생산 스킬을 동시에 익히는 유저 분이라면 굉장한 말씀을 해 주실 것 같은데요."

"아닙니다. 저희들이 그 첩보를 입수한 것은 지금으로부터 꽤 오래전의 일이었는데요⋯⋯."

"오주완 씨가 인터뷰에 성공하지 못하셨다니 믿어지지가 않네요."

"예. 저로서도 나름대로 바쁘기도 했고, 제 경우는 그런 유저가 존재한다는 사실 자체를 의심했거든요. 나중에 그가 만든 여러 아이템들이 웹사이트에 오른 걸 보고서야 확신을 가지고 인터뷰를 하러 갔지만, 이미 늦어 버린 후였습니다. 마지막에 그는 장인의 무지개 천이라는 1등급 재료로 만든 옷과 방어구들을 경매에 붙여 큰 이득을 거두었다고 합니다. 마침 자료 화면을 입수할 수 있었으니 같이 보시죠."

그러면서 방송 화면이 바뀌었다.

화면은 번화한 중세의 도시를 비추어 주었다.

여러 특이한 양식으로 지어진 건축물들. 신전과 석탑, 넓은 정원을 가진 저택과 2~3층짜리 건물들. 멀리는 콜로세움도 보이고 마차와 말을 타고 이동하는 사람들도 있다. 가게에서는 가격을 흥정하는 주인과 손님의 말다툼도 있다.

그리고 넓은 공터에서 경매가 벌어진다.

한 유저가 화려한 일곱 가지 색상의 옷들을 내놓고 팔고 있는데, 유저들이 벌 떼처럼 모여들었다. 그러고는 가격이 천정부지로 치솟는 것이었다.

물건을 판매하는 사람은 이현도 잘 아는 인물이었다.

'마판 님이구나. 그러면 세 가지 생산 스킬이 중급에 오른 사람이라면…….'

오주완이 말한 유저란 바로 이현이었던 것이다.

아마도 조각술과 낚시까지 중급에 오른 사실을 공개한다면 오주완은 기절초풍을 할지도 모른다.

'굳이 밝힐 이유도 없지만…….'

방송 화면에서는 경매의 진행을 실감 나게 보여 주었다. 여기저기서 불붙은 가격 경쟁. 신혜민과 오주완의 감칠맛 나는 발언들로 더욱 흥미진진해진 경매였다.

직접 겪어 본 이현조차도 정신없이 빠져 들 정도였다.

경매가 종료되자 화면이 다시 신혜민과 오주완이 있는 스튜디오로 전환되었다.

그들의 뒤에 비치는 스크린에는 경매로 인한 수익금이 대략 올라와 있었다. 또한 이현이 마판을 통해서 팔아 치운 물건들의 정보도 있었다.

"장인의 무지개 천! 이 재료를 이용해 중급 재봉사가 만든 옷은 믿을 수 없을 정도입니다."

오주완이 방송인답지 않게 침을 튀기며 말했다.

그만큼 좋은 아이템이라는 이야기였다.

> **희귀한 무지개 튜닉**
> 장인의 무지개 천으로 만들어진 튜닉. 높은 예술성을 바탕으로 제작된 옷으로, 몬스터들의 공격을 막기에는 조금 아까울 듯하다.
> 내구: 110/110
> 방어력: 55
> 제한: 레벨 150. 힘 80. 민첩 80.
> 옵션: 일반 화살 공격의 피해를 85% 감소. 화염 마법에 내구력이 줄어들지 않음. 전격계 마법을 20% 확률로 차단. 둔기류 공격에 대해 치명상을 받지 않음. 명성 100 상승. 기품 20 상승. 예술 15 상승. 민첩 10 상승

내구력이 높은 건 순전히 손재주 스킬 덕분이었다. 게다가 천으로 만든 아이템이라고는 믿기 힘들 정도로 높은 방어력.

그뿐만이 아니었다.

장인의 무지개 천이 부여하는 일곱 가지 특성!

보통 두 가지나 세 가지쯤은 쓸모없는 것이 나오기 마련이다. 그런데 일곱 가지 모두 좋은 옵션들만 걸려 있었다.

방송에 나온 물건은 이현도 하나밖에 만들지 못한 유니크 옷이다.

재봉의 유니크 옷은 조각술의 걸작, 명작과 비슷한 수준이라고 할 수 있다.

"그날 이후로 이 유저는 다시 얼굴을 보이지 않았습니다. 만

약에 그가 나타난다면 그곳이 어디든지 저 오주완이 달려가서 인터뷰를 할 것을 약속드립니다."

이현은 번거로운 일은 질색이었다.

캐릭터 정보들이 알려진다면 장점도 생기겠지만 단점도 따르기 마련이다. 우선 만드는 물건을 팔기에는 좋다. 하지만 어디든 따라오려는 이들로 인해 사냥이나 퀘스트에 지장을 받을 수 있다.

그러므로 인터뷰 따위는 하고 싶지 않았다. 이런 일을 예상하며 일부러 마판에게 대신 경매를 진행시킨 것이다.

"아! 아쉽네요. 그러면 다음 소식을 전해 주세요. 마지막 소식인가요, 오주완 씨?"

"예. 이번에 마지막으로 전해 드릴 소식, 오데인 요새 공방전입니다. 마침내 제국의 번영 길드가 발칸 길드의 침공을 무력화시키고 승리를 차지하였습니다. 당분간 제국의 번영 길드에 도전할 만한 세력은 나타나지 않을 것으로 전망되며, 오데인 요새의 세율은 전후 복구 비용 마련이라는 명목으로 70%로 늘어났습니다."

"원성이 자자하겠군요."

"어쩔 수 없는 노릇이죠. 성을 차지한 쪽에서 세율을 정하는 것이니까요. 사냥터와 교역을 위해서는 여전히 많은 유저들이 오데인 요새를 이용할 것으로 보입니다. 자, 그러면 전투 화면으로……."

다시금 방송의 화면이 바뀌었다.

오데인 요새를 빼앗기 위해 전투를 벌이는 두 세력.

방송 화면은 그 웅장함을 표현하기 위해서인지 매우 높은 장소에서 넓게 비추고 있었다. 아마도 마법사 유저가 직접 날아다니면서 관찰한 기록들을 바탕으로 화면을 구성했을 것으로 짐작이 됐다.

　대규모 격전이 벌어진다. 공격자들이 우르르 밀려들고, 수비하는 제국의 번영 길드는 연달아 퇴각을 한다.

　그러나 결국 승리한 쪽은 제국의 번영 길드였다. 요새 내부의 지형적인 요소를 이용해서 하루 동안 수비에 성공한 것이다.

　"이번 전투에 참여한 인원은……."

　거기까지 본 이현은 텔레비전을 껐다. 그리고 간단히 몸을 씻고 캡슐에 들어갔다.

✵✵✵✵

　로열 로드에 접속한 위드는 아직도 오데인 요새에 있었다. 공성전이 끝난 이후로 바로 접속 종료를 하고 지금 다시 들어온 것이다.

　광장 주변에는 분주히 돌아다니는 사람들이 많았다. 공성전이 벌어진 동안에는 일반 유저들이 요새에서 물품을 구입하지도 못하고, 상단들도 요새를 통과할 수 없었기 때문이다.

　"들었어? 바드레이라는 유저의 레벨이 370을 넘었대."

　"헤르메스 길드에는 경사가 겹쳤군."

　"벌써 하벤 왕국에는 방문자 수가 급증하고 있다던걸."

　"언제 우리도 바드레이나 구경하러 하벤 왕국으로 놀러 갈까?"

"그것도 재밌겠다."

많은 사람들이 조금 전의 방송에서 나왔던 이야기를 하고 있었다.

그들이 실질적으로 행동하는 세상은 로열 로드.

바드레이는 이들의 정점에 서 있었다.

황제, 혹은 무신처럼 추앙을 받는 존재이다. 그의 전투술 하나라도 동영상으로 뜨면 수백만 건의 다운로드 횟수를 기록할 정도다.

로열 로드는 가상현실 게임이라는 점을 충분히 따르고 있었다. 상식적으로 말이 안 되는 전투는 벌어지지 않는다.

예컨대 스킬이나 스탯만 열심히 올린다고 해서 맞지도 않은 공격이 피해를 주지는 않았다.

그렇다고 해서 실전 격투기처럼 완벽하게 현실적이지도 않다. 힘이나 민첩 스탯에 따라서 육체적인 능력이 변하고, 소위 스킬이란 것이 존재하는 것이다.

그러므로 가진 능력을 얼마나 잘 발휘할 수 있는지에 대한 요소가 매우 중요했다.

어떤 스킬을 조합하고 어떤 식으로 몬스터와 싸우는가.

자신의 능력을 조명하고 밝혀내는 부분도 로열 로드의 즐거움인 것이다.

상대하기 까다로운 몬스터를 잡아 내는 유저들의 전투, 혹은 높은 레벨에 오른 유저들 간의 전투는 그러한 이유로 큰 인기를 끌었다.

바드레이에 대해서 한참을 떠들던 유저들은 곧이어 자신들의 일을 시작했다.

"성직자 구합니다. 레벨 170 이상으로요!"

"원거리 공격 가능하신 분, 우대해요."

"레벨 210 검사가 쓸 만한 검 구합니다. 힘을 추가시켜 주는 것으로 사고 싶습니다."

광장은 여전히 사냥 파티를 구하는 이들로 붐볐다.

현재 위드의 레벨은 230. 228에서 공성전을 치르는 동안에 2가 올랐다.

적을 죽이면 동일한 레벨의 몬스터로 인식하고 경험치를 먹게 되므로 2개의 레벨을 올릴 수 있었다. 그렇지만 죽었을 때의 페널티 역시 그대로 존재하기 때문에 레벨을 올리려는 목적으로 일부러 공성전에 참가하는 사람은 드물었다.

위드는 레벨 업으로 얻은 10개의 보너스 포인트를 모두 민첩에 분배한 뒤에 잡화점을 찾아 들어갔다.

요 근래 거의 생산 스킬의 향상에만 몰두하느라 전투와 관련된 물건들을 하나도 가지고 있지 않은 상태였던 것이다. 오데인 요새의 특성 탓인지, 얼굴에 칼자국이 있는 주인이 반갑게 맞이했다.

"손님, 무엇을 찾으십니까?"

"음식 재료와 약초, 붕대들을 사고 싶습니다."

"이쪽에 많이 있으니 천천히 둘러보세요."

오데인 요새에는 여느 성이나 마을과는 다르게 식료품 가게가 없었다. 약초를 비롯한 어지간한 물건들은 거의 다 잡화점에서 판매하는 실정이었다.

대신에 전투와 관련된 무기점이나 방어구점들은 여러 군데 있고, 판매하는 물품도 다양한 편이다.

자레트의 붉은 약초
소모용 아이템. 2실버.
상처 치료에 도움이 되는 약초.

실론의 푸른 약초
소모용 아이템. 4실버.
정신력 회복에 도움이 되는 약초.
식용으로 사용하며 소모된 마나를 보충하는 속도를 늘려 준다.

오데인 요새에서 판매하는 약초들은 종류도 다양하고 쉽게 캐낼 수 없는 고급품들도 많았다.

위드는 먼저 각 약초들을 200개씩 사고, 숫돌, 바느질용 실, 붕대와 음식 재료들을 저렴하게 구입했다. 오데인 요새의 세율이 어마어마하게 높아졌지만, 전투를 승리한 쪽에 참여한 용병들은 일주일간 모든 상거래에서 세금을 내지 않아도 된다. 승자에게 주어지는 일종의 특권이었다.

위드는 준비를 마친 후에 오데인 요새의 성문을 나섰다.

목적지는 바스라 마굴!

　　　　　　　　✧⁓❀⁓✧

푸른 로브를 입은 솔론과 그의 마법사 부대원들은 이를 악물었다.

"돌아올 때가 되었으니 모두 준비하라."

비장하게 외치는 솔론.

그의 음성에서는 긴장감이 감돌고 있었다. 하지만 부대원들은 혀를 끌끌 찰 뿐이었다.

'여자에게 미쳐 가지고…….'

'이젠 잘 보이려고 별짓을 다하는군!'

그러나 이런 생각들도 잠시였다.

곧 도둑 바투가 적들을 잔뜩 끌고 왔던 것이다. 적들의 정체를 알아본 눈썰미 좋은 궁수들이 고함을 질렀다.

"바스라 습격단이다!"

"숫자가 40명도 넘는군."

"바투, 수고했다. 마법사 부대, 공격 준비!"

솔론의 명령에 따라 마법사들이 일렬로 정렬해서 마법을 준비했다. 복잡한 수인을 맺고 시동어를 외친다.

"공격! 타오르는 불길이여, 휘몰아치고 분개하라. 파이어 스톰!"

솔론의 마법을 필두로 마법사 부대의 다양한 마법 공격들이 바투라는 도둑 뒤의 바스라 습격단에게 작렬했다.

괴로워하는 바스라 습격단.

솔론의 파티는 즉시 2차 공격을 이어 갔다.

"궁수 부대, 공격!"

피유웅! 퓽!

부상을 입은 바스라 습격단을 향해 궁수 부대들이 화살을 쏘

앞다. 그들의 화살은 적을 밀어내는 효과가 있어서 가까이 다가오지 못하게 막아 준다.

궁수들 중 일부는 스턴 샷을 쏘아 적들을 기절시키기도 했다.

그리고 솔론과 마법사 부대들은 그사이에 또 다른 마법의 준비를 마칠 수 있었다.

"이글거리는 분노는 나의 뜻이 되어 적들을 막는 벽이 되어라. 파이어 월!"

"땅의 정령들아. 이 땅에 발붙일 자격이 없는 이들이 있으니 그들을 똑바로 서 있지 못하게 하라. 그리스!"

바스라 습격단은 달려오던 그대로 미끄러져서 불길의 벽에 갇혔다.

"끄아아악!"

"뜨거워! 몸이 타들어 간다!"

이 마법까지도 뚫고 난 이후에야 비로소 근접전 캐릭터들이 빛을 발하게 되었다.

두 번의 마법 공격과 궁수들의 화살 공격에 바스라 습격단의 숫자는 7할 이상 줄어든 상태였다.

"죽음의 춤!"

한 여인이 작은 소검 두 자루를 양손에 들고 나비처럼 나풀거리며 바스라 습격단을 스치고 지나갔다.

화려하고 아름다운 외모!

그녀는 댄서인 화령이었다.

화령이 춤을 추며 지나칠 때마다 도적들은 큰 부상을 입고 괴로워했다. 주특기인 부비부비 댄스 외에 유일한 공격 춤이었다. 습격단의 숫자가 그다지 많이 남지 않아서 굳이 부비부비 댄스를 사용하지 않은 것이다.

"예쁘다."

"멋진걸."

화령이 춤을 추기 시작하자 솔론을 비롯한 마법사와 궁수들은 입을 떠억 벌리고 구경하는 데에 열중했다.

본래 예쁜 외모인 화령이 소검을 들고 춤을 추니 하늘에서 내려온 여신 같았던 것.

솔론의 파티는 가장 빠르게 화령의 팬 클럽으로 변모하고 말았다.

"화령 님, 힘내세요!"

"방금 화령 님이 날 보고 윙크했어."

"아니야. 나라니까!"

퍼버벅!

급기야는 마법사들이 로브를 휘날리며 싸움을 벌이기까지 했다. 파티의 리더인 솔론이 나서서 조율해야 할 상황이지만, 실상 그가 가장 심하게 매료되어 있었다.

모두가 외면하고 있는 이때에, 뇌물을 바치고 파티에 들어온 제피도 놓고 있지만은 않았다.

"아이언 피슁!"

쇠로 된 낚싯줄로 적을 칭칭 감거나, 고리에 엮어서 멀리 던져 버린다.

낚시꾼인 제피에게 주어진 공격 기술인 것.

그러다가 2명의 습격단이 달려들자, 그는 번개 같은 손놀림으로 낚시 고리에 미끼를 달아 멀리 던졌다.

"루어!"

그러자 습격단들은 제피는 제쳐 두고 멀리 있는 미끼로 달려가는 것이었다.

생명력이 거의 남아 있지 않던 바스라 습격단은 차례차례 화령과 제피에 의해 진압되었다.

경험치를 3.49% 획득하였습니다.

솔론의 파티원들은 한 번의 전투치고는 상당히 많은 경험치를 획득할 수 있었다.

바스라 마굴의 몬스터가 주는 경험치의 양은 엄청났다.

오데인 요새가 전략적인 요충지가 된 이유 중 하나가 바로 사냥터이다. 이런 사냥터들은 그냥 나오는 것이 아니다. 베르사 대륙의 역사나 지리적인 상황에 따라서 좋은 사냥터들이 존재했다.

솔론은 화령의 곁으로 오더니 잔뜩 느끼한 어조로 말했다.

"수천 마리의 나비가 제 눈앞에서 날아다니는 환상을 보았습니다. 그중에 가장 아름다운 나비가 제 앞에 있군요, 화령 님."

"별것 아니에요."

"그렇지 않습니다. 화령 님은 좀 더 자신의 춤에 자긍심을 가져도 좋을 것 같습니다."

화령은 별로 대꾸를 하지 않았다. 벌써 몇 번째나 들은 이야기였다. 그리고 그다음에 솔론이 할 말도 그녀는 이미 알고 있었다.

"참, 제가 마바로스 길드원이라는 이야기를 했던가요? 이 바스라 마굴은 우리 마바로스 길드에서 장악하고 있지요. 그러니까 제가 이끄는 파티에만 따라오시면 늘 이 정도의 경험치를 획득하실 수 있습니다."

대형 마굴이나 던전은 특정 길드에서 장악하는 것이 가능했다. 그곳의 보스 몬스터를 잡거나, 필드에서 도전 길드를 상대로 마굴의 주인 자리를 놓고 쟁탈전을 벌이는 것이다.

마굴을 차지하면 그곳에서 추가로 30%의 경험치를 더 획득할 수 있었다.

그러나 실제로 쟁탈전이 벌어지는 경우는 극소수였다. 복잡한 세력으로 얽혀서 웬만한 길드에서는 엄두도 내지 못하는 현실 때문이다.

마바로스 길드는 오데인 요새 공방전 당시 제국의 번영 길드 쪽의 동맹군으로 참가했고, 그 대가로 이 바스라 마굴을 분양받았다. 다른 길드에서 바스라 마굴을 차지하고자 한다면 제국의 번영 길드를 비롯한 오데인 요새의 주인들과 전투를 벌어야 하는 것이다.

마굴이나 던전 사냥터의 독점!

이것 때문에라도 중앙 대륙에서는 피바람이 가실 날이 없었다.

강대한 세력들이 두각을 드러내고, 저마다 더 강한 세력에 속하기 위한 이동이 끊이지 않는 것이다.

위드의 사냥

"에휴! 지겨워."

화령은 푸념했다.

마판이 소므렌 자유도시와 브리튼 연합 왕국의 거래를 주업으로 삼게 된 이후부터 그녀는 할 일이 없어졌다. 치안이 튼튼한 길로만 돌아다니니 이제 마판의 레벨로도 마차를 지킬 수 있게 된 것이다.

결국 혼자 남은 그녀는 최근 들어 브리튼 연합 왕국에서 혼자 사냥을 하게 되었는데, 그러던 중 우연히 이 바스라 마굴까지 오기에 이르렀다. 높은 경험치를 얻을 수 있는 데다가, 사람들이 많이 모이는 장소이다 보니 실속도 차릴 수 있거니와 재미 또한 쏠쏠할 것 같다는 이유에서였다.

노래 부르는 바드와 비슷하게 춤으로써 동료들의 능력치를 올려 주고, 적들과 싸울 수도 있는 그녀!

댄서라는 직업 덕에 그녀는 금세 인기를 얻어 여기저기 불려

다니는 신세가 되었다.

그러던 와중에 여차저차 소개를 받아 솔론의 파티에도 가입을 했다. 그리고 시작된 고난!

솔론이 그녀를 보내 주려고 하지 않았다.

화령은 여러 사람들과 사귀는 걸 좋아하는데, 춤을 추는 동작이 너무도 아름답다는 이유로 그녀를 독점하려고 하는 것이다.

다른 파티에 들면 바로 옆에서 훼방을 놓아 버렸다. 사냥을 방해하거나, 열심히 공격하던 몬스터가 죽기 직전의 상황에 이르렀을 때에 마법을 퍼부어서 잡고는 아이템을 챙겨 갔다.

굉장히 예의 없는 행동이지만 마바로스 길드의 영향력 때문에 항의하는 사람은 없었다. 오히려 솔론 쪽에서 더욱 기세등등하게 나왔다.

"화령 님을 데려간다면 우리 마바로스 길드의 영역에서 사냥할 생각은 포기하는 게 좋을 것이다."

그 후로 모두가 화령을 기피하기 시작한 것이었다.

화령은 어쩔 수 없이 솔론의 파티에 속해서 사냥을 하고 있었다. 그나마 제피라는 말 잘 듣는 동생을 하나 사귄 것이 위안거리였다.

✦⋆✦

"체인 라이트닝!"

"실프, 지들의 발을 묶어 다오."

솔론의 파티는 바스라 습격단, 바스라 약탈단을 상대로 전투를 치렀다.

마굴 내부의 몬스터들이 워낙 많기에 사냥을 할 때마다 이동하는 것이 아니라, 바투라는 도둑이 끌고 오면 잡는 방식이었다.

마법사들과 궁수들!

강력한 데미지 딜러인 마법사들이 먼저 몬스터들의 체력을 대폭 깎아 놓는다.

마법사들은 막대한 마나를 소모하는 대신에 뛰어난 공격력을 가지고 있었다. 특히 마법사들이 단체로 시전하는 광역 마법은 일품이었다.

그 공격이 끝나면 궁수들이 체력이 많이 남은 몬스터들을 상대로 화살을 퍼붓는다.

그런 다음에 다시 한 번의 마법 공격.

그러고 나서야 댄서 화령과 워리어 다브론 그리고 낚시꾼 제피가 나서서 남은 몬스터들을 청소하는 것이다.

솔론의 파티는 원거리 공격 부대가 주를 이루고 있었다. 충분한 거리와 면적이 없다면 활동하기 어려운 구성이다.

던전 탐험에서는 마법사들이 2명을 넘지 않는 게 일반적인데, 솔론의 파티는 8명의 마법사를 보유하고 있었다.

사냥! 그리고 휴식! 사냥! 휴식!

솔론의 파티는 한 번의 사냥이 끝날 때마다 긴 휴식을 취했다.

많은 경험치에 좋아하던 것도 잠깐이었다. 한 번에 몰아서 경험치를 획득한 것일 뿐, 실제로는 전투가 끝날 때마다 마법사들이 마나를 회복할 때까지 파티 전체가 휴식을 취해야 했던 것이다.

"이번에도 은제 갑옷이 나왔습니다."

"우와아!"

"이건 제 개인적인 판단으로 화령 님께 드렸으면 하는데… 다들 이의 없으시죠?"

"예."

"솔론 님의 선택이라면!"

날지 못하는 새끼 새처럼 서로 아이템을 달라고 아우성을 치던 유저들은 솔론의 말에 금방 찬성을 했다. 그러나 그들의 속마음은 전혀 달랐다.

'여자 진짜 밝히는군.'

'젠장! 이번에는 내가 받을 차례였는데…….'

'저 여자한테 아이템을 다 몰아줄 셈인가?'

마음속의 불만이 아무리 가득해도 그들은 솔론의 파티를 떠날 수 없었다. 이만큼 많은 경험치를 주는 파티는 바스라 마굴에서도 몇 손가락 안에 꼽히기 때문이다.

상당히 빠른 경험치 획득 속도.

화령은 편안하게 경험치를 얻을 수 있었다. 실질적인 사냥은 마법사들이 거의 다 하고 마무리만 하면 되었으니 별로 힘들게 없다.

'경험치는 늘어나는데… 그런데 이렇게 사냥을 해도 괜찮은 건가?'

화령은 의문을 해소하기 위해서 파티의 워리어인 다브론에게 물었다.

"이런 식으로 사냥을 하면 스킬이 잘 안 늘어나지 않나요?"

"예?"

다브론은 무슨 말을 하냐는 듯한 얼굴이었다. 그리고 황당하다는 듯이 반문했다.

"스킬이라니요?"

"아니, 그러니까 우리들은 여러 스킬들을 올려야 되잖아요."

"그렇죠."

"그런데 이런 파티에 끼어서 사냥을 하면 스킬은 낮은 상태로 레벨만 빨리 오르는 게 아닌가 해서……."

화령의 우려는 스킬의 숙련도를 배제하고 경험치만 획득하는 데에 있었다.

다브론은 뭐가 어떠냐는 투로 물었다.

"물론 화령 님처럼 스킬 숙련도를 따지는 분이 있기도 합니다. 하지만 그러다가 언제 레벨 올립니까? 우선 레벨부터 올리고 나면 더 강한 파티에 들어갈 수 있고 더 많은 경험치를 획득할 수 있죠."

"그래도 그런 식으로 하면 결국 다른 사람보다 상대적으로 약해지게 될 텐데……."

화령은 마판을 따라다니면서 몬스터들을 상대로 춤을 추던 때를 떠올렸다.

춤 스킬을 하나 올리기 위해서 몇 시간이나 쉬지 않고 춤춘 적도 있었다.

"다들 이렇게 하는데요?"

"예?"

"다들 이런 식으로 사냥을 하는데, 화령 님은 대체 어디서 오셨습니까? 레벨부터 올려놓고 스킬은 나중에 천천히 올리죠, 뭐."

솔론의 파티는 경험치 획득 위주로 구성이 된 파티였다.

마법사들의 경우에는 그나마 어느 정도 스킬을 성장시킬 수 있을 것이다. 그렇지만 공격 스킬만 성장할 뿐, 방어와 관련된 인내력 수치가 완전히 제자리일 테니, 이런 식으로는 가뜩이나 취약한 단점을 갈수록 부각시키는 꼴이었다.

궁수나 워리어, 검사 캐릭터들은 말할 것도 없었다.

많이 때리고 맞아야 그만큼 강해지는데 이들은 자신보다 약한 적들만, 그것도 아주 편하게 사냥하는 것이었다.

⁂

바스라 마굴!

왕국의 수도와도 그리 멀지 않은 곳이었다.

"고정 파티에 1명이 자리를 비웠습니다. 잠시 참여해 주실 분. 빠른 사냥 보장합니다. 최대 30명 규모 파티입니다."

"몸빵 해 주실 분 찾아요."

"약초 팝니다. 상점보다 훨씬 저렴하게 팔아요. 대량 구매 환영!"

바스라 마굴에 간 위드는 여기저기서 파티를 구하는 이들을 볼 수 있었다.

이미 파티를 구성해 놓고 부족한 인원을 모으려는 자들과, 파티에 참여하려는 이들로 던전 앞은 상당히 붐비고 있었다.

바스라 마굴은 경험치를 많이 주고 아이템도 잘 떨어져서 유저들이 북적북적한 곳이다. 다만 그만큼 위험하기도 했다.

"혹시 파티 구하세요?"

위드가 가만히 서 있자 몇 명이 다가왔다. 그중에서 공작 깃털을 모자에 꽂고 있던 자가 물었다. 그러더니 위드의 대답을 기다리지도 않고 다시 질문을 했다.

"실례지만 레벨과 직업이 어떻게 되시죠? 검을 가지고 있는 걸로 보아서 검사 계열 같은데, 마침 한 자리가 비었으니 우리와 함께 사냥을 하시겠어요?"

위드는 천천히 공작 깃털의 사내를 살펴보았다. 정확히 말하면 그가 착용하고 있는 아이템을 살펴본 것이다.

'공작 헬름. 브리튼 연합 왕국의 무구. 레벨 180 이상이 구입할 수 있는 물건. 가격 800골드.'

"우리들은 15명으로 이루어진 파티입니다. 좀 대규모죠. 평균 레벨은 170이고 제 이름은 빈티지, 마바로스 길드 소속이죠. 같이 사냥하시겠습니까?"

빈티지는 재차 질문을 하였지만 이미 위드를 파티로 데려오는 것을 기정사실화하고 있었다.

마바로스 길드!

최소한 이 일대에서는 그 이름 하나만으로도 파티를 거절당할 이유가 없는 것이다.

그런데 위드는 천천히 고개를 저었다.

"미안하지만 파티는 구하지 않습니다."

"네?"

"저 혼자면 충분합니다."

"……."

위드는 혼자서 성큼성큼 바스라 마굴 안으로 들어갔다.

바스라 마굴은 최소 레벨 120부터 200대 중후반까지 사냥을 할 수 있는 장소였다. 총 지하 4층으로 이루어져서 아래로 내려갈수록 강력한 몬스터들이 나온다.

이들의 무서운 점은 도적이라는 점!

한마디로 말해서 그들에게 죽으면 제대로 털리게 된다. 입고 있는 장비까지 벗겨질 정도로 약탈을 당하는 것이었다.

통상의 죽음보다 서너 배나 더 많은 아이템을 잃어버리게 되니 나름대로의 각오가 필요했다. 그러나 바스라 도적 떼들이 주는 괜찮은 아이템들도 많아 유저들이 끊이지 않는 인기 장소였다.

'3층에 있다고 했지.'

위드는 지하 1층과 2층은 그대로 지나쳤다. 마굴에서는 많은 사람들이 파티를 이루어서 사냥을 하고 있었다.

'불쑥 나타나면 조금 놀라겠군.'

위드는 다시 사냥을 시작하기로 하면서 마판에게 연락을 취했다. 그런데 마판은 바빠서 나설 수가 없다고 한다. 모라타 지방에서 나온 잡템과 무지개 천 경매로 레벨을 크게 올린 그는 작위를 하나 사서 자신의 이름으로 상단을 개설하였다는 것이다.

대신에 화령이 있는 장소를 알려 주었는데, 그곳은 마침 위드의 위치와도 가까운 바스라 마굴이었다.

위드는 지하 3층에서 어렵지 않게 화령을 찾을 수 있었다. 중앙 통로 부근에서 꽤 많은 사람들과 어울려 사냥을 하고 있었다.

춤을 추면서 바스라 도적 떼와 싸우고 있는 그녀.

위드는 전투가 끝날 때쯤 다가가서 말을 걸었다.

"화령 님, 오랜만에 보네요."

"앗! 위드 님 아니세요? 여긴 어쩐 일이세요."

"그냥 사냥이나 해 볼까 하고 찾아왔습니다."

위드는 때마침 지루해하던 화령으로부터 열렬한 환영을 받았다. 그러자 먼 곳에서부터 푸른 로브를 입은 솔론이 부리나케 달려왔다.

"여기 이분은 누구십니까?"

솔론은 위드를 위아래로 훑어보았다. 무척이나 속 좁아 보인다는 것도 모르고 벌이는 행동이었다.

화령은 애써 화를 참으며 말했다.

"여기 이분은 제 동료 분이세요. 이름은 위드 님, 직업은 조각사이시구요."

"아! 그렇군요."

그러나 그 정도로는 납득하기 어려웠는지 솔론이 묘한 눈빛으로 묻는 것이었다.

"참! 혹시 친구 사이입니까? 아니면 애인? 함께 다니신 기간은 얼마나 되었죠?"

"그냥 아는 분을 통해서 소개받은 사이입니다. 함께 다녔던 적은 없고요. 무슨 문제라도 있습니까?"

위드의 말에 솔론은 비로소 마음을 놓았다.

"아하! 그러셨군요. 아무 문제도 없습니다."

그러면서 호의도 베푸는 것이었다.

"위드 님도 저희들과 함께 사냥을 하시겠습니까? 뭐, 직업 탓을 하려는 건 아니지만, 조각사시니 이런 사냥에 끼는 일도 흔치 않을 텐데요."

"그래요, 위드 님. 우리랑 같이해요."

본래 위드는 화령과 함께 사냥을 하러 온 세이었다. 그저 근처에 있으니 인사나 한번 하러 들른 정도. 하지만 화령까지 부추기자 위드는 빠져나갈 명분을 잃고 말았다.

솔론의 파티에 속한 이후로 위드는 별로 할 일이 없었다.

조각사라는 직업이 존재한다는 것도 이번에 알게 된 솔론은 아예 싸울 기회조차 주지 않았다.

그 덕에 위드는 휴식 시간마다 화령과 함께 오붓한 시간을 가질 수 있었다. 물론 멀찌감치에서 솔론이 집요하게 쳐다보고 는 있었지만.

위드는 순수하게 감탄을 담아서 말했다.

"인기가 참 많으시군요, 화령 님."

"그렇지도 않아요."

화령은 뜻밖에도 싱긋 웃으며 아무렇지 않다는 태도를 보였다.

"제 직업이 댄서잖아요. 그러니까 매력 스탯이 높거든요. 용모 스탯도 존재하구요."

"매력과 용모요?"

"네. 매력 스탯이 높으면 은은한 아름다움이 더해지죠. 흔히 말해서 후광이라고 할까? 눈빛이 고와지고 피부에서도 살짝 빛이 나요."

"그러면 용모 스탯은……."

"말 그대로예요. 몸매가 더 예뻐지고, 얼굴도 밝아 보여요. 윤곽도 또렷해지고요. 댄서들에게 부여되는 스탯이죠."

위드는 착용하고 있는 데이크람의 벨트에 매력 스탯을 올려 주는 기능이 있다는 사실을 떠올렸다.

'매력이 그런 의미였군.'

어쩌면 힘과 민첩 외에도 골고루 여러 스탯을 올려야 하는 댄서들은 상당히 피곤한 직업인지도 몰랐다.

물론 화령처럼 예쁜 여자라면 솔론의 경우처럼 여기저기서 서로 모셔 가려고 할 것이었다.

"저 같은 경우는 댄서라서 매력이나 용모 스탯에 꽤 많이 투자를 한 편이거든요."

"그러면……."

"본래 제 얼굴과는 조금 차이가 날 수도 있을 거예요. 굳이 밝힐 필요는 없는 이야기지만 혹시나 해서 알려 드리는 거랍니다."

어차피 처음 캐릭터를 생성할 때에도 기본적인 외모에서 약간씩 변환할 수는 있었다. 아주 눈썰미가 좋은 사람만 알아볼 정도. 그렇지만 화령은 그 이후로도 추가적인 변화가 있었다는 얘기였다.

소위 말해서 나이트에서 만난 여자의 화장발과 조명발 비슷한 효과가 있다고 볼 수 있겠다.

화장 안 했다는 여자, 혹은 조명발 안 받는다는 여자들의 행동거지를 유심히 살펴보면 메이크업 베이스 정도는 화장 취급도 안 하는 경우가 많다. 또 조명발은 안 받는다면서 왜 항상 조명 위치에 따라서 분주하게 자세를 바꾸는지 모를 일이다.

그렇다고 해도 예뻐 보이는 여자에게는 약한 것이 남자인 법!

다만 위드에게는 그다지 해당 사항이 없었다.

'여자는 돈이다. 여자를 만나면 다 돈으로 연결돼. 깨지는 돈만큼 얻는 것이 사랑이다. 그런 비겁한 사랑은 원하지 않아.'

완전히 왜곡된 여성관을 가지고 있는 위드에게 있어 예쁜 여자는 돈 먹는 하마로밖에 보이지 않았다.

솔론은 대충 12시간 정도를 사냥하고 난 뒤 말했다.

"휴! 오늘도 정말 힘들었습니다. 그러면 내일 다시 모이도록 하죠."

"수고하셨습니다."

파티원들은 접속을 종료하며 1명씩 해산했다.

⁂

위드는 검을 쥔 손에 힘을 더했다. 지금까지 이 순간만을 기다리고 있었다.

'이제부터 시작해 볼까?'

우선 배낭에서 숫돌부터 꺼내서 검을 갈았다.

사각사각!

> 검 갈기 스킬 발동! 검을 날카롭게 갈았습니다. 공격력이 14% 증가합니다.

검 갈기 스킬은 중급 4레벨이었다.

이것만큼은 수리 스킬처럼 남들에게 무작정 퍼 줄 수 없는 스킬이다.

비가 오거나 혹은 사냥을 하지 않으면 검을 간 효과가 금방 사라지기 때문이다.

위드 본인이나 같이 사냥을 하는 파티원들에게만 써 줄 수 있는 대장장이 스킬이었다.

"자, 그러면 그다음으로……."

위드는 부드러운 천을 꺼내서 열심히, 광이 나도록 방어구를 닦았다.

> 방어구 닦기 스킬 발동! 방어구를 깨끗하게 닦았습니다. 번쩍번쩍 빛이 납니다.
> 방어력이 16% 증가합니다. 회피 능력이 2% 증가합니다.

방어구 닦기 역시 검 갈기와 비슷했다.

오래 지속되지 않는 대신에 효과는 지극히 좋다.

이것은 파티에 가입한 대장장이들이 사용하는 이른바 생명 연장 스킬인 것이다.

대규모 파티에서 이런 스킬이라도 보여 주지 않는다면 굳이 대장장이를 데리고 다니려 하지 않을 테니 말이다.

"그다음에는 음식을……."

음식으로는 해산물의 꽃이라고 할 수 있는 새우 요리를 준비해 놓았다.

해산물의 가격은 비싼 편이지만, 의외로 오데인 요새에서는 로자임 왕국보다 싼값에 구입이 가능했다.

세금을 내지 않는 것도 이유 중 하나겠지만 브리튼 연합 왕국과 아이데른 왕국의 접경이기 때문에 상단들이 빈번하게 오가면서 풍부한 물량이 공급되는 것이었다.

체력과 생명력을 향상시켜 주는 데에는 해산물만 한 게 없다. 그중에서도 새우는 일품요리였다.

적당히 불에 구운 통새우!

단풍나무의 수액으로 만든 달콤한 시럽을 듬뿍 바르고, 후식으로는 감자와 양상추, 베샤멜 소스로 맛을 낸 샐러드까지!

위드는 입을 크게 벌렸다.

살짝 불에 구워져 노르스름하게 달아오른 껍질을 벗겨 낸 새우. 흰 속살을 드러낸 새우가 꼬챙이 위에서 달랑거리면서 입 안으로 사라지기 직전이었다.

이성과 본능의 싸움!

입은 어서 새우를 달라고 하는데, 손은 새우와의 이별을 슬퍼하고 있었다.

보통 새우가 아니었다. 나름대로 조각술을 활용, 새우에 멋을 잔뜩 첨가했다.

소면 몇 가닥과 수액 시럽으로 활짝 날개를 편 천사 새우를 형상화한 것이다.

이름도 붙였다.

하늘에서 내려온 새우 천사 요리!

천국에서나 맡을 수 있을 듯한 고소하면서도 향긋한 냄새에 매료되지 않으면 사람이 아니리라.

날름날름.

위드가 혀를 방정맞게 움직이며 막 음식을 먹으려고 할 때였다.

파티가 해체될 당시에 화령은 재빨리 접속을 종료했다. 집적거리는 솔론을 떼어 내기 위해서였다.

그렇지만 솔론이 포기하고 떠났을 때쯤 돌아왔다.

제피는 아예 접속을 끊지도 않고 끈질기게 위드만을 따라다녔다.

화령과 제피는 위드가 새우를 만들어 입에 가져다 대는 것을 묵묵히 지켜봤다.

그들이 보기에는 새우는 1마리밖에 없었다.

'그렇다고 치사하게 하나밖에 없는 걸 나눠 달라고 할 수도 없고…….'

그러나 목울대가 크게 꿈틀거리는 것까지 막을 수는 없었다.

꿀꺽!

위드가 막 새우를 먹으려고 할 때 어디선가 군침 삼키는 소리가 들려왔다.

위드가 돌아보자 화령과 제피가 그대로 떠나지 않고 있는 것이 아닌가.

"화령 님, 안 가셨습니까?"

"네."

입으로는 건성으로 대답하면서 눈은 새우에서 떠날 줄 모른다.

꼴까닥.

침을 사정없이 삼키면서 말이다.

화령은 절대로 음식을 달라고는 하지 않았다. 그렇지만 잔뜩 충혈되어 새우를 바라보는 눈은, 차마 말도 못 할 지경이었다.

사흘쯤 굶은 난민이 막 음식을 본 듯한 눈빛!

그 간절한 갈망! 허기짐! 욕구!

'저 눈이라면 살인도 하겠군.'

위드는 어쩔 수 없이 새우를 내밀었다. 음식을 주지 않고는 못 배길 정도였다.

"이거라도 괜찮다면… 1골드에…….'

"고맙게 먹겠어욧!"

위드는 이 상황에서도 장삿속을 버리지 않고 가격 흥정에 나서려고 했지만, 화령은 정신없이 새우를 뜯어 먹었다.

와구와구!

그녀의 입에서 빠르게 사라지는 새우의 살들.

본래 화령도 이 정도까지 식탐을 하진 않았다. 현실의 그녀도 지금과 별반 다르지 않았다. 몸매를 관리한다면서 음식을 많이 먹지 않았던 것이다.

그렇지만 이 새우에서 풍기는 강력한 향기는 도무지 저항을 할 수 없게 만들었다.

당장이라도 먹지 않으면 고통스러울 정도였다.

이는 요리가 거의 마약의 경지에까지 올랐다는 증거인데, 위드의 요리술이 그간 일취월장하였기 때문이다.

화령은 그 새우를 먹으면서 비로소 마음의 안정을 찾을 수 있었다. 먹는 동안 입이 너무 행복해서 어쩔 줄 모를 지경이었다.

'역시! 마판 님이 위드 님을 따라다니면 좋은 일이 있을 거라더니, 이런 음식을 먹을 수 있구나. 아, 맛있어!'

화령은 무척이나 만족스럽게 새우를 뜯어 먹었다. 잘 먹지 않는 꼬리는 물론이고, 머리마저도 아쉽다는 듯이 몇 번이나 쳐다봤다.

새우 머리까지 먹으려고 들었던 것!

위드나 제피의 시선만 없었더라면 그녀를 쳐다보는 애처로운 머리를 한입에 삼켰을지도 모른다. 어쩌면 눈알까지 쪽쪽 빨아 먹었을지도…….

'미안하다, 새우야.'

위드는 잠시 애도를 표했다. 그러고는 새로운 새우를 하나 더 꺼내서 굽기 시작했다.

새우는 제법 비싼 탓에 간식처럼 맛으로만 먹을 수는 없었다. 위드에게는 어디까지나 투자였다.

생명력과 마나 최대치, 그리고 각종 스탯을 일시나마 향상시켜 주는 전투 기술!

위드가 비싼 돈을 치르고 500개나 사 온 이유가 있었던 것이다.

> 기분 좋은 포만감으로 인해 생명력의 최대치가 400 상승했습니다. 마나 최대치가 400 상승했습니다. 지구력이 20 상승했습니다. 예술이 15 상승했습니다.

배고픈 자가 예술을 안다는 말을 누가 했던가.

배가 부르니 예술 스탯까지 올라갔다. 직업에 따른 부가 효과가 주어진 것이었다. 만약에 직업이 요리사라면 체력이나 요리 스킬, 혹은 음식의 맛이 더욱 좋아졌으리라.

위드는 이제 슬슬 자리를 털고 일어났다. 물론 화령에게서 새우 값으로 1골드를 받는 것도 잊지 않았다.

"저는 계속 사냥을 하려는 참인데, 화령 님은 종료하실 건가요?"

"네? 아니에요. 저도 사냥을 더 하고 싶어요."

"잘됐군요."

위드는 일찍부터 화령을 점찍어 두었다.

댄서인 그녀의 실력. 죽음의 춤의 공격력은 그리 뛰어난 편은 아니다. 그렇지만 거의 도둑만큼이나 몸놀림이 빨라서 몬스터에게 좀처럼 공격을 당하지 않았다.

덤으로 그녀의 춤을 본다면 아군의 능력치도 약간이나마 향상되니, 이 또한 나쁘지 않다. 특히나 몬스터를 재울 수 있는 현혹은 많은 도움이 될 것으로 보았다.

"파티 개설."

위드는 파티를 생성하고, 화령을 초대했다.

"기쁘게 받아들이겠어요."

화령은 파티에 바로 가입을 했다. 그러고는 제피를 향해 손짓하는 것이었다.

"같이 하실래요?"

제피는 바라던 차에 잘되었다는 듯이 고개를 끄덕였다.

"받아만 주신다면 가입하고 싶습니다."

위드는 제피도 파티에 초대했다. 바스라 마굴의 몬스터는 워낙에 많기에 기왕이면 믿을 만한 아군이 1명이라도 더 있는 편이 낫다.

낚시꾼인 제피가 여기에 있는 이유는 알 수 없지만, 적어도 악의는 없는 것 같았다.

"그러면 제피 님에게도 요리를 해 드리죠. 그리고 두 분, 무기와 방어구를 잠시 벗어서 제게 주세요."

위드는 화령과 제피의 방어구도 닦아 주고 무기도 손질을 해 주었다. 떨어진 내구력을 수리로 고쳐 준 것은 물론이었다.

대장장이와 요리사, 재봉사로서의 실력을 본격적으로 발휘한 것이다.

"와! 대단해요."

"방어력이 올라갔습니다. 낚싯대의 공격력도……."

화령과 제피는 입을 다물지 못했다.

한 사람에게서 이렇게 여러 가지의 능력이 발휘될 줄이야 누가 알았겠는가.

잡캐와 만능 캐릭터는 종이 1장 차이였다.

"그러면 이제 우리 다른 파티를 구해 봐요. 우리 3명이라면 어디든 가입할 수 있을 거라고 봐요."

화령이 신이 나서 말했지만, 위드는 조용히 고개를 저을 뿐이었다.

"우리끼리 해 먹기도 바쁩니다."

"네? 그러면……."

"설마 달랑 우리 셋이 바스라 마굴에서 사냥을 하자고요?"

제피가 황당하다는 듯이 물었지만 위드의 생각을 정확히 짚은 것이었다.

"3명이면 충분합니다. 아니, 4명이 되겠군요. 콜 데스 나이트!"

위드가 착용하고 있는 목걸이에서 검은 연기가 쏟아져 나와 데스 나이트 반 호크로 변했다.

오랜만의 소환에 데스 나이트는 무척이나 기쁜 기색이었다.

"주인, 불렀는가."

"그래."

위드는 고깝다는 듯이 데스 나이트를 쳐다보았다.

획득하는 경험치를 20%씩 먹는 식충이 데스 나이트. 반 호크를 얻은 것은 레벨이 175이던 바르칸의 지하 묘지에서였다.

일반적인 데스 나이트에 비해서 보스 급인 그는 훨씬 더 강했다.

그 후로 모라타 지방에서 사냥을 하면서 반 호크는 더욱 강해졌다.

위드는 성기사들의 뒤치다꺼리를 하느라 전투에 참여하지 못하였지만, 데스 나이트의 경우에는 마음껏 활개를 치고 다녔기 때문이다.

위드가 먹는 경험치는 20%씩 가로채는 주제에, 스스로 사냥해서 얻은 경험치는 깡그리 독식하는 뻔뻔한 놈!

프레야의 성기사들은 어차피 남의 세력이었다. 그렇지만 데스 나이트 반 호크는 언제라도 부려 먹을 수 있는 부하다.

위드도 각별히 신경을 써서 기왕이면 반 호크가 많은 적을 상대할 수 있도록 배려를 해 주었다.

그 덕분에 반 호크의 레벨은 성기사들을 넘어 290에 육박하고 있었다.

"쓸모없는 놈! 이제야 네 밥값을 할 차례다."

위드는 곧바로 구박을 시작했다. 데스 나이트가 먹은 경험치가 지극히 아깝다는 태도.

그렇지만 데스 나이트로서도 할 말이 아주 없는 것은 아니었다. 놀고먹으면서 레벨을 올린 것은 결단코 아니기 때문이다.

성기사들의 틈바구니에 끼어서 이리저리 괄시를 당하고, 자신보다 더 강한 뱀파이어와 목숨을 걸고 싸웠다. 심지어는 성기사들과의 친밀도를 올린다는 이유로 두들겨 패는 위드의 폭력까지 견뎌 내야 했다.

그야말로 고난의 가시밭길을 참아 내면서 이만큼 강해진 것이었다.

⁂

마굴의 역사라고까지 할 것은 없지만, 과거 바스라 대공이라는 귀족이 있었다. 브리튼 연합 왕국의 결성을 끝까지 반대하면서 축출된 비운의 귀족. 그는 도둑 길드와 힘을 합쳐 반역을 꿈꾸고 있다.

그 장소가 바로 이곳, 바스라 마굴인 것이다.

위드는 데스 나이트를 선두에 세우고 지하 4층으로 내려갔다.

"여긴 사람이 별로 없군요."

바스라 마굴이 이름난 사냥터라고 해도, 지하 4층은 인적이 뜸한 편이었다.

이곳에서는 레벨 240이 넘는 몬스터들이 곧잘 출몰했다. 그러므로 웬만한 파티는 사냥도 하지 못하는 장소였다.

덜덜덜.

뒤따라오는 제피의 다리가 후들거리고 있었다.

동료로서의 신의! 그리고 위드가 괜찮다고 밀어붙인 탓에, 화령과 제피는 끌려오듯 따라올 수밖에 없었다.

'아멘! 괜히 접속해서 죽는구나. 그냥 얌전히 로그아웃할걸.'

'여기서 죽으면 아이템도 털리는데… 사제나 성직자도 없이 사냥을 하다니 미치겠네.'

제피와 화령의 마음속에는 비슷한 종류의 공포와 원망이 자리 잡고 있었다. 모진 놈 옆에 있어서 벼락을 맞는 기분.

3층에서 사냥을 하는 것도 과한데, 지하 4층으로 내려오다니!

그 덕분에 위드와 데스 나이트보다 뒤처져 있는 그들이었다.

"모험가들의 배낭을 털자!"

"너희들의 호주머니에 뭐가 들었는지 한 번만 볼 수 있게 해 줘!"

"국가를 바로잡기 위해서는 우리의 힘이 필요하다."

바스라 도둑 기사단이 나타났다. 갑옷을 입고 기사의 검을 들고 있는 이들.

바스라 도둑 기사단들은 아주 진부한 말을 하면서 덤벼들었다.

"암흑 투기!"

데스 나이트는 본신의 오라를 방출했다.

죽음의 기사로서 가진 음차원의 마나를 암흑 투기로 발산하는 것이다. 그러면 스스로의 공격력과 방어력이 증가하는 효과도 있다.

"데스 블레이드!"

데스 나이트 반 호크는 자신에게 접근하는 바스라 도둑 기사단을 향해 시커먼 검의 기운을 날렸다.

꽈과광!

검의 기운이 그물처럼 퍼지면서 수천 개의 가닥으로 변해 도둑 기사들의 몸에 박혔다.

순간 피를 흘리며 짚단처럼 우수수 쓰러지는 기사들.

제피와 화령은 혀를 내둘렀다.

'과연 대단하네.'

'저게 레벨 290이 넘는 몬스터의 위용인가? 저런 몬스터를 위드 님은 어떻게 길들였지?'

새삼스럽게 위드의 위대함을 알게 된 그들이었다.

바스라 마굴에서 데스 나이트까지 포함하여 단 4명이 사냥을 하자는 위드의 이야기가 비로소 허황되지 않게 들린다. 신뢰도가 아주 조금은 생겨났다.

하지만 이 순간 위드도 무척이나 놀라고 있었다.

'이 녀석이 이렇게나 강했던가?'

모라타 지방에서는 실상 성기사들이나 사제들 때문에 데스 나이트가 크게 부각되지 못하였다. 기껏해야 다 잡은 몬스터를 적당히 마무리하는 역할을 맡거나, 아니면 만만한 적과 싸우도록 시키는 정도였다.

위드의 기억 속에서는 스킬 수련도 상승을 위해 두들겨 맞던 모습밖에 없는데, 지금은 괴물 같은 힘을 발휘하고 있었다.

단 한 번의 공격으로 레벨 240대의 기사 넷을 전투 불능 상태로 만들어 놓은 것이다.

이것은 데스 나이트의 속성 탓도 있었다. 죽음의 힘을 발휘하는 데스 나이트는 살아 있는 생명체와 싸울 때에 제 실력을 발휘한다.

자신보다 고급 마물인 진혈의 뱀파이어나 몬스터들과 싸울 때에는 실력이 많이 위축되어 있었던 것이다.

'붉은 생명의 목걸이. 데스 나이트 반 호크의 생명을 봉인해 놓은 물건이지. 그리고 토리도의 생명이 봉인되어 있는 검은 생명의 목걸이…… 이것들은 단지 보상으로 주어지는 물건일까? 아니면 이들을 성장시켜서 무언가 또 다른 길을…….'

위드의 사고는 거기에서 멈추었다.

데스 나이트가 쓰러진 기사들을 향해서 다시금 일격을 날리려는 것을 보았기 때문이다.

위드는 곧바로 달려가서 데스 나이트의 머리통을 검집으로 갈겼다.

딱!

"명령이다. 죽이지는 마라. 그냥 피해만 적당히 주도록 해. 죽이는 건 우리가 할 것이다."

"알겠소, 주인."

데스 나이트는 통명스럽게 대답했다.

레벨이 높아진 데스 나이트는 금세 자만심에 가득 찼다. 처음 귀속될 때의 공손했던 태도는 이미 다 잊어버렸는지, 위드의 레벨이 자신보다 낮으니 진정한 주인으로 인정하려고는 하지 않았다.

'아직 덜 맞았군.'

데스 나이트의 교육은 다음에 하기로 하고, 위드는 우선 전투에 돌입했다.

"조각 검술!"

전매특허가 되어 버린 기술!

위드는 조각 검술을 펼치면서 기사들의 사이로 뛰어들었다.

"죽어라!"

"돈! 돈을 줘!"

기사들의 공격이 아슬아슬하게 위드를 스치고 지나간다.

위드는 공격을 피하면서 끊임없이 전진하고 검을 휘둘렀다. 마치 죽기를 각오한 사람 같았다.

'이래야 재미있지.'

적에게 둘러싸여 있어야 즐겁다. 적의 숨결과 심장 박동 소리가 바로 곁에 있어야 행복하다.

이렇게 싸워야만 강해진다는 느낌이 든다. 절대로 질리지 않는 쾌락!

위드의 머릿속에서 검치가 떠올랐다.

검치, 안현도는 이현에게 진검을 가르쳐 주었다. 그때부터는 검을 쥐는 법부터 다시 배워야 했다.

예전에도 검을 배운 적이 있지만 그때에는 기초적인 수련에 불과했다. 불과 1년 도장에 다닌 것으로는 기본기 외에는 배울 수 없었다.

하지만 이현이 최근에 도장에 찾아갔을 때부터는 훈련이 달라졌다.

　안현도가 직접 나서서 이현에게 검을 지도해 주었다.

　검무.

　누구도 진심으로 상대할 수 없던 안현도는 스스로 춤을 추었다.

　"이것이 검이다."

　처음에는 아름다운 선들이 보였다.

　극히 미려하고 잔잔한 떨림들을 가지고 있었다.

　안현도처럼 단순하고 무식한 인간이 펼치는 검이라고는 믿어지지가 않는다.

　하늘과 땅.

　어둡고 조용한 곳에서 맑은 빛깔을 가진 그러한 예술 작품처럼!

　'이것이 정말 검이라고?'

　그러나 검은 곧 변화하였다. 이현이 섣불리 짐작하는 것을 허용하지 않는다는 듯이 새로운 모습을 보여 주었다.

　웅크린 맹수가 대지를 박차고 뛰어오른다.

　광오하게 내려다보는 독수리. 하늘.

　지상으로 내려온 맹수의 앞에는 요새가 지어져 있었다.

　오데인 요새.

　'아니야. 그보다 훨씬 더하다.'

　요새의 성벽보다도 더 두껍고 높은 곳이 맹수의 앞을 막고 있었다.

　맹수가 가야 할 곳은 더 멀리 있는데 성벽이 막고 있다.

맹수는 고민하지 않았다.

단순하고 무식하게 달리기 시작했다.

앞길을 가로막는 것은 모조리 파괴해 버리고, 자유로운 맹수가 되었다.

지상에서 가장 강한 맹수가 울부짖었다.

"검은 스스로를 강하게 만드는 것이다. 타인과 싸워서 이기기 위한 수단은 아니다. 그러려면 차라리 총을 구하는 편이 훨씬 쉽지 않겠느냐? 그러나 제대로 검을 익힌 사람은 강해진다. 죽음, 병마, 어떤 고뇌에서도 해방될 수 있다. 나는 자유를 얻기 위해서 검을 배웠다."

이현은 안현도로부터 많은 것을 배우기 시작했다.

검을 대하는 마음가짐, 호흡법, 육체를 바로 보는 법, 심지어는 진검을 닦는 법까지 배웠다.

'세상은 넓구나.'

이현은 자신이 어느 정도 강하다고 생각해 왔다.

도장에 다니기 전에도 거칠게 살아 왔다. 부모가 없다고 놀리는 녀석들에게는 망설임 없이 덤벼들었다.

삶의 희망을 찾기보다는 자존심을 지키기 위해서, 그리고 가족을 지키기 위해서 싸웠다.

길거리 싸움에 불과하지만 독기를 기를 수 있었고, 도장에서 익힌 기본기는 거기에 무게를 더해 주었다.

어떠한 적을 만나더라도 싸우기도 전에 움츠러들지는 않는다. 그렇지만 본격적으로 익힌 검술은 하늘 밖에 하늘이 있음을 알게 해 주었다.

기사들 개개인이 예전에 라비아스에서 싸워 본 데스 나이트보다 조금 강하다지만, 그리 큰 차이는 없었다.

데스 나이트와 싸울 때에는 정면만 신경 쓰면 그만이었지만 지금은 전후좌우 모두를 살펴야 했다.

'이러니 더 재미가 있는걸.'

위드는 옆구리로 찔러 들어오는 롱 소드를 피하며 기사들을 헤집고 안으로 들어갔다.

"타아앗!"

기합 소리와 함께 위드의 검을 잡고 있는 손이 마치 환상처럼 움직였다.

푸확!

치명적인 일격이 터졌습니다.

연속으로 치명적인 일격이 터졌습니다.

연환 공격에 성공하셨습니다. 3단 베기를 정식 스킬로 등록하시겠습니까?

허점을 정확히 노려서 타격할 때에 터지는 치명적인 공격.

적이라고 해서 가만히 앉아서 맞고만 있지는 않았기에 3번이나 연속해서 나온 것은 극히 드문 일이었다. 이렇게 제대로 성공한 기술들은 별도의 스킬로 저장할 수도 있었다.

위드는 스킬을 저장하지 않았다. 일반적인 3단 베기 정도는 정형화된 움직임에 불과했다.

전투는 살아 있는 것이다. 언제든 마음이 따르는 대로 몸을 움직일 수 있다면 거추장스러운 스킬들을 다수 가지고 있을 필요는 없다.

"조각 검술!"

위드는 재차 검술을 펼치며 기사들 틈으로 뛰어들었다. 수비는 튼튼한 방어력을 믿었다. 방어구 닦기와 다림질로 향상시켜 놓은 방어력이 목숨을 지켜 줄 것이라고 믿었다.

위드의 검이 움직일 때마다 피를 뿌리는 기사들.

화령과 제피도 뒤늦게 나섰다.

"매혹의 댄스!"

화령이 본격적인 춤을 추기 시작한 것이다. 그녀의 가공할 부비부비 공격에 일부 기사들이 부끄러운 듯 움직임을 멈췄다.

기사들의 볼은 붉게 달아올랐고, 눈에는 은은한 열기가 더해졌다.

"너무 아름다운 여성이여."

"오오! 나처럼 정의로운 기사들이 도둑이 되다니……."

"사뿐사뿐 밟는 걸음들이 나의 애간장을 녹이는구나!"

그때 화령은 외쳤다.

"부킹 사절! 전부 관심 없어욧!"

"헉!"

기사들은 영문을 알 수 없는 말에 당혹스러워했다. 그러고는 잠시 동안 그대로 멈춰 서 있었다.

화령은 다른 기사들에게 다가갔다. 그러면서 파티원들에게 한마디씩 일러두는 것도 잊지 않았다.

"우리들이 공격만 안 하면 괜찮을 거예요."

"얼마 동안 괜찮은 거죠?"

제피가 다급하게 물었다. 이런 난전에서는 사소한 정보 하나가 목숨을 좌우하는 경우가 많았다.

"2분 정도요. 얘들의 레벨이 높으니 어쩌면 1분 30초 정도? 그사이 최대한 다른 녀석들을 해치워야 해요."

"알겠습니다. 다른 녀석들부터 서둘러서 해치워야겠군요. 낚싯대 스윙!"

제피도 낚싯대를 휘두르며 적을 공격했다. 기가 주입된 낚싯대가 빳빳하게 일어서서 적들을 휩쓸었다.

위드와 데스 나이트가 기사들의 주력을 맡고, 화령은 나머지 기사들을 최대한 많이 재운다.

그리고 제피는 모여 있는 적들을 향한 광범위 공격!

어수선하고 정신없는 상황이라 화령과 제피는 살기 위해서 최선을 다해야 했다.

솔론의 파티처럼 있어도 되고 없어도 되는 사람 따위는 없었다. 자신의 몫을 해내지 못하면 파티가 전멸하는 것은 시간문제였다.

화령은 열둘의 기사들을 재우고 난 뒤에 탈진한 채로 바닥에 쓰러졌다.

"더, 더 이상은 못하겠어요."

모든 체력과 마나를 소진한 화령은 멍하니 그 자리에 앉아 있을 뿐이었다.

모험을 하고 여행을 하면서 늘 적당히 약한 적들과 여유롭게 싸웠다. 그러면서도 각종 스킬을 레벨에 비해 많이 올린 그녀는 긍지를 가지고 있었다.

그런데 이렇게 극한에 이른 전투를 경험하고 나니 아직 많이 부족하다는 생각이 들었다.

'전투란, 더 강한 적들과 끊임없이 부딪치면서 싸우는 건가?'

화령에게 든 생각이었다.

"화령 님, 안전하게 제 뒤에 계세요."

제피가 기사들로부터 화령을 보호해 주었다. 그는 최고의 낚시꾼답게 지구력과 인내력이 탁월했다. 낚시꾼 전용 스킬인 생존술로 얻은 강인한 생명력!

제피는 화령을 보호하면서 도둑 기사단과 싸움을 벌였다.

낚시 공격술은 아예 1명에게 강력하거나, 아니면 여러 명의 체력을 조금씩 깎아 놓을 수 있다.

제피는 한 사람에 대한 치명적인 공격을 자제하는 대신에 광범위 공격을 퍼부었다.

그가 생명력을 많이 깎아 놓으면 위드가 하나씩 맡아서 확실하게 처리를 했다. 그 무렵 화령이 재워 놓은 기사의 일부가 깨어났다.

정말로 쉴 틈도 없이 벌어지는 전투였다.

"조각 검술!"

위드는 정신없이 달렸다.

이쪽의 기사를 정리하자마자 깨어난 다른 기사와 싸워야만 했다. 시간이 곧 적이었다. 조금이라도 지체하면 적들의 숫자가 늘어나니 동분서주하면서 기사들을 처치하였다.

화령도 체력을 조금 회복하고는 자리에서 일어났다.

"저도 싸울게요."

위드와 화령, 제피는 힘을 모았다.

몇 번이나 위험한 상황을 겪었지만, 그들은 결국 바스라 도둑 기사단을 상대로 승리를 거머쥘 수 있었다.

"휴우! 대단해요."

기진맥진한 화령이 감탄했다.

머릿속이 하얗게 변한 그녀는 어떻게 싸우고 어떻게 이겼는지 하나도 기억나지 않았다.

굳이 떠올려 보자면 지옥 같은 싸움이었다.

한계와 한계를 부수어 나가던 싸움!

승리했다는 사실이 믿어지지가 않았다.

'그렇지만 재밌어.'

화령이 이마의 땀을 닦으며 미소를 지었다.

완전히 녹초가 될 정도로 전투를 해 본 경험은 처음이지만, 기분이 나쁘지는 않은 탓에 웃을 수 있었다.

사실 데스 나이트의 도움이 없었다면 이들끼리 바스라 도둑 기사단을 해치우는 것은 도저히 무리였을 것이다. 하지만 지금은 단지 싸워서 이겼다는 순수한 기쁨에만 빠져 있었다.

"위드 님은 늘 이런 전투를 해 오셨어요?"

화령은 질문을 던졌다. 전투를 시작할 때부터 꼭 묻고 싶은 것이었다.

"그렇습니다."

위드는 방금 전까지 미친 사람처럼 날뛰었던 것도 잊어버린 듯이 얌전히 방어구를 벗어서 수리를 하고 있었다.

매번 방어구가 상할 때마다 최대한 내구력을 회복시켜 놓는 것이었다.

"위험할 텐데, 힘들다고 느껴 본 적은 없었어요? 그리고 자신 보다 강하거나 많은 몬스터들과 싸우는 것이 두렵지 않으세요?"

화령은 잠깐이지만 공포에 질렸다.

통로를 가득 메우고 덤벼드는 기사들을 상대로 어떤 식으로 싸워야 할지 도저히 감이 오지 않았던 것이다.

가상현실인 만큼 적의 숫자가 많거나 자신보다 더 강한 적을 상대로 싸울 때에는 공포가 느껴진다.

그것은 인간의 본능적인 감정이었다.

모니터를 통해서 싸우는 것과 직접 눈으로 보고 체험하면서 싸우는 것의 차이인 것이다.

적의 호흡과 숨결, 투지를 대하는 것만으로도 먼저 얼어붙어 버리는 경우가 많았다. 실제로 그런 이유로 인해서 제대로 싸 우지도 못하고 죽는 이들도 있다.

"라비아스에서 몬스터를 봤습니다. 아주 높은 곳에 올라가서 보니까 몬스터들이 작게 보이더군요. 그때 생각했죠. 이놈들은 밥이다. 나를 강하게 만들어 주는 먹이다."

화령은 다시금 미소를 지었다.

'역시 위드 님과 같이 다니면 재미있는 일이 끊이지 않을 것 같아.'

그런데 제피는 딱딱하게 얼굴을 굳히고 있었다. 데스 나이트를 보면서 두려움에 떠는 것이었다.

"제피 님?"

"화, 화령 님."

제피는 차마 말도 제대로 잊지 못하였다.

"대체 왜 그러세요?"

"저 데스 나이트가……."

"데스 나이트가 뭘요?"

데스 나이트가 암흑 투기를 발산하면서 전투를 준비하는 모습이 화령의 눈에 보였다.

"어? 왜 저러죠?"

화령은 궁금했지만, 제피는 대략 답을 알고 있었다. 꽤 오랜 기간 같이 낚시를 하면서 위드라는 인간을 겪어 본 그였다.

하나를 보면 열을 알 수 있다고 했다.

위드가 낚시에 성공했다고 해서 휴식을 취하던가!

어림도 없는 소리였다.

대충 붕대질을 끝내고, 방어구와 검의 수리를 마친 위드가 자리에서 일어났다.

"음, 이번에는 조금 위험했습니다. 그런데 아주 위험하진 않았군요. 최소한 한두 번 정도는 죽음 직전의 상황까지 몰릴 줄 알았는데."

"……."

"생명력이 15%나 남은 상태에서 도적 떼를 다 잡았으니 요즘은 제 감이 떨어진 것도 같습니다. 하기야 오랫동안 전투를 쉬긴 했죠. 오데인 요새 공방전에서는 약한 적들만 찾아다녔고."

"……."

"인내력 스탯이 하나밖에 오르지 않았습니다. 꽤나 힘든 전투라고 생각했는데 말이죠. 다음에는 생명력을 3% 이하로 남겨 봐야겠습니다. 화령 님과 제피 님에게만 알려 드리는 건데, 생명력이 아주 극소량 남아 있을수록 인내력 스탯이 더 잘 오르더군요. 그러니 전투를 할 때는 가능한 한 맞아 주세요. 적당히 맞아 주면 그게 다 나중에 도움이 됩니다. 요즘에는 웬만큼 맞아서는 간지럽더라니까요."

제피와 화령은 차마 아무 말도 하지 못하였다. 독한 위드에게 완전히 기가 질린 탓이었다.

'세상에! 바스라 도둑 기사단의 공격이 간지럽다고?'

'아무리 대장장이에 재봉사 스킬을 중급까지 올렸다고 해도…….'

'그 방어구들은 우리도 차고 있잖아. 엄청 아프던걸.'

'역시 변태가 틀림없어!'

그리고 화령과 제피는 이어진 위드 발언에 기겁을 하고 말았다.

"자, 탐색전은 끝났으니 이제 본격적으로 싸워 보죠."

제피와 화령은 지옥을 겪었다.

그것은 정말로 지옥 같은 사냥이었다.

"모두들 들으세요. 저를 파티의 리더로 인정합니까?"

위드의 말에 제피와 화령은 별 생각 없이 고개를 끄덕였다. 위드가 만든 파티에 가입을 하였으니 당연히 리더라고 봐 주었다.

　또한 그들 3명 중에서 가장 강한 사람도 위드다.

　낚시꾼으로서 스킬을 상당히 많이 올린 제피나, 댄서로서 많은 경험을 쌓은 화령은 베르사 대륙 그 어디서도 자신의 스킬이 부족하다고 생각해 본 적은 없었다. 전투형 캐릭터들에 비해서 다소 약하다는 편견을 가지고는 있어도, 전문 분야에서만큼은 뛰어났다.

　특색이 있는 스킬들이야말로 화령과 제피의 강점이었다.

　그런데 스킬 레벨로 따져도 위드와 비교할 수 없었다.

　'생산 스킬만 다섯 가지를 중급으로 올리다니…….'

　'괴물. 완전 노가다꾼이야.'

　이상한 쪽에서 의기투합해 버린 화령과 제피였다.

　각종 전투 스킬들은 말할 것도 없거니와 스탯들도 괴물처럼 높다.

　이런 위드를 보면서 받는 상대적인 박탈감! 그리고 자신들은 정상인이라는 안도감이 겹치는 것이었다.

　'위드 님 같은 분이 있으니…….'

　'우린 절대 폐인이 아니야!'

　화령과 제피는 속생각까지 죽이 척척 맞았다.

　보통 파티의 리더는 워리어나 기사가 맡는 것이 일반적이다. 전투를 지휘하는 역할을 하기 때문이다. 파티에서도 통솔력과 카리스마 스탯이 약간은 영향을 준다.

　리더의 통솔력 등이 높으면 파티원들이 혼란 마법에 당하지 않고, 획득하는 경험치도 올라가는 것이다. 덕분에 카리스마가 높은 지휘관이 있는 파티와 맞닥뜨린 몬스터들은 제대로 실력을 발휘하지 못하고 사냥당하기도 했다.

"이야아!"

"죽음의 댄스! 매혹의 댄스!"

"낚싯대 풀 스윙!"

"나를 때려 봐라! 내 인내력을 올려 줘!"

그리고 사냥이 시작되었다.

바스라 도둑 기사단과의 끝없는 승부!

한 무리의 적을 어렵게 해치우면, 쉬지도 않고 다음 전투를 준비해야 했다.

전리품은 알아서 줍는 대로 획득하였고, 그나마 갖는 휴식이라고는 장비의 내구력이 최저로 낮아졌을 때 이를 수리하는 시간이 전부였다.

"우와악!"

배를 채우고 무기를 수리하는 시간 외에는 전부 싸움만 하였다면 아무도 믿지 않으리라.

결국 16시간의 연속적인 전투 끝에 제피는 큰 부상을 입었다. 바스라 도둑 기사단의 검이 복부를 관통해 버린 치명상이었다.

화령은 원망스러운 눈으로 위드를 보았다.

"너무 무리했잖아요! 우린 인간이라고요. 피곤하면 쉬게 해 주셔야지요!"

그러면서 화령은 부러운 눈으로 제피를 바라보았다.

'죽다니……. 하루는 편히 쉬겠구나. 나는 언제쯤 이 악마의 손길에서 빠져나갈 수 있을까?'

처음으로 죽는 이가 부러워진 화령이었다.

제피도 입가에 아주 만족스러운 미소를 머금었다.

"전 괜찮습니다. 화령 님, 위드 님. 제 걱정은 정말로 하나도 안 하셔도 됩니다. 하하하하!"

제피는 시원하게 웃었다. 그렇지만 위드는 아무렇지도 않게 그를 보고 있을 뿐이었다.

'설마……? 아니야. 성직자나 신관도 없는데 나를 살릴 수는 없겠지.'

제피의 복부에서는 피가 샘솟듯 솟구치고 있었다. 그러면서 생명력이 빠르게 줄어들었다.

이제 남은 생명력은 단 23%.

아직 위험하다고까지는 할 수 없는 상황이었다. 그렇지만 상처를 지혈하지 않는 한 상세가 계속 악화될 것이 자명했다.

다시 말해 성직자가 없다면 제피는 완벽하게 죽는 것이다.

제피는 캡슐을 빠져나가서 취할 편안한 휴식을 꿈꾸었다. 그런데 이 사악한 위드는 그가 죽는 것을 내버려 두지 않겠다는 양 붕대를 꺼내는 것이 아닌가!

"제가 치료해 드리겠습니다."

"하하! 무슨 농담을……."

"붕대 감기!"

번갯불에 콩을 볶아 먹을 정도로 빠른 속도로 감아 주는 붕대.

> 상처의 지혈이 끝났습니다.

> 부상 부위가 안정화되었습니다.

> 피가 더 이상 흐르지 않습니다.

> 생명력이 회복되었습니다. 26%

> 생명력이 회복되었습니다. 29%……

"커헉!"

제피는 눈이 튀어나올 정도로 놀랐다. 그러고는 두려움에 휩싸인 눈으로 위드를 쳐다보았다.

"설마…… 위드 님, 붕대 감기 스킬이……?"

"중급 9레벨입니다."

고급이 되기 직전이었다!

성기사들이나 여러 부하들 그리고 위드 자신이 언제나 최대한 두들겨 맞는 전투를 하다 보니, 붕대 감기 스킬 역시 비정상적으로 성장한 것이다.

보통 파티 사냥을 하면서 성직자들의 치료에 의존하다 보면 여간해서는 붕대 감기 스킬을 쓸 일이 없기 마련이다. 그러다 보면 초보 시절 외에는 스킬의 레벨이 거의 올라가지 않고 사장되기 일쑤다.

"붕대 감기마저 중급 9레벨이라니⋯⋯."

제피는 땅을 치고 안타까워했다.

좌절과 원망스러움.

이 지옥 같은 사냥에서 빠져나가지도 못하게 만드는 위드가 악마처럼 보일 뿐이었다.

여행 불가능 지역으로 알려질 만큼 위험한 모라타 지방!

억지로 끌려가다시피 한 그곳에서 레벨 250대의 몬스터들이 위드의 주 먹잇감이었다. 사제 알베론의 도움이 있었다지만 진혈의 뱀파이어와도 싸웠다.

그에 비하면 바스라 마굴은 약한 사냥터에 불과하다.

지하 3층까지는 라비아스에서 숱하게 싸운 데스 나이트보다 약하다.

데스 나이트들의 경우에는 장검을 쓰고 방어력이 좋은 갑옷을 입어서 꽤나 까다로운 상대였다. 스킬도 곧잘 사용했다. 반면에 바스라 도적단은 단검 종류를 사용하는데, 숫자만 많을 뿐 상대하기엔 쉬웠던 것이다. 물론 진혈의 뱀파이어들과는 애초부터 견줄 만한 상대가 못 되었다.

사제 알베론이 없다곤 해도, 낚시를 익히면서 부족하던 생명력을 많이 늘렸다.

현재 위드의 생명력은 이전과 비교해서 거의 2배에 달하는 14,000을 헤아렸다.

또한 대장장이 기술들을 통해서 공격력과 방어력을 향상시킬 수 있었으니, 현재의 위드는 혼자서도 진혈의 뱀파이어를 사냥할 자신이 있었다.

전설의 달빛 조각사라는 직업!

단지 레벨로만 판단할 수 없는 직업이다.

만들어 놓은 걸작 조각품에 따라 능력이 달라지고, 여러 생산 스킬들을 섭렵하는 과정에서 각종 스탯과 스킬들을 이용할 수 있는 직업이었다.

지난 몇 달간 위드는 단순히 놀면서 지낸 게 아니었다. 강해지는 방편으로 생산 스킬들을 연마하였다.

그 결과가, 비록 레벨은 오르지 않았지만 실력은 크게 향상된 지금의 모습이다.

만약에 조각술이나 다른 생산 스킬을 연마하지 않은 채로 레벨만 280을 넘었다면 오히려 지금보다 훨씬 약했으리라.

조각사라는 이유로 인하여 제한된 낮은 생명력과 마나, 거기에 별로 특별할 것이 없는 스탯들 때문이다.

지금은 그 어떤 직업과 견주어도 동일 레벨에서는 적수를 찾지 못한다. 드러난 레벨로는 판단할 수 없는, 숨은 노력을 끊임없이 해야만 가치를 발휘하는 직업이기 때문이다.

위드의 목표는 애초부터 지하 4층에 있었다. 이유는 간단했다. 그저 강한 몬스터와 싸우는 것이 좋을 뿐.

레벨 110이 넘었을 때부터 데스 나이트들과 싸움을 벌였다. 물론 수련소의 스탯과 직업의 효과, 스킬의 영향 덕분에 한 번 죽고 한 번 이기는 싸움을 반복했지만, 그러는 과정에서도 희열을 느끼던 위드였다.

위드는 화령과 제피와 함께 무려 29시간을 연속으로 사냥했다. 그때에 이르러서는 배낭이 가득 차서 더 이상 전리품을 넣을 수 없게 되었다.

"이런! 아쉽군요."

화령과 제피는 하나도 아쉽지 않았다!

"어쩔 수 없이……."

화령과 제피는 고개를 끄덕였다.

길고 긴 사냥은 이걸로 끝이 났다.

'정말 힘들었어.'

'참으로 끔찍했지.'

꿈에서도 바스라 도둑 기사단이 나올 것만 같은 기분이었다.

그런데 이어진 위드의 말에 그들은 까무러칠 듯이 놀라고 말았다.

"어쩔 수 없이 마을에 한 번 다녀와서 잡템 좀 팔고 다시 사냥을 해야겠습니다. 바스라 도둑 기사단이 우릴 기다리고 있으니, 서둘러서 다녀오도록 하죠."

뜨아악!

다크 게이머 연합

이현은 수학 책을 집어 들었다. 고등학교를 자퇴하면서 두 번 다시는 하지 않을 줄로만 알았던 공부를, 검정고시를 준비하면서 다시 시작한 것이다.

"으음……."

육체를 단련시키는 동안 머리가 굳은 탓인지 내용이 잘 눈에 들어오지 않았다.

"대체 공식들이 왜 이렇게 많은 거야. 필요하면 인터넷에 찾아보면 되고, 복잡한 계산식도 처리할 수 있는 계산기가 널리 보급된 마당에……."

이현은 불평과 불만들을 끊임없이 쏟아 냈다. 혼자서 수학을 배우기란 도저히 무리였다. 그렇다고 해서 검정고시 학원에 다니기에는 돈이 아까웠다.

'포기해 버릴까? 하지만 그러기엔 시험을 신청한 돈이 아깝고…….'

결국은 여동생이 이틀에 1시간씩 이현의 공부를 봐 주기로 했다.

　그렇다고는 해도 수학만큼은 도저히 익숙해지지 않았다. 배우는 쪽에서 열의를 보이지 않으니 가르치는 사람도 힘이 빠지기 마련.

　그러나 이현을 가르치는 여동생 혜연은 자신의 오빠를 너무나도 잘 알고 있었다. 어떤 식으로 다루어야 하는지에 대해서도.

　"이것 봐. 이거 다 적립이라니까. 적금을 생각해! 오빠. 30만 원씩 5.39%의 이자율로 12개월 적금을 넣으면 그게 얼마지?"

　"370만 5,105원!"

　이혜연이 묻자마자, 눈 깜짝할 새에 나와 버린 대답이었다. 그것으로는 모자랐던지 이현은 말을 덧붙였다.

　"일단은 이자가 10만 5,105원 붙은 거지. 그런데 이자 소득에 대해서 세금을 내야 되잖아. 세금 우대로 가입하면 369만 5,120원이고, 일반 과세로는 368만 8,919원이 돼."

　"그것 봐. 쉽잖아. 수학은 그런 식으로 공부하면 돼. 다 돈이야. 돈을 계산하는 거야."

　고등학교를 중퇴한 이후로 공부는 완전히 손을 놓아 버렸다. 하지만 공부를 하면 할수록 그때의 기억이 새록새록 났다.

　학교를 그만두고 난 이후로 아직 그리 많은 시간이 흐른 건 아니다.

　'어디 한번 해보자!'

　과목들은 일단 대충이라도 한 번씩 문제집을 풀어 보았고, 여동생의 교과서도 빌려서 쭉 읽어 보았다.

그리고 검정고시를 사흘 앞둔 날!

마음에 여유가 있으면 공부도 잘되지 않는다.

시험을 바로 코앞에 두었을 때라야 공부에 집중이 잘되는 건 두말할 필요가 없는 일.

이현은 필살의 비기, 벼락치기를 실시했다. 그리고 마침내 검정고시의 날이 다가왔다.

이현은 일찍 집을 나왔다. 방학 기간 중인 시내의 한 중학교에서 검정고시를 보기로 되어 있었다.

'잘 봐야 될 텐데……'

검정고시를 보러 가기 전에 먼저 병원에 들렀다. 할머니를 뵙기 위해서였다.

할머니는 혈색이 많이 좋아져 있었다. 의사의 말에 따르면 요즘은 산책도 다니고 거동에 별다른 불편함도 없다고 한다.

"꼭 이번이 아니더라도 괜찮다. 두 번, 세 번이라도 봐서 꼭 합격하도록 하려무나."

"예, 할머니."

이현은 할머니의 손을 꽉 잡아 드렸다.

주름이 가득한 손. 부모님들이 돌아가시고 난 이후로 이현과 이혜연을 기르기 위해서 고생을 한 손이다.

'할머니.'

그 고마움만큼은 평생 잊지 못하리라.

만약에 할머니마저 그들 남매를 포기했더라면 제각기 흩어져 고아원 시설 같은 곳에서 자라야만 했을 것이다.

"그럼 다녀오겠습니다."

이현은 병원을 나와서 학교로 향했다.

한국 중학교에서 치르는 시험. 중학교 옆에는 한국 대학교와 한국 고등학교가 함께 붙어 있었다.

한국 대학은 대한민국 최고의 명문대라고 할 수는 없었다. 그렇지만 교수진이 좋고 시설도 무척 훌륭한 편이었다. 자유분방한 분위기 속에서 많은 인재들이 공부를 하고 있다고 한다.

명문대 우선인 국내에서보다는 오히려 외국에서 더욱 높이 평가받는 한국 대학교. 그래서인지 유학생들도 타 대학에 비해 훨씬 많다고 한다.

이현은 높게 치솟은 대학의 본관을 보며 다짐했다.

'나는 실패자의 인생을 살고 있지만, 혜연이만큼은 반드시 이 대학교에 다니게 될 것이다.'

각 반마다 약 30명씩 시험을 치렀다.

시험지를 받아 든 이현은 우선 쭉 훑어보았다. 모르는 문제가 거의 없었다. 벼락치기가 상당한 효과를 보여 주는 듯싶다.

하긴 검정고시 자체가 노인들이나 제대로 배우지 못한 어른들을 대상으로 하기 때문에, 아무래도 정규 시험보다는 난이도가 낮은 편이었다.

'역시 나는 똑똑하군. 공부를 했어도 대성했을 거야.'

이현은 학교에 정상적으로 다니지 못한 것에 대해 비로소 안타까운 마음이 들었다.

대한민국의 열악한 교육 과정이 비운의 천재를 또 하나 만들었다!

이현은 그렇게 자위하면서 시험 문제를 풀었다.

다만 몇 번은 심각하게 고민이 되는 순간도 있었다.

선택 과목인 도덕 시험을 볼 때였다. 선택 과목으로 외국어를 택할 수도 있지만, 아무래도 도덕이라면 공부를 하지 않아도 기본적인 윤리 의식으로 풀 수 있을 것 같았다.

그렇기 때문에 문제집도 제대로 풀어 보지 않았던 것.

그런데 처음부터 아주 애매모호한 문제가 나온 게 아닌가.

---

1. 길에서 돈이 든 지갑을 발견했습니다. 올바른 해결 방법은?
  (1) 챙긴다.
  (2) 지갑을 주운 후 목격자가 있는지 확인한다.
  (3) 가지고 도망친다.
  (4) 지갑에 신분증이 있는지 확인하고 주인을 찾아 준다.
  (5) 돈은 챙기고 지갑만 그 자리에 놔둔다.

이현은 머리를 쥐어뜯으며 무척이나 갈등했다. 아마도 학교를 그만둘 때에도 이렇게 고민하지는 않았던 듯싶다.

'대체 정답이 뭐야?'

도덕이라서 쉬울 줄 알았더니 이렇게 애매한 문제를 낼 수 있단 말인가!

'정답이 3개나 있다니…….'

이현은 고심 끝에 2번을 택했다. 5번도 어느 정도 정답에 가까워 보이지만 지갑을 그 자리에 그대로 놔두다니, 올바른 판단은 아닌 것 같았다.

다음 문제부터는 별로 선택이 어렵지 않아서 쉽게 풀 수 있었다.

'도덕은 만점을 받겠군.'

그 도덕 시험을 끝으로 검정고시를 마쳤다.

"이번에 로스 글레아시스에서 새 아이템을 얻었어. 이름도 찬란한 금빛 도끼! 데미지 범위가 무려 60이 넘지."

"옵션은?"

"힘 45를 올려 주고 민첩 10 하락. 필드에서 도적 떼를 랜덤하게 만날 수 있고, 물에 빠뜨리면 잃어버리는 물건이긴 하지만 말이야."

"오오! 좋은데."

교실 안은 옹기종기 모여서 떠드는 이들로 소란스러웠다. 시험이 끝난 기분 때문인지 긴장이 풀어져서 로열 로드의 이야기를 하는 것이었다.

'금빛 도끼라…….'

도끼는 파괴력이 강한 대신에 타격 범위가 좁고 속도가 느린 단점이 있다. 데미지는 높아도 적중시키지 못하면 허사. 그러나 도끼를 정말 잘 쓰는 전사라면 확실히 위협적이기도 했다.

이현은 주섬주섬 가방을 싸서 교실을 나왔다. 그런데 하필이면 바로 그때, 로열 로드의 이야기를 나누던 무리도 우르르 교실을 나서는 게 아닌가.

어쩔 수 없이 학교를 완전히 벗어날 때까지 그들의 이야기를 들어야만 한다.

한 사내는 30대 초반 정도로 보이고, 나머지는 모두 이현의 또래였다.

"그런데 중훈이 형은 참 대단하시네요. 저희들은 고등학교를 그만두고 술이나 마시고 살았는데…….".

"굉장해요. 다크 게이머라니…….".

'다크 게이머?'

게임으로 돈을 버는 이들.

그들을 다크 게이머라고 부른다.

이현이 놀란 것은 다른 이들의 반응이었다.

중훈이라는 사람이 다크 게이머라는 사실을 알고서 부러워하는 것이다.

'창피하지 않나?'

이현이 생각하기에 게임을 잘해서 돈을 버는 건 전혀 자랑거리가 되지 않는 일이었다.

어떤 생산적인 일을 통하여 사람들의 생활을 이롭게 만드는 것도 아니고, 게임을 직업 삼아 돈을 버는 폐인에 불과하지 않던가.

"형, 죄송하지만 형의 레벨은 얼마나 돼요?"

"내 레벨? 355야, 지금."

"헉! 제 주변에도 로열 로드를 한다는 사람이 꽤 많지만 형처럼 레벨이 높은 사람은 처음 봐요. 그러면 랭커?"

"1만 랭킹 안에 들지."

로열 로드를 플레이하는 사람들의 숫자가 수억을 헤아리다 보니, 1만 명 안에만 들어도 굉장하다고 할 수 있다.

'레벨 350이 넘다니 대단하군.'

이현은 부러움을 감추며 천천히 걸음을 옮겼다. 집에 가려면 버스를 타야 했다.

그런데 중훈이라는 사람과 그 일행은 근처에 주차된 외제 차 앞에서 멈추는 것이었다.

"타라. 다크 게이머가 어떤 건지 한번 구경시켜 줄게."

"고맙습니다, 형."

중훈은 2명의 동생들을 데리고 차에 탔다. 이현이 그 차의 옆을 지나치려고 할 때였다.

"어이! 차에 빈자리가 있는데 탈래? 집이 멀지 않다면 태워 줄게."

이현은 사양할지 말아야 할지 잠시 망설였다.

그때 중훈이 한마디를 덧붙였다.

"괜찮아. 그리고 그쪽도 로열 로드를 하는 것 같던데. 우리가 이야기 나누는 것을 유심히 듣는 것만 봐도 알 수 있지. 지금 다크 게이머 정기 모임이 있어서 가려고 하는데, 괜찮다면 구경이라도 해 보고 가지그래?"

다크 게이머의 모임 장소는 창고를 개조한 것으로 보이는 어떤 건물 내부였다. 몇 대의 캡슐이 있었고, 이야기를 나눌 수 있는 탁자와 의자도 넉넉했다.

"우선은 정기 모임이 시작되기 전에 우리 다크 게이머에 대해서 설명을 해 주지."

자신을 최중훈이라고 소개한 사내가 씩 웃으며 말했다.

"너희들, 로열 로드로 아이템을 팔아 돈을 버는 사람들이 몇 명이나 된다고 생각하지? 한두 번이 아니라, 직업적으로 아이템을 팔아서 생계를 유지하는 사람들 말이다."

"수만 명 정도요?"

최중훈은 고개를 저었다.

"최소한 수십만 명은 될 거다."

"그렇게 많아요?"

"인도나 중국, 동남아에는 전문적으로 게임만 하는 이들도 있으니까."

중국 게이머들이 한국 게임에 접속해서 아이템이나 게임 머니를 파는 것은 이미 21세기 초반부터 빈번하게 일어나던 일이었다.

로열 로드는 국가 간의 경계를 허문 게임이다. 어느 대륙, 어떤 나라의 국민이라도 캡슐을 통해서 접속할 수 있었다.

다른 국적을 가진 이들끼리의 대화는 유니콘 사에서 개발한 자동 언어 변환기를 통해 자국어로 통역되니 의사소통에는 아무런 지장이 없었다.

"한국에서도 로열 로드를 기업형으로 운영하는 조직이 있다고 들었는데……."

"그 말도 맞아. 그런 데선 많은 직원을 두고 아이템이나 게임 머니를 모아서 판매하지. 비겁하다고 욕할 생각은 없어. 그들은 나름대로 현명한 판단을 한 거라고 봐. 그렇지만 우리의 적은 그들만이 아니다. 다크 게이머라는 사실을 가능한 한 숨기고 활동하는 편이 좋기 때문에 세상의 전면에는 나서지 못하지. 천성 탓인지 혼자서 다니는 사람이 많기도 하고……. 기존 세력들의 텃세에 밀리는 경우도 많다. 그래서 만든 게 다크 게이머 연합이다.”

최중훈의 말에 예비 다크 게이머 후보생들은 모두 머리를 굴렸다.

“그러면 연합에서는 무슨 일을 하죠?”

“좋은 질문이다. 첫 번째로는 정보를 공유한다. 연합 소속의 다크 게이머들이 올린 정보들을 서로 공유할 수 있지. 사냥터에 대한 정보라든가 특정 몬스터에 대한 정보… 그런 것들 말이야.”

“정보 공유! 그러면 연합에 들면 베르사 대륙에 대한 정보를 실시간으로 받을 수 있겠군요.”

“아쉽게도 다 받을 수 있는 건 아니야. 등급에 따라서 획득할 수 있는 정보가 나누어져 있거든.”

“그건 좀 실망인데요?”

“보안을 위해서는 어쩔 수 없어. 뭐, 아직까지 그런 경우는 없었지만, 누군가가 연합 내부의 중요한 정보를 외부로 유출시키지 말란 법도 없으니까.”

“하긴, 사람이 많으면 그럴 가능성도 있겠네요.”

“그리고 레벨 100짜리에게 레벨 200들이 노는 사냥터에 대한 정보가 필요하진 않지. 제공한 정보의 가치에 따라 회원 각자의 등급이 결정되고, 그 등급에 맞게 정보가 제공되는 시스템이랄까. 뭐, 대충 그런 건데, 물론 초보자들을 위한 기초적인 정보 정도는 막 가입한 이들에게도 공개되어 있지."

"그러면 등급은 연합에 제공하는 정보에 의해서만 올릴 수 있는 건가요?"

"꼭 그렇지는 않아. 다크 게이머로 활발하게 활동하면 등급이 자연히 오르기도 하지. 거래 사이트에 열심히 물건을 판매하는 것만으로도 오를 수 있고. 물론 그런 식으로 올리는 데엔 한계가 있지만."

"그러면 저희들도 다크 게이머 연합에 가입할래요."

최중훈을 따라온 두 사람은 그 자리에서 바로 가입 서류를 작성했다. 거기에는 캐릭터의 이름과 레벨, 기타 인적사항들을 기재하는 항목이 있었다.

레벨에 따라 최초의 등급이 결정이 되는데, 두 사람 모두 레벨 140 이하라서 등급은 D였다.

"자네는 가입하지 않을 건가?"

가만히 있는 이현에게 다가온 최중훈이 물었다.

이현은 다크 게이머 연합에 가입하는 것이 이득일지 손해인지 곰곰이 계산해 본 뒤 고개를 저었다.

"가입하지 않을 겁니다."

"그런가?"

최중훈은 별로 아쉽지 않은 얼굴이었다.

"가입을 하지 않겠다는 걸 보니 로열 로드를 하고는 있군. 여기까지 따라온 걸로 보아서 우리 연합에 대한 호기심도 제법 있을 테고. 뭐, 자네 생각이 그렇다면 아무래도 좋아."

그러면서 최중훈은 이현의 귓가에만 살짝 속삭이는 것이었다.

"저 녀석들은 뜨내기지. 정보만 얻어 가고 말 녀석들이야. 그런데 자네의 경우는 왠지 조금 달라 보이는군. 단지 가입하는 것만으로도 쓸 만한 정보를 얻을 수 있는데 말이야."

"……."

"신세를 지고 싶지 않다, 혹은 받은 만큼 갚아야 하는 관계가 싫다는 건가? 그것도 아니라면 초보자들에게 제공되는 정보 따위는 알 필요도 없다 이건가?"

이현은 상당히 놀랐다. 최중훈은 이현과 비슷한 이들을 상대해 본 경험이 많은 듯했다.

"어떻든 간에 좋아. 누구나 자기만의 사정을 한둘쯤은 가지고 있을 테니까. 뭐, 그 점에서는 다크 게이머들도 마찬가지고. 하지만 진심으로 이야기한다. 로열 로드를 하고 있다면 우리 연합에 가입해라."

이현은 잠시 침묵하다가 작은 목소리로 말했다.

"한가하게 등급이나 올리고 있을 시간은 없습니다. 그리고 내 정보를 공개하고 싶지도 않습니다."

모르기는 해도 이현이 위드라는 사실이 공개되면 평지풍파가 일어날 것이다. 반드시 인터뷰를 따 내겠다는 오주완만 봐도 짐작할 수 있는 일이었다.

최중훈은 이현의 거듭된 거절에도 기분 나빠 하지 않았다. 오히려 더욱 마음에 든다는 표정이었다.

"자네 같은 사람들은 최소한 뒤통수를 치지는 않지. 다크 게이머의 홈페이지 정도는 알고 있겠지? 계정은 kj9008, 암호 165008. 신규 회원을 위해서 주어지는 아이디다. 접속을 하게 되면 등급이 C로 조정되어 있을 거야. 제법 쓸 만한 정보를 얻을 수 있을걸. 뭐, 신분이 드러날 게 걱정된다면 암호를 자네 마음대로 바꿔도 되고."

"내게 이런 호의를 베푸는 이유가 뭡니까?"

"호의가 아니야. 그저 동료를 1명 늘리려는 것뿐이지."

"동료?"

"우리 다크 게이머들의 제1법칙. 아무도 믿지 말라. 이것은 자네와 나 사이에 해당하는 말이기도 하다."

"……"

"그렇지만 다크 게이머의 제2법칙도 있지. 받은 만큼은 베풀어라. 자네는 최소한 1법칙과 2법칙을 철저히 지킬 사람 같아서 이렇게 권하는 거다. 내가 보기엔 다크 게이머로 타고난 사람 같으니까."

"제3법칙도 있습니까?"

"있지. 믿을 건 돈밖에 없다."

"……"

이현은 다크 게이머 연합에 가입하기로 결심했다.

✦✦✦

바스라 마굴 지하 3층에서 위드와 화령, 제피는 사냥을 멈추지 않았다.

매번의 전투마다 목숨을 걸어야 했기에, 그들의 사냥 솜씨는 획득하는 경험치만큼이나 일취월장하고 있었다.

　"이제 생명력도 어느 정도 회복되었고… 다음 사냥감을 찾아보죠, 위드 님."

　"네, 그러는 편이 좋겠어요."

　제피와 화령은 자리에서 일어났다.

　체념의 정서!

　어떤 말로든 위드의 사냥을 멈출 수 없음을 알게 되었으니 아예 선수를 치는 것이었다.

　그렇지만 위드는 바스라 마굴에서 사냥을 할 수 있는 한계 시간에 대해서 생각하고 있었다.

　'짧으면 하루, 길면 이틀. 검정고시 때문에 뺏긴 시간이 아쉽군.'

　오데인 요새 공방전이 완전히 끝난 지도 제법 날짜가 지났다.

　발칸 길드의 약화로, 당분간 요새를 공략할 길드는 없을 것이다. 이는 승자들이 자신들의 영토에 대한 지배력 강화에 들어갈 시기가 가까워졌음을 의미한다.

　일종의 텃세, 혹은 사냥터의 독점.

　그 시기가 되면 제국의 번영 길드와 그 동맹 길드에 속하지 않고서는 유명한 던전에서 사냥하는 게 힘들어질 것이 뻔했다.

　'아까워.'

　바스라 마굴은 대륙 전체를 통틀어서도 꽤나 이름난 던전에 속한다. 많은 경험치와 쓸 만한 전리품을 노리고, 다른 국가에서 일부러 찾아오는 유저도 있다.

덕분에 위드는 이곳에서 17개의 레벨을 올려 레벨 247을 만들 수 있었지만, 그것도 길어야 이틀. 그 이후로 더 이상의 사냥은 기대하기 힘들다.

'최소한 5개의 레벨은 올려야지. 그러자면 더 강한 놈을 잡아야 한다. 약한 놈을 여럿 잡는 것보다는 강한 놈을 하나 잡는 게 경험치 면에서 더 나으니까.'

위드는 화령과 제피를 이끌고 지금까지 가 본 적이 없던 영역으로 진입했다.

그곳은 바스라 마굴의 보스 던전.

바스라 대공과 기사들이 있는 장소로 알려진 곳이었다.

처음 위드가 그리로 가자고 할 때, 화령과 제피는 질린 얼굴이 되었다.

"말도 안 돼요!"

"위드 님! 드디어 확실하게 미치셨군요!"

그럴 수밖에 없는 게, 바스라 대공의 레벨은 290이고, 그의 휘하 기사들은 275라고 알려져 있다.

"위드 님! 위드 님의 상황 판단력이 뛰어나다는 것은 인정해요. 하지만 바스라 대공과 그 밑의 기사들은 절대로 이길 수 없을 거예요."

"그렇습니다. 바스라 대공은 흑마법사이며, 동시에 네크로맨서입니다. 네크로맨서는 일반 마법사와 차원이 달라요. 게다가 그냥 레벨 290의 몬스터가 아니라 보스 몬스터란 말입니다."

"대공의 마법 공격력은 막강하다고요."

"너무 강해서 한두 번만 맞으면 우리들 정도는 어떻게 손 쓸

새도 없이 죽을……."

　이현이 그들의 말을 잘랐다.

　"바스라 대공의 공격력은 물론 강하겠죠?"

　"당연하죠! 붕대 감기로도 어쩔 수 없을 만큼……."

　"붕대 감기는 전투가 끝나야 제대로 쓸 수 있으니까요."

　그 순간 제피와 화령의 표정이 돌변했다. 두 사람은 훨찍 웃으며 위드의 의견에 찬성했다.

　"위드 님! 우리 가요!"

　죽음으로 얻게 될 하루의 휴식!

　화령과 제피는 바로 그것을 노린 것이다.

　'정말 재미있는 동료들이군.'

　위드는 그들을 볼 때마다 지루하지가 않았다. 사람들이 어찌 이리도 단순한지!

　그렇지만 정작 1쿠퍼에 눈이 뒤집히는 위드는 본인 스스로가 얼마나 단순한지에 대한 자각이 전혀 없었다.

　"크크큭! 오랜만의 손님이군. 너희들은 무슨 일로 여기까지 찾아왔느냐."

　지하 4층의 깊은 곳에는 화려한 옷을 입은 바스라 대공과 기사 2명 그리고 바스라 도적들이 12명 있었다.

　'이렇게 죽는구나.'

　'다행이야. 빨리 죽어야지.'

　바스라 대공의 목소리를 듣는 순간 화령과 제피는 삶을 체념했다.

그렇다고 해서 초조하지 않은 것은 아니었다. 바스라 대공처럼 인격을 가지고 있는 NPC들은, 만난다고 하여 무조건 덤비지는 않는다.

브리튼 연합 왕국에 복수하기 위한 군자금을 내놓는 것으로 싸움을 무마시킬 수도 있다.

또한 친밀도를 높이 쌓음으로써 바스라 대공으로부터 특별한 의뢰를 받는 것도 가능했다. 대공을 죽이려는 브리튼 측의 암살자를 격퇴한다거나, 아니면 도둑 기사단에 필요한 장비들을 가져오는 의뢰를 받기도 한다.

일종의 퀘스트가 부여되는 것이다.

대신에 그러한 의뢰를 받아들일 경우, 브리튼 연합 왕국과 적대적인 관계가 형성될 수도 있다.

다만 그런 일이 아무 때나 벌어지는 것은 아니고, 유저의 명성과 레벨이 바스라 대공이 상대해 줄 정도로 높아야만 가능했다.

그런데 바스라 대공은 초면인 위드에게 말을 건네는 것이다. 때문에 화령과 제피는 초조함을 느꼈다. 만에 하나 싸움이 벌어지지 않으면 죽지도 못하는 것이다.

다행히도 위드는 바스라 대공의 말에 검부터 빼 들었다.

"너를 죽이기 위해 왔다."

"호오! 브리튼의 개인가? 죽음의 길로 들어서겠다면 막을 수는 없지. 너희들을 벌하는 것으로 나의 정당성을 알리겠다. 너희들의 죽은 몸뚱이를 이 던전의 입구에 걸어 본보기로 삼겠다. 기사들이여! 저 녀석들을 죽이도록 하라!"

"예! 대공 전하!"

기사들이 복명을 하는 사이에 위드는 검을 쥐고 외쳤다.

"성스러운 가호!"

아가사의 거룩한 검의 효과로 위드의 몸에 성령의 힘이 깃들었다.

"대신관의 축복!"

반지에서부터 빛이 뿜어 나와 위드의 몸을 얇게 둘러쌌다.

20분간 지속될 뿐이지만, 프레야 교단의 대신관이 직접 축복한 것과 같은 효과!

위드의 능력치가 150%로 향상되었다.

"데스 나이트, 바스라 도적들을 맡아라."

"알겠습니다, 주인님."

데스 나이트는, 축복이 걸리는 순간 말 잘 듣는 부하가 되었다.

평소 오만불손하게 굴던 데스 나이트지만, 대신관의 축복 앞에서는 꼬리를 말 수밖에 없었던 것이다.

"제피 님은 데스 나이트와 함께 도적 떼를 해치워 주십시오."

"하지만……."

어차피 싸울 거라면 기사를 맡고 싶은 제피였다. 그 편이 아무래도 빨리 삶을 포기할 수 있을 것 같아서였다.

"기사들은 화령 님이 재워 주시면 됩니다. 저는 그 동안 바스라 대공을 맡겠습니다."

"기사들이 깨어나면요?"

"바스라 도적들을 최대한 빨리 처리하고 데스 나이트와 제피 님이 합류해 준다면 이길 수 있을 겁니다. 저는 바스라 대공을 상대하겠습니다."

제피와 화령은 위드의 말을 따르기로 했다. 그 외에 딱히 다른 방법도 없었기 때문이다.

대공의 기사 2명이 은빛 검을 맹렬하게 휘두르며 덤벼들었다.

"화령 님, 수고하세요!"

제피는 곧바로 도적들을 상대하기 위해 움직였다. 위드도 기사들의 공격에서 빠져나갔다.

결국은 화령 혼자 기사 둘을 감당해야 했다.

"매혹의 댄스!"

자기보다 더 강한 이들을 재울 때에는 막대한 마나가 필요했다. 또한 춤을 추어야 하는 시간도 더 길어졌다.

"바스라의 영광을 위해!"

기사들은 선불 맞은 멧돼지처럼 마구 돌격을 했다.

'최고야! 바로 그 기세라고!'

화령은 춤을 추면서 지그시 눈을 감았다.

'약간의 고통은 있겠지.'

죽을 정도의 고통!

그렇지만 손가락 하나 움직일 수 없을 것 같은 근육통 속에서 하루 종일 사냥을 하는 쪽보다는 훨씬 낫다.

그런데 이상한 소리가 들려왔다. 기사들이 검은 휘두르지 않고 갑자기 잡담을 나누는 것이 아닌가.

"제이슨, 네가 죽여라."

"싫어. 토번, 네가 해."

"나는 그럴 수 없다. 레이디를 지키는 것은 기사의 신성한 의무! 기사 서임을 받을 때 나는 맹세했다. 이 레이디를 베면 나는 기사도 아니다.”

“그건 나도 마찬가지다! 하지만 대공 전하의 명령이 있으니…….”

기사들은 화령을 죽이기 직전의 순간, 갈등에 빠진 것이었다. 하지만 그들은 곧 바스라 대공의 명령을 떠올리고는 화령에게 다가왔다.

“미안하오, 레이디!”

이미 목숨을 내던질 각오였지만 아무것도 하지 않고 죽기란 너무 속 보이는 짓이기에, 화령은 춤을 멈추지 않았다.

손짓을 하면서 허리를 유혹적으로 흔드는 뇌쇄적인 춤을 추었다.

실상 눈을 감고 춤을 추는 건 그녀에게 그리 어려운 일이 아니었다. 과거 바스라 도둑 기사단을 상대할 때, 지독한 졸음을 이겨 내며 사냥을 한 적이 있었다.

그러면서 자연스럽게 얻은 스킬, 눈 감고 춤추기.

띠링!

> 매혹의 댄스 스킬이 성공하였습니다. 바스라 대공의 기사가 잠이 듭니다.

“아! 너무나도 아름다워서 죽일 수가 없구나. 대공 전하, 용서하십시오. 저는 차마…….”

화령은 무사히 기사들을 재울 수 있었다.

“앗! 이게 아니었는데!”

화령이 땅을 치고 후회하는 사이, 제피와 데스 나이트는 최대한 빨리 도적들을 처치하고 위드가 있는 쪽을 보았다.

'대단하다!'

제피는 위드의 전투를 보면서 진심으로 감탄했다.

바스라 대공은 사악한 마나를 모아서 흑마법을 시전했다.

"적을 꿰뚫어라. 다크 애로우!"

바스라 대공의 등 뒤로 수많은 검은 화살들이 생성되어 일시에 날아든다.

공격 마법이 생성되어 시전되기까지는 그야말로 찰나에 불과한데, 위드는 그 화살들 전부를 아슬아슬하게 피하고 있었다.

마법 공격이 근처까지 다가올 때가 아니라 생성될 때부터 그 궤도를 파악하고 미리 대비하는 것이었다.

그 뛰어난 예측력과 신묘한 동작에, 제피는 절로 탄성을 터뜨렸다.

"조각 검술!"

위드는 검을 휘둘러 마법 화살을 받아쳤다. 그러고는 거센 화살 비를 뚫고 바스라 대공을 공격했다.

"블링크!"

바스라 대공은 이동 마법을 펼쳐 몇 미터 밖으로 도주했다. 그러나 그의 가슴팍에는 기다란 검상이 나 있었다.

위드의 공격이 그대로 적중한 것이다.

조각 검술의 장점은 상대의 방어력을 무시한다는 점!

본래 생명력이 적은 네크로맨서로서는 큰 타격이라고 할 수 있었다. 아예 리치가 되면 거의 무한에 가까운 생명력을 얻겠지만, 리치는 뱀파이어 로드 토리도 수준의 최상급 몬스터였다. 드물기도 하거니와 있는 곳을 알아도 다들 피해 가는 실정이었다.

"어리석은 놈들!"

겨우 한숨 돌린 바스라 대공은 주위를 둘러보고는 상황이 악화된 것을 발견하자 금세 격노하여 비난을 퍼부었다.

"죽음의 신과 계약한 나와 맞서려는 것은 무모한 짓이다. 왜 추악한 브리튼의 왕들이 나를 토벌하지 못하는지 그 이유를 아느냐? 내가 지금 똑똑히 보여 주마. 불사의 힘이여! 여기 나의 전사가 필요하다!"

투르륵! 투둑!

땅속에서 해골들이 일어나기 시작하였다.

검은색 해골과 붉은색, 흰색 해골들!

스켈레톤 메이지와 스켈레톤 워리어, 스켈레톤 궁수, 스켈레톤 파이터 등…….

바스라 대공은 보스 몬스터답게 네크로맨서의 능력을 발휘하여 언데드들을 만들어 낸 것이었다.

"여기는 대대로 우리 바스라 영지의 시신들을 매장하는 장소였다. 내가 어릴 때부터 네크로맨서 마법을 익혀 온 장소지. 똑똑히 기억해 둬라. 너희들에게는 무덤이 될 자리다!"

"조각 검술!"

위드는 바스라 대공과 스켈레톤들을 전부 감당해야 했다.

스켈레톤 전사나 워리어의 공격을 막는 한편 바스라 대공의 마법 공격을 상대해야 하는 지극히 위험한 상황에 노출된 것이다.

고위 네크로맨서의 마법 공격은, 제대로 맞을 경우 위드의 생명력을 삼분의 일 이상 날아가게 만들 수도 있다.

네크로맨서의 위험함은 공격 마법 외에도 극악한 저주와 시체 폭발 그리고 언데드 소환이었다.

상대하기 가장 까다로운 직업.

하지만 절망의 평원에서 바르칸의 네크로맨서들을 상대해야만 하는 위드로서는 한발 앞서 경험해 볼 수 있는 좋은 기회이기도 했다.

"인간… 죽어라!"

등 뒤에 있던 스켈레톤 워리어가 녹슨 장검으로 위드를 내리쳤다. 그 공격은 위드에게 정확히 적중되었지만, 큰 피해를 입히지는 못했다.

잘 다림질된 망토가 그 공격을 부드럽게 감싸듯이 흘려 버린 것이다.

그렇지만 그 타격력은 고스란히 전해졌다.

'레벨 220 정도.'

위드의 이마가 살짝 찌푸려졌다.

엄청나게 맞아 본 위드인 만큼, 몸에 전해진 타격력만으로 몬스터의 대략적인 레벨을 유추할 수 있었다. 지금까지 무수히 많이 몸으로 때워 본 것이야말로 생생한 자료. 애써 읽거나 볼 필요 없이 몸으로 느끼면 되는 것이다.

'220 정도라면 까다로운 상대는 아닌데.'

문제는 바스라 대공이 끊임없이 언데드를 만들어 낼 수 있다는 점이다.

축복의 효과는 단 20분!

그 기간이 지나면 훨씬 어려운 전투를 치러야 하기 때문에,

위드에게는 시간이 별로 없었다.

'언데드들을 피하는 게 문제라면… 방법이 있지!'

불에는 불!

위드는 반 호크의 마법 헬름에 있는 권능을 발휘했다. 라비아스에서 데스 나이트에게서 획득한 아이템으로 아직까지 머리에 차고 있는 것이었다.

"콜 스켈레톤!"

레벨 50 이하의 언데드들에게 명령을 내릴 수 있는 아이템! 부릴 수 있는 언데드의 숫자와 명령의 수준은 통솔력에 따라 달라진다.

푸스스슥!

지하에서 어마어마하게 많은 스켈레톤들이 일어나기 시작하였다.

눈앞에 보이는 스켈레톤들만 해도 200여 구가 넘었고, 그 후로도 계속 스켈레톤들이 일어나고 있었다.

"주인님! 명령을 내려 주십시오."

깨어난 스켈레톤들이 일시에 위드에게 부복하는 것은 가히 장관이었다.

"싸워라! 나를 위협하는 적들에 맞서!"

스켈레톤들은 스켈레톤 워리어나 스켈레톤 궁수들에게 덤벼들었다.

바스라 대공이 불러낸 스켈레톤들을 숫자로 압도하는 상황이었다.

"죽음의 신으로부터 힘을 받은 주인님께 복종하라."

"우리를 불러낸 것은 그자가 아니다."

"어리석은……!"

스켈레톤과 스켈레톤들의 싸움!

누가 아군인지 누가 적군인지조차 구분조차 가지 않는 대 난전이었다.

스켈레톤들끼리 서로를 물어뜯고 서로의 뼈다귀를 빼앗는 행위가 전역에 걸쳐 벌어지기 시작했다.

그러나 위드가 만들어 낸 스켈레톤들은 금방 박살이 나서 뼈 무더기로 변했다. 레벨 50도 안 되는 스켈레톤들로는, 바스라 대공이 만들어 낸 언데드들을 상대할 수 없었던 것이다.

그러나 스켈레톤들이 방패막이가 되어 준 덕분에 위드는 포위 공격을 당하지 않을 수 있었다.

"트리플! 백어택!"

급한 상황이기에, 위드도 마나를 아끼지 않으며 바스라 대공을 공격했다.

바스라 대공은 블링크를 연속으로 써 가면서 끝까지 항전했지만, 그사이 그의 수호 기사들이 제피와 데스 나이트에 의해 제압되었다.

화령과 제피, 거기에 데스 나이트까지 더한 파티의 총공격이 가해지자 바스라 대공은 끝내 버티지 못하고 목숨을 잃었다.

> 인내가 1 상승하였습니다.

> 투지가 1 상승하였습니다.

> 레벨이 올랐습니다.

과연 레벨 290의 몬스터답게 위드의 레벨도 하나 오르게 되었다.

진혈의 뱀파이어와 레벨 차이는 그리 크지 않지만 보스 몬스터답게 과연 끈질기고 강했다.

물론 그렇다고는 해도 뱀파이어 로드 토리도와 비교할 수는 없겠지만…….

"와! 대단해요. 정말 잡았네요."

화령과 제피는 사냥의 성공을 순수하게 기뻐하며 다가왔다. 하지만 위드는 금방 그들을 얼어붙게 만들고 말았다.

"음, 이번에는 생명력을 3.5%나 남겼군요. 나름대로 신경을 썼는데……."

"……."

"그럼 사냥 계속하죠."

"……."

지상의 거대한 무덤

위드가 레벨 259에 올랐을 무렵, 마침내 마바로스 길드에서 포고령을 내렸다. 위드의 예상보다는 하루 정도 늦은 날짜였다.

바스라 마굴에 대한 사용 요금을 200% 인상함.
지하 3층부터는 마바로스와 제국의 번영, 두 길드만이 독점적으로 사용하기로 함.
사냥을 통해 획득한 아이템 중에 레어 이상의 물품은 적당한 가격으로 마바로스 길드에서 구입함.

"이게 무슨 짓이야."
"에이, 더러운 놈들! 적당한 가격이라고? 너희들이 마음대로 매기는 값이겠지."
이 포고령은 엄청난 반발을 불러일으켰다. 하지만 언제 그랬냐는 듯, 금세 유야무야되었다.

베르사 대륙에서는 힘을 가진 자가 곧 법이다.

오데인 요새 근처에서 제국의 번영 길드와 그 동맹 길드를 거스를 만한 힘을 가진 이는 없었다. 때문에 다소의 폭거에도 눈을 질끈 감고 넘어가는 경우가 다반사였다. 아니면 마바로스 길드에 가입하거나.

실제로 포고령을 내건 이후, 마바로스 길드는 바스라 마굴 입구에서 신입 길드원을 대거 모집했다.

그야말로 눈 가리고 아웅 하는 격이지만 효과만큼은 커서, 다수의 신입 길드원을 확보할 수 있었다고 한다.

"그러면 저희들은 좀 더 레벨을 올리도록 하겠습니다."

"나중에 다시 만나요, 위드 님!"

화령, 제피와의 이별.

위드는 바스라 마굴을 나와 오데인 요새에 있는 프레야 교단으로 들어갔다.

"무슨 일로 오셨습니까?"

사제와 성기사들이 질문하자 위드는 대신관의 반지를 보여주었다.

"이곳의 텔레포트 게이트를 이용하기 위해서 왔습니다."

"오! 그대가 바로 우리 교단의 은인이시군요. 꼭 한번 방문해 주시기를 기다렸습니다."

신관은 위드의 두 손을 잡고 흔들었다. 성기사들도 다들 나와서 위드를 한 번씩 보고 들어갔다.

어떤 여신관은 이런 말을 하기도 했다.

"위드 님이시군요. 저희 수련 여사제들이 위드 님을 보고 싶어 합니다. 괜찮으시겠습니까?"

위드는 묵묵히 고개를 끄덕였다.

그러자 아리따운 여사제들이 우르르 나타났다.

프레야 여신은 아름다움을 사랑한다. 그렇기에 교단의 여사제들도 뛰어난 미녀들로만 이루어져 있었다.

늘씬한 몸매에 크고 맑은 눈, 오똑한 코, 새하얀 피부.

만나서 이야기하는 것만도 황송할 만한 여사제들이 몰려나와 위드의 옷에 성수를 뿌려 주었다. 그야말로 최고의 서비스였다.

> 여신관의 축복을 받았습니다. 방어력이 26% 상승합니다. 생명력 회복 속도가 30% 증가합니다. 몸에 뿌려진 성수가 마를 때까지 악의 힘으로부터 보호됩니다. 체력이 올라갑니다. 향상된 체력은 다양한 곳에서 이용하실 수 있습니다. 만약 성인이시라면 애인과 함께 오붓한 시간을······.

위드는 메시지 창을 닫아 버렸다.

여신관의 축복은, 일반적으로 손님이 돈을 내고 받는 교단의 축복보다 한 단계 상위에 속한다. 그렇지만 체력이 늘어나도 딱히 쓸 데가 없는 위드로서는 별로 기뻐할 만한 일이 아니었다.

"텔레포트 게이트로 안내해 주십시오."

"알겠습니다. 이쪽으로······."

신관들은 위드를 교단의 안쪽으로 인도해 주었다.

프레야 교단의 텔레포트 게이트를 이용할 자격을 갖춘 사람은 거의 존재하지 않는 탓에, 위드는 기다릴 필요 없이 바로 게이트를 쓸 수 있었다.

텔레포트 게이트를 관장하는 사제가 물었다.

"목적지가 어디입니까?"

"로자임 왕국의 세라보그 성."

"이동시켜 드리겠습니다."

사제들은 게이트에 신성력을 집중하였다.

파앗!

게이트에서 나온 빛이 위드를 덮었다.

"아이템 삽니다!"

"같이 사냥 가실 분! 마법사가 파티 찾아요."

"여기 냄새 잘 맡는 모험가가 있습니다. 후각을 이용한 추적 능력으로 어떤 몬스터라도 찾아 드립니다. 원하는 몬스터를 골라서 싸울 수 있습니다."

위드가 다시 나타난 곳은 세라보그 성의 분수대였다.

브리튼 연합 왕국까지 갈 때에는 바르크 산맥을 넘어 1달가량의 긴 여정이 걸렸지만, 돌아오는 것은 그야말로 순식간이었다.

다시 돌아온 로자임 왕국!

고향처럼 친근하기는커녕 그새 엄청나게 변화해져 있었다.

'오랜만이군.'

위드는 주위를 휘휘 훑어봤다.

사람들의 옷차림이 더욱 화려해지고, 들고 있는 무기들도 예전과는 많이 달라 보였다. 그만큼 많은 변화가 있었다는 뜻이다.

"위드 님!"

저 멀리서 페일과 수르카, 로뮤나, 이리엔이 씩씩대면서 달려오고 있었다.

"보고 싶었어요!"

두 팔을 가득 벌린 채로 안기는 수르카.

로뮤나나 이리엔 등도 눈물을 글썽이고 있었다.

'내가 평소에 이렇게 덕을 쌓고 지냈구나.'

위드는 잠시 감동했지만 그 시간은 그리 오래가지 않았다.

수르카가 웅얼거리면서 말했다.

"이리엔 언니나, 로뮤나 언니는 너무 요리를 못 해요. 위드 님이 정말 보고 싶었어요."

"수르카 님?"

"요리 스킬! 더 늘어나셨죠? 얼른 밥해 주세요."

"……."

결국 수르카가 품에 안긴 것은 음식 때문이었던 것이다. 위드가 해 주는 음식을 잊지 못한 수르카는 그가 돌아올 날만을 손꼽아 기다렸다고 한다.

하지만 위드는 그리 화나거나 실망하지 않았다.

페일 일행과는 라비아스에서 헤어진 이후로 처음이었다.

'꾸밈없고 순수한…… 나를 손익으로 따지지 않는 이들이 있기에 삶이 즐거운 것이겠지.'

위드는 흐뭇하게 웃으며 동료들을 바라보았다. 그러고는 주저하지 않고 프라이팬을 꺼냈다.

"자, 오늘은 특별히 탕수육을 해 드리겠습니다!"

"우와아!"

위드는 정성껏 음식을 만들어서 페일과 수르카, 이리엔과 로뮤나에게 나누어 주었다.

정작 요리를 해 주니, 음식보다도 위드의 지난 행보에 대해 더 궁금해하는 일행이었다.

물론 떨어져 있다고는 해도 쪽지나 귓속말로 대화가 불가능한 것은 아니지만, 직접 얼굴을 마주 보면서 이야기를 듣는 것은 기분부터가 다른 것이다.

세라보그 성의 광장 한복판에서 벌어진 탕수육 파티!

위드와 페일 등은 음식을 먹으면서 도란도란 이야기를 나누었다.

"이야! 그런 일이 있었네요. 석상으로 변했던 귀여운 소녀라니, 보고 싶어요."

이리엔은 성직자로서 위드가 프레야의 사제들과 함께 모험을 했다는 사실에 아쉬움을 감추지 못했다.

"제 레벨이 너무 낮아서 끼지 못했지만, 이제는 저도 레벨 220을 달성했어요. 위드 님이 오신다기에 바짝 사냥에 전념했거든요."

"축하드립니다."

"참!"

페일이 불현듯 생각났다는 듯이 물었다.

"마판 님과는 이래저래 주기적으로 연락을 하고 있습니다. 부모님들이 가게를 내셨거든요. 마판 님이 상인이라서 큰 도움이 되었습니다. 그런데 듣자 하니, 위드 님께선 바스라 마굴에서 화령 님과 사냥을 하셨다고요?"

"예."

"그러면 현재 위드 님의 레벨이……."

왠지 불안한 듯 말끝을 살짝 흐리는 페일이었다.

위드는 정직하게 대답했다.

"259입니다."

"……."

"……."

"쳇!"

"수르카야!"

방금 전까지 동료애로 불타오르던 이들은 이 자리에 없었다.

질시와 사나운 눈초리!

척! 척! 척!

그때였다. 왕국의 병사들이 나타나 위드와 페일 등의 주위를 둘러싸는 것이었다.

"이게 무슨……?"

"저 사람들, 죄인인가 봐."

사람들이 이런저런 추측으로 떠들어 대며 모여들었다. 이런 흔치 않은 일이야말로 좋은 구경거리가 되니까.

"설마……?"

"위드 님, 사람도 죽이셨어요?"

페일과 이리엔 등이 영문을 몰라 했지만, 어안이 벙벙하기로는 위드도 마찬가지였다.

'딱히 로자임 왕국에 죄를 지은 건 없는데…….'

아무리 기억을 더듬어 보아도 없었다.

그런데 병사들 사이에서 기사 복장을 한 이가 나서더니 예를 취하며 말하는 것이었다.

"조각사 위드 님이 어느 분입니까?"

"저입니다만……?"

위드는 슬며시 자리에서 일어났다.

"국왕 폐하께서 만남을 청하고 계십니다. 잠시 시간을 내주시지요."

왕국 기사는 뜻밖의 이야기를 꺼냈다.

현왕 시오데른과의 만남!

찰칵! 찰칵!

"어쩜 좋아! 어서 이 장면 촬영하자!"

"로자임 왕국의 국왕과 만나는 모험가가 있어!"

"야! 애들 불러. 여기 굉장한 일이 벌어지고 있다니까!"

광장은 한순간에 난장판이 되었다.

조금이라도 위드를 보려고 하는 이들, 기사의 말을 좀 더 들으려는 이들!

가끔 귀족이 모험가를 찾는 경우가 있다. 그러나 기껏해야 백작 정도일 뿐, 현왕 시오데른을 만나 본 유저는 지금까지 단 1명도 없었다.

위드는 국왕과의 만남을 거부할 이유를 딱히 찾지 못하였다.

'나쁜 일은 아닌 것 같군!'

좋지 않은 일이면 병사나 기사들이 이토록 호의적으로 나오지 않았으리라.

당장 제압을 해서 감옥에 데려가거나 아니면 즉결심판에 처하는 것이 보통이었다.

"무슨 일인지 알 수 있겠습니까?"

위드가 조심스럽게 물었다. 물론 지금 이 순간 두뇌 회전 속도는 대충 12배 정도 빨라진 상태였다.

최대한 눈치를 보며 잔머리를 굴린다!

"폐하께서 부탁하실 일이 있는 것 같습니다. 저도 자세한 사정은 잘 모르니 저와 함께 왕궁으로 가시지요."

정작 위드는 가만히 있는데 주변이 다시 한 번 난리가 났다. 기사의 말이 일파만파로 퍼진 것이었다.

"로자임 국왕의 부탁이래!"

"그러면 퀘스트잖아!"

"정말이네!"

부러움과 시샘으로 가득한 눈초리들.

언뜻 살기마저 느껴졌다.

페일과 이리엔, 로뮤나, 수르카가 조금 전에 보였던 눈빛을, 광장에 모인 수천 명의 군중들이 한꺼번에 쏟아 내고 있는 것이다.

남 잘되는 꼴은 절대 못 본다!

질투로 가득한 세상이었다.

위드는 국왕을 만나는 일을 승낙하려다가 주위를 둘러보았다. 사람들로 가득한 곳, 그 너머에 프레야 신전이 있었다.

"국왕 폐하를 만나 뵙기 전에 먼저 프레야 신전에 들렀으면 합니다. 괜찮겠습니까?"

"예, 저희들이 호위하겠습니다."

종교와 세속의 권력은 서로 간섭하지 않는다.

그러한 이유로 위드는 국왕을 만나기에 앞서 프레야 신전에 들를 수 있었다.

"절망의 평원을 탐험하기 위해서 먼 길을 오신 분을 환영합니다."

고위 신관들이 나와 위드를 맞이하였다.

성물을 되찾아 준 퀘스트로 인해서 종교 공적치가 어마어마하게 올랐다. 이제는 프레야 교단 어디를 가나 인기인이 된 위드였다.

기사와 군중들이 신전 앞까지 따라왔지만, 성기사들과 수도승들이 지키는 관계로 고위 신관들을 만나는 장소까지는 따라 들어오지 못하였다.

위드는 바로 용건을 꺼냈다.

"먼저 절망의 평원에 대해서 듣고 싶습니다."

"죄송하지만 우리들도 많은 것을 알지는 못합니다. 인간이 살기 힘든 땅, 대형 몬스터와 오크들의 영역입니다. 오크들은 사납고 난폭하며, 부족들 간의 전쟁을 그치지 않습니다. 이 평원에는 혼돈의 시기에 떠난 유배자들과 다크 엘프들이 거주하는 것으로 알려져 있습니다. 하지만 지금쯤 그들은 모두 죽었을지도 모릅니다."

"……."

"바르칸이 이끌던 네크로맨서들이 절망의 평원 어디에 있는지는 알 수 없습니다. 그러나 그 평원은 죽음의 지역! 모든 것은 두 발로 올바른 길을 찾고, 두 눈으로 직접 보아야만 알 수 있을 것입니다."

결국 절망의 평원에서 무슨 일이 벌어지는지는 위드가 가 봐야만 알 수 있다는 소리다.

'난이도 B의 퀘스트라…….'

모라타 지방에서 죽을 고생을 한 위드로서는 썩 달갑지 않은 일이지만, 이것도 모험이라는 생각에 받아들이기로 했다.

모라타 지방에서도 성기사들 300명과 사제 100명의 도움 덕분에 어렵지만 결국은 퀘스트를 해결하지 않았던가.

"그러면 절망의 평원으로 저와 함께 떠나는 지원 부대는 어디에 있습니까?"

위드의 물음에 고위 신관은 무척이나 곤혹스러운 얼굴로 답했다.

"사제들 50명을 준비시켜 놓았습니다."

"사제들 50명요?"

"예. 성기사들과 다른 사제들은 포교 활동에 바빠서 참여할 수 없었습니다. 위드 님의 출발 준비가 갖춰지시면, 곧바로 텔레포트 게이트를 이용해 절망의 평원으로 떠날 것입니다."

성기사나 몽크도 아닌 사제들!

깊은 수렁으로 빨려 들어가는 느낌이었다. 하지만 아직은 포기하기에 일렀다.

누가 봐도 불가능하던 모라타 지방의 진혈의 뱀파이어족을 퇴치한 것도 위드였다.

프레야 신전에서 정보 습득을 마친 위드는 병사들의 호위 속에서 왕성으로 향했다.

"정말 왕성으로 간다."

"국왕을 만나러 가는 거야."

군중들이 우르르 따라왔지만, 이번에도 왕성 입구에서 경비병에 의하여 차단되었다.

위드는 병사들과 함께 국왕이 머무는 대전으로 향했다. 물론 그 와중에도 주변에 있는 물품들을 살피는 건 잇지 않았다.

> 베오다르데의 벽화를 보셨습니다. 예술 스탯이 1 상승합니다.

> 명인의 조각품, 〈왕의 기사들〉을 감상하셨습니다. 예술 스탯이 2 상승합니다.

> 발란챠의 무기 3종 세트를 발견하셨습니다. 예술 스탯이 1 상승합니다.

예술은 곧 안목!

뛰어난 작품을 보는 것만으로도 예술 스탯이 올라갈 수 있다. 다만 이것도 눈높이와 관련된 것이라 무한정 올라가지는 않는다.

대단한 작품을 보면 예술 스탯이 상승하지만, 그 후로는 웬만한 작품을 보아도 효과가 없다. 눈높이가 그만큼 오른 탓이었다.

하지만 위드는 궁전에 들어와서 여러 소장품들을 보며 예술 스탯을 30이나 올릴 수 있었다.

"시오데른 로자임 국왕 폐하, 여기 모험가 위드를 데리고 왔습니다."

위드는 곧바로 국왕에게 안내되었다.

이곳까지 위드를 데리고 온 기사가 무릎을 꿇고 예를 취하자, 위드도 대충 따라서 했다.

귀족들과 기사들이 양탄자를 따라 양쪽에 도열해 있고, 상석에는 국왕이 앉아 있었다. 그의 얼굴에 푸르스름한 반점들이 돋아나 있는 것이 보였다.

"자네가 위드인가?"

"그러하옵니다, 폐하."

"내가 자네를 부른 것은…… 쿨럭!"

국왕은 피를 토했다.

"전하!"

기사들과 시종들이 주위로 몰려들었지만, 국왕은 손을 휘휘저어 그들을 물리쳤다.

"내 병은 내가 더 잘 안다. 그러니 너무 심려치 말라. 위드, 자네의 직업이 달빛 조각사라고?"

"그러하옵니다."

"달빛 조각사라면 익숙한 직업이군. 나의 어머니께서는 자하브라는 정인을 두셨지."

"폐하!"

국왕의 말에 귀족들이 놀라서 외쳤지만, 왕은 발언을 멈추지 않았다.

"이미 다들 알고 있는 것 아니던가?"

"……."

"굳이 숨길 일도 아니로다. 위드, 그러면 조각술에는 일가견이 있겠군. 너에게 긴히 맡길 일이 있다. 내 수명은 그리 오래 남지 않았다. 나는 올바른 치세로 나라 안팎의 인간들을 평화롭게 만들고, 숙적 브렌트 왕국을 무찌를 수 있었다. 말 한마디로 산천초목들이 벌벌 떨고, 손짓 하나로 충성스러운 기사들이 구름처럼 일어나니…….”

현왕 시오데른은 자기 자랑을 좋아하는 무지막지한 수다쟁이였다. 업적과 행동, 혹은 사소한 왕실의 이야기까지 시시콜콜 늘어놓는 국왕.

위드는 말 한마디라도 놓칠세라 귀를 기울이고 있었다.

‘어디서 무슨 특별한 퀘스트의 실마리가 숨어 있을지 모른다.’

그렇지만 국왕의 이야기는 아무리 들어도 쓸모없는 것들뿐이었다.

5살 때 말에서 처음 떨어졌는데 다리가 부러졌다느니, 궁전의 시녀들이 예쁘지 않냐느니, 귀담아 둘 가치가 전혀 없는 잡스러운 이야기들!

국왕은 무려 2시간 만에 본론으로 들어갔다.

“…하여 본인은 하루가 다르게 쇠약해짐을 느끼고 있다. 왕세자에게 이 무거운 자리를 물려줄 때도 되었지. 내게는 새로운 보금자리가 필요하다. 이 지친 육신을 편히 쉴 장소. 나에게는 얼마 남지 않은 생을 마감한 이후에 지낼 무덤이 필요하다. 장엄하고 거대한, 누구라도 압도당할 수밖에 없는 그러한 무덤을 만들어 다오. 인부를 마음껏 차출할 수 있도록 명령을 내려 두겠다.”

띠링!

위드의 프레야 교단의 공적치는 무려 4,600이 넘는다.

종교 단체의 공적치가 높으면 여러모로 혜택이 많다. 무료로
치료를 받거나, 혹은 돈을 기부하고 사제나 성기사들의 힘을
빌릴 수도 있다. 그 외에도 타 국가를 여행할 시에 입국이 수월
해지고, 명성처럼 높은 난이도의 퀘스트를 받는 데에 도움이
되기도 한다.

하지만 왕실의 공적치는 그보다도 더 쓸모가 많은 편이었다.
귀족의 작위를 받거나, 아니면 공적치를 아이템과 바꿀 수 있
다. 왕실에서 가지고 있는 무기나 방어구들, 이런 것들을 공적
치를 통해서 구매할 수 있는 것이었다.

위드의 선택은 당연히 무기였다.

'왕실 공적치 2,000이라면 레어 급의 무기를 얻을 수 있겠군.'

조각사로서 무언가를 만들어야 하는 것은 바란 마을 이후로
처음 받는 의뢰였다. 당시에는 명성이 낮아서 그 정도의 일밖
에는 맡지 못했지만, 이제는 드디어 국왕의 일까지 맡게 된 것

이다.

여러 직업들을 전전하며 비정상적으로 상승한 명성 덕분이었다.

위드는 잠시 머리를 굴려 보았지만 결정은 이미 나 있었다.

오는 몬스터 마다하지 않고, 오는 의뢰 거부하지 않는다!

사실 로자임 왕국의 국왕이 직접 내린 의뢰를 거부했다가는 어떤 불이익을 당할지 모르기 때문에, 거절할 수도 없는 노릇이었다.

"제 모든 것을 바쳐 훌륭하신 국왕 폐하께서 영원한 안식을 취하실 수 있는 장소를 만들어 드리도록 하겠습니다."

퀘스트를 받으셨습니다.

⟡⟡⟡

위드는 궁전에서 나오면서 골똘히 생각에 잠겼다.

'장엄하고 거대한 무덤이라…….'

매우 까다로운 조건이었다.

'대충 고인돌 비슷한 걸 만들어 주면 되나?'

2개의 기둥 역할을 하는 바위 위에 크고 넙적한 바위 하나!

얼마나 간단하고 편리한 작업인가!

그러나 그렇게 했다가는 국왕의 진노를 사게 되고, 왕국 군대의 대대적인 추격을 받을지도 모르는 일이었다.

확실하지는 않지만, 국왕이 내린 퀘스트인 만큼 보상 또한 대단할 것이다. 레어 급 아이템, 혹은 유니크 급 아이템을 상으로 받을 수 있을지도 모른다.

'그게 다 얼마야.'

돈이면 무조건 움직인다!

로열 로드의 아이템 시세가 다소 떨어졌다고 해도, 고레벨들이 쓸 만한 레어, 유니크 아이템은 여전히 부르는 게 값이다. 위드는 절대로 돈을 포기할 수 없었고, 무슨 수를 써서라도 퀘스트에 성공할 작정이었다. 그렇지만 무덤을 만들어 달라고 하니, 대체 어디서부터 손을 써야 할지 몰랐다.

평범한 무덤? 조각품들이 많은 무덤?

이런 것들은 너무나도 식상하기 짝이 없다.

국왕을 만족시켜 줄 수 있는 무덤, 장엄하고 거대한, 누구라도 압도당할 수밖에 없는 그러한 무덤을 만들어 주어야 했다.

위대한 왕의 무덤

위드는 기사들의 안내를 받으며 복도를 걸었다.

이때에는 이미 어떤 무덤을 제작해야 할지에 대한 고민이 한참이었다.

'역사에 남을 만한 무덤. 전설적인 무덤. 거대하고 장엄한 무덤. 국왕의 위신을 세워 줄 만한 무덤을 만들어 줘야 한다.'

국왕의 요구 사항을 맞추려면 쉬운 일은 아니었다.

그렇지만 위드는 포기할 줄을 모르는 인간이었다.

'내가 가진 재능은 노가다. 어디 노가다를 예술로 승화시켜 보자. 그러면 성공할 수 있을 거야. 지금까지 노가다로 안 되는 일이 있었던가?'

한 번도 없었다.

노가다는 어떤 경우에서라도 해답이 되어 주었다.

천재는 99%의 노력과 1%의 영감이라는 말도 있지 않던가.

재능이 있다고 해도 안주하지 말고, 이를 갈고닦기 위해서 열심히 노력하며 살아야 한다는 말을 위드는 곧이곧대로 해석했다.

'노가다로 안 될 일은 없다!'

극도의 노가다.

무덤의 크기는 좌중을 압도해야만 했다.

예술성이 부족한 것은 크기로 때운다!

빙룡 상의 경우에서도 그랬듯이 아무래도 크기가 클수록 결과도 좋지 않던가.

노가다와 예술성. 장엄한 무덤!

'왕릉을 만들어야 한다. 기필코 성공할 테다.'

의뢰를 완수하면 경험치는 물론이고, 최소한 레어 급의 무기를 획득할 수 있다. 하지만 대체 무엇을 만들어야 할지에 대해서는 막막하였다.

> ─위드 님, 이야기는 잘 끝나셨습니까?

그때 페일에게서 귓속말이 전해졌다.

기사들과 병사들에 의해 끌려가다시피 떠나서 걱정이 되는 모양이었다.

위드도 대답으로 귓속말을 보내 주었다.

> ─예, 지금 나가는 중입니다.
> ─무슨 일이라도 벌어질 줄 알고 깜짝 놀랐습니다. 괜찮으세요?
> ─국왕으로부터 의뢰를 하나 받았습니다.
> ─그러셨군요. 그러면 이제 또 당분간 못 뵙게 되겠네요.

페일은 너무나도 많이 아쉬워했다.

수르카와 이리엔, 로뮤나 들의 마음도 비슷하리라.

라비아스에서의 사냥 이후로 간신히 다시 만났는데 불과 몇 시간 만에 떠난다고 생각했으니 말이다.

> ─아닙니다. 이번 의뢰에는 페일 님들도 동참시켜 드릴 수 있습니다.
>
> 헛! 국왕의 의뢰인데도 공유가 가능한가요?
>
> ─예, 가능합니다.
>
> ─참, 그런데 위드 님. 인파가 왕성 앞에서 진을 치고 있습니다. 이렇게 많은 사람들이 모인 것은 처음 있는 일 같네요. 이들에게 잡히면 귀찮은 일이 생길 수도 있을 것 같습니다.
>
> ─그 정도로 사람이 많습니까?
>
> ─어마어마합니다. 위드 님이 나오시지 않으면 왕성을 침략이라도 할 기세인데요.

페일은 생생하게 밖의 상황을 전해 주었다.

구름처럼 몰린 인파.

그리고 국왕의 퀘스트!

노가다와 예술성! 장엄한 무덤까지!

순간 머릿속을 스쳐 지나가는 생각들이 하나로 합쳐지고 위드의 입가에 음흉한 미소가 그려졌다.

'그래! 결정했다. 무덤 하면 역시 그것이지!'

꽃무늬

페일과 이리엔, 로뮤나, 수르카 들은 조용히 기쁨을 나누었다.

"국왕의 퀘스트라니 믿기지 않아요!"

"그러게 말입니다. 아주 재미있는 일이 벌어질 것 같습니다."

위드가 국왕의 퀘스트를 받은 것은 거의 초대형 사고였다. 그렇기 때문에 다른 이들이 들을 수 없도록 소곤소곤 이야기했다.

"그런데 우리들로 할 수 있을까요?"

"예. 위드 님은 우리들이 꼭 필요하다고 했으니까요. 괜찮을 겁니다."

"그보다도 위드 님이 무사히 나오실 수 있을지……."

이리엔이 걱정스러운 얼굴을 했다.

왕성의 주변에는 군중이 가득 몰려들어 있었다. 이들은 위드가 나오기만 한다면 온갖 질문 공세를 퍼붓고 귀찮게 할 기세였다.

돈 욕심, 그리고 은근히 혼자 다니기를 좋아하는 위드에게는 아주 곤혹스러운 일이 아닐 수 없으리라.

"부디 무사히 사람들을 피해서 나오셔야 할 텐데……."

꽃花꽃

위드가 완전히 왕성 밖으로 나왔을 때에는 군중이 대규모로 모여 있었다.

최초로 국왕을 알현한 사람이 나타났다는 소문을 듣고, 사냥마저 팽개치고 모여든 것이었다.

위드가 몰래 숨어서 나올 줄로 알고 왕성의 뒷문 등에도 많은 이들이 진을 치고 기다렸다.

하지만 당당하게 정문을 통해서 나오자 금방 정문으로 사람들이 모여들었다.

"무슨 일로 국왕을 만나 본 것입니까?"

"어떻게 국왕을 만날 수 있었는지 한마디만 해 주세요!"

"저희들한테도 좀 알려 주세요!"

수많은 사람들이 한꺼번에 질문을 던졌다.

위드는 스윽 그들의 옷차림부터 살펴보았다.

'저건 3골드 정도면 살 수 있는 여행복.'

견적이 바로바로 나왔다.

'저건 6골드짜리 방패. 신품이 그렇다는 얘기고 허름한 걸 보니 중고로 샀군. 잘만 후려 친다면 2골드에도 살 수 있는 물건이다.'

군중 가운데에는 때마침 방문한 고수들도 많았지만, 초보들의 숫자가 압도적이었다.

레벨이 낮아서 멀리 떠나지도 못하고 세라보그 성과 그 주변에서 사냥을 하는 초보들!

국왕을 알현한 사람이 있다는 소식을 듣고 구름처럼 몰려든 것이었다.

"흠흠."

위드는 길게 헛기침을 했다.

무덤을 만드는 일은 보통 큰 작업이 아니다.

국왕의 입맛과 기호에 맞춰 주기 위해서는 정말로 장엄하고 거대한, 한눈에 보아도 탄성을 자아낼 수밖에 없는 왕릉을 만들어 주어야 했다.

혼자서는 1년이 걸려도 못 할 작업.

작업을 제대로 마치려면 많은 숫자의 사람들이 필요했다. 위드의 말에 절대적으로 따르는 일꾼들이.

'이들이 나의 인부가 되어 줄 것이다.'

위드는 인파들을 향해 외쳤다. 아무리 목소리를 키워도 골고루 들리지 않을 수 있으니 고급 3레벨까지 올려놓은 사자후를 시전했다.

"여러분들께 알려 드리겠습니다. 저는 로자임 왕국의 국왕으로부터 퀘스트를 받았습니다."

사자후 스킬을 사용하였습니다.

엄청난 고함 소리가 좌중을 휩쓸었다.

바로 옆에서 소리를 치는 것처럼 귀에 똑똑하게 들리는 음성이었다.

대다수가 초보들. 그들은 이토록 박력 있는 음성을 처음 들어 봤다.

호기심을 가지고 모여든 군중은 말의 내용에도 금세 동요했다.

"뭐야? 퀘스트?"

"국왕을 만나 본 것만 해도 대단한데……."

"국왕에게 퀘스트를 받았다고?"

"베르사 대륙에서 처음 있는 일이다."

"최초야. 대륙 최초로 국왕의 퀘스트가 발동되었다!"

군중은 흥분 상태에 빠져 들었다.

"무슨 퀘스트인지 말해 주십시오!"

"우리들도 국왕을 만날 수 있게 도와주세요!"

막 그들이 집단적으로 난리를 피울 무렵, 위드는 이들을 더욱 부추겼다.

"저는 특별한 무언가를 제작하라는 의뢰를 받았습니다. 다행히도 이것은 여러분들과도 함께할 수 있는 의뢰입니다."

"오오오!"

"저희들도 끼워 주세요!"

군중은 당연한 반응을 보였다.

로자임 왕국의 국왕이 직접 내린 퀘스트!

그런 의뢰에 동참할 수 있다 하니 너도나도 끼워 달라고 아우성들이었다.

"저는 당연히 여기에 있는 분들과 함께하고 싶습니다. 베르사 대륙에서 함께 숨을 쉬며 살아간다는 것만으로도 우리는 인연이 있는 것이고, 서로를 도우면서 살아야 하지 않겠습니까? 다만 저도 이 의뢰를 받기까지의 과정이 그리 쉽지만은 않았으니 참가비로 딱 1골드씩만 받겠습니다."

군중의 기대는 한껏 부풀어 올랐다.

돈독에 완전히 눈이 먼 위드를, 군중은 성인군자 보듯이 했다.

"맞습니다. 절대적으로 동감합니다."

"이렇게 훌륭하신 분이……."

"믿고 따르겠습니다!"

그들이 보는 위드는 신뢰할 만한 사람이었다.

난이도 B급의 의뢰.

난이도가 D급 이하더라도 희귀한 의뢰나 보상이 좋은 경우에는 비싼 가격에 공유를 해 주는 경우가 많다.

그런데 이렇게 귀한 의뢰를 단돈 1골드만 받고 공유해 주겠다는 것이다.

순간 착한 군중은 위드의 진지한 표정을 보았다.

실제로는 벌어들일 돈을 열심히 계산하느라 분주하였지만, 군중의 눈에는 자신들을 배려해 주려는 진지한 모습으로 비쳤다.

'그냥 의뢰를 나누어 준다면 우리들이 너무 미안해할 테니까…….'

'그래서 별로 의미 없는 돈이라도 받으려고 하시는구나!'

단단히 콩깍지에 씐 군중이었다.

그만큼 위드가 하는 말은 듣기가 좋았고, 다른 이들을 존중해 주는 것이었다.

하나 입에 맞는 음식이 몸에는 안 좋은 경우가 많은 법!

사람 하나 잘못 믿어서 뒤통수 맞는 인간이 어디 한둘이던가.

위드라면 충분히 그러고도 남을 인물이었다.

> ─대체 위드 님이 뭘 하시는 걸까요?
> ─갑자기 무진장 불안해지네요.
> ─왠지 일부러 사람들의 앞에 나서시는 것 같은…….
> ─혹시 국왕의 퀘스트, 안 좋은 거 아니에요?

위드의 인간성에 대해서 잘 알고 있는 페일과 이리엔 들은 몰래 귓속말을 나누고 있었다.

뭔가가 이상했다!

왕성 앞에 모인 이들이 단체로 1명의 사기꾼에게 속아 넘어

가고 있는 것만 같다.

위드의 카리스마 넘치는 표정과 연설은 너무나도 어울리게 느껴졌지만, 평상시의 모습을 알고 있는 이들에게는 완전히 불신을 사고 있었다.

"자, 그러면 지금부터 퀘스트를 공유해 드리겠습니다."

위드는 열성을 다해서 목청을 드높였다. 목덜미에 핏줄이 돋아날 정도였다.

"먼저 말씀드릴 것은, 의뢰의 난이도를 감안하여 조금 힘든일이 있더라도 제 말을 잘 따라 주겠다는 약속을 해 주셔야 한다는 겁니다. 이 약속까지 마친 분들에게만 제가 의뢰를 공유해 드리죠."

그렇게 군중은 위드가 이끄는 대로 따라갔다.

차분히 머리를 식혔다면 걸려들지 않았을지도 모른다.

바보가 아닌 이상, 국왕의 의뢰를 마구 나누어 주는 것에 대한 의아심이 들었을 것이었다.

하지만 군중심리! 여기저기서 난리를 쳐 대니 정상적인 사고가 불가능했다. 더군다나 로자임 왕국 국왕의 퀘스트이지 않던가!

그런 퀘스트를 공유해 준다니 서둘러서 의뢰를 받기 위해서 난리였다.

"비켜. 내가 먼저야!"

"무슨 소리야. 내가 훨씬 더 빨리 왔어!"

퀘스트를 공유받기 위한 이들이 삽시간에 긴 줄을 섰다. 왕성에서부터 출발한 줄은 점점 빠르게 늘어나서 대로에도 길게이어졌다.

뒤늦게 사건을 알고 모여드는 이들과, 남들이 줄을 서자 멋모르고 따라서 선 이들로 인해서 도무지 줄이 줄어들지 않았다.

"의뢰가 끝날 때까지 저의 지휘에 따라 주시겠습니까?"

"물론입니다. 의뢰에 포함시켜 주셔서 고맙습니다."

위드는 1명씩 다짐을 받고 의뢰를 부여해 줬다.

띠링!

위대한 조각사 위드를 도와 무덤을 만들라

로자임 왕국의 국왕 시오데른은 죽을 날이 얼마 남지 않았다. 그는 자신이 죽기 전에 특별한 무덤을 만들고 싶어 한다.

난이도: B

보상: 성공할 경우 왕실 공적치 최소 50 이상. 작업량에 따라 추가적인 포상금과 명성 획득.

"고맙습니다."

"정말 감사합니다."

사람들은 무척이나 고마워하면서 의뢰를 받아 갔다.

국왕의 의뢰는 본래 위드에게 주어진 것이었다.

위드가 함께 작업을 할 사람들을 구하는 것이므로, 보상의 내용에는 차이가 있을 수밖에 없었다.

그럼에도 군중은 국왕의 퀘스트, 그것도 난이도 B급의 의뢰를 받아서 뛸 듯이 기뻐했다.

그러다가 마침내 페일과 수르카 들의 차례가 되었다.

"난이도 B급이라니……."

"이걸 우리들에게 공유해 준다고 하신 거예요?"

페일은 가슴이 턱하고 막혀 오는 기분이었다.

왜 위드를 믿었던가!

위드가 순진한 표정을 지을 때 의심해 봤어야 했다. 사람들에게 퀘스트를 공유해 준다고 할 때에는 급한 변명이라도 대고 도망쳤어야 했다.

무언가 느낌이 이상했다.

난이도 B급의 퀘스트.

위드가 모라타 지방에서 어떤 방식으로 의뢰를 해결했는지 잘 알고 있는 페일 등에게는 무시무시한 공포가 찾아온 것이다.

"뭐든지 하겠습니다."

"아무 일이든 시켜만 주세요. 잘할 자신이 있어요."

몰려든 군중은 무덤을 만들기 위해서 할 일을 원했다.

당연한 이야기지만, 여기에서 난이도 B급의 의뢰를 해 본 사람은 1명도 없었다.

난이도 B급의 어마어마한 의뢰에 동참한 만큼 흥분으로 달아오른 군중.

위드는 이미 머릿속으로 이들을 데리고 해야 할 일에 대해 착착 정리를 마쳐 놓은 상태였다.

"우선 무덤을 만들어야 하는데, 좋은 장소가 필요합니다. 아주 넓은 곳이어야 하고, 전망이 수려해야 합니다. 강을 내려다보거나 배후에 산이 있으면 좋겠죠. 그런 곳을 알고 있는 분이 계십니까?"

위드의 말이 떨어지자마자 사방에서 손을 들었다.

"제가 그런 곳을 알고 있습니다!"

"저도 알고 있습니다. 세라보그 성에서 그리 멀지도 않습니다. 동쪽 평야에는 앞에 강이 있고, 뒤에 산도 있습니다."

 "성의 북쪽에 있는 언덕이 어떻습니까? 풍경도 아주 좋고 햇볕도 잘 드는 지역입니다."

 조각술의 성공 여부를 좌우하는 중요 요소 중에는, 조각품이 주변의 자연 환경과 얼마나 잘 어울리는가 하는 것도 포함되어 있다.

 풍수지리!

 의뢰를 잘 수행하기 위해서는 명당자리를 고르는 일부터 시작해야 했다.

 위드는 무덤을 만들 지역을 직접 돌아보고 결정하기로 했다.

 위드가 움직이자 수천 명의 인파들까지 함께 이동을 한다. 그 인파가 다른 이들을 끌어들여서 눈덩이처럼 사람들이 불어나고 있었다.

 위드는 세라보그 성의 동쪽 지역을 둘러보았다.

 우선은 면적이 넓었고, 큰 암석들이 여기저기에 무질서하게 자리를 잡고 있었다.

 '거대한 암석들이 많은 걸로 보아서 지반은 단단할 테고… 풍경도 이만하면 괜찮은 편. 이곳이 딱 적당하군.'

 보통의 무덤이라면 골짜기나 산에 짓는 것이 정석이었다. 그렇지만 위드가 만들려고 하는 무덤은 최대한 넓고 평평한 지역에 지어야 했다.

 "장소는 일단 정해졌고… 그러면 무덤을 짓기 위해서는 자재들이 많이 필요하겠군요. 근처에 돌산이 있는 곳을 아시는 분?

큰 무게를 지탱할 수 있도록 단단한 돌들이 필요합니다."

"제가 알고 있습니다."

한마디를 하면 척척 답이 나왔다.

돌산은 평상시에 잘 눈여겨보지 않는 장소였다. 그렇지만 사람의 숫자가 워낙에 많다 보니 모르는 게 없었다.

위드는 돌산에도 방문해 보았다.

엄청나게 거대한 돌들이 산처럼 쌓여 있었다.

조금만 가공을 거친다면 무덤을 만드는 데 필요한 석재로 써먹을 수 있는 재료들이었다.

위드는 돌산 앞에서 또 한 번 사람들을 선동했다.

"자, 그러면 시작해 보죠. 난이도 B급의 퀘스트를 위하여!"

"우와아!"

"아시다시피 작업량에 따라서 성과가 달라집니다. 그러니 작업은 최대한 빨리, 지금부터 바로 개시하겠습니다. 공을 세우고 싶지 않으신 분들은 내일부터 하셔도 됩니다."

"시작합시다!"

"꾸물댈 시간이 어디 있습니까!"

얼마나 많은 일을 하느냐에 따라서 명성과 포상금을 더 많이 획득할 수 있다. 그래서 어서 빨리 작업을 시작하기 위해 아우성이었다.

⁂

광활한 대지 위에 수많은 왕국과 모험가들이 존재하는 베르사 대륙!

　그렇지만 소문이 퍼지는 속도는 거의 빛의 속도에 육박하였다.

　누군가가 로열 로드의 홈페이지에 글을 써 놓은 것이었다.

제목〉 난이도 B급의 의뢰

로자임 왕국에서 대단한 일이 벌어지고 있습니다.

최초로 국왕을 만난 유저가 나타난 것입니다. 놀랍게도 그 유저는 난이도 B급의 퀘스트를 받아서 사람들에게 공유해 주었습니다.

일반적으로 그 정도 난이도의 퀘스트라면 보통 사람들에게 공유해 준다는 것은 말도 되지 않는 일일 것입니다.

난이도 B급의 의뢰는 현재 로열 로드 최고 수준의 유저들이 팀을 이루어서 도전해도 성공 확률이 희박하기 때문입니다.

로자임 왕국의 유저층은 특히나 아직 저레벨들이 많기에 퀘스트 공유는 무모한 것이죠.

저 역시 그 장소에 있었지만 그런 이유로 인해서 부정적으로 보고 있었습니다.

그런데 놀랍게도 그 유저의 직업은 조각사였습니다.

난이도 B급의 의뢰란 다름이 아니라 왕의 무덤을 만들라는 것이었던 겁니다.

누구나 참여할 수 있는 의뢰이기 때문에 더더욱 가치가 있는 것 같습니다.

　난이도 B급의 의뢰라는 다소 자극적인 게시물은 단번에 사람들의 이목을 끌었다. 글의 파급력이란 가공한 것이었다.

　대체로 로열 로드에 글을 올리는 사람들은 중앙 대륙 출신들의 비중이 높았다.

먼저 시작하고 자리를 잡은 고수들이 중앙 대륙의 왕국들에 많기 때문이었다. 그러면서 은연중에 변방의 소국에서 시작한 이들을 무시하는 것이 보통이었다.

중앙 대륙을 모든 것의 기준으로 잡고, 무기나 방어구, 퀘스트에 대한 정보들을 나누었다.

하지만 로자임 왕국 출신들, 별로 발달하지 못한 변방 국가에서 시작한 이들을 비하하던 자들이 처음으로 부러움을 드러내기 시작했다.

┗난이도 B급의 의뢰라니 정말인가요?

┗사실이라면 대박입니다.

┗퀘스트 공유라…… 로자임 왕국 사람들은 좋겠군요.

┗전 토르 왕국 출신이지만 바로 로자임 왕국으로 달려가겠습니다.

┗조각사라… 그런 직업이 있는지도 몰랐습니다. 그런데 국왕을 만나 보고 난이도가 이렇게 높은 의뢰도 하다니 놀랍군요.

그러면서 조각사라는 직업에 대한 환상이 사람들에게 심어졌다.

왕과 독대를 하며, 높은 퀘스트를 독점하는 유일무이한 직업으로!

조각 상점들이 유저들로 인해 붐비게 되고, 갑자기 조각칼을 들고 다니는 초보 조각사들의 숫자가 급증하였다고 한다.

돌로 가득한 산에 유저들이 개미 떼처럼 달라붙었다.

"바람이여, 칼날처럼 불어 적을 가르랏! 윈드 커터!"

마법사들이 마나를 모아 마법을 발현했다.

그들의 목표는 바위들!

"나의 도끼에는 적수가 없다. 뭐든 깨부수어 주마. 더블 엑스!"

도끼를 든 바바리안들도 열심히 바위를 때렸다.

바위들이 여기저기 쪼개져서 네모나게 변하면 몇몇 마법사들이 석재에 경량화 마법을 걸어 유저들이 들고 갈 수 있게 도와주었다.

"자! 다들 하나, 둘, 셋 하면 드는 거다. 영차!"

유저들은 수십 명이 달라붙어서 석재들을 산 밑까지 운반했다.

집채만 한 석재들을 가지고 가파른 돌산을 내려가려니 위험천만한 일이었다.

그렇게 산 밑까지 내려오면 수레에 실어서 운반하거나 아니면 바닥에 자잘한 통나무들을 깔고 쭉 미끄러뜨렸다.

"빨리빨리 움직여."

"이건 그냥 우리들이 들고 가자."

석재들은 유저들의 땀과 노력에 의해 가공된 뒤 세라보그 성의 동쪽 지역까지 와서 차곡차곡 쌓였다.

석재들을 등에 짊어지고 진땀을 흘리며 움직이는 유저들!

'죽을 만큼 힘들다.'

'괴로워서 미치겠어.'

'지겹다.'

석재를 운반할 때마다 수백 번 그만두고 싶은 생각이 치고 올라왔다.

한 번 왕복할 때마다 다시는 안 하고 말 것이라는 결심을 내렸지만, 곧 석재를 운반하고 마는 것이었다.

지독한 중독성!

난이도 B급의 의뢰는 이들의 이성을 잠시 멀게 만들었다.

그리고 사악한 위드의 두뇌 회전은 대중을 다스리기에 충분했다.

석재를 운반하고 다시 돌산으로 돌아오면, 위드가 고용한 인부들이 운반한 횟수를 불러 주었다.

"12회. 지금 최고가 열네 번 왕복한 사람인데……."

미묘한 경쟁 심리.

게다가 세라보그 성 유저들의 대다수가 이 퀘스트에 달라붙어 있다. 레벨이나 직업의 차이를 막론하고 국왕의 퀘스트에 눈이 멀어서 전력을 다하는 것이다.

힘들고 지겨워서 포기하고 싶지만 왠지 안 하면 나만 손해 보는 느낌이라서 그만두지도 못했다.

석재를 내려놓을 때 다시는 안 하겠다는 다짐이, 다시 돌산으로 향할 때엔 완전히 바뀌었다.

'꼭 해내고야 만다.'

'반드시 성공하겠어!'

난이도 B급의 의뢰가 주는 유혹이었다.

페일은 몸을 부들부들 떨었다.

그가 내려다보는 언덕 밑에는 수천 명의 인간들이 석재들을 나르고 있었다.

남녀노소를 가리지 않고 석재를 운반한다.

그 늘어진 줄들이 끝도 없었다.

"이런 극악한 노가다의 현장이라니……."

가공할 만한 광경에 페일은 감탄밖에 안 나올 지경이었다.

모든 것을 노가다로 해결하는 위드, 그리고 그에게 어느새 전염되어 버린 사람들.

"아이참! 빨리 좀 가요, 페일 님!"

페일은 잠시 뒤를 돌아보았다.

어느새 이리엔과 수르카, 로뮤나가 석재를 등에 지고 다가와 있었다.

"페일 님이 늦게 가니까 다들 늦어지잖아요!"

"……."

페일은 할 말이 없었다. 하지만 어쩔 것인가. 이미 위드의 마수에 빠져 버린 것을!

페일마저도 석재를 운반하고 있었다.

난이도 B급의 의뢰를 한 번은 해보고 싶다는 욕심이 어쩔 수 없이 들었다. 그리고 명성과 보상이 주는 유혹을 거절할 수 없었다.

KMC미디어에서는 주기적으로 로열 로드의 각 팬 사이트와 홈페이지들을 들락거리면서 정보를 모았다. 취재를 위한 발 빠른 움직임에는 광범위한 정보 수집이 한 몫을 하고 있었던 것이다.

소위 인터넷의 정보들 가운데에는 쓰레기들이 많다. 그러나 쓰레기장에서도 건질 것은 있는 법!

다양한 정보들을 별도의 게임 전문가들이 검증한 뒤, 추적팀을 가동해서 진위 여부를 확인한다.

로자임 왕국의 난이도 B급 퀘스트 역시 그들의 정보 수집망에 걸려들었다.

담당 PD와 작가들은 즉시 회의에 들어갔다.

"얼마나 믿을 수 있는 정보일까?"

"PD님, 출처는 불확실하지만 일단 사실인 것 같아요. 로자임 왕국에서 시작한 이들이라면 모두 알고 있는 내용이거든요. 심어 놓은 정보원들도 이 사실들을 계속 보내오고 있고요."

"그러면 일단 특파원부터 바로 보내 봐야지?"

"로자임 왕국이라면 마침 신혜민 씨가 있는 곳 같은데요. 얼마 전에 무슨 퀘스트를 한다면서 그곳까지 갔어요."

신혜민은 KMC미디어에서 최고의 시청률을 자랑하는 로열 로드 프로그램의 진행자였다.

"잘됐군. 그러면 신혜민 씨더러 그 정보를 취재해 달라고 하지."

"잠깐만요. 그런데 신혜민 씨가 급한 일이 있으니 당분간 연락하지 말아 달라고 오전에 전화를 했어요."

"혜민 씨가? 평소에 그러던 사람이 아닌데."

담당 PD는 고개를 갸웃했다.

신혜민은 촬영 시간에 한 번도 늦은 적이 없을 정도로 성실한 진행자였다.

"로자임 왕국에서 무슨 중요한 일이 있다고요. 뭘 만들어야 하는 의뢰에 참여하게 되었다는데……."

"그거 혹시……."

"휴우, 힘들다."

메이린은 끙끙대면서 석재를 운반했다. 그녀의 가냘픈 두 팔과 어깨 위에는 묵직한 석재들이 올라 있었다.

'유명해지고 말 거야.'

명성이 낮아서 당했던 설움의 시간들.

게임에 익숙하지 않아서 죽어라 사냥만 했다.

사냥 파티에 속해서 몬스터와 싸우면서 동료들과 친분을 나누는 게 좋았기 때문이었다. 그러면서 열심히 레벨만 올렸다.

남들보다 훨씬 더 빨리 올라가는 레벨 때문에 혹시 자신은 천재가 아닌지 의심해 보기도 했다.

그러나 나중에 로열 로드와 관련된 방송 프로그램을 맡으면서, 레벨만 올리는 건 퀘스트를 얻는 데에 그리 큰 의미가 없다는 사실을 알았다.

　좋은 퀘스트를 얻기 위해서는 명성이나 공적치 등을 골고루 올려 줘야만 했다. 인맥이나 친밀도도 반드시 필요했다.

　'나도 멋진 모험을 하고 말 거야.'

　메이런은 가슴 가득 희망찬 미래를 꿈꾸었다.

　위기에 처한 이를 돕는 의로운 여자 레인저!

　지금까지는 방송을 하면서 남들이 했던 모험들의 사연들만 이야기해 주었다. 하지만 그 부럽던 시절도 모두 지나가고, 이제부터는 자신이 직접 주인공이 되고 싶었다.

　"그런데 이 석재들, 너무 무거워."

　메이런은 울상을 지었다.

　큰 눈망울 가득 눈물이 금방이라도 쏟아질 것만 같다.

　레인저는 딱히 힘만 있다고 되는 직업이 아니었다. 민첩성이 높아야 산이나 험한 지형에서 수월하게 활약할 수 있다.

　그녀는 유난히 힘이 낮은 편이었고, 그 덕분에 석재들이 더욱 무겁게 느껴졌다.

　"으앙!"

　너무 힘들어서 쓰러지기 직전이었다. 억지로 버텨 왔지만 체력이 다해서 이제는 석재에 그대로 깔리려는 순간.

　"괜찮아요?"

　메이런이 지고 있는 석재를 들어 주는 손이 있었다.

　얼굴을 들어 살펴보니 궁수 1명이 손을 뻗어서 도와주고 있었다.

　그런데 가관인 것이, 그 궁수의 표정도 심히 좋지 못하였다.

레인저나 궁수나 활을 주로 쓰고 민첩성을 주력으로 한다는 점에서는 차이가 없는 상황.

궁수의 이마에서도 땀이 줄줄 흐르고 있었던 것이다. 그런데도 메이런이 힘겨워하자 석재를 들어 주었다.

"저, 저는 괜찮은데…… 힘드시잖아요."

"목적지까지는 얼마 남지 않았으니 제가 계속 도와 드릴게요."

"안 괜찮아 보이는데……."

"버틸 수 있습니다."

궁수는 식은땀을 줄줄 흘리면서 말했다.

평상시라면 이 정도의 호의에 절대 감동하지 않았으리라. 하지만 정말 힘들 때, 본인도 무척이나 고된 상태임에도 남을 도와주는 친절한 사람에게 그만 가슴이 두근거렸다.

"저기, 이름이……? 제 이름은 메이런이거든요. 그러니까 별다른 뜻이 있는 건 아니고, 친구라도 되면 멀리 떨어져서도 귓속말도 할 수 있고, 그러니까……."

"페일. 저는 페일입니다."

메이런과 페일은 온몸에서 땀을 흘리면서도 미소를 지을 수 있었다.

피라미드와 왕의 위엄

무덤의 건축 예정 장소에서 위드는 풀죽을 끓여서 사람들에게 무료로 나누어 주고 있었다.

"힘드실 텐데 드시고 천천히 하세요."

"고맙습니다."

석재를 나르느라 힘들었던 이들은 그릇째로 풀죽을 들이켰다.

> 체력이 35 증가합니다. 공복감이 해소되었습니다. 갈증이 완전히 해결됩니다.

중급 요리 스킬 4에 중급 손재주 9레벨!

위드가 만들어 주는 풀죽은 시원하면서도 맛있었다.

요즘 들어서 요리 스킬에는 소홀해졌지만 사기에 가까운 스킬들은 음식의 풍미를 더하고 있었다.

사람들은 위드를 존경하고 좋아했다.

퀘스트를 공유해 준 것만 해도 고마운데 음식까지 공짜로 만들어 주다니, 좋아하지 않을 수가 없었다.

하지만 풀죽의 재료는 말 그대로 풀 그 자체였다.

풀을 죽처럼 끓인 것에 불과했다.

그런 풀죽을 끓여 주고서 사람들의 진심 어린 감사를 받는 위드.

퀘스트에 참여한 유저들 가운데에는 정말 레벨이 낮고 돈이 없는 이들이 있다. 이런 사람들은 밥이라도 주지 않으면 굶어서 퀘스트에 참여를 할 수가 없다.

그런 이들을 부려 먹기 위하여 풀죽을 쑤어서 나눠 주는 것이었다.

석재를 운반하는 노가다를 맡기려면 전체적인 분위기가 좋아야 한다. 아무리 사람들이 많더라도 한번 분위기가 망가지면 끝장이었다.

등 따습고 배부르면 나태해지기 마련.

레벨이 낮은 이들일수록 퀘스트에 큰 기대를 걸고 있었으니 제일 열심히 일한다.

이런 이들이 바람잡이가 되어서 열심히 해 줄수록, 무덤을 만드는 일은 훨씬 쉬워질 수밖에 없다.

"고맙습니다, 위드 님!"

풀죽을 마신 어린 소녀가 꾸벅 인사를 한다. 현실 세계라면 고등학교를 다닐 만한 10대 중후반의 귀여운 소녀였다.

"뭘요. 맛있게 드셔 주시니 저도 좋지요."

위드도 미소로 화답을 해 줬다.

오늘 하루만도 벌써 수만 번 지은 미소였다.

아무리 자주 웃는 사람이라고 해도 수만 번씩 웃을 수는 없다.

하물며 위드의 미소는 가식의 극치를 달리고 있지 않던가!

눈은 웃고 있지만 입술은 미묘하게 뒤틀렸다.

이른바 썩은 미소!

그럼에도 음성은 다정다감했다.

"레몬 님, 석재를 벌써 8개나 옮기셨군요."

"기억해 주셨네요?"

"그럼요. 제 풀죽을 맛있게 마셔 주시는 분인데… 아직 해가 지지 않았으니 한두 번만 더 옮기면 되겠군요. 그러면 오늘은 상당히 많이 일한 축에 속하시겠는데요."

"아, 이제 그만 하려고 했는데… 알겠어요. 금방 다녀올게요!"

레몬이라는 어린 소녀는 후다닥 돌산이 있는 곳으로 달려갔다.

어느새 무덤을 만들기 위해 참여한 이들은 석재를 운반할 때마다 위드가 만든 풀죽을 먹는 것이 정해진 일처럼 되어 버렸다.

풀죽이라고 해도 음식 재료가 아예 안 들어갈 수는 없는 상황!

한 가지만 먹으면 제아무리 위드가 만든 음식이라고 해도 질릴 수가 있다.

그래서 고기라도 가끔씩 섞어 주었으니 매일 100골드가 넘는 막대한 지출이 이루어졌다.

하지만 이것도 다 투자라고 생각했다.

요리 스킬의 향상!

아주 뛰어난 음식을 만드는 건 아니지만, 풀죽만 해도 어마어마한 양을 만들다 보니 숙련도가 꾸준히 올라갔다.

평상시에 매일 100골드씩 호주머니에서 나간다면 위드는 아마 잠을 못 자고 미쳐 날뛸지도 몰랐다.

단돈 1쿠퍼도 아까운 마당에 100골드씩 풀죽을 쑤어서 남들에게 무료로 나누어 주다니, 위드를 아는 이들이라면 상상도 못 할 일이다.

하지만 지금은 다르다. 무덤을 만들기 위해서 인부들을 쓰고 있다. 그런 만큼 최소한의 지출은 어쩔 수 없는 것이 아니던가!

'어쨌든 내 일을 도와주고 있으니까 사람으로서 도의를 생각해서라도 맛있는 걸 먹이고 싶다.'

헌신적인 자선 사업가의 마음.

얼굴 표정과 사람을 대하는 말투에서는 완전 성인이 따로 없었다.

그러나 위드의 본심 깊은 곳에는 능구렁이가 여러 마리 똬리를 틀고 있었다.

'최대한 부려 먹어서 빨리 작업을 진행시키자. 이번 퀘스트를 하기 위해 받은 작업 비용은 10만 골드니 지금까지 쓴 돈 700골드를 제하면 건축비는 9만 9,300골드가 남아 있군. 게다가 참가비로만 1만 골드 이상 벌었으니 결국 대흑자가 되겠어.'

과도한 노동!

착취!

썩은 미소와 풀죽으로 철저하게 부려 먹는 악덕 기업주 위드!

로열 로드의 홈페이지는 로자임 왕국의 이슈로 한껏 달아오른 상태였다.

그런 상태에서 누군가 불을 지르기 위해 다시금 글을 올렸다.

본인이 본 것을 동영상으로 녹화해서 그대로 인터넷에 올린 것이었다.

생생한 화면!

그리고 음향까지 그대로 수록되어 있는 것에 사람들은 열광할 수밖에 없었다.

막 플레이를 누르는 순간, 그들의 상상을 뛰어넘는 어마어마한 광경이 보였다.

어린아이와 소녀들이 어깨 가득 무거운 석재를 지고 움직이고 있었다.

"언니, 무거워."

"조금만 참자. 퀘스트를 위해서는 꼭 해야 할 일이잖아."

의젓한 대화를 나누는 자매들!

한편에서는 노인들도 석재를 짊어지고 운반하고 있었다.

남녀노소를 막론하고 수천 명의 사람들이 비틀거리면서 석재를 운반한다.

때때로 석재에 깔려서 땅에 넘어지기도 했다. 석재들이 우르르 무너지면서 그를 덮친다.

동영상을 보던 사람들은 입을 다물 수가 없었다.

도대체 이건 뭔가!

'무슨 강제 수용소의 현장인가?'

석재들을 나르는 이들 너머로 보이는 것은 세라보그 성이었다.

> └이게 조각술의 현실.
> └역시 조각사를 선택하지 않은 건 현명한 일이었습니다.
> └변방의 왕국에서 시작한 이들을 돕기 위한 불우 이웃 성금이라
> 도 모금을 해야겠군요.

난이도 B급의 퀘스트를 공유받은 데 대한 부러움과 시샘은
끝났다.

⁂

시간이 흐르면서 무덤을 만들 장소에 석재들이 거대하게 쌓
였다.

인간의 힘으로 돌산을 가공하여 통째로 옮겨 온 것이었다.
그것으로도 모자라서 주변에 있는 바위란 바위는 전부 긁어모
은다!

왕의 무덤을 만들기 위해서는 여러 종류의 석재들이 필요했
다. 내부와 외부를 전부 건축하기 위해서는 다양한 색과 형태
가 있어야 했다.

하지만 인간들 수천 명이 달라붙으니 불가능한 일이란 존재
하지 않았다.

"우리가 정말 해냈구나."

"흐흑. 너무 감동했어."

기뻐서 우는 이들 또한 셀 수도 없었다.

그렇지만 아직 무덤을 세우는 일은 끝나지 않았다.

이제부터가 본격적인 작업이다.

깡! 깡! 깡!

위드는 어느 정도 석재들이 모였을 때부터 작업을 개시했다.

마법으로 갈라지고 도끼질로 부서진 바위들의 면은 고르지 않다. 정과 끌을 이용해서 석재 면을 평평하게 만들어야 했다.

그러면서 쌓을 위치에 따라서 별도의 조각술도 펼쳐서 형태와 모양을 만들어야 한다.

그나마 위드가 세우려는 무덤의 형태가 단순하였기에 망정이지, 정상적으로 된 거대한 구조물이라면 엄두도 나지 않을 일이었다.

"과연 무슨 무덤을 만들까?"

석재를 나르고, 작업에 참여한 이들은 무척이나 궁금해하고 있었다.

그러는 가운데 위드가 가공한 석재들은 사람들에 의해 정해진 위치에 순서대로 차곡차곡 쌓였다.

이 일은 의외로 순탄하게 진행이 되었는데, 로자임 왕국 길드들이 나선 덕분이었다.

중앙 대륙 길드들, 발전된 국가의 길드들은 성을 차지하고 있지 않더라도 할 일이 아주 많았다.

공식적으로 길드들은 집단적으로 이익을 창출할 수 있게 되어 있다. 돈을 모아서 상점의 소유권을 사거나, 아니면 길드 소유의 시장을 만들 수 있다. 그리고 이를 통해 돈을 벌면서 길드의 재산을 늘려 나가는 것이었다.

성을 가진 길드의 경우에는 더욱 다양한 사업들을 창출하는 게 가능했다.

일주일간 거두어들인 세금으로 상업과 기술력에 투자할 수 있다. 상업이 일정 수치 이상 늘어나면 새로운 상점에서 판매하는 물건의 수량이 다양해지고, 가격도 조금 저렴해진다. 기술력이 높아지면 이전에는 볼 수 없던 무기나 방어구들이 나타나기도 했다.

그러므로 각 길드들은 경쟁적으로 상업과 기술 발전에 투자했다.

대다수의 사람들은 자신이 소속된 곳이 발전하기를 바랐고, 발전도에 따라서 유저들의 숫자가 늘어나기도 했던 것이다.

어떤 길드들은 현명한 치세로 많은 이들의 추앙을 받고, 작은 마을에서 시작해서 성벽을 쌓고 큰 성으로 발전시키는 경우도 간혹 있었다.

상금을 걸고 광산을 개척하는 일도 길드의 중요한 업무 중 하나였다.

만약 금광이라도 찾아낼 수 있다면 대번에 상업 수치가 향상되는 것은 물론이고, 매주 정기적인 수입원이 생기는 것이었다.

대체로 초반에는 광산을 수호하는 강력한 몬스터들이 존재하는데, 이들을 물리쳐야만 광산을 차지할 수 있었다.

물론 광산을 찾아낸다고 일이 끝나는 것은 아니라서, 그곳에도 꾸준한 투자를 해야만 했다.

인부들을 투입하고, 광산에 주기적으로 나타나는 몬스터들을 퇴치한다.

그 이후에 나타나는 몬스터들의 처리는 길드 퀘스트로 다른 이들에게 부여할 수도 있어 꽤나 인기가 높은 편이었다.

중앙 대륙의 각 길드들이 번영과 경쟁으로 충돌할 때에 로자임 왕국의 길드들은 아직 갓난아기와도 같았다.

막 걸음마를 뗀 상태!

왕국에서 시작한 유저들이 그리 많지 않다 보니 길드의 규모도 작았다.

광산을 발견해도 그곳을 차지하는 퀘스트를 받기에는 아직 국가 공적치가 높지 않았다.

돈도 별로 없고 가난한 로자임 왕국의 길드들에게 왕의 무덤을 만들라는 위드의 의뢰는 가뭄의 단비와도 같았다.

"적극 협조하겠습니다."

"맡겨만 주세요."

위드는 각 길드에 일을 부여하기 전에 검치에게 귓속말을 보냈다.

> ─저기, 이카 길드에서도 왔는데, 노동을 시켜도 괜찮겠습니까?
> ─……

이카 길드는 검치들을 죽인 적이 있었다.

검치에게서는 한동안 대답이 없었다. 그러다가 돌아온 대답은 뜻밖의 것이었다.

> ─일을 시켜 줘라.
> ─돌려보내는 편이 낫지 않을까요?

다른 이들이었다면 검치의 아량에 탄복을 금치 못했으리라.

자신들을 죽인 적들.

그들에게 관용과 포용의 정신을 보여 준다.

이것은 정말로 쉽지 않은 일이다. 하지만 위드는 검치에 대
해 잘 알고 있었다.

'얼마나 복수심이 사무쳤으면…….'

다른 이의 손을 빌리지 않는다.

복수는 오직 자신이 직접 해야만 성이 풀리는 것이었다.

위드는 각 길드에 골고루 일을 부여했다.

로자임 왕국 길드들의 조직적인 힘을 빌려서 무덤 건축 작업
은 순조롭게 진행되었다.

넓은 사각형의 형상으로 쌓여 올라가는 무덤.

그런데 한 층 한 층 석재들이 쌓일 때마다 조금씩 면적이 줄
어들었다.

상부로 올라갈수록 점점 작아지는 것이었다.

"아! 이것은…….'"

그때쯤에는 작업을 하는 사람들이나 석재를 나르는 사람들
이나 모두 무엇이 만들어지는지를 알아차리게 되었다.

"피라미드다!"

"왕의 피라미드를 만드는 거야."

한때는 과학 기술로 설명할 수조차 없던 건축물.

그 피라미드가 이곳에 세워지고 있었다.

다만 고대의 신비와 전설로 불리던 그 피라미드는 아니었다.

내부적인 구조는 훨씬 단순하다.

위드가 참고할 만한 건축물이 거의 없었기 때문이다.

조각술이야 외관만 보고 펼치면 되는 것이기 때문에 일단 대충 따라 할 수 있지만 피라미드의 내부에 대해선 거의 지식이 없었다.

'대체 어떻게 생겨 먹은 거야.'

위드는 머리를 쥐어짜 내도 피라미드의 내부를 따라 하지 못했다. 그러므로 복잡한 미로 형식의 통로나 초자연적인 신비들은 없었다.

물론 피라미드 내부의 지도를 구할 수 없는 건 아니다. 인터넷 상에서 고고학 자료 등을 통해서 얼마든지 검색할 수 있었다.

하지만 그렇게 복잡한 미로처럼 만들면 한정 없이 일이 커지고 만다.

그래서 위드는 필살기를 발휘했다.

그가 본 가장 살기 좋았던 장소.

어릴 때 부모님이 돌아가시기 전에 잠시 살았던 아파트를 떠올린 것이다.

30평형 아파트!

외관은 피라미드인데 내부는 더도 말고 덜도 말고 정확히 30 평짜리 아파트였다. 그것도 아주 단조롭게 방 3개에 욕실 2개 짜리 대한민국 기본형 아파트.

물론 베란다 확장 등은 전혀 하지 않았다.

  실제로는 기겁할 수밖에 없는 일이지만 아무튼 피라미드의 건축은 그렇게 순조롭게 진행되었다.

  내부가 워낙 단순하기에, 안쪽의 공간과 통로를 놔두고 주변을 석재로 쌓는 작업이었다.

  그러면서 방들과 욕실들은 미술품으로 장식을 해 두었다.

  물론 만들 때 페일 들이 물어보긴 했다.

  "그런데 피라미드 안에 욕실이 왜 필요한 거죠?"

  "……."

  "물도 안 나오는데……."

  "……."

  "시체가 목욕도 하나요?"

  "크흠! 위대한 예술가는 발상부터 다른 법입니다. 다빈치의 생각을 일반인들이 어떻게 헤아릴 수 있겠습니까? 이유를 따지기 전에 먼저 그 흐름과 본질을 보아야만 하는 법입니다."

  "그러면 아예 욕조도 만들죠."

  "……."

  피라미드의 내부에는 관이 있는 방, 미술품들을 놓을 수 있는 거실과 방 2개를 만들어 놓았다.

  미술품들은 물론 마판이 급히 달려와서 대신 저렴하게 구입해 줬다.

  피라미드를 건축하는 데에 지금까지 든 돈은 풀죽 값으로 든 단돈 1,600골드. 유노동 무임금 원칙을 철저하게 적용한 악덕 기업주 위드가 아니라면 아무도 뽑을 수 없는 견적서였다.

그런데 미술품들을 구입해서 꾸미는 비용만 4만 9,700골드가 들었다.

이것마저 아끼려고 들면 얼마든지 절약할 수 있겠지만, 성공적으로 왕의 무덤을 만들어 주기 위해서는 아끼는 것만이 능사가 아니라는 판단에서였다.

'잘못하면 실패할 수도 있으니까.'

어떤 몬스터를 잡으라는 의뢰라면 다시 시도하면 된다. 그러나 이번 퀘스트가 실패했을 경우에는 엄청난 타격이 아닐 수 없었으니 위드도 진지하게 최선을 다했다.

최고급 양탄자를 구입해서 무덤 안에 깔고 벽에는 그림들을 걸었다. 물론 위드가 직접 조각한 조각품들도 몇 개 자리를 잡고 있었다.

그렇지만 피라미드만 덩그렇게 있어서는 모양이 안 난다!

석재들이 쌓여 가면서 점점 형태를 갖추어 가는 피라미드지만 꼭 무언가가 빠진 듯 허전한 마음이 들었다.

크기는 거대해도 웅장한 면이 부족하였다.

세라보그 성 근처에 뜬금없이 피라미드가 만들어지니까 훌륭한 왕의 무덤이라는 느낌이 안 나는 것이었다.

왕의 무덤 하면 위세가 남달라야 하는데, 단순한 무덤만으로는 부족하다.

이곳이 왕의 무덤임을 알릴 수 있는 상징적인 물건. 그러면서도 무덤을 한결 돋보이게 하기 위한 무언가가 필요했다.

"아하! 그게 없었군."

위드는 피라미드 주변의 거대한 자연 암석에 달라붙었다.

규모가 큰 암석이 통째로 놓여 있었다.

아찔한 높이에서 줄에 몸을 의지하여 조각술을 펼쳐 본 경험은 있지만, 이번에는 바위를 대상으로 하는 것이었다.

얼음보다 훨씬 단단하기에 아주 까다로운 작업이 필요했다.

바위를 가르고, 때리고, 부수고!

대롱대롱 허공에 매달려서 정과 마나를 주입한 조각칼을 쓰기를 며칠째.

바위로 초대형 조각상을 만드는 것이지만 그 자체는 복잡하지 않고 굉장히 단순했다.

유려한 선이나 세밀한 조각술 따위는 없다!

평평한 면과 크기로 압도하는 조각상!

머리는 현왕 시오데른을 형상화하고 몸통은 사자의 그것으로 이루어진, 단순하지만 큰 조각상이었다.

단 하나의 바위로 이루어진 괴물 조각상.

　…현왕 시오데른은 몬스터의 끊임없는 침략을 받는 변방 국가인 로자임 왕국을 일으켰다. 숙적 브렌트 왕국과의 전쟁에서 이기고 또 이기면서 군대를 양성하고, 번영의 토대를 닦았다.

국왕이 제 입으로 자랑했던 내용들.

위드는 그 내용들을 하나하나 떠올렸다.

조각술을 펼칠 때에는 그저 그 형상만을 조각해서는 안 된다. 외관도 중요하지만, 조각사가 그 조각물에 갖는 느낌이나 형태가 그대로 드러나기 때문이었다.

감정은 때로는 위대한 힘을 발휘한다.

훌륭한 음악가가 만든 노래에는 그 음악가의 감정이 실려 세상에 퍼지게 된다. 그 음악은 사람을 울리게도 웃기게도 할 수 있다.

작가의 글이나 미술가의 그림이나, 어떤 것도 감정이 없이는 이루어지지 않는다.

현왕 시오데른은 자신이 살아온 인생을 말했다. 위드는 그 내용들을 잊지 않고 있었다.

혹시나 퀘스트를 주는 줄 알고 유심히 들은 내용이 지금 아주 유용하게 쓰이고 있었다.

대상을 이해하는 것!

이 재능이야말로 조각사의 일차적인 필수 요건이라고 할 수 있었다.

'사자의 몸에서는 날렵하면서도 중후한 느낌이 난다. 만수의 제왕. 조금은 게으르지만 좌중을 압도할 수 있는 기운. 가만히 서 있을 때는 모르지만 일단 움직이기 시작하면 그 네발에는 어느 것도 감당할 수 없는 숨은 힘이 깃들어 있다. 그 사자가 아이들을 지키듯이, 그렇게 로자임 왕국의 수호신이 되려고 할 것이다.'

현왕 시오데른과 사자.

사자처럼 살아온 왕을 위한 조각상은 마지막 자신의 휴식처가 될 피라미드를 내려다보는 모습으로 조각이 되었다.

마지막으로 위압적인 눈의 조각을 마치는 순간.

띠링!

중급 조각술 스킬의 레벨이 9로 상승했습니다. 조각술이 한층 더 섬세해지고 세밀해집니다.

중급 손재주 스킬의 레벨이 10이 되어 고급 손재주 스킬로 변화합니다. 도구나 손을 이용한 공격력이 증가하며, 다양한 분야에 걸쳐서 혁신적인 재주를 부릴 수 있습니다. 손과 관련된 특화 기술을 획득하실 수 있습니다. 손바닥이나 주먹을 이용한 공격 스킬들을 직업의 여부와 관련 없이 익히실 수 있습니다.

스킬, 마인드 핸드를 획득하였습니다.

명성이 630 올랐습니다.

예술 스탯이 16 상승하였습니다.

인내가 12 상승하였습니다.

지구력이 6 상승하였습니다.

사자 괴물상의 소유권은 위드 님에게 있습니다. 향후 사자 괴물상에 생명을 부여할 수 있다면 그는 위드 님에게 충성을 바치게 될 것입니다.

명작 조각품을 만든 대가로 전 스탯이 1씩 추가로 상승합니다.

호칭! 뛰어난 손재주를 가진 장인을 획득하였습니다. 손재주를 궁극의 길까지 끌어올리려는 자! 마술과도 같은 손재주를 가진 이에게 붙는 영예로운 호칭. 최고의 1인에게만 수여된다.

위드는 사자 상의 얼굴 부위에 대롱대롱 매달려서 큰 웃음을 터트렸다.

"우흐흐흐!"

어느새 버릇처럼 바뀌어 버린 썩은 미소.

본래 예술가들이나 명인들을 볼 때에 일반인들이 제일 감탄하게 되는 것이 뭔가!

그것은 그 사람의 손재주였다.

일반인으로서는 상상할 수도 없는 복잡하면서도 기기묘묘한 손놀림!

'드디어 고급이 되었구나!'

그리고 마인드 핸드.

고급 손재주가 되면서 얻은 스킬인 만큼 남달리 좋을 것을 믿었다.

위드는 획득한 기술을 바로 확인해 보았다.

"스킬 확인. 마인드 핸드!"

마인드 핸드
전설에 나오는 장인의 손. 마음의 힘으로 세 번째 손을 사용할 수 있다. 세 번째 손으로 물건을 들거나 적을 공격하는 것이 가능하다. 중복 스킬 시전과 마음의 손으로 스킬을 사용하는 것은 불가능함.
초당 마나 소모 2.

약간의 마나 소모를 감수한다면, 두 팔이 아니라 세 팔을 사용할 수 있다는 것이었다.

조각칼이나 정과 같은 조각 도구를 사용하여야 할 뿐만 아니라, 줄에 매달려서 작업할 때도 있는 위드에게는 상당히 좋은 기술이다.

더군다나 전투를 하면서도 쓸 수 있다지 않은가.

'활용하기에 따라서 가치가 크겠군.'

조각사란 직업은 정말 적성에 맞거나 아니면 끊임없는 도전과 발굴 정신으로 난관을 극복해야 한다.

훌륭한 조각품을 만들었을 때에 보너스로 받는 스탯은 위드에게 이루 말할 수 없는 기쁨을 안겨 주었다.

조각사로서 순수하게 강해지기 위해서는 이런 스탯을 조금씩 쌓아 나가는 것이 중요했다.

다만, 대단한 걸작들을 마구잡이로 만든다고 해서 비약적으로 강해지진 않는다.

조각품을 완성해서 얻는 스탯들은 대체로 지구력이나 인내, 예술 같은 것이었다. 전투에 직접적으로 도움이 되는 힘, 민첩, 지혜, 지식 등의 스탯이 아니다.

힘이나 민첩 등은 명작을 만들 때에 한해서 1씩만 올라간다.

그렇기에 아무리 놀라운 조각품들을 만들더라도 보조적인 도움을 줄 뿐이었다.

⋆⁺₊⋆ ☀ ⋆⁺₊⋆

위드가 사자 상의 머리 부분에 매달려 있을 때에, 피라미드를 쌓던 이들과 주변에 모여 있는 군중은 경악을 금치 못했다.

자연 암석 위에서 열심히 조각술을 펼치는 위드!

며칠간 내려오지도 않고 식사도 암석 위에서 해결하면서 조각술을 펼친다.

워낙에 거대한 바위인 탓에 하루 사이에 큰 변화는 없었다. 그런데 조금씩 얼굴 비슷한 형체가 생겨나고, 상체와 어깨 등이 만들어지더니, 이제는 멋진 사자 상이 완성된 것이다.

그리고 완성된 사자 상은 은은한 광채를 내뿜었다.

위엄과 힘!

로자임 왕국의 상징!

그러면서 사자 상을 본 이들에게 다양한 효과를 부여해 주었다.

"체력이 늘었어!"

"나는 생명력이……."

"스탯들을 확인해 봐!"

사람들은 저마다 정보 창을 띄워 보고 큰 충격을 받았다.

지금까지 타인의 능력치를 올려 주는 것은 성직자나 샤먼, 혹은 바드처럼 몇몇 직종에 국한되어 있는 줄로만 알았다.

그런데 조각사도 능력치를 올려 주는 것이 가능했다.

그들 중에는 조각사의 역할에 대해서 알고 있는 이들도 있었지만, 사자 상이 주는 놀라운 효과 앞에서는 충격에 휩싸이고 말았다.

"모든 스탯이 늘어나다니……."

"마법 저항력까지 올려 주잖아!"

"하루! 하루 동안 스탯을 올려 준다니 이건 엄청난 효과다. 앞으로 모든 사냥 팀들은 이 사자 상을 먼저 방문해야 할 것 같아."

"조각사라니, 이런 의미가 있었구나."

사자 상을 보며 조각사에 대해서 다시금 인식을 바꾸게 된 사람들이 많았다.

'조각사를 필히 1명쯤 알아 두어야겠다!'

하지만 정작 본인들이 조각사로 전직할 생각은 꿈에도 하지 않았다.

너무나도 잘 보고 또 겪어 보기도 했기 때문이다.

노가다 직업인 조각사로만큼은 절대로 전직할 생각이 없고, 조각사와 친해질 생각만을 가지게 된 것이다.

그러면서 지금까지 별로 알려져 있지 않던 정보들도 흘러나왔다.

"사자의 포효! 이건 투지를 크게 상승시켜 주는군."

"투지가 무슨 쓸모가 있다고……."

"몰랐어? 사실 본인의 레벨보다 더 강한 몬스터를 잡을 때에는 위축이 되어서 실력을 제대로 보여 주지 못하는 경우가 많은 편이야. 그런데 투지가 높으면 더 강한 몬스터와 싸우더라도 본 실력을 제대로 발휘할 수가 있어."

레벨이 낮은 이들이 팀을 이루어서 강한 몬스터를 잡는다.

이게 말처럼 쉽게 되지 않는 이유는 투지 스탯 덕분이었다. 투지 스탯이 없거나 낮으면 강한 몬스터에게 제대로 맥을 못 춘다.

약한 이들이 아무리 많이 모이더라도 사냥이 어려운 이유가 이것이었다.

그런데 투지 스탯을 꾸준히 올려놓으면 아주 강한 몬스터를 만나더라도 주눅 들지 않고 싸울 수 있었다. 물론 그렇다고 더 강한 몬스터를 이길 수 있다는 소리는 아니지만 말이다.

군중은 조각술이 보여 주는 효과에 잔뜩 매료되었고, 그때부터 각 길드의 메시지 창은 대화들로 가득했다.

― 길드 마스터님, 굉장한 직업을 발견했습니다.

― 조각사라는 게 별 의미 없는 쓰레기 직종이 아니었습니다.

이에 각 길드에서는 위드를 포섭하기 위한 작전을 세웠다.

하지만 위드는 그대로 사자 상에 매달린 채 감격에 겨워 할 뿐이었다.

중급 조각술 스킬 9레벨!

그리고 고급 손재주 스킬!

뛰어난 손재주를 가진 장인이라는 호칭은 그냥 주어지는 게 아니다.

본래 호칭이라는 것은 '어떤 퀘스트를 수행한 자', 혹은 '어떤 몬스터를 잡은 이'라고 붙는 경우가 대부분이었다.

그렇지만 생산 스킬과 관련된 호칭은 조금 다르다.

제일 뛰어난 사람에게만 부여되는 호칭은 그 분야에 있어서 1인자라는 뜻이었다.

고급 손재주를 최초로 터득한 자!

뛰어난 손재주를 가진 장인.

그것은 곧 현재 손재주에서 최정점에 이른 사람이 위드라는 이야기였다.

⁂

페일의 소개로 메이런은 일행과 인사를 나눌 수 있었다.

"안녕하세요! 메이런이라고 해요. 직업은 레인저고, 지금은 페일 님의 여자 친구가 되었답니다."

"반가워요."

수르카와 이리엔, 로뮤나는 활짝 웃으며 새로운 동료를 반겨 주었다.

한때 페일은 로뮤나를 좋아했다. 어릴 적부터 소꿉친구였던 그녀를 떠날 수가 없었던 것이다.

그러다가 메이런을 만나 진정한 사랑을 깨달았다.

사랑을 알게 된 남자는 어딘가 믿음직스럽고 여유로워 보이는 법. 로뮤나 들은 그 사실을 먼저 눈치채고, 그 사람을 소개해 주기만 기다리고 있었던 것이다.

"우리가 서로를 알게 된 건 짧은 시간이지만 아주 좋아하고 있습니다."

"정말 페일 님을 만나서 다행이라고 생각해요."

페일과 메이런은 따뜻한 눈빛을 나누었다.

연인들만의 교감이었다.

그런데 갑자기 수르카가 메이런의 얼굴을 뚫어져라 바라보더니 놀라는 것이었다.

"앗! 그런데 혹시 저 어디선가 본 적이 있지 않으세요?"

"그러고 보니 나도 본 사람 같은데……."

"응. 나도야. 무척 자주 본 얼굴 같은데… 미묘하게 다르긴 하지만."

이리엔이나 로뮤나도 갑자기 메이런을 보면서 이상하게 여기는 것이었다.

분명히 처음 만나는 것인데도 자주 본 것처럼 익숙했다.

페일도 고개를 갸웃했다.

"실은 나도 처음 만났을 때부터 왠지 낯익은 듯하기는 했는데……."

메이런은 잠시 머뭇거리다가 결심을 내리고서 말했다.

"혹시 로열 로드와 관련된 프로그램 좋아하세요?"

"네? 아! 그러고 보니……."

"맞아요. 제가 신혜민입니다."

메이런이 현실에서의 정체를 밝히자, 일행은 경악을 금치 못했다.

"미안해요. 일부러 숨기려고 한 건 아니었는데, 굳이 밝히고 싶지 않았어요. 아무래도 선입견을 갖고 보실 것 같아서……."

메이린이 주저리주저리 변명을 늘어놓았지만, 일행은 그녀의 말에는 전혀 관심을 기울이지 않았다.

"이런 곳에서 로열 로드의 진행자를 만나게 되네. 무지 신기하다."

"프로그램 진행자도 진짜 로열 로드를 하는구나."

"그런데 화면에서 보던 것과 얼굴이 좀 다르네."

"그러게. 처음에 딱 보고서는 못 알아봤잖아."

"바보. 텔레비전에서는 화장발이랑 조명발이 있잖아."

"아! 그렇구나. 그래도 무지 예뻐요, 언니!"

"고, 고맙습니다."

프로그램 진행자와 연예인은 조금 다르다. 방송국 소속의 아나운서와 비슷한 개념이었다.

"프로그램을 진행하다 보면 일반인들이 알 수 없는 극비 정보들도 입수하고 그러나요?"

"꼭 그렇지는 않아요. 저는 진행자라서, 대체로 방송에 나오는 것들에 대해서만 조금 더 자세히 아는 편이에요."

"아이템이나 장비 같은 것도 선물로 받고 그래요?"

"가끔 보내오는 분들이 있긴 한데, 자주 있는 일은 아니에요."

"와! 그래도 부럽다. 그런데 우리 페일이 어디가 그렇게 마음에 들었어요?"

"그냥 딱 만나는 순간에 내 남자라는 느낌이 왔거든요."

그러다가 로뮤나가 갑자기 물었다.

"근데 프로그램 진행자가 이렇게 놀고만 있어도 돼요?"

"아! 실은 취재를 하기는 해야 하지만……."

"취재라면…… 역시 피라미드요? 제가 위드 님한테 말해서 독점 인터뷰라도 시켜 드릴까요?"

"아니에요. 역시 인터뷰는 포기할래요."

메이런은 환하게 웃었다.

"페일 님과 친해진 건 어떤 대가를 바라고 한 게 아니잖아요."

"메이런 님……."

메이런이 웃으며 한 말에 페일은 크게 감동했다.

"그렇게 쳐다보지 마세요. 당연한 일인데요. 업무적으로 만나 인터뷰를 하면 그 보상으로 소정의 정보료를 지급하는데, 그러면 위드 님한테도 기분 나쁜 일이 될 수 있잖아요."

"……."

그 순간 페일과 수르카 들은 메이런이 무언가 큰 착각을 하고 있다는 것을 알았다.

'꼭 그렇지도 않을 텐데…….'

'위드 님에 대해서 전혀 모르시는구나.'

그날 이후로 많은 길드들이 위드에게 사람을 보내왔다.

그들은 저마다 자신들의 세력을 자랑한 뒤 힘을 합치자는 이야기를 늘어놓았다.

"우리는 로자임 왕국의 최대 길드입니다. 규모나 재정 면에서 우리 길드를 따라올 수 있는 곳이 없죠. 우리들과 함께하시면, 절대 손해 보실 일은 없을 겁니다."

"만드시는 조각품마다 합당한 가격으로 구입해 드릴 뿐만 아니라, 매일 일정 액수의 일급을 지급해 드리도록 하겠습니다. 사냥을 원한다면 사냥 파티에 소속시켜 드리고, 아이템도 지급해 드리죠."

"좁은 변방의 왕국을 떠나 중앙 대륙으로 오지 않으시겠습니까? 지금까지 많은 제의를 받으셨겠지만, 그들보다 좋은 대우를 보장하겠습니다."

조각사를 완전히 무시하면서, 레벨 200까지는 책임지고 키워 준다는 것이었다.

보통 생산 직업의 레벨이 낮은 걸 감안하여 한 제안이겠지만, 현재 위드의 레벨은 그보다 높았다.

그 외의 조건들도 여럿 달려 있었다. 만든 조각품은 자신들의 길드에만 판매하도록 하며, 임대해 준 아이템은 반드시 다시 반납해야 한다는 것이었다.

아이템을 팔아서 먹고사는 위드에게는 그다지 가치 있는 제안은 아니었다.

레어 급, 혹은 유니크 급의 아이템을 빌려 준다고 해도 사냥 외에는 쓸모가 없는 것.

위드가 다니는 사냥터는 극히 위험한 곳들이다. 언제 잃어버릴지도 모르는데, 그런 부담 가는 물건을 받을 수는 없었다.

"여러분들이 바라는 일을 해 줄 수는 없을 것 같습니다."

위드는 각 길드의 모든 제안들을 거절했다.

조건이 좋다는 것은 그만큼 바라는 것도 많다는 뜻.

사냥 파티에 끼기 위해서 좋은 조각품들을 만들어서 바치는 일은 할 수 없었다. 차라리 이번에 크게 명성을 날린 이후, 만들어 낸 조각품을 적당한 가치의 아이템과 교환하는 편이 나으리라.

처음에는 어떻게 해서든 위드를 포섭하고 싶어 했지만, 길드들은 곧 위드의 제안을 받아들이기로 했다.

사자 상을 만든 초기에는 각 길드들이 서로 위드를 모셔 가려고 아우성이었다. 위드의 조각품을 보고 놀라운 효과를 체험하고는 경쟁적으로 달려든 것이었다.

하지만 시간이 지나면서 길드들의 생각도 바뀌었다.

'어차피 조각상이다. 중복해서 능력치 증가가 적용되지도 않잖아.'

'제일 좋은 것 1개만 있으면 되는 것이 아닐까?'

'이 조각품은 너무 커서 우리들이 독점할 수도 없는 것이다. 다른 조각품들도 들고 다닐 만큼 크기가 작진 않을 것 같아. 휴대성에서 뒤떨어지겠군.'

'하루밖에 적용이 안 된다면, 매일 마을로 돌아와서 조각상을 볼 수도 없는 노릇.'

위드의 의견대로 따르기로 한 것은 조각사라는 직업에 대한 이해도가 생겼기 때문이었다.

조각사는 자유롭게 움직이면서 자신의 작품을 만들어야 한다. 어떤 길드에 속해서, 장인처럼 조각품들을 만들어서 배분하는 데에는 어울리지 않는 직업이었다.

초대형 사자 조각상이 완성되고 나서 얼마 지나지 않아 피라미드도 그 웅장한 거체를 드러내기 시작했다. 하지만 규모가 너무나도 커서 한동안은 더 작업을 해야 했다.

피라미드의 완성은 상층부로 갈수록 더욱 힘들어졌다.

높은 곳까지 석재를 들어 올릴 수가 없었다. 그렇기에 석재를 운반할 임시 비탈길을 만들었다.

피라미드의 높은 지역까지 흙과 모래로 비탈길을 만들고, 이를 통해서 석재를 운반하는 방식이었다.

술의 위력

검치들은 이름을 바꾸는 것을 심각하게 고민했다.

"벌써 한 달도 넘게 헤매고 있습니다."

"우리, 길치로 이름을 바꾸는 게 어떨까요?"

게임이라고는 접해 본 적이 없는 무식한 초보들!

어느 정도 로열 로드에 익숙해졌다고 여겼지만, 그것은 완전한 착각이었다.

동네에서야 어느 정도 먹혔지만, 로자임 왕국의 남부 미개척지대를 돌아다니다 보니 길을 헤매기 일쑤였다.

그러던 차에 위드가 로자임 왕국으로 돌아왔다는 소식을 접하게 되었다.

검치의 눈이 차갑게 빛났다.

"드디어 나의 제자를 만나게 되는구나."

"사제를 어서 보고 싶습니다. 스승님."

검치들은 일치단결했다.

"어서 사제를 만나러 가자!"

그들은 세라보그 성으로 돌아오기 위한 긴 여정을 떠났다.

"이쪽인 것 같습니다, 스승님!"

"여기로 가면 금방 도착할 것 같은데요."

"어라? 여긴 아까 왔던 장소…….."

위드가 로자임 왕국에 막 도착했을 무렵에 출발한 검치들은 로자임 왕국을 헤매고 헤맨 끝에 마침내 세라보그 성으로 돌아올 수 있었다.

세라보그 성의 옆에는 전에 보이지 않던 피라미드가 세워지고 있었다.

땀을 뻘뻘 흘리며 노역을 하고 있는 사람들이 보였다.

검사십구치는 그들을 보며 웃었다.

"힘은 저렇게 쓰는 게 아니지!"

검이백십육치도 웃었다.

"곡괭이질을 저렇게 해서야…… 저게 다 기술이야, 기술!"

"못도 하나 못 박을 것처럼 비실비실해 가지고."

"우리들이 나서자."

"우와아아!"

퀘스트의 보상에 완전히 눈이 먼 검치들!

검치들은 웃통을 벗어부친 뒤 바로 석재들을 나르고 삽질을 개시했다.

지금까지 피라미드 건축에 동원된 이들 가운데에는 검치들보다 레벨이 높고, 힘과 민첩 등의 스탯이 월등한 이들도 많았다.

그러나 어느 누구도 검치들의 삽질에는 당해 내지를 못했다.

"삽질은 힘이 아니라 요령이라니까."

"암! 초짜들은 괜히 일만 키우는 거지."

"여긴 우리한테 맡겨."

⚜

위드와 페일, 수르카, 이리엔, 로뮤나 그리고 새롭게 합류한 메이런은 한가로운 시간을 보내고 있었다.

라비아스 이후로 오랜만에 재회를 하는 것인데, 당시엔 위드가 병사들에 의해 끌려가다시피 하여 회포를 채 풀지도 못하였다.

피라미드 제작이 어느 정도 궤도에 오른 이제야 가벼운 환담을 나눌 수 있었다.

위드가 직접 만든 김치전에 레모네이드.

언뜻 생각하면 잘 어울리지 않는 식단이지만 페일과 수르카들은 게 눈 감추듯이 먹어 치웠다.

접시를 내놓기가 무섭게 여기저기서 손들이 뻗어 나와 김치전을 찢어 입으로 가져가는 것이었다.

김치전이 담긴 접시가 텅 비는 건 그야말로 순식간이었다.

위드는 푸근하게 웃으며 말했다.

"더 드릴까요?"

"네."

"10인분 더!"

메이런은 손가락까지 쪽쪽 빨며 외쳤다.

페일이 놀라고 수르카 들이 돌아보았지만 그녀는 웃으며 말했다.

"여기서는 아무리 먹어도 살이 안 찌잖아요. 그러니까 맘껏 먹을래요. 체중 관리하는 게 얼마나 힘든데요. 그나저나 위드 님은 참 대단하네요. 스킬만이 아니라 요리까지 이렇게 잘하시니 여자들한테 사랑받겠어요."

"원래 위드 님의 요리는 알아주었죠. 우리들한테도 맛있는 걸 많이 해 줬어요, 메이런 님."

"아이참, 페일 님도……."

페일과 메이런은 은근히 주위의 소름을 돋게 만들었다.

'사람 그렇게 안 봤는데…….'

페일의 착 까는 음성과 느끼한 말들.

거기에 호응하듯이 콧소리를 내는 메이런까지, 완벽한 바퀴벌레 커플의 탄생이었다.

"에휴, 지긋지긋해."

"매일 저렇다니깐."

김치전을 배불리 먹은 일행은 자리에서 탁탁 털고 일어났다.

잘 먹고 잘 쉬었다.

오랜만에 만난 그들이 결국 할 일은 사냥밖에 없었던 것이다.

은근히 폐인인 그들은 위드가 피라미드를 만들고 사자 상을 조각할 때를 이용해 열심히 레벨을 올렸다. 그동안 뒤처진 것을 따라잡기 위해서 매일 피를 볼 정도였다.

그런 노력으로 일행은 5개 정도의 레벨을 올려서 이제 레벨이 제일 낮은 이리엔도 225가 되었다.

페일이나 수르카 들은 조금 더 높은 238 정도였다. 위드와는 겨우 20 레벨 정도밖에 차이가 나지 않는 것이다.

페일이 자조적으로 중얼거린다.

"그동안 코피를 다섯 번이나 흘렸습니다."

"전 일곱 번요."

수르카가 말했고, 이리엔이 받아쳤다.

"전 아침마다 현기증이……."

그러나 역시 결정타는 성직자인 이리엔이었다.

"전 아예 코를 막고 다녀요! 그리고 전철 안에서도 사람들이 막 고블린으로 보이더라니까요. 현실이랑 구분이 잘 안 가는 거 있죠."

"……."

위드와 일행은 어처구니없다는 듯이 이리엔을 봤다.

'뭐, 그래도 상관없겠지. 성직자니까.'

권사인 수르카라면 바로 주먹을 날릴지도 모르지만, 이리엔이라서 그나마 다행이었다.

그리고 사실 이리엔이나 페일 들은 단기간에 너무 사냥에 집중한 나머지 잠시 혼란이 왔을 뿐이다. 본인들의 과장도 상당히 심했고 말이다.

아무럼 위드만큼 거의 1년간 4시간 미만으로 자면서 로열 로드에만 빠져 있는 경우는 흔치 않으니까.

그럼에도 위드는 로열 로드에 대해서는 부작용을 느끼지 못하고 있었다.

'환기도 안 되는 먼지투성이의 골방에서 1년 내내 옷감 염색

하고 인형 눈 붙이는 작업을 하는 것보다는 백배 낫지.'

그때를 생각하면 지금도 끔찍했다.

먼지가 너무 많아 숨을 쉬어도 쉬는 것 같지 않고, 염색약들은 왜 그렇게 독한지 없던 피부병이 생길 정도였다.

결국 병원에 입원해서 치료비로 더 많은 돈이 나가고 말았었다.

'무슨 일을 하든 몸을 축내서는 안 돼.'

로열 로드에 전념하는 시간만큼 운동도 했다.

잠을 잘 때에는 언제나 머릿속으로 생각했다.

'나는 잘 잘 수 있다. 나는 푹 잘 것이다. 나는 딱 4시간만 자고 일어난다. 나는 행복한 꿈을 꿀 것이…….'

의미 없는 중얼거림 같지만 자기 자신에게 거는 주문이었다.

이러한 주문은 의외로 효과가 컸다.

편안한 수면을 취할 수 있기에 심리적인 안정이 된다.

더군다나 아이템도 적당히 팔리고 있었다.

아직은 적금도 제때 내고 있고, 위험한 빚 독촉을 받지 않아도 된다.

열심히 일한 만큼 돈을 벌 수 있다는 사실만으로도 행복한 위드였다.

친한 이들, 안심하고 등을 맡길 수 있는 동료들과 함께 사냥을 나서려는 위드!

그때 그들이 있는 곳으로 다가오는 다섯 사람이 있었다.

검치들이었다.

"우리도 끼워 다오."

검치를 비롯하여 검둘치, 검삼치 등은 피라미드 제작에 끼어들지 못했다. 체면이 있지 수련생들과 삽질이나 한다는 것은 있을 수 없는 일인 것이다.

그들은 자연히 위드를 찾아왔다.

마침 위드는 사냥을 가려고 하지 않는가!

"우리들도 데려가 다오."

"다들 한몫씩은 할 수 있을 거다."

무예인으로 전직한 검치들!

다른 수련생들은 레벨이 아직 180 정도에서 머물고 있지만, 검치와 4명의 사범들은 레벨이 200을 넘었다. 모든 걸 제쳐 두고 사냥에만 집중하고 있는 탓에 레벨 업 속도가 매우 빨랐던 것이다.

최근에는 퀘스트도 하게 되었다지만 복잡한 퀘스트는 사절이었다. 누굴 잡아오라거나 아니면 누구와 싸우라는 단순한 퀘스트만 할 뿐이었다.

모든 종류의 무기를 다룰 수 있으며 최강의 공격력을 가진 무예인들.

"좋습니다. 같이 가시죠."

위드로서도 그들의 동참은 대환영이었다.

로열 로드에서는 아무나 동료로 받아들일 수 없었다.

마우스 클릭만 하면 되는 단순한 게임이 아니기 때문이었다.

어떻게 몸을 움직이느냐. 어떤 방식으로 전투를 하느냐.

실제로 잘 싸우는 사람이 로열 로드에서도 전투를 잘한다.

이것은 어쩔 수 없는 일이었다. 머리 좋은 사람이 게임 속에서도 현명한 판단을 할 수 있는 것처럼, 감각이나 운동 신경, 전투 경험도 중요한 요소가 된다.

그렇기 때문에 전투를 못하는 이들은 심한 경우에 짐짝 취급을 받기도 했다.

대다수는 시작부터 잘하는 사람은 없기에 차차 여기저기서 전투 경험을 쌓으면서 적응을 하지만, 그렇더라도 어떤 동료를 받아들이느냐는 매우 중요했다.

그런데 검치들 5명이라면 더할 나위 없이 최고였던 것이다.

검치, 검둘치, 검삼치, 검사치, 검오치!

검의 달인들인 만큼 전투 능력은 믿을 수 있다.

아울러 무예인들이 어떻게 싸우는지도 볼 수 있고 말이다.

위드와 페일 등의 일행, 거기에 검치들까지 섞인 대인원.

그들은 말을 빌려 타고 이동을 했다. 걸어서 움직이기에는 사냥터까지의 거리가 너무 멀었다.

위드는 로자임 왕국에 대해 해박한 페일을 믿고 길 안내를 맡기고 있었다.

"우리가 가는 곳은 어디죠?"

"조금 거리는 있습니다. 말을 타고 2시간 정도?"

걸어서가 아니라 말을 타고도 그 정도의 시간이 걸린다면 사실 만만한 거리는 아니었다.

"우리가 갈 곳은 헌트리스의 계곡인데요, 레벨 280 정도의 헌트리스들이 두셋씩 무리를 지어서 나옵니다. 좀 위험한 곳이죠. 저희들도 위치만 알아 놓았을 뿐 직접 가 보는 건 처음입니다."

페일의 말에 위드는 헌트리스에 대한 정보를 떠올렸다.

헌트리스들은 여전사였다. 검이나 창, 혹은 채찍을 휘두르는 강인한 여전사들!

"그렇군요. 그곳의 지형은요?"

"계곡 안으로 들어가면 바로 사냥이 이루어집니다. 사실 헌트리스들은 묘한 습성이 있어서, 자신들의 영역에 침범한 사람을 바로 잡으려고 하지 않습니다. 그들은 우선 침입자를 가만히 지켜보다가 계곡의 깊은 곳으로 완전히 들어왔을 때에야 한 무리씩 나타납니다. 그러니까 헌트리스들을 전부 물리치기 전에는 살아서 나갈 수 없는 것이죠."

"다 죽거나 다 죽이거나 둘 중 하나로군요."

"예. 상당히 위험한 장소입니다."

위드는 페일의 설명을 들으면서 이동을 했다. 그리고 곧 그들은 헌트리스의 계곡에 도착했다.

"으…… 살벌해요."

수르카가 겁에 질릴 정도로 무시무시한 분위기가 흐른다.

몸에 착 달라붙는 검은색 가죽 옷을 입은 헌트리스들이 나무와 숲 사이에 숨어 있었다.

교묘히 위장을 하고 수풀 사이에 모습을 감추었지만, 위드 나 일행은 긴장한 상태였기 때문에 헌트리스들을 찾아볼 수 있었다.

"정말로 공격을 하지 않는군요."

"예. 좀 더 시간이 지나면 그때부터 공격할 겁니다. 완전한 포위망을 구축한 다음에요."

"만약에 외곽의 헌트리스들부터 사냥한다면?"

"그래도 소용없습니다. 헌트리스들을 보았다면 이미 포위망 이 구성되고 있는 것이니까요."

"전투를 준비해야겠군요."

위드는 자리에 주저앉았다. 그리고 각종 도구들을 꺼냈다.

숫돌과 넙적한 바위, 고급 천까지.

"위드 님, 뭐 하세요?"

이리엔의 질문에 위드는 조용히 손을 내밀었다.

"무기나 방어구들을 벗어 주십시오."

"네?"

"전투 전에 준비해야 할 게 있습니다."

"아, 맞다!"

일행은 위드가 대장장이나 재봉사 스킬을 중급까지 올린 것 을 알고 있기 때문에 서둘러 자신의 장비들을 벗어 주었다.

슥삭슥삭, 땅! 땅! 땅!

검을 갈고 방어구들을 닦고 옷을 다리는 위드!

메이런으로서는 신기하기만 한 일이었다. 그녀는 페일의 귓 가에 속삭였다.

"지금 위드 님이 뭘 하시는 거예요?"

그녀는 조각사와 함께 사냥을 한다고 했을 때에 당연히 친분 때문에 위드를 도와주는 것이라고 봤다.

아무래도 생산 직업은 약하다는 것이 공인된 사실이었으니까.

그런데 페일을 비롯해서 로뮤나나 이리엔 모두가 사냥을 하는 데 위드를 앞세우고 있었다.

위드의 의중을 가장 많이 살피고 위드의 결정을 따른다.

메이런은 방송 일을 하는 탓에 남달리 눈치가 빠를 수밖에 없는데, 지금 돌아가는 분위기에 헷갈려 하고 있었던 것이다.

그런데 설상가상으로 전투에 앞서서 해괴한 행동을 한다.

다림질과 검 갈기, 방어구 닦기!

페일은 웃으며 설명해 주었다.

"실은 위드 님이 중급 대장장이 스킬을 가지고 있거든요."

"에엑?"

메이런은 깜짝 놀랐다.

중급 대장장이가 된 사람은 대륙 전체를 뒤져도 그리 많은 숫자가 아니었다. 그런데 조각사가 중급 대장장이라니 믿을 수 없는 일이었다.

"이 정도로 놀라면 곤란하죠. 위드 님은 대장장이 스킬 외에도……."

그때 이미 위드는 다른 일행의 무기와 방어구 손질을 전부 마쳤다.

이제는 메이런 차례였다.

메이런은 머뭇거리다가 활을 건네주었다.

"호오! 좋은 활이군요."

위드는 메이런의 활을 살펴보고는 잠시 놀랐다.

유니크 아이템!

'이걸 팔면 못해도 천만 원은 받겠다.'

위드의 눈가에 어린 탐욕! 욕망!

이렇게 귀한 아이템을 구하기란 쉽지 않았다.

메이런은 심각하게 불안해졌지만, 위드는 묵묵히 시위를 조절하고 활 전체의 탄력을 손봤다.

그러고 나서 돌아온 활에 메이런은 놀라지 않을 수가 없었다.

하이엘프 베니스의 양손 활

불길한 까마귀를 쏘아 잡은 활.
시위는 엘프들의 머리카락으로 만들어져서 행운을 가져오는 힘이 있으며, 적의
정신력을 깎는다. 위대한 예술혼을 가진 장인이 직접 손을 보았다.
내구력: 40/40
공격력: 75
사정거리: 16
제한: 레벨 230. 민첩 700. 레인저 전용.
옵션: 힘 +10.
　　　민첩 +20.
　　　정확도 60.
　　　속사 스킬의 효과 +25%.
　　　속도가 느린 적에게 무조건 명중
　　　그 효과가 지속되는 한, 내구력 10. 공격력 9.
　　　힘 +20. 민첩 +15. 정확도 +16. 속사 스킬의 효과 +10%. 사정거리 5가
　　　추가로 늘어난다.

"와아!"

메이런은 몇 번이나 자신의 활이 맞는지를 살폈다.

위드가 약간 손을 봐 준 것뿐인데 거의 20% 정도씩 성능이 향상되었다.

"이게 중급 대장장이의 스킬······."

그녀의 활은 지인에게 선물받은 것으로, 나쁘지 않은 물건이었다. 내구력이 조금 낮은 것이 흠이지만, 활로 몬스터를 때릴 일이 없으니 단점은 아니었다.

본래 검이나 기타 무거운 병기들은 내구력이 더 높은 편이고, 활은 내구력이 낮은 편인 것이다.

"아직 놀라기에는 이르죠. 어서 옷도 드리세요."

"이건 천으로 된 방어구인데요?"

메이런은 의아해서 물었다.

대장장이는 철이나 광석으로 만들어진 물품들을 다룰 수 있다. 하지만 천으로 만든 방어구들은 재봉사만이 제대로 다룰 수 있었다.

천 방어구를 손질할 수 있는 재봉사는 대장장이보다 훨씬 희귀했다.

"괜찮아요."

페일의 말을 믿고 메이런은 그녀가 입고 있던 무지개 옷을 벗어 주었다.

장인의 무지개 천으로 만들어진 레어 옷.

7개의 화려한 색깔이 어딘가 익숙한 옷이었다.

바로 위드가 경매로 팔아 치웠던 옷이 이리저리 흘러서 메이런에게까지 오게 된 것이다.

다시 위드의 손을 거쳐서 돌아온 장비들은 완전히 달라져 있었다.

방어력 상승, 생명력 회복 속도 증가, 결빙 상태 빠르게 풀림 등! 온갖 효과가 다 붙어 있었던 것이다.

"말도 안 돼!"

메이런의 눈에 어린 불신의 빛!

위드는 이처럼 일행의 장비들을 전부 손봐 주었다.

공격력과 방어력, 내구력의 상승. 이것만으로도 전체적인 전력 상승이 이루어진 것이나 다름없다.

거기에 위드는 요리 도구들을 꺼냈다.

수르카가 가장 고대하고 있던 시간이었다.

"이번에는 스테이크를 만들어 보겠습니다."

"와아!"

좀 전에 먹어 치우고 나서도 다시 배가 고픈지 수르카는 환호성을 지른다.

음식은 맛도 좋지만 구경하는 데에도 재미가 있었다.

위드는 마법처럼 요리를 했다.

프라이팬에 고기를 굽는데 푸른 불길이 그 위를 덮었다.

빠르게 변화하며 자글자글 익어 가는 고기!

입맛을 돋우기에는 충분한 것이었다.

페일 등이 간절히 위드와 사냥을 하고 싶었던 이유가 바로 이런 것이었다.

'언제 봐도 화려해.'

'정말 예쁘다.'

이리엔과 로뮤나의 눈이 몽롱해졌다. 저렇게 맛있게 익어 가는 요리를 먹을 때의 기분이란 과연 어떨까. 얼마나 행복할까 하는 상상을 하면서 말이다. 하지만 이곳에는 검치들도 있었다.

"오오. 이런 좋은 냄새가……!"

"보리빵보다 백배는 맛있을 거 같습니다."

"하지만 저희들에게도 먹을 기회가 올까요?"

검치들은 침만 꿀꺽 삼켰다.

"먼저 드세요."

"저희들은 위드 님이 해 준 요리를 자주 먹었거든요."

착한 이리엔과 로뮤나는 음식을 양보했다.

위드가 계속 만들어 줄 테니 우선권을 넘긴 것이었다. 그러나 그것은 검치들을 너무 얕잡아 본 것이었다.

"정말 맛있다."

"아! 고급 요리라는 게 이런 맛이었군."

검치들은 지겹게 보리빵만 먹고 살아온 것에 대한 분풀이라도 하듯이 고기를 먹어 치웠다.

처음에는 제대로 된 스테이크를 만들려고 했는데, 나중에는 워낙 빨리 먹어 치워서 그냥 고기를 통째로 구워야만 했다.

"더 빨리!"

"좀 덜 익었어도 괜찮으니 어서 다오."

검삼치는 익지 않은 고기까지도 탐을 낸다.

완전히 거지 떼가 따로 없었다.

결국 위드가 준비해 온 고기들은 전부 검치들의 입 속으로 들어가 버리고 말았다. 하지만 그걸로 끝이 난 게 아니었다.

아직도 무언가 허전한지, 검치는 계속해서 입맛을 쩍쩍 다시고 있었던 것이다.

"위드야."

"예."

"네 요리 솜씨가 아주 좋구나."

"별로 내세울 건 아닙니다만, 배고프시면 언제든지 대접해 드리겠습니다."

그런데 검치는 헛기침을 하더니 말했다.

"흠흠! 요리는 이만하면 됐다. 다만… 맛있는 요리를 너무 많이 먹었더니 목이 칼칼해서 말이다."

"세라보그 성을 떠나기 전에 물을 담아 왔습니다. 드릴까요?"

위드는 수통을 꺼내 세라보그 성의 분수대에서 담아 온 물을 주려고 했다. 그런데 검치는 손을 저어 이를 만류하는 것이었다.

"그 뜻이 아니라……."

"그러면 무엇을…… 혹시 술 말씀이십니까?"

눈치 빠른 위드가 묻자 검치는 은근슬쩍 딴청을 피웠다.

"뭐 꼭 그런 건 아니지만…… 있느냐?"

"이런, 진작 말씀을 하시지요."

위드에게는 배낭 깊숙이 숨겨 둔 술들이 있었다.

여러 약초들을 배합하면서 시험 삼아 만든 약초주!

뿌리 깊은 포도나무에 열린 신선한 포도로 만든 포도주!

그 외에 양조주나 증류주도 다양하게 가지고 있었다.

요리 스킬이 중급이 되면서 얻은 술 제조 스킬. 그 기술을 썩

히지 않고 활용하고 있었던 것이다.

약초를 주울 때마다, 그리고 포도나 과일들을 구입해서 술을 만들었다.

음식이란 식사만으로 끝나지 않는다. 적절한 반주 한 잔을 걸칠 때에 그 위력이 극대화되는 법!

술은 음식의 효과를 배가시켜 줄 뿐만 아니라 자체적으로도 체력이나 힘이 많이 늘게 해 주었다.

음식들은 재료만 있으면 곧바로 할 수 있지만 술은 미리 담가 놓아야 하니, 전투에 도움이 되고자 하는 용도로 종류별로 10병씩이나 만들어 놓았던 것이다.

"여기 술이 있습니다. 그리고 이것은 안주로……."

위드는 곧바로 배낭에 손을 넣어서 술 한 병을 꺼냈다. 안주로는 미리 준비한 육포를 주었다.

"고맙다, 제자야."

기대하지 않은 안주까지 받아 든 검치는 만족한 얼굴로 술을 마시기 시작했다. 그런데 이번에는 검둘치가 다가왔다.

"흠흠, 실은 나도 목이 좀 마르구나."

"예, 그러지 않아도 드리려는 참이었습니다."

위드는 재빨리 배낭에서 술을 꺼내서 검둘치에게 건네었다. 검삼치와 검사치, 검오치 들에게는 말을 하기도 전에 직접 갖다 주었다.

기왕에 줄 것이라면 호감 가는 얼굴로, 웃으면서 주는 것이 점수를 따는 길이었다.

원래 전투가 벌어지기 전에 술을 먹일 작정이기도 했다. 무예인의 화려한 전투 능력을 십분 끌어내기 위해서라도!

'이들이 잘 싸워 주는 만큼 사냥이 쉬워진다. 경험치를 모으기 위해서라도 이분들의 활약이 중요해.'

위드는 페일 등에게도 술을 한 잔씩 따라 주었다.

"정말 마셔도 되는 건가요?"

"그렇습니다. 마시면 체력과 생명력, 힘이 조금 늘어날 겁니다."

일행은 가볍게 한 잔씩을 마셨다. 그러자 위드의 말대로 각 능력치들이 늘어났다.

메이런은 혼란에 빠졌다.

'이게 무슨…… 이런 사냥 파티는 본 적이 없어.'

그녀는 직업의 특성상 여러 사람들과 사냥을 해 봤다. 아주 유명한 레벨 높은 기사들도 많았다. 대규모 길드에 속해서 온갖 능력치 향상 마법을 몸에 주렁주렁 걸어 보기도 했다.

그런데 이 파티는 대체 뭔가!

생산직 캐릭터가 쓸 수 있는 파티 능력 향상 방법들을 모두 걸고 사냥을 하려는 것이 아닌가!

이것들은 바드나 성직자, 샤먼 등이 걸 수 있는 버핑과 중복되어 사용이 가능하고, 그 자체의 능력치 향상도 굉장한 수준이었다.

정말 특이한 파티 구성이었다.

메이런은 열심히 술을 따라 주는 위드를 주의 깊게 관찰했다.

"위드야."

"네."

"어떤 술들이 있는지, 다른 것도 맛 좀 보자꾸나."

"그건……."

위드는 거절을 하려고 했다.

애써 담근 술들은 그의 보물이나 다름이 없었던 것.

그런데 검치가 처량한 얼굴을 하는 것이었다.

"그저 맛만 보자는 건데…… 안 되겠느냐?"

꼭 술을 달라고 했으면 차라리 거절하기가 쉬웠을 텐데, 이처럼 서글픈 표정을 보니 차마 거절하기가 힘들었다.

그때 검둘치와 검삼치 들이 검치를 말렸다.

"스승님, 이러시면 안 됩니다."

"위드도 열심히 담근 술이지 않습니까."

"그래도 맛만 보자는 건데……."

"우리들은 레벨도 낮습니다. 그러니 사냥에 끼워 준 것만 해도 고맙게 여겨야지요."

검둘치와 검삼치는 분명 말리고 있었지만, 그들이 던지는 자조적인 말들은 위드로 하여금 술을 내놓지 않을 수 없게 만들었다.

"그러면 맛만 보십시오."

위드는 배낭에서 여러 가지 술들을 꺼냈다.

투명하게 맑은 술에서부터 시작해서 진한 포돗빛, 호박색, 검은색, 연한 푸른색 등 다양한 술들이 나왔다.

어떤 큰 술병에는 뱀이 똬리를 틀고 있었다.

"오! 이것은 뱀술!"

검치들은 대번에 뱀술을 따서 마셨다.

"스테미너가 대폭 증가한다!"

"목구멍을 통해서 화끈한 기운이 내려간다!"

"이건 정말 최고의 술이구나!"

뱀술이 줄어들 때마다 위드는 안타까움에 가슴을 쳤다. 그러는 사이에도 검치들은 무서운 속도로 술을 퍼마셨다.

평소의 위드라면 술을 만든 재료비 때문에 울상을 짓고 전전긍긍했으리라.

그러나 위드는 검치들이 술을 마시는 걸 보면서도 마음의 여유가 있었다.

'이런 술의 재료값이라고 해 봐야 몇 푼이나 된다고…….'

대다수는 직접 구한 재료들.

포도 열매 등도 사실 재료값은 얼마 되지 않았다. 뱀은 직접 잡은 것이고 약초도 직접 캔 것이었다.

잡화점에서 개당 1실버에 병을 산 정도가 재료비의 절반 이상을 차지했다.

그 병들은 다시 회수해서 새로운 술을 담글 수 있으니 소모된 재료값은 얼마 안 된다.

곳간에서 인정 난다는 말이 있듯이 큰돈을 벌어들인 위드가 눈곱만큼 아량을 베푸는 것이었다.

위드가 현재 가진 돈은 7만 골드 정도의 거금. 걸을 때마다 묵직한 돈주머니가 찰랑거린다.

이 돈의 대부분은 피라미드를 건설하면서 벌어들인 돈이었다.

자고로 공사판이란 게 다 그렇다.

공사비 과다 책정과 무한 하도급! 그리고 각종 비용 착취 및 싸구려 자재 사용!

미성년자일 당시에 불법 노가다 판을 전전하면서 아저씨들에게 배운 지식을 최대한 활용했다.

총 공사 비용 10만 골드!

그중에 무려 6만 골드 정도를 챙긴 것이다.

'써먹지 않은 지식은 죽은 지식이지.'

위드는 회심의 미소를 지었다.

그러는 사이에 처음의 약속은 어디로 간 것인지, 검치들은 뱀술을 깨끗이 비운 이후 다른 술들로 손을 뻗쳤다.

"어허, 좋구나!"

"스승님, 이 술도 정말 맛있습니다."

"입에 아주 제대로 달라붙는구나."

아무도 검치들을 저지하지 못했다.

현실에서도 온몸이 흉기인 그들은 로열 로드에서도 위압감이 보통이 아니었다. 외모나 눈빛에서 뿌려지는 살벌함에, 페일 들은 감히 저지하지 못했다.

실상 검치들이 얼마나 엉뚱한 짓을 저지르는지는 알고 있었지만, 차마 나서서 말릴 수가 없었던 것이다.

"딸꾹, 기분 참 조오타아."

"스승님, 오늘따라 멋져 보이십니다. 그런데 언제 두 분으로 늘어나셨습니까아?"

"녀석, 너는 넷으로 늘어나지 않았느냐!"

"하하하하하!"

검치들은 호탕하게 웃었다. 그러면서 페일에게도 술을 권했다.

"남자가 한 잔 정도는 할 줄 알아야지."

"한 잔은 이미 했는데요."

"그럼 두 잔! 내가 있고 술이 있으니 이 세상이 어찌 아름답지 않으랴!"

페일은 사양하려고 했지만, 계속 술을 권하는 검치 때문에 어쩔 수 없이 한 잔을 받았다.

그러나 내심은 그도 술을 원하고 있었다.

위드가 빚어낸 술은 너무 달콤하고 맛있었던 것이다.

검치들은 이리엔, 로뮤나, 메이런 들에게도 술을 권했다.

"자, 다들 한 잔씩 하자고."

"고맙습니다. 이제 좀 친해지는 것 같아요."

"암, 암! 함께 술을 마시는 것만큼 친분을 두텁게 만드는 것도 없는 법이지."

다 함께 화기애애하게 술을 마시는 일행.

"로뮤나 양이라고 했던가? 참 활달하니 예쁘네."

"검치 님들, 고맙습니다아."

"메이런 양, 자네는 얼굴이 왜 그렇게 뽀얗지?"

"어머! 고마워요. 검치 어르신들, 제 잔도 받으세요."

한 잔이 두 잔 되고, 두 잔이 석 잔 되는 건 그야말로 순식간이었다.

여인들의 볼에 홍조가 오르고, 검치들의 얼굴은 이미 붉게 달아오르고 있었다.

위드는 불안했다.

특히 모라타 지방에서 혹독한 경험을 겪은 위드의 경우에는 일행의 저러한 행동이 남다르게 다가왔다.

'설마…… 아닐 거야. 그것만은!'

그러나 운명은 언제나 위드를 가혹하게 사지로 내몰았다.

일행이 술을 마시면서 뜬 메시지 창!

> 파티원들이 지나친 음주로 고주망태가 되었습니다.
> 생명력이 70% 하락합니다. 힘과 민첩성이 절반으로 줄어듭니다. 지혜와 지식, 마나를 아예 사용할 수 없습니다. 취기가 다 가실 때까지 어지러움이 느껴지고 환각 효과가 발생합니다.
> 만취한 파티원: 검치, 검둘치, 검삼치, 검사치, 검오치, 페일, 수르카, 이리엔, 로뮤나, 메이런.

헌트리스의 계곡까지 일부러 찾아왔는데, 함께 사냥을 해야 할 동료들이 시원하게 술을 퍼마시고 해롱거리는 것이 아닌가.

"아, 별이 보인다."

"무지 신기하네요."

"으하하! 이렇게 좋은 계곡에 와서 술을 마시니 이게 바로 사는 기쁨이 아니겠는가!"

그러면서 검치와 페일 들은 아예 땅바닥에 드러누워 버렸다.

위드는 멍하니 그들을 바라보았다.

무예인인 그들, 전투에 특화된 그들과 함께 사냥을 하며 레벨을 마구 올리겠다는 꿈은 그저 꿈으로 끝난 듯싶었다.

그리고 때마침 나타난 헌트리스 둘.

"침입자들인가? 여긴 우리들의 구역! 살아 돌아가지 못할 것이다!"

위드는 크게 한숨을 내쉬었다.

일행이 전부 술에 취한 상태였지만 그렇다고 위드가 좌절한
것은 아니었다.

"콜 데스 나이트!"

데스 나이트 소환!

언제나 전투에서 믿을 수 있는 데스 나이트.

"주인, 불렀는가?"

"헌트리스를 공격해. 즐거운 사냥 시간이다."

"알겠다, 주인! 그보다도 한 가지 알려줄 것이 있다."

"뭐지?"

"우리는 오랜 시간 함께했다. 그대의 친화력 덕분에 지독한
마성에 빠져 있던 나는 반 호크로서의 전생을 기억해 낼 수 있
었다. 충성스러운 기사 반 호크는 칼라모르 제국의 기사였다.
하지만 더 이상 제국으로 돌아갈 수 없게 된 나는 주인을 인정
한다. 앞으로는 목걸이가 없어도 주인의 부름에 응답하겠다."

바르칸이 만든 붉은 생명의 목걸이!

이 목걸이가 없더라도 데스 나이트를 부릴 수 있게 된 것이
었다.

붉은 생명의 목걸이는 어느새 완전한 흰빛으로 변해 있었다.

"잠깐만, 그러면 이제 붉은 생명의 목걸이를 굳이 착용하지
않아도 된다는 말인가? 그러면 내 경험치는?"

데스 나이트를 소환할 수 있다는 점 외에는 옵션도 능력치도 별다를 게 없는 목걸이를 벗을 수 있었다.

　사실 목걸이야 벗으나, 안 벗으나 그리 큰 차이는 없다. 반지처럼 목걸이 액세서리 또한 매우 귀한 것이기에 아주 좋은 옵션의 아이템을 구하기란 그야말로 하늘의 별 따기였던 것이다.

　제대로 된 목걸이는 수천만 원에도 팔릴 정도로 값이 나갔으니, 직접 구하지 않는 한 웬만한 옵션의 목걸이를 착용한다는 것은 그야말로 꿈만 같은 일.

　그러나 위드에게 더 중요한 것은 빈대처럼 달라붙어 있는 데스 나이트에게 분배되는 경험치였다.

　어떤 상태에서든 20%씩 빼앗아 가는 경험치!

　데스 나이트는 호쾌하게 대답했다.

　"목걸이가 없더라도 나를 부를 수 있다. 나는 주인을 아무런 대가 없이 인정하기로 했다."

　경험치의 분배가 끝났다.

　위드는 이제부터 그야말로 자유로워진 것이다!

　데스 나이트는 시커먼 연기가 뿜어 나오는 동공으로 헌트리스들을 보았다.

　"저 헌트리스들을 죽이면 되는가?"

　"그래, 공격해."

　위드의 명령이 떨어지자마자 데스 나이트는 헌트리스에게 스킬을 날렸다.

　"데스 블레이드!"

　시커먼 검의 기운이 작렬하면서 큰 폭발이 일었다.

하지만 헌트리스들은 꽤나 레벨이 높은 몬스터였기에 데스 나이트의 스킬 한 번에 죽거나 하진 않았다.

위드는 외쳤다.

"성스러운 가호!"

아가사의 검에서 흰빛이 뿜어 나와 위드를 뒤덮었다.

하루에 다섯 번밖에 사용할 수 없지만 방어력만큼은 확실히 상승시켜 주는 스킬!

"조각 검술!"

위드는 조각 검술을 이용하며 약간의 부상을 입은 헌트리스들에게 다가갔다.

"어리석은 사내!"

"우리 여전사들의 힘을 보여 주겠어!"

헌트리스들이 들고 있던 채찍을 날카롭게 휘두르자, 그 끝이 마치 뱀처럼 꿈틀거리며 다가온다.

위드는 검을 앞으로 쭉 내밀었다.

파라라락!

채찍이 검에 마구 감겨들었다.

헌트리스와의 힘 싸움.

그런데 위드의 손목이 부드럽게 움직이자, 검이 그 안에서 살아 있는 생명체처럼 팽그르르 돌았다. 거의 마술과도 같은 장면이었다.

순식간에 채찍을 전부 풀어낸 위드는 헌트리스의 정면으로 다가가서 검을 내려찍었다.

위드의 검은 그대로 헌트리스의 정수리를 향해 떨어졌다.

치명적인 일격이 터졌습니다!

그것을 시작으로 위드는 헌트리스의 곁에 붙어서 떨어지지 않았다.

채찍은 일정한 거리를 두고 있을 때에 제일 큰 위력을 발휘한다.

그런데 바로 지척이라고 할 수 있는 거리에서 검을 휘두르니 헌트리스가 당해 내질 못하는 모습이었다.

가까이 붙어 있는 적을 향해 휘둘리는 어설픈 채찍은, 성스러운 가호와 남다른 방어력을 가진 위드에게 치명상을 입히지 못했다.

위드는 한 손에는 아가사의 검을, 다른 손에는 자하브의 소검을 꺼내서 열심히 헌트리스를 베었다.

이윽고 헌트리스의 출혈량이 많아지더니 바닥에 눕고 말았다.

경험치를 습득하였습니다.

일부러 빈틈을 노출시키고 그것을 해소하면서 적을 공략하는 방법!

전투에 아주 익숙하지 않다면 불가능한 동작이었다.

그사이에 데스 나이트도 1명의 헌트리스를 해치웠다.

"휴! 제법 무난하게 잡았군. 수고했다, 데스 나이트."

"아니다, 주인. 나는 전투를 좋아한다."

데스 나이트는 순종적으로 대답했다.

하기야 바스라 마굴에서 조금 거만을 떨다가 죽도록 얻어맞

앉으니 위드의 거지 같은 성질을 감안해서라도 정신을 차리지 않을 수가 없었다.

이처럼 데스 나이트의 도움을 받아 헌트리스 둘을 힘겹게 처치한 위드가 막 아이템을 주우려고 할 때였다.

곧바로 그다음 헌트리스들이 출현했다.

이곳은 헌트리스의 계곡이었다.

완전히 빠져나가기 전까지는 끝없이 적이 나타나는 장소였던 것이다.

겨우 살아남는가 싶으면 곧바로 새로운 적들이 나타난다.

그에 비해서 일행은 모두 술에 취해 곯아떨어져 있었다.

믿을 건 데스 나이트와 위드 자신뿐!

'그래도 30분 내로는 일어나겠지.'

조금만 버티면 될 것 같았다.

그러자면 데스 나이트의 생명력이 떨어져서 역소환되는 일이 벌어져선 곤란했다.

"데스 나이트, 앞으로는 무조건 1마리씩만 맡아라! 나머지는 내가 책임진다."

"알았다, 주인."

위드는 그때부터 데스 나이트와 합격술을 펼쳤다.

데스 나이트는 그저 적과 싸울 뿐이지만, 위드는 그의 동작과 위치를 파악하면서 전투에 이용했다.

때로는 싸울 공간을 열어 주기도 하고, 일부러 약간의 부상 정도는 감수하면서 데스 나이트 앞에 있는 헌트리스가 공격 기회를 갖게 만들었다.

가히 전투에 대한 천부적인 재능이 없으면 불가능한 일이었다.

죽을 고생을 다해서 싸우는 위드!

헌트리스들은 창으로 찌르고 대검으로 내려친다.

그럴 때마다 위드는 최소한의 피해로, 그리고 마나 소모 없이 헌트리스들과 싸웠다.

땅바닥도 구르며 자존심도 챙기지 않았다.

때로는 생명력이 10 이하로 떨어지는 바람에 헌트리스들을 데스 나이트에게 맡기고 근처로 도망치기도 했다.

"헉헉!"

거의 눈에 보이지 않을 정도로 빠른 속도로 감는 붕대였다. 붕대가 감길 때마다 생명력 하락 속도가 느리게 바뀌고, 약초들까지 먹자 생명력이 소폭 올랐다.

그때에는 데스 나이트가 역소환되기 직전이었다.

위드는 다시 헌트리스와 전투를 벌여야 했다.

조각품을 만들 때마다 확실하게 올라가는 지구력!

이것은 전투에 즉각적인 도움은 되지 않더라도, 오랫동안 싸워도 지치지 않게 만들어 준다.

스킬 사용은 최소로!

그럼에도 마침내 위드의 체력이 다 떨어져서 검을 들기도 힘들어졌다.

그야말로 최대의 한계까지 몰아붙여진 것이었다.

그런데 이것으로도 모자랐다.

헌트리스들이 죽자마자 또 다른 적들이 나타난다.

마침내 위드의 마나는 물론이고 데스 나이트의 마나까지도 전부 떨어지고 말았다. 갈수록 위험천만한 상황이 벌어지자 위드는 결국 비장의 수단을 꺼냈다.

"정말 나도 이것만큼은 쓰고 싶지 않았는데……."

위드의 품에서 양념 통 같은 것들이 여러 개 나왔다.

이것이야말로 요리사가 가진 회심의 비기!

"상처 난 데에는 소금! 덧난 데에는 간장! 고춧가루와 마늘즙도 듬뿍 넣어 주마!"

잔인한 위드는 헌트리스의 상처 부위에 사정없이 소금을 뿌리는 것이었다.

찢어지고 피난 데에는 소금!

깊게 파인 상처에는 간장!

눈과 입에는 각종 젓갈들!

"끄아아악!"

"제, 제발 소금만은……."

"눈에, 눈에 고춧가루가 들어갔어!"

헌트리스들은 신음을 흘리며 괴로워했다. 그러면서 생명력이 빠르게 줄어들었다.

상처 부위에 소금을 뿌리면 쓰라리고 아프다! 말로 할 수 없을 정도의 고통이 찾아온다.

이것은 가히 위드가 아니라면 절대로 할 수 없는 잔인한 기술이었다.

음식 재료가 들어가기 때문에 잘 쓰지 않았지만, 극악한 고통으로 적의 정신을 붕괴시킬 수 있고, 많은 데미지를 줄 수 있는 기술이었다.

단 이것은 그냥 뿌려서는 효과가 없고 먼저 상처를 입혀 놔야 하기 때문에 약간의 제약도 존재했다.

"소금, 소금, 후추! 풋고추 간 것, 마늘장아찌!"

위드는 스킬 대신에 음식 재료들을 뿌리며 선전했다.

'여기서 이렇게 죽을 수는 없어.'

죽어서 하루 동안 접속이 안 되는 것쯤이야 두렵지 않지만, 숙련도가 떨어지기 때문에 필사적으로 싸우는 것이었다.

여러 중급 생산 스킬들의 숙련도가 5% 이상 떨어진다면 그 것은 레벨이 1~2개 하락한 것보다 훨씬 큰 손실이지 않던가.

위드는 그야말로 혼신의 힘을 다해서 살아남기 위해서 애써야 했다.

근처를 빙빙 돌다가 적을 유인하기도 하고, 최대한 지형지물을 이용해서 싸운다.

아주 위급한 순간에는 하루에 한 번밖에 쓸 수 없는 대신관의 축복도 사용했다.

성스러운 가호도 효력이 떨어질 때마다 썼기 때문에 하루 최대치인 다섯 번을 모두 쓸 수밖에 없었다.

적들의 눈치도 살피고, 조미료를 뿌리며 이리저리 구르기도 수차례!

위드가 죽을 고생을 하고 있을 때에 검치들과 페일, 수르카들은 실눈을 뜨고 그 광경을 지켜보았다.

― 위드 님은 정말 잘 싸우시네요.

― 역시 위드 님입니다. 어디에 내던져 놔도 쉽게 죽을 분이 아니에요.

― 바퀴벌레보다 더한 생존력이죠.

― 모든 사람이 저러면 성직자란 직업, 필요하지도 않을 것 같아요.

수르카나, 페일, 이리엔 들은 위드를 보며 부러움을 감추지 않았다.

어쩌면 저렇게 환상적으로 전투를 할 수 있을까.

그들도 사냥을 좋아하기에 지금 위드가 하는 전투가 얼마나 어려운지 알 수 있었다.

스킬에만 의존, 마나를 펑펑 낭비하면서 싸우는 건 쉽다. 하지만 기초적인 검술과 몸동작을 이용해서 전투를 치르는 건 굉장히 어려웠다.

게다가 그저 몸을 움직이는 것만으로도 스테미너가 하락하니, 헌트리스들과 연거푸 전투를 치르는 건 정말 대단한 일인 것이다.

메이런도 실눈을 뜨고 보고 있었다.

'세상에, 조각사가……!'

무슨 조각사가 저렇게 잘 싸운단 말인가.

데스 나이트를 소환했을 때부터 놀란 그녀였다.

소환사가 아닌 직업으로 데스 나이트를 소환한다는 것은 매우 대단한 아이템을 가지고 있다는 뜻이니까.

그 외에 헌트리스들과 온갖 묘수, 꼼수들을 동원해서 싸우는 위드를 보며 더더욱 경악하고 있는 메이런이었다.

― 제법인데.

　― 역시 스승님이 눈독을 들이신 아이답군요.

　검치와 검둘치는 냉정하게 위드의 움직임을 살폈다. 위드가 전투를 치르는 걸 보는 건 처음이었다.

　실제와는 조금 다르겠지만, 그래도 전투에 대한 임기응변은 최고 수준입니다.

　― 검도가 임기응변만으로 되는 건 아니지. 그렇더라도 어떤 형식에든 적응할 수 있고, 또 맞춰 간다는 건 쉽지가 않아.

　― 검에 대해 상당히 이해하고 있는 모습입니다. 기본기가 탄탄하지 않다면 저렇게 맞춰 가진 못해요.

　― 아직 쓸데없는 동작도 제법 있지만, 대체로 괜찮아 보이는군. 잘만 가르친다면 역시 강해지겠어.

　사실 검치들이 정신을 차린 것은 훨씬 오래전 일이었다.

　술을 마시고 취해 쓰러진 것.

　이 모든 게 검치가 세운 계획의 일환이었다.

　위드가 로열 로드에서 어떻게 싸우는지를 알고 싶었다. 진짜 적을 상대로 내뻗는 검이 어떤 모습인지를 두 눈으로 보고 싶었다.

　그 결과는 대단히 만족스러웠다.

　싸우기도 전에 포기해 버리거나, 아니면 궁리도 하지 않고 좌절한다면 적잖이 실망했을 터였다.

　검을 든다는 것은 그 검을 이용해서 적과 겨룬다는 뜻이다.

아무리 로열 로드가 가상현실 게임이라고 해도, 기본적인 투쟁심도 없이 스킬에만 의존해서 싸운다면 검을 아는 데에는 별 도움이 되지 않는다.

오히려 검을 익히는 데 저해되는 요소일 뿐이었다.

위드가 싸우는 것을 보고 있는 몇몇 사람들의 몸이 근질근질해졌다.

검삼치! 검사치! 검오치!

스승의 전투를 보면 너무나도 높은 경지에 있기에 배울 점만 보였다. 그런데 여러 면으로 부족한 위드가 처절하게 싸우자 오히려 흥이 났다.

"혼자만 싸우게 놔둘 수는 없지!"

그들은 벌떡 일어나서 헌트리스를 향해 검을 휘둘렀다.

옆에서 다른 동료들도 일어났다.

"파이어 볼트!"

"데들리 샷!"

"데들리 샷!"

로뮤나가 화염 마법을 시전하고, 페일과 메이런이 동시에 동일한 스킬로 헌트리스에게 화살을 날렸다.

커플은 이러한 때에도 자신들의 존재를 과시하고 있는 것이었다.

"성령의 힘이여, 여기 고통받는 이를 구원해 주세요. 치료의 손길! 지친 육신에 활력이 생겨나라. 리커버리! 사악한 악에 맞서 싸우는 그의 힘이 최고조로 이르도록 해 주세요. 블레스!"

이리엔이 회복과 축복 마법을 써 줬다.

그때부터가 본격적인 사냥의 개시였다.

오랜만에 만난 일행은 과거와는 확연히 달라져 있었다.

헌트리스들은 등장과 동시에 우선 페일과 메이런의 화살 공격부터 받아야 했다.

더 가까이 다가오면 로뮤나의 화염 마법이!

수르카도 다부진 주먹으로 헌트리스들을 때렸다.

무예인들인 검치들은 말할 필요도 없는 노릇!

"오, 불타오르는구나!"

"경험치가 올라간다!"

검치들의 막강한 공격력!

그리고 이리엔과 로뮤나, 수르카, 페일, 메이런의 조화!

위드의 뒷받침. 데스 나이트의 원조.

이런 것들이 합쳐져서 최고의 전력을 발휘하고 있었다.

성적표

학교에서 공부를 마친 이혜연은 집에 가기 위해 빨리 걸었다.

버스를 탄다면야 시간이 더욱 단축될 것이다.

그렇지만 그러면 버스비가 든다.

오빠인 이현을 닮아서 자린고비 정신이 투철한 그녀는, 버스는 정말 급할 때 이용해 주는 정도였다.

물론 그때마저도 중학생으로 행세했다.

중학생은 고등학생보다 요금이 200원 더 저렴했던 것이다.

그런데 가끔은 기사 아저씨가 이렇게 말하기도 했다.

"학생."

"왜요?"

"지금 입고 있는 옷이 대인 고등학교의 교복 아닌가?"

"오늘 언니 옷을 입고 나왔어요."

"언니 옷은 왜……?"

"고등학생 오빠들이랑 미팅 있거든요. 아저씨, 정말 시간이 없어서 그러는데 빨리 좀 가 주세요. 예?"

그러면서 이혜연은 무릎을 살짝 굽혀서 키를 작게 만들고, 보조개를 만들며 귀여운 척을 했다.

눈을 깜빡이는 일도 서슴지 않았다.

타고난 동안 덕분에 가능한 일이었다.

"흐음, 알았으니 앉게나."

"고맙습니다, 기사 아저씨."

기사 아저씨들은 은근슬쩍 넘어가 주기 일쑤였다.

이혜연은 그럴 때마다 살짝 미소를 지었다.

'여자라서 좋은 점이 많다니까.'

그런데 여자로 살려면 남자보다 훨씬 많은 물품들이 필요했다.

속옷들이나 화장품들.

이혜연은 그런 점에 있어서는 타고난 수완가였다.

남자들이 주는 선물로 모든 것을 해결했던 것이다.

남자들의 고민 상담이나, 혹은 자신의 친구들 중에서 괜찮은 애들끼리 다리를 놓아 주기만 해도 선물들이 들어온다.

그런 처세술 덕분에 이혜연의 용돈은 꾸준히 은행 통장으로 들어가고 있었다.

괜히 이현의 여동생이 아니었다.

"오늘이 도착할 날짜인데……."

서둘러 집에 온 이혜연은 우편함부터 열어 봤다.

드디어 며칠째 기다려 온 검정고시의 성적표가 왔다.

이현이 치른 시험의 결과물.

"드디어 왔구나."

이미 인터넷으로 결과를 확인했지만 이혜연은 다시금 성적표를 살폈다.

국어: 75점
사회: 90점
수학: 65점
과학: 55점
영어: 65점
도덕: 40점
총점: 390점
평균: 065점

총점 360점 이상, 그리고 40점 이하 과락을 면했으니 검정고시는 합격이었다.

"이제 오빠도 고등학교를 졸업한 셈이네."

이혜연은 눈물을 훔치며 웃을 수 있었다.

가슴을 답답하게 짓누르던 무언가가 사라진 기분이었다.

아침마다 학교에 가면서 이현에게 너무나도 미안했다.

이현이 어떻게 돈을 버는지를 알고 있었다.

그녀를 위해서 돈을 벌고 밥까지 차려 주는데, 그 밥을 먹으면서 몇 번이나 눈물을 흘려야 했다.

그녀는 서둘러 집 안으로 들어갔다.

할머니는 몸이 조금 좋아졌지만 아직은 방심할 수 없는 단계라 여전히 입원해 있었고, 그래서 집에는 이현과 그녀 단둘이었다.

하지만 이현은 아직 캡슐에서 나오지 않았을 것이다.

대개 그녀의 하교 시간에 맞춰서 나오지만, 그녀가 오늘 평소보다 훨씬 일찍 집에 돌아왔기 때문이다.

"자, 어서 청소나 하자!"

이혜연은 열심히 집을 쓸고 닦았다. 청소기를 돌리고 밀린 설거지를 하는 일도 잊지 않았다.

"아침에 먹었던 그릇들이 여전히 있네. 하기야 요즘 오빠는 다시 도장에 다니기 시작했으니까 더 피곤할 거야."

로열 로드를 준비하던 시기!

정확히 1년간 이현은 거의 폐인처럼 지냈다.

가상현실에 대한 복잡한 논문들을 찾아서 배우고, 로열 로드에 대한 정보를 모았다. 그러면서 육체를 단련하고 전투에 대한 감각을 익히는 것도 잊지 않았다.

그야말로 하루 24시간도 부족할 정도로 뛰어다녔다.

수면 시간은 3시간에서 4시간 정도였는데, 그러면서도 가족의 식사는 직접 챙겨 주었다.

처음 이현이 검술 도장에 다닐 때, 그녀는 얼마나 기분이 상했는지 모른다.

손은 물집투성이고 몸에는 자잘한 상처 자국들이 가득했다. 그러고는 탈진해 집에 와서는 죽은 듯이 잠만 잤던 것이다.

그때의 일을 떠올리는 것만으로도 이혜연은 우울해졌다. 하지만 나름대로 이혜연도 할 일이 있었다.

'어서 이걸 치우고 공부를 해야지.'

한국 대학교 입학.

언제부터인가 이혜연의 목표가 되고 말았다.

사실 처음부터 한국 대학교에 가고 싶었던 것은 아니다.

그렇게 좋은 학교가 아니라도 관심 있는 분야의 공부는 얼마든지 할 수 있을 테니까.

실내 디자인이 그녀가 원하는 분야였다.

그런데 이현은 그녀를 한국 대학교에 입학시키고 싶어 한다.

지금까지 희생해 준 오빠를 위해서라도 공부를 열심히 하지 않을 수 없었다.

그녀의 목표는 4년 전액 장학금!

단순히 입학만이 전부가 아니었다. 고등학교를 졸업한 다음부터는 장학금을 받고 과외를 해서 자신이 쓸 돈은 직접 벌 작정이었다.

이혜연은 스스로 지금 할 수 있는 최선이 무엇인지 알고 있었던 것이다.

"할머니, 오빠의 성적표가 도착했어요."

그날 이혜연은 결국 기쁨을 참지 못하고 병원으로 달려갔다. 할머니에게 소식을 전해 주기 위해서였다.

"정말로 현이가 검정고시에 합격했구나."

할머니는 초췌한 얼굴이었지만, 진심으로 기뻐했다.

"네, 그럼요! 여기 성적표를 보세요. 도덕만 빼고는 다 점수가 높은 편이에요."

"그렇구나. 우리 현이가 머리는 참 좋아."

듣기에 따라서는, '머리는 좋지만 인간성은 매우 나쁘다!' 그런 쪽으로 해석할 수도 있는 말이었다.

그렇지만 이현의 가족들은 그가 어떻게 살아왔는지를 알기에 인간성에 대해서는 전혀 의심을 하지 않았다.

할머니는 성적표를 살피고 또 살폈다.

"정말로 합격이구나. 내가 죽기 전에……."

"예? 무슨 말씀이세요. 이제 한참 저희들과 행복하게 사셔야지요."

이혜연은 할머니의 손을 꼭 붙잡았다.

✿

이현은 오전 시간마다 도장에 나가고 있었다.

육체를 단련하고 안현도에게서 검술을 사사하는 것이 그의 아침 일과였다.

"어서 오너라."

"검정고시 합격을 축하한다!"

이현이 도장에 갔을 때에는 안현도를 비롯하여 사범들과 수련생들이 전부 모여 있었다. 이현의 검정고시 합격을 기념해서 따로 자리를 마련한 것이었다.

"이제 국가 공인 고등학교 졸업생인가?"

"고졸이로군."

"나도 한때 중학교는 열심히 다녔는데……."

사범들의 부러움에 안현도는 의아해졌다.

"뭐냐, 너희들? 너희들은 고등학교도 안 나왔느냐?"

"예. 저희들은 검을 배우기 위해서 일찍 학교를 그만두었지 않습니까."

검의 외길 인생을 살아온 사범들!

안현도는 고개를 끄덕였다.

"그러니 단순하고 무식하다는 소리를 들어도 싸지."

"그런……."

사범들은 존경하는 스승의 말에 큰 상처를 받았다.

'우리는 그래도 중학교라도 나왔지.'

'자기는 초등학교도 안 나왔으면서…….'

안현도는 대외적으로 박사 학위를 가지고 있었다.

세계 유수의 명문 대학들이 그의 검도 실력을 인정하여 명예 박사 학위를 준 것이었다.

그러나 실제로 다닌 건 유치원뿐!

유치원 시절 다른 애들을 하도 두들겨 패서 잘린 전무후무한 기록을 가지고 있다.

'초등학교에 입학하는 날에는 동네 깡패들을 목검으로 두들겨 팼다고 하지, 아마……?'

'상대는 전치 16주가 나왔다던가? 무슨 7살짜리가 유치장에 갇히냐.'

'그래서 초등학교도 못 들어갔으면서.'

하지만 입 밖으로 소리 낸 사범은 아무도 없었다.

안현도는 이미 젊어서 검으로 일가를 이루었다. 그리고 어느 정도 시간이 흐르고 나서는 싸울 만한 상대가 없다며 명상을 하거나 바둑이나 두면서 지내 왔다.

정신 수양과 심신 단련을 위한 검, 천지와 조화되는 검을 추구했던 것이다.

　그러다가 로열 로드를 하면서 다시 검의 본래 모습으로 돌아오고 있었다.

　강한 자를 꺾는 검!

　힘이나 민첩 등이 현저하게 높은 몬스터들.

　몬스터들을 잡으면서 안현도는 더 강한 이와의 싸움을 하게 되었다.

　오랫동안 잊어 왔던 흥분을 다시 찾게 되었다.

　꿈에도 나올 만큼 짜릿한 일이었다.

　"그런데……."

　이현은 망설이다가 말했다.

　"제가 요즘 도장을 다니는 것을 알고 오늘 동생이 와서 구경하고 싶다고 하더군요. 괜찮겠습니까?"

　"그래? 그야 뭐, 안 될 것은 없다만……."

　안현도는 아무렇지도 않게 승낙했다.

　수련생 이상은 전문적으로 검술을 배우는 제자들이었다. 여러모로 재능이 있는 이들을 각지에서 데려와서 양성하고 있었다.

　하지만 도장에서는 일반인이나 어린 학생들도 검도를 배우고 있었다.

　"자, 그러면 연습하자. 연습!"

　짧은 축하를 뒤로하고, 정일훈을 비롯한 사범들은 수련생들을 세웠다.

　"오늘은 먼저 기본 훈련을 1시간 정도 하고, 그다음은 대련

달빛 조각사

이다."

"옛!"

오전의 기본 훈련.

수련생들은 빠르고 정확한 움직임으로 검을 휘둘렀다.

"그럼 전 동생을 데려오겠습니다."

"그렇게 해라."

이현은 잠시 뒤 여동생이 올 시간이 되자 도장 밖으로 나갔다.

휴대폰을 가지고 있지 않았기에 미리 약속 시간을 정한 것이
었다.

"오빠!"

오늘은 일요일이라서 학교에 가지 않기에, 이혜연은 사복
을 입고 있었다. 무릎을 살짝 덮는 치마와 짧은 머리카락이 바
람에 살랑거린다.

주변에는 여동생을 따라온 친구들도 있었다.

"안녕하세요."

"또 뵙네요. 축제 때에는 구경 잘했어요."

이혜연의 친구들!

이현은 머쓱하게 대답했다.

"어어, 그래."

"그럼 어서 들어가자, 오빠."

이현은 여동생과 여동생의 친구들을 데리고 도장 안으로 들
어갔다. 그러자 수련생들이 갑자기 웅성거리기 시작했다.

"어엇, 여자다!"

"고등학생이야."

"세상에, 여고생이 이곳을 찾아오다니……."

"예쁘다."

금녀의 구역이나 다름없는 도장에 여고생이 찾아왔다.

퍼버벅!

대련을 하던 이들의 검에 실린 힘이 갑자기 강해졌다.

수련생들 간에 혈투극이 벌어지려 하고 있었다.

⁂

이현은 지치도록 검술 수련을 받고 나서야 집으로 향했다.

물론 버스비가 아까워서 웬만하면 걷거나 가볍게 뛰었다.

달리기야말로 몸을 만들기에 가장 좋은 운동이다.

'고등학교 졸업이라…….'

이현의 입가에 살짝 미소가 맺혔다.

사실 졸업을 한 건 아니지만 이제 어디에서든 고등학교는 나왔다고 말할 수 있게 되었다.

'할머니가 많이 기뻐하시겠군. 그리고 혜연이도…….'

부모가 없는 이현으로서는 아무래도 이혜연이 많이 걱정되었다.

어릴 때부터 유난히 소심하고 겁이 많던 아이였다.

그런데 척박한 가정환경 때문에 조금 억세게 자랄 수밖에 없었다.

"언제까지 내가 부모 노릇을 대신할 수는 없어. 그날이 마지막이 되겠지."

이현의 꿈은 여동생이 번듯한 남자를 만나서 결혼식을 올리는 것!

신부가 입장할 때에는 아버지 대신 이현이 인도를 해 주어야 할 것이다.

어릴 때부터 지금까지 여동생을 돌봐 왔기에 부모의 역할을 하는 것은 익숙했다.

신랑에게 여동생을 맡기는 그때야말로 이현은 자유로워질 수 있으리라.

그 후의 삶에 대해서는 별로 생각을 해 보지 못하였다.

매달 살기가 팍팍하였고, 그럴 고민을 할 시간이 있다면 돈 한 푼이라도 더 벌기 위해 노력했다.

하지만 여동생이 대학을 나와서 결혼을 한다면 이현은 비로소 자신의 삶을 찾게 되는 것이었다.

'다만……'

이현은 씁쓸하게 웃었다.

여동생은 정말 괜찮은 남편을 만날 것이었다.

현재의 성적이라면 혜연은 한국 대학교를 무난히 입학할 수 있을 테고, 졸업해서 좋은 직장에 취직할 수도 있을 것이다. 조건이나 외모, 어떤 면에서도 꿀릴 것이 없었다.

그런데 이제 겨우 검정고시에 합격한 이현이 그 결혼식장에서 여동생을 인도한다면 참으로 부끄러운 일이 될 것이다.

'내가 오빠라는 사실이 미안해지는군.'

이현 자신이 가족이라는 사실이 여동생의 단점이 될까 봐 벌써부터 걱정이었다.

새마을 갱생 정신병원!

이현이 집으로 가는 길에 보이는 병원이었다.

으리으리한 외관 외에도 안에는 첨단 기자재들로 가득하다.

'예전에 저곳에서 진단을 받은 적이 있었지. 저런 곳의 의사라면 참 자랑스러울 텐데.'

⚜

정신분석학 박사 차은희는 내내 기분이 좋지 않았다.

그녀는 정서윤을 원래의 밝은 모습으로 돌려놓기 위해서 온갖 방법을 다 시도해 보았다. 로열 로드에 접속시킨 게 최후의 수단이었다.

가상현실은 상당한 심리적 안정감을 준다.

현실에서 이루지 못한 것들을 가상현실 속에서 이루면서 스트레스를 해소할 수도 있다. 현실과 비현실이 교차하면서, 현실에서 당했던 너무 큰 아픔도 조금쯤은 희미해질 수 있다.

차은희는 서윤이 정신적인 강박관념에서 탈출하기를 바랐던 것이다.

그래서 매일 서윤의 플레이 영상을 살폈다. 그녀의 심리 상태를 이해하기 위해서는 어떤 시험보다도, 그녀가 직접 판단하고 움직이는 영상을 볼 수 있는 로열 로드의 기록을 보는 것이 더 효과적이었다.

서윤이 로열 로드를 플레이한 영상은 모두 캡슐에 저장이 되었다. 개인 정보에 속하는 것이지만 차은희에게는 담당 의사로서 접근 권한이 있었다.

서윤은 사냥을 하기 시작했다.

"이대로라면 금방 고칠 수 있겠어!"

처음에 차은희는 매우 바람직한 현상이라고 보았다.

서윤의 병은 마음을 닫아걸어 놓은 것이었다.

웃지도 않고, 다른 이에게 먼저 말을 걸지도 않는다.

아예 말을 잊어버린 것처럼 다른 사람과 의사소통을 하려 들지 않았다.

그런데 사냥을 한다면 욕심이 생길 것이다.

좀 더 강해지고 싶고, 좀 더 좋은 아이템을 장만하고 싶은 욕구가 생기리라.

인간으로서 좀 더 가지려는 마음은 치료에 긍정적인 영향을 미칠 것으로 기대를 했던 것이다.

그런데 차은희의 기대는 얼마 되지 않아 산산조각 났다.

서윤은 사냥을 했다.

단지 사냥을 할 뿐이었다.

몬스터들이 우글거리는 곳으로 가서 전투를 한다.

광전사인 캐릭터답게 미치도록 싸운다.

어떤 이와도 이야기를 나누지 않는 건 로열 로드에서도 마찬가지였다.

'그나마 긍정적인 변화도 있었나?'

세라보그 성에서 생긴 교관과의 친분.

수련소에서 뜬금없이 친해진 교관이지만 반가운 인연이었다. 함께 음식을 먹고, 교관의 말을 들어주었을 뿐이지만 말이다.

그럼에도 다른 이와 어울렸다는 자체만으로 의미 있었다.

'비록 아주 단순한 반응밖에 이끌어 내지 못했지만 말이야.'

그 외에 몬스터와의 전투도 가끔 괜찮은 부분이 있었다.

혼자서 너무 오래 갇혀서 지내다 보면 스스로를 의심하고 폐쇄 현상을 일으킨다. 어린아이처럼 유치해지기도 하고 말도 안 되는 과대망상에 사로잡히기도 한다.

아직까지 서윤은 그러한 단계가 아니었다.

큰 아픔에서 온 단절이기에 그저 슬퍼하고 두려워하고 있다.

그런 슬픔을 이겨 내는 데에 전투는 나름대로 도움이 되었다.

"휴우, 그래도 아직 갈 길이 너무 멀어."

차은희는 큰 한숨을 내쉬었다.

세라보그 성에서 나온 후 서윤은 남부로 가서 정말로 끝도 없는 사냥을 반복하고 있었다.

'언제까지 그렇게 갇혀 지낼 거니.'

서윤은 그녀가 맡은 환자였지만, 그보다는 어릴 때부터 알고 지낸 동생이었다.

부모님들끼리의 친분으로 인해 자주 만날 기회가 있었고, 언니라고 부르면서 잘 따르던 소녀였다.

하지만 이제는 웃지도 않고 말도 하지 않는다.

차은희는 무슨 수를 써서라도 그녀를 정상으로 고쳐 놓고 싶었다.

"그런데 바란 마을에 서윤이의 동상이 왜 세워져 있을까?"

서윤은 눈치채지 못한 것 같지만, 은은하게 미소 짓고 있는 바란 마을의 수호신!

프레야 여신상은 바로 서윤의 얼굴을 기초로 한 것이었다.

미소 짓는 그녀의 아름다움은 차은희를 아찔하게 만들 정도였다.

⁂

로자임 왕국의 남부에서 전투를 반복하던 서윤은 점점 깊은 곳으로 들어갔다.

남부에도 유저들이 많아지면서, 사람들과 만나지 않기 위해 조금씩 더 안쪽으로 들어갈 수밖에 없었던 것이다.

블러드 레이번, 다크 헌터, 구울 로드 등과 전투를 치렀다.

그러나 그 남부 지역에도 조금씩 사람들이 늘어 가고 있었다.

아직은 서윤이 사냥을 하는 던전이나 필드의 근처에는 오지 않았지만, 사람들이 보이는 것만으로도 부담이었다.

'여기도 더 이상은 있을 수 없겠어.'

서윤은 남부를 떠나기로 했다.

중앙 대륙에서 시작한 그녀는 로자임 왕국, 그곳에서도 남부로 왔지만 더 먼 곳으로 갈 필요성을 느꼈다.

'동쪽으로…… 사람이 없는 곳으로.'

서윤은 장벽을 넘어 절망의 평원으로 향했다.

⁂

피라미드 제작은 인터넷을 뜨겁게 달군 주요 뉴스였다.

직접 제작에 참여한 이들로부터 입 소문이 퍼져 나가면서, 로열 로드를 플레이하는 사람들이라면 모르는 사람이 없게 되었다.

피라미드는 거의 실시간으로 인터넷에 공개되고 있을 정도였다.

그러면서 위드에게는 여러 취재 팀들이 찾아왔다.

피라미드의 건축에서부터 시작된 모든 과정을 담아서 방송하고 싶다는 것이었다.

그저 로자임 왕국에서 피라미드를 만들었다는 식의 짧은 소식만을 전할 수도 있다. 그러나 방송사들은 유저들의 노력에 의해서 직접 만들어지는 피라미드를 생생하게 보여 주고 싶어 했다.

최초의 시작은 막막함에서부터, 그리고 유저들이 모이고 의뢰를 받아들이면서 벌어지는 대역사!

참여한 유저들의 노력과 땀으로 완성된 피라미드였다.

뜨거운 감동을 화면에 담고 싶은 욕심이 있었다.

연예인들, 혹은 개그맨들을 섭외해서 동일한 피라미드를 만드는 프로그램을 꾸며도 인기가 좋을 것이다.

유명한 개그맨들이 생고생을 하면서 불가능한 도전을 마침내 이루어 내는 데에는 감동과 기쁨이 있으니까.

"100만 원 드리겠습니다."

"저희들만 방송할 수 있게 해 준다면 200만 원 드리겠습니다."

위드에겐 매일 여러 제의들이 들어왔다.

그러던 차에 큰손이 나타났다.

대한민국 교육부에서 피라미드와 관련된 아이디어로 학습 광고를 찍고 싶다는 것이었다.

계약금은 무려 700만 원!

"좋습니다."

위드는 제의를 받아들이기로 했다.

헌트리스의 계곡에서 벌어지는 사냥은 매일 박진감이 넘쳤다.

사실 워리어나 팔라딘 등이 없으므로 완벽한 파티 구성은 아니지만, 뛰어난 공격력으로 헌트리스들을 제압하면서 경험치를 모아 갔다.

그 덕분에 위드도 레벨 7개를 올려서 266을 만들었다.

검치들과 함께인 만큼 매우 빠른 레벨 업 속도였다.

위드는 사냥을 더 오래 하고 싶었지만 이때에는 드디어 피라미드의 상층부 제작이 끝났다.

그 순간만큼은 위드도 피라미드가 완성되는 장소에 서 있었다.

띠링!

현왕 시오데른의 무덤 완료

죽음을 직감한 왕은 자신의 무덤을 만들기를 원했다. 여러 방면에서 모험가로 명성이 자자한 조각사는 왕의 무덤을 훌륭하게 만들어 주었고, 그 덕분에 국왕은 마음 편히 안식에 들 수 있으리라.

보상: 시오데른 왕에게 가서 받으시오.

　　　단, 왕이 죽기 전에 가야 함.

"완성했다!"

"만세!"

피라미드 주변에 있던 수천 명의 사람들이 일제히 환호성을 질렀다.

공성전이 활발하지 않은 로자임 왕국으로서는 이토록 많은 인파가 한군데에 모인 건 사상 초유의 일이었다.

최소한 석재 한두 번씩은 운반해 본 사람들이니, 피라미드 하나를 만들기 위해서는 수많은 이들의 땀과 노력이 들어갔다.

위드는 왕실로 향했다.

무덤이 만들어졌으니 의뢰를 맡긴 국왕을 만나 보고 보상을 받기 위함이었다.

현왕 시오데른.

그는 왕실의 대전에서 위드를 맞이하였다.

왕은 어느새 더 많이 늙어 있었고, 병세가 더욱 악화된 모습이었다.

위드는 기사들처럼 한쪽 무릎을 꿇으며 예를 취했다.

"국왕 폐하를 뵙습니다."

"일어나시오. 자격을 갖춘 예술가에게는 그만한 존중을 해 주어야 하는 법. 과도한 예는 나를 불편하게 만드는 것이라오."

"아닙니다, 폐하."

위드는 일어나지 않으려고 했지만, 현왕 시오데른은 기사들을 시켜서 그의 몸을 일으켜 세웠다.

위드를 대하는 국왕의 태도는 말투에서부터 지난번과 많이 달라져 있었다.

"고맙소. 이제 나의 안식처가 만들어졌으니 편히 휴식을 취할 수 있게 되었구려. 그대, 뛰어난 조각사여. 무슨 생각을 하면서 나의 쉴 곳을 만들어 주었소?"

"역경 속을 정면으로 뚫고 살아오신 왕의 인생을 떠올리면서 만들었습니다."

"우리의 왕국을 지키기 위해서 많은 적들을 죽였지. 나는 이제 죽는다면 가장 낮은 곳에 떨어져서 고통받고 말 것이오."

"폐하의 인생은 불꽃과도 같습니다. 감히 불을 두려워하지 않고 잡으려는 자는 화상을 입기 마련이지요. 불은 그저 자신을 태워서 주위를 밝혔을 뿐입니다. 화려한 불꽃은 로자임 왕국을 따뜻하게 감싸 주었고, 이제 안락한 휴식의 장소에서 쉬면서 왕국이 번영해 나가는 모습을 볼 수 있을 것입니다."

현왕 시오데른은 만족해하며 말했다.

"그대여, 명성이 자자한 조각사에게 의뢰를 한 것을 조금도 후회하지 않소. 짐의 기대 이상으로 훌륭한 안식처를 만들어 주었구려. 그대에게는 어떠한 보상이라도 아깝지 않을 것이오."

> 퀘스트의 보상으로 명성이 690 올랐습니다.
> 왕실 공적치를 2,930 획득하였습니다.
> 레벨이 올랐습니다.
> 레벨이 올랐습니다.
> 레벨이 올랐습니다.
> ......

5개의 레벨과 2,930의 왕실 공적치!

그러면서 국왕이 말했다.

"다른 이들도 자신이 한 만큼의 공적을 인정받을 수 있을 것이오. 그대가 이 왕실을 위해 해 준 일이 참으로 대견하구려. 왕실에 세운 그대의 공을 치하하기 위하여 무언가를 해 주고 싶소. 그대가 바라는 것은 무엇이오?"

짜릿한 순간이었다.

위드가 꿈꾸던 장면.

왕실 공헌치로는 좋은 아이템을 받을 수 있다.

'2,930이라면 꽤 쓸 만한 레어 급, 혹은 그 이상의 무기도 구할 수 있겠군.'

아가사의 검은 여러모로 괜찮은 편이었다.

신앙 스탯을 올려 주고 부상 상태에서 체력 회복 속도가 증가하는 등, 특수 옵션들이 나쁘지 않다.

그렇지만 아무래도 프레야 교단의 물건이기 때문인지 공격력은 조금 부족했다.

위드가 원하는 것은 검!

그것도 매우 뛰어난 검이었다.

하지만 위드는 퀘스트를 염두에 두지 않을 수도 없는 입장이었다.

'절망의 평원에서의 의뢰는 검이 좋다고 해서 해결할 수 있는 것이 아니다.'

위드는 결심을 굳히고 말했다.

"폐하, 저는 프레야 교단의 의뢰를 받아서 악신을 신봉하는 네크로맨서들과 싸워야 합니다. 그들이 절망의 평원에서 무언가를 꾸미고 있으며, 이를 저지하는 것이 저의 사명. 그렇지만 불행히도 저에게는 힘이 모자랍니다. 로자임 왕국의 용기 있는 병사들과 함께하고 싶습니다."

국왕은 심각하게 고개를 끄덕였다.

"절망의 평원에 대해서는 나도 들어 본 적이 있지. 혼돈의 시기에 추방당한 유민들과 다크 엘프들이 살고 있다고 하오. 몬스터들의 천국으로, 우리 왕국에서도 몇 번 토벌대를 보냈으나 모두 돌아오지 않았소. 그래서 높고 튼튼한 장벽을 쌓아서 적들의 침입을 방비하는 것이 고작이었소."

"그런 일이 있었군요."

이쯤 되면 모라타 지방보다 어떤 면에서는 훨씬 더 위험한 장소가 아닌가!

그렇지만 위드는 포기하지 않았다.

퀘스트란 모험이었다.

모험을 해 보기도 전에 결과를 미리 짐작하고 안주한다면 영영 짜릿함을 맛볼 수 없으리라.

"그 무법 지대에 정녕 위험이 도사리고 있다면 그대를 도울 만한 병사들을 파견해 주겠소. 그대와 함께 싸울 우리의 병사들을 소중히 여겨 주면 좋겠구려."

왕실의 공적치를 군대의 파병 요청으로 상쇄시킨다.

그야말로 눈물 어린 결정이었다.

'어쨌든 혼자의 몸으로 사제들만 데리고 가서는 너무 어려운 퀘스트니까.'

그러면서도 위드는 한마디를 덧붙였다. 공적치를 전부 군대로 만들어 버리면 왠지 아쉽다는 생각에서다.

"그렇지만 저 역시도 로자임 왕국과의 추억을 소중히 생각하고 있습니다. 제가 공을 세운 것이 있다면, 국왕 폐하의 은덕을 잊지 않을 수 있도록 검을 내려 주십시오."

끝내 아쉬움을 떨쳐 버리지 못하고 검을 원하는 것이었다.

말이야 바른 말이지, 지금까지 위드는 여러 NPC들과 함께해 왔다.

처음에 리트바르 마굴에서의 사냥에서부터 모라타 지방의 의뢰까지.

그러나 어디 하나 평범한 사냥이 있었던가?

병사들이나 기사들의 뒤치다꺼리를 하느라 허리가 휘고 손발이 부르틀 지경이었다.

사서 하는 고생!

그것도 왕실 공적치와 바꾸어 가면서 전부 군대로 만들어 버린다면 그만큼 위드의 고생도 심해질 것이다.

위드는 시종의 인도에 따라서 연무장으로 향했다.

"폐하의 명에 따라서 위드 님을 도울 수 있는 충성스러운 기사들과 병사들을 데려가실 수 있습니다. 이들 중에서 직접 고르시기 바랍니다."

로자임 왕국의 기사들이 입고 있는 은빛 갑옷에서는 은은한 광택이 흘렀다. 타고 있는 말은 윤기가 좌르르 흐르고, 잡티 하나 보이지 않을 정도로 관리가 잘되어 있었다.

기사들의 뒤에는 일단의 병사들이 보인다.

왕실 공적치로 바꿀 병사들을 선택하여 주십시오.

위드에게 다시금 떠오른 메시지 창.

기사들의 가슴에는 일정 숫자가 쓰여 있었다.

'공적치에 따라서 고르면 되는 모양이군.'

왕실 공적치에 따라 임대할 수 있는 군대의 규모나 질이 달라진다. 기사나 병사들을 선택하면 공적치가 줄어드는 방식이었다.

위드는 우선 기사들부터 차례대로 살펴보았다.

몇 개의 기사단이 있었다.

로자임 왕국의 유명한 기사단.

무력이 뛰어난 이들로만 이루어진 적색 기사단에서부터 마법사들의 지원을 받는 바이스 기사단, 심지어는 국왕 직속의 왕실 기사단까지 존재했다.

왕실 기사들은 개개인의 레벨이 280이 넘었다.

생각해 볼 것도 없이 왕실 기사들을 선택하고 싶었다.

'이들을 선택한다면 큰 도움이 될 것이다.'

막 왕실 기사들을 가리키려던 위드의 손이 멈칫했다.

기사들의 가슴에는 1인당 최소 30 정도의 숫자가 쓰여 있었다.

1명을 선택할 때마다 30의 왕실 공적치가 소모가 된다는 의미였다. 그들 중 몇 명에게는 50, 혹은 60 이상의 숫자가 적혀 있기도 했다.

퀘스트와 왕실 공적치.

이것 때문에 로열 로드에서는 길드의 횡포가 많이 줄어들었다. 모험가로서 많은 발견을 하고 의뢰를 해결하게 되면, 비록 제한은 있지만 왕실이나 귀족으로부터 군대를 빌릴 수도 있는 것이다.

그리고 위드의 근처에는 어느새 무기들과 방어구들이 가득했다.

검과 창, 도끼, 활, 몽둥이, 메이스.

검의 종류만 해도 장검, 대검, 쌍검, 숏소드 등 수백 가지였고, 그 외에도 각종 아이템들을 고를 수 있었다. 물론 각각의 아이템에도 소모되는 공적치가 정해져 있다.

아주 낡아 보이는 검은 3이나 5짜리도 있지만, 웬만큼 좋아 보이는 검은 1,500이나 2,000이 적혀 있는 것이었다.

병사를 많이 고르면 무기가 울고, 그렇다고 무기를 고르자니 병사들이 아쉬운 순간이었다.

'어떻게 모은 공적치인데…… 쉽게 써 버릴 수 없다.'

한 번 죽어 버리면 끝인 병사들이었다. 그게 아니라도, 의뢰를 마치면 왕실에 다시 돌려줘야 하는 병사들이지 않은가.

그에 비하면 무기는 계속 남는 것이다. 현금으로 판매할 수도 있다.

위드는 고심 끝에 우선 10명의 왕실 기사들을 선택했다.

각자 공적치 50에서 60짜리들. 그리고 3명은 100 근처의 놈들로 정했다.

위드는 그들을 고르는 즉시 나름대로 이름을 붙였다.

51, 53, 55, 56, 58, 59, 60, 98, 99, 100!

피 같은 왕실 공적치를 소모하면서 고른 기사들인 만큼 얼굴과 공적치의 소모량을 절대 잊을 수가 없었던 것이다.

"나름대로 자격이 있는 분 같으니 당신의 말을 들어 드리지요."

"별로 마음에 들지는 않지만 국왕 폐하의 명령이니 일단 따르기는 하겠습니다."

기사들은 퉁명스럽게 대답했다.

왕실 기사들을 고른 다음에는 병사들과 다른 기사들을 정해야 하지만 무기부터 고르기로 했다.

'남은 공적치는 병사들로 맞출 수 있지. 하지만 마음에 드는 무기가 있는데 공적치가 모자라면 안 되니까.'

위드는 여러 장식이 화려한 무기들을 살펴보았다. 그러나 딱히 끌리는 것이 없었다.

'거추장스럽기만 해. 이건 전투용이 아니라 예술품들이로군.'

무기나 방어구들은 감정을 하지 않은 상태에서 눈으로만 보고 골라야 했다.

그러나 위드는 소므렌 자유도시에서 수리 스킬을 써 주면서 많은 검들을 보았다. 모양이나 형태만으로도 대략적인 검의 특성을 꿰뚫을 수 있는 수준에 오른 것이다.

더군다나 대장장이의 경험으로 검의 재질도 살필 수 있게 되었다.

위드가 고른 것은 미스릴이 많이 섞인 검이었다.

검에 대한 구체적인 정보를 알 수 없는 상황에서는 재료를 보고 고르는 수밖에 없다.

"감정!"

"쓸 만하군."

위드는 만족했다.

공적치 1,700을 투자해서 정한 검이었는데, 괜찮은 물건이 나왔다.

옵션은 아가사의 검보다 나쁘지만 원하던 대로 공격력이 뛰어난 편이었다.

본래 공격력이 약한 아가사의 검은 검 갈기 스킬을 시전해도 큰 효과가 없지만, 로트의 검은 더욱 뛰어난 검이 될 것이다.

남은 공적치 541을 분배하기 위해서 병사들을 둘러보고 있을 때, 아주 익숙한 얼굴들을 발견했다.

"대장님!"

베커, 호스람, 데일, 부란.

리트바르 마굴에서 함께 사냥을 하며 친밀도를 높였던 병사들. 그들이 있었다.

"너희들이 이곳에……?"

"예, 수도 인근에 몬스터들의 침입이 잦아서 요즘 토벌 작전을 벌이고 있습니다."

베커나 호스람 등은 백인장으로 승진을 마쳤다. 그래서 휘하 부대를 100명씩 거느리고 있었다.

"대장님께서 다시 돌아올 줄 믿고 있었습니다."

"이렇게 다시 만나게 되어서 반갑습니다, 대장님."

부란과 데일도 기쁨을 표시했다.

높은 친밀도 덕분에 위드를 보며 반가워하는 것이었다.

위드는 마침 잘되었다고 여겼다.

믿을 만한 병사들이 필요한 시점에서, 직접 기른 이들을 다시 데리고 돌아다닐 수 있다는 점은 확실히 긍정적이니까!

"너희들을 택하겠다. 나와 함께 잘해 보자."

서슴지 않고 부란 등을 죽음의 길에 함께 가는 동반자로 선택한 위드!

베커 들과 400명의 병사들을 택하자 공적치는 겨우 3 정도가 남았다.

시종이 말했다.

"병사들과 기사들은 가능한 무사히 돌려보내 주셨으면 좋겠습니다."

위드는 전혀 그럴 마음이 없었다.

좀 야박한 말이지만, 병사들과 기사들은 전투에 동원하기 위해서 데려가는 것이었다.

마구 부려 먹고, 괴롭히고, 스트레스를 해소한다.

사악한 위드는 이미 부하들을 마음껏 활용하기로 결정을 했다. 그들이 죽고 사는 것까지 관리하자면 너무 힘든 일이 되리라.

그런데 시종의 이어진 말.

"그대가 우리 왕국의 병사들을 아껴 준다면 왕실에서는 그 공헌을 다시 인정할 것입니다."

병사들을 살려서 데려온다면 공적치를 상당히 회복할 수 있다는 뜻이었다.

"돌아온 병사들이 많이 달라진 모습을 보인다면, 국왕 폐하를 비롯하여 많은 분들이 기뻐하실 겁니다."

병사들을 키워서 데려오면 공적치를 더 올려 줄 수도 있다. 이 말로, 위드는 상전으로 모셔야 할 이들이 늘었음을 알 수 있었다. 병사들이나 기사들의 목숨까지 돌봐 줘야 하는 신세가 된 것이다.

'이럴 줄 알았으면 더 많은 병사들을 고르는 건데…….'

기사들의 연무장에는 과거에 수련관의 교관이던 도르크와 리트바르 마굴에서 사냥을 함께한 기사 미발도 있었지만, 그들을 고용하기에는 공적치가 부족했다.

그들은 왕실 기사들보다도 오히려 많은 공적치를 필요로 했다.

'아쉽군. 다음에 기회가 있겠지.'

위드는 이것으로 왕실에서의 일을 마무리했다.

프레야 교단.

그곳에서는 고위 신관들이 기다리고 있었다.

"떠나실 준비는 되었습니까?"

"예."

위드는 짤막하게 대답했다.

그의 뒤에는 부란과 베커, 호스람, 데일 등이 100명씩의 병사들을 데리고 기다리는 상태였다.

백인장들로서는 상상도 할 수 없는 거물, 왕실 기사들도 은근히 긴장 어린 얼굴로 서 있다.

왕실 기사들이라고 해도 대체로 이런 퀘스트를 경험해 본 적은 드물기 때문이다.

고위 신관이 말했다.

"사제들 50명은 텔레포트 게이트 앞에서 준비를 마치고 기다리고 있습니다."

"안내해 주시지요."

위드는 텔레포트 게이트 앞에서 사제들과 조우했다.

프레야의 사제들.

신성한 법복을 입은 남자 사제들도 있지만, 상당수는 눈이 번쩍 뜨일 정도의 미녀 사제들이었다.

"허억!"

"용기가 납니다, 대장님!"

베커와 부란 들은 사기가 하늘 끝까지 오를 정도가 되었다.

위드는 부대를 이끌고 텔레포트 게이트 위에 올라섰다.

대규모 부대가 움직이고 있지만 실질적으로 전투 상황에서 직접 지휘를 할 수 있는 병력은 사제 50명뿐!

왕실 기사들이나 부란, 베커 들은 스스로 판단하고 행동할 것이었다.

"그러면 여러분들에게 프레야 여신님의 은총을……."

고위 신관들과 사제들이 마나를 모으자 텔레포트 게이트에 빛이 번쩍하고 일었다.

잠시 후 빛이 사라졌을 때, 위드 등의 모습은 완전히 사라진 후였다.

⚜

로자임 왕국의 명물인 피라미드는 하루에도 4만 명 이상이 찾을 정도로 대단한 장소가 되었다.

사실 순수한 관광 목적만이라면 이 정도의 인원이 올 수 없겠지만, 사자 상의 효과 때문에 일부러 찾아오는 이들도 무시할 수는 없었다.

"와! 대단하다."

"정말이야. 피라미드를 이곳에 만들다니……."

"난 동영상으로 봤는데 너무 신기해서 일부러 찾아왔다니까."

그렇게 관광을 마치고 돌아가려는 이들에게, 사자 상의 정면에 있는 조각상이 눈에 띄었다. 불쌍한 표정을 짓고 있는 노루와 캥거루, 사슴, 토끼들의 조각상이었다.

그렇지 않아도 평소 많은 유저들은 양심의 가책을 느끼고 있었다.

누구에게도 해를 끼치지 않는 초식동물.

초보 시절에는 이 깜찍한 동물들을 몽둥이로 때려잡고, 칼로 찔러야만 했던 것이다.

그 조각상들이 애처로운 표정을 지었다.

가슴에는 이런 문구도 새겨져 있었다.

마음에서 우러나오는 관람료를 넣어 주세요. 기부하신 금액은 전액! 불우 이웃 돕기 성금으로 쓰입니다.

관람을 왔던 이들은 차마 그냥 돌아가지 못하고 1실버, 혹은 1쿠퍼라도 넣어 주었다.

유배자의 마을

   이현은 오늘도 일찍 일어나서 하루의 일을 시작했다.
   우선은 다크 게이머 연합의 홈페이지에 들러서 정보를 검색하는 일부터였다.
   최중훈의 말대로 다크 게이머 연합의 홈페이지에는 온갖 정보들이 많았다.
   퀘스트 정보, 사냥터에 대한 정보.
   다크 게이머들이 다수 모인 곳인 만큼 아이템 거래에 대한 정보들도 많이 있었다.
   이현의 등급은 C에 해당하였지만 어지간한 정보들의 열람은 가능했다.
   "오늘도 별것은 없군."
   이현이 찾으려고 하는 것은 특급 정보들!
   그가 볼 수 있는 게시판의 등급은 중간 수준이었지만 가끔 눈에 띄는 정보들이 있기도 했다.

대단한 모험을 한 이들이나, 혹은 비밀이나 퀘스트에 대한 단서를 얻은 이들이 등급을 올리기 위해 공개하는 글들이었다.

그런 글들은 게시된 이후에 큰 인기를 끌고, 곧 보안 등급이 좀 더 높은 게시판으로 옮겨진다.

이현이 보려는 것은 그 순간이었다.

다크 게이머 연합에는 하루에도 서너 가지의 특별 정보들이 올라오곤 하니, 눈만 크게 뜨고 지켜보고 있는다면 괜찮은 수확을 얻기도 했다.

하지만 오늘만큼은 별다른 소득이 없었다.

'이런 일도 있는 거지. 어차피 포인트도 얼마 없고······.'

이현이 쓰는 계정에서는 매일 포인트가 줄어들고 있었다. 특정한 글들을 볼 때마다 줄어드는 포인트.

더 많은 정보들을 보기 위해서는 이현도 글을 등록해야만 했다.

그렇게 새벽의 정보들을 검색하다 보면 금세 시장에 갈 시간이 되었다.

이현은 장바구니를 들고 가벼운 점퍼 차림으로 집을 나섰다.

"안녕하세요."

"총각, 오늘도 일찍 오는구만. 오늘은 갈치가 좋아. 싸게 줄 테니 가져가."

"고맙습니다."

매일 빠짐없이 시장을 방문하니, 아줌마나 아저씨들에게 이현은 아주 익숙했다.

'독한 놈!'

'자린고비 같은 놈!'

생선 하나를 구매할 때에도 철저하다.

포획 장소와 시간 등을 따져서 신선도를 반드시 확인했다.

그런 다음에는 먼저 생선의 눈을 확인하고, 아가미를 들춰 본다.

비늘이 잘 떨어지는지, 살에 탄력이 있는지도 살폈다.

유통 경로도 전문가 수준으로 꿰고 있었고, 시세 동향에 대해서도 정확했다.

시장에서 일하는 아주머니들은 요 근래 생선을 제대로 알아보지도 못하는 손님들을 많이 겪어 보았다.

그런데 이현은 시세까지 확실하게 알고 따져 보며 구입을 한다. 이 정도로 잘 알고 있으니 애초에 비싸게 팔긴 틀린 상태!

하지만 이현은 무턱대고 싼 물건만 찾지도 않았다.

여동생이 먹을 것이니, 기왕이면 좋은 물건들만 해 먹이려고 찾았다.

그런 이현의 취향을 알게 된 아주머니들로 인해서 이제는 흥정도 필요 없이 적당한 가격에 물건을 바로 구매할 수 있었다.

"오빠, 잘 먹었어. 학교 다녀올게."

"그래. 조심해서 다녀와."

시장을 봐 온 음식 재료들로 만든 맛있는 갈치조림.

여동생이 학교에 간 다음에는 비로소 본격적인 이현의 시간이 펼쳐진다.

이혜연은 입시 공부를 하면서 대학을 가는 데에 여러 전형이 있다는 걸 배웠다.

한국 대학교.

그녀가 목표로 하는 이 대학에도 다양한 입학 방법이 있었다. 특히나 프로게이머 전형은 이혜연의 시선을 끌었다.

게임은 이미 하나의 문화 사업이 되어 있고, 게임을 즐기는 사람들은 갈수록 늘어 가고 있습니다. 가상현실 로열 로드가 공전의 히트를 친 이후로 우리 한국 대학교에서는 게임 관련 학과를 만들었습니다. 게임과 관련된 각종 지식과 현재 주류가 된 가상현실에 대해서 전문적인 지식을 배우게 됩니다.

수시 입학 자격: 각종 게임 관련 입상 기록, 내신 성적(내신을 확인할 수 없는 검정고시나 외국계 학교일 경우 관련 성적으로 대체).

1차 서류 통과 시에는 가상현실에 대한 이해도를 바탕으로 교수진과의 면접에 따라 결정함.

이룰 수 없는 꿈을 이루어 주는 가상현실.

이곳에는 장애인도 없고, 마음껏 여행을 즐길 수 있다.

로열 로드가 히트를 친 이후로 항공운항, 호텔관광학과 등이 축소되고, 게임 관련 학과들이 만들어지게 되었다.

현대에서 게임만큼 누구나 쉽게 즐길 수 있고 또 만족감을 얻을 수 있는 매체가 드문 탓이었다.

이혜연은 자신의 가족을 가난에서 벗어나게 해 준 것이 무엇인지 알고 있었다. 오빠가 게임 캐릭터를 팔아 번 돈이 바로 그것이었다.

"입상 경력은 없지만 이것도 하나의 기록이 될 수 있지 않을까?"

공인된 단체에서 부여한 경력이 아니더라도 대학교 측에서 어느 정도 참고는 가능할 것이다.

더군다나 이현의 가상현실에 대한 이해력은 최고 수준이었다.

로열 로드를 플레이하기 1년 전부터 가상현실과 관련된 각종 논문들을 보고 익혔다.

가상현실에 대해서는 어지간한 대학원생보다도 훨씬 더 많이 알고 있을 것이다.

"어쩌면 가능할지도 모르겠어."

이혜연은 지금까지 모아 놓은 용돈으로 대학교의 원서를 구입했다. 그리고 원서를 작성했다.

이현의 대학교 입학 원서!

절망의 평원.

지도상 로자임 왕국과 브렌트 왕국의 접경에서부터 동쪽으로 펼쳐진 광대한 평원이다.

이곳에 대해서 밝혀진 것은 많지 않다.

몬스터들이 끊임없이 나오며 아직 개척되지 않은 지역이라는 것뿐!

잡화점의 지도는 절망의 평원에 대해서 이렇게 서술하고 있었다.

> 확실하게 절망하고 싶다면 이곳으로 들어가라.

　평원의 이름은 매우 적절하게 붙여졌다.

　그만큼 위험천만한 지역이라는 뜻이었다.

　텔레포트 게이트를 타고 사라진 위드가 나타난 곳은 어느 언덕 속의 동굴이었다. 입구는 바위로 교묘하게 가려져서 일부러 들어오려고 하지 않는 한 바깥에서는 절대 보이지 않는다.

　아우우우!

　위드가 나타나자마자 소름끼치는 늑대의 울음소리가 들린다.

　'섬뜩하군.'

　아무래도 모르는 지역에 도착했으니 모든 것을 조심해야 한다.

　그렇지만 부란과 베커는 용감하였다.

　"대장님이 있으니 걱정 없어!"

　"우리는 대장님만 믿으면 돼!"

　"대장님이라면 놈들을 한칼에 해치워 버리실 거야."

　"……."

　위드는 우선 부대에 명령을 내렸다.

　"이곳에서 대기해라. 당분간은 알아서 먹고 자고 하면서 나를 기다리도록."

　"옛! 알겠습니다."

　텔레포트 게이트가 있는 장소는 일단 안전지대다.

식량은 넉넉하게 구입해 왔기에 한 달이 지나도 굶주릴 일은 없다.

위드는 부대를 그대로 그곳에 남겨 둔 채로 혼자 정찰을 하고자 동굴에서 나왔다.

휘유융!

칼날 같은 바람이 심하게 불었다.

그 때문에 넓은 초지가 바람에 흔들리고 있었다.

절망의 평원이라는 이름과 걸맞지 않게 녹색 물결들이 아름답게 흔들린다.

"멋지군."

초원의 풀들이 일제히 군무를 추듯이 움직이는 것은 장관이었다.

위드는 주위를 둘러봤다.

그가 있는 언덕을 중심으로 동쪽에는 산이 있었다.

높이는 높지 않아도, 완만히 경사진 산의 규모만큼은 대단하였다. 산맥이 시작되는 시발점이었다.

'지도로 볼 때에는 유로키나 산맥인가?'

출처가 확실하지 않은 베르사 대륙의 지도.

그곳에 따르면 절망의 평원에 있는 산맥은 단 하나다.

유로키나 산맥.

대형 몬스터들이 유달리 많다는 장소!

그리고 산맥의 정상에는 성벽과 요새가 만들어져 있었다. 그 요새의 중앙부에는 이상한 흑색의 신전이 있었다.

'저곳은…….'

제대로 보이지 않지만 벨제뷔트의 조각상이 있는 것도 같았다.

바르칸 데모프의 네크로맨서들이 만든 악신의 신전!

"취이이익!"

1마리 오크가 눈에 띄었다.

튼튼한 철판으로 만든 투구와 강철 갑옷을 입고 있는 오크.

녀석이 글레이브를 들고 움직이는 모습이 위드의 눈에 비친 것이다.

위드는 흥이 동했다.

"후후, 이제 조금 알 것 같군. 하긴 레벨이 오를 만큼 올랐으니까. 저 오크를 잡고 악신의 신전으로 올라가서 네크로맨서들을 처치하면 이번 퀘스트는 쉽게 끝낼 수 있겠어."

희망으로 부푼 가슴.

위드에게는 자신감이 넘쳐흘렀다.

"나는 전투라면 물러서지 않지. 어떤 적도 두렵지 않아. 오크라면 대환영이다."

레벨 200을 달성할 때에도 혼을 잃어버린 오크를 잡고 이루었다.

오크는 욕심이 많아서 보물을 좋아한다. 비교적 인간과 가까운 형태의 몬스터라서 무기나 방어구들도 가끔 쓸 만한 게 나왔다.

"잘 만났다, 오크야!"

막 위드가 검을 빼 들고 오크에게 달려들 참이었다.

순식간에 놈을 때려잡고 그 기세를 몰아서 악신의 신전으로 돌격하려던 찰나!

우수수수.

유로키나 산맥의 수풀과 나무들이 한꺼번에 흔들린다.

위드는 돌격을 하기 위해 달리려던 자세 그대로 굳어 버리고 말았다.

유로키나의 산맥이 움직이고 있었다.

나무와 수풀 사이로 이동하고 있는 오크 대군!

적어도 3천이 넘는 그 오크 대군의 움직임이 위드의 눈에 보인 것이다.

또한 그것이 전부일지 아닐지는 누구도 알지 못할 일이다.

"……."

위드는 조용히 검을 거두고 숨을 죽였다.

'진혈의 뱀파이어 일족은 그나마 숫자라도 적었지. 이번에는 완전히 숫자로 압도하는군.'

이 무식하게 많은 오크들이 단지 길목을 막고 있는 몬스터에 불과하다는 점이 더더욱 무서운 일이었다.

결국 위드는 오크들이 전부 지나갈 때까지 땅바닥에 몸을 붙인 채로 그대로 얼어붙어 있었다.

한참 후, 오크들이 다 떠나고 난 뒤에야 위드는 고개를 들었다.

그런 다음에는 유로키나 산맥 쪽은 바라보지도 않았다.

언덕 위에서 충분히 주변을 정찰한 위드는 곧 서쪽에 작은 성채가 있는 것을 발견했다.

인간들이 경계를 서고 있는 성!

위드는 주변에 아무 몬스터도 없는 것을 확인하고 천천히 걸어서 그 성안으로 들어갔다.

위드가 성채 안으로 들어가자 오랜만에 보는 메시지 창이 떴다. 바르크 산맥에서 드워프의 던전 이후로는 처음이었다.

'최초의 발견자가 되었군.'

절망의 평원에서도 한참이나 동쪽인 이곳까지 모험가들이 찾아오지는 못한 것 같았다.

목숨을 걸고 여행을 왔던 이들은 많았지만, 너무나도 넓은 평원이기에 이곳을 발견하지는 못한 것이다.

혼돈의 시기에 각 왕국에서 쫓겨난 유배자들이 사는 마을.

위드가 둘러보니 다들 체격이 우람하고 흉터들이 가득했다. 인간이 아니라 바바리안의 마을이라고 해도 믿을 정도였다.

집들은 나무로 대충 지어져 있고, 그 호수도 3백여 호가 제대로 되지 않는 작은 마을이었다.

"이방인이 왔다."

"처음 보는 인간이야."

마을의 주민들은 위드를 보며 두려워하고 기피하는 반응을 보였다. 위드는 1명씩 말을 걸어 보았다.

"안녕하세요."

"우리들의 마을에 대해서 알고 있나? 이곳은 큰 상처를 입은 곳이지. 함부로 말을 건네지 말게. 외부의 인간은 우리와 어울릴 수 없어."

"반갑습니다."

"이방인은 믿지 않아."

위드가 말을 걸어도 그들은 대답하지 않거나 다른 곳으로 피하듯이 가 버렸다.

몇몇은 노골적인 적대감을 보였다.

"우리 평원의 사람들은 우리를 추방한 자들을 잊지 않는다. 여기까지는 무슨 이유로 온 것이지?"

위드는 마을에서 전혀 인정을 받지 못하고 있었다.

'외부와는 단절된 마을이라는 건가.'

그러나 그렇다고 포기한다면 위드가 아니다!

위드는 우선 그의 장기인 음식과 조각술로 주민들을 살살 구슬려 보았다.

마을의 광장에서 불을 피워 멧돼지를 구운 것이다.

"둘이 먹다 죽어도 모를 맛있는 돼지입니다. 공짜니까 마음껏 드세요! 조각품도 드립니다. 원하시는 형상대로 조각품을 만들어 드립니다."

음식. 거기다가 무료!

하지만 주민들은 냉소적인 반응을 보였다.

"용맹한 전사들을 모욕하는 건가?"

"우리도 음식은 할 수 있다."

"전사란 열흘을 굶어도 긍지를 잃지 않는 것. 이방인은 모르는 것 같군."

"조각품 따위가 무슨 도움이 된다고…….."

유배자들의 마을 주민들은 모두가 뛰어난 전사들이다.

그들은 위드의 노력에도 불구하고 전혀 다가오려고 하지 않았다.

둥글게 주위를 둘러싸고 비웃음만 날릴 뿐이었다.

주민들의 따가운 시선 속에서 멧돼지를 열심히 굽고 있는 위드.

아직까지 요리와 조각술은 그를 실망시켰던 적이 없었다.

요리의 경우야 미각이 있는 자라면 모두가 좋아했고, 조각술의 경우에는 다양한 방면에서 효과를 발휘했다.

사랑하는 여인에게 고백하려던 볼크라는 유저를 위해 나무를 조각해서 생기 있는 꽃다발을 만들기도 했다.

늘 기대 이상의 효과를 보여 준 조각품이었던 것이다.

'예술을 몰라보다니…… 이 미개한 놈들.'

그러나 이 정도의 역경에 굴복할 수는 없었다.

'무시를 당하는 일은 익숙하지.'

어렸을 때에는 공장에서 실밥을 뜯을 때의 기억.

아마 14살 때쯤이었으리라.

일이 너무나도 고되고 힘들어서 잠시 휴식 시간에 밖에 나와서 맑은 공기를 마셨다.

재잘거리면서 군것질거리를 먹으며 돌아다니는 중학생들의 밝은 모습이 미치도록 부러웠다.

그런 환경에서도 악착같이 살아 왔는데, 겨우 이방인 취급을 받는다고 해서 포기할 위드가 아닌 것이다.

위드는 마을 사람들을 일일이 찾아다니면서 다시금 말을 붙여 보았다. 적어도 1명쯤은 그를 상대해 줄 사람이 있을 거라고 기대하면서 말이다.

과연 1명은 위드를 보며 긍정적인 반응을 보였다.

바닥에 주저앉아 방패를 손질하고 있던 사내가 위드를 보며 말한 것이다.

"이방인이로군. 여기까지 찾아오다니 제법 실력이 있는 모양이야."

위드는 물었다.

"이곳은 어디입니까?"

"이곳이 어딘지도 모르고 찾아왔나?"

"대충 지도로는 알고 있지만, 이 마을에 대해서는 잘 모릅니다."

위드는 사실대로 말했다.

"하기야 이 마을에서 자네를 본 건 처음이니. 이 마을은 대륙 녀석들이 말하는 혼돈의 시기에 생겨났지. 혼돈의 시기에 대해서는 들어 봤겠지?"

"그렇습니다."

"모두가 미쳐 날뛰던 시대였다더군. 우리들의 부모님들은 이 절망의 평원으로 들어와서 살기 위해 싸웠다. 그러나 사실 처음에는 싸우고 싶어도 싸울 무기조차 없었다고 해. 이곳까지 밀려난 우리들에게는 한 자루 검도 주어지지 않았으니까."

위드의 눈앞에 알 수 없는 영상들이 흘러갔다.

수천의 병사들.

창과 칼을 든 병사들이 헐벗고 굶주린 이들을 먼 땅으로 내보내는 것이었다.

몬스터들이 있는 땅으로 사람들을 몰아낸다.

그 사람들의 숫자는 수십만에 이르렀다.

피에 젖은 땅. 통곡과 슬픔으로 젖어 버린 땅.

"처음에 평원에 들어왔던 사람들의 숫자는 빠르게 줄어들고 생존에 성공한 이들만이 남았다. 크흠! 더 설명해 주고 싶지만 그러고 보니 내가 조금 바빠서."

"무슨 일로 바쁘십니까?"

"이 방패는 아무래도 더 이상 못 쓸 것 같아. 그래서 새 방패가 필요하군. 자네가 내게 작은 도움을 줄 수 있겠나?"

"힘이 닿는 한 뭐든 하겠습니다."

"그러면 잘되었군. 이 방패를 루실 녀석에게 가져다주게. 그리고 새 방패를 받아다 주면 좋겠어. 그는 마을 안에서 꽤 큰 대장간을 경영하고 있지."

띠링!

코쿤의 방패
사냥꾼 코쿤은 손질을 끝낸 방패가 아무래도 믿음이 가지 않는 모양이다. 전투 중에 방패가 깨지기라도 하면 큰일이라 친구인 대장장이 루실에게 돌려주고, 새 방패를 쓰고 싶어 한다.
난이도: E
제한: 방패를 가지고 마을을 벗어날 경우 코쿤의 추격을 받을 수 있음.

"새 방패를 가져오겠습니다."

위드는 정보를 습득하는 것이 우선이라는 생각에 간단히 퀘
스트를 하기로 하고, 방패를 받아 들었다. 아주 묵직하고 단단
해 보이는 방패였다.

"어디 한번 볼까? 감정!"

위드는 대장간을 찾아가면서 방패의 정보를 살펴봤다. 여기
저기 금이 가고 흙이 묻었지만 그래도 본래의 상태를 파악할
수는 있었다.

> **루실이 만든 방패**
> 순도가 낮은 잡철을 이용해서 만든 방패. 강철을 겉에 씌웠지만 내부는 아주 부
> 실하다. 둔기류의 공격에 취약하니, 쓸 만한 방패가 없는 것이 아니라면 사용하
> 지 않는 게 좋겠다.
> 내구력: 15/60
> 방어력: 16
> 제한: 없음.
> 옵션: 화살을 1/2 확률로 피해 없이 막을 수 있다.

마을의 규모가 워낙 작아서 대장간을 찾는 것은 그리 어렵지
도 않았다.

그러나 사냥꾼 코쿤의 말과는 달리 아주 작은 대장간이었다.
벽에는 검과 몇 종류의 무기가 걸려 있었고, 화로도 작았다.

대장장이 루실은 잘 짜인 근육이 터질 듯한 남자였다.

"처음 보는 이방인이로군."

"코쿤 님의 부탁을 받고 왔습니다."

위드는 혹시라도 루실이 상대해 주지 않을까 싶어서 선수를 치고 말했다. 그러나 그것은 기우였다.

"어서 오게. 그대에게서는 익숙한 철의 냄새가 나는군. 나는 불을 좋아해서 대장장이가 되었어. 자네는 무슨 이유로 대장장이의 기술을 가지게 되었는가?"

루실의 물음에 위드는 잠시 고민하다가 대답했다. 이러한 사소한 질문이 의외로 친밀도에 큰 영향을 끼치는 경우가 많았다.

"차가운 금속을 녹여 원하는 것으로 만드는 대장장이의 열정을 좋아합니다."

"나와 비슷하군. 무슨 일로 왔는가?"

위드는 그에게 방패를 내밀었다.

"새 방패로 바꿔 달라고 합니다."

"저런! 코쿤 녀석이 또 자기 방패를 깨 먹은 모양이군. 늘 주의하라고 일러 주었는데도……. 흠! 더 이상은 공짜로 내줄 수 없네. 새 방패를 쓰려면 5골드를 내야 해. 무능한 코쿤은 그 돈이 없을 테니 자네가 대신 내주게나."

"그런……."

위드는 억울했지만 투자라고 생각하기로 했다.

이 마을에서 얻은 최초의 퀘스트를 포기하기는 힘들었으니까.

'현자 로드리아스 이후로 정말 오랜만에 속아 보는군.'

위드가 5골드를 내밀자, 그 돈을 받으며 루실은 활짝 웃었다.

"수고했네. 마침 그 녀석에게 줄 새 방패를 만들었지."

위드는 방패를 받았다. 이것으로 간단히 임무 완수였다. 그러나 루실은 그가 돌아가게 내버려 두지 않았다.

"자네는 이곳 마을의 유래에 대해서 알고 있는가?"

마을의 최초 발견자!

그로 인해서 받게 된 관심 때문에라도 루실은 한마디라도 더 들려주려고 했다.

"코쿤 님에게 이곳 절망의 평원에 대해서는 조금 들었습니다. 평원으로 쫓겨난 유배자들 중의 소수의 생존자들만이 남았다고 하더군요."

"오, 그렇군. 그러면 나는 그 나머지 이야기를 해 주지. 생존자들은 인간이 거주할 수 있는 땅을 찾아서 정착을 시작했다네. 처음에는 물웅덩이나 햇빛이 들지 않는 동굴 속 같은 곳에서 지냈다네. 그러다가 점점 밖으로 나와서 마을을 이루었지."

"절망의 평원에서 마을을 만들다니 대단하군요."

위드는 그들의 용기에 대해 찬사를 보내고 싶었다.

아무리 위험한 환경이라도 개척 정신으로 이겨 내는 인간들!

"그리 썩 대단하지도 않다네. 사실 그때까지만 해도 생존자들이 더 많았거든. 그들은 서로 말다툼을 벌였지. 그냥 이대로라도 좀 더 적응이 될 때까지 버텨 보려는 자들과 환한 세상으로 나가려는 자들로. 그런데 지겨움을 참지 못하고 밖으로 나와서 마을을 만든 이들은 백이면 구십구 죽었어."

"......"

본래 공포 영화에서도 그렇다.

다른 사람들이 하지 말라고 말리는 일을 억지로 하는 사람들은 꼭 먼저 죽기 마련이다.

"아무튼 그런 일까지 겪은 다음부터 이곳의 사람들은 절망의 평원에 대해서 이해하게 되었지. 어디에 어떤 몬스터들이 나오며, 어떤 장소에는 절대로 들어가지 말아야 한다는 것을 알게 되었어. 마을이 안정 단계에 이른 것은 이때쯤이라네. 마을은 안전하지만 멀리 나가지는 말게. 크흠, 내가 너무 말이 많았군. 해야 할 일이 산더미처럼 쌓여 있는데. 이건 나의 선물이네."

> 평원의 지도를 습득하였습니다.

> **절망의 평원에 대한 지도**
> 마을들의 위치와 몬스터들이 주로 출몰하는 지역, 그리고 저주받고 오염된 땅들이 표시되어 있다.

루실은 뜻밖의 선물을 주었다.

그것은 절망의 평원과 관련된 지도!

어디에 어떤 몬스터들이 주로 출몰하는지와 대략적인 지형이 그려져 있었다.

다만 어린아이가 발로 그린 것처럼 조악하여, 알아보려면 아주 애를 써야 했다.

"감사합니다."

"마을 사람들을 가능하면 많이 만나 보게. 사냥을 가지 않은 이들은 이방인에게 관대할 것이네. 우리 마을에도 좀 더 많은 사람들이 찾아와서 안전해질 수 있다면 좋을 텐데."

위드는 방패를 가지고 코쿤이 있는 곳으로 돌아왔다.

사냥꾼 코쿤은 숫돌에 검을 갈면서 기다리고 있었다.

"이제 왔나? 조금 늦었군. 방패를 주게."

위드는 그에게 새로 얻은 방패를 주었다.

"고맙군. 심부름을 해 준 자네에게 딱히 줄 것은 없고, 이거나 받게."

> 강철 화살 20개를 획득하였습니다.

띠링!

> **코쿤의 방패 완료**
> 사냥꾼 코쿤은 험한 전투에서 몇 번이나 방패를 잃어버렸다. 늘 상처를 입고 한 번도 제대로 된 사냥감을 가져온 적이 없었기 때문에 마을 사람들은 그를 무능한 사냥꾼으로 여기고 있다. 그가 어디에서 그런 전투를 하는지는 아무도 알지 못한다.
> 보상: 롱보우용 강철 화살 20개.

> 경험치를 조금 습득하였습니다.

위드는 바로 상태창을 확인해 보았지만, 0.001%도 되지 않는 경험치만이 올랐을 뿐이었다.

같은 난이도라고 해도 물품 조달과 몬스터 사냥, 비밀을 해결하거나 어떤 특수한 임무가 주어진다면 보상이 달라진다.

이번에는 난이도 E급의 단순한 의뢰인만큼 2배라고 해도 현재의 위드에게는 그다지 도움이 되지 않았다.

코쿤은 만족스러운 듯이 방패를 살펴보고 나서 말했다.

"참, 내가 이 마을에 대해서 말해 주고 있었지? 건망증이 심해서 말이야. 그런데 어디까지 이야기했나?"

"소수의 생존자들이 마을을 만들었다는 것까지 루실 님에게 들었습니다."

"그랬군. 그 친구는 말이 많은 편이지. 살아남은 자들은 자신을 지키기 위해 강해져야 했다. 그래서 모두 용감한 사냥꾼이 되었는데, 특히 우리들의 궁술은 말로만 듣던 엘프들이라고 해도 쉽게 따라오지 못할 거야. 이 마을은 절망의 평원에서도 상당히 동쪽으로 들어온 마을이야. 오크들이 대규모로 사는 유로키나 산맥이 보일 정도지."

"위험한 곳에 만들어진 마을이로군요."

"응. 대부분의 마을들이 그렇지. 그래도 이 마을은 축복 받은 마을이야. 주변에 작은 철광산이 있어서 무기도 만들 수 있고, 식량도 넉넉한 편이니까. 그렇지만 오크들의 습격은 고질병이 아닐 수 없어."

"오크들의 습격요?"

"매년 추수철이 되면 습격해 와서 우리들의 식량 창고를 털어가 버리거든. 사실 우리들이 풍족하게 먹고살지 못하는 이유도 다 오크들 탓이야. 그러나 역설적이게도 오크들 덕분에 아주 위험한 몬스터들은 주변에 없으니 그나마 안전할 수 있지."

절벽에 핀 꽃은 위태롭지만, 덕분에 다른 이들의 손길이 닿지 않을 수도 있다.

유배자들의 마을이 오크들의 연이은 침입을 당하면서도 꿋꿋하게 버티는 이유였다.

"몇 년 전부터인가 오크들은 식량을 뺏어 가는 것으로도 모자라 일꾼들까지 원하고 있지. 오크들은 아무래도 손재주가 부족하잖나."

"그렇죠. 오크들이 뭔가를 만들 수 있는 지능적인 종족은 아니죠."

"그래서 놈들의 무기를 만들어 줄 사람이나 궂은 잡일을 해 줄 사람을 우리 마을에서 잡아간다네. 아마 그렇게 잡혀간 마을 사람들만 100명이 넘을걸? 오크들 때문에 우리 마을의 불행은 끊이지 않고 있어."

"불행을 끝내기 위한 노력은 하지 않았습니까?"

코쿤은 코웃음을 쳤다.

"흥! 저 수많은 오크들을 상대로 말인가? 터무니없는 소리지. 전투를 좋아하는 오크 놈들은 우리 인간들 외에도 다크 엘프와 싸우고, 다른 대형 몬스터들을 사냥하면서 살아간다네."

"그렇군요."

"이렇게까지 말을 해 줬는데도 자네는 이곳의 위험함을 깨닫지 못하는 모양이군. 우리 전사들도 함부로 잡지 못하는 몬스터가 바로 거대 개미지. 1마리라도 잡는다면 큰 잔치가 벌어질 정도야. 그토록 위험한 거대 개미를 5마리 이상 잡을 수 있는가? 만약에 성공한다면 나뿐만 아니라 모두들 자네를 다르게 볼 거네."

띠링!

코쿤의 불신

사냥꾼 코쿤은 말이 행동보다 앞서는 자들을 많이 보아 왔다. 오크들을 상대하기 위해서는 강한 용기가 필요하지만 만용을 부려서는 안 된다.

거대 개미를 5마리 이상 잡아서 용기를 증명하라.

난이도: C

보상: 마을 주민의 인정.

제한: 실패할 경우에는 코쿤이 더 이상 대화를 해 주지 않음.

퀘스트 발생!

코쿤은 미심쩍은 듯이 말을 이었다.

"뭐, 자신이 없을 수도 있겠지. 거절한다고 해도 별로 놀라지는 않겠네. 이건 이방인에게 주는 일종의 시험이라고 생각해도 좋아."

위드는 잠시 머릿속으로 생각하다가 고개를 끄덕였다.

"거대 개미를 잡아오겠습니다."

퀘스트를 수락하셨습니다.

"기대하겠네. 거대 개미는 우리 마을의 서쪽 황무지에서 자주 출현하니 찾기는 어렵지 않을 걸세. 그렇지만 자네의 실력으로는 도망이나 칠 수 있을지 모르겠군."

⁂

위드는 마을을 나와서 지원군이 숨어 있는 언덕으로 향했다.

왕실 기사 10명과 부란, 베커, 호스람, 데일.

400명의 병사와 프레야의 교단에서 파견된 사제 50명까지!

이 정도 구성이라면 소규모 군대라고 봐도 되었다.

"흠! 모두들 그대로 기다려라."

"대장님 말씀을 따르겠습니다."

위드는 일단 그들의 앞에서 큰 바위를 조각했다.

조각사로서의 기본. 조각품으로 각종 회복 능력을 향상시키기 위한 작업에 돌입한 것이다.

샤샤샤샥!

빠르게 완성되는 바위 조각품.

자하브의 조각칼과 정과 끌이 눈부신 속도로 움직였다.

이제는 익숙하다 못해 아예 가끔 꿈자리에서마저 나올 사람!

역시 얼굴은 서윤을 기초로 하는 것이었다.

'걸작 하나 정도 나와 주면 좋겠는데…….'

위드는 부푼 기대를 가졌다.

서윤을 조각해서 실패했던 적은 없었으니까.

그간 다른 여자의 얼굴도 한 번쯤 시도해 보려고 했다. 그런데 다른 여자를 기반으로 조각상을 만들면 실패하는 경우가 많았다.

사람의 얼굴은 오밀조밀하니 복잡하기 짝이 없다.

참 예쁜 얼굴이지만 어딘가 아쉽다. 코만 조금 더 세운다면 훨씬 더 예쁠 텐데, 혹은 눈이 조금만 더 크더라도 완벽한 얼굴일 텐데.

여자의 얼굴에는 이런 아쉬움들이 특히 많다.

그런데 실제로 얼굴을 그렇게 바꾸다 보면 더 예뻐지는 경우란 그리 없었다.

전체적인 균형이나 인상이 달라져서 오히려 원래보다 못한 경우가 많은 것이다.

실패작이 생길 경우에 조각사의 명성이 하락할 수도 있으니 위드로서는 매우 곤란한 일이 아닐 수 없다.

그런데 서윤의 얼굴은 어떤 식으로든 조각을 할 수 있었다. 조금만 표정이 달라져도 분위기가 확 바뀌기 때문이다.

위드는 강한 전사 서윤을 조각했다. 복장과 장비는 북부 용병의 것들로 했다.

북부 용병들 중에 여인들이 유독 많다는 이야기를 들었던 것이다.

검을 들고 몬스터를 무찌르는 서윤.

천하를 오시하며 걷는 당당한 용병의 모습이었다.

걸작! 용병 여인상을 완성하셨습니다!

북부의 여인 부족은 곡물이 자랄 수 없는 척박한 땅을 가지고 있어서 가족을 지키기 위해 용병이 되어 전투에 뛰어들었다.

절대로 물러서지 않고 맡은 바 임무를 완수하며 무기를 들고 의뢰를 수행하여 몬스터를 토벌하는 이들! 기사들이 오만에 빠져 있을 때 대륙의 평화를 지킨 것은 용병들이었다.

예술적 가치: 600.

옵션: 용병 여인상을 바라본 이들은 생명력과 마나 회복 속도가 하루 동안 15% 증가한다.

이동 속도 15% 상승.

매력 100 상승.

힘 10 증가.

민첩 10 증가.

전 스탯 5 상승.

조각상을 본 자는 일주일간 용병 길드에서 부여되는 의뢰의 조건이 상향됨.

퀘스트에서 얻는 경험치가 5% 늘어남. 다른 조각품과 중복 적용되지 않음.

지금까지 완성한 걸작의 숫자: 5

조각술 스킬의 숙련도가 향상되었습니다.

명성이 85 올랐습니다.

지구력이 1 상승하였습니다.

매력 스탯이 생성되었습니다.

이번에도 역시 서윤의 조각상은 실패하지 않았다.

'전투와 관련된 스탯은 별로 올려 주지 않지만 퀘스트에서 얻는 경험치가 늘어난다니 나쁘지 않군.'

매력 스탯도 미세하게나마 조각품을 좋게 만들어 주니 반가운 일이었다.

"흠흠."

위드는 길게 헛기침을 하며 칼날에 자신의 얼굴을 비추어보았다. 매력 스탯으로 인해서 얼마나 더 잘생기게 변했는지를 확인하려는 것이었다.

그리고 소위 말하는 얼짱 각도를 유지한 채로 병사들에게 말했다.

"그러면 모두들 따라와라."

위드는 병사들과 함께 거대 개미가 있다는 황무지로 향했다.

"사제들은 축복을 걸고, 전원 전투준비를 하도록 해."

"예. 사악한 악에 맞서 싸우는 우리들의 힘이 최고조에 이르도록 해 주세요. 블레스!"

사제들이 거는 단체 축복 마법!

교단의 직속 사제들이었기에 400명의 병사들에게 한꺼번에 축복을 거는 것이 가능했다.

그러나 위드에게는 이들로 전투를 개시할 마음이 없었다.

병사들을 내세운다면 피해가 너무 클 것이다.

"전투에는 왕실 기사들이 앞장서라."

왕실 기사들은 토를 달면서도, 순순히 위드의 지휘에 따랐다.

"일단은 명령이니 따르도록 하지요."

"임무가 끝날 때까지는 그대의 명령을 받겠습니다. 하지만 당신을 존경하는 마음이 있어서라고 착각해서는 안 됩니다."

마을에서 무시! 여기서도 무시!

위드는 고고한 기사들을 선두로 거대 개미들에게 향했다.

유배자들의 마을에서 코쿤의 의뢰 내용을 들었을 때에는 설마 했다. 거대 개미라고 해 봐야 대체 얼마나 크겠냐는 심정이었던 것이다.

"정말 크군."

일반 개미들이 1센티미터도 안 되는 녀석들이 많다면, 황무지에서 쿵쾅거리며 돌아다니는 개미들은 몸길이가 무려 수십 미터가 넘었다.

무서운 속도로 질주하는 개미들!

노루나 캥거루들이 살려 달라고 개미들의 발길 아래에서 죽을힘을 다해 도망치고 있었다.

"개미가 아무리 커 봐야 개미지. 공격해라."

위드는 왕실 기사들을 거대 개미의 상대로 붙였다. 그렇지만 개미는 그들이 잡기에 너무나도 빨랐다.

한 걸음에 몇 미터씩 쑥쑥 움직일 뿐만 아니라, 방향 전환도 아주 빨랐다.

기사들은 개미의 정면공격을 피해 달아나야 할 정도였다.

그 광경을 보는 위드는 실망이 컸다.

"공적치를 써서 고용한 기사들인데……."

개미 1마리 제대로 못 잡는다니!

개미의 정면공격을 피해 10명의 왕실 기사들이 달아나다니, 상상도 못 할 일이었다.

"우선 개미의 속도부터 줄여야겠군. 사제들은 속도를 줄이는 마법을 써라."

"알겠습니다, 신앙심 높은 이여."

그나마 다행이라면 위드의 신앙심은 사제들을 부리기에 충분하다는 것이었다.

사제들은 즉시 위드의 명령을 행동에 옮겼다.

50명의 사제들이 동시에 스펠을 외웠다.

"프레야 여신의 미모는 모든 이의 발걸음을 멈추게 만든다. 이것은 진리! 우리의 믿음의 힘이다. 슬로우!"

주문은 해괴하기 짝이 없었지만, 사제들의 마법은 그대로 먹혀들었다.

거대 개미의 질주하는 속력이 조금이나마 늦춰지기 시작한 것이다.

50인의 마법이라고 해도 그대로 중복되어서 먹혀들지는 않았지만, 1명이 거는 마법보다는 훨씬 강하다.

그런 만큼 거대 개미의 날쌘 움직임은 점점 느려지더니 마침내 둔중하게 변했다.

"왕실 기사들은 그대로 공격하고, 병사들은 활을 쏘아라. 활이 없는 병사들은 사제들을 보호한다."

"옛."

병사들 100명이 화살 공격을 가했다.

거대 개미의 움직임은 충분히 늦춰졌고, 몸집이 워낙에 커서 화살이 빗나갈 확률은 거의 없었다.

나머지 300여 병사들이 사제들을 보호할 때에 위드는 뛰쳐나와 거대 개미를 공격하기 위해 달렸다.

사제들은 슬로우 마법을 지속하기 위해 계속 마나를 소모하고 있었다.

'오래 끌 수 없다.'

화살로 야금야금 공격해서는 거대 개미의 생명력을 크게 깎아 놓을 수 없었다.

'몸집이 큰 만큼 생명력도 많은 것 같군.'

위드를 시작으로 기사들은 검을 들고 용감하게 거대 개미를 난도질했다.

거대 개미를 타고 올라가서 등을 찌르고, 다리를 칼로 베는 것이었다.

개미의 머리가 있는 높은 곳까지 올라가는 것은 아찔하기 짝이 없는 일이었지만, 위드는 열심히 칼을 휘둘렀다.

거대 개미는 한참을 버텼다.

발버둥을 칠 때마다 개미의 등에 붙어 있던 기사들은 땅바닥으로 추락을 하고, 짓밟히지 않기 위해 도주했다.

기사들이 떨어질 때마다 위드의 가슴이 철렁했지만 그래도 왕실 기사들인 만큼 쉽게 죽지는 않는 모습이었다.

일부 사제들은 기사들을 치료해 주었다.

거대 개미는 그 후로도 한참을 버텼지만, 위드와 사제들, 기사들의 협공을 이기지 못해 끝내 목숨을 잃었다.

> 레벨이 올랐습니다.
> 개미 껍데기 일부를 획득하였습니다.
> 개미의 더듬이를 획득하였습니다.
> 더듬이를 통해서 숨겨진 여왕개미굴의 위치를 찾을 수 있습니다.

"대단하군."

위드는 거대 개미를 잡고 나서야, 이 몬스터의 레벨이 350이 넘는다는 것을 알았다.

"굉장한 난이도다."

이 정도라면 어지간한 실력으로는 감당하기 힘든 몬스터였다.

하기야 지금까지는 명성이 너무 높아서 난이도 높은 의뢰를 쉽게 받았지만, 사실 난이도 C의 의뢰라고 해도 일반적으로 대단히 어려운 수준이었다.

위드는 왕실 기사들과 병사들의 협력 속에서 무사히 거대 개미 사냥을 마칠 수 있었다.

그 후에는 마을로 다시 돌아가서 코쿤에게 거대 개미의 껍데기를 보여 주었다.

"나는 별로 기대하지 않았다네. 이곳의 사정을 모르는 이방인이 그저 거만한 이야기를 늘어놓을 뿐이라고 여겼지. 그런데 정말로 거대 개미를 잡았군."

위드가 거대 개미를 잡고 얻은 껍데기들을 살펴보며 코쿤은 크게 감탄했다.

"놀랍군. 정말 해낼 수 있을 것이라고 기대하진 않았는데. 이 정도라면 자네가 뛰어난 전사라는 것을 의심할 사람은 아무도 없을 것이네."

띠링!

> **코쿤의 불신 완료**
> 마을에서 거대 개미를 5마리 이상 사냥한 사람은 극소수에 불과하다. 그들은 위대한 사냥꾼으로 이름을 날렸고, 마을을 수호했다. 코쿤을 통해서 마을 주민들은 이제 당신의 실력을 알게 될 것이다.
> **보상**; 코쿤의 소검.

> 경험치를 습득하였습니다.
> 명성이 6 올랐습니다.

확인해 보니 이번에는 경험치가 15%가량 올라 있었다.

명성도 획득하였지만, 그보다 더 큰 수확이 있다면 이제 마을 사람들이 위드를 상대해 준다는 것이리라.

"이건 내가 쓰던 소검인데, 특별히 자네에게 주도록 하지. 자네와 같은 전사라면 나와 친해질 자격이 있어."

코쿤은 품에서 작은 소검을 꺼내 위드에게 건네주었다.

"……."

이물질이 상당히 묻어 있고 칼날이 무디어 보이는 검이었다.

"어디에 쓰는 검입니까?"

"나무껍질을 벗겨 낼 때에 좋지. 쓸 만한 소검이라네."

위드에게는 자하브의 소검이 있었지만, 일단은 챙기기로 했다.

코쿤은 말을 이었다.

"자네와 같은 전사에게는 이 마을의 사정을 좀 더 확실히 이야기해 줘야겠군. 여긴 정말 위험한 곳이야. 그러므로 함부로 행동하다가는 죽음을 면치 못하지. 또한 절대로 오크들을 얕보지 말게나. 어릴 때부터 강한 몬스터들과 싸우면서 자란 오크들은 아주 강해. 그러니 이 평원의 주인은 오크들이라고 봐도 과언이 아니야."

"오크들을 주의해야겠군요."

"오래 살고 싶다면 그래야지. 그런데 최근에는 유로키나 산맥의 정상에 있는 다크 엘프들에게 무슨 일이 생긴 모양이야. 어디선가 알 수 없는 마법을 쓰는 이들이 나타나서 다크 엘프들과 협력하고 있는 것 같아."

위드의 눈빛이 날카롭게 빛났다.

"좀 더 자세히 알 수 있겠습니까?"

"일개 사냥꾼인 나로서는 유로키나 산맥 내부에서 벌어지는 일들에 대해 잘 알지 못하지. 그런데 다크 엘프들과 오크들이 몇 번 싸우는 것을 보았다네. 지금까지는 번식력 좋은 오크들이 다크 엘프들을 압도했지. 정령술과 마법이 뛰어난 다크 엘프들이라고 해도 오크들의 숫자에는 밀릴 수밖에 없었거든. 그런데 흑마법을 쓰는 이상한 자들이 협력하면서 오크들이 패배하는 경우가 많아지더군. 죽은 오크들이 다시 살아나서 동족을 공격하고, 강성한 오크들이 힘이 빠진 것처럼 전투에서 비실대었다네. 그리고 전투에 패배한 오크들의 시체는 온데간데없이 사라졌지. 너무도 놀라운 이 전투를 구경하다가 나도 몇 번이나 죽을 뻔했어.”

위드는 다크 엘프들과 협력하는 이들이 바로 바르칸의 네크로맨서들임을 알 수 있었다.

“오크들을 압도한 다크 엘프들. 그들이 사는 곳에 처음에는 요새와 성 그리고 탑들이 지어졌어. 다크 엘프들이 성을 짓는 것은 아무래도 이상한 일이지 않나?”

“그렇죠.”

엘프들은 일반적으로 평화와 자연을 사랑하는 종족이었다.

다크 엘프들은 그와는 정반대로 전투를 즐기는 성향을 가지고 있지만, 그렇다고 해도 그냥 숲에서 살지 인간들처럼 성을 짓는 경우는 없었다.

“다크 엘프들은 마치 전쟁을 준비하는 것처럼 성벽을 높게 쌓더군. 오크와의 충돌이라도 지속적으로 벌이려는 것일까? 아니면 반드시 숨겨야 하는 어떤 일이라도 있는 것일까? 나로서는 알 수 없지. 오크와 다크 엘프들은 본래 앙숙이었으니까. 다만 누구나 알 수 있는 것은, 다크 엘프들이 강해지면서부터 매일 밤이 조금씩 길어지고 있다는 사실이야.”

“밤이 길어지다니요?”

“일정한 시간이 되면 다크 엘프들의 성에서부터 검은 구름이 만들어져서 하늘을 덮고 있어. 해를 볼 수 있는 시간이 갈수록 줄어들고 있지. 자네도 저녁이 되면 직접 볼 수 있을 것이네."

이것으로 위드는 절망의 평원의 내부 사정에 대해서 대충 알 수 있었다.

마지막으로 코쿤이 한마디를 덧붙였다.

"이제 나도 사냥을 하러 가 봐야겠군. 참, 우리 마을에 모스와 에이미 오누이가 있어. 그들에게는 모습이 바뀌는 몬스터에 대한 이야기를 하지 말게나."

그러고는 방패와 칼을 들고 마을을 나갔다.

조각 변신술

위드는 천천히 마을을 둘러보았다.

이제 마을 주민들은 위드에게 말을 건네고 있었다.

"우리들은 강한 전사를 좋아한다. 친구와 가족을 지키기 위해서 힘은 꼭 필요한 것이지."

"거대 개미를 다섯이나 해치웠다면서? 대단하군. 내게 꼭 필요한 일이 있는데 잠깐 시간이 되면 도와주겠는가?"

위드는 그들에게서 간단한 퀘스트를 받아 진행하면서 마을의 사정에 대해서 알아 갔다.

유배자들의 마을에는 잡화점이나 변변한 상점도 없고, 그저 민가에서 간단한 음식 재료들을 구할 수 있을 정도였다.

'상업적으로 발전하기는 힘들겠군.'

위드는 마을을 돌아다니다가 울고 있는 소년을 보았다.

위드는 그 순간 코쿤이 말한 모스라는 소년임을 직감했다.

이 작은 마을에 소년이라고는 몇 명 되지도 않았던 것이다.

"무슨 일이 있는 거냐?"

위드가 다가가서 묻자 소년은 고개를 저었다.

"여행객이시군요. 여행객이 알 만한 이야기가 아니에요."

"……."

완전히 심한 문전 박대였다.

그렇지만 위드는 물러서지 않았다.

본래 하지 말라면 더 하고 싶은 법!

"이 마을의 주변에는 몬스터들이 많더구나. 혹시 모습이 바뀌는 몬스터 때문에 무슨 일이 있는 거니?"

몬스터라는 말에 소년은 번쩍 고개를 들었다.

소년의 눈빛은 적개심으로 가득했다.

"모습이 바뀌는 몬스터를 사냥해 본 적이 있나요?"

"그럼. 나는 많은 종류의 몬스터를 사냥해 봤지."

"그러면 우리들을 도와주세요. 몬스터 때문에…… 그 증오스러운 모습이 바뀌는 몬스터가 제 여동생을 탐내고 있어요."

왠지 퀘스트의 느낌이 강하게 오는 위드였다.

"무슨 일이 있었는지 상세하게 말해 봐라."

"실은……."

소년은 그때의 상황을 생생하게 전해 주었다.

마을을 습격한 몬스터들은 모스의 여동생인 에이미를 보았다. 몬스터 무리를 이끌던 도플갱어는 한눈에 에이미에게 반하고 말았다.

"맘에 든다, 인간! 배불리 먹여 줄 테니 따라와라."

도플갱어는 에이미를 잡아가려고 하였지만, 어린 에이미는 완강하게 버텼다. 오빠인 모스를 두고 떠날 수는 없다는 것이었다.

그러자 도플갱어는 모스의 몸으로 변신을 했다. 얼굴과 몸의 형태 등 모든 것이 모스와 동일했다.

"이제 됐지? 나와 같이 살자."

"본래 모습도 찾을 수 없이 매번 바뀌는 몬스터에게 잡혀가서 당신의 애를 낳느니 차라리 혀를 깨물고 죽겠어요!"

에이미가 목숨을 끊겠다고 협박을 하자, 도플갱어는 마지못해서 제안을 했다.

도플갱어는 타인의 능력을 고스란히 복제하는 게 장기였지만, 그 외에도 매우 뛰어난 지능을 가지고 있어서 마법을 사용할 수도 있다.

보통의 탐욕스러운 몬스터라면 강제로 끌고 갔겠지만 그만큼 에이미가 마음에 들었던 것이다.

"좋다, 인간. 나는 인정이 많은 편이지. 그러면 앞으로 3년간 기다려 주겠다. 그 후에 널 데려갈 테니 준비해! 만약 그때도 거부한다면 마을 사람들을 다 죽일 것이다."

도플갱어가 약속했던 시간은 이제 불과 3개월이 남았을 뿐이었다.

모스는 눈물로 애원했다.

"부디 제 여동생이 도플갱어에게 잡혀가지 않도록 해 주세요. 아무것도 가진 것은 없지만 이렇게 부탁드립니다. 도플갱어는 마을의 북쪽 숲에 있다고 알려져 있습니다."

띠링!

'모습이 바뀌는 몬스터가 도플갱어를 뜻하는 것이었군.'

보통 때라면 이런 의뢰는 그냥 거부해 버렸을 것이다.

퀘스트의 보상이 분명치 않았고, 도플갱어라면 굉장히 까다로운 몬스터였다. 마법도 잘 쓰고, 능력을 복제할 수 있기에 일반적으로 사냥하기 힘든 몬스터의 하나였던 것이다.

냉철하고 차가운 면이 있는 위드였지만, 소년의 눈을 보는 순간 과거의 일들이 주마등처럼 떠올랐다.

아주 어릴 때에 부모님들이 돌아가시고 할머니와 여동생만이 남았다.

세상에서 버림을 받은 것만 같았다.

어디에도 의지할 곳이 없었다.

누군가에게 간절히 기대고 싶고 도움을 청하고 싶었다.

그런데 도움을 청할 곳이 없었다.

만약에 한 줄기 간절한 희망을 가지고 누군가에게 도움을 청했는데 그로부터 거절을 당한다면, 그 좌절감은 형용할 수 없었으리라.

위드는 고개를 끄덕이고 말았다.

"에이미는 반드시 내가 지켜 주겠다."

"고맙습니다, 여행객님!"
모스가 감사를 표했다.

위드는 다시금 왕실 기사들과 사제들, 병사들을 동원했다. 베커와 부란 들은 그사이 철저히 군기가 다져진 모습이었다.

그도 그럴 것이, 상대적으로 편안한 로자임 왕국에서 군 생활을 하다가 절망의 평원까지 얼떨결에 오게 되었다.

그리고 첫 사냥의 대상은 거대 개미!

밟혀 죽지 않기 위해 목숨을 걸고 뛰어다닌 병사들이었다. 그러나 무사히 살아남음으로써 각기 레벨이 2, 3씩 올랐다.

위드에 대한 일반 병사들의 신뢰는 절대적이었다.

"대장님, 어디로 가는 것입니까?"

"모스라는 소년과 에이미라는 아름다운 소녀. 선량한 마을 주민들을 괴롭히는 도플갱어를 처치하기 위함이다. 도플갱어가 에이미라는 소녀를 노리고 있다."

"반드시 처단해야겠군요."

호스람이 다부진 어조로 말했다.

왕실 기사들의 태도도 한결 누그러졌다.

"약한 이들을 지키는 건 기사의 본분, 이번 일만큼은 따르도록 하지요."

"어린 소녀가 마물로부터 고통받고 있다고 하니 기사로서 참을 수 없는 일입니다."

"도플갱어를 처단하는 일에 우리를 꼭 데려가 주십시오."

위드는 병사들과 기사들을 데리고 도플갱어들이 있다는 북쪽 숲으로 향했다.

근처에는 각종 대형 몬스터들이 들끓었고, 북쪽 숲에는 귀곡성마저 울려 퍼진다.

햇빛이 사라지고 음습한 기운이 감돌았다.

"땅이 오염되어 있습니다."

"여긴 저주받은 숲입니다."

사제들의 잇따른 경고에도 위드는 물러서지 않았다.

"콜 데스 나이트!"

데스 나이트 반 호크를 앞세운 채로 부대를 전진시켰다.

"후우, 이곳은 나에게 친숙한 곳이군."

데스 나이트는 씩씩하게 걸어갔다.

그리고 얼마 되지 않아서 도플갱어를 발견했다.

놈이 도플갱어임을 알 수 있었던 것은, 외모가 모스라는 소년과 동일했기 때문이었다.

위드는 병사들과 함께 열심히 도플갱어를 공격했다.

도플갱어는 모습을 몇 차례나 바꾸면서 싸웠다.

병사들이나 왕실 기사, 데스 나이트의 기술을 번갈아 쓰면서 버텼다.

놈이 사용하는 다양한 기술은 혼란을 일으키기에 충분했지만, 위드와 데스 나이트의 합공과 사제들의 치유술 덕분에 병사들은 승리할 수 있었다.

위드는 병사들을 데리고 열심히 의뢰를 맡았다.

유배자들의 마을 주변에는 온갖 몬스터들이 나온다.

거대 개미나 도플갱어 등 평소에 발견하기 힘든 몬스터들을 시작으로 해서, 기괴한 식물, 동물, 혹은 어떤 동굴 안에 사는 화염 괴수를 처치해 달라는 임무도 맡았다.

"대장님을 믿습니다."

"대장님과 함께라면 어디든 가겠습니다!"

병사들을 끌고 다니는 위드!

실상 병사들의 전투력은 초반에 그리 큰 도움은 되지 않았다.

너무나도 약했던 까닭이었다.

그러나 강한 몬스터를 하나하나 사냥하면서 매우 빠른 속도로 강해지고 있었다.

왕실 기사들의 숙련도도 올라가고, 사제들과의 협공 플레이도 원활하게 이루어졌다.

위드의 지휘력이 빛을 발한 덕분이었다.

주변의 대형 몬스터들을 사냥하며 퀘스트를 휩쓸고 다니는 위드!

위험천만한 순간들도 수없이 많았지만, 위드는 무사히 의뢰들을 해결하고 다녔다.

그러면서 경험치가 매우 빠른 속도로 차올랐다.

그냥 몬스터를 1마리 사냥하면 일정량의 경험치와 함께 아이템이 떨어지게 된다.

그런데 퀘스트를 받아서 사냥을 하면 몬스터를 잡을 때 외에도 퀘스트의 경험치 보상이 아주 짭짤했다.

　　굳이 3배가 아니더라도 로자임 왕국 등에서 받는 경험치보다 훨씬 많았던 것이다.

　　'아무래도 위험지역이기 때문에 그런 것 같군.'

　　다만 단점은 퀘스트로 받는 물건들의 질이 형편없다는 것.

　　기술력이 발전되지 않은 동네이기 때문에 무기라고 지급하는 것도 조악한 수준인 것이다.

　　위드는 병장기를 구할 때마다 왕실 기사들과 병사들을 무장시켰다.

　　"고맙습니다, 대장님."

　　"잘 쓰겠습니다."

　　아이템을 넘겨줄 때마다 위드는 눈물이 날 것만 같았다.

　　한번 준 아이템은 도로 빼앗기가 쉽지 않다. 차라리 처음부터 안 준다면 모를까 줬다가 뺏으면 친밀도가 상당히 하락하기 때문이다.

　　'어쩔 수 없는 일이지만…….'

　　위드는 병사들과의 사냥을 통해서 레벨을 279까지 올렸다.

　　그때에는 병사들도 상당히 레벨이 올랐고, 왕실 기사들이나 사제들도 제법 강해졌다.

　　그러나 다크 엘프나 오크들을 상대하기에는 턱없이 모자란 수준이었다.

오크!

오크라면 위드에게 당장 떠오르는 이미지가 몇 개 있었다.

욕심 많고 끈질긴 종족.

집착이 강해서 누구를 상대하더라도 복수심에 불타오른다.

바퀴벌레처럼 빠르게 번식하며 전투를 잘한다.

그런 오크들이 최소한 수천, 어쩌면 수만이나 되었다.

"으으으!"

동굴로 돌아온 위드는 답답함에 끙끙 앓았다.

마을 주변의 사냥은 어느 정도 순조롭게 진행이 되고 있었다. 그러나 대체 무슨 수로 오크들과 다크 엘프들, 거기에 네크로맨서들까지 이긴단 말인가!

부하라고는 기껏해야 백부장 넷과 병사 400, 그리고 왕실 기사 10명이 전부였다.

물론 사제들 50명이 있긴 하지만, 어느 정도 싸워 줄 병력이 뒷받침되었을 때에나 도움이 되는 전력이었다.

왕실 기사들의 실력은 프레야의 성기사들과 어느 정도 비슷하다고 쳐도 숫자에서 달린다.

이 전력으로 유로키나 산맥에 오른다면 백전백패! 필시 죽음을 면치 못하리라.

네크로맨서들은 만나 보지도 못하고 오크들에게 죽게 될 것이다.

사방이 적이었다.

네크로맨서나 오크들은 확실한 적!

네크로맨서와 협력하고 있는 다크 엘프들도 적이라고 봐야 한다.

위드의 냉철한 머리가 회전을 시작했다.

평상시에는 아부와 눈치 보기, 결국 어떻게 하면 돈을 더 벌어 볼까 하는 쪽으로 돌아가는 머리지만, 지금은 상황에 따른 해법을 찾아내기 위해 고생하고 있었다.

지렁이도 밟으면 꿈틀거리는 법이다.

'적들이 강하다. 그런데 적들은 서로 친하지 않아.'

마침내 위드의 머릿속에 언제인지 모를 시절, 소설책에서 봤던 문장이 떠올랐다.

적의 적은 나의 친구!

문장을 떠올리는 순간에 위드는 머릿속의 안개가 조금은 걷힌 기분이 들었다. 어둠 속에서 새벽의 빛줄기를 본 듯한 느낌이었다.

위드는 복잡한 소설은 별로 본 적이 없었다. 복잡한 만큼 머리만 아프고 재미는 없는 것이다.

그럴 바에야 단순하고 명쾌한, 기분이 좋아지는 소설들을 주로 읽었다.

판타지나 무협지! 혹은 만화책들이 그 대상이었다.

'책은 절대로 거짓말을 하지 않아.'

만화책에서 몇 번 어설프게 봤던 문장이지만, 조각술과 결합이 되자 머릿속에서 한 가지의 계획이 떠올랐다.

'모험을 해 보는 것도 나쁘지 않겠지.'

동굴을 나온 위드는 우선 큰 바위를 찾았다.

바위를 찾는 것은 어렵지 않지만, 만들고자 하는 크기의 바위를 구하는 것은 쉽지 않았다.

'일단 몸집이 커야 한다.'

위드는 자신보다 훨씬 더 큰, 높이만 3미터는 됨직한 크기의 바위를 마침내 발견했다.

그런 다음에는 조각술을 펼쳐야 했다.

슥슥!

자하브의 조각칼이 바위를 가르며 빠르게 움직였다.

시간이 지나자 일반적인 조각상과는 많이 다른 괴상한 형태가 점차 드러나기 시작했다.

위드가 장기로 하는 서윤을 닮은 미인상도 아니었고, 그렇다고 어떤 고정된 사물을 조각하는 것도 아니었다.

살아서 움직이는 생명체.

호전적이고 욕심 많은 종족.

오크!

그러나 위드는 조각술을 펼치면서 고민에 빠져 들었다.

'오크들은 욕심이 많다고 하지. 그런데 대체 그 욕심을 이해할 수가 없군. 무슨 욕심을 그렇게 갖는 것이지? 이 평화롭고 아름다운 세상에 욕심 많고 이기적으로 활동하는 생명체라니. 그리고 과도한 집착에 대해서는 전혀 모르겠어.'

조각술을 완벽하게 펼치기 위해서는 대상에 대한 이해가 매우 중요했다.

위드는 도무지 오크를 어떻게 이해해야 할지 알 수 없었다. 인간인 이상 오크를 이해한다는 것은 정녕 쉽지 않은 일임에 틀림없었다.

조각상은 무난한 오크의 형태로 만들어지고 있었다. 대충 모범적인 오크의 형상으로 말이다.

각종 몬스터들을 조각하면서 오크 또한 조각해 본 적이 있는 만큼 당시의 기억을 충실하게 되살렸다.

무난하고 평범한 조각상.

어딘가 순하면서도 어눌한 면이 있는 오크가 만들어지고 있었다.

그러던 어느 순간, 갑자기 얼마 전에 있었던 일이 떠올랐다.

코쿤의 방패를 구해 주면서 무려 5골드나 날려 버렸던 대사건! 그때는 그래도 설마 했다.

당시에는 퀘스트에 대한 보상을 받기 전이었기 때문이다.

그런데 정작 퀘스트를 완료하고 나니 얻은 것은 코쿤으로부터 들은 이야기 몇 마디와 소검 한 자루가 전부였다.

들어간 돈 5골드는 단돈 1쿠퍼도 돌려받지 못했다.

원통해서 쓰러질 것만 같다.

돈! 돈! 돈! 돈! 돈!

잃어버린 5골드에 대한 과도한 집착! 욕심! 집념! 갈망! 원한까지!

"으아아아아!"

위드의 조각칼이 현란하게 움직였다.

그러면서 조각상은 생기를 띄기 시작했다.

오크의 주름진 눈매에 이기심이 어리고, 게걸스럽게 벌리고 있는 입과 돼지 코는 욕망으로 가득했다.

'기왕이면 조금 더 강인해 보이도록 근육을 크게 하고, 흉터 자국도 확실하게 새기자!'

완전한 전투형 오크 조각상.

특별한 이미지 설정을 위하여 이빨도 크고 두껍게 만들었다.

그러다 보니 입도 크고 코도 흉측하며, 눈가에는 이기심으로 가득한 오크 조각상이 탄생되었다.

얼굴은 차마 마귀도 저리 가라 할 정도라서 눈 뜨고 보기가 힘들며, 몸은 근육으로 뒤덮여 있는데 일반적인 오크보다 최소한 2할 정도는 컸다.

띠링!

걸작! 괴물 오크 상을 완성하셨습니다!
정상적인 감각을 가진 예술가는 절대로 만들지 못할 조각상!
뛰어난 손재주로 완성이 되었지만, 차마 빛을 보지 않고 사장되는 쪽이 나을 것 같다.
예술적 가치: 1
옵션: 오크 조각상을 바라본 이들은 생명력과 마나 회복 속도가 하루 동안 5%
　　　증가한다.
　　　이동 속도 15% 상승.
　　　지력 10 하락.
　　　매력 200 하락.
　　　힘 20 증가.

민첩 10 증가.
카리스마 60 증가.
통솔력 50 증가.
우는 아이의 울음을 그치게 만들 수 있다.
담력이 낮은 이들은 이 오크 상을 바라보는 것만으로도 심하게 위축된다.
다른 조각품과 중복 적용되지 않음.
지금까지 완성한 걸작의 숫자: 6

조각술 스킬의 숙련도가 향상되었습니다.
명성이 46 올랐습니다.
투지가 1 상승하였습니다.
지구력이 3 상승하였습니다.
카리스마가 3 상승하였습니다.
인내력이 5 상승하였습니다.

일단 오크 상은 완성되었다.

예술적 가치가 낮은 것이 조금 신경 쓰이지만, 위드는 그나마 실패작이 나오지 않은 것을 다행스럽게 여겼다.

사실 그가 만들긴 했지만 차마 꿈에 나타날까 두려운 오크였다. 조각상을 정면에서 보고 있자니 그냥 이유 불문하고 한 대 치고 싶다!

당장이라도 조각 파괴술로 산산조각을 내 버리고 싶다.

'어쨌든 내 새끼처럼 공들여서 만든 것이니…….'

위드는 마음을 다잡았다. 그러나 아무리 애정을 가지려고 해도 이놈의 조각상만큼은 적응이 안 된다.

위드는 조각 파괴술을 사용하는 대신에 다른 스킬을 시전했다.

최초로 사용하는 다론의 조각술! 그 비술!

"조각 변신술!"

조각 변신술을 사용합니다.

조각술에 대한 무한한 애정은 그 조각품과 조각사가 서로 닮게 만든다!

위드의 형상이 조금씩 바뀌어 갔다.

키가 점점 커지고 울퉁불퉁한 근육이 생겨난다. 털이 자라서 몸을 덮었다. 그러더니 잠시 후에는 완전한 오크의 모습으로 변신했다. 손등과 발등까지도 완벽한 오크였다.

위드는 생소한 기분이었다.

키가 부쩍 자라서 눈높이가 달라졌다. 팔다리의 굵기도 다르고 뱃살도 두둑하게 나왔다.

"성공한 건가? 취이익!"

방금 전까지만 해도 정상적인 발음을 할 수 있었다. 그런데 이제는 오크들의 전유물이라고 하는 취이익, 소리가 절로 나왔다.

"이거, 취익! 이상하군. 취치치치이익!"

위드는 입을 다물려고 했지만, 이빨이 너무 커서 다물어지지가 않았다.

몸의 형태가 바뀌면서 현재 착용하고 있는 장비들을 상당수 쓸 수 없게 되었습니다.
전신 철갑옷이나 중갑옷을 입으실 수 있습니다.
종족이나 형태에 따라 필요한 장비를 새로 구하십시오.

> 조각 변신술의 영향으로 힘과 민첩이 약간 증가합니다.
> 지력과 지혜가 최저 수준으로 하락합니다.
> 예술 스탯이 절반으로 줄어듭니다.
> 카리스마가 대폭 상승합니다.
> 조각 변신술이 풀릴 때까지 유효합니다.

캐릭터 정보 창을 확인해 보니 힘과 민첩, 생명력들이 늘어난 반면에 다른 스탯들은 조금씩 줄어 있었다. 특히 예술이나 지혜 쪽의 타격이 컸다.

그 외에도 망토와 검을 제외한 갑옷 및 장갑은 전부 착용할수 없게 되었다.

"변신 상태에서는, 취익! 쓸 수 없게 된 것인가? 취이이!"

종족 자체가 달라진 것이니 어쩔 수 없는 일이었다.

터벅터벅.

위드는 익숙하지 않은 걸음으로 오크들로 가득한 유로키나 산맥을 올랐다.

뒤뚱뒤뚱 오리처럼 걷는 걸음이었지만, 워낙에 키가 커서 금세 산을 오를 수 있었다.

단순 무식 오크 카리취!

산에는 엄청나게 많은 오크들이 있었다.

오크 정찰병들.

오크 투사들.

오크 워리어들.

과거에 여러 종류의 오크들을 잡아 본 위드였지만 내심 긴장하지 않을 수가 없었다.

'정체가 발각되면 끝장이다.'

산을 오르는 위드의 등줄기로 식은땀이 흘렀다.

아무리 전투에 대한 자신감이 넘친다고 해도 오크들에 둘러싸이게 되면 답이 없다.

보통의 평범한 오크들.

로자임 왕국에 많이 있는 레벨 80에서 130 정도의 약한 오크들이라면 어떻게 도주를 할 수 있을지도 모른다.

그렇지만 절망의 평원에 있는 오크들은 강했다.

약체로 분류되는 몬스터들인 고블린이나 코볼트라고 해도 환경에 따라서 조금씩 전투력에 차이가 있다.

이곳의 오크들은 태어나자마자 생존경쟁을 시작하고, 강한 몬스터들과 전투를 벌인다. 그 때문에 평범한 오크들보다 훨씬 강하다.

무엇보다도 그 어마어마한 개체 수는, 도저히 감당할 수 있는 게 아니었다.

설혹 도망친다고 해도 수만의 오크들이 추격해 올 것이다.

평원에서 오크 떼에 의해 잔인하게 죽임을 당하는 경험만큼은 절대로 하고 싶지 않았다.

천천히, 그리고 신중하게 산을 올라가는 위드.

"취익!"

나름대로 조심한다고 했지만, 오크 투사 1마리와 정면으로 눈을 마주치고 말았다.

레벨 210의 오크 투사!

웬만한 기사들도 눈 아래로 보면서, 다수의 오크를 부리는 일종의 대장 몬스터.

"췩!"

위드를 발견한 오크 투사는 그렇지 않아도 우락부락한 눈을 부릅떴다.

'큰일이다.'

오크 투사의 반응이 심상치 않은 걸 본 위드의 얼굴이 찌푸려졌다.

'들키면 안 되는데…….'

위드는 우선 웃기로 했다.

미소야말로 원만한 대인(?) 관계를 위해서 꼭 필요한 것이었다.

씨익!

위드는 특제 썩은 미소를 날려 주었다.

그런데 아직 익숙하지 않은 얼굴 때문에 양 미간이 움츠러들고 입가가 파르르 떨린다.

흉측하게 튀어나온 이빨들이 더욱 돌출되어 보였다.

그 순간!

오크 투사는 곧바로 고개를 숙였다.

"췍! 췍! 췍! 췍! 췍!"

공포에 질려 버린 오크 투사!

외모만으로도 오크 투사를 압도해 버린 위드였다.

"앞으로 조심해라. 취이익!"

"알겠다. 췍. 췍. 췍!"

그런 일은 산을 올라가며 수도 없이 반복되었다.

위드의 가공할 만한 덩치와 외모에 오크들은 모두 움츠러들었다.

그러던 차에 오크들이 전투를 벌이고 있는 장소에 도착했다.

"다. 다. 죽여. 취칫!"

"췍! 여긴 우리의 땅."

십수 마리의 오크들이 말을 타고 있는 파이어 자이언트와 전투를 벌이고 있었다.

지네를 닮은 초대형 몬스터!

입으로는 연방 불을 내뿜으며 오크들을 핍박한다.

오크들도 열심히 글레이브를 휘둘러 보지만 파이어 자이언트의 단단한 외피를 뚫지 못하고 있었다.

파이어 자이언트는 레벨 280이 넘는 강한 몬스터였다. 이런 몬스터들이 절망의 평원에는 널려 있었다.

그렇기 때문에 위험지역 중에서도 극도로 위험한 곳으로 알려져 있는 것이다.

위드는 잠시 오크들의 전투를 구경했다.

불구경과 싸움 구경만큼 재미있는 것이 없다고 하지 않던가!

'오크들이 다 죽으면 전리품을 획득할 수 있겠군.'

마침 기존의 방어구나 무기를 쓰지 못해서 거의 빈 몸뚱이나 다름없는 상태이기에 싸움이 끝나기만을 참을성 있게 기다렸다.

파이어 자이언트의 끈질긴 공격, 몸 전체를 휘두르며 불을 내뿜자 오크들은 고전을 면치 못했다.

하나 둘 오크들이 죽어 가고 있었다.

오크들이 죽는 것을 보면서도 위드는 아무렇지도 않았다.

그러다가 아차 싶었다.

'나는 지금 인간이 아니지. 오크라면 절대 동족들이 죽어 가는 것을 그냥 지켜보지 않아.'

위드는 곧 전투에 뛰어들었다.

우선 땅바닥에 떨어진 녹슨 글레이브를 주워 들었다.

"이야합!"

위드는 파이어 자이언트를 향해 글레이브를 휘둘렀다.

막 오크 1마리를 통째로 입 안에 넣으려던 놈은 그 공격을 맞고 옆으로 나가떨어졌다.

쿠당탕!

집채만 한 놈이 먼지를 일으키며 나가떨어지는 광경은 실로 장관이었다. 오크로 변하면서도 힘이 조금도 줄어들지 않았다는 증거였다.

파이어 자이언트는 위드를 명백한 적으로 인식했다.

쿠워어어어!

버둥거리며 일어난 파이어 자이언트는 대번에 위드를 향해 돌격했다. 땅을 박차고 단숨에 뛰어오르는 공격이 아니라, 지네처럼 많은 발을 빨빨 움직이면서 뛰어왔다.

시뻘건 화염을 내뿜으면서 다가오는 적!

위드는 본능적으로 높이 뛰었다. 그리고 착지한 곳은 파이어 자이언트의 머리 위였다.

"조각, 취이익! 검술, 취이익!"

위드는 놈의 머리에서 글레이브를 휘둘렀다.

조각 검술은 오크 상태에서도 펼칠 수는 있었지만, 금세 마나가 떨어지고 말았다. 지혜나 지식이 턱없이 줄어들면서 마나의 최대치가 감소한 까닭이었다.

대신에 힘이 대폭 상승했다.

위드는 넘쳐 나는 힘으로 글레이브를 내리쳤다.

날이 무딘 글레이브지만, 내려칠 때마다 파이어 자이언트의 몸에 상처를 냈다.

"그워어어어!"

파이어 자이언트는 위드를 떨어뜨리려고 안간힘을 다했다.

고개를 이리저리 흔들고, 심지어는 펄쩍 뛰어오르기도 했다.

떨어지면 물론 곤란했다. 떨어지는 순간 파이어 자이언트의 거체가 위에서 짓누르게 될 테니 말이다.

위드는 흔들리는 놈의 몸뚱이 위에서 양발로 절묘하게 균형을 잡고, 아래를 공격했다.

위태롭기 짝이 없는 광경이었다.

글레이브를 휘두를 때마다 금방이라도 튕겨 나갈 듯이 보였다.

격렬한 움직임 속에서 위드는 한쪽 손으로 놈의 더듬이를 움켜쥐었다.

"죽어. 취이익!"

흔들거리는 만원 버스에서 아무것도 붙잡지 않은 상태로 버티는 것보다 백배는 힘든 일이었지만, 위드는 떨어지지 않았다.

검도를 익힌 것이 조금은 도움이 되었다.

몸 전체를 다스리는 법!

어떤 상황에서라도 중심을 잃지 않는다.

굳건한 중심이 있을 때에만 올바르게 힘을 쓸 수 있다.

위드는 파이어 자이언트의 몸에 빈대처럼 붙어서 공격을 했다. 그러는 동안에 다른 오크들도 놀고만 있진 않았다.

"우리 편이, 취잇! 도우러 왔다."

"취이익! 어서 싸우자!"

오크들이 글레이브를 휘두르며 달려들었다.

파이어 자이언트는 화염을 내쏘며 저항했지만, 위드와 오크들의 합공을 버티지 못하고 마침내 육중한 거체를 땅에 누이고 말았다.

그 순간 위드의 눈앞에 메시지 창이 떠올랐다.

레벨이 올랐습니다.
유로키나 산맥의 자이언트를 사냥함으로써 명성이 1 올랐습니다.

경험치 획득!

위드는 기쁨의 함성을 질렀다.

오랜만에 한 사냥에 내지르는 기쁨의 함성.

완전히 전투에 전념하였을 때마다 터트리고 마는 버릇 중의 하나였다.

"취이이이이아아아악!"

"취취취!"

오크들도 따라서 함성을 질렀다.

파이어 자이언트의 거체 위에 발을 올리고 있는 위드와 다른 오크들!

겉보기에는 특별히 흉악하고 몸집 큰 오크 1마리와 고만고만한 오크들 여러 마리가 힘을 합쳐 사냥을 한 것과 조금도 다르지 않은 광경이었다.

그렇지만 언제나 사냥을 마쳤을 때에는 잊지 않는 절차가 있었다.

위드는 전리품을 주웠다.

파이어 자이언트의 등껍데기를 획득하였습니다.

등껍데기는 가공을 할 경우 다양한 용도의 방어구를 제작할 수 있는 재료 아이템이었다.

일정한 확률로 속성이 부여되기도 하고, 가볍고 단단해서 제련을 마친 일반 강철보다 훨씬 좋지만 상당히 구하기 힘든 재료에 속했다.

　　"고맙다. 취익!"

　　"취치치치칫. 우리들을 구해 줬다."

　　위드를 향해 오크들이 감사의 인사를 하러 몰려들었다.

　　위기에서 구해 준 오크에게 감사의 표시를 하는 것은 당연했다.

　　그러나 정작 위드를 보는 순간 오크들의 눈가가 파르르 떨렸다.

　　아무래도 적응이 안 되는 얼굴!

　　위드의 얼굴은 은인이라고 해도 도저히 그냥 봐줄 수 없는 지경이었던 것이다.

　　오크들이 떠는 것을 보며 위드는 자신감이 생겼다.

　　"취이익. 너희들끼리 이런 놈을 사냥하고 있었나? 취잇. 그러면 날 불러야지. 나는 전투를 좋아한다. 취취취익! 보석과 아이템은 더 좋아하지."

　　"취이이. 인정한다. 너는 전사. 자랑스러운 오크 전사."

　　자고로 끼리끼리 어울리는 법이라고 했다.

　　싸움을 즐기고 욕심이 많은 오크들은 위드를 무척이나 좋아했다.

　　"그런데 처음 보는 얼굴이다. 어디서 왔나. 취이익!"

　　"나도 모른다. 췩!"

　　위드는 슬픈 눈빛으로 저 멀리 평원을 바라보았다.

딴에는 실감 나는 눈빛 연기지만, 겉보기에는 흉악범이 방화나 살인을 추억하는 것만 같은 표정이었다.

"나는 1살에 어미와 함께 이 산맥을 떠났다. 췻! 그리고 평원에서 지내다가 이제 돌아왔다. 취이익! 무슨 일이 있었는지는 더 이상 묻지 마라."

"알겠다. 취익!"

"사냥이나 더 하자. 취이익!"

"나도 좋다. 췩!"

위드는 순식간에 오크 무리에 동화되어 버리고 말았다.

어느 곳, 어느 세력에 속하더라도 금세 빈대 붙을 수 있다!

눈치 보기와 줄 서기의 달인.

밥 한 끼 얻어먹기, 혹은 지하철 무임승차.

친구들과 지낼 때에는 한 푼도 낸 적이 없었다.

이렇게 어릴 때부터 여러모로 고생을 하며 살아온 경험들이 사회에 대한 적응력을 길러 주었다.

"우오오오오!"

"취익. 취익!"

위드에게 곧바로 호응하는 오크들!

유로키나 산맥 곳곳에는 오크들의 마을들이 많이 분포되어 있었다.

오크들은 위드를 자신들의 마을로 초대했다.

"취이잇! 같이 가자."

"그래도 되는가? 췩! 취익!"

"괜찮다. 우리 가족 많다. 취치치. 위대한 전사, 취이이익! 좋아한다."

"췩. 고맙다, 친구."

위드는 오크들과 함께 산맥의 깊은 곳으로 이동했다.

몇 개의 오크 마을들을 지나쳐서 가장 큰 마을을 찾았다.

그곳은 인간들의 도시처럼 넓고 거대했다.

성벽이나 성채는 없어도, 크게 지어진 집들에 오크들이 산다. 한 집마다 최소한 10마리씩의 오크들이 사는데, 이러한 집들이 1,000채가 넘는다.

그야말로 오크들의 번식력은 가공하다고밖에 표현할 수 없는 지경이었다.

위드가 막 마을로 들어가려고 하는데, 오크 가드들이 저지했다.

"아, 아무나 못 들어간다. 취익!"

위드는 조용히 그를 노려봐 주었다. 그러면서 목소리를 낮게 깔고 물었다.

"무슨 문제 있나? 취이익."

오크를 닮은 마귀!

지상에서 가장 두려운 얼굴.

완전히 얼굴로 먹고 들어가는 위드였다.

동료 오크들이 금세 위드를 변호해 주었다.

"우리들의 친구다. 취익! 함께 싸웠다. 췩!"

"그, 그래도 안 된다. 췩!"

"취이익. 이름을 밝혀야만, 췩! 들어갈 수 있다."

오크 가드들은 공포에 질려서도 할 말은 다 했다. 저지하는 손이 애처로울 정도로 떨리고 있었다.

위드는 잠시 그 자리에 멈춰 섰다.

오크로 행세하기 위해서는 이름이 필요한데 정해 놓은 이름이 없었다.

"나는 카리…… 췩!"

카리라는 이름을 급조해 낸 위드. 그런데 오크들은 조금 다르게 받아들였다.

"카리췩! 카리췩! 취익. 어서 들어가라."

카리췩로 이해한 것이 아닌가.

오크들의 이름에는 취가 붙은 경우가 많았다.

'이런 것이었군.'

카리나 카리취나 상관할 게 없는 위드로선 전혀 개의치 않고 오크들의 마을로 들어갔다.

"취이익! 싸게 판다."

"췩! 난 더 싸게 판다."

"취잇! 나도 싸게 판다."

오크들의 마을에서는 인간들의 성에서처럼 상행위가 이루어지고 있었다.

그들은 온갖 아이템들을 판매했다.

다양한 무기를 판매하는 것은 물론 잡화점도 존재한다.

대다수는 손재주가 부족한 오크들이 만들었기 때문에 조악한 수준이었다.

대신에 가격은 끔찍할 정도로 비쌌다.

"췩. 이 금 가고 녹슨 글레이브가, 취이익! 갖고 싶나? 아주 탐나는 물건이지. 6만 골드만 내라. 취익!"

공격력 20에 내구력 10이 남은 글레이브를 6만 골드에 사라니!

이건 완전히 사기 수준을 넘어선 것이었다.

단순 무식한 오크들은 가격만 비싸게 부르면 부자가 되는 줄로 알고, 무조건 비싼 가격만 받으려고 했다.

흔해 빠진 약초가 2만 골드였고, 방어구는 5만 골드.

글레이브 중에 쓸 만한 것은 15만 골드가 넘는 경우가 많았다.

위드는 궁금해서 물어보았다.

"취익. 저런 게 진짜 팔리기도 하나?"

"취취취. 아직 한 번도 못 봤다. 취이이. 무식한 놈들."

"취익. 역시 넌 뭔가 다른 오크 같다."

위드의 칭찬을 받은 오크는 어깨를 으쓱했다.

"당연하다. 취익! 잘 안 팔리니까 최소한 2백만 골드는 받아야지."

"……."

위드는 할 말을 잃고 말았다.

그런데 더 끔찍한 상황이 그를 기다리고 있었다.

마을에 있는 암컷 오크들!

인간 기준으로 최악의 외모를 가지고 있는 위드가 이상형이라며 달려드는 것이었다.

"억센 팔뚝. 취치취."

"건장한 가슴. 취치치익."

"토끼보다 굵고 단단한 이빨."

"비 오면 목이, 취익! 취익! 마르지 않을 것 같은 코."

"두꺼운 어깨와 근육 덩어리 몸."

"이상형이다. 췍!"

암컷 오크들이 마구 달라붙어서 위드에게 애정 표시를 했다. 얼굴을 부비는 암컷들도 있었고, 팔과 가슴을 어루만지는 암컷들도 있었다.

이쯤 되면 아무리 강심장이라고 해도 떨리지 않을 수 없기 마련!

암컷 오크들의 지나친 애정 공세에 위드는 이 자리를 벗어나고 싶었다.

생각해 보라.

아무리 암컷이라지만 오크들이 떼거지로 덤벼들다니.

"이, 이들이 왜 이러나. 취익!"

"여자들은 강한 수컷을 좋아한다. 네가 마음에 든 모양이다. 취익!"

수컷 오크들은 암컷들의 사랑을 받는 위드를 부러워했다.

위드는 오크들의 집에서 함께 살면서 두 가지 고생을 했다.

첫 번째는 암컷 오크들이었다.

시도 때도 없이 나타나서 구애를 하는 오크들.

미성년자라면 절대로 불가능한 일이지만, 위드의 경우에는 현실에서 20살이 넘어서 공식적인 성인으로 인정을 받았다.

성인에게는 성인만의 서비스가 제공된다.

그것은 바로 밤일이었다.

성인들만의 즐거움을 누릴 수 있는 그것!

그렇지만 오크와 동침을 하고 싶은 남자는 아무도 없으리라.

위드는 특히 그랬다.

'동정을 이렇게 잃을 수는 없어!'

암컷 오크들을 피하기 위한 처절한 노력!

두 번째 고생은 음식이었다.

오크들은 제대로 익히지도 않은 음식을 마구 퍼먹었다.

다양한 요리 스킬을 익히면서 어느새 미식가가 된 위드로선 오크들이 먹는 요리에 영 적응이 되지 않았다.

차라리 맛없는 보리빵이라도 원 없이 먹고 싶을 정도였다.

그러한 고생을 끝내고 사냥을 나갈 때에는 위드가 가장 먼저 앞장을 섰다.

글레이브를 높이 들고 행군을 한다.

"취익! 여기서 적의 냄새가 난다."

그리고 조우하게 된 미노타우로스 로드!

반은 소, 반은 인간인 괴물이었다.

미노타우로스 로드가 오크들을 향해 흉험한 핏빛 도끼를 휘두른다.

그렇지만 위드는 그 기세에 조금도 밀리지 않았다.

"크워워워워!"

글레이브를 휘두르며 돌진하는 위드.

단순 무식하고, 과격하고, 무자비했다.

"다, 다, 다, 다 덤벼. 취이이이이이잇!"

윤정희는 매일 밤마다 로열 로드에 접속하고 있었다.

소환사인 그녀의 게임 속 이름은 세이링.

하프 요정으로, 드워프만큼이나 키가 작은 것이 특징이었다.

"그대와의 약속에 따라 이곳에 나타나서 저를 도와주세요. 소환, 바실리스크!"

소환 주문을 외우자, 마나가 한꺼번에 빠져나가면서 바실리스크가 3마리나 나타났다.

도마뱀을 닮은 몬스터.

독을 품고 있고 방어력이 좋은 편이라서 사냥할 때 주로 소환하는 몬스터였다.

바실리스크가 나타나자 흑기사 둘과 싸우고 있던 파티는 훨씬 유리하게 전투를 이끌어 갈 수 있었다.

마지막은 여자 도둑이 흑기사의 뒤에서 칼질을 하는 것으로 끝이 났다.

"휴! 겨우 이겼다."

여자 도둑은 이마에 흐르는 땀을 닦으며 세이링에게 다가왔다.

"언니, 수고했어."

"너도 수고했어, 라미야."

세이링과 라미.

그녀들은 3살 터울의 자매였다.

"휴우, 이제 한동안은 쉬겠네."

"아마도. 마나부터 가득 채워야 하니까."

그녀들이 사냥을 하는 장소는 아직 알려지지 않은 던전. 그들이 최초 발견자였다.

두 자매 모두 상당히 레벨이 높았고, 파티들 역시 마찬가지였다.

마나를 채우는 휴식 시간.

두 자매는 수다를 떨었다.

"참! 그때 우리 학교 축제에 나타났던 사람 말이야. 이름은 이현. 내 친구 혜연이의 오빠래. 그 사람 언니와 같은 동기였지?"

세이렁은 살짝 미소를 지었다.

"맞아."

"혹시 알고 있었어?"

"응. 알고 있었지. 여동생을 만나 보기도 했는걸."

"그랬구나. 어라? 언니 평소에는 남자에 대해서 별로 반응이 없었잖아. 유명한 남자 연예인에도 시큰둥하고, 연애도 안 해보고 말이야."

"관심이 없으니까."

"그 남자한테는 관심이 많은 것 같은데?"

"사실이야."

세이렁은 순순히 시인했다. 그러자 더욱 집요해진 라미였다.

"혹시…… 언니가 좋아한다는 사람이 그 사람?"

"그래."

"어라, 언니의 이상형이 그런 쪽이라니 의외네. 운동 잘하는 사람이 그렇게 좋았어?"

라미는 공주 세트에서 3개의 관문을 돌파하던 이현을 잊지 못했다.

누구라도 직접 그런 광경을 본다면 잊을 수 없을 것이다.

빠르고 정확하게 관문을 돌파하던 모습, 발 차기로 풍선들을 날리는 마술과도 같은 장면들.

"운동을 잘하거나 그런 거랑은 거리가 멀어. 난 현이가 그렇게 운동을 잘하는지 몰랐어."

"그러면 그 사람을 좋아하는 이유가 뭐야?"

라미는 정말로 궁금해서 물었다.

운동이 아니라면 과연 어떤 장점을 가지고 있을까? 얼굴이나 키도 평범하고, 약간의 사정이 있어서 고등학교도 중퇴했다는 소문을 들었던 것이다.

"아주 가정적이거든. 가족을 최우선으로 생각하고 아껴 줘. 그런 사람과 결혼을 한다면 어떻게 행복하지 않을 수가 있겠니?"

⚜

"직업이 뭐예요?"

여자의 물음에 남자는 뒤통수를 긁적이며 대답했다.

"백수입니다."

"애계, 대학도 안 가셨어요?"

"대학이야 입학했지만 별로 재미도 없고… 때려치울 작정입니다."

"그게 무슨 자랑이라고…… 그런 우울한 얘기는 숨기지 그랬어요. 그러면 됐을 텐데."

여자는 자리에서 일어나려고 했다.

다른 방에 가서 다른 남자와 부킹을 이어 가려고 했던 것이다.

그런데 이어진 남자의 말이 그녀를 붙들었다.

"대학은 나와서 뭐 하겠습니까. 어차피 아버지 회사에 취직할 텐데요."

"아, 아버지 회사요?"

여자는 갑자기 남자에 대한 호감도가 증가함을 느꼈다.

그녀는 오늘 나이트에 온 여성들 가운데에 최고의 미모를 자랑하고 있었다.

"예. 뭐, 그냥 조그만 회사입니다."

"회사가 얼마나 작은데요."

"직원수는 뭐 조그만 소도시 정도밖에 안 되고요."

"……!"

"매출액이라고 해야 되나? 아무튼 그것도 뭐 작은 도시 정도?"

"……!"

여자는 할 말을 잃어버렸다.

날카로운 눈빛으로 남자의 복장을 살펴보니 거짓말은 아닌 것 같았다.

'걸치고 있는 건 죄다 명품이잖아. 국내에 수입도 잘 안 되는 저 구두는 손님을 가려서 예약제로 판매한다는 제품.'

그때 남자가 핸드폰을 내민다.

"연락처 좀 찍어 주세요."

"저 그런 여자 아니거든요?"

"알아요. 그러니까 더 자주 연락하고 보고 싶고 그래요."

남자는 어렵지 않게 연락처를 획득할 수 있었다.

그녀가 나가고 난 뒤에, 룸 안에 있던 남자들은 조그만 탄성을 질렀다.

"역시 지훈이야."

"이번에도 5분을 넘기지 않았네."

이번에 룸에 들어왔던 여자는 미모로 단연 돋보이는 존재였다.

근래에 보기 드문 미인이라는 웨이터의 소개가 없더라도, 룸 안에 있던 남자들을 전부 늑대로 만들기에 충분했다.

그렇지만 최지훈에게는 별다른 감흥이 없었다.

'어차피 내일 아침이면 하나도 기억에 남지 않을 여자인걸.'

주변에서는 대단하게 여기고 있지만, 실상 그 주인공 최지훈은 무료함만을 느낄 뿐이었다.

돈이 많다는 것은, 그 돈을 관리할 능력을 필요로 하는 법이었다. 그렇기 때문에 어릴 때부터 계획대로 움직이는 삶을 살아왔다.

후계자 수업으로 마음대로 친구도 사귀지 못했으며, 취미나 하고 싶은 일도 할 수 없었다.

그저 로봇처럼 움직이고 배울 뿐.

학교에 다니면서 한참 친구들과 친해질 시기에 외국으로 유학을 가야 했다.

삶이 없다. 그저 계획대로 맞춰 나가는 인간이 있을 뿐이다. 하고자 하는 일을 하지 못하니 삶은 지루하고 따분할 수밖에 없었다. 해서 안 되는 일만 너무도 많은 인생이었다.

그러던 차에 조금 시간이 생겨서 로열 로드를 시작했다.

이 현실이 아닌 곳에서 또 다른 자신을 발견하기 위해.

저 먼 곳으로 흐르는 강물.

유유히 흐르는 강물을 바라보는 게 좋아서 낚시꾼이 되었다.

물고기를 잡는 건 그리 중요하지 않았다.

그저 휴식을 취하면서 살아 있음을 느끼는 것이었다.

남들은 죽어라 레벨을 올리고 아이템을 장만할 때 그는 낚시만 연마했다.

어느새 그의 낚시 스킬은 고급 3레벨이 되었다.

로열 로드 최고의 낚시꾼.

그렇지만 최지훈은 그저 낚시가 좋아서 낚시를 할 뿐이었다.

주변과의 교류도 없었으니 다들 그를 그저 과묵하고 우수에 젖은 낚시꾼으로만 여길 뿐이었다.

낚시는 그래서 좋았다.

흐르는 강물에 모든 것을 떠내려 버릴 수 있었으니까.

그러다가 한 사람이 나타났다.

낚시 스킬을 익히기 위해서 그의 명당자리를 탐내는 이였다.

모든 것을 돈과 관련시키는 사람.

삶 자체가 치열한 투쟁의 연속인 사람.

그의 이름은 위드였다.

최지훈은 그가 낚시를 하던 도중에 환하게 웃는 모습을 몇 번이나 봤다.

드문 확률로, 물고기의 배 속에서 1쿠퍼짜리 동전이 나올 때였다.

푼돈에도 집착하는 위드.

달빛 조각사

위드와의 낚시 대결은 재미있었다.

어느새 최지훈도 몰입해서 대결을 하고 있었다.

물고기 1마리를 건져 올릴 때마다 긴장과 흥분으로 손끝이 저릿저릿할 정도였다.

이 정도의 쾌감을 맛보았던 것이 언제이던가.

최지훈은 위드가 좋았다.

그래서 그 이후로 은근히 위드의 주변을 맴돌았다.

오데인 요새에서는 함께 공성전을 치렀고, 바스라 마굴에서는 같이 사냥을 했다.

바스라 마굴에서 위드를 다시 만난 것도, 사실 어느 정도는 필연이었다.

위드가 마굴로 향한 것을 알자 먼저 사냥을 하던 파티에 뇌물을 바치고 급하게 합류했던 것이다.

"나 먼저 간다. 그리고 당분간은 찾지 마."

최지훈은 자리에서 일어나서 나이트를 나왔다.

밤공기는 시원했다.

하지만 그는 더 즐거운 장소를 알고 있었다.

로열 로드.

모험이 살아 숨 쉬는 곳.

그의 닉네임은 제피였다.

이 세상에 언어는 없어요

단지 우리는 의미 없는 웅얼거림을 반복하고 있을 뿐이죠

그대가 하고 싶은 말을 하세요

저는 듣지 못하고 있으니

흐느끼는 듯한 음성.

때로는 아프게, 때로는 감미롭게.

그녀는 피아노를 치며 꿈을 꾸는 듯한 표정으로 노래를 하고 있었다.

어떤 몸짓도 허용되지 않아요

대화는 존재하지도 않아요

오로지 할 수 있는 것은 눈빛뿐

당신의 눈빛을 내게 보여 주세요

간절함, 안타까움, 애절함, 분노, 실망, 염원, 친근함, 사랑

이 모든 감정을 눈빛으로 표현해 주세요

밥을 먹을 때에는 무엇을 고를지,

맛있게 먹었는지, 그다음에는 어디로 가야 하는지도 모두 눈빛으로 말해 주세요

서로의 눈을 마주보며 마음을 읽어 나가죠

어떤 오해와 왜곡도 없는 세상

그대의 눈빛을 보다 잘 이해할 수 있도록, 마음을 볼 수 있도록 노력을 해야 해요

그래도 우린 서로의 마음을 완전히 알 수는 없죠

달빛 조각사

당신이 이해할 수 없는 행동을 보이더라도 저는 받아들일 수 있어요
저 또한 그럴지도 모르니까요
눈빛을 본다는 건 정확하지 않은 모호함

감동 없는 말이 아니라, 행복을 비춰 주세요
그대의 눈동자에 내가 보이도록
잠시라도 내 얼굴에서 눈을 떼지 말아요
눈빛 한 번에, 마음 한 번
그렇게 마음을 비춰 주세요
당신의 빛나는 눈동자가 가깝다면 더욱 좋겠네요

딱딱한 말이 가슴을 두근거리게 하지 못한다면
그때 저는 눈빛으로 말하고 싶어요
눈빛이야말로, 고막을 통해 들리는 음성보다도
훨씬 당신의 가슴에 깊이 파고들어 갈 테니까요.
말로는 전하지 못하는 무엇을 전할 수 있을 거예요

눈빛으로 말하기
저는 당신의 눈빛을 보고 싶네요

정효린은 타임 스퀘어 광장에서 그녀의 데뷔곡인 〈눈빛 대화〉를 부르고 있었다.
관중들은 숨을 죽이고 노래를 들었다.
다정하면서 촉촉한 그녀의 눈빛과 표정은 노래에 한없이 빠

져 들게 만들었다.

신비롭고 몽환적인 그녀의 노래를 듣고 있다 보면 마치 천국에 온 것만 같다. 첫사랑을 하는 사람처럼 순수한 마음이 애틋하게 느껴진다.

그렇지만 정효린의 노래는 이것이 전부가 아니었다.

처음 데뷔했을 때에는 노래를 아주 잘하는 가수로 알려졌지만, 그다음부터는 팔색조처럼 자신의 다양한 매력을 발산했다.

춤과 노래, 그리고 화려한 무대 매너.

좌중을 휘어 감으며 오히려 그것이 자연스러울 정도의 폭발적인 에너지.

무대를 압도하는 환희!

전율을 일으키는 그녀의 손짓이나 표정에 관객들은 열광했다.

매혹적인 그녀의 춤동작은 브라운관을 통해서 수천수만 명의 사람들에게 전해진다.

음악을 위해 태어난 요정.

매스컴이 그녀에게 붙인 별명이었다.

절대적인 무대의 요정인 그녀는 세계 공연을 마치고 다시 로열 로드에 접속을 했다.

'이제부터는 광렙이다. 무조건 새로운 댄스를 익히고 말 거야.'

로열 로드에서 그녀의 직업은 댄서였다.

타고난 노래 실력으로 바드를 택할 수도 있었지만, 그녀는 춤을 추길 원했다.

'모험을 하고 싶어. 앉아서 노래만 부를 수는 없어. 몬스터를 때리는 손맛을 무시할 순 없잖아!'

사람들은 그녀를 우아하고 순수한 요정으로 본다.

　그렇지만 5남매의 장녀로 태어난 그녀는 왈가닥 기질도 상당했다.

　바드라고 물론 공격을 못 하는 것도 아니었다. 그러나 아무래도 직접 몸을 움직이는 댄서에 비해서는 조금 약한 것이 사실이었다.

　더군다나 춤은 다양하게 출 수 있기에 사람들에게 티를 내지 않아도 되지만, 노래는 그럴 수 없다.

　언제나 혼신을 다한 노래를 부르는 그녀는 바드를 선택할 수 없었다.

　그리하여 시작된 로열 로드!

　아무도 그녀를 알아보지 못했다.

　그녀 스스로가 절대로 내색을 하지 않은 덕분이기도 했지만, 일부러 외모와 몸매도 조금씩 나쁘게 했기 때문이다.

⁕

　"이제 우리도 모험을 해 보죠!"

　"맞아요. 그동안 사냥만 하느라 너무 지겨웠어요."

　"피라미드 만드는 것도 그랬고요."

　피라미드 건축을 위해 혹사당한 이들.

　제피와 화령, 마판, 페일, 수르카, 이리엔, 로뮤나 그리고 메이런까지.

　그들은 피라미드가 완공된 이후로 함께 몰려다니면서 사냥을 해 왔다.

사실 그들의 직업은 다양했지만, 생산직과 같은 잘 선택받지 않는 직업들이 많아 전투에 적합하진 않았다. 당장 몬스터의 공격을 받아 줄 만한 직업인 워리어나 팔라딘도 없었던 것이다.

그렇지만 다양한 직업들은 곧 임기응변식으로 그때그때 대응했다.

생명력이 남달리 높은 제피와 몽크인 수르카가 몬스터와의 직접 전투를 전담했다.

때론 위험한 경우가 없지도 않지만, 너무 많은 몬스터들이 몰려오면 화령이 이들을 잠재웠다. 아군의 능력치를 올려 주는 춤을 춰 준 것도 물론이었다.

궁수와 레인저인 페일과 메이런이 활을 쏘고, 로뮤나는 마법 공격을 했다. 성직자인 이리엔은 신성 마법을 펼쳐서 체력이 줄어든 이들을 보조해 주고, 축복해 주었다.

상인인 마판조차도 할 일이 있었다.

그가 2차 전직을 하면서 습득한 행운의 손길이라는 스킬은 몬스터에게서 나오는 돈과 아이템의 비율을 일정 부분 늘려 준다.

또한 사냥 즉시 바로바로 잡템을 처분해 주었으니 쓸모가 없는 인원은 아무도 없었다.

"그러면 이번엔 어디로 갈까요?"

페일이 운을 띄우자, 평소에 그리 말이 없던 이리엔이 바로 나섰다.

"저번에 찾아낸 정령의 호수로 가 봐요!"

"거긴 아직 조금 무리가 아닐까요?"

정령의 호수는 우연치 않은 기회에 발견하게 된 장소였다.

그것도 페일의 아버지가 직접 발견한 장소다.

사람들이 잘 가지 않는 호수에 도착한 페일의 아버지.

"어허, 경치 참 좋다! 물도 맑네."

아버지는 갑자기 목욕을 하고 싶어졌다.

자고로 한국인이라면 어느 계곡에 가든지 발 담그고 목욕하고 싶어 하는 것이 당연했다. 그래서 수영을 하며 놀던 도중에 호수 안쪽으로 들어가는 길이 있는 걸 찾아냈다.

그것을 페일이나 이리엔 등에게 얘기해 준 건데, 당시 그들은 레벨 130도 못 된 수준.

시체만 남기고 처절하게 퇴각을 해야 했다.

정령의 호수에 어떤 퀘스트, 어떤 보물들이 숨겨져 있는지도 모르는 채로 말이다.

대체로 숨겨진 던전에는 사연이 담겨 있는 경우가 많았다.

"괜찮을 거예요. 우리들도 많이 강해졌잖아요."

"음. 그렇긴 한데……."

"한번 가 보죠!"

모험을 원하는 일행은 정령의 호수에 도전하기로 결심하고 움직였다.

위드를 보고 배워서 철저한 준비, 식량에서부터 약초까지 모든 걸 장만한 이후였다.

이혜연은 믿을 수 없었다.

한국 대학교에서 1차 서류 합격 통지서를 보내온 것이었다.
비록 1차 서류 합격이니 아직 면접의 관문이 남아 있기는 하지
만, 적어도 합격할 가능성이 절반 이상이라는 뜻이었다.

"잘됐다. 정말!"

이혜연은 합격 통지서를 보며 기뻐했다.

그녀가 대학에 갈 돈은 과외나 장학금으로 대체할 수 있으
니, 이현만 대학에 보내면 된다.

그런데 정작 이현에게 면접을 보라고 말하기가 힘들었다.

이야기를 한다 해도, 이현은 대번에 돈이 아깝다고 면접도
보지 않겠다고 할 것이 분명했다.

TO BE CONTINUED